河出文庫

シャーロック・ホームズ全集⑥

シャーロック・ホームズの帰還

アーサー・コナン・ドイル
小林司／東山あかね 訳
［注・解説］R・L・グリーン／高田寛 訳

kawade bunko

河出書房新社

シャーロック・ホームズの帰還　◎　目次

はじめに 6

シャーロック・ホームズの帰還

小林司／東山あかね訳

はじめに

日本語に訳されたシャーロック・ホームズ物語は多種あるが、その六十作品すべてを独りの訳者が全訳された延原謙さんの新潮文庫は特に長い歴史があり、多くの人に読みつがれてきた。その訳文は典雅であり、原文の雰囲気を最もよく伝えていたが、敗戦後まもなくの仕事であったから、現代の若い人たちには旧字体の漢字を読むことができないなどの不都合が生じてきた。そこで、ご子息の延原展さんが当用漢字ややさしい表現による改訂版を出された。こうして、親子二代による立派な延原訳が、個人による全訳としては存在している。

しかしながら、私どもシャーロッキアンとしては、これまでの日本語訳では満足できない面があった。どんな点に不満なのかを記すのは難しいが、一例を挙げれば、かもし出される雰囲気である。たとえば、言語的に、また、文法的に正しい訳文であっても、ホームズとワトスンや刑事などの人間関係が会話に正しく反映されていなくては困る。また、ホームズの話し方が「……だぜ」「あのさー……」などというのと、

「……だね」「それでね……」というのとでは品格がまるで違ってしまう。さらに、表現を中学生でも読めるようになるべくわかりやすく簡潔な日本語にしたいと思った。

新訳を出すもう一つの目的は、注釈をつけることであった。既にベアリング・グールドによる大部な注釈書（ちくま文庫）が存在していたが、これはあまりにもシャーロッキアン的な内容であった。事件がおきた月日を確定するために、当日の実際の天候記録を参照するなどである。もっと偏りのない注釈を私どもの手で付けようとして準備を進めていたところへ、英国のオックスフォード大学出版部から学問的にこれ以上のものを望むことができないほどすばらしい注釈のついたシャーロック・ホームズ全集が一九九三年に刊行された。屋上屋を重ねる必要はないので、私どもの案をやめて、オックスフォード版の注釈を訳出することにした。先に、グールドの注釈を全訳し、その後ロンドンに二年近く住んでおられた高田寛さんが幸いにもその大役を引き受けてくださったので、私どもが訳した本文以外の部分はオックスフォード版から高田さんに訳していただいた。ご覧になればわかるとおり、今回のホームズ全集は小林・東山・高田の合作である。いくつかの点だけに、小林・東山による注を追加したが、オックスフォード版と意見を異にした場合もある。

この全集の底本について述べておきたい。底本に何を選ぶかについては、いろいろな考え方がある。ドイルが最初に連載した「ストランド・マガジン」。それを基にして単行本九冊にまとめた各初版本。それを合本にして、短篇集（一九二八年初版発行）と長篇集（一九二九年初版発行）という二巻本の形にして約七十年間も一貫して刊行し続け、ドイルが最も信頼をおいていたと言われるジョン・マリ版。新たに発掘された原稿などにも当たって、厳密に著述順に編集し直したオックスフォード版。それらには微妙な違いがあり、そのうちのどれを選ぶか。注釈をオックスフォード版から採っているのであるから、本文もオックスフォード版から採るのが当然であろう。しかし、著作権の問題があって、全集予告パンフレットにもあるように、最初はジョン・マリ版に基づくことにして『緋色の習作』の翻訳を進めてきた。しかし、著作権に触れないことがわかったので、『シャーロック・ホームズの冒険』以降は、急遽本文の翻訳もオックスフォード版に基づくことに方針を切り替えた。この点、予告とは異なったのでご了解をいただきたい。

この巻には十三作の短篇が収められているが、各作品の表題について述べておきたい。日本語で読める全訳としては、長いあいだ新潮文庫の延原謙訳が代表的なものであり、七百万部も出版されてきたという。それで、延原訳の表題になじんだ読者も多いことを考えて、なるべくそれを踏襲するように心がけた。原題との対照表を次に示しておく（かっこ内は、延原による旧訳で、今回採用しなかったもの）。数字は「ストランド・マガジン」に発表された年月である。雑誌掲載順でなく、オックスフォード版に従い著述順に並べた。

The Empty House	空き家の冒険（空家の冒険）	一九〇三年十月
The Norwood Builder	ノーウッドの建築士（ノーウッドの建築師）	一九〇三年十一月
The Solitary Cyclist	孤独な自転車乗り（美しき自転車乗り）	一九〇四年一月
The Dancing Men	踊る人形	一九〇三年十二月
The Priory School	プライオリ学校	一九〇四年二月
Black Peter	黒ピータ	一九〇四年三月
Charles Augustus Milverton	犯人は二人	一九〇四年四月
The Six Napoleons	六つのナポレオン	一九〇四年五月
The Three Students	三人の学生	一九〇四年六月
The Golden Prince-Nez	金縁の鼻めがね（金縁の鼻眼鏡）	
The Missing Three-Quarter	スリー・クォーターの失踪（スリー・コータの失踪）	一九〇四年七月

The Abbey Grange　アビ農園（アベ農園）　一九〇四年八月
The Second Stain　第二の汚点　一九〇四年九月
　　　　　　　　　　　　　　　一九〇四年十二月

この巻のイラストについては、単行本の初版本および「ストランド・マガジン」の連載からシドニー・パジットの筆によるものを全部転載した。パジットはドイルに最も気に入られたイラストレイターであって、「彼のホームズの絵に沿って物語を書こう」とまでドイルに言わせた画家であった。当時は写真印刷がまだなかったので、日本の浮世絵と同じく、彫り師が線に彫りあげたものが印刷されている。それで、SPというパジットのサインのほかに、彫り師のサインが入っている場合もある。初版本から直接に採ったイラストを全部入れた『シャーロック・ホームズの帰還』は、日本でこれが最初の出版であろう。文のほかに、イラストも楽しんでいただきたい。

また、ホームズ時代の貨幣、通貨の価値についても、問い合わせが多いので、第4巻以後は、およその現在の日本円換算値を記すことにした。諸物価の研究により、一応、一ポンド二万四〇〇〇円として算出してある。

最後に、M・Dというのは医学士（医学部卒業生）の称号にすぎないし、当時の医学教育の実情を検討しても、ワトスンは医学博士号を取得していなかったと考えられるので、一貫して「ドクター・ワトスン」を「ワトスン博士」でなしに「ワトスン先生」と訳したことをお断りしておきたい。この点と、固有名詞の表記その他で私どもは高田寛さんと意見を異にする場合があったが、そのままにしてある（パジットとパジェット、ウォードとワード、など）。

小林司／東山あかね

シャーロック・ホームズ全集⑥

シャーロック・ホームズの帰還

小林司／東山あかね訳

挿絵　シドニー・パジット

空き家の冒険

ロナルド・アデア閣下《かっか》が異常極まる不可解な状況で殺害されて、ロンドン中が好奇の目を光らせ、社交界に動揺が走ったのは、一八九四年の春のことであった。世間の人々は、警察の捜査で明らかとなった犯罪の細部については既に知っているわけだが、そのときは多くのことが公表されなかった。検察側の主張が圧倒的に有利であったので、事実をすべて公《おおやけ》にする必要がなかったのである。十年近くを経た今、初めて、わたしはあの事件の全体像を形作る、鎖《くさり》の欠けた部分を補うことを許されたのである。事件自体も興味深いものであったが、それも、その後に起きた信じがたいできごとと比べれば大したことではなかった。冒険好きだったわたしの人生で、一番強烈なショックと驚きをもたらした事件であった。それほどの歳月を経た今でさえ、事件のことを考えると身震《みぶる》いがし、わたしの心を突然襲って虜《とりこ》にしてしまった、あの喜びと驚きと疑念をまた思い出してしまうのである。一人の非常に非凡な人物の思考や行動について、わたしが折に触れて書いてきた断片に、いくらかでも興味を示してくださった方々には、わたしが知っていたことを書かなかったからといって、責めないでくださるようお願いしたい。本人の口からはっきりと禁じられていなければ、まず公表することがわたしの義務だと考えただろうが、その禁止は先月の三日に解けたばかりなのだ。

ご想像いただけるだろうが、シャーロック・ホームズとの親密な交際によって、わたしは犯罪に深く興味を持つようになり、彼が失踪《しっそう》した後でも、新聞に報道された様々な事件には、丹念《たんねん》に目を通すことを怠《おこた》らなかった。また、自分だけの満足のために、彼の手法を用いて事件の解決を試みたりしたことも一度ならずあったが、大した成功は得られなかった。しかしながら、このロナルド・アデアの悲劇的な事件ほどわたしの興味を引いたものはなかった。検死陪審《ばいしん》による死因審問の証言記録によって、一人または数名の正体不明の人物による謀殺《ぼうさつ》と判断された。けれども、私はその証言記録を読んだときほどシャーロック・ホームズの死によって社会が被った損失をひしひしと感じたことはなかった。確かにこの奇妙な事件には、彼が特に興味を抱いただろうと思われる点があったし、このヨーロッパ随一《ずいいち》の探偵の熟練《じゅくれん》した観察力と鋭い頭脳があれば、警察の努力に力を貸すこともできたろう。またおそらく、それ以上のことが達成できたであろう。わたしは馬車で往診《おうしん》をしてまわりながら、一日中この事件についてじっくりと考えてみたが、納得いく説明は見つからなかった。何度も語られた話を蒸し返すことになるが、死因審問の結果として一般に知られた事実を要約してみよう。

ロナルド・アデア(2)閣下は、当時オーストラリア植民地(3)のうちの一つの州の総督《そうとく》の一人であったメイヌース伯爵(4)の次男だった。アデアの母が白内障《はくないしょう》の手術を受けるためオーストラリアから帰国しており、彼女は息子のロナルドと娘のヒルダと共に、パーク・レイン(5)四二七番に住んでいた。ロナルド青年は超一流の社交界に出入りしていたが、知りうる限りでは敵もなく、特別素行が悪いということもなかった。カーステアーズのイーディス・ウッドリ嬢(6)と婚約していたが、数ヶ月前に相互の合意の上で婚約は解消されていて、その裏に深い感情が残っていたという形跡もなかった。その他に関しては、この男は内気な性格で感情には流されないたちだったため、生活範囲もごく限られた、決まり切った生活を送っていた。しかし、こののんきな若い貴族が、予期せぬ非常に奇妙な形で、死に見舞われたのであった。それは一八九四年三月三十日の夜、十時から十一時二十分の間のことであった。

ロナルド・アデアはカードが好きで、しばしばカード遊びをしていたが、危ない目に遭《あ》いそうな賭《かけ》には手を出さなかった。彼はボールドウィン、キャヴェンディッシュ、バガテルの三つのカード・クラブ(7)の会員だった。死んだ日も、夕食後にバガテルのカードクラブでホイストの三番勝負に興じていたことがわかっている。その日の午後もそこでカードをしていた。彼と勝負をしたマリ氏、サー・ジョン・ハーディー、モラン大佐(8)の三人は、ゲームはホイストで、かなり互角のいい勝負だったと証言している。アデアの負けは五ポンド（約一二万円）ほどに過ぎなかった。彼はかなりな資産家だったから、それくらいの損はどうということもなかった。彼はほとんど毎日、どこかのクラブでカードをしていたが、勝負には慎重だったので、大抵勝っていた。モラン大佐と組んで、数週間前には、ゴッドフリ・ミルナーとバルモラル卿(9)から一勝負で実際四二〇ポンド（約一〇〇八万円）も勝ったという証言が得られている。これが死因審問でわかったロナルド・アデアの当時の行状だった。

　事件の夜、彼はクラブから十時ちょうどに帰宅した。母親と妹は親戚を訪ねて外出していた。彼がいつも居間として使っている、三階正面の部屋に入る音を聞いたと、使用人が法廷で証言している。彼女はそこの暖炉《だんろ》に火をつけたのだが、煙が出たため窓を開けていた。レイディ・メイヌースとその娘が帰宅した十一時二十分まで、部屋からは何の物音も聞こえなかった。彼女はおやすみを言いに、息子の部屋に入ろうとしたが、部屋には中から鍵《かぎ》がかかっていて、大声でノックしても何の返事もなかった。そこで他の人の手も借りてドアをこじ開けたところ、不幸な青年がテーブル近くに倒れているのが見つかった。頭は拳銃の弾に打ち抜かれて、ひどい傷を負っていたが、部屋の中には武器の類《たぐい》は何一つ発見されなかった。テーブルの上には、十ポンド（約二四万円）札二枚と銀貨と金貨で十七ポンド十シリング（約四二万円）があったが、硬貨はそれぞれ違う金額ずつの山にして置かれていた。クラブの友人の名の横に数字が書かれた紙もあったことから見て、彼は殺される前、カードの勝ち負けを計算していたものと思われた。

状況を細かく調べても、事件は複雑さを増すばかりであった。まず、青年はなぜ中から鍵をかけなければならなかったのか、その理由が説明できない。殺人者が鍵をかけて、その後窓から逃げたという可能性もある。しかし、窓から地面までの距離は少なくとも二十フィート（約六メートル）で、真下には満開のクロッカスが咲く花壇《かだん》があったが、花にも地面にも踏み荒らされた跡はなく、家と道路を分ける狭い芝生にも何の痕跡《こんせき》もなかった。そうなると、ドアの鍵をかけたのは青年本人だということになる。しかし、彼はどのようにして殺されたのだろうか。跡を残さずに窓をよじ登ることはできない。窓越しに撃ったのだとしたら、一発であれほどの致命傷を与えられるのは相当な腕の持ち主だ。また、パーク・レインは人通りが多く、家から一〇〇ヤード（約九〇メートル）ほどのところには辻馬車のたまり場がある。そこでも誰もピストルの音は聞いていない。けれども、死人がいて、銃弾も見つかっているのだ。先の柔らかい弾丸らしく、弾頭はキノコ状につぶれていて、その傷による即死だったに違いなかった。パーク・レイン事件の状況は以上のようなものだが、前にも言ったように、アデアに敵があるとは思われず、室内の金や貴重品が盗まれた形跡もないため、動機がまったくわからず、事件はますます理解しがたいものとなった。

わたしは、一日中このような事実を繰り返し考えては、すべてのつじつまあわせができる推理を見つけて、今は亡きわたしの友人ホームズがすべての捜査の出発点だと断言していた、抵抗のない一番楽な方法を見いだそうとしていた。けれども、正直言って、ほとんど進展はなかった。夕方、わたしはハイドパークを散歩して抜け、六時頃にはパーク・レインのオックスフォード街のはずれに出た。歩道に群がった暇人《ひまじん》の一団が、皆一つの窓を見上げていたので、目的の家はすぐにわかった。私服警官だとにらんだ色眼鏡の背の高いやせた男が、自分の考えを話しており、他の者たちは周りに集まってその話に耳を傾けていた。わたしもできるだけ近寄ってみたが、とるにたりない意見を述べているようだったので、幾分《いくぶん》うんざりしてそばを離れた。その時、後ろに立っていた体の不自由な年とった男とぶつかり、彼が手にしていた本を数冊落としてしまった。本を拾ったとき、その中の一冊に「樹木崇拝《すうはい》の起源」(10)という題名を見て、この男は貧しい書物マニアで、商売か趣味でわけのわからない本を集めているのだろうと考えた。私は不意の事故を詫《わ》びようとしたが、私が不運にも落としてしまった本が、持ち主にとって貴重な品だったことは明らかだった。彼は、何やらののしりながらくるりと背を向けると、曲がった背と白いあごひげを見せて雑踏の中に消えていった。

パーク・レイン四二七番の調査も、私が興味を抱いた問題の解決には、ほとんど役立たなかった。家は横木のついた低い塀《へい》で、通りから隔《へだ》てられていたが、横木と塀を合わせても五フィート（約一・五メートル）ほどの高さだった。そのため、誰でもいとも簡単に庭には入れたが、犯行がおきた窓に近づくことはまったく不可能だった。

運動の達者な人なら伝って登れるかもしれない送水パイプのようなものもなかったからだ。前にもまして、わけがわからなくなって、わたしは来た道をケンジントンへと引き返した。書斎《しょさい》に戻って五分もしないうちに、メイドがわたしに来客だと言ってきた。驚いたことに、客というのはあの風変わりな年寄りの書物蒐集家《しゅうしゅうか》その人だった。顔の周りを囲む白髪から、しわだらけの尖った顔をのぞかせ、右腕には少なくとも十二冊ほどの彼にとっての稀《き》覯本《こうぼん》を抱えていた。

「驚かれたようですな」と、彼は奇妙なかすれ声で言った。

わたしは、そのとおりだと認めた。

「ちょっと気がとがめましてね。ひょこひょこと後をつけてきましたら、あなたがこの家に入っていかれるのを目にしたわけです。そこでちょいと立ち寄って、あのご親切な紳士にお目にかかり、さっきはちょっとつっけんどんな態度をとったかもしれないが、悪気はなかった、ということと、本を拾っていただいたお礼を言いたかったのでね」

「そんな些《さ》細《さい》なことでわざわざ」と、わたしは言った。「ですが、わたしのことがどうしておわかりかな」

「それはですね、失礼をかえりみずに申せば、わたしはご近所に住んでますんで。チャーチ街(11)の角にちっぽけな書店を出しておりましてね。お会いできて光栄です。あな

たも本をお集めのようですな。ここには『英国の鳥類[12]』に『カタラス詩集』それに『神聖戦争[13]』をもっています――どれも掘り出し物です。あと五冊あれば、本棚のあの二段目が埋まりますな。あれじゃ、さまにならんでしょう」

　わたしが振り向いて、後ろの書棚を見て、もう一回向き直ると、なんとシャーロック・ホームズが、書斎机越しに私に笑いかけているではないか。わたしは立ち上がり、びっくり仰天して、しばらく彼を見つめていた。それから、一生で最初で最後のことだが、気を失ってしまったらしいのだ。

確かに目の前で灰色の霧が渦巻き、それが晴れたと思うと、シャツのカラーがゆるめられていて、唇にはひりひりするようなブランデーの後味が感じられた。ホームズは、片手に酒びんを持ち、わたしの椅子《いす》の上にかがみ込んでいた。

「ワトスン」聞き覚えのある声がした。「まったくもうしわけないことをした。君がこんなに驚くとは思わなかったのだ」

わたしは彼の腕をつかんだ。

「ホームズ!」と、わたしは叫んだ。「本当に君なのかい。本当に生きていたのかね。あの恐ろしい滝壺《たきつぼ》から這《は》い上がってこれたなんて!」

「ちょっと待ってくれたまえ!」と、彼は言った。「そういう話を始めても本当に大丈夫かな。必要以上に芝居がかった現われ方をして、君に大変なショックを与えてしまったようだからね」

「もう大丈夫だよ。けれども、ホームズ、本当に自分の目が信じられないのだ。まさか、死んだはずの君が、ぼくの書斎に立っているとは!」わたしはもう一度彼の袖《そで》をつかんで、その下のやせて筋張った腕の感じを確かめた。「やれやれ、とにかく亡霊ではないようだ」と、わたしは言った。「ホームズ、君に会えて本当にうれしいよ。さあ座って、あの恐ろしい深淵《しんえん》からどうやって生還《せいかん》したか話してくれたまえ」

彼はわたしの向かいに腰を下ろすと、例の何気ない仕草でタバコに火をつけた。古本屋のみすぼらしいフロックコートは着たままだったが、扮装《ふんそう》に使われた残りの小道具の白髪と古本は、テーブルの上に重ねられていた。ホームズは昔よりさらにやせて鋭い感じに見えたが、鷲《わし》のようなその顔は死人のように青白く、最近の不健康な生活を物語っていた。

「身体を伸ばせてうれしいよ、ワトスン」と、彼は言った。「まったく背の高い人間が、何時間も続けて一フィート（約三〇センチ）も背を縮めていなくてはならないのは、たまらないよ。ところで、ワトスン、協力してもらえないだろうか。ぼくがこういう扮装をしているのは、今夜、危険で厄介な仕事がひかえているからなのさ。ぼくのことをすべて話すのは、その仕事が終わってからにしよう」

「ぼくは、知りたくてたまらないよ。今すぐ聞きたいね」

「今夜、一緒に来てくれるね」

「君が望むなら、いつでも、どこへでも、お供するよ」

「これで昔と全く変わらないね。出かける前にちょっと食事をする時間くらいはありそうだ。それでは、あの深淵の話をしよう。あそこからは苦もなく脱出できたのだ。理由は簡単。ぼくはそこには落ちなかったのさ」

「落ちなかったって？」

「そう、ワトスン、落ちてはいなかったのだ。けれども、君に書いた手紙はまぎれもない本物だよ。死んだモリアーティ教授の、どことなく不気味な姿があの狭い小道に立ちはだかるのを見たときには、確かにぼくの命も、もうこれまでだと思ったよ。彼の灰色の目には、非情な決意が見て取れた。ぼくは奴と二言三言言葉を交わし、それで短い手紙を書く許しをもらうことができたのだ。後に、君が受け取った手紙だよ。ぼくはそれをシガレット・ケースとステッキと共に後に残して小道を進んだが、モリアーティはまだ後をつけてきた。やがて道は行き止まり、ぼくは逃げ場を失った。彼は武器は出さずに、猛然《もうぜん》と襲いかかってきて、その長い腕をぼくの身体にかけた。計画が失敗したと知って、ただただぼくに復讐《ふくしゅう》したかったのだろう。ぼくたちは、滝の⑭崖《がけ》っぷちで取っ組み合ったままよろめいた。しかし、ぼくは日本の格闘技であるバリツに通じていて、今までにもそれが一度ならず役立っていた。ぼくの体にかかっていたその腕をくぐり抜けると、奴は身の毛もよだつ悲鳴を上げながら、一、二秒は必死に足を蹴上げ、両手で空をかきむしっていたが、そのかいもなく、バランスを失って崖の向うに落ちていった。崖っぷちからのぞき込んでみると、奴が谷底めがけて落ちていくのが見えた。やがて岩にあたってはねかえり、しぶきを上げて水の中へと姿を消した」

　ホームズがタバコを吹かしながら語る話に、わたしは興味津々で聞き入った。

「しかし、足跡は！」と、わたしは大声を上げた。「ぼくはこの目で見た。小道を進む足跡は二人分あったが、戻ってくる足跡はなかった」

「それはこういうことさ。教授が姿を消した時、運命の女神は何と法外なチャンスを与えてくださったのだろうと、思った。ぼくの命を狙《ねら》っているのはモリアーティだけではない。親分の死によって、ぼくへの復讐の念をますます募《つの》らせるだろう者が、少なくとも三人はいる。三人とも非常に危険な男たちだ。そのうちの誰かが、きっと、ぼくを殺すだろう。けれども、世間の人々にぼくが死んだと信じさせておけば、彼らはやりたい放題のことをする。そうすれば、彼らのしわざが明るみに出て、いずれは全滅させることができるだろう。その後で、ぼくがこの世に生きていることを発表すればいい。頭がすさまじい速さで回転して、モリアーティ教授がライヘンバッハの滝壺に落ちるまでの間に、これだけのことをすべて、考えていたのだ。

ぼくは立ち上がって、背後の岩壁を調べてみた。あの一件をありありと描写した君の文章は、数ヶ月後にたいへん面白く読ませてもらったよ。岩壁は垂直に切り立っていたと書いてあったね。けれども、正確に言うならば、それは正しくなかった。いくつかの小さな足場が見えたし、岩棚もあるようだった。崖は非常に高かったので、登りきることは明らかに不可能だったが、濡《ぬ》れた小道に足跡を残さず戻ることもできなかった。確かに、靴を後ろ前に履《は》くことも考えられた。似たような状況でその手を使ったこともあるが、同じ方向に三人分の足跡がついていては、あやしいと思われるに違いない。そう考えると、結局、危険をおかしてでも崖を登るのが一番よさそうだった。けっして気持ちのよいものではなかったね、ワトスン。下では滝がごうごうと音を立てている。ぼくは幻想を信じるたちではないが、確かに、奈落《ならく》の底からぼくに向かって叫んでいるモリアーティの声が聞こえたような気がしたよ。一つあやまったら死につながる。手につかんでいた草が抜けたり、濡れた岩のくぼみにかけた足が滑ったりして、もうだめだと思ったことも、一度や二度ではなかった。しかし、ぼくは苦労しながら上へと登り、とうとう奥行きが数フィートもある、緑色の柔らかいコケに覆《おお》われた岩棚に出た。ぼくはそこで、誰にも見られずに、ゆったりと横になることができたのだ。ねえワトスン、ぼくが死んだ状況を君たちの一団が、思いやりにあふれてはいたものの、無能な方法で調べていたとき、ぼくはそこで手足を伸ばしていたわけだ。

やがて、君たちは必然的に、まったく間違った結論を出して、ホテルへと戻っていき、ぼくは一人で取り残された。冒険もこれで終わりかと思っていたのだが、そこへ突然思いがけない事態が起きて、まだまだ驚くことが続くのだと思い知らされた。頭上から巨大な岩が落ちてきて、轟音《ごうおん》を立ててぼくの横をかすめると、小道にあたりはね返って滝壺めがけて落ちていったのだ。一瞬、偶然かと思ったけれども、次の瞬間、上を見上げると、暮れかけた暗い空を背にした男の頭が見えた。そして、またもや岩が落ちてきて、寝ていた岩棚のぼくの頭から一フィート（約三〇センチ）と離れぬところにぶつかったのだ。もちろん、これが何を意味するかは明らかだった。モリアーティは一人ではなかった。仲間がいて――そいつは一目でどれほど危険な男だかわかったのだが――教授がぼくを襲っている間中、ずっと見張っていたのだ。そして遠くの、ぼくからは見えない場所で、自分の仲間が死んでぼくが逃げたのを見ていた。彼はしばらく待ってから、回り道をして崖のてっぺんまで行き、彼の仲間が失敗したことをなし遂げようとしたというわけだ。

そう長くない時間のうちに、これだけのことを考えたのだよ、ワトスン。するとまた、あの不気味な顔が、崖から下をのぞきこむのが見えたので、また岩を落とそうとしているのだ、とぼくは思った。ぼくは小道へ這い降りた。落ち着きはらって降りたとは、とても言えないね。登るより百倍も大変だった。けれども、その危険を考えている暇さえなかった。岩棚のはしに手をかけてぶら下がったとたんに、また岩が音を立てて、ぼくをかすめていったからだ。半分まで下ったところですべってしまったが、手足をすりむいて血は出たものの、幸いにも小道におりたつことができた。ぼくは急いでその場を立ち去り、暗い山中を十マイル（約一六キロ）ひたすら逃げて、一週間後にフィレンツェにたどり着いた。もちろん、ぼくがどうなったかは、世界中で誰一人知らないはずだった。

ただ一人、兄のマイクロフトにだけは、このことを知らせておいた。ワトスン、君には本当にすまないことをしたと思うよ。けれどもぼくが死んだと思わせておくことが、何より大切だったのでね。それに、ぼくが死んだと思っていなければ、ぼくの不幸な最後についてあそこまで真に迫《せま》った描写はできなかったのは、たしかだからね。ここ三年、何度も君に手紙を書こうとペンを取ったけれど、そのつど、君がぼくへの親愛の情から何か軽はずみな行動に出て、ぼくの秘密が漏《も》れるようなことになりはしまいかと、それがこわくて、手紙を書くことができなかったのだ。そういうわけで、今日の夕方、君がぼくの本を落としたときも、君から立ち去ったのだ。というのも、ぼくはあのとき危険な状況にいたのだ。君がちょっとでも驚いたり感激したりしたら、ぼくが誰なのかがわかってしまい、取り返しのつかない悲惨《ひさん》な結果になったかもしれないのだよ。マイクロフトには、ぼくに必要な金の手配の都合があって、どうしても打ち明けるしかなかった。ロンドンでは思ったほどうまくことが運ばなかった。モリアーティ一味の裁判で、最も危険で、ぼく自身の最大の敵でもある男が、二人釈放《しゃくほう》されてしまった⑮。そこで、ぼくは二年間チベットへ旅して、ラサを訪ね、ラマ教の指導者と数日を過ごしたりして楽しんだ。君は、シゲルソンという名のノルウェー人が書いた素晴らしい探検記⑯を読んだことがあるかもしれないが、それが君の友人からの知らせであるとは夢にも思わなかったろうね。ぼくはその後、ペルシャ⑰を抜けてメッカに立ち寄り、カーツームのカリフ(18)を訪ねて、短かったが興味深い時を過ごした。その成果は外務省に報告しておいた。フランスに戻ってからは、南フランスのモンペリエにある研究所で、コールタールの誘導体に関する研究をして(19)数ヶ月を過ごした。満足いく研究結果が出せたし、ロンドンにはもう敵は一人しかいないことがわかったので、戻ろうとしていた矢先に、今回の注目すべきパーク・レイン事件が起きたので、急いで行動を開始したというわけだ。この事件は、それ自体興味深いばかりか、個人的な問題を解決するいい機会のように思えたからだ。ぼくはさっそくロンドンに戻って、自らベイカー街へおもむき、ハドスン夫人に激しいヒステリー症状をおこさせてしまったよ。ぼくの部屋と書類は、マイクロフトがまったく昔のままに保存しておいてくれていた。そんなわけで、ワトスン、今日の午後二時には昔どおりの自分の部屋で愛用の肘《ひじ》掛《か》け椅子に座り、これで昔のように、もう片方の椅子には旧友のワトスンが腰掛けていさえしたらなあと思ったものさ」

これが、あの四月(20)の夕方に私が耳を傾けた驚くべき話である。二度と見ることはないと思っていた、やせた背の高い体と、鋭く真剣な顔を、実際この目にしなかったら、まったく信じられないような話だった。どうやら彼はわたしに不幸があったこと(21)を知っていたらしく、言葉というより態度で同情を示してくれた。「ワトスン、悲しみには仕事が一番の薬だよ(22)」と、彼は言った。「今夜一つ、ぼくたち二人でする仕事がある、これが成功すれば、それだけで一人の人間のこの世における生の証しとなるだろう」わたしはさらに詳しい説明を求めたが、無駄であった。「朝までには充分わかるさ」と、彼は答えた。「三年分の話がある。まずは九時半まで[23]その話をして、それから空き家の大冒険に出かけよう」

　時間になって、拳銃をポケットに忍ばせ、冒険に胸をわくわくさせながら、二輪馬車[24]のホームズの隣に腰を下ろしていると、本当に昔に戻ったようだった。ホームズは冷たく厳しい顔つきで、黙り込んでいた。街灯の明りが彼の厳しい表情をパッと照らし出すと、考えに耽《ふけ》るように眉《まゆ》を落とし、薄い唇を引き結ぶ姿が見えた。これから、犯罪都市ロンドンの暗いジャングルで、どういう猛獣《もうじゅう》を追い詰めようとしているのかはわからなかったが、狩りの達人の態度から、この冒険が大変な危険を伴うものであることがよくわかった。一方、苦行者のような彼の暗い顔に、時折り浮かぶ冷たい微笑は、目ざす相手にとっては不運の前ぶれであった。

　ベイカー街に向かっているものとばかり思っていると、ホームズはキャヴェンディッシュ・スクェア[25]の角で馬車を止めた。気づいたのだが、馬車を降りるとき、彼は左右を鋭い視線でチラッと見ると、その後も通りの角ごとで、後をつけられていないかどうか、細心の注意を払って確認していた。確かに歩く道筋も奇妙だった。ロンドンの裏道に関して、ホームズは並はずれた知識を持っていて、このときも、わたしが存在することさえ知らない、網の目状の路地や廏《うまや》の間を、素早く確信に満ちた足どりで通り過ぎた。わたしたちはやがて、古く陰気な家並みが並ぶ小さな通りに出たが、そこを行くとマンチェスター街、それからブランドフォード街へと出た。ここでホームズは素早く狭い小道へと曲がり、木戸を通って人気のない庭へと入って行くと、次に、ある家の裏口のドアを鍵で開けた。二人とも家に入ると、彼は後ろ手にドアを閉めた。

中は真っ暗だったが、空き家であることは間違いなかった。わたしたちが歩くと、むき出しの床板がきーきー、ぎしぎしと音を立て、のばした片手に触れる壁からは、壁紙がリボンのように垂れ下がっていた。ホームズの冷たく細い指が私の手首をつかんで、長い廊下を先へと導いていくと、やがてかすかにだが、ドアの上にある薄暗い明り取りの窓が見えた。ここで、ホームズが突然右に曲がると、私たちは四角くて広い空き部屋に出た。部屋の四隅は暗く陰になっていたが、まん中は通りの明りでほのかに明るかった。近くに灯火はなく、厚い塵《ちり》が窓をおおっていたので、部屋の中は互いの姿がやっとわかるくらいだった。ホームズは片手を私の肩に置き、唇をわたしの耳元に近づけた。

「ここがどこかわかるかい?」と、彼はささやいた。

「あれはベイカー街だろう?」わたしはほの暗い窓越しに外を見て答えた。

「そのとおり。カムデン・ハウスにいる。ぼくたちの昔の下宿の向かいの建物だ(26)」

「けれど、なぜここに来たのかね？」

「それはあの美しい建物がよく見えるからさ。ワトスン、もうちょっと窓に近づいてくれたまえ。外からは姿を見られないように用心してね。そして、ぼくたちのなつかしい部屋を見上げてみたまえ。ぼくたちのささやかな冒険の多くがあそこから出発した。三年間留守にしたことで、きみを驚かす力が、まったくなくなってしまったかどうかは、わかると思うよ」

　わたしはそっと前へと進み、なつかしい窓の方をのぞいて見た。窓を見た瞬間、わたしはハッと、驚きの声を上げた。窓のよろい戸は下ろされ、部屋には煌々《こうこう》と明りが灯っていた。その明るいブラインドには椅子に座った男の影が、はっきりした黒い輪郭《りんかく》を描いてはっきりと映し出されていたのだ。頭の形、角張った肩、尖《とが》った顔つきと、どれをとっても間違えようがなかった。顔が少し横向きになっているのは、祖父母たちが好んで額に入れていた、黒い影絵のようだった。完全にホームズそのものだ。わたしは驚きのあまり、片手をのばして、ホームズが本当にそばに立っているかどうか、確かめたほどだ。彼は身体をふるわせながら、笑いを押し殺していた。

「どうだい？」と、彼は言った。

「なんということだ！」わたしは叫んだ。「信じられないよ」

「わが自由な変化の才能は、年月の移ろいにも色あせず、習慣にも屈せず」と彼は言ったが、わたしはその声に、自分の作品に対する芸術家の喜びと誇りといったものを感じた。「ぼくにそっくりだと思わないかい」

「実物だと思ったくらいだよ」

「作品の出来映えは、グルノーブルのオスカル・ムニエ[27]のおかげだ。何日もかかってあの塑像《そぞう》をつくったのだからね。蠟細工《ろうざいく》の半身像なのだ。あとは、今日の午後、ぼく自身がベイカー街に行ったときに手はずを整《ととの》えておいた」

「けれども、何のためにかい」

「それはだね、ワトスン、ぼくが本当はよそにいるのに、あそこにいると、どうしても思わせておきたい連中がいるからさ」

「とすると、あの部屋は見張られていると思ったのかね」

「見張られているのはわかっていた」

「誰にかい」

「旧敵にだよ、ワトスン。親分をライヘンバッハの滝壺で亡くした、可愛い手下たちにさ。さきほども言ったけれど、彼らは、いや、彼らだけがぼくが生きていることを知っている。敵は、いずれぼくがあの部屋に戻ると信じていた。だから、ずっと見張っていたのだ。そして今朝、ぼくの戻った姿を見たと言うわけさ」

「どうして、それがわかったのかね」

「ここの窓から覗《のぞ》いたとき、見張り番がいるのに気がついたのさ。恐れるほどの者ではないが、首絞め強盗を生業《なりわい》にしているパーカーという男で、ユダヤ・ハープの名手[28]

だ。彼のことなど気にしてはいないが、彼の後ろに控《ひか》えている、はるかに恐ろしい人物のことは大いに気がかりだ。モリアーティの腹心の部下で、崖から岩を落とした人物だ。ロンドン一の狡猾《こうかつ》で危険な犯罪者だよ。ワトスン、今夜、ぼくを付け狙《ねら》っているのもこの男だが、ぼくたちに狙われていることにはまったく気付いていないのだ」

わが友人の計画が、少しずつわかってきた。この手近な隠れ家から、見張り番が見張られ、追跡者が追跡されているのだ。向かいの窓に見えるやせた影はおとりで、わたしたちは狩人だった。わたしたちは暗闇の中で音一つ立てず、目の前の通りを急ぎ足で行き来する人影を見張っていた。ホームズはだまったまま、身動き一つしなかったが、わたしには彼が神経をとぎ澄《す》まして辺りに気を配り、じっと通行人の流れに目を向けていることがわかった。その夜は寒く、天候は荒れ模様で、長い通りを風がうなり声を立てて吹き抜けていた。通行人は多かったが、ほとんどの人がコートや襟巻《えりまき》で顔をおおっていた。一度か二度、同じ人物を見かけたような気がしたし、通りの先にある、一軒の家の軒先《のきさき》で風を避けているようにみえる、二人の男も特に気になった。そこで、そう言ってホームズの気を引こうとしたのだが、彼はちょっといらいらしたような声を上げただけで、じっと通りを見つめ続けた。一度ならず、そわそわと足を動かしたり、指で壁をトントンと叩いたりした。それは計画がすべて思い通りに進んでおらず、彼が不安になり始めていることを明らかに示していた。やがて真夜中近くなり、人通りもだんだん少なくなると、彼はいらいらを隠せない様子で、部屋を歩き回り始めた。わたしは彼に何か言おうとして、ふと明るい窓を見上げた時、またもや前と同じくらいにひどく驚いてしまった。わたしはホームズの腕をつかんで、上の方を指さした。

「影が動いた！」と、わたしは叫んだ。

確かに、こちらを向いていたのは、もはや横顔ではなく背中だった。

三年の歳月がたっても、彼の激しい気性、というより彼が自分より頭脳の働きの悪い人間に対してとる気短かな態度は和《やわ》らいではいなかった。

「動くにきまっているではないか」と、彼は言った。「ひと目で人形とわかるようなものを立てて置いて、ヨーロッパ一ずる賢いやつらをだませると思うほど、ぼくが間抜けでへまな人間だとでも思うかい、ワトスン？　ぼくたちはこの部屋に二時間いたが、その間にハドスン夫人は八回、つまり一時間に四回も、人形の角度を変えているのだ。夫人は道路側から動かすので、影が映らないのさ。あっ！」彼は鋭い声を発して、息をのんだ。うす暗い明りの中で、彼が頭を前に動かして、緊張に身を固くするのが見えた。先ほどの二人の男は、まだ軒先にうずくまっているのかもしれなかったが、もうその姿は見えなかった。すべてが音もなく闇に包まれ、目の前の窓だけが黄色く輝き、中央に黒い人影を浮かび上がらせていた。また、沈黙を破るように、激しい興奮《こうふん》を押し殺しているのであろう、微《かす》かな声が漏れた。次の瞬間、ホームズは私を部屋の一番暗い隅に引っぱり込むと、静かに、というように片手で私の唇をふさいだ。私をつかんだ指は震えていた。ホームズは、今までに見たこともないほど動揺していたが、目の前にはあいかわらず、人気も動きもない暗い通りが、まっすぐ延《の》びているだけであった。

けれども、突然、わたしはホームズのより鋭い五感がすでにとらえていたものによようやく気付いた。ベイカー街の方向からではなく、まさしく、わたしたちが身を隠している家の裏手から、かすかな低い音が聞こえたのだ。ドアが開いて、閉まった。次の瞬間、廊下を忍び足で近づいてくる足音がした——音を立てないようにしているが、空き家じゅうに気味悪く響きわたっている。ホームズが壁際にうずくまったので、私もそれに続き、片手で拳銃をしっかりと握った。薄暗がりにじっと目をこらしていると、男の姿が、開いたドアの暗がりの中に、いっそう黒い影となって見えた。男は一瞬立ち止まってから、腰を低くして、脅《おど》すような姿勢で部屋に忍び入ってきた。この不気味な人影が三ヤード（約二・七メートル）と離れないところまで迫ったので、私は攻撃に備えて身構えた。が、男はわたしたちがいることには気づいていなかった。彼は、わたしたちのそばを通って、窓際へと忍び寄ると、音を立てずにそっと半フィート（約一五センチ）ほど窓を上げた。男が開いた窓の高さまで、身をかがめたので、

ほこりだらけの窓ガラスで曇ることもなく、通りの明りが、直接男の顔を照らし出した。男は興奮しきってわれを忘れたようすだった。両目は星のようにキラキラと光り、顔はけいれんしていた。やせて尖った鼻と高くはげ上がったひたいの初老の男で、たっぷりとした白髪混じりの口ひげを生やしていた。オペラハットをあみだにかぶり、外套《がいとう》の開いた部分からは夜会用のシャツの胸がちらついていた。顔はやせこけて浅黒く、残忍そうなしわが深々と刻まれていた。手にはステッキのようなものが握られていたが、床に置くとカチンという金属音が響いた。次に、男は外套のポケットから大きなものを取り出し、忙しそうに何やらして

いたが、最後にカチッとバネかボルトがかかったときのような音が聞こえた。さらに床にひざまずいたまま、男は前かがみの姿勢で全体重をかけて、レバーのようものを締めていたが、やがて、ぎいぎいと何かが回るような音が続いたかと思うと、もう一度、カチッという大きな音が聞こえた。やがて身を起こした男を見ると、手には不かっこうな台尻《だいじり》のついた、銃のようなものを握っていた。彼は銃尾を開くと、何かを詰めて、尾栓《びせん》をカチリと閉じた。そして、身をかがめると、銃身の先を開いた窓の敷居に載せた。口ひげが銃床の上に垂れ、照準を定める目は光っていた。台尻を肩に置き、照準の先にはっきりと見えるあの驚くべき標的、黄色い光を背景にした黒い人物像を見て、男がかすかに、満足げな吐息《といき》をつくのが聞こえた。男は一瞬、身を固くしてじっと動きを止めた。そして指が引き金を引いた。ヒューッという奇妙な高い音がして、チャリーンというガラスの割れる音が長く響いた。と同時に、ホームズが虎のように狙撃者の背に飛びかかり、うつ伏せに組み伏せた。男はすぐ起き上がると、すさまじい力で、ホームズの喉元《のどもと》をつかんだ。しかし、わたしが拳銃の台尻で頭を殴ると、再び床の上に倒れた。わたしが男の上に飛び乗って押さえつけると、ホームズはピーッと呼び子を鳴らした。バタバタと歩道を走る足音が聞こえ、制服巡査が二人と私服刑事が一人、正面玄関を通って部屋に駆《か》け込んできた。

「君は、レストレイドじゃないか?」と、ホームズは言った。

「そうですよ、ホームズさん。この事件は自分で受持ちました。ロンドンでまたお会いできてうれしいですよ」

「少しばかり民間人の手助けがお入り用かと思ってね。一年に[29]迷宮入りの事件が三件もできてはまずいでしょう、レストレイド。しかし、モウルジー事件はいつもと違って、その、まあそう、なかなかお見事でしたよ」

わたしたちは全員立ち上がったが、犯人は両脇を頑強《がんきょう》な警官に挟《はさ》まれて、息をはずませていた。通りには、すでに通行人が数人集まり始めていた。ホームズは窓際まで行って、窓を閉め、ブラインドを下ろした。レストレイドがろうそくを二本取り出し、警官たちがカンテラの覆いをはずした。ようやくわたしは犯人の姿をはっきりと見ることができた。

わたしたちに向けられたその顔は、恐ろしく男性的だが、邪悪さにあふれていた。哲学者のようなひたいと好色そうなあごを持つこの男は、善悪いずれの面でも大きな可能性を秘めて、人生のスタートを切ったに違いない。しかし、垂れさがった、世をすねたようなまぶたの下にのぞく残忍な青い目、凶暴で攻撃的な鼻、そして深いしわの刻まれた威嚇《いかく》するようなひたいを見れば、そこにははっきりと、創造主が示した明確な危険信号が現われていた。彼は、わたしたちには目もくれず、憎しみと驚嘆《きょうたん》が半々に混じりあった表情で、ホームズの顔をじっと見つめていた。「悪魔め!」彼はぶつぶつと言い続けた――「ずる賢い奴だ、ずるい悪魔め！」

「やあ、大佐」と、ホームズは乱れたえり元を直しながら言った。「昔の芝居のセリフではありませんが、『旅の終わりは恋するものの巡《めぐ》り逢《あ》い』[30]ですかな。ライヘンバッハ滝の上の岩棚でお世話になって以来すっかりごぶさたでしたからね」

大佐は依然として放心状態でホームズを見つめて、「抜けめのない奴だ、抜けめのない悪魔め！」と言うばかりだった。

「まだ紹介していませんでしたね」と、ホームズが言った。「皆さん、こちらの紳士はかつて大英帝国インド陸軍におられたセバスチャン・モラン大佐[31]で、わが東方帝国インド随一の猛獣狩りの名人です。大佐、あなたの虎狩りの記録は今でも破られてはいませんね？」

凶暴な年配の男は何も言わず、ただホームズをじっとにらんでいた。どう猛な目つきをして、口ひげを逆立てたその姿は、まったく虎そのものだった。

「こんなに単純な仕掛けで、君ほどの老練《ろうれん》な猟師《シカリ》[32]をだませるとは、思いもよらなかったです」と、ホームズは言った。「よくご存じの手ですよ。子ヤギを木の下に繋《つな》いでおいて、銃を持って木の上に隠れ、おとりが虎を引きつけるのを待つという。あなたも経験がおありでしょう。この空き家がぼくの木で、あなたが虎というわけだ。虎が何頭も現われた場合や、万一的をはずした場合のことを考えて、予備の射手《しゃしゅ》たちを配

置しておかれたかもしれませんが、ここにいるのが」と彼は周りを指さした。「その控えの射手たちです。何もかもピッタリ当てはまるでしょう」

モラン大佐は怒りのうなり声を発して飛びかかろうとしたが、警官たちに引き戻された。怒り狂ったその顔は、見るに堪えぬほど恐ろしいものであった。

「正直言って、少々驚かされたこともありましたよ」と、ホームズは言った。「君自身が、この空き家とこの通りに面した格好のまっ正面の窓を利用するとは思いもよらなかった。通りから撃つだろうと思っていたので、友人のレストレイドとその部下に待機してもらったわけです。この例外を除《のぞ》けば、すべて思った通りだったね」

モラン大佐は刑事の方に向き直った。

「わしを逮捕する正当な理由があるかないかは知らないが、少なくとも彼の笑いものにされる理由はないはずだ。わしがいま法の下に捕われているというなら、すべて法に基いて処理してほしいものだ」と、彼は言った。

「なるほど、もっともなことだ」と、レストレイドは言った。「わたしたちがここを出る前に、言っておくことはもうありませんね、ホームズさん」

ホームズは床から強力な空気銃(33)を取り上げて、その構造を調べていた。

「すばらしい、ユニーク(34)な武器だ」と、彼は言った。「音はしないし、途方もなく強力だ。フォン・ヘルダーというドイツ人の目のみえない職人が、故モリアーティ教授の注文で作ったものだ。こういう銃があることは何年も前から知ってはいたが、今まで、実際に手にする機会はなかった。この銃には特に注目したほうがいいですよ、レストレイド、この特製の弾丸にもね」

「確かにお預かりしますよ、ホームズさん」レストレイドは、一行と共にドアに向かいながら言った。「何かつけ加えることはないですかね」

「どういう容疑で逮捕するおつもりかだけ、聞かせてほしいね」

「どんな容疑ですって？　もちろんシャーロック・ホームズ氏殺害未遂ですよ」

「いや、いや、それは違うよ、レストレイド。この件では、ぼくは絶対に表に出たくないね。この注目すべき犯人逮捕の手柄《てがら》は、君だけ、君ひとりだけのものだ。そう、レストレイド、おめでとう！　いつもの手際よさと大胆《だいたん》さの組み合わせが功《こう》を奏《そう》して、あの男を逮捕できたのです」

「逮捕ですって！　誰を逮捕したと言うのですか、ホームズさん？」

「当局が、全力を挙《あ》げて捜索したにもかかわらず、捕まえることのできなかった男、すなわち、先月三十日にパーク・レイン四二七番の三階正面の開いた窓から、空気銃から発射された、先の広がる弾で、ロナルド・アデア閣下を撃った犯人、セバスチャン・モラン大佐をです。それが容疑なのですよ、レストレイド。さあ、ワトスン、割れた窓から風が入るのさえ我慢《がまん》できれば、半時ばかりぼくの書斎で一服するのも、なかなか有益で楽しいと思うね」

わたしたちの懐かしい部屋は、マイクロフト・ホームズの指示とハドスン夫人(35)の手による管理で、昔のままであった。部屋にはいると、実際あの部屋だろうか、と思うほどきちんと整頓《せいとん》されていたが、主要なものはすべて当時と同じ場所に置かれていた。

部屋の隅には化学実験装置や、酸で汚れた板張りのテーブルもあった。棚には、探偵の友人であるならず者の多くのロンドン市民が焼き払ってしまいたいと思っているだろう、恐るべきスクラップ・ブックや参考資料が並んでいた。図表やヴァイオリン・ケースやパイプたて——さらにはタバコ入れとなっているペルシャ・スリッパまで——が見まわすと目に入った。部屋にはすでに二人の人物がいた。一人はハドスン夫人で、わたしたちが部屋に入ると、にこやかに笑いかけた。そしてもう一人は、この夜の冒険で、非常に重要な役割を演じた、奇妙な人形だった。ろうで色づけされたホームズそっくりの人型なのだが、驚くほどよくできていて、完全にわが友と瓜二つ《うりふた》であった。ホームズの古いガウンを着せられ、小さな一脚テーブルに載せてあったが、ガウンの裾《すそ》が長く垂れているため、通りからだと本物そっくりに見えるのだ。

「すべて指示どおりやってくれましたね、ハドスンさん」と、ホームズは言った。

「ご指示どおり、あそこまでは、膝《ひざ》で這っていきましたよ」

「すばらしい。実にうまくやってくれました。弾がどこに当たったか見ましたか」

「はい、あなたのすてきな胸像を、台無しにしたのではないかしら。まっすぐに頭を打ち抜いて、壁に当たって平たくなったのですよ。弾はじゅうたんの上で拾いました。ほら！」

ホームズは弾を手に取り、わたしに見せた。「ワトスン、見ての通り、ダム・ダム弾だよ。天才的だね――誰も空気銃からこういうものが発射されるとは思わないだろうからね。ハドスン夫人、お手伝いくださって本当にありがとう。さて、ワトスン、また昔の椅子に座ってみせてくれたまえ。いくつか君と話し合いたいことがあるんだ」

彼はみすぼらしいフロックコートを脱ぎ捨て、胸像から脱がせたネズミ色のガウン(36)を着ると、昔のホームズに戻っていた。

「老狩猟家は、以前と変わらぬ度胸と鋭い目を持っていたようだね」と、彼は胸像の砕かれたひたいを調べながら、笑って言った。

「後頭部のまん中に命中して、脳を射抜《いぬ》いている。彼はインド一の射手だが、ロンドンでも、これ以上の腕の持ち主はそういないだろうね。彼の名前を聞いたことがあるかい」

「いや、ないね」

「まあ、名声などそんなものだ！　しかし、ぼくの記憶が正しければ、君はジェイムズ・モリアーティ教授の名前も知らなかったね。今世紀最大の頭脳を持つ一人なのにすまないが、棚からぼくの人名簿を取ってくれたまえ」

彼は椅子にもたれて、葉巻きの煙を立てながら、物憂《ものう》げにページをめくった。

「Mの項は実に壮観《そうかん》だ」と、彼は言った。「モリアーティだけでも充分見栄えがする

のに、毒殺魔のモルガン[37]もあれば、思い出すのも忌まわしいメリデューの名もある。さらにはチャリング・クロス駅の待合い室でぼくの左の犬歯を折ってくれたマシューズ、そして最後に、ここにある今夜のご友人だ」

彼が人名簿を手渡してくれたので、わたしが読んだ。「モラン、セバスチャン、大佐。無職。元ベンガロア第一工兵隊所属。一八四〇年、ロンドン生まれ。C・B（バス勲等《くんとう》最下級者）、元ペルシャ大使であるサー・オーガスタス・モランの息子。イートンおよびオックスフォードで教育を受ける。ジョワキ戦、アフガン戦に参戦、チャラシアブ戦（特別殊勲者報告書に名を連ねる）、シェプール、およびカブールでの戦闘に参加。『西部ヒマラヤの猛獣狩り』（一八八一年）、『ジャングルの三ヶ月』（一八八四年）の著者。住所：コンデュイット街。所属クラブはアングロ・インディアン・クラブ、タンカヴィル・クラブ、バガテル・カード・クラブ」

　余白にはホームズの几帳面《きちようめん》な字でこう書いてあった。「ロンドンで二番目に危険な男」

「驚いたね」と、わたしは人名簿を返しながら言った。「軍人としては立派な経歴の持ち主ではないか」

「そのとおりさ」と、ホームズは答えた。「ある時期までは、素晴らしかった。常に鋼鉄《こうてつ》の神経を持ち、インドでは、傷ついた人食い虎を追って、排水溝を這っていったときの話が、今でも語られている。けれどもね、ワトスン、ある高さに達すると、突然醜《みにく》く奇妙な形に枝葉をのばす木があるだろう。人間にもよくあることさ。ぼくの説では、個人はその発達段階で、先祖代々の歩みをすべて再現するのだが、善または悪への急激な変化は、その血筋に入ってきた、何らかの強い要因を表しているのだ。個人は一族の歴史の、いわば縮図というわけさ」

「それはまた、ずいぶんと奇抜《きばつ》な説だね」

「まあ、ぼくもこの説に固執《こしつ》するわけではないけどね。理由はともあれ、モラン大佐はおかしくなり始めたのだ。あからさまな醜聞《しゅうぶん》があったわけではないが、それでも、彼はインドにはいられなくなった。そこで退役してロンドンに戻り、再び悪名をとどろかすことになった。モリアーティ教授に見いだされたのはこのころで、一時は彼の手下の元締めだった。モリアーティは彼に金をふんだんに与え、並の犯罪者では手に負えないような大仕事に、一、二度だけ使った。一八八七年にローダー(38)のスチュアート夫人が死んだ事件を覚えているかね。覚えていない？　そう、確かにモランのしわざだと思うのだが、何一つ証拠を挙げることはできなかった。大佐は人目につかない鮮やかな手口を使うので、モリアーティ一味が壊滅《かいめつ》した時でさえ、彼を検挙できなかった。いつか、ぼくが君の部屋を訪ねたときのことを、覚えているだろう。空気銃を恐れて、よろい戸を閉めた時のことだよ。奇妙なことをすると思ったろうけれど、ぼくとしては、当然のことをしたまでなのだ。あの優れた銃の存在を知っていたし、世界で指折りの射撃の名手が、その銃の背後にいることも、知っていたからね。スイスに行ったときも、彼はモリアーティと一緒にぼくたちを追ってきたし、ライヘンバッハの岩棚であの忌まわしい五分間、ぼくを苦しめたのも、間違いなく彼なのだ。

お察《さつ》しのように、ぼくはフランスに滞在中、彼を監獄に投げ込む機会を探して、丹念《たんねん》に新聞に目を通していた。彼がロンドンを大手を振ってのし歩いている限り、実際、帰っても生きた心地がしないだろう。夜も昼も、彼の影を感じて、いずれやられるに違いない。いったい、ぼくに何ができるだろう？　見つけしだい射殺、などということをしたら、こちらが被告席に立つ羽目になる。治安判事に訴えても無駄だ。彼らにしても、証拠もない、疑いに過ぎないことを根拠に、介入するわけにはいかないからね。だから、ぼくには何もできないのさ。だが、いずれ彼をつかまえるときが来ると思って、犯罪のニュースには、気をつけていたのだ。そこへ、ロナルド・アデアの死亡事件が起きた。とうとうチャンスがやってきた！　知り得た情報からして、モラン大佐のしわざに違いなかった。彼は青年とカードをして、クラブから家まで彼をつけていった。そして、開いた窓から彼を撃った。間違いない。弾さえあれば、それだけで彼のしわざだと証明できる。そこでぼくはすぐに戻って来た。が、見張りに見つかってしまった。これは大佐にすぐに知れて、ぼくが急に戻ったのは自分の犯罪が発覚したためだと思い、あわてふためくだろう。そして、すぐさま、ぼくを殺そうとするに違いない。それにはあの殺人兵器を持ち出すだろう。彼のためには、窓に素晴らしい標的を置いて、警察には、助けが必要になるかもしれないと言っておいた――ところで、ワトスン、君は警官があの戸口にいたのにちゃんと気づいたね――見張るには絶好の場所をぼくが確保したと思ったのだが、彼が同じ場所を狙撃地点に選ぶとは、夢にも思わなかったよ。さあ、ワトスン、他に説明しておくことはあるかい？」

「あるとも」と、わたしは言った。「モラン大佐がロナルド・アデア閣下を殺した動機についての説明がないよ」

「ああ！　ワトスン、その話になると推測の域を出ないから、いかに論理的な頭脳の持ち主でも、間違うことはあり得るよ。今ある証拠を元に、それぞれがそれぞれの仮説を立てるのだから、君のでも、ぼくのでも、当たる確率はそう変わらない」

「それでは、仮説をたてたのかい？」

「事実を説明するのはむずかしくないよ。モラン大佐とアデア青年が組んで、かなりの額《がく》を勝ったという証言がある。まあ、モランがいかさまをしたに違いない――彼のいかさまについてはぼくは前からわかっていたからね。殺人があった日、アデアはモランのいかさまに気づいたのだろう。きっと、アデアはモランと二人だけで話をして、自らクラブを辞めて、二度とカードに手を出さない、と約束しなければ、不正をバラすぞと脅したのだろう。アデアのような若者が、いきなり自分よりずっと年上で名の知れた男の不正を暴《あば》いて、世間を騒《さわ》がすようなことをするとは思えない。おそらく、いま言ったような行動に出たのだろう。クラブに出入りできなくなれば、モランにとってはそれこそ身の破滅だ。カードのいかさまで食べていたのだからね。そこで、彼はアデアを殺した。アデアは殺されたとき、相棒の汚い手でもうけた金を、受けとるわけにはいかなかったので、いくら返せばいいか計算しているところだった。ドアに鍵をかけたのは、母親や妹が不意に入ってきて、名前を書いたりコインを積んだりして、いったい何をしているのかと聞かれるのが、いやだったからだ。まあ、こんなところかな」

「きっと、君が言ったことが真実に間違いないよ」

「真実か否かは、いずれ裁判ではっきりするだろう。まあ、いずれにしても、もう二度とモラン大佐に悩まされることはないだろうし、世に聞こえたフォン・ヘルダーの空気銃はスコットランド・ヤード博物館(39)に飾られることだろう。そして、シャーロック・ホームズ氏は再び自由の身に返り咲き、ロンドンの複雑な生活が、次から次へと生み出してくれる、ちょっとした面白い事件の捜査に、その身を捧《ささ》げることができようということだね」

ノーウッドの建築士

S. PAGET

「犯罪専門家の観点から言うと」と、ホームズが言った。「あの故モリアーティ教授が死んでからというもの、ロンドンはひどくつまらない都市になったね」

「まともな市民の多くは、君の考えに同意するとは思えないがね」と、わたしは答えた。

「まあ、わがままは言えないね」と笑って言いながら、彼は朝食のテーブルから椅子《いす》を後ろに引いた。「確かに社会にとってはいいことで、仕事がなくなって失業中の哀れな専門家以外、誰も損をしてはいない。あの男が悪事を働いていた頃には、朝刊が無限の可能性を提供してくれていたものだ。おおかたは非常に小さな痕跡《こんせき》でしかないのだよ、ワトスン。ほんのわずかな印なのだが、それでも、邪悪で偉大な頭脳がそこにあることを知るには充分だった。クモの巣の端がかすかに揺れるだけで、真ん中に潜《ひそ》んでいる邪悪なクモの存在がわかるようなものさ。けちな盗み、理不尽《りふじん》な暴行、目的のない乱暴――手がかりを握った人間にとっては、すべてが絡み合って、一つの全体像が見えてくるのだ。高度な犯罪世界を科学的に研究する者にとって、ヨーロッパでロンドンほど好都合な都市はなかったのだが、今や——」彼は肩をすくめて、自分自身が尽力《じんりょく》して生み出した状況に、おどけた様子で抗議するのだった。

これは、ホームズがロンドンに戻って数ヶ月経った頃のことで、私は彼の願いどおり開業医の仕事を人にゆずり、ベイカー街の昔の下宿に戻って、ホームズと同居するようになっていた。ヴァーナーという名の若い医者(40)が、ケンジントンのわたしのささやかな医院の権利を買い取ってくれたのだが、驚くことに、ほとんど不平らしいことも言わず、わたしがふっかけた高値を支払ってくれた。数年後にわかったことだが、ヴァーナーはホームズの遠縁に当たる人物で、実際に金を出したのはホームズだったのである。

二人で暮らし始めてからの数ヶ月は、ホームズが言うほど単調なものではなかった。わたしの覚え書きを見ても、この時期には、前大統領ムリリョ(41)の書類事件があったし、またオランダ汽船フリースランド号(42)の恐るべき事件では、二人とも危うく命を落とすところであった。しかし、ホームズの冷徹《れいてつ》で誇り高い性格は、どういう形であれ、世間の賞賛を嫌うため、彼自身や、その手法、あるいは事件の解決について、これ以上何も書くなと、わたしに厳しく禁じたのである。その禁止が解けたのは、前にも言ったように、ごく最近のことである。

シャーロック・ホームズ氏は奇妙な不平を述べてから、椅子に背をもたせて座り、

のんびりと朝刊を開きかけた。その時、玄関のベルがけたたましく鳴って、わたしたちの注意を引いた。そしてそれに続いて、すぐに、誰かが玄関のドアを拳《こぶし》で叩いているような、うつろなドンドンという音が聞こえた。ドアが開くと、ホールになだれ込むような音と、あわただしく階段を駆《か》け上がる足音がして、次の瞬間、半狂乱で目を血走らせた青年が、青白い顔で髪振り乱し、恐怖に駆られたように部屋に駆け込んできた。彼はわたしたち二人の顔を見

比べていたが、いぶかしげな視線を浴びて、ことわりもなく侵入したことを謝らなければと思ったようだった。

「ホームズさん、たいへん失礼しました」と、青年は大声で言った。「お許しください。わたしはもう気が変になりそうなのです。ホームズさん、わたしがあの不幸なジョン・ヘクター・マクファーレン[43]です」

彼は、自分の名前さえ言えば、自分が来たことも、その不作法な態度も、説明がつくと言わんばかりだったが、ホームズの冷たい表情を見ると、わたし同様、彼にも事情が飲み込めないことがわかった。

「マクファーレンさん、一服なさいませんか」と、ホームズはタバコ入れを差し出しながら言った。「その症状には、ここにいる友人のワトスン医師が鎮静剤《ちんせいざい》を処方するだろうと思いますね。なにしろここ二、三日は、ひどい暖かさでしたからね。まあ、少し落ちついたら、あの椅子に腰掛けて、あなたがどなたで、どういうご用件でいらしたのか、ゆっくり落ちついてお話しください。わたしが、あなたの名前を知っているかのような、お話しぶりでしたが、わたしには、あなたが独身の事務弁護士で、フリーメイソンの会員で、喘息《ぜんそく》持ちだという明らかな事実以外、何一つわからないのですから」

ホームズの推理方法はよく知っていたわたしは、その方法に従って、服装の乱れ、法律文書の束、時計の鎖《くさり》についている飾り、それに息づかいなど、彼の推論の根拠に気づくのは、そう難しいことではなかったが、依頼人は驚きのあまり、ただただ一点を見つめるばかりだった。

「すべておっしゃるとおりですよ、ホームズさん。さらにつけ加えれば、わたしはこの瞬間、ロンドン一不幸な男です。ホームズさん、どうぞわたしをお見捨てにならないでください！　話し終えないうちに、奴らがわたしを逮捕しに来たら、あなたに真実を全部話せるよう、時間をくれと頼んでください。外であなたがわたしのために働いてくださっている、とわかっていれば、喜んで監獄にも行けます」

「逮捕ですって！」と、ホームズは言った。「それはほんとうに素晴らし――いやほんとに興味深い。逮捕されるとは、いったい何の容疑[45]ですか」

「ロウアー・ノーウッド[44]のジョナス・オールデイカー氏の殺人容疑でです」

わが友の表情豊かな顔には、同情の色が見えたが、そこには満足げなようすが混じっていないと言えないでもなかった。

「いや、それは！」と、彼は言った。「近頃の新聞からはセンセーショナルな事件がなくなったと、つい今しがた、朝食をとりながら、友人のワトスン先生と話したところでした」

訪問者は震《ふる》える手を伸ばして、ホームズの膝《ひざ》にあった「デイリー・テレグラフ」紙を取り上げた。

「これをご覧になっていれば、今日、わたしがここに来たわけが一目でおわかりになったはずです。わたしの名前と、今回の不運が、いたるところで噂《うわさ》されているように思えるのです」彼は新聞を繰《く》って、中央のページを開いた。「ここです。お許しいただけたら、わたしが読みます。ホームズさん、聞いてください。見出しはこうなっています。『ロウアー・ノーウッドの奇怪な事件。有名な建築士、失踪《しっそう》。殺人と放火の疑い。犯人逮捕への手がかり』警察はこの手がかりを追って、すでに動いているのですが、ホームズさん、その先は間違いなく、わたしにたどり着くのです。ロンドン・ブリッジ駅(46)からはずっと尾行されていました。きっと逮捕状が出るのを待つばかりなのです。このことを母が知ったら、どんなに悲しむことでしょう――ほんとうに！」

彼は襲ってくる不安に、身もだえするように両手をねじり、椅子の中の体を前後に揺すった。

わたしは、この男を興味深く眺めた。男は暴力事件の犯人の容疑がかけられていると言う。あま色の髪をした、青白い消極的なタイプの、ハンサムな青年で、きれいにひげを剃《そ》った顔には、おびえたような青い目と、気弱で神経質らしい口元が見える。年のころは二十七歳ぐらいだろうか、身なりや物腰から紳士であることがみてとれた。軽いサマーコートのポケットから出ている、裏書きされた書類の束が、その職業を物語っていた。

「時間の無駄はできませんね」と、ホームズは言った。

「ワトスン、すまないが新聞を取って、問題の箇所を読んでみてくれないだろうか」

わたしは依頼人が先ほど読んだ派手な見出しの下の、次のような暗示的な記事を読んだ。

昨夜遅く、というよりは本日未明に、ロウアー・ノーウッドにて、重大犯罪に発展しそうな事件が発生した。ジョナス・オールデイカー氏はこの郊外地区に住む著名人で、長年建築士として開業していた。オールデイカー氏は独身で五十二歳、シドナム街道のシドナム側の突き当たりにあるディープ・ディーン・ハウスに住んでいる。彼は風変わりな趣味を持ち、秘密めいた隠遁《いんとん》生活を送っているとの評判である。ここ数年は、事実上、事業からは手を引いていたが、事業ではかなりの財産を蓄《たくわ》えたと伝えられる。しかし、屋敷の裏には今でも小さな材木置き場があり、昨夜十二時頃、その材木の山の一つから出火したとの報があった。消防車が急行したが、乾燥《かんそう》した木材の火勢は強く、一山完全に消失するまで、火の手を抑えることはできなかった。この時点では、通常の失火事故の様相を呈《てい》していたが、新たに、重大犯罪を示唆《しさ》する証拠が見つかった模様。火事現場に、当家の主人が姿を見せなかったことに、不審が持たれ、続く捜査の結果、彼の失踪が確認された。彼の部屋を捜索したところ、ベッドで休んだ形跡がなく、部屋の金庫が開けられ、多数の重要書類が部屋中に散乱していた。さらに、残忍な格闘が行なわれたことを示すように、室内にはわずかな血痕《けっこん》がみられ、さらに、柄《え》に血のついたオーク材のステッキが発見された。ジョナス・オールデイカー氏は、その夜遅く、寝室に客を招いたことがわかり、発見されたステッキはその客のものと判明した。客の名は、ジョン・ヘクター・マクファーレン、ロンドンE・C区、グレシャム・ビルディングズ四二六番、グレシャム・アンド・マクファーレン事務所の次席で、若手の事務弁護士である。(47)警察は犯罪の動機を説明するに充分な証拠を得たと確信しており、このさき事件がめざましい進展を見せることは間違いない。

続報――印刷直前に、ジョン・ヘクター・マクファーレン氏がジョナス・オールデイカー氏殺人の容疑で実際に逮捕されたという噂が伝えられた。少なくとも、逮捕状が出されたことは確かだ。ノーウッドにおける捜査は進み、さらに不吉な展開を見せている。不幸な建築士の部屋で先に述べた格闘の跡があった他に、彼の寝室(一階に面している)のフランス窓が開けられていたこと、重さのわりには大きい物体を、材木の山までひきずったような跡があることが知られ、さらには、火事により炭化した燃えかすの中から、黒こげの遺体が発見されたと言われている。警察は、重大な犯罪が行なわれた、との見方を示した。被害者は寝室で撲殺《ぼくさつ》され、金庫の書類が荒らされ、死体は材木の山まで引きずられ、犯罪の痕跡を隠すために火をかけられた、というのである。捜査はスコットランド・ヤードのベテラン、レストレイド警部の手に委《ゆだ》ねられており、同警部はいつもの精力的かつ懸命《けんめい》な捜査で、手がかりを追跡中である。

シャーロック・ホームズは両手の指先を合わせ、目を閉じて、この驚くべき記事に聞き入っていた。

「この事件には、確かに興味深い点があるね」と、彼はいつもの物憂《ものう》げな調子で言った。「マクファーレンさん、まずはじめに、おたずねしたいのですが、あなたを逮捕できる充分な証拠があるようにみえますが、いまだに自由の身でいられるのはなぜなのですか」

「ホームズさん、わたしはブラックヒースのトリニトン・ロッジに両親と住んでいます。けれども、昨夜は、非常に遅い時刻にジョナス・オールデイカー氏と仕事で会う約束があったので、ノーウッドのホテルに泊まり、そこから出てきました。事件のことなどは何も知らずに列車に乗り、列車の中で今お聞きになった記事を読んだのです。すぐに、自分が恐ろしく危うい立場にいることを知り、事件をあなたの手に委ねようと、こうしてあわてておじゃましたというわけです。シティの仕事場か家にいたら、とっくに逮捕されていたことでしょう。実際、ロンドン・ブリッジ駅からは跡をつけられています、きっと――おや、あれは何だ？」

チリンという呼びりんの音が聞こえたかと思うと、その後、すぐに階段を上がる重たい足音がして、次の瞬間、古くからの友人のレストレイド警部が戸口に現われた。彼の肩越しに、制服の警官が一人か二人、廊下にいるのが見えた。

「ジョン・ヘクター・マクファーレンさんだね」と、レストレイドが言った。

気の毒な依頼人は真っ青になって立ち上がった。

「あなたをロウアー・ノーウッドのジョナス・オールデイカー氏謀殺《ぼうさつ》の容疑で逮捕します」

マクファーレンは、もうこれまでといった身ぶりでこちらを振り返り、打ちひしがれた様子で、また椅子に沈み込んだ。

「レストレイド、ちょっと待ってくれないか」と、ホームズは言った。「三十分くらいなら、遅れても問題はないでしょう。こちらの紳士は今、大変興味深い事件の話をなさるというのです。事件解決に、役立つかもしれません」

「事件の解決には、何ら難しいことはないですよ」と、レストレイドは苦々しげに言った。

「そうだろうか、お許し願えれば、彼の説明を聞きたいのだが」

「まあ、ホームズさん、あなたの申し出には、断れないでしょうな。これまでにも一、二度警察に協力してもらって、スコットランド・ヤードがお世話になっていることでもありますし」と、レストレイドは言った。「ですが、わたしはこの四人から離れませんよ。それから、警告しておきますが、あなたがこれから話すことはすべて、あなたに不利な証拠となるかもしれませんせん」

「そんなことはかまいません」と、依頼人は言った。「話を聞いていただいて、本当のことを認めてほしいだけなのですから」

レストレイドは時計に目をやった。「では、三十分待つことにしよう」と、彼は言った。

「まずはじめに申し上げたいのは」と、マクファーレーンは言った。「ジョナス・オールデイカーさんのことは何一つ知らないということなんです。名前はよく耳にしていました。かなり前に両親が知り合いだったからですが、その後疎遠《そえん》になったのです。ですから、昨日の午後三時頃でしたか、彼がシティのぼくの事務所に来たときは、非常に驚きました。しかし、訪問の目的を聞いたときは、さらに驚きました。彼は手に、走り書きをしたメモ用紙を数枚持っていて――これがそれです――それをわたしの机においたのです。

『これは私の遺言状です』と、彼は言いました。『マクファーレンさん、これをあなたに法律的に正式な形にしていただきたい。書類ができあがるまで、ここで待たせていただこう』

わたしはそれを写し始めましたが、いくつか条件はあるものの、財産のすべてをわたしに残すという内容を見て、どれほど驚いたことか。彼は眉毛《まゆげ》が白く、フェレット（ケナガイタチの一種）のような感じのする、一風変わった小がらな人物で、わたしが見上げると、鋭い灰色の目に面白そうな表情を浮かべ、じっとこちらを見ているのです。遺言状の内容を読みながらも、それが現実だとはなかなか信じられませんでした。彼は独身で、親族で生きている人間もいないと言っていいし、若い頃わたしの両親を知っていて、わたしのことは有望な青年だと常々耳にしていた、そこで、自分の金をふさわしい人物に、安心して委ねられると思ったというのです。もちろん、わたしのほうは口ごもりながらも、何とか礼を言うしかありません。遺言状はきちんと仕上がり、署名して、事務所の書記が証人になりました。(48) この青い書類がその遺言状で、こちらの紙切れが先ほど説明した下書きです。ジョナス・オールデイカーさんは、他にも建物の借用契約書、不動産の権利書、抵当《ていとう》証書、分割払込済み証券などたくさんの書類があるので、目を通して、了解しておいてもらう必要があると言いました。手続きが全部きちんと終わるまで安心できないから、今晩にでも遺言状を持ってノーウッドの家に来てはくれないか、そこでいろいろ取り決めよう、とも言いました。『いいかね、すべてきちんと終わるまで、ご両親には内緒だよ。あとでびっくりさせようじゃないか』彼はこの点に関して何回も念を押して、必ず守ると私に約束させようじゃないか』

ホームズさん、おわかりいただけると思いますが、何を頼まれても、断れるような気分ではなかったのです。彼はわたしに恩恵《おんけい》を施《ほどこ》してくれる人ですから、その人の望むことなら、どんなことでもしようと思いました。そういうわけで、家には電報を打ち、大事な仕事があり、今夜は何時に帰れるかわからないと、言っておきました。オールデイカーさんには、九時にしか帰れないが、一緒に食事をしたいので、そのころ来てほしいと言われていたのです。でも家がなかなか見つからなくて、着いたときには約束の時間を三十分ほど過ぎていました。そうしたら彼は――」

「ちょっと待って！」と、ホームズが言った。「誰が玄関のドアを開けたのですか？」

「中年の女性です。おそらく家政婦だと思います」

「その人はあなたの名前を言ったんですね」

「そのとおりです」と、マクファーレンは言った。

「どうぞ、続けてください」

マクファーレン氏はひたいの汗をぬぐって、話を続けた。

「その女性に案内されて居間に入ると、簡単な夕食が用意されていました。食事が済むと、ジョナス・オールデイカーさんは、わたしを寝室に連れていったのですが、そこには重そうな金庫が置いてありました。彼は金庫を開けて、書類の山を取り出し、二人でそれに目を通しました。作業が終わったのは、十一時から十二時の間です。家政婦を起こしてはいけないから、と言って、寝室のフランス窓から外に出してくれました。その窓はずっと開いていたのです」

「よろい戸は下りていましたか？」と、ホームズが尋ねた。

「確かではありませんが、半分下りていたと思います。そうです、思い出しました。窓を開けるために、彼がそれを上げたのでした。わたしのステッキが見あたらなかったのですが、『気にするなよ。これからもしばしば会うことになるのだから、今度、来るときまで預かっておくよ』と言うので、そこで、彼とは別れました。金庫は開いていて、書類はいくつかの束にして、テーブルの上に置いたままでした。かなり遅い時間で、ブラックヒースの家に帰ることもできなかったので、その夜は『アナリー・アームズ』という宿[49]に泊まりました。それ以上のことは、今日の朝、この恐ろしい事件の記事を読んで、初めて知ったのです」

「ホームズさん、他にもっと聞きたいことはありませんかな？」と、レストレイドが言った。この驚くべき話の間に、彼は疑うように眉毛を一、二度つり上げてみせた。

「まずは、ブラックヒースに行ってみてからだね」

「ノーウッドにでしょう」と、レストレイドが言った。

「そう、そう、もちろん、そう言うつもりだった」と、ホームズはいつもの謎めいた微笑を浮かべると、言った。レストレイドは、自分では認めたくはなかったものの、経験上、ホームズの剃刀《かみそり》のように鋭い頭脳が、自分自身には理解できない事件を、解明してきたことを知っていたのだ。そこには、ホームズの顔を不思議そうに見つめる彼の姿があった。

「ホームズさん、今、あなたと少しお話がしたいと思うのですが」と、彼は言った。

「さて、マクファーレンさん、ドアのところに巡査が二人いて、四輪馬車(50)が待っています」哀れな青年は立ち上がり、最後にちらりと哀願《あいがん》するような視線を投げてよこすと、部屋を出ていった。警官たちが、彼を馬車へと連れていったが、レストレイドはその場に残った。

ホームズは遺言状の元になった紙切れを取り上げると、興味津々といった表情でそれを見ていた。

「レストレイド、この書類にはいくつか興味深い点がありますね？」と言いながら、彼はそれを押しやった。

警部は困惑したような表情でそれを見た。

「最初の数行、二枚目の中央あたり、それと最後の一、二行はきちんと読めます。印

刷された文字のように鮮明だ」と、彼は言った。「けれども、それ以外の文字はひどいものだ。それに三ヶ所ほどはまったく読めませんな」
「どうしてだと思います？」と、ホームズは言った。
「さあ、あなたこそどうお思いなのです？」
「列車の中で書かれたからです。よく書かれているところは駅で、読みにくいところは走っているとき、そしてまったく読めない字は、ポイントを通過するときに書かれたのでしょう。科学的な専門家なら、これが郊外線の中で書かれたことが一目でわかりますよ。大都市の近郊以外に、これほどにポイントの多いところはありませんからね。列車に乗っている間中、この遺言状を書いていたとすると、その列車はノーウッドとロンドン・ブリッジの間で、一回しか止まらない急行だったということになるね」

レストレイドは笑いはじめた。

「ホームズさん、あなたが推理に取りかかると、わたしはいつもおいてきぼりですよ」と、彼は言った。「それが、今回の事件と、どう関係があるのです？」

「つまり、遺言状がジョナス・オールデイカーによって、昨日書かれたという点に関しては、あの青年の言葉が正しかったことになる。遺言状のような大事な書類を、こんなに行き当たりばったりに書いたりするなど、おかしいと思いませんか。後々、重要な意味を持つものになるとは、考えなかったのではないでしょうかね。効力を生じさせるつもりのない遺言状だったら、汽車の中でも書くかも知れません」

「だとすると、彼は同時に自分の死刑執行令状を書いたわけですな」と、レストレイドは言った。

「おや、そんなふうにお考えですか？」

「そうではないですか？」

ないのですよ」

「それは、そういうことも言えるでしょうが、わたしにはこの事件がまだよくわから

「わからないですって。これがわからないというのなら、いったい何がわかるって言うんですか。ある年とった人物がもし死んだら遺産が転がり込むことを、突然知った青年がいる。彼はどうするか？　誰にも何もいわず、何か口実を見つけて、その夜、その依頼人に会いに行けるようにする。家にいる、もう一人の人物が寝るのを待って、ほかに誰もいない依頼人の部屋で彼を殺し、材木置き場で死体を焼き、近くのホテルに泊まる。部屋の中とステッキに残した血痕は、わずかなものだ。おそらく、彼は血を流さずに殺せたと思ったのだろう。死体さえ焼いてしまえば、どうやって殺したか、その痕跡を隠せると思った——それが残っていれば、何かの理由で自分に疑いがかかるはずですからね。これで、まだはっきりしないとでもいうのですか？」

「そうではなくて、レストレイド、いささか、はっきりしすぎるように思えるのです」と、ホームズは言った。「君にはずいぶんと優れた点があるけれど、想像力には欠けているね。少しでもあの青年の身になって、考えてみるといい。遺言状を作ったその日の夜に、相手を殺そうとするだろうか。遺言状の作成と殺人という二つのできごとを、それほどに密接に結びつけるのは、危険すぎないだろうか。それに、家政婦が玄関を開けてくれたのだから、その家に来ていることは知られている。そういう時

をわざわざ選んだりするだろうか。さらに、さんざん苦労して死体を隠しておきながら、自分が犯人だという示しのようにステッキを残していくだろうか。レストレイド、あなたも、どれもがあり得ないことだと認めるでしょう」

「ホームズさん、ステッキに関して言えば、あなたもご存知でしょうが、犯人が慌てるのはよくあることです。冷静な人間なら決してしないようなことをするのですよ。部屋に戻るのが恐かったのかもしれません。他の説で、事実が説明できるなら、それをうかがいましょう」

「それでしたら、すぐにでも半ダースはありますよ」と、ホームズは言った。「例えば、こういうのはいかがですか。可能性も高いし、実際ありそうなことですよ。無料でお教えしますよ。その年とった男が明らかに貴重な書類を見せている。それを通りがかりのホームレスが窓から覗《のぞ》いた。よろい戸は半分しか下りていませんでしたからね。弁護士が退場して、ホームレスの登場！　その場にあったステッキをつかんで、オールデイカーを殺し、死体を焼いて逃げる」

「ホームレスがなぜ死体を焼かなくてはならないのです？」

「それを言うなら、マクファーレンも同じではないですか？」

「それは、証拠を隠すためですよ」

「それなら、ホームレスも人殺しがあったってことを、隠したいのではないかなあ」

「では、なぜ何も盗まなかったのですかね?」

「そこにあったのが、自分では取り引きしようのない書類だったからでしょう」

レストレイドは信じられないというように首を振ったが、以前ほど揺るぎない自信をもっているようには見えなかった。

「まあ、シャーロック・ホームズさん、あなたはそのホームレスとやらを探せばいいでしょう。その間、こちらはあの男を追及しますから。どちらが正しいかは、いずれはっきりしますよ。けれども、ホームズさん、この点だけは認めていただきたい——わたしたちが知る限り、書類は一枚もなくなっていない。それに、この世でたった一人、マクファーレンだけが書類を持ち去る理由のない人間なのです。自分が遺産相続人なのだから、いずれにせよ、書類は自分のものになるわけですよ」

ホームズはこの意見に心動かされたようだった。

「ある意味では、君の説を強く裏づける証拠がある。そのことは否定しません」と、彼は言った。「ただ、わたしが言いたいのは、他の説もあり得るということです。ま、おっしゃるように、いずれはっきりするでしょうがね。ではごきげんよう! 今日中にはノーウッドに立ち寄って、あなた方の進み具合を拝見できるでしょう」

レストレイド警部が出ていくと、わが友は立ち上がり、天職を目の前にした人間特有のきびきびした態度で、その日の仕事に向けて身じたくを始めた。

「ワトスン、まず最初に調べるのは」と、彼はあわただしくフロックコートを羽織《はお》りながら言った。「さっきも言ったように、ブラックヒースの方角でなければだめだ」

「なんでノーウッドではいけないのかい？」

「この事件では、一つの奇妙なできごとに続いて、すぐ、もう一つの奇妙なできごとが起こっている。警察は実際に犯罪が起こったという理由で、二番目のできごとにばかり気を取られて、間違いを犯しているのだ。ぼくにははっきりとわかるのだが、この事件を論理的に考えていくには、最初のできごとを解明することから始めなければならないのだ。なぜあれほど奇妙な遺言状が、あれほど急に、しかも、あれほど意外な相続人を対象に作られたのかということだ。それさえわかれば、その後のできごとがもっと簡単に解明できるかもしれない。

いや、ワトスン、君の手を借りなくても済みそうだ。危険はなさそうだし、もしあれば、君なしで出かけようとするわけがないじゃないか。夕方会うときには、ぼくに助けを求めてきたあの不幸な青年のために、何か成果があったと、君にも報告できるだろう」

わが友はその夜遅くに帰ってきたが、疲れはて不安そうなその顔を一目見ただけで、朝出かけるとき抱いていた大きな期待は、叶えられなかったことがわかった。彼は、一時間ほどヴァイオリンをかき鳴らして、いらだつ気持ちを静めようとしていた。が、やがて、楽器を放り出すと、彼は急に自分の身に降りかかった災難を詳しく話し始めた。

「ワトスン、何もかもうまくいかなかったよ――最悪だと言ってもいいだろうね。レストレイドの前では大口をたたいたけど、確かに今回だけは、あちらが正しくて、こちらが間違っているのかもしれない。ぼくの直感は、すべて事実と食い違っている。それに、英国の陪審員団《ばいしんいん》は、レストレイドが示す証拠より、ぼくの推理を優先するほど、高い知性をまだ持っているわけではないからね」

「ブラックヒースへは行ったのかね?」

「そうさ、ワトスン、行ってきたよ。すぐにわかったのだが、亡くなったオールデイカーはまったくたいした悪党さ。父親は息子を捜しに出かけていたが、母親は家にいた。小がらで、産毛の多い、青い目の女性で、心配と怒りで身を震わせていたよ。もちろん、自分の息子がオールデイカーを殺したかもしれない、などという話は、信じようともしなかった。だが、オールデイカーが死んだことについては、驚きもしないし、お悔《くや》みの一言もなかったよ。それどころか、死人についてあんなにひどいことを言ったら、無意識にだが、警察の主張をずいぶんと支持することになるね。オールデイカーについて母親があんなふうに言うのを聞いていたら、息子が彼を憎むようになって暴力に訴《うった》えたとしてもおかしくないからね。『あの男は人間などといえたものではございません。性悪でずるがしこい猿でした。若い頃からずっとそうでした』と、言っていたからね。

『昔も知ってらしたんですか』と、ぼくは聞いてみた。

『よく知っておりました。実を申しますと、昔、求婚されたことがございました。ありがたいことに、わたくしにも分別はありましたから、彼の求婚を断って、貧乏だけれど、もっと善良な人と結婚いたしました。ホームズさん、わたくしはあの男と婚約していたのですが、鳥小屋に猫を放ったなどという話を聞いたものですから。残酷きわまりない話に恐ろしくなり、それ以上関係を持つまいと思ったのでございます』彼女は机の中をかき回して、一枚の女性の写真を取り出してきたのだが、その顔はナイフでめちゃくちゃに切り裂かれていた。彼女は『これはわたくしの写真ですが、結婚

式の日の朝、呪《のろ》いの言葉と一緒に、こんなふうにして送ってよこしたんでございますよ』と言った。
『けれども、あなたの息子さんに財産を全部残すというのですから、少なくとも、あなたのことはもう許しているのでしょう』と、ぼくは言った。
『ジョナス・オールデイカーが生きていようが死んでいようが、息子もわたくしも、あの男からは何一つもらおうとは思いません』無理もないことだが、彼女は大声で叫んだ。『ホームズ様、天には神様がいらっしゃる。あの悪人を罰したその神様が、いずれ時期を見て、息子の手が血に汚れてはいなかったことをお示しになることでございましょう』
そこで、一つ、二つ手がかりになりそうなことを尋ねてみたけれど、こちらの仮説を裏づけるようなものは何もなくて、いくつか出てくるのは反証になりそうなものばかりだった。そこでとうとうあきらめてノーウッドに行ってみたのだ。

　そのディープ・ディーン・ハウスというのは、派手なれんが造りの、大きな現代風の住宅で、敷地の奥のほうに建っており、前庭の芝生には月桂樹《げっけいじゅ》の植え込みがあった。右手の、通りから少し入ったところに、火事の現場となった材木置き場があった。手帳に大体の見取り図を描いてみたのだが、左手のこの窓を開けると、オールデイカーの部屋だ。ほら、通りからでも覗くことができる。これが今日手に入れた、たった一つの慰《なぐさ》めといったところだ。レストレイドはいなかったけれど、部下の巡査部長が立ち会ってくれた。警察は大きな証拠を見つけていた。午前中ずっと、材木の燃えかすをくまなく調べて、黒こげになった遺体の他に、変色した丸い金属板をいくつか手にいれたのだ。ぼくがよく調べてみると、確かにそれはズボンのボタンだった。そのうちの一つには、『ハイアムズ』(51)という名前が記されていることさえわかった。オールデイカーの仕立て屋の名だ。次に、足跡か何か痕跡が残ってはいないかと、芝生を念入りに調べてみたけれど、日照りのおかげで何もかもが鉄のように固くなっていてダメだった。材木と列をなしている低いイボタの生け垣の間を抜けて、現場まで一直線に、人間の体か何か大きなものを引きずった跡がのびているのが見つかったに過ぎなかった。もちろん、何もかも警察の説に当てはまるものばかりだ。八月の日を背に浴びながら芝生を這《は》い回ったが、一時間して、何一つ得られぬままに立ち上がったというわけさ。

さて、芝生の捜査が失敗に終わった後、ぼくは寝室に入って、そこも調べてみた。血痕はごくわずかで、色あせたシミになっていたが、確かに新しく付いたものだった。ステッキは寝室から動かされていたが、そこに付いていた血痕もわずかだった。ステッキがぼくたちの依頼人のものであることは間違いない。彼もそれは認めている。カーペットには被害者と依頼人の足跡が見つかったが、第三者の足跡は一つもなかった。これはまたしても警察に有利な札になる。向こうはこれまでずっと得点を重ねているのに、こちらは行き詰まったままだ。

一つだけ、わずかながら希望の光が射したのだが、これも結果は得られなかった。金庫の中身を調べてみると、大部分は外に取り出されて、テーブルの上に置かれていた。書類はいくつかの封印された封筒に入っていたが、そのうち一つか二つは警察の手で開かれていた。ぼくが判断する限り、大して価値のあるものはなかったし、銀行の通帳を見ても、オールデイカー氏がそれほど裕福だとは言えなかった。しかし、そこにある書類がすべてだとは思えなかった。他に何かの証書、たぶんもっと価値のあるものへの言及が目を通した書類の中にあったのだ。それを見つけることはできなかったけどね。もし、それをはっきり証明できればきっと、レストレイドの説を逆手にとることができると思うよ。なぜって、自分がすぐに相続するとわかっているものを、盗む者はいないと彼は言うんだからね。

他にもあらゆる点をつついてみたが、何の手がかりも得られなかったので、最後に一か八か、家政婦に当たってみることにした。レキシントン夫人という名の家政婦は、疑り深そうな横目を使う、小がらで色黒の、無口な女性だった。その気になれば何か話すことがあると確かに感じたのだが、ろうで封をしたように、口が堅かった。そう、九時半にわたしがマクファーレンさんをお通ししました。そうする前に、わたしの手が動かなくなっていればよかったって思いますよ。寝たのは十時半です。寝室は家の反対側にあるので、それからは何の音も聞こえませんでした。マクファーレンさんは帽子と、確かステッキも玄関に置いて上がられました。火事だという声で目が覚めたんです。お気の毒に、旦那《だんな》様はきっと殺されたんですよ。敵がおありになったかって？　まあ、誰にでも敵はいるものでしょうが、オールデイカーさまは一人でいらっしゃることが多く、仕事の関係でしか人とは会われませんでした。そのボタンは見ましたが、確かにきのうの夜、旦那様がお召しになっていた服のボタンです。あの材木の山はたいそう乾いていましたよ。なにしろ一ヶ月も雨が降らないんですから。あっという間に燃え上がって、私が火事場に着いた頃には、炎の他は何も見えませんでした。私も消防士も全員が気づいたんですが、炎の中から肉の焼ける匂いがしたんです。

書類のことも、オールデイカーさまの個人的なご事情も、わたしは何一つ存じません、といったというわけさ。

こういうわけで、ワトスン、ぼくの捜査は失敗に終わったわけだ。が、しかしだ」——彼は突然、強い確信を示すかのように、やせた両手をぎゅっと握りしめた——「何もかも違うということがわかるのだ。直感で感じるのだよ。まだ明るみに出ていないことがあって、あの家政婦はそれを知っている。罪の意識を抱いている人間に特有の、むっつりと、挑むような目つきをしていた。けれど、ワトスン、これ以上言ってもしかたがないね。何かよほどの幸運でも巡ってこない限り、このノーウッド失踪事件は、辛抱強い読者がいずれ読まされるはめになる、ぼくたちの成功物語には入りそうにないね」

「そうだね」と、わたしは言った。「けれども、法廷でマクファーレンのようすを見れば、陪審員も考えるのではないかなあ?」

「ワトスン、その考え方は危険だよ。バート・スティーヴンスという恐ろしい殺人者のことを覚えているだろう? 一八八七年に無実[52]を証明してくれと言ってきた男だよ。どこの誰より礼儀正しい、日曜学校タイプの青年だったではないかい」

「それはそうだ」

「何かそれに代わる説を出して、それを確証できない限り、あの青年を助けることはできない。警察は、もう一点の曇りもなく彼を有罪だと主張できるし、調べれば調べるほど、彼は不利になるばかりだ。ところで、問題の書類には一つ、少しばかり奇妙な点があって、これが捜査の出発点になるかもしれない。銀行の通帳を[53]調べてみると、預金残高が少ないのだが、それはここ一年ばかりの間に、コーニーリアス氏に高額の小切手を何枚か払い出しているからなのだ。引退した建築業者があれほど多額の取引をしていたコーニーリアス氏というのはいったい誰なのか、ぜひとも知りたいね。事件に何らかの係わりがあったのだろうか？　株の仲買人《なかがいにん》かもしれないが、あれだけ多額の支払いを示す書類は何も見つからなかった。他に手がかりらしいものがないのだから、後は銀行に行って、この小切手を現金化した人物を調べてみるしかないだろう。けれどもワトスン、この事件は、レストレイドがぼくたちの依頼人を絞首台《こうしゅだい》に送って、こっちには不名誉な結果に終わるのではないかと心配だね。そうなれば、スコットランド・ヤードとしては大勝利になるわけだ」

　その夜、シャーロック・ホームズがどのくらい眠ったかは知らないが、朝食に下りていくと、顔色も悪く疲れはてたようすで、目の周りの黒いくまのせいで、その目はいっそう輝きにみちていた。座っている椅子の周りのじゅうたんには、タバコの吸い殻《がら》や朝刊の早版が散らかっていた。テーブルには電報が開いて置いてあった。

「ワトスン、これをどう思う？」彼はそう言うと、その電報を放ってよこした。

電報の発信地はノーウッドで、次のような内容だった。

新たに重要証拠入手。マクファーレンの有罪は確実。本件からは手を引かれたし。

レストレイド

「大変なことになったようだね」と、わたしは言った。

「レストレイドがちょっとばかり勝利のおたけびを上げたというわけさ」ホームズは苦々しく笑いながら答えた。「けれども、まだ事件から手を引くのは、早すぎるかもしれない。つまり、新たな重要証拠というのは両刃《もろは》の剣で、レストレイドが想像するのとは、まったく違う切り口を見せるかもしれない、ということだ。ワトスン、朝食をとりたまえ。一緒に出かけて行って、何ができるか見てみよう。一緒に来てもらいたい、今日は、ぼくは、君の精神的な支えがほしいのでね」

わが友は朝食をとらなかった。これは彼の奇妙な習慣の一つで、緊張が高まると、食べ物をいっさい口にしなくなるのである。体は鉄のように頑強《がんきょう》だと信じて、まったくの栄養不足から気を失ったことさえあるのをわたしは知っている。「今は、消化のためにエネルギーや神経を使っていられないのだ」というのが、わたしの医者としての助言に対する答えだった。こういうわけで、その日の朝、食事には手をつけずに、わたしと共にノーウッドに出かけたときも、わたしは驚かなかった。前にも述べたようにディープ・ディーン・ハウスは想像したような郊外型の住宅で、その周りには、依然として好奇心旺盛《おうせい》な野次馬連中が集まっていた。門を入ったところでわたしたちと顔を合わせたレストレイドは、得意げに顔を輝かせ、これ見よがしに勝ち誇ったような態度を示した。

「おや、ホームズさん、われわれが間違っているとでもいう証拠でもありましたかな？　ホームレスとやらは見つかりましたかな？」と、彼は大声で言った。

「何も結論と言えるようなものは出ていませんよ」と、ホームズは答えた。

「まあ、こっちは、昨日結論が出て、今日、それが正しいことも証明されましたよ。ホームズさん、今度ばかりはこちらが少々先んじているってことを、認めていただけますかな」

「何か珍しいことでも起こったような顔をしてますね」と、ホームズが言った。

レストレイドは大声を出して笑った。

「わたしたちもそうだが、あなたも負けるのはお嫌いなようだ」と、彼は言った。

「人間、何もかもそう思い通りになるものではありませんよね、ワトスン先生？　お二人とも、よろしければ、こちらへどうぞ。これでもう、ジョン・マクファーレンが犯人だということを納得していただけるでしょう」

彼は廊下を通って、奥の暗い玄関ホールへとわたしたちを案内した。

「ここが、マクファーレン青年が犯行後に帽子を取りに戻った場所です」と、彼は言った。「よく見てください」突然、大げさな動作でマッチを擦《す》ると、その光で白塗りの壁にある血痕を照らし出した。さらにマッチを近づけると、それは単なる血痕ではないことがわかった。そこには親指の指紋《しもん》がくっきりと残っていた。

「ホームズさん、ご自分の拡大鏡でごらんになってください」

「ええ、いまそうするところですよ」

「同じ指紋が二つとないことはご存知ですな?」

「そういうことのようですね」

「そう、それではこの指紋を、このろうに取った指紋と比べてみてください。今朝、マクファーレン青年の右手親指の指紋を取らせておいたんですよ」

ろうに取った指紋を壁の血痕に近づけて見ると、拡大鏡を使わなくても、それが同じ親指のものであることは明らかだった。気の毒だが、これでマクファーレンの有罪は確定だ、と私は思った。

「決定的ですな」と、レストレイドが言った。

「そう、決定的だ」と、私は思わず同じ文句を繰り返した。

「決定的だね」と、ホームズも言った。

彼の口調には、どことなく耳に引っかかるところがあって、私は振り向いて彼を見た。その表情は先ほどとうって変わり、内心の歓喜を見せまいと、苦しげに顔をゆがめていた。

目を星のようにきらきらと輝かせ、笑い出したい衝動を必死でこらえているようだった。

「これは、まあ、驚いたな！」と、彼はやっと口を開いた。「いや、まったく、思いもよらなかった。ほんとに、見かけなんかは信用できないものですね！　あれほどに誠実そうに見えた青年がねえ！　自分だけの判断を信じちゃいけないっていう教訓ですかな――そうではないですか、レストレイド？」

「そのとおりですよ。ホームズさん、われわれの周りにはちょっとばかりうぬぼれの過ぎる人がいますね」と、レストレイドは言った。この男のおうへいな態度はしゃくにさわったが、それに腹を立てるわけにもいかなかった。

「あの青年が、帽子かけから帽子を取ろうとして、壁に右手の親指を押しつけたとは、なんという幸運だろう！　だが、考えてみれば、ごく自然な動作でもありますね」ホームズは表面では平静《へいせい》を装《よそお》っていたが、話している間中、興奮《こうふん》を必死で抑えるよう、体中をよじるようにしていた。「ところで、レストレイド、誰がこの素晴らしい発見をしたんですか？」

「家政婦のレキシントン夫人ですよ。彼女が夜勤の巡査に知らせたのです」

「その巡査はどこにいたのですか？」

「殺人が行なわれた寝室で、現場保存のための警備に当たっていたのですよ」

「では、なぜ警察は、昨日この血痕に気づかなかったのでしょうかな？」

「まあ、この玄関を念入りに調べる特別な理由もなかったですし、それに、ご覧のように、あまり目立つ場所じゃありませんからね」

「それは、もちろんそうだが、血痕が昨日もここにあったのは、確かなのでしょうね？」

レストレイドは、気でも狂ったのではないかというように、ホームズの方を見た。正直言って、私自身も、浮かれたような彼のようすとこの少々突飛《とっぴ》な見解には驚かされた。

「まさか、マクファーレンが真夜中に牢屋《ろうや》を抜け出して、自分に不利な証拠を増やすようなことをしたっていうのですか？」と、レストレイドは言った。「これがあの男の親指の指紋じゃないと言うんなら、世界中のどんな専門家にでも見せてくださいよ」

「間違いなくあの男の指紋です」

「それなら、問題ないじゃないですか」と、レストレイドは言った。「ホームズさん、わたしは実際的な人間ですから、自分が証拠をつかんだら、そこから結論を出すのです。何かおっしゃりたいことがあったら、客間で報告書を書いていますから」

ホームズは平静さを取り戻していたが、その顔には、おかしくてたまらないという表情がちらりと見て取れた。

「やれやれ、ワトスン、ずいぶんと悲しい展開になったようだね？」と、彼は言った。「けれども、どうもおかしな点があるから、まだマクファーレンにとってまったく希望がなくなったわけではないさ」

「それを聞いてうれしいね」と、わたしは心から言った。「これであの青年も終わりかと、心配したよ」

「そこまで言おうとは思わないさ。ワトスン。レストレイドがあれほど重視しているこの指紋という証拠には、一つだけ重大な落とし穴があるのは事実だ」

「本当かい、ホームズ！　どんなことだね？」

「ただ、こういうことさ――この血痕は、ぼくが昨日玄関を調べたときにはなかった。そのことをぼくが知ってるってことだ。さあ、ワトスン、少し外を歩いて、日に当たろうではないか」

なにかわけはわからなかったが、再び希望のともしびが心によみがえるのを感じながら、わたしはわが友と庭を歩きに出た。彼は建物の四方の壁を熱心に調べていたかと思うと、今度は中に入って、地下室から屋根裏まで建物全体をくまなく見て回った。大部分は家具もない部屋だったが、それでもホームズはすべての部屋を細かく調べていた。最後に、最上階にある、使っていない三つの寝室の前の廊下に出ると、また突然、うれしくてたまらないといったようすを見せた。

「ワトスン、この事件には実に珍しい特徴があるね」と、彼は言った。「もうそろそろレストレイドに秘密を教えてもいい頃だろう。これまではこっちをコケにしてほくそ笑んでいたが、事件に対するぼくの読みが正しいとわかれば、お返しをしてやれる。そう、そう、いい方法があるよ」

ホームズが客間に入っていくと、レストレイド警部はまだ書き物をしていた。

「今度の事件の報告書を書いているのですね」と、彼は言った。

「そうですよ」

「報告書を書くのは、まだちょっと早いとは思いませんか？　証拠が完全ではないと思えてしかたがないのですがね」

ホームズを普段からよく知っているレストレイドは、この言葉を聞き逃さなかった。彼はペンを置き、いぶかしげにホームズを見た。

「ホームズさん、どういう意味ですか」

「意味するところは一つ、あなたが会っていない重要証人が一人いるということです」

「その証人を連れてこられますか？」

「できると思いますよ」

「それでは、連れてきてもらいましょうか」

「やってみましょう。あなたの部下はいまここに何人いますか？」

「すぐ呼べるのは三人ですが」

「それはいい！」と、ホームズは言った。「三人とも大がらで、力も強く、大声が出せるでしょうね？」

「それは大丈夫だが、大声が出せるかどうかなんて、いったいどんな関係があるのですか」

「それはいずれわかります。その他、二、三の点に関してもね」と、ホームズは言った。「部下の方がたを呼んでください。やってみましょう」

五分後には、三人の巡査が玄関にそろった。

「納屋に行くと、かなりの量のわらがあります」と、ホームズは言った。「それを二束ばかり持ってきてください。そうしてもらうと、必要な証人を呼び出すのに大変助かるのです。ごくろうさん。ワトスン、ポケットにマッチを持っているね。さてと、レストレイドさん、みなさんと一緒に一番上の階まで来てください」

さきほども言ったように、一番上の階には広い廊下があって、それに沿って空き部屋が三つ並んでいる。ホームズに言われて廊下の一方の端に並んだ警官たちはにやにやと笑い、レストレイドは驚きと、期待、それにあざけりが交互に入り交じった表情で、ホームズをじっと見つめていた。ホームズはというと、これから手品を始めようとする奇術師のような格好で、私たちの前に立っていた。

「部下の一人に頼んで、水をバケツに二杯運んできてはもらえませんか？　わらをこの床に、両方の壁から離して置いてください。さあ、これでいい」

レストレイドの顔は、怒りで真っ赤になり始めた。

「シャーロック・ホームズさん、我々をからかってらっしゃるのかもしれないが」と、彼は言った。「何かご存じなら、こんなにばかげたことをしないで、はっきり言ったらいいでしょう」

「まあまあ、そう言わずにレストレイド、すべてきちんとした理由があってしていることなのですから。ほんの数時間前、自分のほうに勝ち目がありそうに思えたときは、わたしをからかったでしょう。今度はこっちが少々はでに仕組んだからといって、文句を言われる筋合いはないですよ。ワトスン、その窓を開けて、わらの端にマッチで火をつけてくれないかな」

言うとおりにすると、風にあおられて、灰色の煙が渦を巻いて立ち昇り、廊下に流れ出すと同時に、乾いたわらがパチパチと炎を出して燃え上がった。

「レストレイド、今度は証人がうまく出てくるかやってみよう。みんな一緒に『火事だ』と叫んでください。いいですね。では、一、二の三――」

「火事だ!」と、われわれはみな一斉《いっせい》に叫んだ。

「ありがとう、もう一度お願いします」

「火事だ!」

「皆さん、もう一度だけ、ご一緒に」

「火事だ!」叫び声は、ノーウッド中に響きわたったに違いない。

叫び声の余韻《よいん》も消えぬうちに、驚くべきことが起きた。廊下の突き当たりの、頑丈《がんじょう》な壁に見えた場所が、突然ドアのように開いたかと思うと、まるで穴から飛び出したウサギのように、そこからしわくちゃの小がらな男が走り出てきたのである。

「いいぞ!」と、ホームズは平然と言った。「ワトスン、わらにバケツの水をかけて。それでいい! レストレイド、行方不明の重要証人、ジョナス・オールデイカー氏を紹介させていただきます」

警部はあっけにとられたように、呆然と、壁から出てきた男を見つめた。男は廊下が明るすぎるのか目をパチパチさせながら、わたしたちの姿とくすぶるわらをじっと見つめた。本当にいやらしい顔だった。うさんくさそうな薄いグレーの目と白いまつげを持つその顔は、いかにも意地悪げで悪意に満ち、ずるがしこそうだった。

「これは、どういうことなのです」レストレイドがやっと口を開いた。「今まで、いったい何をしていたのだ」

オールデイカーは、落ち着きのない笑いを浮かべ、顔を真っ赤にして怒る警部の剣《けん》幕《まく》に後ずさりした。

「わたしゃ、何も悪いことはしてませんよ」

「してないだって？　できるかぎりの汚い手を使って、無実の人間を絞首台に送ろうとしておいてか！　このホームズさんがいなかったら、おまえの計画が成功してしまったかもしれないのだぞ」

みすぼらしい人物はぶつぶつと泣きごとを並べ始めた。

「ほんの冗談のつもりだったんですよ」

「なに！　冗談だったっていうのか？　残念だが、おまえのほうは笑えない冗談だな。こいつを居間に連れていって、わたしが行くまでそこに閉じこめておけ。ホームズさん」一行がいなくなるのを待って、彼は続けた。「部下たちの前では言えなかったが、ワトスン先生ならかまわないでしょう。今回はいつも以上にお見事でしたが、オールデイカーのことがどうしてわかったのかは、わたしにはまったくの謎ですよ。無実の青年の命を助けてくださったばかりか、こちらの大失態をも未然に防いでくだすった。

警察でのわたしの評判が台無しになるところでした」

ホームズは笑って、レストレイドの肩をぽんと叩いた。

「台無しになるどころか、君、君の名声はこれでぐんと高まるよ。いま書いているその報告書を二、三ヶ所書き換えさえすれば、レストレイド警部の目をごまかすのがどれほど難しいか、わかってもらえますよ」

「それでは、あなたの名は出したくないといわれるのですか？」

「そのとおり、わたしにとっては、仕事そのものが報酬《ほうしゅう》ですからね。おそらく、いずれまたこの熱心な歴史家に、原稿用紙を広げてもいいと言えるようになるでしょう。その時はそこに名前は残るわけですが。そうだね、ワトスン？　さて、ネズミがどこに隠れていたかも見ておきましょう」

廊下の端から六フィート（約一・八メートル）ほどのところを、木摺《きずり》り（細長い板）と石膏《せっこう》で仕切って、見えないようにたくみにドアがつけてあった。内部にはひさしの下の隙間《すきま》から光が差し込んでおり、いくつか家具が置かれ、食料や水の他に、たくさんの本や書類も運び込まれていた。

「さすが、建築業者だけのことはあるね」と、穴から出ながら、ホームズは言った。

「共犯者がいなくても、自分で隠れ部屋をつくったのだから――もちろん、あの重宝な家政婦を別にすればの話だがね。レストレイド、あの女を早くつかまえておかないと」

「そうしますよ。だが、ホームズさん、どうしてこの隠れ部屋がわかったのですか？」

「オールデイカーはこの家に隠れているに違いないとみたのです。歩いて測ってみると、下の階の廊下より六フィート短い廊下があったので、そこにいるに違いないとにらんだ。火事だという声を聞いてじっとしていられるほど、神経の太い男ではないとも思った。もちろん、こちらが入ってつかまえるという手もあったが、自分から出てこさせるほうが面白いでしょう。それに、レストレイドに、今朝きみにからかわれたから、ちょっとばかり煙《けむ》に巻いて借りをかえしたというわけです」

「では、これで確かにあいこになったわけだ。けれども、いったいどうして、彼が家の中にいたことがわかったのですか？」

「レストレイド、親指の指紋ですよ。君は決定的な証拠だと言ったが、まったく違う意味で、決定的だった。わたしは、昨日あそこには指紋などなかったことを覚えていた。わかってもらえるだろうが、わたしは細かいことにも大いに注意を払うたちで、玄関もよく調べたが、壁には何もなかった。と言うことは、あれは夜中に付けられたということです」

「だが、どうやって？」

「しごく簡単なことです。書類の包みに封をするとき、ジョナス・オールデイカーは、柔らかいろうのうえにマクファーレンの親指の指紋がはっきりと付くように仕組んだ。素早く、自然にやったのだろうから、マクファーレンはその時のことをきっと覚えていないでしょう。あるいは、偶然そうなっただけで、オールデイカー自身も、後でそれを使おうなどと思ってはいなかったのかもしれない。けれど、あの穴蔵《あなぐら》で事件のことをじっと考え込んでいて、突然、この親指の指紋を使えば、マクファーレンに絶対的に不利な証拠ができるってことを思いついたのでしょう。封印からろうで指紋を写し取って、自分の指をピンでつついて出した血を塗り、夜のうちに、自分でするか、家政婦にさせるかして、壁に指紋を付ける。こんなことくらいは、彼にとっては朝飯前でしょう。彼が隠れ場所に持ち込んだ書類をよく調べてみれば、親指の指紋が付いた封印が見つかるでしょう。賭《か》けてもいいよ」

「お見事！」と、レストレイドが言った。「すばらしい！　あなたの言いまわしではないが、水晶のようにはっきりしていますね。けれども、ホームズさん、オールデイカーは何でこんなに手の込んだ策略《さくりやく》を巡らしたのでしょうかね？」

さきほどまで威張《いば》りちらしていた警部が、突然態度を変えて、教師に質問する生徒のように振る舞うのが、わたしにはおかしかった。

「そう、それを説明するのは、大して難しいことではありません。階下に待たせてあるあの男は、非常に腹黒く、悪意に満ちた、執念《しゅうねん》深い人物です。昔、マクファーレンの母親にはねつけられたことがあるのを知っているでしょう？　え、知らないって！ノーウッドに行く前に、まずブラックヒースに行くべきだと言ったはずですがね。つまりは、彼はそのことで侮辱《ぶじょく》されたと思い、このことが策略にたけた邪悪な頭脳の中で、始終うずまいていたのです。そして、ずっと復讐《ふくしゅう》の時を待っていたが、機会はなかなかやってこない。ここ一、二年はうまくゆかず——こっそり何かに投機していたのだと思いますが——金回りが悪くなった。そこで、債権者の目を欺《あざむ》こうと考え、コーニーリアス氏に当てて多額の小切手を振り出した。コーニーリアス氏とは、おそらく自分の偽名でしょう。まだ、この小切手の行方を突き止めてはいませんが、きっと、オールデイカーがときどき二重生活を送っていた地方の町の銀行に、コーニーリアス名義で預金してあるはずです。彼はまったく別人になりすまして、この金を引き出し、姿をくらまして、どこかで、また新たな生活を始めるつもりだったのでしょう」

「それは充分に考えられますね」

「姿を消してしまえば、あらゆる追跡をまくことができるし、同時に、昔の恋人の一人息子に殺されたという印象を与えることができれば、彼女にたっぷりと手痛い復讐ができると思いついたのでしょう。悪巧《わるだく》みとしては傑作で、彼はそれをものの見事にやってのけた。遺言状という手は、はっきりと殺人の動機になるだろうし、両親には知らせずに密かに家に来させたり、ステッキを隠しておいたり、それに血痕、木材置き場の動物の死体やボタンと、なにもかもお見事だった。わたしも数時間前までは、青年がこの網《あみ》から逃れることはできないように思われた。けれども、彼には、どこで止めておくべきかを知るという、芸術家としてなにより大事な才能が欠けていた。つまり、すでに完璧だったものをさらによくしようとした。すでに不幸な犠牲者の首に巻きついているロープを、もっときつく締めようとしたわけです。その結果、何もかも台無しにしてしまった。レストレイド、下に行ってみよう。一つ、二つ、彼にたずねたいことがあるのでね」

悪党は自分の家の客間で、両脇を警官に守られて座っていた。

「冗談だったんですよ。ちょっと、いたずらをしたまでで」彼は絶え間なく哀れっぽくぐちるのだった。「隠れたのは、自分がいなくなったらどうなるか知りたかっただけですよ。わたしが、気の毒なマクファーレンさんに災難が振りかかるように企てたなんて、そんな理不尽なことはお考えにならんでしょうな」

「それは陪審員が決めることだ」と、レストレイドが言った。「とにかく、殺人未遂にはならなくても、陰謀罪《いんぼうざい》の容疑で逮捕する」

「いずれ、あなたの債権者が、コーニーリアス氏名義の銀行預金を押収《おうしゅう》することになるだろう」とホームズは言った。

オールデイカーは飛び上がって、わが友ホームズに悪意に満ちた眼差しを向けた。

「たいそうご親切なこって」と彼は言った。「まあ、いつかはこの借りを返しますぜ」

ホームズはさして気にするようすもなく、笑っていた。

「まあ、この二、三年は、あなたにはそのようなお暇《ひま》がないでしょうね」と、彼は言った。「ところで、着古したズボンと一緒に、木材の山に入れたのは何だったのかね？　死んだ犬とか、ウサギとかだったのかな？　言いたくないだって？　おやおや、不親切な方だ！　そうか、そうか、それなら、ウサギが二羽ということで、血痕と黒こげになった遺体は両方とも説明がつく。ワトスン、君がいつかこの事件を書くことになったら、あれはウサギだったということにしておけばいいさ」

孤独な自転車乗り

一八九四年から一九〇一年まで、シャーロック・ホームズ氏はたいへん忙しかった。この八年間(54)に公表された事件のうち、多少でも解決困難なもので、彼が依頼を受けなかったものは、一つとしてなかったと言えるし、非常に複雑で不可解な性格のものを含む、何百という私的な事件では、彼が目覚ましい働きを見せた。数多くの驚くべき成功と、わずかながらの避けがたい失敗、これが、この長い期間にわたる、たゆまぬ仕事の成果だった。これらの事件については一つ残らず、完全な記録が取ってあるし、わたし自身もそのうちの多くに直接係わっているため、どの事件を選んで発表しようか、容易には決めかねていることはおわかりいただけるだろう。しかし、わたしは以前からのルールを守って、犯罪の残虐《ざんぎゃく》さというより、事件解決が巧妙《こうみょう》で劇的だったために、興味があるものを選ぼうと思う。というわけで、これからわたしが読者に紹介するのは、チャーリントンの孤独な自転車乗りだったヴァイオレット・スミス嬢に関係する事実と、その後の、一連の捜査だが、これは予想もしなかった悲劇に終わっている。わが友の世に知られた才能を華々しく描けるような事件ではなかったが、わたしがこうしたささやかな物語を書く際に資料とする、長年の犯罪記録の中でも、この事件にはいくつか際《きわ》だった特徴があった。

　一八九五年の記録を見ると、ヴァイオレット・スミス嬢の名を最初に耳にしたのは、四月二十三日の土曜日(55)であったことがわかる。彼女の訪問は、ホームズにとって非常に迷惑だったことを覚えている。というのも、彼は当時、有名なタバコ長者、ジョン・ヴィンセント・ハーデン(56)の身に降りかかった奇妙な迫害に関する、非常に難解で複雑な問題に没頭していたからだ。ホームズはなによりも正確さを期して思考に集中することが好きだったので、その時に取り組んでいる問題から注意をそらせるものには、何であれ、腹を立てた。それでも、本来の性格とは相いれない、冷酷《れいこく》さを抜きにして、夜遅く一人でベイカー街に訪ねてきて、彼の助けと忠告を熱心に求める、背が高く、優雅で威厳《いげん》のある、美しい若い女性の話を断るのは難しかっただろう。彼女は話を聞いてもらおうと、固く決心してきているので、今はもう手がふさがっているなどと言ってみても無駄だったし、話を聞くまでは、力ずくででもなければ、部屋から出ていきそうになかった。あきらめたといったように、幾分うんざりした微笑を浮かべて、ホームズはその美しい侵入者に椅子《いす》をすすめると、どんな問題を抱えているのかを話すように言った。

「少なくとも、健康上の問題ではないですね」、とホームズは、彼女の上に鋭い視線を投げかけながら言った。「そんなに自転車に熱中されるのだから、お元気なはずですね」

彼女は驚いたように自分の足を見たが、靴底の側面がペダルの端でこすれて、少しざらざらしているのが見えた。

「はい、ホームズ様、自転車にはよく乗りますの。今日お伺いしたのも、そのことと関係があるのです」
ホームズは手袋をはずした彼女の手を取って、標本を眺める科学者のように、感情を交えずに注意深く観察した。
「これは失礼。これもわたしの仕事でしてね」と言って、ホームズは彼女の手を離した。「もう少しで、タイピストと間違えるところでした。もちろん、あなたが音楽家だということははっきりしています。ワトスン、指先がへらのようになっているのがわかるかね？　これはどちらの職業にも共通するものだ。けれども、顔に精神の輝きが現われている」――彼は彼女の顔を明りの方にそっと向けさせた――「しかし、これはタイプライターには生み出せないものだよ。このご婦人は音楽家だ」

「はい、ホームズ様、わたしは音楽を教えています」

「お顔の色からして、いなかでですね」

「はい、サリー州のはずれにあるファーナム[57]の近くです」

「あそこは美しいところだ。それに楽しい思い出もたくさんある。ワトスン、にせ金造りのアーチー・スタンフォードを捕まえたのも、あのあたりだったね。さて、ヴァイオレットさん、サリー州のはずれのファーナムでいったいなにがあったのですか？」

若い女性は非常にはっきりと、落ちついた口調で、次のような興味深い話をした。

「ホームズ様、わたしの父はすでに亡くなっておりますが、名前をジェイムズ・スミスと言い、旧帝国劇場[58]でオーケストラの指揮をしていました。父の死後、後に残されたのは母とわたくしだけで、親族といっても、たった一人、伯父のラルフ・スミスがいただけでした。その伯父も二十五年前にアフリカに渡ったきり、消息が途絶えておりました。父が亡くなって、残された母とわたくしは非常に貧しかったのですが、ある日、『タイムズ』紙にわたくしたちの居所を探す広告が載《の》っていると知らされました。二人ともどれほど興奮《こうふん》したか、おわかりいただけると思います。誰かが遺産を残してくれたのだと思ったのです。わたくしたちはすぐに、新聞に載っていた弁護士さんを訪ねました。(59)そして、そこで、南アフリカから一時帰国されていた、カラザースさんとウッドリさんという、二人の方にお会いしたのです。お二人がおっしゃるには、伯父とは友達で、伯父は数ヶ月前にヨハネスブルグで貧乏のうちに亡くなった。そのいまわのきわに、自分の親族を探し出して、もし困っていたら面倒を見てほしい、と言い残したというのです。生きているときには、わたくしたちのことなど考えもしなかった伯父のラルフが、死後にわたくしたちの生活を気遣ってくれるのは、なにか変だとは思いましたが、カラザースさんの説明ですと、伯父は自分の兄弟が亡くなったという知らせを聞いた直後だったので、その家族の行末にも責任があるように思ったからだということでした」

「少しよろしいでしょうか」と、ホームズは言った。「お会いになったのはいつのことでしょう」

「去年の十二月――そう四ヶ月前になります」

「どうぞお話を進めてください」

「ウッドリさんはとてもいやな感じの方でした。ふくれたような丸顔に、赤い口ひげを生やした、下品な若者で、いつも私に色目を使うのです。髪をひたいの両側にべったりとなでつけて、ほんとにゾッとする感じの方でしたわ。こんな人と知り合いになったら、シリルがいやがると思いました」

「ほう、するとシリルというのが彼氏の名前！」と、ホームズは笑いながら言った。

スミス嬢は顔を赤らめてほほ笑んだ。

「はい、ホームズ様。シリル・モートン[60]という電気技師で、わたくしたちは、この夏の終わりに結婚するつもりなのです。まあ、どうして彼のことなど話し始めたのかしら？　わたくしが言いたかったのは、ウッドリさんはほんとにいやな感じの方でしたが、カラザースさんのほうはもう少しお年を召していて、ずっと感じのいい方だったということです。カラザースさんは、髪の毛の色が黒くて、血色が悪くて、ひげをきれいに剃《そ》ってらっしゃる、無口な方でした。でも、物腰は柔らかくて笑顔がすてきでしたわ。父の死後、暮らしぶりはどうかとお尋ねになって、たいへん困っていることを知ると、家に来て十歳になるご自分の一人娘さんに音楽を教えてくれないかとおっしゃいました。わたくしが母を一人にはできないと申しますと、それなら週末には家に帰ればいいし、年に一〇〇ポンド（約二四〇万円）出そうとおっしゃるのです。年一〇〇ポンドというのは確かに申し分のない額です。そこで、わたくしはお受けすることにして、ファーナムから六マイル（約九・六キロ）ほど行ったチルターン農場[61]へ参りました。カラザースさんは奥さんを亡くされて一人暮らしでしたが、ディクスン夫人という、とても上品な年配の家政婦を雇《やと》っておいでで、その方が家事一切を取り仕切っていました。お嬢さんもたいへん可愛い方で、なにもかもうまくいくように思えました。カラザースさんはとても親切だし、音楽も大変お好きでしたから、夕刻などにはご一緒に大変楽しく過させていただきました。そして週末ごとに、ロンドンに住む母のところへ戻っていたのです。

この幸せにひびが入りだしたのは、赤ひげのウッドリさんがやってこられてからでした。一週間の予定でいらしたのですが、まあ、わたくしには三ヶ月にも思えました。ひどい方で、誰にでも威張《いば》り散らすほうなのですが、わたくしにはもうほんとに最悪でした。わたくしに言い寄っては、自分は金持ちだと自慢するのです。自分と結婚すれば、ロンドン一の素晴らしいダイヤモンドをあげるから、などと言って、挙《あ》げ句の果てには、わたくしが相手にしないと、ある日、食後にわたくしを腕の中に引き寄せて――すごい力でです――キスするまで放さないなどと言う始末です。カラザースさんが入っていらして、彼を引き離してくださったのですが、その時は、カラザースさんに襲いかかって殴り倒し、顔に切り傷を負わせてしまったのです。ご想像どおり、訪問はそれで終りになりました。カラザースさんは翌日わたくしに謝って、二度とあんなひどい目には遭《あ》わせないから、安心するようにとおっしゃいました。それ以来、ウッドリさんの顔は見ておりません。

ホームズさん、これでやっと今日わたくしがご相談に伺うことになった、肝心な話に入れますわ。毎週土曜日の午前中は、十二時二十二分発のロンドン行きに乗るために、ファーナム駅まで自転車に乗って行くのですが、チルターン農場から駅までは寂しい道で、中でも一ヶ所、特に人通りのないところがあるのです。片側がチャーリントン・ヒースで、もう片側が、チャーリントン屋敷を囲む森[62]という道が一マイル（約一・六キロ）以上も続くからです。あれほど寂しい道はどこにもないでしょう。クルックスベリー・ヒル[63]に近い街道に出るまで、荷馬車一台はおろか、農夫の一人にさえめったに出会うことはありません。二週間前のことですが、わたくしがこの場所を自転車で走っていて、ふと肩越しに振り返ると、二〇〇ヤード（約一八〇メートル）ほど後ろに、自転車に乗った男の姿が見えました。中年の、短く黒いあごひげを生やした男でした。ファーナムの近くで、もう一度振り返った時には、男の姿はなかったので、それ以上気には留《と》めませんでした。それが、ホームズ様、月曜日に戻ってきて、同じ場所で同じ男の姿を見た時、わたくしがどれほど驚いたかは、おわかりいただけるでしょう。その次の土曜日も月曜日も、前とまったく同じことがおこるのですから、わたくしの驚きは増すばかりでした。男はいつも、わたくしと一定の距離を保って走り、何もいたずらをするわけではないのですが、それでもじつに気持ちの悪いものです。カラザースさんにお話しすると、わたくしの話に関心を持たれたようで、馬車を

注文しておいたから、これからはあの寂しい道を一人で走らなくてもすむだろうとおっしゃいました。
　馬車は今週には届くはずだったのですが、どういうわけか、まだ来ませんでしたから、わたくしはまた駅まで自転車に乗らなければなりませんでした。それが今朝のことです。チャーリントン・ヒースにさしかかったとき、ご想像どおり、わたくしは後ろを振り返ったのですが、なんと、二週間前とまったく同じで、またあの男がいるではありま

せんか。いつもどおり距離が離れているので、顔をはっきり見ることはできませんが、わたくしの知らない人であることは確かです。黒っぽい服を着て、布の帽子をかぶっていました。顔ではっきりとわかるのは、黒いあごひげを生やしているということだけです。今朝は、警戒心というより好奇心が湧いてきて、男が誰で、どうしたいのかを突き止めようと、心に決めました。わたくしは自転車の速度をゆるめてみたのですが、彼も同じことをするのです。次に、わたくしが止まると、男も止まります。そこで、わたくしは罠《わな》をかけてみました。急カーブの箇所があるのですが、わたくしはそこを猛《もう》スピードで曲がり、それから自転車を止めて待ったのです。相手は勢いよく曲がってきて、わたくしを通り過ぎてからでないと、止まれないと思っていました。ですが、男はいっこうに現われません。そこで、わたくしは戻って角を曲がってみましたが、一マイル（約一・六キロ）ほど見渡せる道には、男の姿はありませんでした。さらにおかしなことに、その場所には彼が入って行けそうな横道などないのです」

ホームズはクックッと笑って、両手をこすり合わせた。

「ご相談の件には、確かに、なかなか変わった特徴がありますね」と、彼は言った。「角を曲がってから、道に誰もいないことを発見するまでの間に、どのくらいの時間がおありでしたか」

「二、三分でしょうか」

「それでは、男は道を引き返すことはできなかったわけですね。それに、横道はないのでしたね？」

「はい」

「それでは、どちらかの側にある小道に入ったのでしょう」

「ヒースの側でしたら、私にも姿が見えるはずですわ」

「そういうことなら、消去法を使うと、チャーリントン屋敷の方に行ったということになりますね。屋敷は道のもう一方の側に沿った敷地に建っているのでしたね。他に何かありますか」

「いいえ、ホームズ様。ただ、途方に暮れてしまって、お目にかかってご相談するまで、安心できない気持ちだったのでございます」

　ホームズはしばらく黙って座っていた。

「あなたが婚約されている方はどこにおい[64]でですか？」彼はようやく尋ねた。

「コヴェントリーのミッドランド電力会社に勤めております」

「その方が突然訪ねてくるようなことはありませんか？」

「まあ、ホームズ様！　そのようなことをする人ではありませんわ！」

「他に、あなたに好意を寄せている人はいますか？」

「シリルと知り合う前には数人おりました」

「好意を寄せているというのなら、あのいやな男、ウッドリがおります」

「それからは？」

「その他にはいませんか」

　美しい依頼人は少し困ったように見えた。

「誰なのですか？」と、ホームズは尋ねた。

「あの、単なるわたくしの思い過ごしかもしれませんが、雇い主のカラザースさんが、わたくしにたいそう関心を持たれているように思えるときがありました。わたくしたちは一緒にいることが多いのです。夕方には、あの方に伴奏《ばんそう》をしてさしあげますし。口になさったことはございませんわ。あの方は完璧な紳士ですから。でも、女の勘《かん》でわかります」

「ほう！」ホームズはまじめな顔をした。「彼は何をして生活しているのですか」

「お金持ちなのです」

「馬車も馬もなくてですか」

「ですが、少なくともかなり裕福ですわ。ただ、週に二、三回はシティにお出かけになります。南アフリカの金鉱《きんこう》株に大変興味をお持ちなのです」

「スミスさん、何か新しい展開があったらお知らせください。今はとても忙しいのですが、いずれ時間を見つけて、この件も調べてみましょう。それまでは、わたしに知らせずに動いてはいけませんよ。それでは、お気をつけて。困ったことにならないよう、お祈りしています」

「彼女のような女性が男につきまとわれるのは、自然の定めだろうね」ホームズは物思いに浸《ひた》るように、パイプをふかしながら言った。「けれども、寂しい田舎道を、自転車でつきまとったりするとは。きっと、密《ひそ》かに恋いこがれているのだろうね。それにしても、ワトスン、この事件には、意味ありげで奇妙な点があるね」

「その男があの地点にしか現われないということかい？」

「そのとおり。まずは、チャーリントン屋敷の住人が誰なのか、調べる必要があるね。次には、まったく違うタイプのように見える、カラザースとウッドリがどういう関係なのかということもだ。二人して、なぜ、ああも熱心にラルフ・スミスの親族を捜したんだろう？　それに、もう一点ある。家庭教師には世間の相場の倍も支払う一方で、鉄道の駅から六マイル（約九・六キロ）も離れているのに、馬車も持っていないっていうのは、いったいどういう家庭なんだろう？　変だよ、ワトスン――非常に変だ」

「出かけるのかい？」

「いや、すまないが、君が行ってみてくれないかな。これはとるにたらない、いやがらせにすぎないのかもしれないし、ぼくはそのために、今とり組んでいる大事な調査を止《や》めるわけにはいかないのだよ。月曜の朝早くファーナムに出かけて、チャーリントン・ヒースの近くに隠れて、君の目で事実を確かめたら、後は君自身の判断で行動してくれればいい。それから、チャーリントン屋敷の住人について調べて、帰ってからぼくに報告してくれ。さて、ワトスン、解決に近づけるような確固とした足がかりが二、三見つかるまで、この件については、ひとまずお預けにしよう」

月曜の朝、スミス嬢はウォータールー駅発九時五十分の列車で戻ると聞いていたので、わたしは早く出発して、九時十三分の列車に乗った。ファーナム駅で降りると、チャーリントン・ヒースの方角はすぐに教えてもらえた。スミス嬢が奇妙な体験をしたという道は、片側がヒースの野原、もう片側がところどころに大木の見える庭園を囲む、古びたイチイの垣根になっていたので、見間違えようもなかった。そこにはコケむした大きな石の門があって、両側の門柱の上には崩れ欠けた紋章《もんしょう》の彫像が載っていた。この中央の馬車道の他にも、生け垣には切れ目があって、その間を抜ける細い道が見えた。家の建物は道からは見えなかったが、屋敷内は全体に陰気《いんき》で、荒れ果《は》てた感じがあった。

ヒースの野原には、一面に黄色いハリエニシダが咲き乱れ、明るい春の日差しを浴びて、美しく輝いていた。わたしは、屋敷の門と、その両側に長く延《の》びる道の両方が見えるように、ハリエニシダの茂みの一つに身を隠した。すると、その時には人影の見えなかった道に、わたしが来た道とは反対の方向から、自転車を走らせてくる人物がいるではないか。黒い服を着た男で、黒いあごひげも見えた。男はチャーリントン屋敷の端まで来ると、自転車から飛び降り、自転車を押して垣根の切れ目から中に入ると、姿を消してしまった。

十五分ほど経つと、今度は二台目の自転車が見えてきた。今度はスミス嬢で、駅の方角からやってきた。彼女はチャーリントン屋敷の垣根まで来ると、しきりに周りを見回していた。すると次の瞬間、男が隠れていた場所から姿を現わし、自転車に飛び乗ると、彼女を追って走り出した。広々と開けた景色の中で、動くのは、まっすぐに身を起こして自転車に乗る美しい女と、ハンドルに身をかがめ、妙にこそこそした動作でそれを追う男の二つの姿だけだった。女が後ろを振り返って男を見つけ、スピードを落とすと、男も同じようにスピードを落とす。女が止まると、男も二〇〇ヤード(約一八〇メートル)ほど後ろで止まる。次の瞬間、女は勇敢《ゆうかん》にも、意外な行動に出た。突然車輪の方向を変え、まっすぐ男めがけて自転車を走らせたのだ！　それで、男のほうは大慌てで、一目散に逃げ出した。やがて、女のほうは、あんな無言の追跡者などもう気にしないわというふうに、さっそうと顔を上げ、来た道を戻ってきた。男のほうも向きを変えて、距離を保ちながら戻ってきたが、やがて二人ともカーヴを曲がって、わたしの視界から消えていった。

わたしはそのまま隠れていたが、それがよかった。間もなく、男がゆっくりと自転車を走らせながら、戻ってきたのだ。彼は屋敷の門から中に入って、自転車を降りた。数分だったが、わたしには木々の間に立つ男の姿が見えた。両手を伸ばして、ネクタイをなおしているように見えた。それからまた自転車に乗り、奥の建物に向かって走り去った。わたしもヒースのあいだを走り抜け、木立の隙間《すきま》を覗《のぞ》いてみた。ずっと奥のほうに、チューダー様式の煙突が何本か立った、大きな灰色の建物がちらりと見えたが、門からの道は、うっそうとした灌木《かんぼく》の茂みをぬって続いているため、もはや男の姿は見えなかった。

しかし、午前中の仕事としてはかなりの成果だと思ったので、わたしは意気揚々と歩いて、ファーナムへと戻った。地元の不動産屋では、チャーリントン屋敷に関しては何もわからなかったが、そこで、ロンドンのペル・メルにある有名な会社に行ってみてはどうかと言われた。そんなわけで帰り道にその会社に寄ると、代表者が丁重に応対してくれた。チャーリントン屋敷は、この夏はふさがっています。少々遅かったです。一ヶ月ばかり前に、賃貸契約を結んだばかりです。借り主はウィリアムスンさんという方で、年配の立派な方でした。そして、顧客《こきやく》のことについては秘密なので、これ以上は話せません、とていねいに断わられてしまった。

シャーロック・ホームズ氏は、その夜、わたしの長い報告にじっと耳を傾けていたが、わたしが当然期待していた、そっけない誉《ほ》め言葉の一つもかけてはくれなかった。

それどころか、彼はその厳しい顔をいっそう険《けわ》しくして、わたしがしたこと、しなかったことについて、批評するのだった。

「ワトスン、隠れた場所が非常にまずかったね。垣根の後ろに隠れるべきだったね。そうすれば、この興味深い人物がもっとよく見えたはずだ。だが実際、君は何百ヤードも離れていたわけだから、スミス嬢よりももっと何も見えなかったのだ。彼女は知らない男だと思っているが、ぼくはそうではないと確信している。そうでなければ、顔を見ようと近づいてくる彼女を、あれほど恐れるはずがないだろうからね。君の話では、男はハンドルにおおいかぶさるようだったというではないか。それも、顔を隠していたのだよ。やり方がひどくまずかったね。男が屋敷に入ったのに、君はその男が誰か調べに、ロンドンの不動産屋に行くなんて！」

「では、いったいどうしたらよかったのだい？」わたしはいささか逆上して、大声を出した。

「一番近くのパブに行くべきだったね。その土地のゴシップが集まるところさ。お屋敷のご主人様から台所のお手伝いにいたるまで、どういう人物の名前でも聞けるよ。ウィリアムスンねえ！　そんな名前は、ぼくには何の意味もないねえ。もし、それが年配の男なら、あの運動神経抜群のスミス嬢の追跡を機敏《きびん》に振り切って逃げたという、自転車の男ではないね。いったい、君の調査でわかったことは何だい？　彼女の話は本当だったということか。ぼくはそんなことを疑っても見なかった。自転車の男と屋敷には関係がある。これもわかっていたことだ。屋敷の借り主はウィリアムスンだということだが、それがわかってどうなるというのだい？　ねえ、ねえ、君、そう落ち込まないでくれたまえ。次の土曜日までは何もできないのだから、その間にぼくが一つ、二つ調べてみるよ」

翌朝、スミス嬢から短い手紙が届いた。前日にわたしが目撃したとおりのことが、短く、正確に書かれていたが、重要なのは追伸の内容だった。

ホームズ様、このことは秘密にしておいていただけると存じますが、ご主人から結婚を申し込まれて、この家には居づらくなりました。彼の気持ちが心からの、真剣なものであることはわかっております。でも、もちろん、私には決まった人がございます。私がお断りすると、とてもがっかりなさったようでしたが、それでも優しく受け入れてくださいました。でも、わかっていただけるでしょうが、こういう状態は何となく気詰まりなのでございます。

「あの若い娘は苦しい状況に追い込まれているようだね」と、手紙を読み終えたホームズは、考え込むように言った。「この事件は、最初、思ったよりずっと興味深い点があるし、新たな進展の可能性も見えてきた。静かないなかで、のどかな半日を過ごすのも悪くはなかろう。午後にでもファーナムまで出かけて、一つ、二つ、ぼくがたてた仮説を調べてみるとしよう」

ホームズの田園での静かな午後は、奇妙な結末となった。その夜遅く、ベイカー街に戻ったホームズは、唇を切り、ひたいには紫色のこぶをこしらえ、おまけに彼自身がスコットランド・ヤードの捜査の対象にもなりかねないほど崩れた格好をしていた。自分の冒険をずいぶん楽しんだようすで、腹を抱えて大笑いしながら、話を聞かせてくれた。

「ぼくは普段あまり運動をしないから、たまにすると楽しいね」と、彼は言った。「君も知っているだろうが、英国の古くからの良きスポーツであるボクシングならお手のものさ[65]。それが時には役に立つね。例えば今日など、ボクシングができなかったら、ひどくみっともないことになっていただろう」

わたしは何があったのか話してくれと頼んだ。

「君に行けばよかったのにと言った、あの地元のパブを見つけて、慎重に調べてみたのだ。カウンターに行くと、おしゃべりな主人が、聞きたいことはみな教えてくれたよ。ウィリアムスンというのは白いあごひげを生やした男で、チャーリントン屋敷に独りで住み、何人か使用人をおいている。牧師だとか、牧師だったとか、いろいろと噂《うわさ》のある人物だが、屋敷に来てからの短い期間に起きた、一つ、二つのできごとは、聖職者らしくないと思う点があった。聖職者協会で少し調べてみたら、(66)そういう名前の聖職者はいるが、経歴はひどく曖昧《あいまい》だということだった。主人は、さらに、週末になると屋敷にはいつも客があることを告げ、『そりゃ、にぎやかな連中でね』と、言っていた。特に、赤い口ひげをたくわえたウッドリとかいう男が、いつも来ている。と、ここまで聞き出したところへ、何と、当の本人が入ってきたのだよ。タップ・ルーム(67)でビールを飲んでいて、ぼくたちの会話を残らず聞いていたのだ。貴様はいったい何者だ？ 何を知りたい？ そんなことを聞いてどうする？ と、そんなことを立て続けに尋ねると、きたない言葉ですごんでみせた。あげくに、強烈な逆手《さかて》うちの連打というわけで、ぼくはそれをよけ損ねてしまった。次の数分は面白かったね。殴りかかってくる奴に、こっちの左ストレートが決まってね。ぼくはこんな姿になるし、ウッドリは荷車で屋敷に運ばれたというわけさ。これが郊外への旅の結末さ。サリー州の州境で過ごした午後は楽しかったが、正直言って、君より成果があったとは言いがたいね」

木曜日になると、依頼人からまた手紙が届いた。

ホームズ様、私がカラザースさんの屋敷を離れると申し上げても、お驚きにはな

らないと思います。〔と彼女は書いている〕高いお給料をいただいても、今のような居心地の悪さを我慢《がまん》することはできません。土曜日にロンドンに帰りましたら、もう二度とこちらには戻らないつもりです。カラザースさんが二輪軽馬車を用意してくださったので、あの寂しい道も、仮に危険があるとしても、もう大丈夫です。

特に私がここを去る理由はと言えば、カラザースさんとの間に緊張が生じたからだけではなく、あのいやらしいウッドリさんが、また姿を見せたからなのです。事故か何かに遭われたのでしょうか、前から醜《みにく》かったお顔が、ひどくゆがんで、いっそう恐ろしい形相になっているのです。窓越しにお見かけしただけでしたが、顔を合わせずにすんでよかったと思っております。カラザースさんと長い間話されていましたが、カラザースさんはその後ひどく興奮なさっているように見えました。ウッドリさんは近所に泊まってらっしゃるのでしょう。夜には帰られたのに、今朝また植え込みの間をこそこそ歩いているのを見かけました。私にとっては、ほとんど猛獣《もうじゅう》がそこに放し飼いになっているようなものです。ウッドリさんのことは、言葉では言えないほど嫌いですし、恐いのです。カラザースさんは、なぜあんな人を片時でも我慢できるのでしょう？　でも、とにかく、私の悩みも土曜日には終わるだろうと思っております。

「そう願いたいね、ワトスン、本当にそう思う」と、ホームズは沈んだ調子で言った。「あの娘さんを巡って、何かよからぬ企《たくら》みが進行しているようだ。この土曜日の最後の旅で、何か妙なことにならないよう、見張ってあげなければいけないね。ワトスン、ちょっと時間をさいて、土曜の朝一緒に出かけてみて、この未解決の奇妙な事件が、厄介な結末を迎えることのないように、確かめる必要がありそうだ」

正直言って、その時まで、わたしはこの事件をそれほど深刻には考えていなかった。風変わりで、奇怪な事件だとは思ったが、危険だとは思わなかったのである。男が美しい女性を待ち伏せして追いかけるというのは、べつだん珍しいことでもないし、直接声をかけられないばかりでなく、相手が近づくと逃げてしまうほどいくじがないとしたら、大して恐ろしい敵だとは言えない。ならず者のウッドリは危険な男だが、スミス嬢にしつこく言い寄ったのはたった一度きりだし、カラザースの屋敷に来ても、彼女の前には姿を見せなかった。自転車の男は、きっと、パブの主人が言っていた、週末に屋敷にやって来る連中の一人なのだろうが、それが誰で、何の目的なのかは、まったくわからない。この一連の奇妙なできごとの背後に、悲劇が待ちうけているかもしれないという気持ちにとらわれたのは、ホームズの厳しい態度と、部屋を出る前に、彼がポケットにピストルを忍び込ませたからである。

翌朝は雨上がりの素晴らしい天気で、一面をヒースに覆《おお》われ、ところどころにハリエニシダの花が群生して咲き乱れる田舎の景色は、ロンドンのこげ茶色やとび色や灰色の風景にうんざりした目には、いっそう美しく映った。ホームズとわたしは、新鮮な朝の空気を胸一杯に吸い込み、鳥のさえずりや新鮮な春の息吹を楽しみながら、砂混じりの広い道を歩いていった。クルクスバリ・ヒルの肩にあたる、一段と高くなった部分からは、オークの老木に囲まれた陰気な屋敷の姿が見えた。オークの木々も老木だったが、それに囲まれた家はもっと古びていた。ホームズは、下のほうの道の、茶色いヒースと緑に芽吹《めぶ》く木立の間を、赤みがかった黄色い帯のようにくねくねと長く延びている部分を指さした。ずっと遠くに、黒い点となって、こちらにやって来る一台の乗り物が目に入った。ホームズはいらだたしげに叫んだ。

「三十分は余裕を見ておいたのに」と、彼は言った。「あれがスミス嬢の軽二輪馬車なら、いつもより早い汽車に乗るつもりに違いない。ワトスン、これだと彼女がチャーリントン屋敷を通るのに、間に合わないかもしれない」

丘を過ぎると、たちまち、その乗り物は見えなくなった。あまり速いペースで先を急いだため、いつも座っていることの多いわたしは、それがたたって、ホームズから後れをとる羽目になった。一方、ホームズは精力を無尽蔵《むじんぞう》に蓄《たくわ》えていて、いつもコンディションが整《ととの》っているのだった。ホームズの軽快な足取りは決して衰えることがなかったが、やがて、彼はわたしの一〇〇ヤード（約九〇メートル）ほど前で突然立ち止まると、悲嘆《ひたん》と絶望を表すように、片手を上げるのが見えた。それと同時に、誰も乗っていない二輪馬車が一台、手綱《たづな》を垂らした馬に引かれて、角を曲がって姿を現わすと、こちらに向かって音を立てて疾走《しっそう》してきた。

「遅かった、ワトスン、遅かったよ！」わたしが息を切らせてそばに駆《か》け寄ると、ホームズが言った。「早い列車に乗るかもしれないことを考えなかったのは、まずかった！　誘拐《ゆうかい》だよ、ワトスン、誘拐されたのだ！　殺されるかもしれない！　神のみぞ知るだ！　道をふさいで！　止めて！　馬を止めてくれ！　そうだ。さあ、飛び乗って、ぼくのへまが取り返せるかどうか、みてみよう」

二人して馬車に飛び乗ると、ホームズは馬の向きを変えてから、鋭い一むちをくれると、いま来た道を矢のように走らせた。カーブを曲がると、屋敷とヒースの野原の間に、道がまっすぐ開けてきた。わたしはホームズの腕をつかんだ。

「あの男だ！」わたしは息が止まりそうだった。

自転車に乗った男が一人、こちらへ来る。頭を垂れ、肩を丸めて、持てる力のすべてを注いで、ペダルをこいでいる。まるでレーサーのような速さだ。すると突然、男はひげ面を上げて、わたしたちが近づくのを見ると、自転車を止めて、飛びおりた。青白い顔に真っ黒なひげがひときわ目立ち、目は熱を帯びたようにきらきらと輝いていた。男はわたしたちと馬車を見比べていたが、やがてその顔には驚きの表情が浮かんだ。

「おい！　止まれ！」彼は自転車で道をふさいで、叫んだ。「その二輪馬車をどこで取ってきたのだ？　止めろ！」と叫ぶと、男はポケットからピストルを出した。「止めろ、と言っているのだ。止めないと、馬を撃つぞ！」

ホームズは手綱を私の膝《ひざ》に投げると、馬車から飛び降りた。

「君に会いたかったのだ。ヴァイオレット・スミス嬢はどこにいる？」ホームズは早口のきっぱりした口調で言った。

「それはこっちが聞くことだ。あなたがたは彼女の二輪馬車に乗っているではないか。どこにいるか知らないはずがないだろう」

「道を走っている馬車を見つけたのだが、誰も乗ってはいなかった。スミス嬢を助けようと、この馬車で戻ってきたのだ」

「ああどうしよう、どうしよう！　どうしたらいいのだろう？」男は、絶望に打ちひしがれたように叫んだ。「あいつらの仕業《しわざ》だ。あの悪魔のウッドリと、あのならず者の。あなたが彼女の友人だというのなら、一緒に来て、手を貸してください。たとえチャーリントンの森で命を落とそうとも、きっと彼女を助けてやろう」

彼はピストルを手に、垣根の切れ目に向かって、取り乱して駆け出した。ホームズがその後を追い、わたしは道の脇で草を食《は》む馬をそのままにして、その後を追った。

「奴らはここから入ったのだ」と言って、ホームズは泥道についたいくつかの足跡を指さした。「おや！　ちょっと待って！　あの茂みにいるのは誰だ？」

そこにいたのは、駁者《ぎょしゃ》の服を着て、革ひもとゲートルを付けた、十七歳くらいの若者だった。彼はひざを曲げて仰向けに横たわり、頭にひどい切り傷を負っていた。意識はなかったが、命に別状はなかった。わたしは傷を見て、骨には達していないと判断した。

「馬扱い人のピーターです」と、男が叫んだ。「彼女を乗せて行ったのに。あいつらがこの子を引きずり下ろして、殴ったのだ。今はどうもしてやれないから、このままにしておこう。スミス嬢のほうは、最悪の事態にならないうちに、救い出せるかもしれない」

わたしたちは大急ぎで、木立ちをぬうように必死で小道を走った。屋敷を取り巻く灌木の茂みまで来ると、ホームズが立ち止まった。

「屋敷に入ったのではない。左側に足跡がある――ここだ、月桂樹《げっけいじゅ》の茂みの横！　そう、言ったとおり！」

ホームズがそう言ったと同時に、目の前にある濃い緑の茂みから、恐怖に凍りついたような女性の甲高《かんだか》い悲鳴がおこった。喉《のど》も裂《さ》けんばかりに高まった悲鳴は、突然、息が詰まったような、ごぼごぼという音で終わった。

「こっちだ、こっちだ！　球戯場《きゅうぎじょう》にいるのだ」男は茂みを突っ切りながら、叫んだ。「ああ、なんという卑怯《ひきょう》な犬たちめ！　ついて来てください！　手遅れだ！　もう、きっと手遅れなのだ！」

　わたしたちは、突然、老木に囲まれた美しい芝生の空き地に出た。芝生の向こう側にある大きなオークの木の陰に、奇妙な三人連れが立っていた。一人は依頼人のスミス嬢で、ハンカチで猿ぐつわをされ、ぐったりと気を失っている。その反対側には、赤い口ひげをはやした、鈍重《どんじゅう》な、残忍そうな顔の若い男がいて、ゲートルを巻いた両脚を大きく開き、片手を腰に当てている。もう一方の手でむちを揺らすそのようすは、さも勝ったといわんばかりに、虚勢をはっているようだった。二人の間には、灰色のあごひげを生やした年輩の男がいて、明るいツイードの上着の上に短い法衣(68)を羽織《はお》っている。男は二人の結婚式を挙《あ》げたばかりのようで、わたしたちの姿を見ると、祈禱《きとう》書《しょ》をポケットにしまい、卑劣な花婿《はなむこ》を祝福するように、ポンとその背中を叩いた。

「彼らは結婚してしまったのだ」わたしはあえぐように言った。

「早く！」自転車の男は叫んだ。「さあ早く！」彼は空き地を突っ切って走り、ホームズとわたしがその後を追った。わたしたちが近づくと、スミス嬢は木の幹で体を支

えるようによろめいた。元牧師のウィリアムスンは、うやうやしく頭を下げ、ならず者のウッドリは、勝ち誇った野獣のような大声を上げて、笑いながら進み出た。

「まあ、ボブ、ひげを取んな」と、彼は言った。「おまえだっていうことは、とっくにわかっているぜ。さて、おまえもお連れの方々もちょうどいいところに来たぜ。ウッドリ夫人を紹介しようじゃあねえか」

そう言われた男の答えは、驚くべきものだった。彼が変装用の黒いひげをむしり取って、地面にたたきつけると、その下からは、きれいにひげを剃った、血色が悪くて、面長な顔が現われた。そしてピストルを構えると、ウッドリにねらいを定めた。ウッドリは手にした鞭《むち》を振り回しながら、詰め寄ってくる。

「そうさ」と、ピストルを持った男は言った。「確かに、おれはボブ・カラザースだ。たとえ縛《しば》り首になっても、この人を救い出すぞ。妙なことをしたら、ただじゃおかないと前にも言ったはずだ。口先だけだと思うなよ！」

「ちょいと遅かったぜ。この女はおれの女房さ！」

「いいや、お前の未亡人だ」

ピストルが鳴って、ウッドリのチョッキの胸の辺りから血が吹き出した。ウッドリは悲鳴を上げ、振り返りざまに仰向けに倒れた。醜い赤ら顔からは、突然血の気が失せ、気味の悪い斑点《はんてん》が浮かび上がった。法衣を着たままのウィリアムスンは、次々と聞いたこともない口汚いののしりの言葉を吐きながら、ピストルを抜いたが、構える間もなく、ホームズのピストルの銃身を見下すはめとなった。

「もはや、これまでだな」と、ホームズは冷ややかに言った。「ピストルを置け！　ワトスン、そのピストルを拾って、彼の頭に突きつけて！　それでいい。カラザースさん、そのピストルを渡してください。もう暴力沙汰《ざた》はおしまいにしましょう。さあ、こちらへ手渡して！」

「あなたはいったい誰です？」

「シャーロック・ホームズという者です」

「では、あなたが！」

「名前くらいはご存知だったようですね。警察が来るまでは、わたしがその代理です。おーい！」ホームズは大声で、芝生の端に姿を見せて、恐怖に震《ふる》えていた馬扱い人を呼んだ。「こちらへ来て、このメモを大急ぎでファーナムまで届けてくれたまえ」彼は手帳から紙を一枚切りとると、短く走り書きをした。「これを警察署長に渡して。署長が来るまでは、わたしがあなたたちの身柄《みがら》を預かっておきます」

　ホームズの堂々とした強い性格が、この悲劇的な場面を支配し、誰もがみな彼の言うままに動いた。ウィリアムスンとカラザースは傷ついたウッドリを屋敷の中へ運び、わたしはおびえるスミス嬢に腕を貸した。傷ついたウッドリはベッドに寝かされ、ホームズに依頼されて、わたしが傷の具合を診《み》た。そして、古い織物《タピストリー》のかかる食堂で、二人の囚人を前にして座っているホームズに、報告しに行った。

「命にかかわることはないだろう」と、わたしは言った。

「何だって！」カラザースが椅子から飛び上がって、言った。「上へ行って、とどめを刺してやる。あの天使のような娘が、一生、おどし屋のジャック・ウッドリの奴に縛りつけられるっていうのか？」

「その心配にはおよびません」と、ホームズが言った。「きちんとした理由が二つあり、彼女はウッドリの妻とは言えません。まず、ウィリアムスンに結婚式を執《と》り行なう資格があるかどうか、お聞きしなくてはね」

「おれは牧師の資格を持っているぞ」と、年とったならず者は叫んだ。

「けれども、聖職位を剝奪《はくだつ》されている」

「いったん牧師になりゃ、一生牧師様よ」

「それは違う。許可証はどうした？」

「結婚許可証なら持ってるさ。このポケットに入ってる」

「それでは、不正な方法で取ったのだろう。けれども、いずれにしても強制結婚は認められない。いずれわかるだろうが、重大な罪だ。わたしの思い違いでなければ、この先十年やそこらは、この問題をじっくりと考える時間をもらえることになるだろう。カラザースさん、あなたも、ポケットからピストルなど出さないほうがよかった」

「わたしも今となってはそう思います、ホームズさん。けれども、彼女を守ろうと、あらゆる手を尽くしてきたことを考えますとね。と言うのも、ホームズさん、彼女を愛していたのです。初めて人を愛することを知ったのです。その相手が、南アフリカ一の残忍なならず者、キンバリーからヨハネスブルグまでを恐怖の底におとしいれるやっかい者(69)の代名詞だった男のものになるなど、考えただけで気も狂わんばかりでした。もちろん、ホームズさん、あなたには信じられないでしょうが、スミス嬢を家庭教師にしてからというもの、彼女があの屋敷の前を通るときは、いつも自転車であとをつけて、この目で無事を確認してきたのです。あそこに、あのごろつきどもが隠れていたのを知っていましたからね。わたしは彼女との間に距離を取っていたし、見破られないように、付けひげもしました。彼女は頭も良く、しっかりした娘ですから、わたしがいなか道で後をつけているなどと知ったら、もうわたしのところでは働いてはもらえなくなったでしょう」

「なぜ、彼女に危険を知らせなかったのですか」

「それもまた、同じ理由からです。彼女がいなくなるなど、耐えられなかった。たとえ愛されなくても、家で彼女の上品な姿を見たり、声を聞けたりするだけで充分だったのです」

「そう」と、わたしは言った。「カラザースさん、あなたはそれを愛と言うが、わたしに言わせれば、身勝手というものですよ」

「どちらにしても同じようなものでしょう。とにかく、彼女を手放したくなかった。それに、こんな連中がうろついているのでは[70]、誰か守ってあげる者が近くにいなければならなかったのですよ。そこへ、国際電報が届いて、やつらが動き出すのを知ったのです」

「どういう電報です?」

カラザースはポケットから電報を取り出した。

「これです」と彼は言った。それは、短く、簡潔《かんけつ》なものであった。

老人は死んだ

「ふーん!」と、ホームズは言った。「これで、ことの次第ははっきりした。あなたが言うように、この電報で彼らが何か手を打たざるを得なくなった理由もね。けれども、ここで警官を待つ間に、君たちのほうからできるだけ話してくれないかな」

法衣姿の堕落《だらく》した老牧師が、突然悪態《あくたい》をつき始めた。

「わかってるだろうな」と彼は言った。「ボブ・カラザース、もしてめえがおれたちを裏切りでもしたら、ジャック・ウッドリと同じ目に遭わせてやるからな! 娘っこのことは、気が済むまでいくらでもめそめそしてりゃいいさ。そりゃ、おまえの勝手さ。だがな、この私服のお巡りに仲間を売るようなことをしたら、ただじゃすまねえことになるからな」

「牧師様、そう興奮しなくてもいいでしょう」と、タバコの火をつけながら、ホームズが言った。「事件があなたたちに不利なことははっきりしているのだから。二、三の細かい点を個人的な興味から、聞いておきたいだけなのです。けれども、自分では話し難いと言うのなら、わたしが話しましょう。そうすれば、どのくらい隠しておけるものか、わかるだろうからね。まず第一に、君たち三人は今回の悪だくみのために、南アフリカから戻ってきた。そこにいるウィリアムスン、カラザースさん、そしてウッドリだ」

「そいつからして、嘘《うそ》だ」と、ウィリアムスンが言った。「こいつらに会ったのは、ほんの二ヶ月前だし、アフリカなんぞこれまで一度も行ったことはねえ。だからそんな大嘘はパイプに詰めて、煙にしちまえよ、出しゃばり野郎のホームズさんよ！」

「そいつの言うことは本当だ」と、カラザースは言った。

「なるほど、そうか、あなたたち二人だけがアフリカから帰って来たのですね。牧師様は地元調達というわけか。あなたとウッドリは、南アフリカでラルフ・スミスと知り合いだった。そして、何らかの理由で、彼の命が長くはないことを知った。そして、姪《めい》がその遺産を受け継ぐこともね。こんなところで、どうだろうか？」

カラザースはうなずいたが、ウィリアムスンは毒づいた。

「間違いなく、彼女が遺産の相続人だったが、奴らは年老いた仲間が遺書を残すつもりのないことも知っていたんだ」

「彼は読み書きができなかったのだ」と、カラザースが言った。

「そこで、あなたたち二人は帰ってきて、その娘を捜し始めた。あなたたちのうちの、どちらかが彼女と結婚し、もう一人は分け前をもらう、という計画だった。何らかの理由で、ウッドリが夫になる役に選ばれたのだろう。理由は何だったのかな」

「帰国する船の中で、彼女を賭《か》けてカードをしました。彼が勝ちました」

「そうですか。あなたがスミス嬢を家に雇って、そこでウッドリが彼女に言い寄ったというわけですね。しかし彼女は、ウッドリが酔っぱらいの人でなしであることを見抜いて、近寄らなかった。そうこうしているうちに、今度は、あなた自身が彼女を好きになってしまい、計画は混乱してきた。あなたはあの悪党が彼女の夫になるなど、考えただけで耐えられなくなってしまった」

「もちろんです。誰があんな野郎に！」

「あなたたち二人はそのことで喧嘩《けんか》になった。そしてウッドリは怒って出ていき、自分だけで計画を立て始めたのだ」

「驚いたね、ウィリアムスン、この人にはこっちから話すことなどほとんどなさそうだ」カラザースは、苦笑しながら叫んだ。「そのとおりです。喧嘩になって、わたしは奴に殴り倒されました。ですから、ともかく、この点ではおあいこになったわけです。それから、奴はわたしの前から姿を消しましたが、その時お払い箱になった牧師(71)を拾ったのでしょう。わたしはスミス嬢が駅へ行く通り道に当たるこの場所に、二人が家を借りたことを知りました。それからというもの、わたしは彼女から目を離さないようにしました。何かよからぬことが起こりそうだと思ったからです。奴らとはときどき会っていました。何を企んでいるのか知りたかったからです。二日前、ラルフ・スミスが死んだというこの電報を持って、ウッドリが家にやってきました。そして、約束どおり動くかというのです。わたしはいやだと答えました。奴は、それではわたしのほうが彼女と結婚して、分け前をくれるのはどうかと聞いてきました。わたしは、自分としてはそうしたいが、彼女が承知しないだろうと答えました。すると、こう言ったのです。『まず結婚させちまおう。一週間か二週間もすりゃ、ちっとは気も変わるだろう』わたしが暴力沙汰はお断りだと言うと、奴は悪党の本性そのままに口汚く悪態をつき、それなら自分で彼女をものにしてみせると毒づいて立ち去りました。彼女が今週家を去ることになっていたので、わたしは彼女を駅まで送る馬車を用意したのですが、心配でたまらず、自転車で追いかけたのです。しかし、彼女は先へ行ってしまい、わたしが追いつく前に、奴らにつかまってしまったというわけです。それがわかったのは、お二人が彼女の馬車で引き返してこられたときだったのです」

　ホームズは立ち上がって、タバコの吸い殻《がら》を炉《ろ》格子《ごうし》の中へ投げ捨てた。「ワトスン、ぼくもずいぶんと鈍かったものだ」と、彼は言った。「君の報告で、自転車の男が茂みの中でネクタイを直していたらしいというのを聞いたとき、それだけでわからなけ

ればいけなかったのだよ。けれども、これほど奇妙で、ある意味ではユニークな事件に出会えたのだから、これでよしとしよう。州警察の連中三人が、街道に見えた。よかった、あの若い馬扱い人も一緒に足並を揃《そろ》えて歩くことができている。彼もあのおかしな花婿も、今朝の冒険では大した怪我にはならずにすんだようだね。ワトスン、医者としてスミス嬢のようすを見て、彼女の容態《ようだい》が充分に回復しているようなら、ぼくたちがお母さんの家までお供させていただくと伝えてくれたまえ。もしまだ具合が良くないようなら、ぼくたちが、ミッドランド電力の若い技師に電報を打つところだ、とでもほのめかしでもすれば、それですっかりよくなることだろう。カラザースさん、あなた

は悪事に加担《かたん》したことの、その埋め合わせは、充分なさったと思います。わたしの名刺をさしあげておきますから、裁判でわたしの証言が必要になったら、いつでも言ってください」

読者の方々はたぶんもうお気づきのように、絶えまないその活動の渦に巻き込まれた状態で、物語を仕上げ、好奇心の強い読者が期待するような、細かい結末を書くのには、難しいことが多かった。一つ一つの事件は次の事件の前奏曲であり、危機的状況がいったん過ぎれば、事件の登場人物も我々の忙しい生活からは、永遠にその姿を消す。しかし、この事件を扱った原稿の最後には、短いメモがついている。そこには、ヴァイオレット・スミス嬢が実際に莫大《ばくだい》な遺産を相続し、現在は、有名なウェストミンスターの電力会社、モートン・アンド・ケネディーの社長であるシリル・モートン氏の夫人であると記録されている。ウィリアムスンとウッドリは、誘拐および暴行の罪で裁判にかけられ、ウィリアムスンは七年、ウッドリは十年の懲役《ちょうえき》に処せられた。カラザースの運命についての記録はないが、ウッドリこそ極悪非道な悪人だという評判があったため、裁判所は彼の傷害事件の罪をあまり重大視せず、法の要求を満たすには、二、三ヶ月の刑で充分ということになったのではないかと思う。

踊る人形

ホームズは、やせた細長い体を化学実験容器の上にかがめて、何時間も黙って座ったまま、ひどくいやな匂いのするものを化合させていた。頭は胸に埋もれて、こちらからみると、鈍いグレーの羽毛と黒い羽冠のある、奇妙なひょろ長い鳥のように見えた。

「そうすると、ワトスン」と、彼は突然口を開いた。「南アフリカの資産（地所）(72)には投資しないのだね？」

私はびっくりぎょうてんした。ホームズの奇妙な能力には慣れていたはずのわたしも、心の奥底にある考えをこうも突然言い当てられるとは、まったくわけがわからなかった。

「いったい、なぜそれがわかったのかね？」わたしは尋《たず》ねた。

彼は蒸気の昇る試験管を手に、くるっと椅子《いす》の向きを変えたが、くぼんだ目は愉快《ゆかい》そうに輝いていた。

「さあ、ワトスン、白状したまえ。ほんとに驚いたってね」

「驚いたさ」

「驚いたってことを紙切れに書いて、署名をしてほしいね」

「どうしてだい？」

「それはね、五分後には、君はなにもかもそんなに簡単なことだったのかと言うからさ」

「そんなことは、絶対に言わないよ」

「いいかね、ワトスン」――彼は試験管を試験管立てに立てると、クラスで学生に話しかける教授といったふうに講義を始めた――「個々の推理そのものは単純で、なおかつ、それぞれ前に推理したものにつなげて一連の推論を作るのは、それほど難しいことではない。そうしてから、真ん中の推理を全部とりはずして、出発点と結論だけを話して聞かせると、人をあっと言わせる、すばらしい効果が出せるのさ。ところで、君の左手の人差し指と親指の間のくぼみを見れば、君がわずかな資本を金鉱株《きんこう》に投資するつもりにはなれなかったってことが、すぐにわかる」

「ぼくにはそれがどう関係があるのかがわからないのだけれど」

「それはそうだろうね。けれども、その緊密な関係は簡単に説明できるのだよ。単純な推理の鎖《くさり》を繋《つな》ぐのに、欠けている環《わ》はこうだ。第一に、昨日の晩、君がクラブから戻ったとき、左手の親指と人差し指の間にチョークが付いていた。第二に、君はビリヤードをするとき、キューを滑らないようにするのにチョークを付ける。第三に、君はサーストン以外の人間とはビリヤードをしない。(73)第四に、四週間前、サーストンがある南アフリカの資産に関するオプションを持っていて、それが一ヶ月以内に償還《しょうかん》になり、君にも一口乗ってほしいと言っていると、君は話した。第五には、君の小切手帳はぼくの引き出しにしまってあるが、君は鍵《かぎ》をくれとは言っていない。第六に、だから、君はこの手のものに金を投資するつもりはない、ということになる」

「なんだ、そんなに簡単なことだったのか！」わたしは叫んだ。

「そのとおりさ！」と、彼は少し怒ったように言った。「どういう問題でも、いったん君に説明すると、みな子どもだましになる。ワトスン、君ならこれをどう説明するかね」彼はテーブルに一枚の紙切れを投げてよこすと、また化学分析に取りかかった。

わたしは紙切れに書かれている奇妙な絵文字を見て、驚いた。

「どうしたのだい、ホームズ、これは子どもの落書きだ！」わたしは叫んだ。

「ほう、君はそう考えるか！」

「他にどう考えられると言うのかね」

「それをノーフォークの、リドリング・ソープ館《マナー》(74)のヒルトン・キュービット(75)氏が知りたがってるのさ。このちょっとした謎絵は、まず一回めの配達で届いたのだけれどね、ご本人は次の列車で来ることになっている。ワトスン、玄関のベルが鳴った。ご本人だとしても、ぼくは少しも驚かないね」

階段を上る重い足音が聞こえたかと思うと、次の瞬間、きれいにひげを剃《そ》った、背が高く、血色のいい紳士が入ってきた。きれいな瞳《ひとみ》と赤い頬が、ベイカー街の霧とは無縁の生活を物語っていた。部屋に入ってきた彼には、身の引き締まるような、強烈で新鮮な東海岸の香りが漂っているようだった。ホームズとわたしに代わる代わる握手をして、椅子に座りかけた彼は、わたしが先ほど見て、テーブルの上に置きっぱなしにした、例の奇妙な絵文字が書かれた紙切れに目を止めた。

「さて、ホームズさん、あなたはどうお考えになりますか?」彼は大きな声で言った。「あなたは風変わりな、謎めいた事件がお好きだと聞いておりますが、これほど風変わりなものもないでしょう。わたしがおじゃまする前に、お調べになる時間がとれるよう、前もってお送りしたしだいです」

「本当に奇妙な代物《しろもの》ですね」と、ホームズは言った。「一見したところ、子どもの落書きのようにも見える。妙な格好をした小さな人形が、一列に並んで踊《おど》っているのが描かれていますね。あなたには、このおかしなものが、どうしてそれほどに重要と思えるのですか?」

「わたしではありません、ホームズさん。妻が、なのです。妻は死ぬほどに恐がっているのです。妻はなにも申しませんが、彼女の目には恐怖の色が見て取れます。です

図A

から、この件を徹底的に調べてほしいのです」

ホームズは、紙切れを持ち上げると、日の光が充分当たるようにした。それは手帳から一枚ちぎった紙で、鉛筆でこんなふうに書かれていた（図A）。

ホームズはしばらくそれを調べてから、丁寧《ていねい》にたたみ、自分の手帳にはさんだ。

「これはたいへん面白い、珍しい事件になりそうですね」と、彼は言った。「ヒルトン・キュービットさん、お手紙の中で多少詳しいことはうかがっていますが、ここにいるワトスン先生のために、もう一度お話ししていただけないでしょうか」

「わたしはそれほど話がうまいほうではないのですが」と、大きく頑丈《がんじょう》そうな両手を神経質そうに握ったり開いたりしながら、キュービット氏は言った。「わたしの話でおわかりにならないところは、なんでもお聞きください。去年、わたしが結婚したときのことからお話ししようと思います。まずその前に申しあげておきたいのは、わたしは金持ちではありませんが、一族は五世紀ほど前からリドリング・ソープに住んでいて、ノーフォーク一の名家だということです。昨年の女王即位記念式[76]には、わたしもロンドンに出て行きまして、わたしの教区の牧師であるパーカーさんがそこにお泊まりになったので、わたしもラッセル・スクエアの食事付き下宿に宿を取りました。この宿にはアメリカ人[77]の若い女性が一人泊まっておいででした。名前はパトリック――エルシ・パトリックといいました。何やかやでわたしたちは友達になり、一ヶ月の滞在期間が過ぎる頃には、わたしは完全に燃えあがってしまったのです。わたしたちは戸籍《こせき》役場で密《ひそ》かに結婚して、夫婦となってノーフォークに戻りました。ホームズさん、由緒《ゆいしょ》ある家の人間が、相手の過去も家族のことも知らないまま、このような形で結婚するのは、気でも違ったのかとお思いかもしれませんが、妻と会って、彼女がどのような人間かをお知りになれば、おわかりいただけると思います。

エルシは、このことについてはとても率直でした。わたしがその気になれば、いつでも結婚を取りやめられるようにしてくれていたと思います。『これまでの人生で、いくつか不愉快な交際もありました』と、彼女は言いました。『そのようなことはなにもかも忘れてしまいたいのです。過去は思い出したくないのです。とてもつらいのですもの。ヒルトン、もしわたくしと結婚なさるのなら、人間として、なにもやましいことのない女性と結婚なさるということになります。でも、そのことでは、わたくしの言葉を信じていただくしかありません。あなたと一緒になるまでのことは、一切お話しできないことをお許しください。このような条件は飲めないとおっしゃるのでしたら、どうぞノーフォークにお帰りになって、わたくしを以前の一人の生活のままにして置いてください』彼女がこう言ったのは、結婚式のその前日でした。わたしは、その条件で結婚することに異存《いぞん》はないと言い、今日までずっとその約束を守ってきました。

さて、わたしたちは結婚して一年になりますが、ずっと幸せでした。それが一ヶ月ほど前の六月の終わりになって、初めて、面倒が起こりそうな気配に気づいたのです。ある日、アメリカから妻宛《あ》てに手紙が届きました。アメリカの切手が貼ってあるのを見たのです。妻は真っ青になって、手紙を読むと、火の中にくべてしまいました。彼女はそれ以後も手紙については一言も触れず、わたしも約束は約束ですから、なにも言いませんでした。しかし、その時から、妻は一時たりとも気が休まらなくなったのです。顔にはいつも不安な表情が——何かを予期して待ち受けているような表情が浮かんでいます。もっとわたしを信頼して、わたしをなによりの味方だと思ってくれればいいのですが、妻がしゃべらないうちは、こちらからは何も言えません。いいですか、ホームズさん、妻は誠実な女性です。ですから、彼女の過去にどのようなもめごとがあったとしても、それは彼女のせいではありません。わたしはノーフォークの一介の地主にすぎませんが、イングランド広しといえども、わたしほど一族の名誉を重んじる者はいないでしょう。このことは、妻もよく知っていますし、結婚前から充分わかっていたことです。彼女が家名を傷つけることなど決してないでしょう——そのことについては確信しております。

さて、これからが奇妙な話になるのですが、一週間ほど前——先週の火曜日のことですが——窓枠の一つに、この紙にあるような、奇妙な小さな踊《おど》る人形の絵がいくつも描かれているのを見つけました。チョークのなぐり書きでした。わたしは、馬屋番の少年の仕業《しわざ》だと思ったのですが、彼は何も知らないと言います。ともかく、夜の間に描かれたものでした。わたしはその絵を消して、妻には後でそのことを言っておくだけにしました。驚いたことに、妻はそれをたいへん深刻に受けとめて、次にそのようなことがあったら、ぜひ見せてほしいと頼むのです。一週間は何事もなかったのですが、昨日の朝、庭の日時計にこの紙があったのを見つけました。エルシに見せると、彼女は気を失って倒れてしまいました。それ以来、妻は夢の中にでもいるように、半ばぼーっとして、目にはいつも恐怖の影が潜《ひそ》んでいるようなのです。ホームズさん、そのようなわけで、お手紙と共にこの紙をお送りしたしだいです。このような話は、警察へは持っていけません。笑われるだけでしょう。しかし、あなたならどうすればいいか教えてくださるでしょう。わたしは金持ちではありませんが、わたしのいとしい妻に何か危害が及ぶようなら、最後の一円をはたいてでも、彼女を守るつもりです」

彼は立派な人物だった。整《ととの》った大がらな顔に、大粒の真剣な青い目をしたこの男は、素朴《そぼく》で、率直で、温かい、昔ながらのイングランド人気質を備えた人物で、その表情には、妻に対する愛情と信頼が輝いていた。ホームズは細心の注意を払いながら彼の話を聞いた後、しばらく黙って考え込んだまま座っていた。

「キュービットさん」と、彼はついに口を開いた。「一番よい方法は奥様に直接あなたの気持ちをぶつけて、秘密を一緒に担《にな》えないだろうかと尋ねてみることではないでしょうか」

ヒルトン・キュービットは大きな頭を横に振った。

「約束は約束です、ホームズさん。エルシがわたしに話したいと思えば、そうするでしょう。そうでないのに、むりやりに秘密を話させることは、わたしにはできません。けれども、わたしが自分で方策《ほうさく》をたてるのはかまわないと思いますし、実際、そうするつもりでおります」

「そういうことなら、わたしも喜んでお手伝いします。まずは、ご近所で見知らぬ人物が目撃されたという話を、お聞きになりませんでしたか？」

「いいえ」

「とても静かな場所のようですから、見知らぬ顔を見れば、あれこれ噂《うわさ》になるはずですが」

「ごく近所では、そうです。しかし、それほど遠くない場所に小さな海水浴場がいくつかありますし、農家が部屋を貸したりしていますから」

「この絵文字には明らかに意味がありますね。まったくでたらめに描かれたものなら、解読するのは無理でしょうが、この絵に一定の規則があるとすれば、きっと解明することはできるでしょう。けれども、この絵だけでは短くてどうすることもできないし、あなたが話してくださったことも漠然《ばくぜん》としていて、調査の手がかりにはなりませんね。ひとまずノーフォークにお帰りになって、よく見張っていて、新たな踊る人形が現われたら、その正確な写しを取ることを、おすすめします。それから、近所に見知らぬ人が来たりしていないかも、慎重に調べてください。新たな証拠が集まったら、もう一度おいでください。ヒルトン・キューービットさん、これが今、わたしがあなたにできる最大の助言です。何か急を要する新たな動きがあったら、いつでもすぐにノーフォークのお宅まで出かけましょう」

この話し合いがあってから、ホームズは考え込むことが多くなり、その後数日の間に何度も、手帳から例の紙切れを取り出しては、そこに描かれた奇妙な人形の絵を熱心に見ている彼の姿を目にした。しかし、彼がこの件に関して口にしたのは、それから二週間以上たったある午後のことだった。出かけようとしているわたしを、彼が呼び止めたのである。

「出かけないほうがいいよ、ワトスン」

「どうしてかね？」

「今朝、ヒルトン・キューービットから電報があった――彼のことは覚えているね、例の踊る人形の。一時二十分にリヴァプール・ストリート駅に着いたはずだから、もうすぐ来るだろう。電報の文面からすると、新たに重要な事態が起こったらしいよ」(78)

それほど待たないうちに、わたしたちのノーフォークからの客は駅からまっすぐ馬車を走らせて到着した。疲れた目をして、眉根《まゆね》にしわを寄せた彼は、心配でおち込んでいるようにみえた。

「今回のことは、ほんとに神経にこたえます、ホームズさん」と言って、彼はぐったりと肘《ひじ》掛け椅子に座り込んだ。「姿の見えない見知らぬ敵に囲まれて、その策略《さくりゃく》の標的にされるって思うだけでも、充分いやなのに、そのうえ、自分の妻が真綿《まわた》で首を絞められる思いをしているっていうんですから、もう我慢《がまん》ができません。妻は今度のことで、たいへん参っています――本当にみるみる弱っているのですよ」

「奥様は何かおっしゃいましたか?」

「いいえ、ホームズさん、何も。ただ何回か、かわいそうに、何か言いたそうにするのですが、なかなか思い切ることができないようです。こちらから話させようとしたのですが、おそらくやり方がまずかったのでしょう。かえっておびえさせてしまいました。妻が、わたしの古い家系やら、州内での名声やら、汚れなき家名に対する誇りやらについて話すので、そのつど、問題の要点に近づいているなと思うのですが、どういうわけか、そこまで行く前に、横道にそれてしまうのです」

「でも、ご自分では何か見つけられたのでしょうか」

「たくさん見つけましたよ、ホームズさん。踊る人形の絵の新しいものをいくつか持ってきましたから、調べてください。それと、もっと大切なのは、男を見たということです」

「なんですって、絵を描いた男をですか」

「そうです。絵を描いているところを見たのです。けれども、まずは、順を追ってお話しします。ホームズさんをお訪ねしてから、家へ戻った次の日の朝、まず新しい踊る人形が見つかったのです。道具小屋の黒い木のドアにチョークで描かれていたのですが、この小屋は芝生の横にあって、表の窓から丸見えなのです。正確に写してきました。これがそれです」彼は紙を広げて、テーブルに置いたが、そこには次のような絵文字が写してあった（図B）。

「おみごと！」と、ホームズは言った。「おみごとです。どうぞ話をお続けください」

「写しを取ってから、絵のほうは消しておいたのですが、二日後の朝には、また新しいものが描かれていました。これがその写しです」（図C）

ホームズは手をこすり合わせて、うれしそうにくすくす笑った。

「材料はどんどん集まっていますね」と、彼は言った。

「それから三日後には、紙になぐり書きしたものが、日時計の上の小石の下にはさん

図B

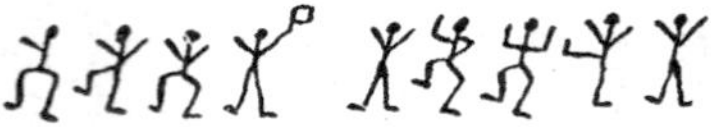

図C

でありました。これです。おわかりでしょうが、この絵は最後のもの（図C）とまったく同じです。そこで、わたしは待ち伏せてやろうと決めて、ピストルを持ち出し、書斎《しょさい》に腰を下ろしました。そこからは芝生と庭が見渡せるのです。夜中の二時頃、外は月明りを除いて真っ暗でしたが、書斎の窓辺に座っていますと、後ろで足音がします。それは、ガウン姿の妻でした。彼女は、わたしにどうかもう寝てくれと言うのです。わたしは、誰があのようなばかげた策略を巡らしたのか見てみたいのだと、正直に言いました。すると妻は、あれは何の意味もないただのいたずらだから、気にすることはないと申します。

『そんなに気になさるのなら、ヒルトン、二人で旅行にでも出ましょう。そうすれば、このようないやな目にも遭《あ》わずにすみますわ』

『何だって、いたずらの張本人のために、自分の家から追い出されろって言うのか?』と、わたしは言いました。『いいかい、そのようなことをしたらノーフォーク中の笑い者だ!』

『とにかく、お休みになって』と、妻は申しました。『お話は明日の朝にできますわ』

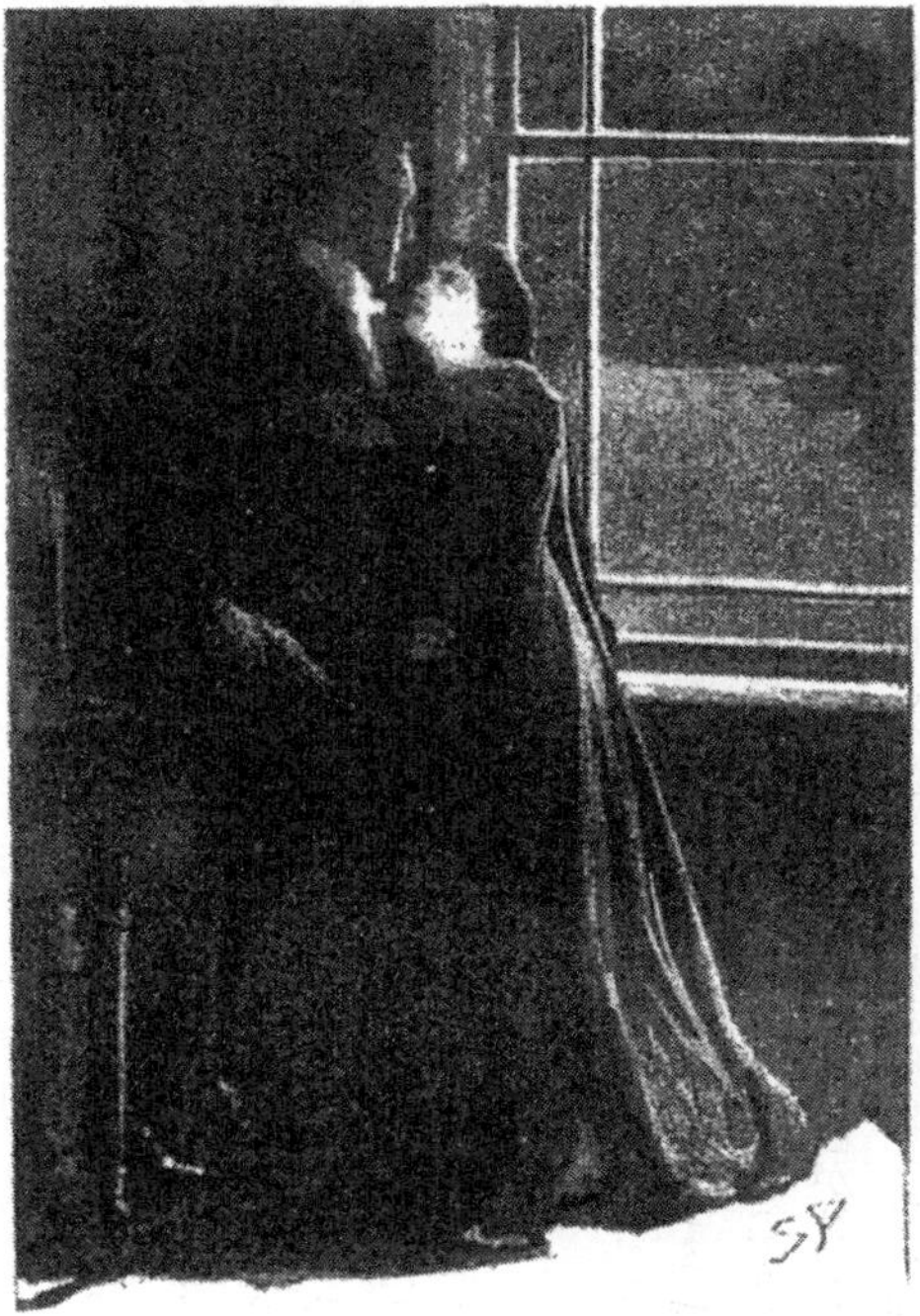

そう言った妻の白い顔が、突然、月明りの中でさえわかるように、さっと青ざめ、わたしの肩に置かれた手に、ぎゅっと力が入りました。道具小屋の物陰で何かが動いているのです。見ると、忍び寄る黒い人影があって、身をかがめるようにして小屋の角を曲がり、ドアの前にうずくまっています。わたしはピストルをつかんで外に走り出ましたが、妻は両手で抱きついて、ものすごい力で引き止めるのです。わたしは妻を押しのけようとしましたが、妻は必死でわたしにしがみつきます。やっとのこ

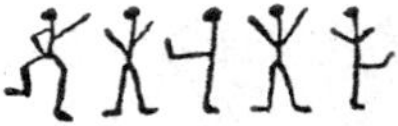

図D

とで彼女を引き離したのですが、わたしがドアから外に出て、小屋にたどり着いたときには、もう人影は消えていました。しかし、男がいた形跡は残っていました。ドアの上にあの人形の絵があったのですが、配列はいままで二度現われたのとまったく同じで、わたしがその紙に写しておいたものです。庭じゅう調べて回りましたが、それ以外には、どこにも男の気配はありませんでした。しかし、驚いたことに、彼はずっとどこかに隠れていたのでしょう。朝になって、もう一度小屋のドアを調べたところ、前夜見た絵の下にまた人形の絵が描いてあったのです」

「その新しい絵はありますか？」

「ええ、とても短いものですが、写してあります。これがそうです」

再び、彼は紙を一枚取り出した。この新しい踊る人形はこんな形だった（図D）。

「さて」と、ホームズは言った——その目には興奮《こうふん》の色が見てとれた——「これは、はじめに描かれた絵の続きでしょうか？ それともまったく別のものに見えましたか？」

「ドアの羽目板に描いてありました」

「それはいい！ これは捜査の上で何より重要な証拠です。希望が出てきました。さあ、ヒルトン・キュービットさん、興味深いお話の先を続けてください」

「ホームズさん、これ以上お話しすることはないのですが、ただ、あの夜、わたしを引き止めた妻には腹が立ちました。忍び込んだ男をつかまえられたかもしれないのですから。妻は、わたしが怪我をするのではないかと思ったのだと言うのですが、それで、すぐに頭をかすめたのは、妻が本当に恐れたのは、男が怪我をすることではなかったのかということでした。妻はその男の正体も、この奇妙な暗号で言いたいことも知っていたに違いありません。ですが、ホームズさん、妻の声の調子やまなざしには、疑いを抱けないものがありました。妻の頭にあったのは、確かに本当にわたしの身の安全だったのだと思っています。これが、お話しできるすべてです。これから、どうすればいいのかご教示いただきたいのです。わたし自身の考えとしては、農場の若い者を五、六人茂《しげ》みに配置しておいて、男がまた来たら、こっぴどくむちで叩いてやりたいですね。そうすれば、もう二度とわたしたちの平和な生活を乱すこともないでしょうから」

「これはとても根の深い事件で、そのような単純な解決法ではむずかしいと思いますね」と、ホームズが言った。「ロンドンにはいつまで滞在できますか」

「今日中には帰らなくてはいけません。何としても、夜、妻を一人にしておきたくないのです。妻はとても神経質になっていて、どうしても帰ってきてと申すものですから」

「それがよろしいでしょう。けれども、ロンドンにお泊りになれるようなら、一日か二日後に、あなたとご一緒できるかと思いまして。まあそういうことでしたら、この紙はお預かりします。きっと近いうちにお伺いして、この事件の手がかりをつかめるでしょう」

ホームズは、キュービット氏が帰るまでは、いつもの冷静な職業的態度を保っていたが、彼をよく知るわたしの目には、非常に興奮していることがよくわかった。ヒルトン・キュービット氏の広い背中がドアの外に消えた瞬間、ホームズはテーブルへと急ぎ、踊る人形の描かれた絵を三枚すべて目の前に並べて、込み入った推計《すいけい》に没頭し始めた。

二時間の間、わたしは彼が次から次へと、紙を絵や文字で埋めていくのを見ていた。彼はわたしの存在などまるで忘れてしまったようすで、完全に作業に没頭していた。作業が進展して、口笛や歌が出ることもあれば、行き詰まって、ひたいにしわを寄せ、うつろな目をして、長い間座っていることもあった。やがて、彼は満足げな声を出して、椅子から急に立ち上がり、しきりに両手をこすりながら、部屋中を歩き回った。そして、海底電信用の用紙に長い電文を書いたのである。

「この電報に、ぼくが期待したような返事がもらえれば、君の記録に非常に面白い事件が加わることになるよ、ワトスン」と、彼は言った。「明日はノーフォークに行っ

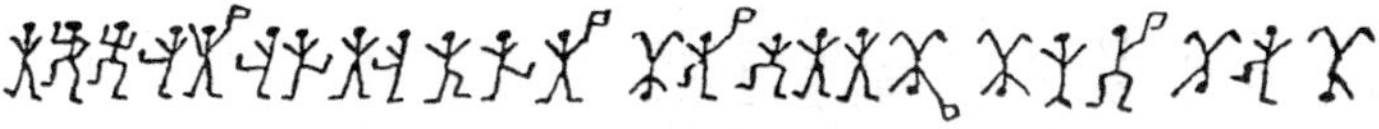

図E

て、キュービット氏を悩ませている秘密について、確かな情報を届けられるだろう」

　正直言って、わたしは聞きたくてたまらなかったが、ホームズは、自分の好きなときに、好きな方法で、種明かしするのが好きなことを知っていたので、待つことにした。その時が来れば、種明かしをしてくれるだろう。

　しかし、返事の電報はなかなか来なかった。二日もじりじりと待たされている間、ホームズは玄関のベルが鳴るごとに耳をそばだてた。二日目の夜になって、ヒルトン・キュービット氏から手紙が届いた。別に変わったことはないが、ただ日時計の台の上に、長い絵文字が書かれていたと言ってきた。同封された写しによると、それは上のようなものだった（図E）。

　ホームズはしばらくこの異様な帯状装飾物の上にかがみ込んでいたが、突然、驚きとおびえの混じったような声を上げ、立ち上がった。その顔は、不安に打ちひしがれていた。

「事件を放っておきすぎた(79)ようだ」と、彼は言った。「今夜の、ノース・ウォルシャム行き列車はあるかな？」

わたしは時刻表を調べたが、最終列車が出てしまったあとだった。

「それでは、早めに朝食を取って、朝一番の汽車に乗ろう」と、ホームズは言った。「すぐにも行かなくてはならないのだ。おや、待っていた海底電報が来たようだ。ハドスンさん、ちょっと待ってください――返事を出すかもしれませんから。いや、返事はありません。ぼくの思っていたとおりだ。この電報でますますはっきりしたが、一刻も早くヒルトン・キュービットに状況を知らせなくてはならない。ノーフォークの純朴《じゅんぼく》な地主は、まれにみる危険な罠《わな》にはまったようだ」

まったく、そのとおりだった。そして、単なる子どもだましで奇妙だと思われていた物語の暗い結末に近づくとき、わたしはあのときに感じた恐怖と不安の念を再び経験するのである。読者にはもっと明るい結末をお伝えしたいのだが、これは事実の記録なので、当時幾日もの間、イングランド中の家庭で話題となったリドリング・ソープ館《マナー》の、一連の奇妙なできごとをたどって、その悲惨《ひさん》な結末までお話しするほかないだろう。

ノース・ウォルシャム駅で降りて、行き先を告げるとすぐ、駅長が飛んできた。

「ロンドンからいらした刑事さんですね？」と、彼は言った。

ホームズの顔にいらだちの表情がよぎった。

「どうしてわたしたちが刑事だと思ったのですか？」

「ノーリッジからいらしたマーティン警部が、今ここを通られたからです。だが、あなたは外科医の先生かもしれませんね。奥様はまだ死んではいません――さっきの話じゃ、まだ生きてるそうです。まだ助けられるかもしれませんよ――まあ、助かっても縛り首でしょうがね」

ホームズの眉は不安に曇った。

「リドリング・ソープ館《マナー》へ行くところなのですが」と、彼は言った。「何があったか、何も聞いてはいないのです」

「ひどい話ですよ」と、駅長は言った。「撃たれたんですよ、ヒルトン・キュービットさんも奥さんも。奥さんがご主人を撃ってから、自分を撃ったって、使用人はそう言ってます。ご主人は亡くなって、奥さんのほうも絶望的な状況です。なんてこった！　ノーフォーク州随一《ずいいち》の旧家で、名門の家なのに」

ホームズは黙ったまま馬車へと急ぎ、七マイル（約一一キロ）ほどの長い道中の間、一言も口をきかなかった。ほとんど見たこともないほどの、落胆ぶりだった。ロンドンから来る途中も、ずっと気にかかるようすで、心配そうに朝刊をめくっている姿を目にしたが、ここで突然、いちばん恐れていた事態が現実となったことを知り、呆然《ぼうぜん》自失となったのである。彼は座席にもたれて、物思いに沈んでいた。しかし、わたしたちが馬車を走らせていたのは、イングランドのどこよりも素晴らしい田園地帯だったので、周りには興味深いものが数多くあった。まばらにあるいなか家は今日の人口を示すものだが、なだらかな緑の風景には、四角い塔を持つ巨大な教会が、あちこちそびえ立ち、古代東アングリアの栄光と繁栄《はんえい》を物語っていた。やがて、ノーフォークの緑の海岸線の向こうに、ドイツ海(80)（北海）がすみれ色の線となって現われると、駅者《ぎょしゃ》がむちで、木立の間にそびえ立つ、木とれんがを組み合わせた二つの大きな切妻を指さした。「あれがリドリング・ソープ館《マナー》です」と、駅者は言った。

前廊のある玄関へと馬車を走らせるとき、玄関前の芝のテニスコートの脇に、わたしたちとこのような奇妙な係わりを持つことになった、黒い道具小屋と、台座のある日時計が見えた。ろうそうで口ひげを固めた、小がらできびきびした男が、素早く敏捷《びんしょう》な身のこなしで、背の高い二輪馬車から降りたところだった。男はノーフォーク管区警察隊のマーティン警部だと名乗り、ホームズの名を聞いてかなり驚いたようすだった。

「これは、ホームズさん、事件は今朝三時に起きたばかりなのですよ！　ロンドンにいらしたのに、どうやって事件のことを知って、こんなに早く現場に駆《か》けつけてらっしゃったのですか？　わたしだっていま来たところなのに」

「予感がしたのですよ。こういう事態を予防しようと思って、来たのですがね」

「それでは、こちらが知らない重要な証拠をお持ちなのでしょうね。なにしろ、この夫婦は非常にうまくいっていたということですから」

「手元にある証拠は、踊る人形だけです」と、ホームズは言った。「この件については、後でお話ししましょう。今は、もう悲劇を防ぐことはできないとわかったのですから、わたしが持っている情報を使って、正しい裁《さば》きが行なわれるようにしたいものです。わたしも捜査に加えていただけますか。それとも独自に動いたほうがいいでしょうかね」

「ご一緒していただければ光栄ですね、ホームズさん」と、警部は熱を込めていった。

「そうなれば、一刻も早くその証言を聞いて、仮定をあてはめてみたいものですな」

マーティン警部はなかなか分別のある人物で、ホームズに好きなように調べさせておき、自分はその結果を入念に記録するだけで満足していた。白髪の地元の年輩の外科医が、ヒルトン・キュービット夫人の部屋からおりてくるのに出会ったが、彼の話だと、夫人は重傷だが、必ずしも命に別状があるとは言えないということだった。ただ、弾丸が前頭部を貫通しているので、たぶん意識を取り戻すのにはかなり時間がかかるとのことだ。撃たれたのか、自分で撃ったのかについては、医者はあえてはっきりした意見を言おうとはしなかった。確かに弾丸は至近距離から発射されていた。部屋で見つかったピストルは一丁だけで、弾丸は二発発射されていた。ヒルトン・キュービット氏は心臓を打ち抜かれていた。ピストルが床の、二人のちょうど中間のところに落ちていたため、夫が妻を撃ってから自殺したと考えても、妻のほうが犯人だと考えても、どちらでも納得がいく状況とのことであった。

「キュービット氏を動かしましたか？」と、ホームズが聞いた。

「夫人以外は何も動かしていません。負傷したまま床に置いておくわけにはいかないでしょう」

「先生、あなたはどのくらい前にいらっしゃいましたか」

「四時からここにいます」

「他にだれかいましたか」

「地元の巡査が来ています」

「何も触ってはいませんね」

「はい」

「たいへん慎重に行動なさいましたね。ところで、あなたを呼びにやらせたのは、誰ですか？」

「メイドのソーンダズです」

「危急《ききゅう》を最初に知らせたのも、彼女ですか？」

「彼女と料理人のキング夫人です」

「二人はいまどこにいますか」

「台所だと思います」

「それでは、すぐ二人の話を聞いた方がよさそうですね」

　オークの羽目板を施した、背の高い窓のある広間が、尋問《じんもん》の場に早変わりした。ホームズは、やつれた顔に容赦《ようしゃ》のない目を輝かせ、古めかしい大きな椅子に座っていた。その目には、助けられなかった依頼人のかたきが討《う》てるまでは、この尋問に命をかけるという、固い決意が見て取れた。ホームズの他は、こざっぱりしたマーティン警部、白髪混じり頭の地元の年輩の医師、わたし、それに愚鈍《ぐどん》な村の警官という、奇妙な一団がこの尋問の立会い人だった。

　二人の女の話は、極めて明瞭《めいりょう》だった。二人は銃声で目が覚めたが、その一分ほど後で、また一発銃声を耳にした。二人は隣り合った部屋で寝ていたのだが、キング夫人がソーンダズの部屋へ駆け込んで、一緒に階段をおりると、書斎のドアは開いていて、テーブルの上にはろうそくが灯っていた。主人は部屋の中央にうつ伏せに倒れて、死んでいて、窓の近くには、壁に頭をもたせた格好で、夫人がうずくまっていた。夫人の怪我はひどく、顔の片側は血で真っ赤だった。彼女は肩で息をしていたが、口をきくことはできなかった。部屋にも廊下にも、硝煙《しょうえん》が漂い、火薬の匂いが立ちこめていた。窓はしっかりと閉じられ、中から鍵がかかっていた。この点に関しては、二人ともはっきりとそう証言した。二人はすぐに医者と警官を呼んだ。それから、馬扱い人と馬屋番の少年に手伝わせて、傷ついた夫人を部屋に運んだ。主人と夫人の二人とも、ベッドに入った形跡があった。夫人は化粧着を身につけていたが、主人のほうは寝間着の上にガウンを羽織《はお》っていた。書斎のものは何一つ動かされていなかった。二人の知る限り、夫婦が喧嘩《けんか》をしたようなことはなく、たいへん仲のよい夫婦だと思っていたとのことである。

使用人の証言の要点は、以上のようなものだった。マーティン警部の質問に答えて、二人は、ドアは全部内側から鍵がかかっていたのだから、家から外へはだれも逃げようがないと断言している。ホームズの質問に答えて、二人とも、最上階の自分たちの部屋から走り出た瞬間から、火薬の匂いがしたのを覚えていると言った。「このことは、しっかり覚えておいてくださいよ」と、ホームズはマーティン警部に言った。

「さて、こうなったら部屋を徹底的に調べたほうがよさそうですね」

書斎は小さな部屋であることがわかった。三方の壁には書棚があり、庭に面したごく普通の窓に向かって、書き物机が置かれていた。まず目に入ったのは、不幸な大地主の遺体で、部屋の床に長々と、その大きな体を横たえていた。乱れた服装から、急に眠りを覚まされたことがわかった。弾丸は体の正面から発射され、心臓を貫通した後、体内に留まっていた。間違いなく即死で、苦痛はなかったであろう。

着ていたガウンにも、両手にも、火薬が付着した痕跡《こんせき》はなかった。地元の外科医によると、夫人のほうは、顔に火薬が付着していたが、手には付いていなかったということだった。

「手に火薬がついていなかったことには、特に意味はないね。あったのなら、いろいろと考えられるが」と、ホームズは言った。「合わない薬莢《やっきょう》を使って、火薬が後方に飛び出したりしない限り、手を汚さずに何発でも撃てるものです。もうキュービット氏の遺体は動かしてもいいでしょう。先生、夫人に傷を負わせた弾丸は、まだ摘出《てきしゅつ》されていないでしょうね」

「摘出するには、大がかりな手術が必要でしょう。ピストルにはまだ薬莢が四つ残っています。二発発射されて、傷は二つですから、勘定《かんじょう》は合っているわけです」

「そう思えるでしょうが」と、ホームズは言った。「それで、窓の縁にはっきりと跡を残している弾丸の説明もつくのでしょうかね」

ホームズは急に振り返って、下側の窓枠の下から一インチ（約二・五センチ）ほど上に丸く開けられた穴を、長く細い指で差していた。

「なんてこった！」と、警部が叫んだ。「いったいどうやって見つけたのです」

「探していたからなのです」

「こりゃ、驚きだ」と、地元の医者は言った。「おっしゃるとおりですね。それだと第三の弾丸が発射されたわけだから、第三の人物がいたということになる。とすると、そいつは誰で、どうやって逃げおおせたのだろうか」

「それが問題で、これから解決しなくてはいけないのです」と、ホームズが言った。「マーティン警部、さきほど使用人たちが部屋を出て火薬の匂いを嗅《か》いだと言ったとき、それが極めて重要な点だと、わたしが言ったのを覚えてますか」

「ええ、覚えています。けれども、わたしにはどういうことなのかさっぱりわかりませんでした」

「銃が発射されたときには、部屋のドアも窓も開いていたということです。そうでなければ、火薬の匂いがそれほど早く家中に流れることはありえません。部屋の風通しがよくなければならなかったのです。ただ、ドアも窓も開いていたのは短い時間です」

「それはどのようにして証明できますか」

「ろうそくの溶けたろうが垂れていなかったからです」

「すばらしい！」と、警部は叫んだ「ほんとにすばらしい！」

「惨劇《さんげき》が起きたときには、窓は確かに開いていたと思ったので、事件に係わる第三者がいて、彼が開いた窓の外から撃ったと考えたのです。この人物に向けられた弾が、窓枠に当たったということもありえます。そこで探したのですが、事実、ここに跡があったというわけです」

「とすると、何で窓が閉まって、鍵までかかっていたのでしょうか」

「夫人が、本能的に、窓を閉めて、鍵をかけた方がいいと思ったのでしょう。だが、おや、これは何だろう」

それは、書斎のテーブルにあった、婦人用のハンドバッグであった。小型のしゃれたハンドバッグで、ワニ革に銀をあしらってあった。ホームズがバッグを開いて、中身を開けると、中にはイングランド銀行の五十ポンド（約一二万円）札が二十枚、輪ゴムでくくられて入っていたが、中身はそれだけだった。

「これは裁判で重要な証拠となるでしょうから、大切に保管しておかなくては」と言って、ホームズはハンドバッグと中身を警部に手渡した。「では次は、この第三の弾丸に注目してみる必要があるでしょう。窓枠の木の砕けかたからみて、部屋の中から発射されたことは明らかです。もう一度、料理人のキング夫人に聞いてみたいのですが……キング夫人、あなたは大きな銃声で目が覚めたということでしたが、それは二度目のものより大きな音のように思えた、という意味ですか」

「それは、その音で目が覚めたので、どう申し上げればいいか。でも、たいへん大きな音のように思えました」

「ほぼ同時に、二発発射されたかもしれないと、あなたは思いませんか」

「それは何とも言えません」

「わたしは確信を持ってそうだと思います。マーティン警部、この部屋についてはこれ以上調べることはないでしょうから、よろしければ、庭に出て、新たな証拠が見つかるかどうか見てみましょう」

　書斎の窓の下まで花壇《かだん》が延《の》びていたが、そこに近づいたとき、わたしたちは一斉に驚きの声を上げた。花が踏み荒らされ、軟らかい土の上一面に足跡が付いていたのだ。大きな男の足跡で、爪先の部分が妙に長く、とがっている。ホームズは傷ついた鳥を追う猟犬のように、芝生や草の間を探し回っていたが、満足げな声を上げ、かがむと小さな真鍮《しんちゅう》の円筒《えんとう》を拾い上げた。

「思ったとおりだ」と、彼は言った。「ピストルには自動排出装置が付いていたのだ。ほら、三発目の薬莢《やっきょう》がある。マーティン警部、これで事件はほぼ完結しましたね」

　ホームズの捜査の迅速《じんそく》で見事な進展を目のあたりにして、地元警部の顔には強い驚きの表情が見えた。最初、彼は自分の立場を主張したそうな気配をいくぶん見せていたが、今では、ただひたすら感心して、ホームズが導くところにならどこにでも、黙って従うのだった。

「誰が犯人だとお思いですか」と、彼はたずねた。

「そのことは、後にしましょう。この事件には、まだ説明のつかない点がいくつかあ

ります。けれども、ここまできたのですから、わたしが考える線で進むほうがいいでしょう。それから事件全体を一挙に解決しましょう」

「ホームズさん、犯人さえつかまえられるなら、お好きなようにやってください」

「何も秘密にしたいわけではありませんが、捜査の最中に、長々と込み入った説明をするわけにもいきませんからね。事件を繋《つな》ぐ糸は、すべてこの手にあります。もし、万一ご夫人が意識を回復されなくとも、昨夜の出来事を再現して、正義を行なうことはできるでしょう。まず知りたいのは、この近辺に『エルリッジ[81]』という宿があるかということなのですが」

使用人たちに尋ねてみたが、誰もそのような宿は聞いたことがないということだった。けれども、馬屋番の少年が、イースト・ラストン[82]の方角に数マイル行ったところに、その名前の農夫が住んでいるのを思い出し、この問題に手がかりを与えてくれた。

「そこは人里離れた所かね」

「ひどくさみしいところです」

「それでは、おそらく、昨夜ここで起きたことはまだ知らないだろうね」

「おそらく、そうでしょう」

ホームズはちょっと考えていたが、やがてその顔に謎めいた微笑が浮かんだ。

「馬に鞍《くら》をつけたまえ」と、彼は言った。「エルリッジ農場に手紙を届けてほしいのでね」

彼はポケットから踊る人形を描いたいろいろな紙切れを取り出し、それを書斎のテーブルに広げて、しばらく何やらしていた。やがて、一通の手紙を少年に渡すと、宛名の人物に直接手渡して、何を聞かれても絶対に答えないようにと念を押した。私は手紙の表書きを見たが、宛名の字はいつも几帳面《きちょうめん》な字を書くホームズらしくなく、不《ふ》揃《ぞろ》いにゆがんでいた。手紙の宛名はノーフォーク、イースト・ラストン、エルリッジ農場、エイブ・スレイニ様(83)となっていた。

「ところで、警部」と、ホームズが言った。「電報を打って、護衛《ごえい》の警官を呼んだほうがいい。わたしの推測が正しければ、極めて危険な囚人を州刑務所まで護送することになりますからね。この手紙を持たせる少年に、あなたの電報も依頼できるでしょう。ワトスン、ロンドン行きの午後の列車があったら、それに乗りたいね。途中でやめてきた面白い化学実験も残っているし、事件の捜査もすぐに終わるだろうからね」

少年が手紙を持って出かけると、シャーロック・ホームズは使用人たちに指示を与えた。誰かが来て、ヒルトン・キュービット夫人について尋ねても、夫人の容体については何も言ってはならない。そして、すぐに客間にお通しするようにということだった。彼はこれらの点について、実にしつこく念を押し、指示をした。それがすむと、もう事件は我々の手を離れたから、新たな動きがあるまでは、一番いい時間つぶしを考えて、待つしかないと言って、皆を連れて客間に引き上げた。医者は患者が待っているからと帰っていったので、警部とわたしだけが、ホームズとともに残ることになった。

「これから一時間ほど、面白くて、ためになることで、時間をつぶしてさしあげましょう」と言って、ホームズは椅子をテーブルの前に引き寄せると、奇妙な仕草で踊る人形が書かれたいろいろな紙を、目の前に広げた。「ワトスン、君には、当然聞きたいことがあったろうに、こんなに長く待たせて申し訳なかった。警部、あなたにとっては、この事件全体が、職業上の素晴らしい研究材料になるでしょう。まず警部さんにお話ししなければならないのは、この前ヒルトン・キュービット氏が、ベイカー街のわたしの元へ相談に来られた件にまつわる、興味深い事情です」それから、彼はすでにここにも書いた事実を、短くかいつまんで話した。

「今、わたしの前に奇妙な絵がありますが、これが恐ろしい悲劇の前触れだとわからなければ、誰もが一笑に付すような代物《しろもの》でしょう。わたしは暗号文のあらゆる形式にはかなり慣れていますし、それについてもわずかですが論文を書いて、一六〇種もの暗号を分析しました。しかし、正直言って、今回のものはまったく見たこともないものでした。この暗号を編み出した人物の目的は、明らかに、この絵に意味があることを隠し、単なる子どものいたずら書きだと思わせることだったのでしょう。

けれども、いったん、この絵がアルファベットの文字を表わしていることに気づいて、すべての暗号文形式を読み解く、さまざまなルールを当てはめると、解読はしごく簡単でした。最初に手渡された通信文はたいへん短いものだったので、何らかの確信を持って言えるのは、という絵がEを表わしているということだけでした。ご存知のように、Eというのは、英語のアルファベットの中でもいちばんありふれた文字で、非常に頻繁《ひんぱん》に出てくるので、短い文にもたくさんあっていちばんよく見つかると見込んでいいのです。最初の通信文では、十五の絵文字のうち四つが同じものだったので、それをEだと考えていい。人形は旗《はた》を持っていたり、いなかったりしますが、旗の間隔からみて、おそらく、それが文章を単語と単語に区切るために使われている。わたしはこれを一つの仮説として受け入れ、Eは次のように表わされると書き留めておきました（図F）。

しかし、研究は、ここからが本当に難しかった。英語でEの次の頻度《ひんど》にどのアルファベットが来るか、その順位は決して明確ではないので、仮りに、ある印刷物の一ページを平均すればEの次に来る文字の頻度を計算しても、短い文章一つとなると、順序は逆になりうるのです。大まかに言って、文字が使われる頻度はT、A、O、I、N、S、H、R、D、Lの順です(84)が、T、A、O、Iの頻度はほぼ同じなので、それぞれの文字を組み合わせて、意味の通るものにしようと試みたら、それこそ切りがない。そこで、新たな材料を待っていたのです。ヒルトン・キュービット氏と二度目に会ったとき、短い文章をもう二つと、旗がなかったから一語だと思われる暗号が一つ手に入った。これがそれです（図G）。五文字からなる語ですが、すでに二番目と四番目にEが出てきているので、おそらく、“sever”（切る）か、“lever”（てこ）か、“never”（決して……ない）でしょう。明らかに、何らかの呼びかけに対する答え、と考えると最後のものがもっとも可能性が高い。状況から判断して、夫人が書いた返事でしょう。これが正しいとすると、この人形はそれぞれN、V、Rを表わすと考えられます（図H）。

ここまできても、解明まではまだなかなか難しい点があったのですが、ふといい考えが浮かんで、いくつかの文字がわかりました。わたしが考えたように、もし誘いの暗号文を書いたのが、夫人が若いころ親しかった人物だとしたら、二つのEと、それに挟まれた三文字からなる語は、'ELSIE'という名前である可能性が高いということです。調べてみると、三回くりかえされていた暗号文の最後が、この組み合わせで終わっていました。明らかに、"Elsie"に何かを訴えていたのです。こうしてL、S、Iも特定できました。けれども、いったい何を訴えていたのでしょうか。'Elsie'の前の語は四文字で、Eで終わっていた。きっと'COME'（来い）だろう。Eで終わる四文字の単語を全部ためしてはみたが、この場合ピッタリというのは、これ以外にはありませんでした。そこで、C、O、Mもわかったところで、最初の暗号文にもう一度挑戦してみました。文を単語に分けて、まだわからない文字を点でしるし

図F

図G

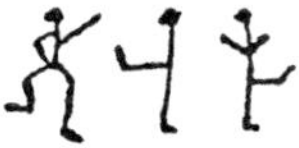
図H

てみると、このようになります。

.M　.ERE . . E SL. NE.

とすると、最初の文字はA以外考えられません。これは大変貴重な発見でした。なにしろ、この短い文章に三回も出てくるのですからね。二番目の単語の最初の文字も、Hで間違いないでしょう。そうすると、こうなります。

AM HERE A. E SLANE.

最後の二つの単語は明らかに名前なので、その空白を埋めるとこうです。

AM HERE ABE SLANEY（来たぞエイブ・スレイニ）

ここまででたくさんの文字がわかりましたから、かなり自信を持って第二の暗号文に取りかかった結果、このようになりました。

A. ELRI. ES

これが意味を持つには、不明な二文字にTとGを当てはめて、これを描いた人物が泊まっている家か宿屋の名前だと、考えるほかありません」

わたしたちの難題に、あれほど完璧な指示を導いた結論をどのようにして産み出したのか、その一部始終を明確に説明するホームズの話に、マーティン警部とわたしは、興味津々で聞き入った。

「それからどうされましたか」と、警部が尋ねた。

「このエイブ・スレイニという人物は、アメリカ人だと考えるのには、充分な理由がありました。エイブというのはアメリカ人が使う略称《りゃくしょう》ですし、そもそもアメリカから送られてきた手紙から、すべての災難が始まったのですからね。この事件には、何か犯罪にまつわる秘密が隠されていると考えていい、充分な根拠もあります。夫人が、自分の過去についてほのめかしておきながら、夫には決してそれを打ち明けなかったのが、その証拠です。そこで、わたしはニューヨーク警察庁にいる友人のウィルソン・ハーグリーヴに、海底電報を打ちました。彼には、一度ならず、ロンドンの犯罪に関するぼくの情報を教えたことがあり、貸しがあるのです。エイブ・スレイニという名に聞き覚えがあるかどうか、聞いてみました。これがその答えです。『シカゴ一危険ナギャング』と言ってきました。ちょうどこの返事が届いた夜に、ヒルトン・キユービット氏が、スレイニからの最後の暗号文をわたしに送ってきました。わかっている文字を当てはめてみると、こうでした。

ELSIE . RE . ARE TO MEET THY GO .

空白にPとDを加えてPREPAREとしてみると完全な文（エルシ、神さまに会う覚悟をしておけ）になり、悪党が説得から脅《おど》しへと態度を変えてきたのがわかりました。それにシカゴ・ギャングがどんな男たちなのか知っていましたから、彼がすぐにでも、この言葉を実行に移すことも、予想できたのです。ですから友人で同僚《どうりょう》でもあるワトスン先生とともに、すぐにノーフォークに来てみましたが、残念ながら、最悪の事態が起きた後だったというわけだったのです」

「事件の捜査をご一緒できて、誠に光栄です」と、警部は心から言った。「しかし、正直に言わせていただくと、あなたはご自分に対してだけ責任を負えばいいのですが、わたしは上司に対して責任を負わなければならないのです。エルリッジにいるこのエイブ・スレイニとやらが、本当に殺人犯だとして、わたしがここに座っている間に逃げてしまったら、わたしのほうはたいへん面倒なことになるのですが」

「ご心配にはおよびません。彼は逃げたりはしません」

「どうしてわかるのですか」

「逃げたりしたら、罪を認めることになりますからね」

「それでは、つかまえに行きましょう」

「今すぐにでも、ここに来ると思っています」

「しかし、なぜ、奴がここに来るのですか」

「わたしが手紙を書いて、来いと言ったからです」

「けれど、ホームズさん、そんなこと信じられません。あなたが来いと言ったからといって、なぜ、それに従うんですか。そういう手紙をもらったのなら、かえって変だと思って、逃げてしまうのではありませんかね」

「わたしも手紙の書き方くらいは心得ているつもりです」と、シャーロック・ホームズは言った。「ほら、わたしの間違いでなければ、当のご本人が馬車道をおいでです」

男が一人、道を玄関の方へと大股で歩いてくるところだった。浅黒く日焼けした、背の高いりりしい男で、灰色のフラノのスーツにパナマ帽をかぶっていた。黒く濃いあごひげを生やし、攻撃的な大きな鼻をもったこの男は、ステッキを振り回しながら歩いてくる。まるで、自分の家に向かう道を歩いているかのように、ふんぞり返ってやって来た男は、自信たっぷりに、大きくベルを鳴り響かせた。

「皆さん、いいですか」と、ホームズが声を落として言った。「ドアの後ろに隠れたほうがよろしいようです。こういう男を相手にするときには、用心するにこしたことはありません。警部、手錠《てじょう》がいります。話は、わたしにお任せください」

一分の間、わたしたちは息をひそめて待った――忘れようにも忘れられない一分間だった。やがてドアが開いて、男が入ってきた。その瞬間、ホームズが男の頭にピストルを突きつけ、マーティン警部が手首に手錠をかけた。すべてが手際《てぎわ》よくあっという間に行なわれたので、敵はやられたと思う間もなく、自由を奪われてしまった。男は黒い瞳をギラギラと輝かせて、わたしたちを順繰りににらみつけた。そして、苦々しく大声を出して笑った。

「こりゃ、皆さん、今度ばかりはあんた方の勝ちだね。なんだかまずいことになっちまったようだ。ヒルトン・キユービット夫人からの手紙でここへ来たんだが、まさか彼女が一枚かんでるなんてことはないだろうな。彼女が手を貸して、おれを罠《わな》にかけたなんてことはないだろうね」

「ヒルトン・キユービット夫人は重傷を負って、生死の境《さかい》におられます」

男は悲痛なしゃがれ声を上げ、それが家中に響きわたった。

「そんなことがあってたまるか！」と彼は荒々しく叫んだ。「傷ついたのは男のほうで、彼女じゃないはずだ。誰が可愛いエルシを傷つけたりなどするもんかい。確かに脅したかもしれないが、あの可愛い頭に生えた髪の毛にゃ、一本たりとも触れちゃいないぜ。おい、さっきの言葉は取り消せ！——怪我なんかしちゃいないって言ってくれよ！」

「亡くなったご主人の側で、ひどい傷を負って発見されました」

男は悲痛なうめき声を上げて、長椅子に沈み込み、手錠をはめた両手に顔を埋めた。五分間、彼は黙っていた。やがてまた顔を上げると、あきらめたのか、冷静な落ちついた口調で語った。

「あんたらに隠すことなんかもうないさ」と、彼は言った。「奴が撃ってきたから、こっちも撃ったただけで、殺すつもりなんかなかったんだ。だけど、おれがエルシを撃ったなんて考えてるんなら、そいつは、おれとあいつのことを知らないからだ。おれ

は誰よりもあいつのことを愛してたんだ。あいつはおれのもんさ。何年も前に、おれと結婚する約束をしてるんだぜ。それを、おれとあいつの間に割って入るなんて、あのイングランド男はいったい何様だってんだい？　エルシと結婚する権利は、こっちのほうが先なんだから、それをはっきりたたきつけたまでですぜ」

「あなたがどういう人間かわかって、彼女はあなたの側を離れたのでしょう」と、ホームズが厳しい口調で言った。「あなたを避けるために、アメリカから逃げて、イングランドで立派な紳士と結婚したのです。あなたは彼女の後を追い回し、彼女の生活を台無しにして、彼女が愛し尊敬していた夫を捨てて、あなたと一緒に逃げるようそそのかした。彼女はあなたのことを恐れ、嫌っていたのにだ。挙《あ》げ句の果《は》てに、立派な人間を一人殺し、その妻を自殺に追い込んだ。エイブ・スレイニさん、これが今度の事件でのあなたの役回りです。それに対して、あなたは法の裁きを受けることになります」

「もしエルシが死んじまうのなら、もうこのおれはどうなってもかまわないのさ」と、スレイニは言った。彼は片手を開いて、手のひらの中のくしゃくしゃになった手紙に目をやった。「だがな」と、目にチラッと疑いの色を浮かべ、彼は大声で言った。「このおれを脅そうってんじゃないだろうな。あんたが言うように、エルシが怪我してるんだったら、誰がこの手紙を書いたっていうんだい」彼は手紙をテーブルに投げてよこした。

「あなたを呼び寄せるために、わたしが書きました」

「あんたが書いたってえのかい。おれたちの仲間うち以外で、踊る人形の秘密を知ってるやつは一人もいないはずだぜ。いったい、どうやって書いたっていうんだい」

「発明した人間がいるのなら、それを読み解く人間もいるということです」と、ホームズは言った。「スレイニさん、あなたをノーリッジに連れていく馬車が来ることになっているのですが、それを待つ間、あなたが起こした悲劇についていくぶんかの償《つぐな》いをしてもらおうか。ヒルトン・キュービット夫人に夫殺しの重大な嫌疑《けんぎ》がかかっていることや、わたしがここに来て、踊る人形の秘密を知っていたので、それで初めて夫人の疑いが晴れたことを、あなたは知っていますか。夫人は直接的にも間接的にも、ご主人の悲劇的な死に責任がないことを、世間に向けてはっきりさせるくらいのことは、あなたもしておく必要があるのではないかな」

「それは願ってもないことだ」と、アメリカ男は言った。「何もかも正直に話すのが、おれにとっても一番いいことだろう」

「義務として言っておくが、それが不利な証拠となることもありうるのだぞ」と、警部は英国刑法の見事なまでに公正であることを示すように、大声で言った。

「運を天に任せましょうぜ」と、彼は言った。「まず知ってほしいのは、おれは彼女をガキの頃から知っていたということです。おれたちの仲間うちはシカゴのギャングで、七人で組を組んでて、エルシの親父がボスだった。親父のパトリックってえのは頭が切れる奴で、あの暗号を編《あ》み出したのも親父でさあ。解読の鍵を知ってるんじゃなきゃ、子どもの落書きにしか見えねえしろもんだ。エルシはおれたちのやり方を多少は身につけたんだが、ギャング稼業《かぎょう》には我慢がならなかったんだな。自分で多少はまとまった金を持っていたんで、おれたちから行方をくらまして、ロンドンへ逃げたってわけだ。おれとは婚約してたから、もしおれが商売がえをしてりゃ、きっと結婚してくれたはずだがね。彼女はやくざな商売とはかかわりを持ちたくなかったんだろう。おれが彼女の居場所を突き止めたときにゃ、あのイングランド男と結婚しちまった後だったんだ。手紙を書いたが、返事はなかった。手紙が役に立たなかったんで、こっちへやって来て、彼女の目につくところに暗号文を残したってわけだ。

そうさ、ここに来たのは一ヶ月も前のことだ。あの農場に住んでいた。部屋が下にあるんで、毎晩出たり入ったりしたって、誰も気がつかねえ。おれは何とか言いくるめて、エルシを連れ戻そうとしたのさ。エルシが暗号文を読んでいるのはわかってた。一度、そのうちの一つに返事をくれたんでね。そのうち、腹が立ってきて、彼女を脅すようになっちまったのさ。すると、手紙を書いてきて、おれにどっかへ行ってくれって言うんだ。ご亭主に何か悪い噂でも立ったら、悲しみで胸がふさがるって言うじゃあねえか。そして、一度会えば、姿を消して、自分をそっとしておいてくれるっていうんなら、亭主が寝ている明け方の三時に、下におりて、はじっこの窓から話をするからと言ってきたんだ。彼女は金を持って下りてきて、金でおれをおっぱらおうとした。おれは頭にきて、彼女の腕をつかんで、窓から引っぱり出そうとした。その時、亭主がピストルを手に、駆け込んで来たんだ。エルシは床に倒れ込んじまったんで、おれと亭主が顔を見合わせる格好になっちまったのさ。こっちもピストルを持ってたんで、それを構《かま》えて、脅して逃げようとしたんだ。すると、相手が撃ってきたが、弾はそれた。ほぼ同時にこっちも撃って、相手のほうが倒れたってえわけさ。おれが庭を横切って逃げるとき、後ろで窓が閉まる音がした。神かけて誓《ちか》ってもいいが、これはすべてほんとのことさ。その先のことは何もわからずにいるところへ、小僧が馬で

図1

手紙を届けてきた。それでのこのこやって来て、このとおりとっつかまっちまったってわけさ」

スレイニが喋《しゃべ》っている間に、馬車がきた。中には制服警官が二人座っていた。マーティン警部が立ち上がって、囚人の肩に手をやった。

「さて、出かける時間です」

「その前に彼女に会わしちゃあもらえねえだろうかい」

「ダメだ、それはむりだ、意識がないのでね。シャーロック・ホームズさん、また重大事件がありましたら、ぜひご一緒して、ご助力いただきたいものです」

わたしたちは窓辺に立って、馬車が遠ざかるのを見守った。振り返ったとき、囚人がテーブルに投げていった紙つぶてが目に入った。ホームズが彼に送った手紙である。

「ワトスン、読めるかどうか見てみたまえ」と、ホームズが微笑《ほほえ》みながら言った。

そこには文字はなく、踊る人形からなる短い暗号文が書かれていた（図1）。

「ぼくが説明した解き方を使えば」と、ホームズは言った。「これが

"Come here at once"（すぐ来い）という意味とわかるよ。これが夫人以外の人物からの手紙だとは思わないだろうから、彼は必ずこの誘いに乗ってくるという自信があったのだ。そしてだね、ワトスン、あれほど悪の使いをさせられていた踊る人形たちを、最後には善の使いにできたというわけだし、君のノートに、なにか変わった話を提供するといった約束も果たせたしね。三時四十分発の列車(85)に乗れば、ベイカー街に戻って夕食が取れるだろう」

エピローグにもう一言つけ加えておく。アメリカ人、エイブ・スレイニはノーリッジの冬の巡回裁判で死刑を宣告された。しかし、情状《じょうじょう》酌量《しゃくりょう》の余地があり、ヒルトン・キュービット氏が先に発砲したのが確かなことを考慮《こうりょ》して、懲役《ちょうえき》刑に減刑された。ヒルトン・キュービット夫人に関しては、傷は完全に癒《い》えたが、いまだに再婚もせず、貧しい人々の世話と、夫の遺した地所の管理に専念している、とだけ聞いている。

プライオリ学校

SP

ベイカー街のわたしたちの住まいという小さな舞台には、いろいろな人間が劇的に登場、退場をしたが、文学修士、哲学博士等々の肩書きをもつ、ソーニクロフト・ハクスタブル博士(86)が初めて登場してきた時ほど突然で、驚かされたことはなかった。彼の学問的名声の重さをささえるには小さすぎると思われる名刺が彼自身があらわれるほんの少し前に取り次がれた。そして、登場したご本人も、背が高く、偉そうで、堂々として、冷静さと堅固さそのもののようだった。けれども、ドアが閉まって彼がまずしたことというと、よろけてテーブルにあたり、足をすべらせ床にひざをつくことであり、そして、暖炉《だんろ》の前のクマの毛皮の敷物の上にその堂々とした体をのばし、気を失ったのだった。

　わたしたちはさっと立ち上がったが、人生の大海原のはるか沖で、突然、ひどい嵐にあったのかと思わせるようなこの重い難破船《なんぱせん》を一瞬は驚き声も出さずにじっと見入った。それから、ホームズはクッションを持って駆《か》け寄り、かれの頭にあて、わたしはブランデーを彼の口に運んだ。疲れた、白い顔は、苦労でしわがより、閉じた目の下のたるみは鉛色になり、だらしなく閉じた口は、苦しそうに両端がたれ、丸いあごは髭《ひげ》がのびたままだった。カラーやシャツは長旅のため汚れていて、形の良い頭からは乱れた髪が逆立っていた。わたしたちの前にのびているのは、痛ましいほど、うちひしがれた人間の姿だった。

「どうしたのだろうね、ワトスン」ホームズが尋《たず》ねた。

「ひどい疲労、おそらく空腹で、疲れただけだ」わたしは命の流れがかすかに、やっと続いている、弱々しい脈に指をあてながら答えた。

「北イングランドのマックルトン(87)からの往復切符だ」男の懐中時計用ポケットから、切符を取り出しながら、ホームズが言った。「まだ十二時前だ。よほど早く出てきたのだね」

しわの寄ったまぶたがぴくぴくし始めた。やがて、うつろな灰色の目がわたしたちを見上げた、と思ったら、その男は恥ずかしさで顔を真っ赤にして、あわてて立ち上がった。

「みっともないところをお見せして、申しわけありません、ホームズさん。このところ少し働き過ぎでして。ありがとうございます。牛乳を一杯とビスケットをいただければ、気分はよくなると思います。ホームズさん、わたしがわざわざ参りましたのは、あなたにわたしと一緒に行っていただきたいからなのです。電報では、事態がいかに

切羽つまっているか、分かって頂けないと思ったのです」

「充分に元気を回復されてから――」

「わたしはすっかりよくなりました。どうしてこれほど弱くなったのかわかりません。ホームズさん、次の列車で一緒にマックルトンへ行ってください」

　わが友は首を振った。

「わたしの仲間のワトスン先生に聞いてもらえばおわかりいただけると思いますが、目下わたしたちはとても忙しいのです。フェラーズ文書事件にかかりきりで、アバガヴェニー殺人事件(88)の公判も始まります。今のところ、よほど重大な事件でもなければロンドンを離れられません」

「重大です！」わたしたちの客は両手を振り上げた。「ホウルダネス公爵(89)の一人息子の誘拐《ゆうかい》事件のことはまだお聞きになっていないのですか」

「何ですって！　前閣僚《かくりょう》のですか」

「そのとおりです。事件のことは新聞に載《の》らないように努力してきましたが、昨晩『グローブ』紙に少し載りましたので、ご存じかもしれないと思ったのです」

ホームズは長くて細い腕をのばすと、彼の百科事典のような索引帳《さくいんちょう》(90)のHの巻を取り出した。

「『ホウルダネス。六代目公爵(91)。ガーター勲爵士で、枢密《すうみつ》顧問官』――アルファベットの半分位の肩書きの略称がついている。『ベヴァリー男爵、カースタン伯爵』――やれやれ、たいしたリストだ！　『一九〇〇年からはハラムシァ州総督。一八八八年、サー・チャールズ・アップルドーの令嬢イーディスと結婚。相続人はただ一人の子息である、サルタイア卿。約二十五万エーカーの所領。ランカシァおよびウェイルズに鉱山所有。住所は、カールトン・ハウス・テラス、ハラムシァのホウルダネス館、ウェイルズのバンゴアのカースタン城。一八七二年、海軍大臣。国務大臣で担当は……』やれやれ、この人物はたしかに、国王陛下の重臣の一人だ！」

「最も重要で、おそらく最も裕福な家臣でしょう。ホームズさん、あなたがご自分の仕事に関して高い基準を持ち、仕事のための仕事をなさる心構えでいらっしゃることは、よく承知しております。しかし、申し上げますと、公爵閣下《かっか》はご子息の居場所をお教え下さる方に五〇〇〇ポンド(92)（約一億二〇〇〇万円）を、また、ご子息を誘拐した犯人あるいは犯人たちの名前を教えて下さる方には他に一〇〇〇ポンドを支払うと、言っておられます」

「それは気前のよい申し出ですね」と、ホームズは言った。「ワトスン、ハクスタブル先生と一緒に、北イングランドへ行こう。それでは、先生、その牛乳を飲み終わられましたら、何がおこったのか、いつ、どのようにおこったのか、そして最後にマックルトン近くのプライオリ学校のソーニクロフト・ハクスタブル博士がこの事件とどのような関係があり、わたしのささやかな力を借りるために、事件後三日も経ってから来られたのはなぜかをお話し下さい。三日というのはあご髭を見ればわかります」

わたしたちの客は牛乳とビスケットをたいらげた。彼の目に光が戻り、顔色もよくなり、彼はとても熱心に、はっきりと事態を説明しはじめた。

「さて、これは申し上げておかなくてはなりませんが、プライオリ学校と申しますのは、予備学校で、わたくしが創始者で校長です。『ホラチウスに関するハクスタブルによる付随的解明《ふずいてき》(93)』という書名を申し上げたら、わたしの名前を思い出していただけるかもしれません。このプライオリ学校はまちがいなくイングランドで最高の、最も選び抜かれた予備学校です。レヴァーストーク卿、ブラックウォーター伯、サー・カスカート・ソウムズ(94)、これらの方々がご子息をわたくしにお預けくださっています。しかし、わが校が光栄の絶頂に達したのは、三週間前、ホウルダネス公爵が秘書のジエイムズ・ワイルダー氏を使者として、相続人で一人息子である、十歳になる若君のサルタイア卿をお預けくださるお考えがあると伝えられた時だと思います。そして、これがわたくしの人生で最も破滅的《はめつてき》な不幸への前奏曲となるとは、まったく考えてもみませんでした。

　五月一日、ご子息はおいでになりました。その日が夏学期の始まりだったのです。好感のもてる少年で、こちらの生活にもすぐ慣れました。このようなお話をすることも軽率ではないと思います。なにしろ、このような場合には中途半端なお話は役に立たないと思うからです。ご子息は家庭では必ずしもお幸せではありませんでした。これは公然の秘密ですが、公爵の結婚生活は平穏なものではなく、ご夫妻はお互いの合意のもとに別居することとなり、公爵夫人は南フランスにお住まいを移されました。これはつい最近のことで、ご子息がお母様を強く慕《した》っておられることは知られております。公爵夫人がホウルダネス館を去って以来、ご子息はふさぎこんでおられました。そのため、公爵はご子息をわが校に送ることを望まれたのです。二週間もするうちに、ご子息はわれわれにすっかりうちとけ、非常にお幸せそうにみえました。

　彼の姿を最後に見たのは五月十三日の夜、つまりこの月曜日の夜です。彼の部屋は三階にあり、その部屋に行くには二人の少年が寝ている別のもっと広い部屋を通らなくてはなりません。この少年たちは何も見たり聞いたりしていないので、サルタイア若君はこの方角から出て行かれたのでないことは確かです。若君の部屋の窓は開いており、太いツタが地面まで這《は》っています。地面には足跡は見つかりませんでしたが、出口がここしかなかったことは確かです。

　ご子息がいなくなられたことがわかったのは、火曜日の朝の七時でした。ベッドには寝た形跡がありました。黒のイートン・ジャケット[95]に濃いグレーのズボンといういつもの制服をきちんと着て、出かけられています。誰か他の者が部屋に侵入した形跡はありませんでした。もっと手前の部屋にいるコーンタという年上の少年はとても眠りが浅いので、叫び声とか格闘の音とかがしていれば聞きつけているはずです。

　サルタイア卿の失踪《しっそう》が明らかになったとき、わたしはすぐに全員の点呼をとりました。生徒、教師、使用人全員です。それで、サルタイア卿[96]が一人で出かけられたのではないことがわかりました。ドイツ人教師のハイデッガーの姿も見えませんでした。彼の部屋も三階にあり、サルタイア卿の部屋と同じ側で、建物の一番はずれにあります。彼のベッドにも寝た形跡がありましたが、彼のほうはきちんとみなりを整《ととの》えて出ていったのでないことはあきらかです。彼のシャツと靴下が床に散らばっていました。

彼は間違いなくツタを伝って降りています。彼が降り立った芝生の上に彼の足跡が残っていました。彼の自転車は芝生の横の小屋に置いてありましたが、それもなくなっていました。

彼は二年前から勤めていますが、随分《ずいぶん》りっぱな推薦状《すいせんじょう》をもってきました。ただ、口数の少ない、陰気な性格だったので、ほかの先生方や生徒たちに非常に人気があったというわけではありませんでした。いなくなった二人についての手がかりはまったく見つかりません。今日、木曜日の朝になっても、火曜日以上のことは何もわからないのです。もちろん、ホウルダネス館にはすぐに問い合わせました。ほんの二、三マイル（約三・二～四・八キロメートル）のところですから、急に家が恋しくなって父親のところに帰ったのかもしれないと考えたのです。しかし、そこでもご子息の消息はわかりませんでした。公爵はたいへん動揺されていますし、わたしはと言えば、ご覧のとおり不安と責任感で神経がすっかりまいってしまいました。ホームズさん、もし全力を傾けて仕事に取り組まれることがあるとすれば、今こそ、そうして下さい。あなたの生涯《しょうがい》で、これ以上に価値のある事件はまたとないでしょう」

シャーロック・ホームズはこの不幸な校長が語ることを、一心に聞いていた。引き寄せられた眉《まゆ》、その間の深いみぞをみれば、彼が熱心に頼まれなくても事件に全神経を集中させていることがわかった。多額の報酬《ほうしゅう》が入ることは別として、この事件は、複雑なこと、普通でないことを好むホームズの気持ちを直接刺激《しげき》していた。彼は手帳を取り出し、一つ、二つメモを書き留めた。

「もう少し早くわたしのところにおいでにならなかったのは、あなたの不注意でしたね」ホームズはきびしく言った。「調査を始めるのに、大変なハンディーをおわされました。例えば、このツタや芝生は、経験のある専門家が見れば何か手がかりが見つかったはずです」

「それはわたしの責任ではありません、ホームズさん。公爵閣下はいかなるスキャンダルも公《おおやけ》になるのを避けたいと強くお望みでした。家庭内の不幸が世間の目にさらされるのを心配していらっしゃいました。その類《たぐ》いのことをたいへん恐れていらっしゃいました」

「しかし、警察も捜査をしたのでしょう」

「はい、しかしがっかりする結果でした。手がかりらしいものはすぐ手に入りました。少年と若い男が隣の駅から早朝の列車に乗ったのを見たという報告があったのです。ようやく昨夜になってリヴァプールでその二人連れがみつかり、事件には何の関わりもないことがわかりました。絶望と落胆《らくたん》で眠れない夜を一晩過ごして、朝早い列車に乗り、あなたのところにまっすぐに来たというわけです」

「この間違った手がかりを追いかけている間、地元の警察は捜査にあまり力をいれてなかったのでしょうね」

「まったくしていませんでした」

「それで三日が無駄になってしまった。本当になげかわしい処理の仕方でしたね」

「そう思いますし、その通りです」

「しかし、最終的に事件は解決されるはずです。よろこんで捜査いたしましょう。行方不明の少年とドイツ人教師の間に何かつながりがあったかどうかについてはどうですか」

「何もありません」

「少年はその教師のクラスに出ていましたか?」

「いいえ。わたしの知る限り二人は言葉をかわしたこともなかったのです」

「それはたしかに奇妙ですね。少年は自転車を持っていましたか」

「いいえ」

「ほかになくなった自転車はありましたか」

「ありません」

「たしかですか」

「そうです」

「なるほど、とすると、このドイツ人教師が真夜中、少年を腕に抱えて自転車に乗っ

て出ていったとでもお考えではないでしょうね」

「もちろん違います」

「それではあなたはどうお考えですか」

「自転車はおとりだったかもしれない。どこかに隠しておいて、二人は歩いて行ったのかもしれない」

「なるほど。しかし、おとりとしては少し妙ではありませんか？　この小屋にはほかにも自転車がおいてありますか？」

「数台あります」

「自転車に乗って行ったと思わせたかったら、自転車を二台隠すのではありませんか？」

「わたしもそうすると思います」

「もちろんそうするでしょう。おとり説は成り立ちません。しかし、自転車の件は捜査の出発点としてはりっぱなものです。いずれにしろ、自転車は楽に隠したり、壊したりできないものです。もう一つ質問です。少年が姿を消した日の前日に、誰か少年に会いにきた人はありませんでしたか」

「いいえ」

「手紙はきませんでしたか」

「はい、一通ありました」

「誰からですか」

「お父上からです」

「生徒宛《あ》ての手紙は開封なさるのですか」

「いいえ」

「ではどうして父親からの手紙だとわかったのですか」

「封筒に紋章《もんしょう》がついていましたし、宛名は公爵の特徴《とくちょう》のあるかたい筆跡で書かれていました。それに、公爵ご自身書かれたことを覚えておいでです」

「その前に少年が手紙を受け取ったのはいつですか?」

「四、五日前です」

「フランスから来たことはありましたか」

「いいえ、一度もありません」

「なんのためにこのような質問をするのかは、もちろんおわかりですね。少年は力ずくで連れ去られたのか、あるいは自分の自由な意志で出ていったのかを知るためです。もし後者であれば、このような少年にこういうことをさせるには、何か外部からそれを促すものが必要だと考えられます。少年に訪問者がなかったとすれば、その促すものは手紙で来たにちがいない。それで、わたしは少年の手紙の筆者が誰かをお尋ねしたのです」

「わたしはあまり役にたたないかもしれません。わたしが知る限り、手紙はお父上からだけですから」

「少年がいなくなった、その日に手紙を書いた人ということになる。父上とご子息の仲はよかったですか」

「公爵閣下は誰とも親しいということはありません。閣下はもっと大きな、公の問題に没頭しておられて、普通の感情とは遠く離れた方です。しかし、ご自身のやりかたでご子息にはいつもやさしくしていらっしゃいました」

「しかし、ご子息の気持ちはお母様のほうに傾いていたのですね」

「はい」

「少年がそう言ったのですか?」

「いいえ」

「それでは、公爵が?」

「とんでもありません」

「それでは、どうしてわかったのですか」

「公爵の秘書のジェイムズ・ワイルダーさんと親しくお話をしたことがあります。サルタイア卿のお気持ちについて教えてくれたのは彼です」

「なるほど。ところで、公爵からの最後の手紙ですが、それは少年がいなくなった後、部屋にありましたか?」

「いいえ。ご子息が持っていらしたのでしょう。ホームズさん、ロンドンのユーストン駅へ出かける時間だと思いますが」

「四輪馬車を頼みましょう。それから、十五分待って下さい。ハクスタブルさん、もし電報を打たれるなら、あなたのまわりの人達には、リヴァプールでもどこでも、人の目をそらしておける所で捜査が続いていると思わせておいたほうがいいでしょう。その間に、わたしはあなたのところで静かに仕事をすることにしましょう。おそらく、手掛かりの臭いはかすかに残っていて、ワトスンやわたしのような老練《ろうれん》な猟犬ならかぎ取ることができるでしょう」

その日の夕方、わたしたちはハクスタブル先生の有名な学校がある、ピーク地方の冷たくて、すがすがしい空気の中にいた。わたしたちが到着した時にはすでに暗くなっていた。玄関のテーブルの上に名刺が一枚置いてあり、執事が主人の耳に何かささやいた。彼は元気のない顔に動揺を浮かべて、わたしたちの方を向いた。

「公爵がおいでです」彼が言った。「公爵とワイルダーさんが書斎《しょさい》でお待ちです。それでは行きましょう。ご紹介します」

わたしはもちろんこの有名な政治家を写真でよく知っていたが、実物は写真とはかなり違っていた。かれは背が高く、堂々とした人物で、すきのない服装をし、顔はやつれて細く、鼻はグロテスクなほどまがって、長かった。肌の色は生気がなく青ざめていて、これは縁に時計の鎖《くさり》がきらきら光る、白のチョッキの上にたれている、長く、先細のあごひげの鮮やかな赤と比べるといっそう対照的だった。これが、ハクスタブル先生の暖炉の前の敷物の真ん中に立ち、わたしたちを石のように見つめている堂々たる人物の姿だった。彼の横に非常に若い男が立っていたが、これが個人秘書のワイルダーに違いない。彼は背が低く、神経質で、知的なうすい青色の目を持ち、表情がゆたかで、抜け目がなさそうだった。すぐに、鋭く、自信たっぷりな調子で話を始めたのはこの男だった。

「ハクスタブル先生、ロンドンに行くのをお止めしようと、今朝お伺いしたのですが、間に合いませんでした。今回の事件をシャーロック・ホームズさんに引き受けて頂くのが目的だったということですね。ハクスタブル先生、公爵閣下に相談せずにそのような手段をおとりになられて、閣下はたいへん驚かれています」

「警察の捜査が失敗したと聞きましたので――」

「閣下は警察が失敗したとは決して思っておられません」

「しかし、たしかに、ワイルダーさん――」

「閣下がいかなる公のスキャンダルも特に避けたいとお考えなのはよくおわかりですね、ハクスタブル先生。事情を知る人間はできるだけ少ないほうがよいとお思いなのです」

「事態は簡単に元に戻すことができます」どなりつけられて先生は言った。「シャーロック・ホームズさんには明日の朝の列車でロンドンにお帰りいただけばいい」

「いやいやとんでもない、先生、とんでもありません」ホームズはできるだけ穏やかな声で言った。「この北の空気はさわやかで、気持ちがよいので、二、三日こちらの荒野に滞在《たいざい》して、できるだけ考えてみたいと思います。あなたのところに泊めていただくか、村の宿屋に泊まるかは、もちろんあなたがお決めください」

あわれな先生は決められなくて、困り果てていたが、食事を知らせるドラのように鳴り響いた赤髭公爵の深くてよく通る声に救われた。

「ハクスタブル先生、あなたがわたしに相談したほうが賢明だったという、ワイルダーくんの考えにわたしは賛成だ。だが、あなたはホームズ氏に事情を説明してしまったのだから、この方の手を借りないと言うのもおろかなことだ。宿屋に泊まることはありませんよ、ホームズさん。わたくしどものホウルダネス館にご滞在いただきましょう」

「ありがとうございます、閣下。しかし、調査の目的から考えると、事件の現場にとどまるほうが賢明かと思います」

「お好きなようになさい、ホームズさん。ワイルダーくんからでも、わたしからでも、お聞きになりたいことがあったら何なりといってくれたまえ」

「お館でお目にかかることが必要になると存じますが」ホームズは言った。「ただ、今は、ご子息が不思議な失踪をされたことについて、どのようにお考えか、うかがわせていただけませんでしょうか」

「いや、言うことはなにもない」

「このようなことを申しあげたらおつらいかもしれませんが、ほかに仕方がありませんので、お許し下さい。今度のことは公爵夫人が何か関係していると思われますか」

大政治家ははっきりわかるくらいためらいをみせた。

「それはないと思う」かれはようやく言った。

「ご子息は身《み》の代金《しろ》目的で誘拐されたというのが、ほかに考えられるもっともありそうな解釈です。何かそういう要求を受け取ってはおられませんか?」

「いや、それはない」

「もう一つおうかがいいたします、閣下。事件が起きた日にあなたはご子息に手紙を書かれましたね」

「いいや、書いたのは事件の前日だった」

「なるほど。けれども、ご子息が受け取られたのはその日だったということですか」

「そうです」

「お手紙には、ご子息を動揺させるような、あるいはこのような行動を取らせるようなことが書かれていましたか」

「いいや、そんなことはまったくない」

「あなたはご自身でその手紙を投函《とうかん》されましたか」

貴族の返事は、いささか激しい調子で口をはさんだ、秘書によってさえぎられた。

「閣下は、手紙をご自分で投函されるようなことはなさいません」彼は言った。「この手紙は、他の手紙と一緒に書斎のテーブルの上にありましたので、わたしが郵便袋に入れました」

「その手紙がその中にあったのは確かですか」

「はい。この目で見ました」

「その日、閣下は何通手紙を書かれましたか」

「二、三十通かな。わたしはたくさん手紙を書かなくてはならない。だが、この質問は事件とはあまり関係がないのではないかな」

「そうでもありません」と、ホームズは言った。

「こちらとしては、」と、公爵はつづけて言った。「警察に南フランスのほうに注意を向けるよう言っておいた。前にも言ったとおり、公爵夫人がこのようなおそろしいことを引き起こす手助けをするとは思っていないが、息子はすっかりがんこに思いこんでおったから、あのドイツ人に助けられ、けしかけられて、彼女のもとに逃げて行ったということは考えられる。さて、ハクスタブル先生、われわれは館へ戻るとする」

ホームズがまだ尋ねたいことがあるのはわたしにはわかったが、貴族のぶっきらぼうな態度は、会見が終わったことを示していた。彼のひどく貴族的な性格から考えて、見知らぬ人間とこのように自分の家族の内々の話をするのはいやでたまらないことに違いないし、新たな質問をされるたびに、用心深くかくしておいた、自らの公爵家の歴史の隅々《すみずみ》にまで、強い光があてられるのではないかと、不安になったのは明らかだった。

貴族とその秘書が帰ってしまうと、わが友は彼独特の熱心さで、すぐさま調査にとりかかった。

少年の部屋を念入りに調べたが、なにもあらたな発見はなく、少年が抜け出したのは窓から以外にありえないことがしっかりと確認されただけだった。ドイツ人教師の部屋や持ち物からも手がかりは何も得られなかった。教師の場合、壁に這っているツタのつるが、彼の重みに耐えきれず切れており、ランタンの明りで見てみると、芝生の上に彼が降りた時のかかとの跡が残っていた。短い緑の草の上に残った、このくぼみ一つが、この不可解な夜の脱走に残された、ただ一つの具体的証拠だった。

　シャーロック・ホームズは一人で出かけていき、ようやく帰ってきたのは十一時過ぎだった。彼は付近の大きな陸地測量部の地図を手に入れてきて、それをわたしの部屋に持ち込んだ。そして、ベッドの上に広げると、真ん中にランプを安定するように置いて、パイプを吸いながら地図を眺め、煙の出ている琥珀《こはく》の吸い口で、時々興味ある場所などを指し示した。

「今度の事件が気に入ってきたよ、ワトスン」と、彼は言った。「この事件に関連して、おもしろい点がたしかにいくつかある。この最初の段階で、君にはこの地理的特徴を充分に理解しておいてほしいね。ぼくたちの調査におおいに関係があると思うよ」

「この地図[97]を見てくれたまえ。この黒く、四角いのがプライオリ学校だ。そこにピンを立てておく。それから、この横線が街道だ。学校の前を東西にのびているだろう。そして、西にも東にも一マイル（約一・六キロメートル）の間横道はない。二人が道路を通ったとすれば、この道しかないのだ」

「そのとおりだね」

「問題の夜、この道を通ったものについては、ある不思議な幸運から、かなりの程度

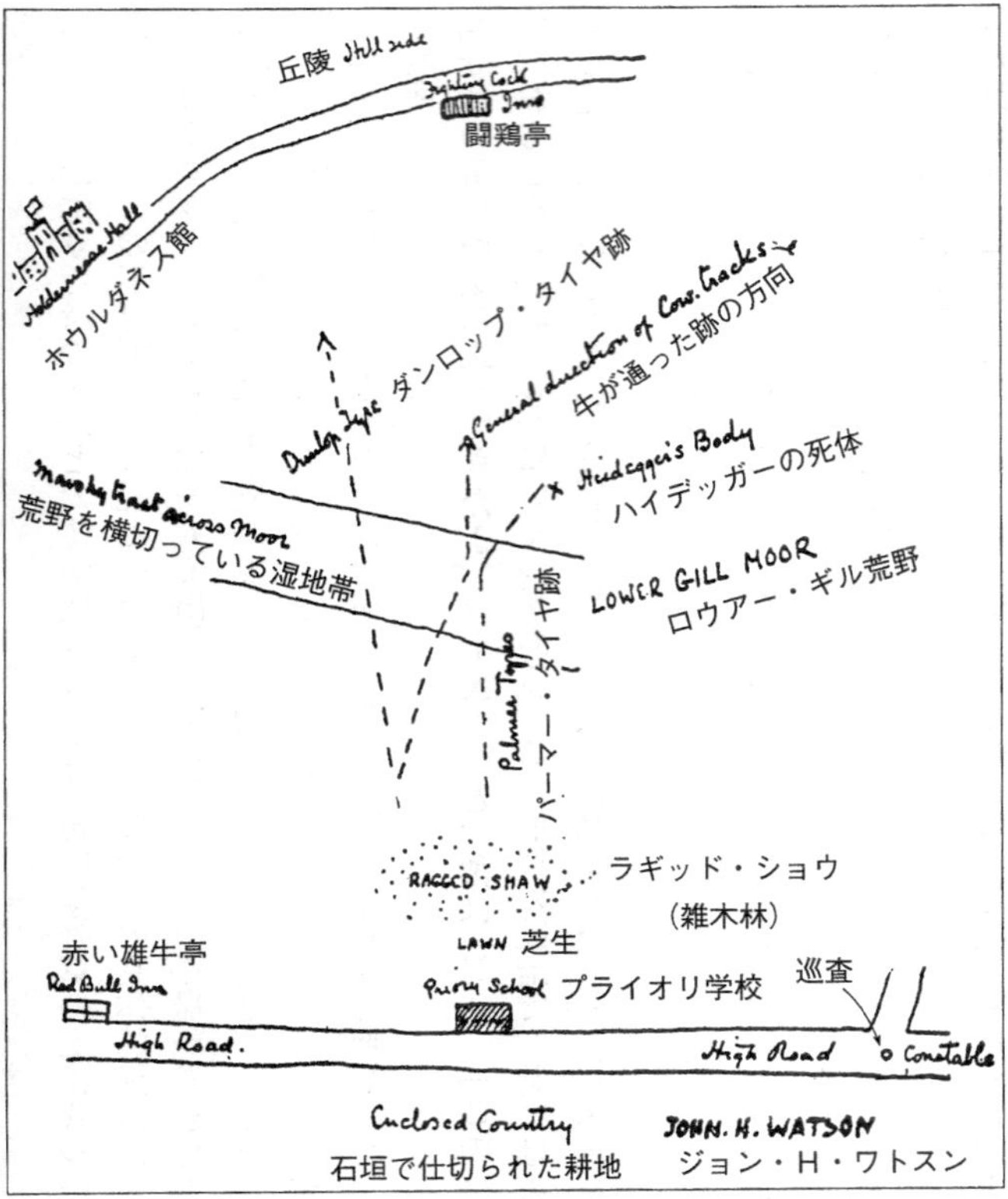
丘陵 Hillside
Fighting Cock Inn
闘鶏亭
Holdernesse Hall
ホウルダネス館
Dunlop Tyre ダンロップ・タイヤ跡
General direction of Cow-tracks
牛が通った跡の方向
Heidegger's Body
ハイデッガーの死体
Marshy tract across Moor
荒野を横切っている湿地帯
LOWER GILL MOOR
ロウアー・ギル荒野
Palmer Tyre
パーマー・タイヤ跡
RAGGED SHAW
ラギッド・ショウ
（雑木林）
LAWN 芝生
赤い雄牛亭
Red Bull Inn
Priory School プライオリ学校
巡査
High Road.
High Road
Constable
Enclosed Country
石垣で仕切られた耕地
JOHN. H. WATSON
ジョン・H・ワトスン

知ることができるのだ。今パイプが指しているここに、十二時から六時まで村の巡査が番をしていたのだ。見てのとおり、ここは学校から東側では、最初の横道の分岐点《ぶんきてん》だ。この巡査は持ち場を一瞬でも離れたことはないし、少年も大人も通れば見たはずだと言っている。今晩その巡査と話をしてきたが、彼はきわめて信用のおける人物に思えた。それでこちら側は問題ない。次は反対側だが、ここには『赤い雄牛亭』(98)という宿屋がある。そこの女主人が病気になり、マックルトンへ医者を呼びにやったが、ほかの患者のところに出かけていて留守だったので、朝まで来なかった。宿屋の者たちは、医者の来るのを待って一晩中起きていて、誰かがいつも道を見張っていたのだ。彼らは、誰も通らなかったと断言している。もし彼らの証言が確かなら、幸運なことに西側も問題ないことになる。とすると逃げ出した二人は道を使わなかったということができるのだ」

「とすると、自転車はどうしたのかな」わたしは異議をとなえた。

「そうそう。すぐあとで自転車のことも考えよう。今はこの推理を続けてみる。二人が道路を使わなかったとすれば、学校の北か南へ、野原を横切ったに違いない。これは確かだ。それでは北か南か、比べて考えてみよう。南側は、見ての通り、広い耕地《こうち》で、小さく、石の塀《へい》で仕切られている。これでは自転車は通れない。こちらを通ったかもしれないという考えは忘れていい。北側を見てみよう。ここに小さな森があって、ラギッド・ショウ（雑木林）と書いてある。その先には、ロウアー・ギル荒野《ムーア》と呼ばれる大きな荒野が広がっている。高くなったり低くなったり、波打つように十マイル（約一六キロメートル）もつづき、しだいに高くなっていく。この荒野の一方のはし、ここがホウルダネス館だ。道路を行くと十マイルだが、荒野をぬければたったの六マイルだ。ほんとうに寂しい平原だ。ほんの二、三の荒野《ムーア》農民が小さな土地を所有して、羊や牛を飼っている。この人たちのほかに、チェスターフィールド街道に出るまでに住んでいるものといえば、チドリやシギぐらいだ。街道には教会があるし、家も二、三軒、宿屋が一軒ある。そこを過ぎると丘は険しくなる。だから、北のほうこそわれわれは調査をしなくてはならないのだ」

「では、自転車は？」わたしはしつこく言った。

「わかった、わかった！」ホームズはいらいらして言った。「自転車に乗るのがうまい人間なら、街道を走る必要はない。荒野には小さな道がいろいろあるし、それに満月だったのだ。おや、何だろう？」

ドアをせわしくたたく音がして、すぐにハクスタブル先生が部屋に入ってきた。てっぺんに白の山形紋《シエヴロン》がついた、青のクリケット帽《ぼう》(99)を手に持っていた。

「ついに、てがかりをつかみました！」と、彼は叫んだ。「ありがたい、ようやく足取りがつかめました！　これは少年の帽子です」

「どこにあったのですか」

「荒野にキャンプしていたロマ（ジプシー）の荷馬車の中です。火曜日にこの地を離れました。今日、警察が追跡して、荷馬車を調べたのです。そしてこれがみつかりました」

「彼らは何と説明していますか」

「彼らはごまかし、嘘《うそ》をつきました。それで、火曜日の朝、荒野で見つけたと言ったのです。彼らは少年の居場所を知っているのだ、悪党どもめ。ありがたいことに、彼らは鍵《かぎ》のかかるところにしっかり閉じ込めてあります。法におそれをなすか、公爵の金の力で、彼らの口を割らせることができるでしょう」

「ここまでは間違っていなかったな」と、先生がようやく部屋を出て行くとホームズは言った。「なにか成果が得られるとすればロウアー・ギル荒野側だという理論が、少なくとも支持されたことになる。このあたりで警察がしたのは、ロマたちを逮捕したことだけだ。ここを見たまえ、ワトスン！　荒野を横切って水路がある。ところどころで幅が広がって、湿地《しっち》になっている。とくに、ホウルダネス館と学校との間の地域ではそうだ。この乾燥《かんそう》した天候ではよそで足跡を探しても無駄だろうが、ここなら何か跡が残っている可能性がたしかにあるだろう。明日の朝早く起こすから、二人で謎解きに挑戦してみようじゃないか」

ちょうど夜が明ける頃わたしが目を覚ますと、やせて背の高いホームズの姿がわたしのベッドの横に立っていた。すっかり着替えをすませ、もう外へ出かけてきたらしい。

「芝生と自転車置き場を見てきたよ」と、彼は言った。「それから、雑木林をぶらぶら歩いてみた。さて、ワトスン、隣の部屋にココアが用意してある。急いでもらえるかな。今日は大変な一日になるからね」

ホームズの目は輝き、ほおは仕事を前にした職人のように興奮《こうふん》で赤くなっていた。この行動的で、きびきびしたかれは、ベイカー街ですわったまま、いつも考えごとをしている顔色の青い、空想家とはひどく違うホームズだった。興奮して、活気にあふれた、このしなやかな姿をみていると、これからの一日がなかなか骨の折れる一日だということが実感された。

しかし、まず味わったのは大きな期待はずれだった。わたしたちはおおいに望みを抱いて、多くの羊の通り道が交差している、泥炭《でいたん》のとれる赤褐色《せっかっしょく》の荒野を歩き、わたしたちとホウルダネス館との間にある湿地の目印である、広くてうす緑色の緑地帯にさしかかった。その先にホウルダネスの館があるところだ。もし少年が自分の家に向かったのなら、ここを通ったに違いない。通ったのなら足跡が残っていないはずがない。けれども、少年の通った形跡も、ドイツ人教師の形跡も見つからなかった。顔を曇らせて、わが友は湿地の縁を歩き、苔《こけ》の生えた表面に残った、泥跡をひとつひとつ熱心に観察した。羊の足跡は山ほどあったし、数マイル先だが、一ヶ所、牛が通った跡が残っていた。しかし、それだけだった。

「早くも王手詰《づ》めか」なだらかに高くなったり、低くなったりし続く荒野を憂《ゆう》うつそうにながめながら、ホームズが言った。「向こうに、もう一つ湿地がある。間がくびれて細くなっているのだ。やあ、やあ、やあ！　これは何だろう」

　わたしたちは、細い、黒いリボンのような小道に出ていた。その中央、湿った地面の上にくっきりと残っているのは、自転車の通った跡だった。

「やった！」わたしは叫んだ。「みつけたね」

　だが、ホームズは首を振っていた。わけがわからないと言う顔で、喜んでいるというより、まだまだこれからだという顔つきだった。

「たしかに自転車の跡だ。けれども、あの自転車のものではない」と、彼は言った。「ぼくはタイヤの跡を四十二種類知っている。見てごらん、これはダンロップ・タイヤで、外側につぎがあててある。[100]ハイデッガーのタイヤはパーマー製で、たての縞《しま》が残るはずだ。数学教師のアヴェリングがそれは確かだと言っていた。だから、これはハイデッガーのものではない」

「それでは、少年のものかな？」

「もし、少年が自転車を持っていたことが証明されれば、おそらくそうかもしれない。けれども、これはどうしても証明できなかった。ほら、この跡は学校の方角から来た者が残したものだ」

「あるいは、学校へ向かっている者かな」

「いや、そうではないよ、ワトスン。より深く沈んでいる跡が、もちろん後輪ということになる。体重がかかっているからね。前輪の浅いほうの跡の上を横切って、その跡をよくわからなくしているところがいくつもある。これは間違いなく学校から出てきたものだ。われわれの捜査に関係あるかどうかわからないが、先へ進む前に、この跡を逆にたどってみよう」

わたしたちはそうしてみたが、二、三百ヤード（約一八二～二七三メートル）行ったところでタイヤ跡を見失った。荒野の湿地地帯が終わったためだ。わたしたちは小道をさらに逆戻りして、もう一ヶ所、泉の水が小道を横切って流れ出している場所をみつけた。ここでもまた、牛のひづめでほとんど消されかかっていたが、自転車の跡が残っていた。それからは何も残っていなかった。小道は学校の裏手にある、雑木林へと続いていた。自転車はこの森から出てきたのに違いない。ホームズは丸石の上にすわり、両手にあごをのせていた。わたしがタバコを二本吸ってしまうまで、彼は動かなかった。

「さて、さて」彼はようやく言った。「もちろん、ずる賢いやつなら、見慣れないタイヤの跡を残すために、自分のタイヤを取り替えるということはありえる。そんなことを考えつく犯罪者こそ、ぼくが相手にして光栄だと思える人間なのだ。けれども、この問題はこのままにして、出発点の湿地にもどろう。まだ調べてないことがたくさんそのままになっているからね」

わたしたちは荒野の湿地部分の縁を、ていねいに調べ続け、やがて、わたしたちの忍耐はすばらしい発見でむくわれた。湿地の低い方を横切って、どろでぬかるんだ小道があった。ホームズはそこに近づくと、うれしそうな声をあげた。その真ん中を、電線の細い束のような跡が走っていたのだ。パーマー・タイヤだ。

「これはハイデッガー先生のものだ、絶対に確かだ！」と、ホームズが大得意で叫んだ。「ぼくの推理はかなり正しいようだ、ワトスン」

「おめでとう、ホームズ」

「いや、先は長いよ。小道は避けて歩いてくれたまえ。さて、このタイヤの跡を追っていこう。あまり遠くまで続いていないかもしれないが」

だが、荒野のこのあたりには、水気の多い、柔らかい地面があちこちにあって、タイヤの跡はしばしば見失っても、いつも、すぐにもう一度見つけることができた。

「わかるかな」と、ホームズが言った。「自転車の乗り手は、ここでは間違いなく全速力でペダルをこいでいる。ぜったいにそうだ。ここの跡をみてみたまえ。両方のタイヤの跡がくっきり残っている。同じ深さだ。それは、人間が全力で走るときそうするように、自転車に乗っている人間がハンドルに体重をかけているからに違いない。おや、おや！　彼は倒れたのだ」

タイヤの跡が何ヤード（一ヤードは約九一センチ）か、幅広く、泥で乱されていた。それから足跡が二、三あって、もう一度タイヤがあらわれた。

「横滑りしたのかな」わたしは口をはさんだ。

ホームズは花のついたハリエニシダの押しつぶされた枝をとりあげた。黄色の花が

真っ赤に染まっているのをみて、わたしはぞっとした。道にも、ヒースにも、血が固まって黒ずんだしみのようについていた。

「まずい！」とホームズは言った。「これはまずい！　近寄らないでくれたまえ、ワトスン！　不必要に足跡は残さないで！　これをどう解釈したらいいのだろうか。彼は倒れてけがをした。立ち上がり、もう一度自転車に乗り、進んで行った。けれども、ほかに跡は何もない。こちらの横道には牛の群れがいる。雄牛に突き刺されたのだろうか。それはありえない！　けれどもほかの人間の跡がまったくない。先へ行ってみよう、ワトスン。タイヤの跡と血の跡をつけていけば、彼はもうぼくたちから逃れられない」

わたしたちの捜査はそれほど長くかからなかった。タイヤの跡が、湿って光った小道の上で奇妙に曲り始めた。先のほうをながめると、とつぜん、ハリエニシダの濃い茂みのなかに、金属がきらりと光るのが目に入った。茂みのなかから、われわれは一台の自転車をひっぱりだした。パーマー製のタイヤで、ペダルの片方が曲り、前の部分全体がひどく血で汚れていた。茂みの向こう側からは、靴が片方つきでていた。ぐるっと回ってみると、そこに不運な自転車乗りが倒れていた。それは背の高い男で、あごはひげでおおわれていて、めがねをかけていた。片方のレンズはこわれている。彼の死因は頭をひどくなぐられたためで、頭蓋骨《ずがいこつ》の一部が砕《くだ》けていた。こんな大けがを負いながら、これだけ進むことができたということは、この男の生命力と勇気を物語っていた。彼は靴ははいていたが、靴下をはいていなかった。コートの前が開いていて、下から寝間着がみえた。ドイツ人教師に間違いない。

ホームズは死体をうやうやしくひっくりかえし、注意深く調べた。それからしばらくじっと考えこんでいた。彼が眉を寄せているのを見れば、この恐ろしい発見も、彼の考えでは、捜査の進展にそれほど役に立っていないことがわかった。

「これからどうしたらいいか、ちょっと難しいね、ワトスン」ようやく彼は言った。「すでに多くの時間がかかってしまい、もう一時間も無駄にできないから、ぼくとしては今の捜査を進めたいと思う。しかし、一方で、警察にこの発見を報告して、この気の毒な男の死体の処置をしてもらわなくてはならない」

「ぼくが知らせに行こうか」

「きみはぼくと一緒にいて、手伝ってほしい。ちょっと待って！　むこうで泥炭《ピート》(101)を掘り出している男がいる。彼をここへ連れてきてくれたまえ。彼に警察を呼びにいってもらおう」

わたしがその農夫を連れてくると、ホームズはおびえている男にメモをもたせて、ハクスタブル先生のところへ行かせた。

「さてと、ワトスン、ぼくたちは今朝てがかりを二つつかんだ。一つは、パーマー・タイヤの自転車一台、そしてそこから見つかるものはわかった。もう一つは、つぎのあたったダンロップ・タイヤの自転車だ。その調査を始める前に、ぼくたちが実際に知っていることをはっきりさせよう。それは、その知識を充分に理解し、偶然起こったことと、本質的なことを区別するためだよ。

まず、しっかり頭に入れておいてほしいのは、少年は自分の自由な意志で出ていったということだ。かれは、窓から出て、自分一人で、あるいは誰かと一緒に出かけた。

それは確かだ」

わたしは同意した。

「それでは、今度はこの不幸なドイツ人教師のことを考えてみよう。少年は逃げ出した時、きちんと洋服に着替えていた。だから、少年は自分がこれからすることがわかっていたのだ。けれども、ドイツ人教師のほうは、靴下をはかずに出かけている。急いで出かけたということになる」

「それにまちがいないね」

「なぜ、彼は外へ出たのだろうか。それは、彼の寝室の窓から、少年が逃げ出すのを見たからだ。少年に追いついて、連れ戻そうと思ったからだ。彼は自転車に飛び乗り、少年を追いかけた。そして、その途中で命を落としたのだ」

「そのようだね」

「さて、これからがぼくの議論の大事なところだよ。大人の男が少年の後を追うとしたら走って追いかけるのが普通だろう。追いつけることがわかっているのだから。ところが、このドイツ人はそうはしなかった。自転車に乗ることにした。彼は自転車に乗るのが上手だったそうだ。少年が何か速い乗り物で出ていこうとしているのを見たのでなければ、彼は自転車に乗ることはなかったろうね」

「もう一台の自転車だ」

「事件を組み立てることを続けよう。かれは学校から五マイル（約八キロメートル）のところで死んだ。ここが大事なところだよ。少年でも発射できたかもしれない銃のたまにあたったわけではなく、腕力による一撃でなぐられたためだ。だから、少年には出ていくときに連れがあったということだ。熟練のサイクリストでさえ追いつくのに五マイルかかったのだから、逃走するほうも速かった。だが、ぼくたちは悲劇の現場のまわりの地面を調べた。何が見つかったか？　二、三の牛の通った跡だけで、ほかには何もなかった。ぼくはまわりをざっと、遠くまで歩いてみたが、五十ヤード（約四五メートル）以内に小道はなかった。もう一人の自転車乗りは、実際の殺人とは関係なかったに違いない。人間の足跡もない」

「ホームズ」と、わたしは叫んだ。「それは不可能だ」

「すばらしい！」と彼は言った。「なかなかためになる意見だ。ぼくの言い方では不可能なのだ。だから、どこかでぼくは間違っている。きみは自分の目で見たから、どこが間違っているか、言えるのではないかな」

「転倒して、頭蓋骨が割れたんじゃないのかな？」

「湿地でかい？　ワトスン」

「降参《こうさん》だよ」

「そう、そう。ぼくたちはもっと面倒な問題を解いたことがあるではないか。すくな

くともぼくたちには材料がたくさんある。ただそれを使えさえすればいいだけだ。さて、行こう。パーマー・タイヤのほうは調べ尽くしたのだから、今度はつぎのあたったダンロップ・タイヤがぼくたちに何を提供してくれるか見てみよう」

ダンロップ・タイヤの跡をたどって、少し進んでみた。しかし、荒野はすぐにヒースの茂った長い上りになり、わたしたちは水路を離れた。これ以上は、タイヤの跡から手がかりを得る望みはなくなった。ダンロップ・タイヤを最後にみかけた場所は、左手二、三マイル（約三・二～四・八キロメートル）先にその堂々とした塔がそびえているホウルダネス館へも行けるし、正面の、低い、灰色の村へも行ける所で、そこにはチェスターフィールド街道の道標があった。

ドアの上に闘鶏《とうけい》の看板(102)のある、近づきがたくて、むさくるしい宿屋の近くに来たとき、ホームズは急にうめき声をあげると、ころばないようにわたしの肩をつかんだ。かれは足首をひどく捻挫《ねんざ》したようだ。そうなると身動きできない。足をひきずりながら、なんとかドアまでたどりついた。戸口ではずんぐりした、色の黒い、初老の男が、黒の陶製《とうせい》パイプをふかしていた。

「こんにちは、ルービン・ヘイズ(103)さん」と、ホームズは言った。

「あんたは誰だい、どうしておれの名前をすらすら言えるんだ」ずるそうな目に疑いをうかべて、その土地者は答えた。

「あなたの頭の上の看板にそう書いてある。家の主を見分けるのは簡単さ。馬小屋に馬車のようなものはないだろうかね？」

「ああ、ないね」

「足を地面に少しでもおろすことができないのだがね」

「おろさないでおきゃあいいだろうよ」

「しかし、歩けないのでね」

「それじゃ、飛び跳《は》ねりゃあいいじゃあねえか」

ルービン・ヘイズ氏の態度は、愛想《あいそ》がいいとは言いがたいものだったが、ホームズは感心するほど上機嫌でうけ答えしていた。

「ねえ、君」彼は言った。「これはなかなか困った状況でね。どういう方法でも構わないのだが」

「おれの知ったこっちゃあねえさ」むっつりした主人が答えた。

「事は重大なんだ。自転車を一台貸してくれたら、一ソヴリン（約二万四〇〇〇円）払おう」

主人は耳をそばだたせた。

「どこへ行きてえんだい」

「ホウルダネス館さ」

「ていうと、公爵の仲間かい」わたしたちの泥まみれの洋服を、皮肉な目でじろじろながめて、主人は言った。

ホームズは愛想よく笑った。

「とにかく、公爵はわたしたちにお会いになればお喜びだろうね」

「どうしてだい」

「それは、行方不明になっているご子息のニュースを持っていくからさ」

主人ははっきり見てわかるほどびっくりした。

「何だって、行方がわかったってえのかい」

「リヴァプールにおられるらしい。すぐにも見つかるそうだ」

再び、不機嫌なひげだらけの顔に、さっと変化が走った。主人の態度がとつぜん愛想よくなった。

「おれにはほかのやつらのように、公爵のためなんて思わねえわけがあるのさ」と、彼は言った。「あっしは昔、あそこの馭者《ぎょしゃ》頭だったが、公爵には冷たい仕打ちをうけた。あいつは嘘つきの雑穀商《ざっこくしょう》(104)の言うことを信じてやがって、あっしを推薦状ももたせずに馘《くび》にしたんだ。それでも、若だんながリヴァプールにいるらしいと聞いて、あっしもうれしいよ。あんたがお屋敷へ知らせを届けに行く手助けをしやしょう」

「ありがたい」ホームズは言った。「まずは、何か食べさせてもらおう。それから自転車をこっちへ持ってきてくれたまえ」

「ここには自転車はありゃしませんぜ」

ホームズはソヴリン金貨を取り出してみせた。

「いいかい、だんな、うちにゃ自転車はありゃせん。お屋敷まで馬を二頭貸してやろう」

「やれ、やれ」ホームズは言った。「まあ、そのことは食べた後にしよう」

板石を敷いた台所に二人だけになると、ホームズのくじいた足首があっという間に直ってびっくりした。もう夜が近かったが、二人とも朝早くから何も食べていなかったので、ゆっくり食事をした。ホームズは考えにふけっていた。一、二度彼は窓のところに歩いて行って、熱心に外をながめていた。窓はごみごみした中庭に面していた。ずっと隅のほうには鍛冶場《かじば》があり、汚れた服を着た少年が働いていた。その反対側には馬小屋があった。ホームズは何度か窓へ歩いて行ったり来たりした後、また椅子《いす》に腰をおろしていた。それが、とつぜん大きな歓声をあげて、椅子から立ち上がった。

「なんということだ、ワトスン、わかったよ！」彼は叫んだ。「そうだ、そうだ、そうに違いない。ワトスン、今日、牛の足跡を見たのを憶えているかい」

「ああ、幾度か」

「どこでだね？」

「さてと、あちらこちらでだったね。湿地と、それから小道の上でも。それから、気の毒なハイデッガーが死んでいた場所の近くでだ」

「そう。それでは、ワトスン、荒野で牛を何頭見かけたかな」

「一頭も見た覚えがないね」

「奇妙だよ、ワトスン。ぼくたちがたどった道に沿って足跡が見られたと言うのに、荒野のどこにも、牛が一頭もいなかった。すごく奇妙なことだ、ねえ、ワトスン」

(1)　(2)　(3)

「そう、奇妙だ」

「ところで、ワトスン、ちょっとがんばって、思い出してくれたまえ。小道の足跡を思い出せるかね」

「そう、あった」

「足跡はこんな具合で、ワトスン」――彼はたくさんのパンくずをこのように並べてみせた[105]――図(1)――「それから、こんなふうに」――図(2)――「それから、時々こんな具合だったことは」――図(3)

「思い出せたかな」

「いいや、だめだ」

「ぼくは覚えている。誓《ちか》えるよ。都合のいい時に戻って、確かめてみよう。あれだけ見ていながら結論が出せなかったとは、ぼくはなんとものが見えていなかったのだろう」

「それで、君の結論というのは」

「結論はただ一つ、歩き、駆《か》け足、はやがけのできる、という珍しい牛だということだけさ。まったく、ワトスン、ああいうごまかしを考えつくなど、土地のパブの亭主の頭では無理だ！　鍛冶場の若者以外、あたりに人はいないようだ。こっそり行って、ようすをみてこよう」

こわれかけた馬小屋の中には、くしでとかしてない、もじゃもじゃの毛並みの馬が二頭いた。ホームズは一頭の後ろ足を持ち上げると、大声で笑った。

「古い蹄鉄《ていてつ》だが、最近つけたものだ——蹄鉄は古いが、くぎは新しい。これは古典といわれる事件になる。鍛冶場のほうへ行ってみよう」

若者はわれわれのほうを見ずに、仕事を続けていた。ホームズは、左右に目を走らせ、床に散らばった鉄や木の間を探った。だが、とつぜん後ろに足音がして、宿の主が立っていた。残酷《ざんこく》そうな目の上に濃い眉がかぶさり、浅黒い顔は、激しい怒りでゆがんでいた。

てっぺんに金属がついた短いステッキを手に、かれは威嚇《いかく》するようにわたしたちに向かってきたので、ポケットの中に拳銃を持っていて、ほんとうによかったと思った。

「このいまいましいスパイ野郎め！」彼は大声をあげた。「ここで何をしていやがる」

「これはこれは、ルービン・ヘイズさん」ホームズは落ち着いて言った。「わたしたちが何か見つけるのではないかとご心配のようすですが」

彼は懸命《けんめい》に落ち着きを取り戻し、いかめしい口元をゆるめ、わざとらしく笑った。こちらはしかめっつらよりもかえって、不気味だった。

「どうぞ、この鍛冶場で何を見つけたって、かまやしませんぜ」彼は言った。「だが、だんな、あっしは、よそのやつらが許しもなくあっしの家をさぐりまわるのは気に入らねえのさね。とっとと勘定《かんじょう》を払って出てってもらうと、こっちもありがてえってもんだ」

「わかったよ、ヘイズさん――悪気はなかった」ホームズは言った。「馬をみせてもらっていたのだ。でも、まあ歩いて行こうと思うよ。そんなに遠くはないだろうからね」

「館の門までは二マイル（三・二キロメートル）くらいだ。左手の道を行きな」彼はわたしたちが彼の敷地を離れるまで、不機嫌な目でじっと見ていた。

わたしたちはそれほど遠くまでは行かなかった。宿の主人から見えない曲がり角までくると、ホームズは歩くのを止めた。

「子どもがかくれんぼの時に言うように、あの宿屋で、もうすぐみつかりそうだった」彼は言った。「一歩離れるごとに目標から遠ざかるようだ。いけない、だめだ。ここを離れるわけにはいかない」

「きっとそうだ」と、わたしは言った。「このルービン・ヘイズは事件のすべてを知っているな。あんなに見るからに悪党らしい男はみたことがない」

「ああ、君にはそう見えたかい。馬はいるし、鍛冶場がある。そうだね、おもしろい所だ、この『闘鶏亭』は。こっそり、もう一度見てこよう」

わたしたちのうしろには、灰色の石灰岩の丸石が点在する丘が、ゆるやかに傾斜し

て、長く広がっていた。道をそれて、わたしたちは丘の上にのぼった。ホウルダネス館のほうをながめると、自転車が一台、すごい速さで飛ばしてきた。

「ふせろ、ワトスン！」わたしの肩をぐっと手で押さえながら、ホームズが叫んだ。わたしたちが身を隠すか隠さないうちに、一人の男が前の道を、飛ぶように走り去った。もうもうとまきあがる土煙《つちけむり》のなかに、青ざめて、不安そうな顔がちらっと見えた。口は開いたまま、目は大きく開いて前方をじっと見つめ、顔は恐怖でいっぱいだった。前の晩会ったばかりの、小粋《こいき》なジェイムズ・ワイルダーが妙な漫画になったといった感じだった。

「公爵の秘書だ！」と、ホームズが叫んだ。「行こう、ワトスン。彼がすることを眺めてみよう」

わたしたちはよろけながら岩から岩へ進み、すぐに宿屋の入り口のドアが見えるところまで来た。ワイルダーの自転車がドアの横の壁にたてかけてあった。家のまわりを歩きまわっているものもいないし、窓には誰の顔も見えなかった。ホウルダネス館の高い塔の向こうに太陽が沈むと、夕闇がゆっくりと忍び寄ってきた。そして、薄闇のなか、宿屋の廏《うまや》のある庭で、二輪馬車の二つの側灯がともったのが見えた。そして、すぐにひづめの音が聞こえ、馬車は道へ出ると、ものすごい勢いでチェスターフィールドの方向へ走り去った。

「ワトスン、君はどう思う？」ホームズがささやいた。

「逃げ出したようだね」

「一頭立て二輪馬車に男が一人。見えたのはこれだけだ。そして、さきほどのジェイムズ・ワイルダー氏でないことは確かだ。彼ならドアのところにいる」

赤い、四角い明りが、暗闇に流れ出て、浮かんでいた。その真ん中に秘書の黒い姿がみえた。首をのばして、夜の闇をのぞいている。誰かを待っているのは明らかだった。そして、道のほうに足音がした。第二の人物の姿が光を背に一瞬みえたが、ドアが閉められ、すべてが再び暗くなった。五分後に、二階の一室にランプがともった。

「『闘鶏亭』は客を奇妙なやり方で迎えるらしいな」と、ホームズが言った。

「酒場《バー》は反対側にある」

「そうだ。これがいわゆる特別客というのだろう。さて、夜のこういう時刻に、こういうところでジェイムズ・ワイルダー氏は一体何をしているのだろうか。それに、ワトスン、彼に会いにきたのは誰なのだろうか。ワトスン、無理してもこれをもう少し、じっくり調べなくてはならないね」

わたしたちはこっそりと道まで下り、宿屋のドアまで忍び寄った。自転車はまだ壁にたてかけてあった。ホームズはマッチをすると、自転車の後輪を照らした。つぎのあたったダンロップ・タイヤがうかびあがり、ホームズがくすっと笑うのが聞こえた。わたしたちの頭上には、明りがともった部屋があった。

「あの部屋を覗《のぞ》いてみなくてはいけない、ワトスン。背中を丸めて、壁にしっかりつかまってくれたら、何とかなると思うよ」

すぐに、彼はわたしの肩にのった。と、思ったらたちまちおりてきた。

「さあ行こう、ワトスン」彼は言った。「ぼくたちは今日一日よく働いた。できるだけのものは集めたと思うよ。学校までは歩いて遠いから、早く出発すればするほどいいよ」

荒野を横切って、ひたすら歩いている間、彼はほとんど口を開かなかった。それに学校に着いても中に入らず、マックルトン駅まで歩いて行った。そこで電報をいくつか打った。その夜遅く、ホームズが教師の死という悲劇に沈み込んでいたハクスタブル先生をなぐさめているのが聞こえた。それでもその後、彼は朝出発した時と同じように、きびきびと元気にわたしの部屋に来た。「すべてうまくいっているよ、ワトスン」と彼は言った。「明日の夕方までには事件は解決しているとうけあうよ」

翌日十一時、わが友とわたしは、ホウルダネス館の有名なイチイの並木道を歩いていた。エリザベス朝の、りっぱな玄関を通って、公爵の書斎に案内された。そこには、ジェイムズ・ワイルダー氏が上品ぶって、すましていたが、前夜の激しい恐怖心が、彼の落ち着きのない目つきや、ぴくぴくゆがむ顔の中に見てとれた。

「公爵に会いに見えたのですか。申し訳ないが、公爵様はお具合が良くないのです。悲劇の知らせをお聞きになって、たいへん動揺されている。昨日の午後ハクスタブル先生から電報がきて、あなたの発見を知らせてきたのです」

「ワイルダーさん、公爵にお目にかからなくてはならないのです」

「公爵はお部屋です」

ていた。

「それではお部屋に伺います」

「お休みになっていらっしゃると思います」

「それではそこでお目にかかります」

ホームズの冷たく、ようしゃのない態度は、彼と議論しても無駄ということを示し

「承知しました、ホームズさん。あなたがおいでだと申し上げてきます」

三十分ほどしてから、偉大な貴族があらわれた。彼の顔はこれまでよりずっと青ざめ、背中は丸くなり、前日の朝よりもっとふけた男にみえた。彼は堂々としたていねいさでわたしたちにあいさつし、机の前にすわった。彼の赤いあごひげが、テーブルの上に垂れた。

「それで、ホームズさん？」と、彼は言った。

しかし、わが友は、主人のイスの横に立っている秘書を見つめていた。

「閣下、ワイルダーさんがおいでにならないほうが、もっと自由にお話しできると思うのですが」

秘書はすこし顔色を変え、ホームズに悪意のこもった視線を投げかけた。

「閣下がそのようにお考えなら――」

「そうだね。君は席をはずしたほうがいいだろう。さて、ホームズさん、どのような

お話ですかな？」

　わが友は、出ていく秘書の背後でドアが閉まるまで待っていた。

「実は、閣下」ホームズは言った。「わたしの仲間のワトスン先生とわたしは、今回の事件では報奨金《ほうしょうきん》があると、ハクスタブル先生から言われております。この点につき、閣下ご自身の口からご確認をいただきたいのですが」

「もちろんだ、ホームズさん」

「もしわたくしの情報が正しいとすると、ご子息の所在を知らせたものには、五〇〇〇ポンド支払うということですね」

「そのとおり」

「そして、ご子息を誘拐した者の名前を教えれば、べつに一〇〇〇ポンド支払うということですね」

「そのとおりだ」

「誘拐した者というなかには、ご子息を連れ去ったものだけでなく、ご子息を隠しておく、手助けをした者もたしかに含んでいますね？」

「そうだ、そうだ」公爵はいらいらして叫んだ。「シャーロック・ホームズさん、あなたが仕事をなしとげれば、報酬については、ご不満のないようにします」

　わが友は物欲しそうに、やせた手をこすりあわせた。彼が金銭に淡白《たんぱく》なことを知っているわたしには驚きだった。

「テーブルの上に見えるのは、閣下の小切手帳でしょうか」彼は言った。「わたし宛てに六〇〇〇ポンドの小切手を切っていただけるとありがたいのですが。それに、横線をいれていただいても結構です。わたしの取引銀行は、キャピタル・アンド・カウンティーズ銀行、オックスフォード街支店です[106]」

公爵閣下は厳《いか》めしい様子で、イスにまっすぐすわると、わが友をじっとみつめた。

「これは何かの冗談ですか、ホームズさん？　ふざけているような問題ではないと思いますが」

「決してそのようなことではありません、閣下。これまででも、これほど真剣だったことはありません」

「それでは、どういう意味かね？」

「わたくしは報酬を受け取るだけのことをしたということです。ご子息の所在をつきとめましたし、ご子息をとらえている者の、少なくとも何人かを知っています」

顔色が死人のように青白くなったので、対照的に公爵のあごひげは怒気を含んで赤くなったように見えた。

「息子はどこにいるのだ？」彼は息がとまりそうになりながら言った。

「ご子息の居場所は、あるいは、昨晩おられた場所は、あなたの庭園の門から約二マイルのところにある闘鶏亭という宿屋です」

公爵は椅子の背にもたれた。

「それで、君は誰の仕業《しわざ》だと思うのかね?」

シャーロック・ホームズの返事には驚いた。彼はすばやく前に進み出ると、公爵の肩に手をおいた。

「あなたです」彼は言った。「それでは、閣下、お手数ですが小切手をいただけますか」

椅子から飛び上がり、深い淵《ふち》に沈んで行く者のように、手で空をつかむようにした公爵の様子をわたしは決して忘れることができないだろう。それから、大変な努力をして、貴族の自制心を発揮《はっき》して、腰をおろすと、両手で顔をおおい、うつむいた。数分して公爵が口を開いた。

「あなたはどこまで知っているのだ」彼は、顔をあげずに、ようやく言った。

「昨晩お二人がご一緒のところを見かけました」

「あなたの友人のほかに知っているものはいるか」

「誰にも話しておりません」

公爵は震《ふる》える手でペンをとり、小切手帳を開いた。

「わたしは約束を守ります、ホームズさん。あなたが手に入れた情報が、わたしにとってうれしくないものでも、あなたに小切手を書きましょう。最初に賞金の話をした時は、事件がどのようになるか、まったく考えなかった。けれども、あなたとあなたのご友人は、思慮深《しりよぶか》い方ですね、ホームズさん」

「どういうことでしょうか、閣下」

「はっきり言う、ホームズさん。もし、事件を知っているのがお二人だけなら、それ以上広げる理由はないということです。あなたがたにお支払いする額は、一万二〇〇〇ポンドでしたな」

ホームズはほほえんで、頭をふった。

「おそれいりますが、閣下、事態はそう簡単にかたづけてしまうわけにはまいりません。あの学校の教師が死んでいることを忘れるわけにはいきません」

「だが、ジェイムズはその件は何も知らない。そのことで彼に責任を負わせることはできない。それは、彼が不幸なことに雇うことになった、あの残忍な悪党がやったことだ」

「閣下、わたくしはこう考えます。いったん犯罪を犯そうとしたものは、そこから生じたいかなる犯罪にたいしても、道義的に責任があります」

「道義的にはです、ホームズさん。たしかにあなたは正しい。だが、それは法律の目からみるとそうではないことはたしかだ。人間は、自分がいないところでおこった殺人のために、そしてあなたと同じように心から憎み、嫌っている殺人のために、罰《ばっ》せられることはない。彼はそのことを知るや、すぐにわたしにすべてを告白した。彼は、恐怖と後悔の念にかられている。彼はすぐに殺人者とは完全に関係を絶った。ああ、ホームズさん、彼を救ってやって下さい。お願いだ。どうか助けて下さい！」公爵は自制しようとする最後の努力をやめ、顔をぴくぴくさせ、握った両手のこぶしを空に振り回しながら、部屋の中を行ったり来たりしていた。ようやく自分を取り戻し、彼は再び机の前にすわった。「誰かに話す前にここへ来てくれたことは感謝します」彼は言った。「少なくとも、あのおそろしいスキャンダルをどれくらい最小限にくいとめることができるか相談できる」

「その通りです」と、ホームズは言った。「閣下、そのためには、おたがい本当に率直にならなくてはいけないと考えます。わたしの力のおよぶかぎり、閣下のお役にたつつもりです。しかし、そのためには、事件の詳細を残らず知らなくてはなりません。今おっしゃったことはジェイムズ・ワイルダー氏のことですね。そして、彼は殺人者ではないということはわかっています」

「そうだ。殺人者は逃亡した」

シャーロック・ホームズは落ち着いたようすでほほえんだ。

「閣下は、わたしのささやかな評判のことはお聞きおよびでないようですね。もしそ

うでなければ、わたしから簡単に逃れることができるとは、お考えにならないでしょう。ルービン・ヘイズ氏は、昨夜十一時に、わたしからの通報で、チェスターフィー

ルドでつかまりました。今朝、学校を出る前に、地元の警察署長から電報を受け取りました」

公爵は椅子にもたれ、わが友をびっくりしてみつめていた。

「人間ばなれした力を持っておられるようだ」彼は言った。「それでは、ルービン・ヘイズはつかまったのだな。それを聞いて心からうれしい。ただジェイムズの身にわざわいがおよばなければよいが」

「あなたの秘書の？」

「いや、わたしの息子のだ」

びっくりした顔をするのは、今度はホームズの番だった。

「閣下、これはわたくしにとって初めてうかがうことだと、正直に申し上げます。どうか、もう少し詳しくお聞かせください」

「あなたには何も隠しますまい。どんなにつらくても、ただただ率直であることが、ジェイムズのおろかさと嫉妬心《しっとしん》がわれわれをひきずりこんだ、今回のような状況では、一番よい方法であるという、あなたのお考えには賛成です。ホームズさん、わたしは、若い時、人生で一度というような恋におちた。わたしはその女性に結婚を申し込んだが、彼女は自分と結婚したらわたしの経歴に傷がつくといって、断った。もし彼女が生きていたなら、わたしはほかの誰とも結婚しなかったでしょう。彼女は死んで、この子を一人残した。わたしは彼女のためにも、その子どもを愛し、大事に育てた。自分が父親であることを公に認めることはできなかったが、わたしは彼に最高の教育を受けさせ、成人してからは自分の側にひきとった。彼はわたしの秘密に気づき、それ以来わたしの弱みと、スキャンダルを恐れるわたしの気持ちにつけこんできた。彼の存在は、わたしの不幸な結婚生活といくらか関係がある。なによりも、彼は最初からずっと、わたしの法定相続人を憎んでいた。こんな状態なのに、どうしてジェイムズを屋敷に留めておいたのかと、お尋ねになりたいでしょう。それは、彼の顔の中に、あれの母親の顔を見るからです。彼女のために、わたしはずっと辛抱するのです。それに、彼女の愛らしいふるまいは、彼のなかにすべて残っていて、わたしに思い出させるのです。わたしは彼をよそへやることができなかった。しかし、ヘイズがアーサーに、つまりサルタイア卿になにか災いをもたらすのではないかと心配だったので、安全のため、サルタイア卿をハクスタブル先生の学校へ入れたのです。

ジェイムズがこのヘイズという男と出会ったのは、あの男がわたしの借地人で、ジェイムズがわたしの代理人だったからです。ヘイズは根っからの悪党だ。何か特別な方法で、ジェイムズは彼と親しくなりました。ジェイムズはいつもくだらない連中とつきあうのを好んでいたのです。ジェイムズはサルタイア卿を誘拐する決心をすると、ヘイズの力を借りたのです。事件前日にわたしがアーサーに書いた手紙のことを覚えておいででしょう。ジェイムズはそれを開封して、学校のそばのラギッド・ショウという名の小さな雑木林で会いたいと書いたメモをいれたのです。彼は公爵夫人の名前を使ったので、少年は誘いにのったのです。あの晩、ジェイムズは自転車で出かけました。これはジェイムズがわたしに告白したことをお話ししているのですが、森で会ったアーサーに、母親が会いたがっていて、荒野で彼を待っていると言ったのです。そして、真夜中に森に出てくれれば、馬を連れた男が待っている、その男が母親のところに連れて行ってくれると言ったのです。かわいそうに、アーサーは罠《わな》にはまりました。約束の場所に来て、小馬(107)をつれた、このヘイズに会ったのです。アーサーは馬に乗り、彼と一緒に出かけた。それから、ジェイムズはこのことを昨日聞いたばかりだが、二人があとをつけられていて、ヘイズはその追跡者をステッキでなぐり、その男はその傷がもとで亡くなったそうだ。ヘイズはアーサーを自分の『闘鶏亭』という宿屋につれてきて、二階の部屋に閉じ込めた。ヘイズの女房が世話をした。彼女はやさしい女だが、残忍な亭主のいいなりだった。

　さて、ホームズさん、二日前に初めてあなたにお会いした時は、こういう状況でした。あなたと同じように、わたしは真相をまったく知らなかったのです。こんなことをしでかしたジェイムズの動機は何かとお尋ねになるでしょうね。わたしの法定相続人に対してジェイムズが抱いていた憎しみのなかには、理由のない、思い込みがたくさんあった。ジェイムズの考えでは、自分こそがわたしの全財産の相続人であるべきで、それを不可能にする社会の法律にたいしてひどく怒っていました。同時に、彼にははっきりとした動機もあったのです。彼はわたしが不動産の相続人を限定する限嗣《げんし》相続を破棄するよう切望しておったし、わたしにそうさせることができると考えていました。彼はわたしと取引をしようとしたのです。アーサーを取り戻したければ、限嗣相続を破棄せよ。そうすれば遺言で彼に財産を残すことができる。彼のためにならないのなら、わたしが警察の助けを借りようとしないことをよくわかっていたのです。彼は、このような取引を持ちかけようとしたと、言っているのであって、実際にはそうしなかったのです。事態があまりに急速に展開して、彼は計画を実行に移す暇《ひま》がありませんでした。

彼の悪巧《わるだく》みが失敗に終わったのは、あなたがハイデッガーの死体を発見したからです。ジェイムズはその知らせを聞いて恐怖にとらわれた。昨日、この書斎に二人で座っていた時、その知らせが届きました。ハクスタブル先生が電報を下さったのです。ジェイムズの動揺が激しく、悲しんでいるようすだったので、いつもわたしのこころのどこかにひっかかっていた疑いが、すぐに確信となり、わたしは彼の行動を責めたのです。彼はすべてをすすんで白状しました。それから、このことはあと三日間秘密にしておいてくれと頼むのです。あわれな共犯者に、その罪深い命を救う機会を与えようというのです。わたしは彼の願いをききいれました。いつもそうしてきたが、彼の嘆願《たんがん》をききいれると、ジェイムズはヘイズに警告し、逃亡の手段を与えるために、すぐに闘鶏亭へ飛んで行った。昼間、そこへ行くとあれこれ言われるに違いないので、わたしは行けなかった。だが、暗くなるとすぐ、わたしはかわいいアーサーに会いにでかけた。彼は安全で元気だったが、目撃した恐ろしいできごとのために、口では言えないくらい、恐怖におののいていた。わたしは自分の約束を守って、そして自分の意思に反して、三日間彼をそこに残し、ヘイズ夫人の世話になることに同意した。殺人者の名前を言わずにアーサーの居場所を警察に報告するのは不可能だったし、わたしの不幸なジェイムズを破滅《はめつ》させることなく殺人者を罰する方法などわたしにはわからなかったからだ。ホームズさん、あなたは率直さを要求された。わたしはあなたをあなたの言葉どおり信じて、隠そうとしたり、まわりくどい言い方をしようとせずにすべてお話しした。今度は、あなたがわたしに率直になる番だ」

「そうしましょう」ホームズが言った。「閣下、まず第一に申し上げなくてはならないのは、法律に照らして見ると、閣下はたいへん重大な立場にあります。あなたは、重罪を大目に見、殺人者の逃亡を助けました。共犯者が逃亡するのを助けるためにジェイムズ・ワイルダーが持って行った金はいずれにせよ閣下の懐《ふところ》から出たものに違いないからです」

公爵はうなずいてそれを認めた。

「これはまったく、たいへん重大なことです。しかも、わたしの考えでは、閣下、あなたの幼いご子息に対する態度こそ、もっととがめられるべきものです。あんなむさくるしい所に三日間も閉じこめておくとは」

「きびしく約束したのだ――」

「こんな連中にとって約束なんて何になりますか。ご子息が再びこっそり連れ出されないという保証などないのに。罪をおかした上の息子の機嫌をとるために、罪もない下の息子を、今そこに迫っている、不必要な危険にさらしたのです。これは何としても正当化できない行為です」

誇り高いホウルダネスの主は、自分の館でこのように叱りつけられたことは一度もなかった。広い額にさっと血がのぼったが、良心の痛みから口をつぐんだ。

「お助けいたしましょう。ただし、一つ条件があります。呼びりんで使用人を呼んで、わたしの好きなように指示をさせてください」

何も言わずに公爵は電鈴のボタンを押した。使用人がすぐに入ってきた。

「君にも良い知らせだ」ホームズが言った。「若様が見つかった。すぐに闘鶏亭へ馬車を走らせ、サルタイア卿を家にお連れするようにと、公爵閣下のお望みだ」

「さて、」喜んだ使用人が部屋を出て行くと、ホームズは言った。「これからの手筈《てはず》はととのったのですから、過去のできごとに対してはもう少し寛大になってもいいでしょう。わたしは公の立場の人間ではありませんから、正義の目的が達成されれば、知っていることをすべて明らかにしなくてはならない理由は何もないのです。彼には絞首刑《こうしゅけい》が待っているし、彼を助けるために何かをする気はありません。彼がどんな秘密をもらすかはわからないが、黙っているほうが自分のためだと、彼にわからせることは閣下にはおできになるにちがいない。警察の考えでは、彼は身の代金目的で少年を誘拐しようとしたということになるでしょう。警察が自分たちで気がつかないのなら、わたしのほうからもっと広いところを見るようにと言う理由もありません。しかし、閣下、ご警告申し上げますが、ジェイムズ・ワイルダー氏をこのままお手元に置いておくと、よくないことが起こるでしょう」

「それはわかっている、ホームズさん。ジェイムズは永久にここを去り、オーストラリアへ運だめしに行くことにすでに話がついている」

「それでしたら、閣下、ご自身でも結婚生活がうまくいかなかったのは、彼がいたせいだとおっしゃっていらしたのですから、公爵夫人につぐないをなさってはいかがでしょうか。不幸にも中断されたご関係を修復されるのはいかがでしょうか」

「それについてももう手筈は整えた、ホームズさん。今朝、妻に手紙を書いた」

「それでは、」ホームズは立ち上がりながら言った。「わたしと友人は、北イングランドを数日間ですが訪問して、この上なく幸せな結果を得た事を喜びましょう。もう一つだけ、小さなことですが、教えていただきたいことがあります。あのヘイズは、偽の牛の足跡を残すために、馬に牛の蹄鉄を打ったようですが、こんなすばらしい方法は、ワイルダー氏から教わったのでしょうか」

公爵はひどく驚いた顔をして、しばらく立ったまま考えていた。それから、ドアを開けて、わたしたちを博物館のような大きな部屋に案内した。隅のガラス・ケースのところへ歩み寄り、説明文を指差した。

「これらの蹄鉄は、」それにはこう書いてあった。「ホウルダネス館の堀から掘り出されたものである。馬につけたものだが、下部は二つに割れたひづめの形になっており、追跡者の目をくらますためである。中世、略奪《りゃくだつ》をくりかえした、ホウルダネスの豪族《ごうぞく》たちの所有したものであろう」

ホームズは箱を開け、指を湿らせると、蹄鉄の上をなでてみた。新しいどろがうっすらと指に残った。

「ありがとうございました」ホームズはガラスのふたをもとに戻すと言った。「これは、こちら北イングランドで拝見した、二番目に興味深い品物です」

「それでは、一番は何かね?」

ホームズは小切手をきちんとおりたたみ、手帳の間に注意深くはさんだ。「わたしは貧しい人間ですから」ホームズは大事そうに手帳をぽんぽんとたたき、内ポケットの奥深くにしまった。

黒ピータ

S. PAGET

一八九五年ほど、わが友シャーロック・ホームズが精神的にも肉体的にも調子が良い年はなかった。彼の名声が高まるとともに、実に様々な仕事が持ち込まれるようになったが、ベイカー街のつつましい住居を訪れた著名な依頼人の中には、それとなく名前をほのめかすだけでも、不謹慎《ふきんしん》だと言われかねない人物さえ何人もいた。しかし、ホームズは偉大な芸術家が皆そうであるように、自分の芸術のためだけに生きていたので、ホウルダネス公爵の事件をのぞけば、その計り知れない尽力《じんりょく》に対して、多額な報酬《ほうしゅう》を要求したことなどなかった。浮き世離れしているというか、気まぐれが過ぎるというか、自分が共感できないような事件だと、権力もあり金もある人々に対しても、協力を断ることが多かったが、その一方で、想像力をかき立て、自分の能力が試されるような、奇怪《きかい》で劇的な要素のある事件となれば、たとえ依頼人が貧しくとも、何週間でも全力を傾けて仕事にうちこむのだった。

　この記憶すべき年一八九五年は、トスカ枢機卿の急死(108)に関するあの有名な捜査——法王のたっての希望でホームズが捜査に当たったのだが——に始まり、悪名高いカナリア調教師ウィルスン[109]の逮捕――これによりロンドンのイースト・エンドの汚染源が消えた――に至るまで、様々な奇妙な事件がホームズの興味を引きつけた。この二つの有名な事件のすぐ後に起きたのが、ウッドマンズ・リー[110]の惨劇《さんげき》と、ピーター・ケアリ船長[111]にまつわる極めて不可解なできごとである。この異常な事件を語らなければ、シャーロック・ホームズ氏の行動記録は完全なものとはならないであろう。

　七月の第一週には、わが友がしばしば、それも長いあいだ下宿を空けることがあったため、わたしは、彼が何か事件の捜査をしているのだと思っていた。この時期、荒くれた人相の男が数人訪ねてきて、ベイジル船長[112]はいないかと尋ねたことから、ホームズがその恐るべき正体を隠す、おびただしい数の変装と偽名の一つを使って、どこかで仕事をしていることがわかった。彼は、少なくともロンドンの異なる場所五ヶ所に小さな隠れ家を持っていて、そこで変装を変えることができたのである[113]。彼は自分の仕事について、何も言わなかったし、わたしのほうも、無理に聞き出すようなことはしない習慣だった。その彼が、捜査の方向について、わたしに明かす最初のきっかけは、非常に奇妙なできごとであった。ホームズは朝食前に出かけていたので、わたしが一人で朝食をとっていると、彼が大股で部屋に入ってきた。見ると、帽子をかぶったままで、逆とげのついた大きな槍《やり》[114]を傘のように小脇にかかえていた。

「ひゃー、ホームズ！」と、わたしは叫んだ。「まさかそんなものを持って、ロンドン中を歩き回っていたと言うわけではないだろうね」

「馬車で肉屋まで行って、帰ったところさ」

「肉屋へかい」

「そういうわけで食欲満点さ。ワトスン、朝食前の運動は、ほんとに効果があるね。けれども、賭《か》けてもいいが、ぼくがどういう運動をしてきたかはわからないだろうね」

「当てるつもりもないよ」

彼はコーヒーを注ぎながら、くっくっと笑った。[115]

「君がアラダイスの店の裏手をのぞいたら、天井からつるされた死んだ豚と、この武器で荒々しく豚を突き刺している、上着をぬいでワイシャツ姿になった紳士の姿を目にしたことだろうね。その精力的な紳士というのはぼくのことだけれど、どんなに力んでも、一突きで豚を突き刺すことはできないことがわかって満足したよ。君もやってみるかい」

「ごめんをこうむりたいね。けれども、なぜそういうことをしていたのかね」

「ウッドマンズ・リーの事件と間接的な関係があると思ったからさ。やあ、ホプキンズ、ゆうべ電報をもらって、待っていたところですよ。こちらへ来て、一緒にあがりませんか」

　訪問客は三十歳くらいの非常に敏捷《びんしょう》な男で、地味なツイードのスーツを着ていたが、制服を着慣れた人物らしく、しゃんと背筋を伸ばしていた。私には一目で、彼がスタンリ・ホプキンズ(116)だということがわかった。ホームズが将来を嘱望《しょくぼう》していた若い警部だが、彼のほうも、有名な民間探偵の科学的推理法に対しては、生徒のような賞賛と尊敬を抱いていると公言していた。ホームズは顔を曇らせ、沈み込んだようすで椅《い》子《す》に座った。

「いいえ、結構です。こちらに伺う前に、朝食を済ませてきました。昨日、報告のためにロンドンに来て、昨晩はそのまま泊まったのです」

「それで、どんな報告をなさったのですか」

「失敗でした、まったくの失敗です」

「進展はなかったのですね」

「まったくダメでした」

「ほほう！　事件について、ちょっと調べてみる必要がありそうですね」

「ぜひともお願いしますよ、ホームズさん。わたしにとっては初めての大きなチャンスなのですが、まったく困り果てています。お願いです、一緒に来て手を貸してください」

「いいでしょう。検死裁判調書も含めて、手に入る証拠はすべて、かなり念入りに読んでいることですしね。ところで、犯罪現場で見つかったタバコ用の革製小袋《ポーチ》を、どう考えますか。手がかりにはならないのですかね」

　ホプキンズは驚いたようだった。

「あれは被害者のものです。内側に頭文字がありましたから。アザラシ革でできたものでで——被害者は以前アザラシ漁《りょう》をしていたのです」

「だが、彼はパイプを持っていなかった」

「そう、パイプは見つかりませんでした。実際、自分ではほとんど吸わなかったのですが、友人のためにタバコを持っていたのでしょうね」

「なるほど。わたしが事件を扱っていたなら、そこから捜査を始めることになるだろうと思ったので、ちょっと言ってみただけです。ところで、わが友ワトスン先生はこの事件については何も知りませんので、もう一回事件の流れを聞くのも悪くはないでしょう。要点を簡単に話してはくれませんか」

スタンリ・ホプキンズは、ポケットから細長い紙切れを取り出した。

「殺されたピータ・ケアリ船長の経歴がわかる、日付を書いてあるのです。被害者は一八四五年生まれで、年齢は五十歳。アザラシとクジラのたいへん勇敢《ゆうかん》な捕手として成功しています。一八八三年には、ダンディー港のシー・ユニコーンというアザラシ捕獲《ほかく》蒸気船(117)の船長になっています。その後も引き続き、数回の漁を成功させ、翌年の一八八四年に引退しました。その後、彼は数年の間あちこちを旅して回り、やがてサセックスのフォレスト・ロウ(118)近くに、ウッドマンズ・リーと呼ばれる小さな地所を買いました。そこに六年住んで、今日からちょうど一週間前に死亡しました。

この男には非常に風変わりな点がありました。彼の日常生活は厳格《げんかく》なピューリタン(119)そのものでした。口数は少なく、陰気な感じのする人物で、妻と二十歳の娘、それに二人の女使用人と住んでいました。彼女たちはいつも居つきが悪かったのです。というのは、家庭の雰囲気は決して明るいとは言えず、ときには、我慢のならないようなこともあったからです。男はときどき大酒を飲み、かんしゃくをおこすと、まったく鬼のように手がつけられなくなったのです。真夜中に、妻と娘を家の外に追い出し、鞭《むち》を持って庭中を追い回したので、その悲鳴で近所の人達が目を覚ましたこともありました。

彼の行状をいさめようとして来た教区の老牧師に、ひどい乱暴をはたらいて、ある時は警察に呼ばれたこともありました。ホームズさん、はっきり言って、ピータ・ケアリほど危険な人物はいないというわけです。そして、彼が船を仕切っていた頃もそうだったと聞いています。仲間うちでは、ブラック(凶悪なという意味もある)・ピータの名で通っていました。その名は、浅黒い顔と真っ黒い大きなあごひげに由来するだけでなく、周囲の誰をも恐怖に陥《おとしい》れた、その気性をも物語っていたのです。言うまでもなく、彼は近所の誰からも嫌われ、避けられていたので、彼の悲劇的な死を悼《いた》む言葉など、一言も聞かれませんでした。

ホームズさん、この男が住んでいた小屋のことについては、検死裁判調書で読まれたことと思いますが、おそらくワトスン先生はご存じないでしょう。彼は母屋から二、三百ヤード(約一八〇～二七〇メートル)離れた場所に、自分で木の小屋を建て――彼はその小屋をいつも『キャビン』と呼んでいましたが――そこに寝泊まりしていました。十六フィート×十フィート(約四・八×三メートル)の一部屋しかない小さな小屋です。彼は小屋の鍵《かぎ》をポケットに入れていて、自分でベッドの整頓《せいとん》から掃除までして、誰一人として小屋に入れることはしませんでした。小屋の四方の壁には小さな窓があるのですが、どれもカーテンが掛けてあり、閉じ放しでした。窓の一つは街道に面していたので、夜その窓に明りがともると、村人は互いにその窓を指さしては、ブラック・ピータはあそこで何をしているのだろうと、語りあっていたそうです。ホームズさん、検死裁判でははっきりした証拠になりそうなものは、いくつも見つからなかったのですが、その一つはその窓だったのです。

　殺人があった日の二日前のことですが、夜中の一時頃、スレイタという名の石工(120)がフォレスト・ロウから歩いてきて、その場所を通りかかったとき、木立ちの間から四角く明りが灯っているのを見たということは、覚えておられますね。ブラインドに男の横顔の影がはっきりと映っていた、ケアリならよく知っているけれども、その影は断じてピータ・ケアリのものではなかったと言っています。あごひげはあったが、短くて、船長のとはまったく違って、前方に跳《は》ね上がっていた。そう言うのですが、スレイタは二時間もパブで飲んでいましたし、道から小屋の窓までは距離があります。それに、これは月曜日のことで、事件が起きたのは水曜日です。

　火曜日には、ピータ・ケアリの機嫌は最悪で、酔って顔を真っ赤にし、どう猛な獣《けもの》のように荒れ狂っていました。家の周りをうろつき回っていましたが、妻と娘は彼がやってくるのを聞くと、あわてて家を逃げ出しました。夜遅く、彼は自分の小屋に戻ったのです。夜中の二時頃、窓を開けたまま寝ていた娘が、小屋の方角で恐ろしい叫び声を耳にしましたが、彼が酔ってわめくのは珍しいことではなかったので、気にも留めなかったとのことです。次の日の朝の七時に起きてきたメイドの一人が、小屋のドアが開いているのに気づいたのですが、ケアリのことが怖くて誰も見に行く気にはなれず、昼頃になって、やっと何があったのか思い切って見に行ったのでした。部屋をのぞき込んで、中の光景を見たとたん、皆真っ青になって村に飛んで行ったのです。一時間もたたないうちに、わたしが現場におもむいて、この事件を調べることになったわけです。

ホームズさん、ご存じのように、わたしはかなり神経も太いほうですが、正直言って、小屋に首を突っ込んだときには、震《ふる》えがきました。イエバエやキンバエがオルガンのように、ぶんぶんと低い音を立てて飛びまわり、床や壁には家畜処理場さながらに血が飛び散っていました。ケアリは小屋のことを『キャビン』と呼んでいましたが、実際そこは船室そのものでした。と言うのは、まるで船の中にいるような感じにしつらえられていたのでした。一方の壁には寝台があり、衣装箱、地図、海図、シー・ユニコーン号の絵、棚の上には航海日誌がずらりと並び、何もかもが船長の部屋にあるようなものとそっくりなのです。そして、その部屋の中央には船長その人の死体がありました。顔は地獄をさまよう幽霊のようにゆがみ、まだらの大きなあごひげは、断《だん》末魔《まつま》の苦しみに逆立っていました。広い胸の中央には鋼鉄製《こうてつせい》のモリが突き立てられ、その先は背中を突き抜けて、壁の板に深く突き刺さっていたのです。まるで厚紙にピンで留められたカブトムシのようでした。もちろん完全に息絶えていましたが、あの断末魔の叫び声を上げた瞬間、息絶えたのでしょう。

ホームズさんの推理方法は存じ上げていますので、私はそれを応用してみました。何も動かさないように指示しておいて、外の地面や部屋の床を念入りに調べたのです。足跡はありませんでした」

「あなたは一つも見なかったということですか」

「ホームズさん、一つもなかったのは確かです」

「ねえ、ホプキンズ、わたしもずいぶんたくさんの事件を捜査してきましたが、犯人が空を飛んだっていう事件にはお目にかかったことがありませんね。この犯人は長い間、二本足でそこにいたのですから、科学的な捜査をすれば、何らかの傷や、こすった跡、わずかな物の移動が見つかるはずです。これほど血だらけの部屋で、手助けになりそうな証拠が何一つ見つからないということは、信じられませんね。しかし、検死裁判調書を読むとあなたが見逃さなかった物もいくつかありましたね」

若い警部は、ホームズの皮肉混じりの批評に縮みあがった。

「ホームズさん、あのときすぐにあなたにご連絡しなかったのはおろかでした。けれども、過ぎてしまったことはどうにもなりません。確かに、部屋には特に注意を引くような物がいくつかありました。一つは殺人の凶器となったモリですが、壁のモリ掛けからはずされたものでした。他の二本はそのまま残っていて、三本目の場所が空になっていました。モリの柄《え》には『ダンディー港S・S・シー・ユニコーン号』と彫ってありました。これからわかるのは、犯行は怒りにまかせて行なわれたもので、犯人は一番手近にあった凶器をつかんだらしいということです。犯行時刻が真夜中の二時だったにもかかわらず、ピータ・ケアリがきちんと服を着ていたということから、彼が犯人と会う約束をしていたことを示しています。テーブルにラム酒のビンと汚れたコップが二つあったことも、この事実を物語っています」

「そう」と、ホームズは言った。「どちらの推論も間違ってはいないでしょう。部屋にはラム酒以外の酒はなかったのですか？」

「ありました。海軍用の大箱の上に、ブランデーとウィスキーの入ったビンが並んだ酒ビン台《タンタラス》(121)がありました。しかし、ビンは両方とも口まで一杯で、手をつけた形跡はありませんでしたから、わたしたちはとりあげないでいいでしょう」

「それでも、そこにタンタラスがあったことには何らかの意味があるでしょう」と、ホームズは言った。「けれども、事件と関係があると、君が思ったものについて、もう少し聞かせてもらいましょう」

「テーブルの上に、このタバコ用ポーチがありました」

「テーブルのどの辺でしたか」

「中央です。まっすぐ毛の立った、粗いアザラシ革でできていて、口を革紐《かわひも》で閉めるようになっています。内側のたれ蓋《ふた》には『PC』というイニシャルがあって、強いシップスのタバコ[122]が半オンスほど入っていました」

「それはいい！　その他に何か？」

スタンリ・ホプキンズは、ポケットからさえない茶色の表紙の手帳を取り出した。表紙はぼろぼろにすり切れ、中の紙も変色していた。最初のページには、「JHN」というイニシャルと「1883」という年号が書かれていた。ホームズが手帳をテーブルに置き、いつもの手法で念入りに調べるのを、ホプキンズとわたしは互いの肩越しにのぞき込んだ。次のページには、「CPR」という文字が記され、次の数ページ[123]は番号で埋まっていた。他にも、アルゼンチンとか、コスタリカとか、サン・パウロとかいう見出しがあって、それぞれその後何ページも記号や数字が続いていた。

「これを何だと思いますか」と、ホームズがたずねた。

「証券取引所に上場している株券のリストのようですね。『JHN』は仲買人《なかがいにん》のイニシャルで、『CPR』は客の名前ではないでしょうか[124]」

「カナディアン・パシフィック・レイルウェイ（カナダ・太平洋鉄道）にあてはまらないでしょうか」

と、ホームズは言った。

スタンリ・ホプキンズは口の中で悪態《あくたい》をつくと、拳《こぶし》で自分の太ももを叩いた。

「なんとまぬけだったのだ！」と、彼は叫んだ。「もちろん、おっしゃるとおりでしょう。そうなると、『JHN』というイニシャルさえわかればいいわけですね。証券取引所の古いリストは調べてみましたが、一八八三年のものには、ハウスにも場外にもそういうイニシャルの仲買人は見つかりませんでした。ですが、これは今、わたしが握っている手がかりのうちで一番重要だと思います。ホームズさんも認めてくださるでしょうが、このイニシャルは現場にいた第二の人物、つまり殺人者のものである可能性があります。さらに、大量の多額の株券に関する記録が出てきたことで、初めて殺人の動機が臭ってきたなという感じがします」

シャーロック・ホームズの表情から、事件の新たな展開に、心底驚いているようすがうかがえた。

「どちらの点についても、認めざるを得ないでしょう」と、彼は言った。「正直言って、検死裁判調書にはなかった、この手帳が出てきたことで、固まりつつあったわたしの意見も変える必要があるようです。この事件について、ここまで考えてきた推理だと、手帳が入り込む余地はないですからね。ここに書いてある株券の行方は調べてみましたか」

「現在、複数の証券会社で調べているのですが、南米の会社の株主の完全な名簿《めいぼ》は、南米にしかないでしょうから、株券の行方を知るにはここ数週間はかかるでしょう」

ホームズは手帳の表紙を拡大鏡で調べていた。

「ほら、ここが変色していますね」と、彼は言った。

「そう、血痕《けっこん》です。さきほども言いましたが、この手帳は床から拾ったのです」

「血痕がついていたのは、上と下のどちら側だったんですか」

「下になっていたほうです」

「そうなると、当然、手帳は殺人が起きた後で、落ちたということになりますね」

「そのとおりです、ホームズさん。その点に気づいて、犯人が慌てて逃げるときに落としたのだろうというのが、わたしの推測です。ドアの近くに落ちていました」

「殺された男の持ち物の中に、手帳に書かれた株券はなかったのですね」

「ありませんでした」

「盗まれた形跡はなかったですか」

「いいえ、ありません。何一つ手をつけていないようでした」

「そうだ、これは確かに非常に面白い事件だ。それから、ナイフがあった、ではなかったでしょうか」

「さやに入ったままのさや付きナイフが[125]、被害者の足下《あしもと》に落ちていました。それについては、ケアリ夫人がご主人の持ち物だと証言しています」

ホームズはしばらくの間考え込んでいた。

「ところで」と彼はついに言った。「わたしが出かけて行って、現場を見ないといけないように思います」

スタンリ・ホプキンズはうれしそうに叫んだ。

「ありがとうございます。これで本当に気もちが楽になります」

ホームズは、警部に向かって、非難するよう立てた人差し指を左右に振った。

「一週間前でしたら、ことはもっと簡単でしたでしょうが」と、彼は言った。「いま出かけていっても、まったく無駄ということもないでしょう。ワトスン、時間があれば、一緒に来てくれないかな。ホプキンズ警部、辻馬車を呼んでください。わたしたちは、十五分後にはフォレスト・ロウに向けて出発できるでしょう」

路傍《ろぼう》の小さな駅で汽車を降りると、わたしたちは昔は広大な面積を占めていた森の跡を、何マイルも馬車を走らせた。ここは昔、この地方一帯を占めていた大きな森の一部で、侵入不可の〝森林地帯〟(126)と呼ばれ、ブリテン島の砦《とりで》として、六十年もの長い間サクソン民族の侵略《しんりゃく》をくい止めてきたのである。しかし、この地方はこの国最初の鉄工業地帯となり、森の大部分は開墾《かいこん》され、木々は鉱石《こうせき》を溶かす燃料として切り倒されてしまった。今では、鉄工業はもっと豊かな鉱山のある北部に移り、荒廃した森と大地に刻まれた大きな傷跡だけが、過去の繁栄《はんえい》を物語っていた。ここに立つ緑の丘の切り開かれた斜面に、一軒、細長く低い石造りの家が建ち、曲がりくねった馬車道が野原の中をその家へと延《の》びていた。さらに道に近く、三方を低い木立ちに囲まれたところに、小さな小屋があり、一方の窓とドアがこちらを向いていたが、これが殺人の現場であった。

スタンリ・ホプキンズはわたしたちをまず母屋に通し、そこでやつれた白髪まじりの女性と引き合わせた。それはケアリ船長の未亡人だったが、やつれ果てた顔に刻まれた深いしわと、赤く縁取られた目の奥から覗《のぞ》く、おびえるようなまなざしが、長年耐えてきた苦難と虐待《ぎゃくたい》とを物語っていた。未亡人のかたわらには、金髪で青白い顔をした娘がいたが、彼女は父親が死んで喜んでいるし、殺してくれた人に感謝していると言って、燃え上がるような挑戦的な目つきでこちらを見た。ブラック・ピータ・ケアリは自分自身で恐ろしい家庭を作り上げてしまったということだ。再び太陽の下に出て、死んだ男が踏みならした野原の中の小道を進みながら、わたしたちは正直ほっとした気分になっていた。

その小屋は、壁は板貼り、屋根は石綿板ぶきでドアの近くと反対側の壁に一つずつ窓のある、ごく単純な造りのものであった。スタンリ・ホプキンズはポケットから鍵を取り出し、身をかがめて鍵を開けていたが、何かに気づいて驚いたような表情を浮かべると、ふと動きを止めた。

「誰か鍵をこじ開けようとした者がいる」と、彼は言った。

それは確かなようだった。ドアの木の部分が削られ、その時につけられたような引っかき傷の下には、ペンキの下地が白くのぞいていた。ホームズは窓を調べていた。

「窓もこじ開けようとした形跡があります。誰だかわからないが、侵入はできなかったようだ。ずいぶんとお粗末《そまつ》な泥棒《どろぼう》だったようですね」

「まったく奇妙なことですね」と、警部が言った。「確かに昨日の晩にはこのような

傷はなかったのですから」
「おそらく、村の物見高い連中の仕《し》業《わざ》でしょう」と、わたしが口をはさんだ。
「それはあり得ません。ほとんどの人が敷地に足を踏み入れる度胸《どきょう》さえないのですから、ましてや小屋に入ろうなど、誰も考えませんよ。ホームズさんはどう思われますか」
「わたしたちはたいへん運がいいということです」

「押し入ろうとした人物が、また来るということですか」

「その可能性は高い。ドアが開いてるのではと思って来たのでしょう。ごく小さなペン・ナイフの刃でこじ開けようとしたが、うまくいかなかった。となると、どうすると思いますか」

「次の夜、今度はもっと使えそうな道具を持ってくる」

「そう、そうです。ここで彼を待ち受けないという手はない。けれども、その前に小屋の中を見せてもらいましょうか」

悲劇の痕跡《こんせき》はすっかり取り除かれていたが、小さな小屋の家具は、殺人のあった夜と同じ場所に置かれていた。二時間というもの、ホームズは部屋にあるあらゆる物を、一つ一つ入念に調べていたが、彼の表情からは捜査がうまくいかなかったことがうかがえた。根気強い捜査の中で、彼は一度だけ手を止めた。

「ホプキンズ、この棚から何か持っていきましたか」

「いえ、何も動かしてはいません」

「何か動かされた物がある。この隅のところが、他の場所より塵《ちり》が少ない。ここには本か、あるいは箱が置いてあったのかもしれない。さてと、これ以上することはないね。ワトスン、この美しい森でも歩いて、二、三時間は鳥やら花やらを楽しもうではないか。ホプキンズ、ここでまた会いましょう。そして、昨夜ここに現れた紳士と、お近づきになれそうかどうかやってみましょう」

わたしたちが待ち伏せの態勢を整《ととの》えたのは、十一時を過ぎた頃だった。ホプキンズは小屋のドアを開けておこうと言ったが、ホームズは、それでは侵入者が不審に思うと言って反対した。鍵はひどく簡単な造りで、丈夫なナイフがあればすぐにこじ開けられる代物《しろもの》だった。ホームズは、小屋の中ではなく、裏側の窓の下の茂みに身をひそめて待とうと言った。そうすれば、侵入者が明りをつけたとき、その正体が分かるし、夜中にこれほど人目を盗んで取りに来た目的もわかると言うのである。

それは長く憂《ゆう》うつな寝ずの番だったが、猟師が水辺に潜《ひそ》んで、渇《かわ》きをいやしに来る獲物を待つときに感じるような、ある種のスリルがあった。暗闇から忍び寄って来るのは、一体どんな冷酷な生きものだろうか。どう猛な虎のような犯罪者で、闇に光る牙《きば》や爪と必死に戦わなければ、捕らえることができないのか、それとも、臆病《おくびょう》なジャッカルのように、弱者や無防備な者だけに危害を及ぼす人物なのだろうか。物音一つ立てず、わたしたちは茂みにかがみ込んで、侵入者が姿を現わすのを待ちかまえていた。初めの頃は、遅く帰る村人の足音や村の方角から聞こえる人声が、待ち伏せをするわたしたちの気を紛《まぎ》らわしてくれたが、やがて足音も人声も少しずつ消えて、あたりは深いしじまに覆《おお》われた。夜が更《ふ》けていくのを知らせる、遠い教会の鐘《かね》の音と、頭上を覆う木の葉に当たる、かすかな雨の音以外は、何も聞こえなかった。

二時半を知らせる鐘が鳴り、夜明け前の最も暗い時刻が訪れた頃、門の方向から鋭く低いカチッという音が聞こえてきて、わたしたち全員がびくっとした。誰かが馬車道を入ってきたのだ。その後、またしばらく静けさが戻り、何かの聞き違いだったかとがっかりし始めたそのとき、小屋の反対側を密かに歩く足音が聞こえ、次の瞬間、金属がこすれてカチッという音が聞こえた。男が鍵をこじ開けようとしているのだ。今度は前よりも腕が上がったか、あるいは道具が良くなったか、突然カチッという音がしたかと思うと、ギーッとちょうつがいのきしむ音が聞こえた。それからすぐマッチが擦《す》られ、次には、ろうそくの明りが小屋の内部をはっきりと照らし出した。わたしたちの視線は、目の粗いカーテンを通して、内部の光景に釘《くぎ》づけとなった。

夜の侵入者は、やせたか細い若者で、黒い口ひげが死人のような青白い顔を、いっそう青白く見せていた。年の頃は二十歳を少し出たというところだろう。わたしはあれほど惨《みじ》めに怯《おび》えきった人間をみたことがない。一目でわかるほど歯をガチガチいわせ、手足をみな震わせていた。彼はノーフォーク・ジャケット(127)にニッカーボッカーをはき、頭には布の帽子という、いかにも紳士風な身なりをしていた。わたしたちには、青年がおびえきった目で、周りを見まわしているのが見えた。やがて、彼はろうそく立てをテーブルの上に置くと、わたしたちには見えない部屋の隅に姿を消し、棚の上に並べてあった、大きな航海日誌を一冊持って戻ってきた。彼はテーブルに寄りかか

るようにして、急いで日誌のページを繰《く》っていたが、やがて探していた箇所を見つけたようだった。それから拳を握って、怒ったように日誌を閉じると、元の棚に戻し、明りを消した。彼が小屋を出ようとして振り返ったとたん、ホプキンズの手がそのえり首にかかった。つかまったことを知った青年は、大声で恐怖にあえいだ。ろうそくが再びともされると、そこには、警部に捕らえられた哀れな囚人が、震えて身を縮めていた。彼は船員用衣類箱の上に倒れ込み、力なくわたしたちの顔を代わる代わる見つめた。

「さて、おまえは何者だ」とスタンリ・ホプキンズは言った。「ここで何をしようと思ったんだ」

男は気を取り直し、つとめて冷静を装って、わたしたちに顔を向けた。

「あなた方は刑事さんですか」と、彼は言った。「わたしがピータ・ケアリ船長の死と関係があるとでも思ってらっしゃるのでしょうが、わたしは誓《ちか》って無実です」

「それはいずれわかることだ」と、ホプキンズは言った。「まず名前から聞こう」

「ジョン・ホプリ・ネリガン[128]（John Hopley Neligan）です」

ホームズとホプキンズが素早くめくばせをするのが見えた。

「ここで何をしていたのかな」

「内々の話にしてもらえますか」

「それはむりだ」

「何であなたに話さなくてはいけないのですか」

「話さないと、裁判でまずいことになりますよ」

青年は縮みあがった。

「それでは、話しますよ」と、彼は言った。「話してはいけない理由もありませんし。ですが、昔のスキャンダルがまた日の目にさらされるなど、考えるのもいやですよ。ドースン・アンド・ネリガン[129]という名を聞いたことがありますか」

ホプキンズは聞いたことがない、といった顔をしていたが、ホームズは興味津々だった。

「西部地方の銀行ですね」と、ホームズは言った。「一〇〇万ポンド(約二四〇億円)の損失を出して、コーンワル地方の名門の半数を破産に追い込んだあげく、ネリガンは行方をくらました」

「そのとおりです。そのネリガンがわたしの父なのです」

とうとう、わたしたちは有望な手がかりにたどり着いたようだが、失踪《しっそう》した銀行家と、自分のモリで壁に串刺しにされたピータ・ケアリ船長の間には、大きな溝があるように思えた。

わたしたち三人は、熱心に青年の話に耳を傾けた。

「実際に事件と関係があったのは、父のほうでした。ドースンはすでに引退していました。当時、わたしはまだ十歳でしたが、そのことについて恥も恐怖も感じ取るには充分な年頃でした。ずっと、父が株券を残らず盗んで逃げたのだ、と言われてきました。が、それは本当ではありません。株券を換金する時間さえもらえれば、すべてうまくいって、債権者すべてに全額を返済できる、と父は信じていました。逮捕状が出される直前、父は自分の小さなヨットでノルウェーに出発しました。父が母に別れを告げた、最後の夜のことは今でもわすれません。父は自分がもっていく株券のリストを残し、名誉を取戻したら戻ってくるし、自分を信用してくれた人が困るようなことはしないと誓いました。しかし、それから二度と、父からの便《たよ》りはありませんでした。

ヨットもろとも忽然《こつぜん》と消えてしまったのです。わたしたち、つまり、母とわたしは、父とヨットは、持っていた株券もろとも、海の底に沈んだものと思っていました。しかし、わたしたちには信用できる友人がいて、その人は実業家なのですが、しばらく前にその人が、父が持って出た株券のいくつかが、ロンドンの株式市場に再び出ているのを見つけたのです。わたしたちがどれほど驚いたかはおわかりいただけるでしょう。何ヶ月もかけて株券の出所を探したところ、様々な困難やら行き違いやらの末、やっとのことで、最初に売りに出した人物が、この小屋の持ち主であるピータ・ケアリ船長だとわかったのです。

当然のことですが、船長のことをいろいろと調べました。すると、父がノルウェーに向かっていたちょうどその頃、ケアリ船長が北極海から帰還する捕鯨船《ほげいせん》を指揮していたことがわかったのです。その年の秋は嵐が多く、南からの強風が長い間吹き荒れていました。父のヨットは風で北に流され、ピータ・ケアリ船長の船と出会ったのではないでしょうか。そうだとしたら、父はどうなったのでしょうか。いずれにしても、ピータ・ケアリの証言で、それらの株券が市場にどういう経緯で出たかを証明できれば、父は株券を売っていないし、個人的な利益のために株券を持ち出したわけではないという証拠になるわけです。

わたしは船長に会うつもりで、サセックスまで来たのですが、ちょうどその時、船長が無惨《むざん》な死を遂げたというわけです。検死裁判調書で小屋の様子を読んだところ、彼の船の古い航海日誌が保管されていると書いてありました。そこで、もし一八八三年八月にシー・ユニコーン号の船上で何があったかがわかれば、父の運命に関する謎も解けるのではないかと思ったのです。昨日の夜、この航海日誌を取りに入ろうとしましたが、ドアを開けられませんでした。今夜もう一度ためして、うまく入れたのですが、八月のことが書かれたページは、日誌から破り取られていました。そして、ちょうどその時、あなたがたにつかまったというわけです」

「話はそれだけですか」と、ホプキンズが聞いた。

「はい、すべてお話ししました」そう言って、ネリガンは視線をそらした。

「他に話すことはないのかな」

彼はもじもじしていた。

「はい、何もありません」

「昨夜以前にも、ここへ来たことはないのだね」

「ありません」

「それじゃ、これをどう説明するのかね」ホプキンズは大声で言うと、現場にあった例の手帳を取り出して見せた。手帳の最初のページには、ネリガンのイニシャルが書かれ、表紙には血痕がついている。

哀れな青年はへたりこむと、両手で顔を覆って、体中を震わせた。

「それをどこで手に入れたのですか」彼はうめくように言った。「思いあたりません。ホテルでなくしたとばかり思ってました」

「いい加減にしなさい」と、ホプキンズは厳しい口調で言った。「これ以上なにか言いたいことがあったら、法廷《ほうてい》で言いなさい。わたしと一緒に警察へ来てもらおう。さてホームズさん、あなたとワトスン先生には、ここまでご足労願って、お手伝いいただき、本当にありがたく思っています。どうも、おいでいただく必要はなかったようですね。わたし一人でも解決できた事件だったようです。まあ、ともかく、ありがとうございました。ブランブルタイ・ホテルに部屋を取ってありますから、村までご一緒しましょう」

「さてと、ワトスン、君はこの件についてどう思うかね」翌朝ロンドンへ戻る道中、ホームズが尋ねた。

「君は満足していないようにみえるよ」

「いや、そんな、ワトスン、すっかり満足しているよ。けれども、スタンリ・ホプキンズの方法はいただけないね。スタンリ・ホプキンズには失望した。もうすこし、うまくやるものと期待していたのだがね。いつでも、別の可能性というものを探して、それに備えておかなくてはいけない。それが犯罪捜査の第一原則だよ」

「そうすると、その別の可能性っていうのは何なのかね」

「ぼく自身が追いかけてきた捜査の線さ。まだ何も出てきたわけではないから話せないのだけれどね、少なくとも、最後まで調べてみるさ」

ベイカー街では数通の手紙がホームズを待っていた。彼はそのうちの一通をつかむと、それを開け、突然勝ち誇ったようにクックックッと笑い出した。

「いいよ、ワトスン、別の可能性が開けてきた。電報頼信紙を持ってるかい。ぼくの代わりに二通ほど電文を書いてくれたまえ。『ラトクリフ・ハイウェーのサムナー海運代理店[131]殿。明日朝十時に三人の男を派遣せよ。――ベイジル』これはこの方面でのぼくの名前さ。もう一通は『ブリクストンのロード街[132]四六、スタンリ・ホプキンズ警部殿。明日朝九時半、朝食においでください。重要につき、来られない時は電報をたのむ――シャーロック・ホームズ』やれやれ、ワトスン、この厄介な事件には十日も頭を悩まされたが、これですっかり目の前がすっきりした。この事件のことを耳にするのも明日が最後だと思うよ」

翌朝、指定した時間ちょうどに、スタンリ・ホプキンズ警部があらわれ、わたしたちは共にハドスン夫人が用意した素晴らしい朝食の席に着いた。若い警部は自分の手柄に上機嫌だった。

「今回の解決法は本当に正しかったと思ってるのですね」と、ホームズは尋ねた。

「あれ以上完璧な解決など、考えられませんよ」

「わたしにはまだ、納得がいかないのですがね」

「何ですって、ホームズさん、あれ以上何がいるというのですか」

「あなたの解釈で何もかも説明できますかな」

「もちろんですよ。ネリガン青年は、事件が起きた当日、ブランブルタイ・ホテルに着いています。ゴルフをするということで泊まったのですが、彼の部屋は一階でしたから、いつでも自由に出入りできたはずです。犯行の当夜、彼はウッドマンズ・リーへ出かけ、小屋でピータ・ケアリに会い、口論となって、モリで彼を殺害したのです。が、自分のやったことが恐くなって、小屋から逃げ出した時、例の様々な株券について、ピータ・ケアリに聞くため持っていた手帳を落とした。ご存知でしょうが、手帳にある株券のリストには、いくつか印が付いていました。他のもの——大部分ですが——は印が付いていません。印があるのがロンドン市場に出ていることが突き止められたものですが、印がないのは多分まだケアリ船長の手元にあって、供述によると、ネリガンはどうしてもそれを取り戻して、父親の債権者に返済したかったということです。逃げ出してからしばらくは、怖くて小屋には近づけなかったものの、必要な情報を手に入れるために、やっとのことで小屋に戻る気になったのでしょう。まさに、単純明快な話ではないですか」

ホームズは笑って首を振った。

「ホプキンズ、一つだけ欠点があるように思えますね。そして、その欠点というのは、そういうことは本質的にあり得ないことだということなのです。生きものの体をモリで突き刺したことがありますか。ない？　おや、おや。ねえ、こういう細かい事柄には、きちんと注意しないとね。わが友ワトスンなら知っているが、わたしは午前中いっぱいその練習をしてみましたが、決して簡単なことではないし、熟練《じゅくれん》した、頑強《がんきょう》な腕が必要だ。しかも、今回は、モリの先が壁板深く沈むほどものすごい力で、一突きにされている。あんな青白い青年に、これほど恐ろしい力わざができるでしょうか。ブラック・ピータと真夜中に水割りのラム酒をくみ交わしたのは、あの青年なのだろうか。二日前の夜、ブラインドに映ったのは、彼の横顔だろうか。いや、ホプキンズ、違う。わたしたちは、別の、もっと手強《てごわ》い人物を探さなければならないのです」

ホームズが話している間に、警部の表情がどんどん険《けわ》しくなった。希望と野心はもろくも崩れさっていたが、戦わずして自分の立場を捨てるつもりはなかった。

「ホームズさん、ネリガンがあの夜、現場にいたことは、否定なさいませんね。手帳がその証拠です。あら探しをなさっても、陪審《ばいしん》を納得させる証拠は充分にあるつもりです。それに、ホームズさん、こちらはもう容疑者を逮捕しているのですからね。あなたの言う手強い人間とは、一体どこにいるのですかね」

「もう、階段の辺りまで来たのじゃないですか」と、ホームズは落ち着き払って言った。「ワトスン、そのピストルを手の届くところに置いておいたほうがいい」彼は立ち上がると、サイド・テーブルの上に、何か書いた紙を置いた。「さあ、用意はととのった」と、彼は言った。

外で荒々しい話し声がしたかと思うと、ハドスン夫人がドアを開け、ベイジル船長に会いたいという男が三人来ています、と告げた。

「一人ずつお通しして」と、ホームズは言った。

最初に入ってきたのは、(133)赤い頰に、ふわふわした白い頰ひげを生やした、小さなリブストン・ピピン種のリンゴのような男だった。ホームズはポケットから一通の手紙をだした。

「名前は?」と、彼は聞いた。

「ジェイムズ・ランカスター(134)」

「悪いがもう満員だ。ランカスター。来てもらった駄賃《だちん》に半ソヴリン（約一万二〇〇〇円）あげるよ。こっちの部屋で二、三分待っていな」

二番目の男は、背が高くしわくちゃで、柔らかくまっすぐな髪の下から、血色の悪い顔がのぞいていた。名前はヒュー・パティンズ(135)といったが、彼も仕事にはありつけず、半ソヴリン渡され、待つように言われた。

三人目の志願者ははなはだ特徴のある顔つきをしていた。もつれた髪の毛とあごひげが、どう猛な、ブルドッグのような顔を縁取り、大胆不適な二つの眼が、厚く密集して垂れ下がった眉《まゆ》の奥でぎらぎら光っていた。彼は会釈《えしやく》すると、いかにも船乗りらしく、両手で帽子をくるくると回しながら立っていた。

「名前は？」と、ホームズは聞いた。

「パトリック・ケアンズ」

「モリ打ちだね？」

「そう、二十六回も航海に出てまさ」

「ダンディー港だね？」

「そうでがんす」

「探検船だが、すぐ出られるかい」

「ようがす」

「それで駄賃のほうは」

「月、八ポンド（約一九万二〇〇〇円）」

「すぐに出られるかい」

「道具袋を持ってくりゃ、すぐですぜ」

「身分証明は持ってるだろうな」

「もちろんでさあ」彼はポケットから油染みたぼろぼろの紙束を取り出した。ホームズはそれに目を通すと、それを戻した。

「あんたこそ、ぼくが探していた男だ」と、彼は言った。「サイドテーブルの上に契約書がある。署名さえしてくれれば、それで万事決まりだ」

船乗りはよろめきながら部屋を横切り、ペンを手にした。

「ここに署名するんですかい」と、テーブルの上に身をかがめながら、彼は尋ねた。

ホームズは、その背後から覆い被さるようにして、両手を彼の首の横から伸ばした。

「これでいい」と、彼は言った。

鋼《はがね》がカチリという音と、怒り狂った雄牛のうなるような声が聞こえた。次の瞬間、ホームズと船乗りが一緒に床の上を転がっていた。ホームズは巧みに、男の手首に手錠《じょう》を掛けてはいたが、男は大変な怪力で、ホプキンズとわたしが助けに急がなければ、すぐにもホームズを打ちのめしてしまっただろう。わたしがピストルの冷たい銃口をこめかみに突きつけると、男はやっと抵抗しても無駄だと観念した。わたしたちは男の足首を紐《ひも》で縛《しば》って、立ち上がったが、三人とも格闘で息を切らしていた。

「ホプキンズ、君には済まないことをしたね」と、シャーロック・ホームズは言った。「スクランブル・エッグが冷めてしまったろう。けれども、事件を見事に解決したのだから、朝食の残りは一層おいしく食べられるのではないかな?」

スタンリ・ホプキンズは驚きのあまり、口がきけなかった。

「ホームズさん、何と言ったらいいか」と、顔を真っ赤にして、やっとのことで口を開いた。「どうも最初からまぬけなことをしてしまったようです。忘れてはいけなかったのですよね。わたしが生徒で、あなたが先生だということを。今になってよくわかります。あなたがなさったことをこの目で見た今でも、どうなさったのか、それにどういう意味があるのか、わたしにはわからないのですが」

「まあ、まあ」と、ホームズは上きげんで言った。「何でも経験ですよ。今回の教訓は、別の可能性を見失ってはいけないということです。あなたはネリガン青年のことに夢中で、ピータ・ケアリ殺害の真犯人であるパトリック・ケアンズのことなど考えてもみなかった」

そのケアンズがしゃがれ声で、わたしたちの会話に割り込んだ。

「いやねえ」と、彼は言った。「こんなに手荒に扱われちまったことにゃあ文句も言わんが、ものにはきちんとしようもあるんじゃねえですかい？　あんたらは、おれがピータ・ケアリを殺《や》っちまったと言うが、おれに言わせりゃ、まあ、はずみで殺すはめになったんですぜ。ここんとこは大きく違いやすぜ。なんたって、おれの話なんざ信じちゃもらえまいがね。どうせ、でたらめだって言うんだろうよ」

「そんなことはないよ」と、ホームズが言った。「話を聞こうじゃないか」

「話はすぐ済みやすよ、誓って、嘘《うそ》は一つもねえんだ。ブラック・ピータのやり方はようく知ってたから、あいつがナイフを抜いてきたとき、おれは奴の体にモリを打ち込んでやった。殺るか殺られるかだ。そいで、奴が死んだのさ。あんたらは、こいつを殺しって言うわけだ。どっちにしたって、ブラック・ピータのナイフで心臓をやられるのも、首にロープが巻きつくのも、すぐに死ぬのに変わりはねえ」

「そもそも、どうしてあんなことになったのかね」と、ホームズが尋ねた。

「初めっから話しやすよ。ちょっくら起こしてくだせえ、そのほうが話しやすい。あれは、一八八三年のことだ。その年の八月でした。ピータ・ケアリはシー・ユニコーン号の船長で、おれは予備のモリ打ち[136]だった。何週間もの間、南からの向かい風を受けて、北極の氷原から戻る途中だったんだ。風で北へ流されてきた小さな舟と出会ったんでさあ。乗っているのは一人で、それも陸の人間だ。他の乗組員は舟が沈むと思って、小舟でノルウェーの海岸へ向かったんだって言ってたが、みんな溺《おぼ》れたんじゃねえかな。それで、おれたちはその男を船に引き上げたのさ。男は船室で長いこと船長と話してた。男と一緒に引き上げた持ち物っていや、ブリキの箱一つだけさ。おれの知ってる限りじゃあ、男の名前は一度も聞かなかったし、次の日の夜にゃ、煙みたいに消えちまってた。海に身を投げたか、海が荒れてたんで、甲板から落っこちたんだろうってことになっちまった。だがな、その男の身に何が起こったか、一人だけ知ってた人間がいた。それがこのおれ様ってわけだ。船長が男のかかとを引っかけて、手すり越しに真っ暗な夜の海に投げ落としたのさ。シェットランドの灯台[137]が見える二日前のことだったぜ。

まあ、おれはそんなことは誰にも言わず、どうなるのか見守っていたのさ。スコットランドに戻ったときも、口止めは簡単だったようで、誰も何にも言わなかったさ。見ず知らずの人間が事故で死んじまったって、あれこれ詮索《せんさく》するやつなんていねえでしょうが。しばらくして、ピータ・ケアリは船乗り稼業《かぎよう》をやめちまった。奴の居所を突き止めるのにゃ、ずいぶんと手こずったさ。奴はブリキの箱の中身が目当てで、あんなことをしたんだろう。今こそたんまり口止め料がいただけるってあっしは思ったね。

ロンドンでピータに会ったという船乗りから、居場所を聞き出して、ゆすりに行ったんでさあ。最初の晩は、やつもずいぶんとものわかりがよくて、おれが船乗りを止めて、一生暮らせるくらいの金をくれるって言った

んだ。話はすべて、二日後にまとめようということになったのさ。約束の晩、おれが行くと、奴はしたたかに酔っぱらって、大荒れさ。おれも座って一緒に飲んで、昔話に花を咲かせやしたよ。だけど、飲めば飲むほど、奴の顔つきが気にくわなくなっちまった。壁にあのモリが掛けてあるのに気づいて、これじゃ話が終わる前に、そいつの世話になるかもしれねえと思った。やがて、奴はおれに向かってがなり立てるわ、ののしるわだ。殺気だった目で、手には折り畳みナイフを握りやがった。おれは、奴がさやからナイフを抜く間もあたえねえで、モリを打ち込んでやったよ。ああ、なんてえこった。あの叫び声。眠ってても奴の顔が浮んでくるぜ！　血しぶきを浴びたまんまそこに立って、しばらく待ってたんだが、何の気配もなかった。それでまた気を取り直して、辺りを見回すと、棚にあのブリキの箱があるじゃねえか。とにかく、おれにだってピータ・ケアリと同じくれえの権利はあるんだ。その箱をいただいて小屋を出たってわけさ。ドジを踏んで、タバコ入れの小袋をテーブルに忘れちまったんだがね。

さて、それからが何ともおかしいのさ。小屋を出たとたん、誰かがやって来る足音を聞いて、おれは茂みに身をかくした。男が一人、こそこそやって来ると、小屋に入るや、幽霊でも見たんじゃねえか、てな叫び声を上げやがって。慌てて走り出てきて、消えちまった。そいつが誰で、何しに来たんだか、おれにはさっぱりわからねえよ。

おれのほうは十マイル（約一六キロ）も歩いて、タンブリッジ・ウェルズで列車に乗り込み、ロンドンに戻ったんだが、誰にも気づかれやしなかったさ。

　ところが、箱の中を調べてみりゃあ、金なんか一銭も入ってねえ、あったのは売ろうたって売りもできねえ紙切ればっかりさ。ブラック・ピータっていう金の成る木がなくなって、おれは無一文でロンドンで立ち往生《おうじょう》さ。そんなおれに残された道はただ一つだ。モリ打ちに高額を払うって広告を見て、海運代理店へ行ったら、ここに行けって言われたんでさ。おれが知ってるのは、これだけだ。しつこいようだが、ブラック・ピータを殺したことじゃ、お上からお誉《ほ》めのことばがいただきてえくらいだぜ。首つりロープ(138)が一本助かったんだからな」

「実によくわかったよ」と、立ち上がって葉巻の火をつけながら、ホームズが言った。「ホプキンズ、この囚人をすぐに安全な場所に連れていってくれたまえ。この部屋は留置場向きではないし、パトリック・ケアンズにカーペットを広大に占領されては困りますからね」

「ホームズさん」と、ホプキンズが言った。「どうお礼を言ったらいいかわかりません。でも、わたしにはまだ、なぜあなたがこういう結論に達したかわからないのですが」

「運よく、最初から正しい手がかりが得られただけのことです。この手帳のことを知っていたら、あなたと同じ考え方をした可能性は充分にあります。けれども、わたしが知ったことは、すべてが一つの方向を示していた。驚くべき怪力、モリ打ちの腕前、水割りのラム酒、安タバコの入ったアザラシ革のタバコ入れ小袋、何もかもが船乗り、しかも捕鯨船の乗組員であることを示していました。ですから、小袋の『PC』というイニシャルはピータ・ケアリを指すのではなく、単なる偶然の一致にすぎないと確信したのです。彼はタバコはめったに吸わないし、小屋にはパイプもなかったしね。小屋にウィスキーやブランデーがあったかを尋ねたのを覚えていますか？　あなたはあったと言いましたね。陸の人間なら、他の酒が飲めるのに、わざわざラムを飲むことなどないでしょう？　そこで犯人は船乗りだと思ったのです」

「では、どうやって彼を見つけたのですか」

「それは、しごく簡単なことですよ。船乗りだとすれば、ケアリ船長と一緒にシー・ユニコーン号に乗り組んでいた男に違いない。わたしにわかった限りでは、船長は他の船には乗っていない。三日がかりでダンディー港に電報で連絡を取ったところ、三日目に、一八八三年にシー・ユニコーン号に乗り組んだ船員全員の氏名を確認することができました。モリ打ちの中にパトリック・ケアンズという名を見つけたときには、わたしの捜査はもう終盤にさしかかっていたのです。ケアンズはおそらくロンドンにいて、当分の間この国を離れたがっていると思った。そこで、イースト・エンドで数日過ごし、北極探検なる計画を立て、誰もが飛びつきそうな条件で、ベイジル船長の船に乗り込むモリ打ちを募集した――そして見事、犯人をしとめたということです」

「すばらしい！」と、ホプキンズが言った。「すばらしい！」

「すぐにでもネリガン青年を釈放しなくては」と、ホームズは言った。「正直言って、君はあの青年に謝らなくてはいけませんよ。ブリキの箱も返さなければいけませんが、無論、ピータ・ケアリが売り払った株券は帰ってこないでしょうね。ホプキンズ、馬車が来たようだから、この男を連れていきたまえ。裁判でわたしの証言が必要になったら、わたしとワトスンはノルウェーのどこかにいますから[139]――詳しいことは後ほど連絡します」

犯人は二人

これからわたしが話す事件が起きたのはもう何年も前のことになるが、そのことに触れるにはまだためらいがある。長い間、最も慎重に、控《ひか》え目にしても、事実を公《おおやけ》にすることは不可能だった。けれども、今は事件の主人公が、人の法の手の届かないところに行ってしまい、きちんと伏せるところは伏せて話をすれば、誰も傷つくことはなかろう。これは、シャーロック・ホームズ氏とわたしの経歴のなかで、非常に風変わりな経験の記録である。実際のできごとをつき止めることができないよう、日付やその他の事実が伏せてあることを、読者の方々にはおゆるしいただきたい。

ホームズとわたしはいつもの夕方の散歩に出かけ、六時頃に帰って来た。凍《い》てつくような寒い冬の夕方だった。ホームズがランプの灯を大きくすると、テーブルの上の名刺に光があたった。かれはそれをながめると、不快そうに声をあげ、名刺を床に放りだした。わたしは、名刺を拾い、読みあげた。

チャールズ・オーガスタス・ミルヴァートン

アップルドー・タワーズ
ハムステッド(140)
代理業

「何者かね」わたしは尋ねた。

「ロンドンで最悪の男さ」ホームズは腰をおろし、暖炉《だんろ》に足をのばしながら答えた。

「裏に何か書いてあるかな」

　わたしは名刺を裏返した。

「六時半に伺います——C・A・M」わたしは読み上げた。

「そう！　そろそろ来る頃だね、ワトスン、動物園(141)でへびの前に立って、死人のような目をして、不気味な、平らな顔をした、くねくねとすべるように動く、毒を持った生き物を見ると、何か背筋がぞっとするような、いやな気分を感じることはないかね。まあ、これがミルヴァートンに対するぼくの印象さ。これまで五十人もの殺人者を相手にしてきたが、そのなかの最悪な人間でさえ、この男のような嫌悪を感じさせることはなかったよ。けれども、彼と取り引きしないわけにはいかないのだ。実のところ、彼はぼくが呼んだのだ」

「いったい、彼はどういう男なのかね」

「今から話すよ、ワトスン。恐喝王《きょうかつ》だよ。ミルヴァートンに秘密や評判をにぎられたらおしまいだ。男もだが、それが女だったらもっと始末がわるい。顔で笑いながら、大理石のように冷たい心で、彼は相手からしぼりとるものがなくなるまで、しぼって、しぼりぬくのだ。彼はこういうことにかけては天才で、もっと気の利《き》いた商売でも成功しただろうね。彼のやり方はこうだ。地位や財産のある人間を困らせるような手紙を、高い金で買う用意があるということを広く言いふらしておく。こういった品物は、裏切り者の執事やメイドから手に入れるだけでなく、人を信じて疑わない女性の信頼と愛情を手玉にとる、上品ぶった悪党から手にいれることもよくあるのだ。彼のトランプの勝負はケチなものではなかった(142)。たまたま知ったのだが、やつは七〇〇ポンド(約一六八〇万円)をある給士に払って、長さが二行の手紙を手に入れ、それは結局ある貴族の家の破滅《はめつ》につながった。市場に出たものはすべてミルヴァートンの手に渡り、この大都市には彼の名前を聞いて顔が真っ青になる人間が何百人といるはずだ。彼は金があって、ずる賢いから、生活に困ってすぐに脅迫《きょうはく》するようなことはしないから、彼にいつ喰《く》いつかれるかわからない。奴は切り札を何年もあたためておいて、手に入れるものが最高になった時に取り出してくる。彼をロンドンで最悪の男だと言ったけれど、かっとなって仲間を棍棒《こんぼう》でなぐるような悪党とはくらべものにならないのさ。彼は、すでにいっぱいにふくらんでいる財布をさらにいっぱいにするために、整然と、自分の好きな時に人の心を痛めつけ、神経を苦しめるのだ」

　わたしはわが友がこれほどに感情的に話すのを聞いたことがなかった。

「でも、それなら」と、わたしは言った。「そういう男は法律で何とかならないのかねえ」

「たしかに、理論上ではそう思えるのだが、実際問題としては駄目なのだよ。たとえば、ある女性にとっては、彼を二、三ヶ月牢屋《ろうや》に放りこんだところで、その後で自分の身が破滅するのなら、そんなことはその女性にとって何の利益があるだろう。彼の犠牲者は反撃する勇気はない。もし、彼がまったく身に覚えのない人間を脅迫することがあれば、ぼくたちは奴をつかまえることができる。しかし、彼は悪魔王のようにずる賢いのだ。だめ、だめだ。彼と戦うには別の方法を探さなくてはならない」

「それなら、どうしてここへ?」

「それは、ある高名な依頼人が、彼女の痛ましい事件をぼくに任せたというわけだ。それは、昨シーズン社交界にデビューした中で一番美しかった、レイディ・エヴァ・ブラックウェル[143]だ。今から二週間後にドーヴァーコート伯爵[144]と結婚することになっている。彼は、彼女の軽率な手紙――そうなのだ、ワトスン、軽率なだけなのだがね――地方の、無一文の若い郷士《ごうし》に宛《あ》てて書かれた手紙を数通手に入れた。結婚をとりやめさせるのに充分なものだ。大金を支払わなければ、ミルヴァートンは手紙を伯爵に送り付けるだろう。ぼくは、彼に会って、できるだけ良い条件で話をまとめるように依頼されたのだ」

ちょうどその時、下の通りからガタガタ、ゴロゴロという音がきこえてきた。見下ろすと、立派な二頭立て馬車[145]が見えた。明るいランプが、堂々とした、栗色の動物のてかてか光った尻のあたりを照らしていた。従者が馬車のとびらを開くと、ふわふわしたアストラカンの外套《がいとう》[146]を着た、背の低い、太った男が降りてきた。一分後に、その男はわたしたちの部屋に入ってきた。

チャールズ・オーガスタス・ミルヴァートンは、年は五十くらいで、大きくて、知的な頭を持ち、丸々と太って、ひげ

のない顔には冷たい笑いが絶えなかった。鋭い、灰色の目が、大きな金縁のめがねの奥で光っている。ピックウィック氏(147)の慈悲心《じひしん》のようなものがあるようにみえるのだが、いつも笑っているのが誠意がなさそうで、落ち着きのない、刺すように鋭い目が、抜け目なく光って、慈悲心のようにみえるものを台無しにしていた。かれの声は、顔つき同様に、おだやかでていねいだった。最初に来た時に会えなくて残念だったと言いながら、まるまるとした、小さな手を差し出しながら、近寄ってきた。

　ホームズは差し出された手を無視して、彼をかたい表情で見た。ミルヴァートンはなお笑っていた。肩をすくめて、オーバーを脱ぐと、ていねいにたたんで、椅子《いす》の背にかけると、ようやく座った。

「こちらの紳士は、」かれはわたしのほうに手を出して、言った。「口の堅い方ですか。そう思って宜《よろ》しいですか」

「ワトスン先生はわたしの友人で、パートナーです」

「わかりました、ホームズさん。わたしが気にしたのは、ただあなたの依頼人のためを思ったからです。事がたいへん微妙なものですから——」

「ワトスン先生はもう知っています」

「それでは、仕事にとりかかりましょう。あなたはレディ・エヴァの代理ということですね。彼女は、わたしの条件を受け入れるように、あなたに指示しましたか」

「あなたの条件というのは何ですか」

「七〇〇〇ポンド（約一億六八〇〇万円）です」

「それでは、ほかにとり得る方法は？」

「それをここで話し合うのはつらいのですが、もし金が十四日に支払われなければ、間違いなく十八日の結婚式はなくなるでしょうな」その、しゃくにさわる微笑がさらに満足気なものとなった。ホームズはちょっと考えていた。

「わたしが見るに、」彼はようやく口を開いた。「あなたは、そうなることが当然だと思いすぎているようだ。わたしは、もちろん、手紙の内容は知っています。わたしの依頼人は、わたしの助言にしたがって行動することはまちがいありません。わたしは、彼女に、未来の夫にすべてを打ちあけ、彼の寛大な心に任せるよう、すすめるつもりです」

ミルヴァートンはくすくす笑った。

「あなたは伯爵をご存じないようだ」かれは言った。

ホームズが困ったような顔をしたので、彼が知っていることがはっきりわかった。

「その手紙に何かまずいことが書いてありますか？」彼はたずねた。

「それは、陽気なものです――たいへん陽気だ」ミルヴァートンは答えた。「レディは魅力的な文通相手でした。だが、ドーヴァーコート伯爵はそのことを快く思われないことは確かです。しかし、あなたが別の考えをお持ちなら、それはそうとしておきましょう。これは純粋に取り引きです。この手紙を伯爵の手に渡すのが、あなたの依頼人のためには一番良いとお考えなら、手紙を取り戻すために、こんな大金を支払うのはほんとうにおろかとしかいえません」彼は立ち上がり、アストラカンの外套をつかんだ。

ホームズは、怒りとくやしさで、真っ青だった。

「少々お待ちを」と、彼は言った。「あなたは気が短すぎます。これはたいへん微妙な問題ですから、スキャンダルをさけるために、あらゆる努力をしたいと思っています」

ミルヴァートンは椅子に戻った。

「そうお考えになると思っていましたよ」彼は満足そうに言った。

「けれども、」ホームズは続けた。「レディ・エヴァは金持ちではありません。彼女の資産からすれば、二〇〇〇ポンドが限界です。あなたが要求する額は、彼女にはまったく無理です。ですから、頼んでいるのです。要求をゆるめて、わたしが示した金額で手紙を返してくれたまえ。二〇〇〇ポンドがあなたが手に入れる最高の値であることにまちがいありません」

ミルヴァートンはますます笑い、目は愉快そうに光っていた。

「ご婦人の資産に関しては、あなたのおっしゃったことが正しいのはわかっています」と、彼は言った。「しかし、ご婦人の結婚は、ご友人やご親戚方が、彼女のために何かちょっとした努力をするのに、たいへんふさわしい機会だとは思われませんか。彼女に喜んでもらえる結婚祝いは何か、考えておられるでしょう。そういう方々に、ロンドン中の板付き燭台《しょくだい》やバター皿よりも、この小さな手紙の束のほうがもっと喜ばれると言ってやりたいものですよ」

「そのようなことはできない」ホームズは言った。

「それは、それは、なんとも残念です」ミルヴァートンはふくらんだ手帳を取り出しながら叫んだ。「ご婦人方がちょっとした努力をしないのは、思慮《しりょ》(148)がないと思わざるをえないですな。これをごらんなさい！」彼は、封筒に紋章《もんしょう》がついた一通の手紙を取り出した。「これは——まあ、明日の朝までは、名前をだすのは公正ではないですが。ただ、その時にはこれはそのご婦人のご主人の手にわたっているでしょう。そして、それというのは、自分のダイヤモンドを人造宝石にかえれば、一時間のうちに作ることができた、ささやかな額の金(149)を工面しなかったからなのですよ。残念なことですな。さてと、マイルズ嬢とドーキング大佐の婚約が、突然取り止めになったのを、覚えておいでですかな。結婚式のほんの二日前に『モーニング・ポスト』紙に、すべて取り止めになったという短い記事がでました。それはなぜでしょうか。まったく信じ難いことですが、一二〇〇ポンド（約二八八〇万円）というわずかな金があればすべて解決したというのに。気の毒なことではありませんかな。そしてここに、常識のあるあなたが、あなたの依頼人の未来と名誉があやうい時に、条件のことでためらっておいでだ。驚きですな、ホームズさん」

「わたしの言っていることは本当です」ホームズは答えて言った。「金は都合できません。この女性の一生を破滅させても、何の得にもならないのですから、わたしが提案した、現実的な金額を受け取られたらいかがでしょうか」

「そこが、あなたの間違っているところです、ホームズさん。事を公にすることは、間接的にですが、わたしには大いに利益になるのです。わたしの手元には、同様な事件が八件、いや十件ありまして、機が熟するのを待っています。わたしがレディ・エヴァを見せしめに、きびしく取扱ったということが、人々の間に知れ渡れば、その人達はもっと理性的になるでしょう。わたしの言わんとするところがおわかりですかな」

ホームズは椅子からさっと立ち上がった。

「ワトスン、彼の後ろへまわって。外へは出さないでくれ。さて、その手帳の中を拝見させていただきましょうか」

ミルヴァートンは、ネズミのようにすばやく、するすると部屋の一方に逃れ、壁を

背に立った。
「ホームズさん、ホームズさん！」と、彼は、上着の前を開け、内ポケットから飛び出している、大きな拳銃の台尻をみせながら言った。「あなたは何か人と変わったことをするとは思っていたのですがね。このようなことはよくあることでして、そこから何か良い結果が得られたことがあったでしょうかな？　わたしは完全武《ぶ》装《そう》しています。それに、法律はわたしの味方ですから、この武器を

使うのに何のためらいもありません。それに、わたしが手紙を手帳にはさんで持って来るとお思いになったのは、まったくの誤りです。わたしはそのようなおろかなことはいたしません。さてと、今晩は人に会う約束が、一つ、二つ、小さいものですがありましてね。ハムステッドまでは、馬車でかなり遠いですからね」彼は前に出ると、外套をとりあげ、拳銃に手をあてたまま、ドアに向かった。わたしは、椅子を持ち上げたが、ホームズが首を横にふったので、また下においた。頭を下げ、笑って、目をきらりと光らせ、ミルヴァートンは部屋から出ていった。しばらくして、馬車のとびらを閉める音がして、がらがらと車輪の音をさせて、かれは去っていった。

　ホームズは、両手をズボンのポケットに深く突っ込み、あごを胸にしずめ、真っ赤な残り火をじっと見つめたまま、暖炉の前で、身動きもしないで座っていた。三十分、彼は口をきかず、そのままでいた。それから、何か心にきめたかのように、立ち上がると、寝室へ入っていった。しばらくして、山羊ひげ(150)をつけ、粋《いき》な若い労働者の格好でさっそうと出てきた。外へ降りていく前に、ランプで陶製《とうせい》のパイプに火をつけた。「ちょっと出てくるよ、ワトスン」彼はこう言うと、夜の闇の中に姿を消した。彼がチャールズ・オーガスタス・ミルヴァートンに対する戦いを開始したことはわかった。しかし、この戦いがあのような奇妙な形をとることになろうとは、夢にも思わなかった。

それから数日間、ホームズはその変装のまま、好きな時に出かけたり、帰ったりしていた。ずっとハムステッドにいたということと、無駄にはすごしていないこと、それ以外は何もホームズから引き出すことはできなかった。しかし、風がうなり声をあげ、窓にぶつかり、がたがたゆらす大荒れの嵐の夕方、ようやくホームズは最後の探索から戻ってきた。変装の服を脱ぎ捨て、暖炉の前にすわると、ホームズは彼らしく、静かに、ひっそりと心の底から笑った。

「ぼくが結婚しようとしている男とは思えないだろうね、ワトスン」

「あたりまえだよ」

「ぼくが婚約したと聞いたら、君は何というかな」

「ほう、それは！　おめで……」

「ミルヴァートンのメイドとなのだ」

「何てことを、ホームズ！」

「情報が欲しかったのだよ、ワトスン」

「しかし、それは行きすぎだろう」

「どうしても避けることのできない手段だったのだ。ぼくは、景気のいい、鉛管工《えんかんこう》で、名前はエスコット[151]さ。毎晩、彼女と出かけて、ずっとおしゃべりだ。やれやれ、骨の折れるおしゃべりだった。けれども、必要なものは手に入れた。自分の掌《てのひら》を見るように、ミルヴァートンの家のことはわかる」

「でも、ホームズ、その子を……」

彼は肩をすくめた。

「しかたないことだよ、ワトスン。たいへんな勝負なのだから、できるだけの手をうたなくてはならないのだ。だが、ぼくが彼女に背を向けたとたんに、ぼくを出しぬくにちがいない、憎むべき恋がたきが存在するというのはありがたい。なんとすてきな夜だろう」

「こういう天候が好きなのかね」

「ぼくの目的にぴったりだ。ワトスン、ぼくは今夜、ミルヴァートンの家に泥棒《どろぼう》に入るつもりだ」

わたしは息が止まった。きっぱりと決心した調子で、ゆっくりと、口にした言葉を聞いて、わたしは背筋《せすじ》が冷たくなった。闇に稲妻が光って、一瞬の内に広い景色を照らしだすように、こういう行動が行き着く、可能な結果をすべて、一目で見てしまったようだ——発覚、逮捕、名誉ある経歴が取り返しのつかない失敗と不名誉に終わり、わが友自身が憎むべきミルヴァートンのお情けをもとめてひざまずく。

「お願いだ、ホームズ、今、君がしようとしていることを、よく考えてくれたまえ」

わたしは叫んだ。

「ねえ、君、これはぼくがよくよく考えた末のことなのだ。ぼくは軽率な行動はしたことがないし、もし他の方法が可能だったら、こういう精力を要する、これほど危険な手段はとらないだろう。状況をはっきりと、公正に眺めてみよう。この行動は法的には犯罪だが、道徳的には正当だということは認めてくれるね。彼の家に盗みに入ると言っても、彼の手帳を力ずくで奪おうというだけのことだ――君もぼくを助けようとしてくれたではないか」

わたしは心のなかでよく考えてみた。

「そうだね」わたしは言った。「不法な目的のために使われる物以外は、何も盗まないのがぼくらのめざすことなら、それは道徳的に正当と認められる」

「そのとおりさ。道徳的にゆるされるなら、あとは個人的危険の問題を考えればいいだけだ。もちろん、紳士たるものは、ご婦人が助けを懸命《けんめい》に求めているとき、危険なんぞを気にすべきではないだろうね」

「君はひどく、困った立場に立たされるだろうね」

「そう、それも危険の一部だ。ほかに手紙を取り返す方法はないのだよ。あの不幸な女性には金がないし、打ち明けて相談できる親戚もいない。明日が期限だから、今晩中に手紙を取り戻さないと、あの悪党は、言ったとおりのことを実行して、彼女を破滅させるだろう。だから、依頼人を運命にまかせて放り出すか、あるいは最後の手段をとるか、なのだ。ここだけの話だが、ワトスン、これはミルヴァートンとぼくの、スポーツのような決闘だ。君も見た通り、第一試合は彼の勝ちだ。けれども、ぼくは自分の自尊心《じそんしん》と名声のために最後まで闘うよ」

「まあ、気に入らないけれども、そうするより仕方なさそうだね」と、わたしは言った。「いつ出かけるのかい」

「君は来なくていいよ」

「それなら、君も行かないことだ」わたしは言った。「ぼくは、自分の名誉にかけて誓《ちか》って言うよ――ぼくは今までに誓いを破ったことがない――君が今夜の冒険にぼくを連れていかないというのなら、ぼくは馬車に乗ってまっすぐ警察へ行き、これを暴《ばく》露《ろ》する」

「君の役目はないよ」

「どうしてわかるのかい。何が起こるかわからないじゃないか。どちらにしても、ぼくは決めたのだ。自尊心や、それに名声を持っているのは君だけではないのだよ」

ホームズは困ったようだったが、晴れ晴れとした顔になると、わたしの肩をたたいた。

「そうだね、ワトスン、それではそうしようよ。何年も同じ部屋でくらしてきたのだから、最後も一緒に牢屋《ろうや》というのもおもしろいだろう。ワトスン、君だから言うのだけれど、ぼくはとても有能な犯罪者になれるだろうと思っていたのだ。今夜は、それを確かめる生涯で最良の機会だ。これを見てくれたまえ」ホームズは引き出しからきちっとした小さな革ケースを取り出し、開けると、なかのぴかぴか光ったたくさんの道具をみせてくれた。「これは一流の、最新泥棒道具一式だ[152]。ニッケル・メッキのかなてこ、先端にダイヤモンドのついたガラス切り、合鍵《あいかぎ》あれこれ、それから文明の進歩が要求するあらゆる近代的道具類。それから、これが、ダーク・ランタン[153]だ。すべてすぐに使えるように整《ととの》えてある。足音のしない靴を持っているかい？」

「ゴム底のテニス靴がある」

「それはいい。覆面《ふくめん》はどうしようか」

「ぼくが黒の絹布で二つ作るよ」

「君はこういうことに生まれながらとてもむいているようだね。おあつらえむきだ。君、覆面をつくってくれたまえ。出かける[154]前にすこし簡単な夕食を食べておこう。今、九時三十分だ。十一時にチャーチ・ロウまで馬車で行こう。そこからアップルドー・タワーズまでは、歩いて十五分だ。十二時前には仕事にとりかかれる。ミルヴァートンはぐっすり眠るほうで、きっちり十時三十分には寝室へさがる。運がよければ二時までにはここへ戻っているだろう。レディ・エヴァの手紙をポケットに入れてね」

ホームズとわたしは、劇場から帰宅する途中の二人連れに見えるように正装した。

オックスフォード街で辻馬車に乗り[155]、ハムステッドの住所へ向かった。そこで、馬車代を払い、外套のボタンをしっかり全部とめて——厳しい寒さで、体の中を風が通り抜けるようだった——ヒースの荒れ地の縁にそって歩いていった。

「慎重にすすめる必要があるよ」とホームズは言った。「文書類は彼の書斎《しょさい》の金庫に入っているけれども、書斎は寝室の次の間だからね。しかし、ぜいたくな暮らしをしている小柄で、太った人間のご多分にもれず、彼は多血質で熟睡《じゅくすい》型[156]だ。アガサ——ぼくのフィアンセだけれどね——の話では、ご主人を起こすのは不可能だと、使用人の間ではもの笑いの種になっているそうだ。彼のためによく働く秘書がいて、昼間はずっと書斎を動かない。それで、われわれは夜出かけるというわけさ。それから、いやな犬が一頭、庭をうろついている。ぼくはここのところ二日、夜遅くにアガサと会ったのだけれど、ぼくが無事に通れるようにと、犬は鍵の掛かるところに彼女が閉じ込めている。この家だよ。この大きな一戸建ての家だ。門を入って、右へ、月桂樹《げっけいじゅ》の茂みの間を行くのだ。ここで覆面をしたほうがいいだろう。ほら、どの窓も明りがついていない。すべてうまくいっている」

　黒の絹の覆面をつけると、わたしたちはロンドンで一番あやしい二人組に変身し、物音のしない、暗い家にこっそり近づいて行った。家の片側には、タイルばりの、ヴェランダのようなものがついていて、いくつかの窓と二つのドアがあった。

「あれが彼の寝室だよ」と、ホームズがささやいた。「このドアのむこうが書斎だ。ここを通るのが一番だけれど、そこは鍵だけでなく、かんぬきもかかっている。入ろうとすればすごい音がするだろう。こっちへまわって。居間へつづく温室があるのだ」

温室には鍵がかかっていたが、ホームズは丸くガラスを切り取ると、内側に手を入れて鍵を開けた(157)。さっとなかへ入り、ドアを閉めた。これでわれわれは法律的に犯罪者となった。温室のむっとする、暖かい空気と、異国の植物の、濃くて、むせかえるような香りがのどにからんだ。ホームズは暗闇の中で、わたしの手をとり、顔をさっとなでていく灌木《かんぼく》の列の間を、すいすい歩いて行った。ホームズには、暗闇で物が見えるという、訓練の結果身についた、すばらしい能力があった。片方の手でわたしの手を握ったまま、ホームズはドアを開け、どうやら大きな部屋に入ったようだ。そこではすこし前に葉巻を吸ったものがいたらしい。ホームズは家具の間を手探りですすみ、別のドアを開け、そこを抜け、ドアを閉めた。わたしは手をのばし、壁にかかった何枚かのコートにさわった。それで廊下にいることがわかった。わたしたちはそこを進んだ。ホームズは右側のドアをそっと開けた。何かがわれわれに向かって飛び出してきた。心臓が止まるくらいびっくりしたが、猫だとわかって笑いだしそうになった。この新しい部屋では、暖炉に火がはいっていた。ここもタバコの匂いがむっとするほどたちこめていた。ホームズは、爪先立ちで部屋に入ると、わたしが続いて入るのを待って、静かにドアを閉めた。ミルヴァートンの書斎に入ったのだ。遠くの隅に仕切りのカーテンがかかっていて、その向こうが彼の寝室だ。

暖炉に火があかあかと燃えて、部屋を照らしていた。ドアのそばには電気のスイッチが光っているのがみえたが、たとえ安全だったとしても、電気をつける必要はなかった。暖炉の片側には重いカーテンがかかり、われわれが外から見た出窓をおおっていた。もう一方の側はヴェランダに通じるドアだった。部屋の真ん中には机と、ピカピカの赤い革の回転椅子がある。向かい側には大きな本箱があり、一番上に大理石のアテナの胸像[158]が置いてあった。本箱と壁との間の隅には背の高い緑色の金庫があって、その前面のよく磨《みが》かれたしんちゅうの取っ手に暖炉の火が反射していた。ホームズはそっと部屋を横切り、金庫をながめた。それから、寝室のドアのところへ忍び足で近づき、首をかしげて、じっと耳をすませた。中からは何の音も聞こえなかった。彼がそのようなことをしている間に、わたしは外側のドアから逃げ出す路を確保しておいたほうがいいだろうと思いついて、ドアを調べてみた。ところが、驚いたことに、ドアは鍵どころか、かんぬきもしてなかったのだ。わたしがホームズの腕に手を触れると、彼は覆面をかぶった顔をドアのほうに向けた。彼がぎくっとするのがわかった。彼はあきらかにわたしと同じように驚いていた。

「好ましくないね」ホームズはわたしの耳にしっかり口をよせて、ささやいた。「わけがわからない。とにかく、ぼくたちは時間を無駄にはできない」

「ぼくは何をしたらいいかい」

「そうだね。ドアのそばに立っていてくれたまえ。誰かが来る足音がしたら、内側からかんぬきをかけるのだ。そうして、ぼくらは来た道から逃げることができる。反対側から誰か来て、もし仕事が済んでいたら、ドアから逃げることができる。まだだったら、あの窓のカーテンの後ろに隠れる。わかったね」

　わたしはうなずくと、ドアのそばに立った。最初感じた恐怖はなくなっていた。今は、法律にいどむ者ではなく、法律を守る人間であった時には感じたことのない、さらに激しい情熱で、わたしは体がふるえるようだった。わたしたちの使命の高い目的、非利己的《りこてき》な、婦人を守る騎士道的なものであるという意識、わたしたちの敵の極悪な性格、すべてが、この冒険にスポーツをする時のような興味を加えていた。罪の意識を感じるどころか、わたしはこの危険な行動に大喜びしていたのだ。わたしは、ホームズが道具箱を広げ、繊細《せんさい》な手術をする外科医のような、落ち着いた、科学的正確さで道具を選ぶのを、感心してうっとりと見つめた。金庫を開けるのが、かれのちょっと変わった趣味だということは知っていたので、この緑と金の怪物、その胃袋の中に大勢の貴婦人たちの名声を左右するものをしまいこんでいる竜に立ち向かうことが、

ホームズに与える喜びを、わたしはよく理解できた。ホームズは夜会服の袖口《そでぐち》をまくり上げ——外套は椅子の上に置いた——ドリルを二本、短いかなてこを一本、そして合鍵を数本広げて置いた。わたしは真ん中のドアのところに立ち、緊急事態にそなえて、左右に目を光らせた。と言っても、もし邪魔が入ったらどうすべきかは、はっきり計画があったわけではなかった。三十分ばかり、ホームズは一つの道具を置いては、別の道具を取り上げ、熟練工のような力と繊細さで扱いながら、一心に働いていた。ついに、カチッという音が聞こえ、大きな緑色の扉がさっと開いた。中には紐《ひも》で結わえ、封印をし、名前の書いてあるたくさんの書類の束が入っているのが、ちらっと見えた。ホームズはその中から一つを取り出したが、ちらちらゆれる暖炉の火で読むのは難しかったので、自分の小さなダーク・ランタンを取り出した。ミルヴァートンが隣の部屋にいるのだから、電気をつけるのは危険すぎる。とつぜんホームズの動きが止まり、じっと耳をすますのが見えた。それからさっと金庫のとびらを閉めると、外套を取り上げ、道具類をポケットに突っ込むと、窓のカーテンの後ろへ走り込み、わたしにもそうするように身振りで合図した。

　カーテンのうしろのホームズのそばに行って、ようやくホームズの敏感な感覚に危険を知らせたものが、わたしにも聞こえた。家の中のどこかで音がしていた。遠くでドアがばたんと閉まる音がした。そして、何を言っているかわからないが、ぼんやりとしたつぶやきが聞こえ、それから重い規則的な足音になり、どんどんこっちへ近づいてきた。部屋の外の廊下から聞こえてくる。ドアの前で止まった。ドアが開いた。するどい音がきこえて電灯がついた。ドアが閉められ、強い葉巻の刺激的な臭いがわれわれの鼻まで届いた。そして足音は行ったり来たり、わたしたちのいるところからほんの二、三ヤード（約二〜三メートル弱）のところを行ったり来たりしていた。ようやく、椅子がきしむ音がし、足音がとまった。それから、鍵穴に鍵がさしこまれカチッと音がし、書類のガサガサいう音がした。これまでのぞいてみる勇気がなかったが、ようやく自分の目の前のカーテンのあわせめをそっと開けて、そこからのぞいてみた。ホームズの肩がわたしの体に押しつけられ、彼もまたのぞいているのがわかった。ちょうどわれわれの前、手をのばせば届く所に、ミルヴァートンの広くて、丸い背中があった。われわれはあきらかに彼の行動をまったく考え違いしていた。彼は寝てなどいなくて、家の遠くの棟にある、喫煙室かビリヤード室でずっと起きていたのだ。われわれはその部屋の窓は見なかったのだった。彼の大きくて、白髪まじりの頭、毛がなく光っている部分のある頭が、わたしたちのすぐ前にあった。彼は赤い革の椅子に深々ともたれ、足を投げ出していて、長くて黒い葉巻が口から斜めにとびだしていた。黒のビロードのえりのついた、濃い紫がかった赤の、半軍服風のスモーキング・ジャケットを着ていた。手には長い法律文書を持ち、だらだらと読んでいた。読みながら、タバコの煙で輪を作り、唇からはきだしていた。やつの落ち着いた態度といい、気楽なようすといい、急いでこの部屋から出ていく気配はなかった。

　ホームズの手がそっとわたしの手に触れ、自分は事態をおさめることができるし、自分は落ち着いているから安心するようにとでも言うように、握り締めてきた。わたしの場所からははっきりしすぎるくらい見えることが、彼にはわかっているのか、わたしには判断できなかった。金庫のとびらがきちんと閉まっていないし、ミルヴァートンがいつそれに気がつくかもしれなかった。わたしは心の中で、もし、彼の視線がじっと止まって、とびらが開いていることに気がついたとわかったら、すぐに飛び出して、外套を彼の頭にかぶせて、はがいじめにし、後はホームズにまかせようと、決めていた。しかし、ミルヴァートンは一度も目をあげなかった。彼は手に持った書類に熱中しているわけではないが、法律家の議論を読み進めながら、ページを一ページずつめくっていた。少なくとも書類を読み終え、葉巻を吸い終われば、寝るだろうと思っていた。けれども、そのどちらも終わらないうちに、驚くべき事態が起こり、わたしたちの考えをまったく別なほうへ向けてしまった。

　ミルヴァートンが四、五回、時計を見たのにわたしは気づいていた。一度はいらいらしたようすで、立ちあがり、またすわりなおした。しかし、ヴェランダのほうからかすかな音が聞こえてくるまでは、このような妙な時刻に彼が人と会う約束をしているだろうとは、考えつきもしなかった。ミルヴァートンは書類を手から落とし、椅子に座ったまま体を堅くした。音がもう一度聞こえてきた。それから、ドアをそっとたたく音がした。ミルヴァートンが立ち上がり、ドアを開けた。

「そう」彼はそっけなく言った。「三十分近くも遅刻ですね」

なるほどこれでドアに鍵がかかっていなかったことと、ミルヴァートンが夜遅くまで起きていたこととの説明がつく。女性の服の衣《きぬ》ずれの音がした。ミルヴァートンがわれわれのほうを向いたので、カーテンのすきまを閉じていたのだが、今、充分に注意してもう一度おそるおそる開けてみた。ミルヴァートンは葉巻を横柄そうに口にくわえたまま、もとの椅子に座っていた。彼の前には、電灯の光をいっぱいにあびて、背の高い、ほっそりした黒髪の女性が、顔の前にヴェイルをおろし、マントをあごまでひきあげて立っていた。彼女は息をはずませて、体中が激しい感情で震《ふる》えていた。

「さあ」ミルヴァートンは言った。「あなたのおかげで夜の眠りを犠牲にしているのでね。それだけの価値があることを見せてもらおうか。ほかの時刻では来られなかったのかね」

その女性は頭を横に振った。

「まあ、来られないものは仕方がないとしようか。伯爵夫人が厳しいご主人だというのなら、今こそ復讐《ふくしゅう》するチャンスじゃあないか。まあまあ、お嬢さん、何でそんなに

震えているのかい。大丈夫だよ。勇気を出しなさい。さあ、仕事にとりかかろうか」彼は机の引き出しから手帳をとりだした。「ダアルベール伯爵夫人[159]の名声を傷つける手紙を五通持っているということだったね。あなたはそれを売りたい。わたしはそれを買いたい。ここまでは問題ない。あとは値段を決めるだけだ。もちろん、手紙は調べさせてもらいます。ほんとうに良い代《しろ》物《もの》ならば……なんということだ、あなたじゃないか」

その女性は一言も口をきかないまま、ヴェイルをひきあげ、口元をかくしていたマントを下に押し下げた。ミルヴァートンの前にたちはだかっているのは、全体に黒っぽい印象の、美しい、輪郭《りんかく》のはっきりした顔だった。曲線を描く鼻、意志の強さをあらわす、黒い眉《まゆ》、きつく、きらきら光る、かげりのない瞳《ひとみ》、危険な微笑《ほほえ》みを浮かべた、真一文字に結んだ薄い唇。

「わたしです」彼女は言った。「あなたが人生を破滅させた女です」

ミルヴァートンは笑い声をたてたが、恐怖で声が震えていた。「あなたががんこだったからだ」彼は言った。「どうして、わたしにあのような極端な手段をとらせるようにしたのだ。わたしは、自分からはハエ一匹も殺さないのですよ。けれども、だれでも仕事というものがある。わたしがどうすればよかったというのだね。あなたの財産で充分支払える値段をつけた。あなたは払おうとしなかった」

「それで、あなたはわたしの手紙を夫に送りつけました。そして、彼は――この世で一番高潔《こうけつ》な紳士、わたしなんかかれの靴のひもを結ぶ価値もない――彼のやさしい心は傷つき、亡くなりました。わたしがあのドアを通って入ってきた最後の夜のことを覚えていますか。わたしはあなたに頼んで、慈悲を願った。でも、あなたは、今しているようにわたしの面前で笑いました。でも今は、臆病《おくびょう》な心が唇をピクピクさせるだけでしょうけどね。そう、あなたはここでもう一度わたしに会うとは考えたこともなかったでしょう。でも、あの夜でした。あなたと二人だけで向かい合う方法をわたしに教えてくれたのは。さて、チャールズ・ミルヴァートン、何か言う事はありますか」

「わたしを脅《おど》せると思っているのか」彼は立ち上がりながら言った。「わたしは大声をあげればいいのだ。そうすれば使用人を呼んで、あなたをつかまえさせることができる。けれども、あなたが怒るのも当然だと認めよう。来た時と同じように、すぐに部屋を出ていってもらおう。そうすればわたしは黙っている」

女性は胸に手を入れたまま、そして薄い唇にはあの気味の悪い微笑をうかべたまま立っていた。

「あなたがわたしの人生を破滅させたように、もうこれ以上あなたにほかの人の人生を破滅させるわけにはいかない。わたしの心を苦しめたように、これ以上ひとの心を苦しめさせはしない。わたしは世界から毒を取り除くのです。さあ、これでもくらいなさい、卑怯者《ひきょうもの》、これだ！　これ！　これ！　これ！」

彼女は小さな、ピカピカ光る拳銃をとりだすと、彼のシャツの前から二フィート（約六〇センチ）と離れていないところに銃口を突きつけ、ミルヴァートンの体に向かって、次から次へと弾を打ち込んだ。彼は逃げようとし、それからテーブルの上に倒れ込んだ。激しくせきこみ、書類をひっかきまわした。そしてよろよろしながら立ち上がったが、また銃弾をあびて、床にころがった。「やりゃあがったな」彼は叫ん

で、じっと動かなくなった。女は彼をじっと見下ろしていたが、彼の上を向いた顔を靴のかかとで踏みつけた。彼女は再びようすをうかがったが、彼は音もたてず、まっ

たく動かなかった。すっと衣ずれの音がして、夜の外気が暖められた部屋に吹き込み、復讐者は立ち去った。

わたしたちが飛び出したところで、彼をこの非運から救うことはできなかった。けれども、女が逃げようとするミルヴァートンの体に、銃弾を次々と打ち込んだ時、わたしは思わず飛び出しそうになった。その時、ホームズの冷たい手が、ぐっと強くわたしの手首をつかんだ。この、断固として、押さえ込むようにつかんだ手が言おうとしていることをわたしはすべて理解した――これはわたしたちには関係ないことなのだ。正義が悪人に対して行なわれたのだ。わたしたちには忘れてはならない、義務と目的がある。しかし、女が部屋から出ていくやいなや、ホームズはすばやく、音をたてずに、もう一つのドアへ向かい、ドアに鍵をかけた。それと同時に、家の中に人の声がし、急いで近づいてくる足音が聞こえてきた。銃声で家中が起きてしまったのだ。ホームズはまったく落ち着いたまま、部屋を横切って金庫に忍び寄り、両腕に手紙の束を抱え込むと、暖炉の火の中に放り込んだ。彼は金庫が空になるまで、何度も何度もこの作業を繰り返した。誰かがドアの取っ手を回し、ドアを外からどんどん叩いた。ホームズはすばやくまわりを見渡した。ミルヴァートンの死の使者となった手紙が、彼の血にまみれて、テーブルの上にあった。ホームズはそれも暖炉の中で燃えている書類の中に投げ込んだ。それから、外側のドアの鍵を抜き取り、わたしに続いてドアを抜けると、外側から鍵をかけた。「こちらへ、ワトスン」彼は言った。「こちらのほうだと庭の塀《へい》を乗り越えられる」

信じられないくらいすばやく、警報がゆきわたった。振り返ってみると、広大な邸《やしき》中に灯が点って、一つの光のかたまりのようにみえた。玄関のドアが開き、人影が車寄せを駆《か》け出してきた。庭のいたるところに人がいて、一人の男はわたしたちがヴェランダから出てくると、いたぞ！　と声をあげ、わたしたちのすぐ後を追い掛けてきた。ホームズには庭の地形がすっかり頭にはいっているようで、小さな木が植わった間をすいすいと縫《ぬ》うように進んでいった。わたしは彼にぴったりついて行き、追跡者の先頭はわたしたちのうしろで息をはずませていた。行く手をはばんだのは六フィート（約一・八メートル）の壁だったが、ホームズは壁の上に飛び上がり、反対側へ越えた。わたしも同じ様にしたが、わたしの後ろの男の手が、わたしの足首をつかむのを感じた。しかし、わたしは足を蹴《け》って、男の手を振り切り、ガラスがうめ込んである塀の笠石《かさいし》を越えた。何かの茂みの中に、わたしは頭から落ちた。けれども、すぐに、ホームズがわたしを立たせてくれ、二人そろって広大なハムステッド・ヒースを脱兎《だっと》のごとくに駆け抜けた。二マイル（約三・二キロメートル）も走っただろうか、ホームズはようやく立ち止まり、じっと耳を傾けた。わたしたちの背後は完全なしじまだった。追跡者を振り払い、わたしたちは安全なのだ。

わたしが記録してきたすばらしい経験をした翌朝、わたしたちが朝食をすませ、朝の一服をしていると、スコットランド・ヤードのレストレイド警部が、ひどく真面目な顔つきで、感情をあらわにしながら、われわれのささやかな居間に案内されてきた。

「おはようございます、ホームズさん」彼は言った——「おはようございます。あまりお忙しくないようでしたらちょっとお尋ねしたいことがあるのですが」

「お話をうかがえないほど忙しくはありませんよ」

「今とくに抱えている事件がなければ、昨夜ハムステッドで起きたばかりの非常にめずらしい事件について、助けていただけないかと思いましてね」

「ほう、それは！」ホームズは言った。「どのような事件ですか」

「殺人事件です——非常に劇的で、特異な殺人事件なのです。あなたのお気に入りそうなものです。アップルドー・タワーズへ出かけて、ご助言いただけたらたいへんありがたいのです。あれは普通の犯罪ではありません。われわれはこのミルヴァートンという男にこのところ目をつけていました。それに、ここだけの話ですが、彼はなかなかの悪《わる》でした。彼は脅迫に利用する文書を集めていたことで知られています。これらの文書は殺人者たちによって全部燃やされてしまいました。大事なものは何も盗まれていないので、おそらく犯人たちは地位のある人間で、世間に暴露されるのを防ぐことだけが目的だったのでしょう」

「犯人たち！」ホームズは叫んだ。「複数ですか！」

「はい、二人いたそうです。ほとんど現行犯でつかまえるところでした。足跡が残っていますし、人相もわかっています。十中八、九つきとめることができます。一人はなかなかすばしっこいやつだったが、二番目のは庭師の助手につかまった。結局、もみあったすえ逃げられた。やつは中くらいの背の高さで、がっしりした体格の男だった――あごが四角くて、首は太く、口ひげをはやし、マスクをかけていた」

「それはすこしあいまいですね」と、シャーロック・ホームズは言った。「まあ、そうするとそれはワトスンの人相書きみたいではないですか」

「それはそうだ」警部はおもしろがって言った。「ワトスンさんの人相書きかもしれません」

「ところで、申しわけないのですが、お力にはなれません、レストレイド」ホームズは言った。「実はこのミルヴァートンのことは知っていました。わたしは、彼はロンドン中で一番危険な人間の一人だと思っていました。それに、わたしは法律では裁けないある種の犯罪というものが存在すると思います。ですから、ある程度、個人的な復讐も正当とみなされると思っているのです。いや、議論するだけ無駄ですね。わたしの気持ちは決まっています。わたしは犠牲者よりもむしろ犯人に共感します。です

から、この事件はお引き受けできません」

わたしたちが目撃した悲劇について、ホームズはわたしに一言も言わなかったが、朝の間じゅうじっと考え込んでいるようだった。彼の目がうつろで、上の空のようすからみて、彼は何かを思い出そうとしているようだった。昼食の最中に、ホームズは突然立ち上がった。

「そうだよ、ワトスン！　わかったよ！」彼は叫んだ。「帽子を持って。さあ一緒に来てくれたまえ」彼はベイカー街を猛《もう》スピードで通りぬけ、オックスフォード街を通り、もう少しでリージェント・サーカスというところに来た。この左側には、窓に当代の有名人や美人の写真がいっぱいに飾ってある店(160)があった。ホームズはそのなかの一枚の写真をじっと見つめていた。彼の視線をたどって、わたしも宮廷用ドレス(161)を着て、高価なダイヤモンドのティアラを頭にかざった、堂々とした貴婦人の写真を見た。あの上品に曲線を描いた鼻、はっきりした眉、まっすぐに結んだ唇、そしてその下の強く、小さな顎《あご》をみた。そして彼女の夫であった、偉大な貴族で、政治家であった人の称号を読んで、わたしは息が止まった。わたしはホームズと目を合わせた。そして、そのショー・ウィンドウから離れながら、ホームズは指を唇にあててみせたのだった。

六つのナポレオン

　スコットランド・ヤードのレストレイド警部が、夕方わたしたちを訪ねてくるのは、それほどめずらしいことではなく、彼の訪問をシャーロック・ホームズは歓迎《かんげい》していた。そのおかげで警察本部[162]の動向を遅れを取らずに知ることができたからだ。レストレイドが持ってきてくれるニュースのお返しに、ホームズは警部が関わっている事件の説明を快く、詳しく、じっくり聞いて、時には、実際の捜査に加わらなくとも、ホームズ自身の広い知識や経験から引き出されたヒントや思いついたことを教示するのだった。

　その日の夕方も、レストレイドは天気のこととか、新聞のことを話していた。それから、黙り込んで、葉巻をふかすと、考えにふけっていた。ホームズはじっと彼を見つめた。

「何か特異な事件をかかえているのですか」ホームズが尋ねた。

「いや、いや、ホームズさん、特別にどうということではないのですがね」

「それなら、話してみてください」

レストレイドは笑った。

「そうですね。ホームズさん、何かわたしの心にひっかかっているということは否《いな》めないのですが。でも、あまりにばかげたことなので、お手をわずらわせるのをためらったのです。でも、一方では、それはたいしたことではないけれど、まちがいなく奇妙なのです。わたしは、あなたが普通ではないことに関心をおもちのことは知っていますからね。ただわたしの考えでは、これはわたしたちの専門というより、むしろワトスン先生の受け持ちかと思います」

「病気ですか?」わたしは尋ねた。

「とにかく、狂っている。それも一風変わった狂気なのです。今時、ナポレオン一世(163)を憎むあまり、目につくナポレオン像ならなんでも壊していくような人間が生きているとは考えられないでしょう」

ホームズは椅子《いす》に深々と沈んだ。

「それはわたしの仕事ではありませんね」彼は言った。

「そのとおりです。そう申し上げたでしょう。けれど、自分の所有物ではない像を壊すために押し込みをすると、それは医者の手から、警察の手に渡される」

ホームズはまた座り直した。

「押し込みですって。それはおもしろい。詳しく話して下さい」

レストレイドは警察手帳を取り出すと、眺めながら記憶を新たにした。

「最初に事件が報告されたのは四日前のことです」と彼は言った。「モース・ハドスン[164]の店でのことで、彼はケニントン・ロードに絵画や彫像を売る店を持っています。助手がほんの一瞬店の前を離れた時に、ガシャンという音を聞いて、急いで戻ってみると、カウンターの上に他のいくつかの美術品と一緒に並べてあった、ナポレオンの石膏《せっこう》胸像が粉々に砕かれていたのです。彼は急いで道に飛び出しました。通行人の何人かは一人の男が店から飛び出してくるのを見たと証言しましたが、誰の姿も見えなかったし、犯人を特定する方法もありませんでした。時々発生する、無分別なフーリガンたちの行動の一つ(165)のようにみえたので、事件はそのように受け持ちの巡査に報告されたのです。石膏像は二、三シリング（約二四〇〇～三六〇〇円）の価値しかないもので、事件全体が特に捜査するにはばかげているようにみえました。

ところが、二番目の事件はもっと深刻で、さらに奇妙でした。それは、昨夜おこったばかりです。

ケニントン・ロードの、モース・ハドスンの店から二、三百ヤード（約一八〇～二七〇メートル）のところに、テムズ河の南で、もっとも大規模な開業医の一人、バーニコット先生という、有名な医師が住んでいます。住まいと主な診察室《しんさつしつ》はケニントン・ロードにあるのですが、そこから二マイル（約三・二キロメートル）離れたロウアー・ブリクストン・ロード(166)に分院と薬局があります。このバーニコット先生というのがナポレオンの熱烈な信奉者《しんぽうしゃ》で、家にはあのフランスの皇帝に関する本や、絵画、記念品があふれています。しばらく前に彼はモース・ハドスンの店で、フランスの彫刻家ドゥヴィーヌ(167)の有名なナポレオンの胸像の石膏の複製《ふくせい》を二つ買いました。一つはケニントン・ロードの住まいの玄関に置き、もう一つはロウアー・ブリクストンの診察室のマントルピースの上に置きました。ところが、バーニコット先生は今朝、階下におりてきてびっくりしました。夜の間に泥棒《どろぼう》に入られていたのです。しかも、玄関の石膏の胸像以外何も盗まれていなかったのです。石膏像は運び出され、庭の塀《へい》に無残にもたたきつけられ、粉々に砕けたかけらが塀の下にありました」

ホームズは両手をこすりあわせた。

「これはたしかに新しい種類の犯行だ」かれは言った。

「あなたなら、おもしろがると思いましたよ。それで、話はまだ終りではありません。バーニコット先生は十二時に分院に行くことになっていたのですが、そこへ着いた時の、彼の驚きがおわかりいただけますかな。夜の間に窓が壊され、二つ目の胸像の破片が、部屋中にばらまかれていたのですよ。飾ってあった場所で粉々にこわされていた。どちらの場合も、こういう騒《さわ》ぎを起こした犯人、あるいは気のおかしい人間の手がかりは何も残っていませんでした。さてと、ホームズさん、これでおわかりいただけましたか」

「グロテスクとは言えませんが、特異ですね」と、ホームズは言った。「バーニコット先生の家で粉々に砕かれた二つの胸像は、モース・ハドスンの店で壊されたものと全く同じ複製ですか」

「みんな同じ型からつくられたものです」

「そうすると、石膏像を破壊したのは、ナポレオンに対する漠然《ばくぜん》とした敵意に動かされた人間だ、という論理は成り立たなくなります。ロンドン中に何百という偉大な皇帝の像があることを考えれば、無差別の偶像《ぐうぞう》破壊主義者(168)が、同じ型から造られた三つの複製から、破壊を始めたというような、偶然の一致は考えられませんね」

「そう、わたしもあなたと同じように考えました」と、レストレイドが言った。「しかし、ロンドンのあの辺りで胸像を扱うといえば、このモース・ハドスンの店で、そこには何年もあの三つしかなかったわけです。ですから、あなたがおっしゃるとおりロンドンには何百という像はあるけれど、あの地域ではあれしかなかったということは、おおいに考えられることです。それで、あの辺りの気のおかしい連中があの三つから始めたのでしょう。どうお考えですか、ワトスン先生」

「偏執狂《モノマニア》が何をするかなどということは、とうてい限定できませんね」わたしは答えた。「現代フランスの心理学者が『固定観念《かんねん》』(169)と呼ぶ状態があります。それはたいしたことのない性質の症状で、ほかの点ではまったく正常なのですよ。ナポレオンについて深く読書したり、あの大戦争で家代々の被害をこうむった人間が、おそらくこのような『固定観念』を形成し、その影響を受けて何か突飛《とっぴ》な不法行為をしたのかもしれませんね」

「それはだめだね、ワトスン」ホームズは頭を振りながら言った。「どんなに『固定観念』を持っていたにしても、君の言っていた興味深い偏執狂《へんしつきょう》連中には、これらの胸像の所在をつきとめることはできないよ」

「それでは、君ならどう説明するのかね」

「説明するつもりはないよ。ぼくは、ただこの人物の風変わりな行為にはある方式があると思うのだ。例えば、物音がすれば家の者を起こしてしまうかもしれない、バーニコット先生の住まいの玄関では、胸像は外へ持ち出されてから壊されたが、気づかれる恐れが少ない分院では、置いてあったその場で胸像は粉々にされた。事件は、おろかしいほどつまらないように見えるけれど、ぼくの古典ともいえる事件の多くの始まりは、みなほとんどたいしたことがなかったことを考えると、何事にせよとるに足りないとは言いきれないよ。ワトスン、君は覚えているだろう、アバネッティ家のあの恐ろしい事件が、ぼくの注意をひいたのは、暑い日にパセリがバターの中に沈んだ深さだったのだからね。だから、レストレイド、ぼくは君の三つの壊された胸像のことを、笑って済ますわけにはいかないよ。この非常に奇妙な一連の事件が、新たな展開を見せたら、どんなことでも教えてもらえるとありがたいね」

わが友が頼んでおいた展開は、すぐに、そして彼にも考えられなかったような、非常に悲劇的な形でもたらされた。次の日の朝、わたしがまだ寝室で着替えをしていた時、ドアがノックされ、ホームズが電報を手に持って入ってきた。かれは電報を読み上げた。

　　すぐにケンジントン、ピット街[170]一三一番へおいでください――レストレイド

「何だろうか」わたしは尋ねた。

「わからない――何か事件だろうね。胸像の話の続きではないかな。そうだとすると、われらが友人である偶像破壊者はロンドンの別の地域で動き始めたということなのだ。ワトスン、テーブルにコーヒーがある。それに表に馬車を待たせている」

　三十分後、わたしたちはピット街に到着した。そこはロンドンで一番にぎやかな生活の流れのかたわらにある、静かな、小さな水溜《みずた》まりといった所だった。平べったい造りの、立派だが、まったく夢のかけらもない家並のひとつが一三一番だった。馬車で近づいていくと、その家の前の棚には野次馬《やじうま》が集まっていた。ホームズがヒューと口笛を吹いた。

「何てことだ！　少なくとも殺人未遂事件だ。そうでなければロンドンの使い走り《メッセージ・》の少年《ボーイ》が足をとめるはずがない。あの男が背中を丸め、首を伸ばしているところをみると、何か暴力事件だろう。これは何だ、ワトスン。階段の一番上は洗い流されていて、

ほかは乾いている。いずれにしろ足跡がたくさんある。とにかく、レストレイドが正面の窓のところにいるから、何がおきたのかはすぐにわかるだろう」

警部はたいへん深刻そうな顔つきでわたしたちを出迎え、居間に案内した。そこには、フランネルの部屋着を着た老人が、髪をくしゃくしゃにして、興奮《こうふん》して動き回っていた。彼はこの家の主で、セントラル・プレス・シンディケート[171]のホレス・ハーカ[172]氏であると紹介された。

「またあのナポレオ

ンの胸像事件です」レストレイドが言った。「ホームズさん、昨夜、関心がおありのようでしたし、事件がひどく深刻な様相を呈《てい》し始めたので、現場をみたいのではないかと思ったのです」

「それで、深刻な様相というのは」

「殺人です。ハーカさん、こちらの方々に、おこったことを正確にお話しいただけませんかな」

部屋着の男は随分憂《ずいぶんゆう》うつそうな顔をわたしたちに向けた。

「いったい、どうなっているのでしょう」彼は言った。「これまで、わたしは他人のニュースを集めてきましたけれど、本当のニュースがわたしの前でおこった今は混乱して、狼狽《ろうばい》して、何も書くことができないのです。もし、わたしがジャーナリストとしてここに来たのなら、自分自身にインタヴューして、すべての夕刊に二段抜きの記事を書いたでしょうが、現実には、わたしの話をくりかえし、他人に話して、貴重な新聞種を提供するばかりで、自分ではまったく利用できないのですから。しかし、あなたのお名前は聞いていますよ、ホームズさん。あなたがこの奇妙な事件を解明してくださるというなら、あなたにお話しする甲斐があるというものです」

ホームズは腰をおろし、話を聞いた。

「すべては、わたしが四ヶ月前にこの部屋のために買った、ナポレオンの胸像を中心に展開しているようなのです。あれは、ハイ・ストリート駅から二軒目のハーディング・ブラザーズの店[173]で安く手に入れたものです。記事を書く仕事のほとんどは、夜にしていまして、早朝にまで及ぶこともしばしばです。今日もそうでした。明け方の三時頃ですが、わたしの家の最上階の、裏手にある、自分の小さな仕事部屋に座っていましたが、階下で何か物音がしたような気がしました。耳をすましてみましたが、もう聞こえてこなかったので、外部の音だと思うことにしました。五分ほどした時、突然、すごく恐ろしい叫び声がしました。あんなにおそろしい声を聞いたことは、ありませんでしたよ、ホームズさん。これからは、ずっとわたしの耳の中で鳴り続けるでしょう。しばらくは、恐怖で動けなくて、座ったままでした。それからわたしは火かき棒をつかんで、下へ降りていきました。この部屋に入ってみると、窓が大きく開いていて、胸像がマントルピースからなくなっていることに、すぐ気がつきました。こんなものを欲しがる泥棒がいるとは、わたしには理解できません。あれは石膏像で、なんの価値もないものなのです。

　ご覧になればおわかりでしょうが、あの開いた窓から出ると、大股の一歩で玄関の階段に出られます。泥棒はあきらかにそうしたようです。それで、わたしは玄関にまわり、ドアを開けてみました。暗闇のなかに足を踏み出したとたん、わたしは横たわって死んでいる男につまずいて、転びそうになりました。明りを取りに走って戻りました。すると、あわれな男は深々とのどを切られていて、あたり一面血の海でした。男はあお向けに倒れ、ひざを立て、口はおそろしげに開けていました。これからも夢に見そうです。なんとか警官を呼ぶ笛を吹いて、それから気を失ってしまったのでしょう。警官が玄関で倒れているわたしを見下ろしているのに気がつくまで、何も覚えていません」

「それで、殺されていた男は誰ですか?」ホームズが尋ねた。

「身分を示すものは何もありません」レストレイドが言った。「死体仮安置場で遺体を見ていただけますが、いまのところ遺体からは何もつかめていません。男は背が高く、日に焼けていて、非常に体格がよく、三十歳にはなっていないでしょう。服装はみすぼらしいですが、労働者にはみえません。柄《え》が角《つの》製の折り畳みナイフが遺体のそばの血だまりのなかにありましたが、これが殺人の凶器なのか、死んだ男の持ち物なのかは、わかりません。衣服に名前はついていませんし、ポケットにはりんご、紐《ひも》少々、一シリング(約一二〇〇円)のロンドンの地図と写真が一枚入っていただけです。これがその写真です」

それは、あきらかに小さなカメラでとったスナップ写真だった。写っているのは、敏捷《びんしょう》そうで、鋭い顔つきの、猿のような男だった。眉《まゆ》が濃く、ヒヒの鼻づらのように顔の下の部分がすごく奇妙に突き出ていた。

「それで、胸像はどうなりましたか」じっくりと写真を観察してから、ホームズが尋ねた。

「あなたがいらっしゃる少し前に知らせが届きました。カムデン・ハウス・ロードの空き家の前庭で見つかりました。粉々に壊されていました。わたしは、これからそこへ回ってみます。ご一緒されますか」

「もちろんです。その前にちょっとまわりをみておきます」彼はカーペットと窓を調べた。「その男はものすごく足が長いか、すごく活発な男ですね」彼は言った。「間に地下勝手口があるのですから窓の出っ張っているところに手をかけ、窓を開けるのは大変だったでしょう。帰りは比較的簡単でしょうが。ハーカさん、ご一緒にいかがです、あなたの胸像の残骸を見にいきませんか」

　憂うつそうなジャーナリストは書き物机のまえに座っていた。

「この事件から、何かものにしなくてはいけませんからね」彼は言った。「夕刊の第一刷は詳しい記事を載《の》せて、すでに印刷されてしまっているに違いない(174)でしょうがね。まあ、運がないのですよ。ドンカスターで観客席がくずれた時のことをご記憶ですか。そう、わたしは観客席にいたただ一人のジャーナリストで、わたしの新聞は、その事件の記事が載っていない唯一の新聞だった。わたしは震《ふる》えてしまって書くどころではありませんでしたよ。そして今、自分の家の玄関先で起こった殺人の記事を書くのにも遅れをとってしまった」

われわれが部屋を出る時、かれのペンがフールスキャップ判の紙の上をきいきい言いながらすべっていくのが聞こえた。

胸像の破片が見つかった場所は、ほんの二、三百ヤード（約一八〇～二七〇メートル）しか離れていなかった。誰だか知らない人間の心に、あのように狂気じみた破壊的憎しみをかきたてるらしい、偉大な皇帝の姿に、われわれは初めておめにかかった。それは草の上で粉々に砕けて散っていた。ホームズは破片のいくつかを拾い上げると、注意深く調べていた。彼の熱心な顔つきと目的をもって行動しているようすから、ついに手がかりをつかんだのだとわたしは確信した。

「どうですかな」レストレイドが尋ねた。

ホームズは肩をすくめた。

「まだ先は長いですね」彼は言った。「まだまだ――まだまだです――ですが、これからとるべき行動を示唆《しさ》してくれるような事実がいくつかあります。この、たいしたことのない胸像を手に入れることが、この奇妙な犯人にとっては人の命より価値があるようだということ。それが一点。それから、胸像を壊すことだけが目的とすれば、家の中とか、家のすぐ外で壊していない点が実に奇妙です」

「もう一人の男があらわれて、あわてて急いだのではないかな。自分で何をしているのかわからなかったのでしょうね」

「まあ、それはありえることです。けれども、この家の位置に特に注意してほしいです。そこの庭で胸像が壊されたわけです」

　レストレイドはあたりを見渡した。

「ここは空き家で、だから庭にいても邪魔されることがないとわかっていたのでしょう」

「そうです。けれども、道のもっと上のほう、ここへ来るまでに、彼が通り過ぎたに違いない、もう一軒の空き家があります。どうして、彼はそこで胸像を壊さなかったのでしょうかね。胸像を抱えて歩きまわればまわるほど、誰かと会う危険が増すのははっきりしているのにです」

「お手上げですよ」と、レストレイドは言った。

　ホームズはわれわれの頭の上の街灯を指差した。

「ここなら自分がしていることが見えるが、あそこでは見えない。それが理由です」

「なるほどね。それはそうだ」警部は言った。「考えてみると、バーニコット氏の胸像は、彼の赤いランプ[175]からそれほど離れていないところで壊されていた。さて、ホームズさん、この事実をどう考えればいいのでしょうかね」

「覚えておく——そして、記録しておくのです。後で関係ある何かに巡《めぐ》り合うかもし

れません。次はどうするのですか、レストレイド?」
「その何かに到達する一番現実的な道は、わたしの考えでは、死んだ男の身元をつきとめることです。それは難しくないでしょう。彼が誰なのかがわかって、彼の仲間がわかれば、昨夜ピット街で彼が何をしていたか、そして、ホレス・ハーカ氏の玄関の

階段で彼に会って、彼を殺したのが誰かを知るためのいい出発点になるでしょう。そうは思いませんか」

「その通りです。けれども、それは、わたしが事件に取り組む方法とは少し違います」

「それでは、あなたならどうしますか」

「まあ、いずれにしてもあなたの方法を左右するようなことはよくありません。あなたは自分の方法ですすめて、わたしはわたしの方法でいきましょう。そして、あとで両方のメモを比べて、おたがいに補いあいましょう」

「それはいいですね」レストレイドは言った。

「もしピット街に戻るのならホレス・ハーカさんにお会いになりますね。わたしからの伝言だと言ってこうお伝えください。わたしにははっきりわかりました。昨夜、あなたの家にはナポレオンに関して妄想《もうそう》をもった、危険な、殺人狂がいたのはまちがいないと。彼の記事の役に立つでしょう」

レストレイドは目をみはった。

「まじめにそう信じたわけではないですよね」

ホームズはほほ笑んだ。

「どうですかね。まあ、たぶん本気ではありませんが。しかし、ホレス・ハーカさんやセントラル・プレス・シンディケートの購読者は興味を持つと思いますよ。さて、ワトスン、これから長くて、やや複雑な仕事になると思うよ。レストレイド、もしよかったら、今夕、六時に、ベイカー街に来てもらえませんか。それまで、死んだ男のポケットに入っていたこの写真を預からせてください。わたしの一連の推理が正しければ、今夜はちょっとした遠征をすることになると思うけれど、あなたにも一緒に行って手伝ってもらうことになるかもしれません。ではそれまで、さようなら、がんばってください よ」

シャーロック・ホームズとわたしは一緒にハイ・ストリートまで歩いていった。そして問題の胸像を売ったハーディング・ブラザーズの店に立ち寄った。若い助手の話では、ハーディング氏は昼まで留守で、自分は新入りなので何も答えられないという。ホームズはがっかりし、困った顔になった。

「まあ、まあ、ワトスン、何でも自分の思いどおりになると思ってはいけないようだね」ようやく彼は言った。「ハーディング氏が昼まで留守ということなら、午後に戻ってこなくてはならない。きっと君も推察《すいさつ》しているだろうけれど、ぼくは胸像がたどった珍しい運命を説明する、何か変わった事実があるかどうかを見つけるために、胸像の出所をたどろうとしているのだよ。それでは、この問題の解決に役立つ何か手がかりの一つでももらえないかどうか、ケニントン・ロードのモース・ハドスンのところへ行って、調べてみよう」

馬車に一時間揺られて、その画商の店に着いた。かれは小太りで、顔が赤く、いらいらした態度の男だった。

「はい、そうです。まさにこのカウンターのうえにあったのです」と彼は言った。「ごろつきがやってきて商品を壊していくなんて、なんのために地方税や国税を払っているのかわかりませんよ。そう、バーニコット先生に胸像を二つ売ったのはわたしです。とんでもないやつらです！　ニヒリストの仕業《しわざ》です。わたしはそう思います。像を壊して回るのは無政府主義者のほかにはいないですよ。赤の共和主義者。わたしはそう呼んでいます。像を誰から手にいれたかですって？　関係ないと思うんですがねえ。そうですね、まあ、本当にお知りになりたいとおっしゃるのなら言いますがステップニーにあるチャーチ街[176]のゲルダー商会[177]から買いましたよ。あそこはこの商売では有名な会社でね、二十年もつづいています。いくつ買ったかですって？　三つですよ――二たす一は三――バーニコット先生のところに二つ、そして、もうひとつは真っ昼間に、わたしの店のカウンターの上で粉々にされた。この写真[178]に見覚えがあるかですって。いや、ないですよ。あっ、わかった。なんだ、ベッポじゃないか。彼は、つまり、イタリア人の出来高払いの雇人《やといにん》でして、店で重宝に使っていました。彼は彫《ちょう》刻《こく》が少しできるし、枠を金色にぬったり、細かい仕事をしていました。先週店をやめて、それからは噂《うわさ》を聞きませんね。どこから来たとか、どこへ行ったかは知りませんよ。ここにいる間は、別に問題はなかったですがね。胸像が壊される二日前に出ていきました」

「さてと、モース・ハドスンから引き出せるのは、まあこんなところだろうね」店から出てくるとホームズは言った。「ケニントンとケンジントンの両方に共通な、ベッポをつかんだのだから、十マイル（約十六キロメートル）馬車に揺られてきたかいもあったというものだ。さて、ワトスン、胸像の出どころの、ステップニーのゲルダー商会へ行ってみようか。あそこで何もつかめない、ということがあれば、おどろきさ」

　わたしたちはファッションのロンドン、ホテルのロンドン、劇場のロンドン、文学のロンドン、商業のロンドン、そして最後に海運のロンドンの[179]街を次々と通り過ぎ、川沿いの町についた。そこの安アパートにはヨーロッパから流れてきた人たち十万の生命が暑さにうだり、湯気をたてていた。この、かつては市の金持ちの商人たちの住まいだった広い通りに、われわれが探していた彫刻工場があった。外はかなり広い庭で、記念碑《きねんひ》用の石の作品があふれていた。中は広い部屋で、五十人の職人が彫ったり、型をとったりしていた。支配人の、大きな金髪のドイツ人が、わたしたちをていねいに迎えてくれ、ホームズの質問にすべてできぱきと答えた。彼の台帳によると、ドゥヴィーヌのナポレオンの胸像の大理石の複製から数百の石膏像が造られている。しかし、一年位前にモース・ハドスンに送られた三つの像は一緒に造られた六個のうちの半分で、残りの半分はケンジントンのハーディング・ブラザーズに送られた。この六つがほかの石膏像と違っている理由は何もないということだった。支配人は、誰かが像を壊したがる理由を考えつかなかった。実際に彼はそのような考えを笑い飛ばした。卸値は六シリング（約七二〇〇円）だが、小売の店では十二シリングかそれ以上とるだろう。石膏型は顔の両側それぞれの二つの型をとり、それから焼き石膏の横顔二つをくっつけて、完全な胸像をつくる。作業は普通わたしたちがいるこの部屋のイタリア人たちによって行なわれる。作業が終わると胸像を乾燥《かんそう》させるためにテーブルの上に置き、その後、倉庫にしまわれる。支配人の話はこれで全部であった。

けれども、写真を取り出して見せると、支配人の様子が目に見えて変わった。顔を怒りで真っ赤にし、ドイツ人は青い瞳《ひとみ》の上の眉をひそめた。

「ああ、悪党め！」彼は叫んだ。「ええ、本当に、彼ならよく知っていますよ。ここはずっとまともな工場でした。ここに警察が来たのは、まさにこいつのためだ。今から一年以上前になります。奴は通りで別のイタリア人をナイフで刺して、警察に追われ、工場へ逃げてきて、ここでつかまったんですよ。ベッポっていうのがやつの名前だ。姓《せい》のほうはまったく知らない。こんな顔の男を雇った報《むく》いだ。けど、やつは腕の

いい職人だった——腕の良さじゃあ右に出るものはいなかったね」

「どういう刑罰だったのですか」

「刺された男は命を取り止めたので、一年の刑で済みましたよ。今頃は、もう出ているはずです。けれど、ずうずうしく、ここに顔を出せるはずがない。ここに奴のいとこが働いているから、奴の居場所はわかると思いますよ」

「いやいや」ホームズは叫んだ。「彼のいとこには何も言わないでください、何も。頼みますよ。事は重大で、調べれば調べるほど、ますます重大になるようです。台帳でこの石膏像を売った時のことを調べた時、その日付は去年の六月三日でしたね。ベッポが逮捕された日付はわかりますか?」

「給料の支払い記録を見れば、おおよそはわかります」支配人は答えた。「そうですね」彼は記録のページを何枚かめくってみてから話を続けた。「彼に最後の支払いをしたのは五月二十日でした」

「ありがとうございました」と、ホームズは言った。「もうこれ以上、あなたのお時間をいただき、お邪魔する必要はないと思います」わたしたちが調査しているということは他言しないようにと最後に注意をして、わたしたちは再び西へと向かった。

レストランで急いで軽い昼食をとることができたのは、もう午後もだいぶ経ってからのことだった。レストランの入り口の新聞の宣伝ビラには、「ケンジントンの惨劇《さんげき》。狂人による殺人」と書いてあり、新聞を読んでみると、結局、ホレス・ハーカ氏は自分の記事を載せることができたようであった。新聞紙面の二段にわたって、事件全体がかなりセンセーショナルに、華やかな表現で書いてあった。ホームズは食事の間、これを薬味スタンドに立てかけて読んでいた。一、二度彼はくすくすと笑った。

「これはすごいよ、ワトスン」彼は言った。「聞いてほしいよ。『この事件について意見の食い違いがないことは喜ばしいことである。警察当局の最も経験ある一員のレストレイド氏と高名な諮問《しもん》探偵であるシャーロック・ホームズ氏の両者とも、あんなに悲劇的な形に終わった一連のグロテスクな事件は、計画的な犯罪というよりも、狂気から起こったものであるという結論に達している。精神異常以外に事実を説明できるものはない』ワトスン、新聞というものは、使い方を知っていれば、これほど役に立つ機関はないね。さて、君が食べ終わったら、出発点のケンジントンに戻って、ハーディング・ブラザーズの支配人が事件についてどう言うか聞いてみよう」

あの大商店の創始者は、頭の良い、口もよくまわり、元気の良い、てきぱきした小がらな人物で、きびきびと、動きの敏捷な人であった。

「はい、事件のことは夕刊で読みました。ホレス・ハーカさんはわたくしどものお得意様です。何ヶ月か前に胸像をお売り致しました。ステップニーのゲルダー商会にあの手の胸像を三体注文しました。これまでに、全部売れております。売った先ですか。そう、売りあげ台帳を見れば、簡単にわかると思います。はい、すべてここに記入してございます。一つは、このとおり、ハーカさんに、一つはチズウィック、ラバーナム・ヴェイル、ラバーナム・ロッジ(180)のジョサイア・ブラウンさんに、一つはレディングにあるロウアー・グローヴ・ロードのサンドフォードさんにお売りしています。いいえ、あなたがお持ちの写真の男に見覚えはありません。なかなか忘れられない顔じゃあないですか？　そうでしょう？　このようないやな顔は見たことがありません。使用人のなかにイタリア人がいるかですって？　はい、職人や掃除人のなかに何人かおります。売上台帳をのぞこうと思えば彼らものぞけます。見られないように台帳を見張っていなくてはならない特別な理由は何もありません。さて、さて、まったく変な事件だ。あなたの調査で何かわかりましたら、わたしにもお教えいただけるとうれしいです」

ホームズはハーディング氏が話している間いくつかメモをとっていたが、事件の進み具合に彼が完全に満足しているのがわかった。ただ、急がないとレストレイドとの約束に遅れると言っただけで、ほかに彼は何も意見は言わなかった。案の定、ベイカー街についてみると、レストレイドはすでに来ていて、いらいらして歩きまわっていた。もったいぶった彼のようすから、彼の一日の仕事は無駄ではなかったことがわかった。

「どうです」彼は尋ねた。「首尾はいかがでしたかな、ホームズさん」

「なかなか忙しい一日でしたが、無駄ではありませんでした」わが友は説明した。「小売り業者二人と、卸《おろし》製造業者に会ってきました。胸像ひとつひとつがたどった道を最初からたどることができます」

「胸像ですって！」と、レストレイドは叫んだ。「まあ、まあ、シャーロック・ホームズさん、あなたにはあなたのやり方がある。それにけちをつけるつもりはありません。ただ、わたしのほうがあなたよりよい仕事をしたと思いますよ。死んだ男の身元をつきとめました」

「まさか！」

「それに、犯行の動機もわかりました」

「すばらしい！」

「サフロン・ヒルやイタリア人地区[181]を専門にする警部がいるのです。それで、この死んだ男は首からカトリックのおメダイ[182]をさげていたのと、皮膚《ひふ》の色から、南の出身と考えたわけです。ヒル警部は彼を見た途端《とたん》すぐにわかりました。名前はピエトロ・ヴェヌッチといって、ナポリ出身で、ロンドンでは名の知れた殺し屋でした。彼はマフィアとつながっていて[183]、ご存じのように、マフィアは命令に従わなければ殺してしまう秘密政治結社です。さて、事件ははっきりしてきたでしょう。もう一人も、おそらくイタリア人で、マフィアの一員です。彼は何かの具合で掟《おきて》を破った。ピエトロは彼の後を追うように命令されたのです。ポケットに入っていた写真はたぶん相手の顔写真で、間違って別の人間を刺さないためです。彼を尾行して、家に入るのをみた。そして、外で待ちぶせして、とっ組み合ううちに自分のほうが刺されてしまったというわけだ。どうです、シャーロック・ホームズさん？」

ホームズは感心したように手をたたいた。

「みごとだ、レストレイド、みごとです！」彼は叫んだ。「しかし、あなたの説明では胸像が壊された理由がよくわかりませんね」

「胸像！　あなたはまだ胸像のことが忘れられないのですか。結局、あれは何でもないのですよ。ちっぽけな窃盗罪《せっとうざい》で、せいぜい六ヶ月くらうだけですよ。わたしたちが捜査しているのは殺人事件で、わたしは解決の糸口を全部この手に集めつつあるんです」

「それで次は?」

「とても簡単なことです。ヒルやイタリア人地区へ行って、写真の男を探し、殺人罪で逮捕します。一緒にいかがですかな」

「やめておきましょう。わたしたちは、もっと簡単な方法で目的を達することができると思うのです。確かなことは言えませんが、それは、ただただ、そう、ただひたすら、わたしたちの力ではどうすることもできない、ある要因しだいだからです。しかし、わたしはおおいに望みを持っています。事実、二対一で賭《か》けてもいい。今夜わたしたちといらっしゃれば、彼を投獄するお手伝いができるでしょう」

「イタリア人地区でですか?」

「いいえ。彼を発見できそうな場所はチズウィックだと思います。レストレイド、今夜わたしと一緒にチズウィックへ行ってくれたら、明日は、必ずあなたと一緒にイタリア人地区に行きましょう。一日遅れても、大した害はないでしょう。十一時前に出かけるつもりはありませんし、朝まで帰ってこられないと思いますので、ここで二、三時間眠っておいたほうがいいでしょう。夕食は一緒にしましょう、レストレイド。そして出発までソファを使ってください。それから、ワトスン、至急便(184)のメッセージ・ボーイを呼んでくれないかな。届けてほしい手紙があるのだ。すぐ届けることが大事なのでね」

　ホームズは夕方ずっと、物置部屋のひとつを占領《せんりょう》している、古い新聞のファイルをひっかきまわしていた。ようやく下に降りて来た時には、目に勝ち誇ったようすを浮かべていたが、探し物の結果についてはわたしにもレストレイドにも何も言わなかった。わたしのほうは、ホームズがこの複雑な事件を右に左にまがりつつたどってきた、かれのやり方に一歩一歩ついてきた。わたしたちが到達するゴールが、わたしにはまだわかっていないが、このグロテスクな犯人が、残りの胸像二つを狙《ねら》うにちがいない、とホームズが考えていることははっきりわかった。胸像の一つは記憶によればチズウィックにあった。まちがいなくわれわれの旅の目的は犯人を現行犯逮捕することだ。犯人に自分の計画を無事に続けることができると思わせるように、夕刊にまちがった情報を流したホームズの抜け目のなさにはただただ感心するばかりだった。ホームズが拳銃を持っていくようにと言っても、わたしは驚かなかった。彼も鉛をつめた狩猟用の乗馬むち(185)を手にとった。彼のお気に入りの武器だ。

　十一時に四輪馬車が家の前に迎えに来た。それに乗ってわれわれはハマースミス・ブリッジの反対側のある場所(186)までやって来た。馭者《ぎょしゃ》はここで待つように指示された。しばらく歩いて、一戸建ての感じの良い家が立ち並ぶ、人目につかない道へ出た。家の門柱のひとつに、「ラバーナム・ヴィラ」と書いてあるのが、街灯の明りで読めた。家人たちはたしかに寝てしまったようだ。玄関のドアの上の明りとり以外は真っ暗で、そこからぼんやりとした光の輪が庭の小道の上を照らしていた。道と敷地を分ける木製の柵が内側に黒く、濃い影を落としていたので、わたしたちはそこに身をひそめていた。

「長いあいだ待たなくてはいけないかもしれません」ホームズがささやいた。「雨でなくてよかった。星に感謝しなくてはね。時間潰しにパイプをやるわけにもいかないし。けれども、この苦労が報われるかどうかは二対一のチャンスです」

しかし、われわれの寝ずの番は、ホームズがおどかしたほどは長くかからなかった。それは突然、おかしな方法で終わった。あっという間に、やって来る何の前触れの音もまったくしないまま、庭の戸がさっと開いて、しなやかな、黒い影が、まるで猿のようにすばやく、敏捷に、庭の小道を走っていった。ドアの上からさしかける光をさっとよけて走りすぎ、家の黒い影のなかに隠れるのをみた。長いこと何の音もしなかった。その間、わたしたちはじっと息をつめていた。そして、ごくかすかな、何かきしるような音が聞こえてきた。窓が開けられているのだ。音が止んだ。そして再び長い沈黙。家に入ったのだ。突然部屋の中に、ダークランタンの明りがみえた。探し物はそこにはなかったようで、次の部屋のブラインドから明りが見え、また次の部屋のブラインドから明りが見えた。

「開いている窓のところへ行こう。彼が出てくるところをつかまえるのだ」と、レストレイドがささやいた。

けれども、わたしたちが動く前に男は再び姿をあらわした。ちらちらする光の中に現われた時、腕に何か白い物を抱えているのが見えた。彼はそっとあたりを見渡した。人通りの絶えた道は静かで、安心したようだ。わたしたちに背中を向けると、荷物を下に置き、次の瞬間するどく打ちつける音がし、続いてガラガラガッチャンという音がした。彼は自分がしていることに夢中で、わたしたちが草地をそっと歩いて忍び寄った足音は、まったく聞こえなかったようだ。トラのようにホームズが彼の背中に飛びかかり、レストレイドとわたしがすぐに手首をつかみ、手錠《てじょう》をかけた。彼の顔をこっちへ向けさせると、見るも恐ろしい、土気色の顔で、ねじまがった、すさまじい顔つきでわたしたちをにらんでいた。わたしたちが捕らえたのは確かに写真の男だとわかった。

けれども、ホームズが注目していたのは犯人ではなかった。入り口の階段にはいつくばって、ホームズは犯人が家から持ち出したものを、最大限注意深く調べていた。それは、あの朝見たのと同じようなナポレオンの胸像であった。そして、それも同じように粉々に壊されていた。ホームズは注意して破片を一つずつ明りにかざしてみていたが、どれもほかの石膏の破片とまったく変わるところがなかった。ホームズが調べ終わった時、玄関の明りがぱっとついて、ドアが開き、家の主である、陽気で、丸々と太った男が、シャツとズボン姿で現れた。

「ジョサイア・ブラウンさん、ですね」と、ホームズが言った。

「はい、そうです。あなたは、シャーロック・ホームズさん？　至急便のメッセンジャーで届けてくださった手紙を受け取り、おっしゃるとおりにしました。内側から全部のドアに鍵《かぎ》をかけ、どういうことになるか待ち構えていました。それで、悪者をつかまえられたようでよかったです。どうぞ、みなさんお入りになって、ちょっと何か召《め》し上がってください」

しかし、レストレイドが早く犯人を安全なところに移したがったので、すぐに馬車を呼び、四人そろってロンドンへ向かった。犯人は一言も口をきかなかった。ただ、もじゃもじゃの髪のかげから、わたしたちをにらみつけていた。一度など、わたしの手が彼から届くところにあると思ったらしく、腹のへった狼《おおかみ》のようにかみつきそうになった。わたしたちは警察で待っていた。彼の服を検査した結果、二、三シリングと長いさやのナイフしか見つからず、その柄には、まだ新しい血の跡がたくさん残っていた、ということであった。

「うまくいったよ」レストレイドは別れ際に言った。「ヒルではこういう連中を、みんな知っているから、彼の名前はわかるだろう。わたしのマフィア理論でうまくいくと思いますよ。でも、ホームズさん、あなたは彼をつかまえてくれた、あなたの職人のようなやり方にはたいへん感謝しています。まだよくわからないことがありますがね」

「説明するには、時刻が遅すぎるようです」と、ホームズが言った。「それに、まだ解決していない点が一つ、二つありますし、これは最後まで徹底的に調べる価値のある事件です。明日、六時にもう一度わたしの部屋に来てくだされば、今の時点ではまだこの事件の全体の意味がつかめていないのだということを説明してさしあげることができると思います。なにしろ、この事件は犯罪史上まったく類をみないものとなるいくつかの特徴を持っているのです。ワトスン、もしぼくのささやかな事件の記録を君に残してもらうことを許したら、ナポレオンの胸像という風変わりなこの事件の話は、君の書くものにきっと活気を与えると思うね」

わたしたちが翌日の夕方レストレイドに会った時、彼は例の犯人について、さらに情報を仕入れていた。名前はベッポというらしいが、姓のほうはわからない。イタリア人街では名の知れたならず者だった。かつては腕のいい彫刻師で、まじめに稼《かせ》いでくらしていたことがあったのだが、悪の道に転落していって、すでに二回も刑務所に入っている——一回は小さな盗み、一回は、もうすでに聞き及びの、同国人を刺したためであった。彼は完璧な英語を話すことができた。胸像を何故《なぜ》こわしたのかはまだわかっていないし、これについてどんな質問に答えることも拒否している。警察が調べたところによると、ベッポはゲルダー商会の工場では胸像を扱っていたので、これらの胸像はやつ自身が造ったのかもしれない。こういう情報のほとんどは、わたしたちはすでに知っていたが、ホームズはていねいな態度で耳を傾けていた。しかし、ホームズをよく知っているわたしには、彼が別のことを考えていることがはっきりわかった。彼がよく身につけている仮面の下に、不安と期待感が混じったものがあるのを、わたしは見てとっていた。ようやく、ホームズが椅子のなかで体を動かし、目が輝いた。呼びりんが鳴ったのだ。一分後に階段に足音が聞こえた。そして、ほほひげに白いものが混じった、赤ら顔の年配の男が案内されてきた。右手に流行遅れの旅行鞄を持っていたが、それをテーブルの上に置いた。

「シャーロック・ホームズさんはこちらですかな」

わが友人は頭を下げ、笑った。「レディングのサンドフォードさんですね？」と彼は言った。

「はい、そうです。少し遅れてしまいました。汽車の連絡が悪かったもので。わたしが持っている胸像のことでお手紙をいただきました」

「そのとおりです」

「あなたのお手紙を持ってきました。『ドゥヴィーヌのナポレオン像の複製を手に入れたいと考えております。そして、あなたさま所有の像に十ポンド（約二四万円）お支払いする用意があります』と書いてありますが、まちがいありませんか」

「そのとおりです」

「わたしがこういうものを所有していることを、どうしてお知りになったのか考えつかなくて、あなたのお手紙を頂いてびっくりしています」

「驚かれるのも当然です。でも、説明は簡単にできます。ハーディング・ブラザーズのハーディングさんが最後の複製をあなたに売ったと話してくれ、あなたの住所を教えてくれたのです」

「ああ、そうだったのですか。わたしがいくら払って買ったのかは話しましたか」

「いいえ、聞いていません」

「そう、わたしは金持ちではありませんが、正直な人間です。わたしは胸像に十五シリング（約一万八〇〇〇円）払っただけです。あなたから十ポンド頂く前に、あなたにこのことをお知らせしておくべきだと思ったのです」

「サンドフォードさん、あなたの態度はみあげたものです。けれども、これはわたしがつけた値段ですから、あくまでもその額でお願いします」

「それは、ホームズさん、気前のよいことで。あなたのご依頼通り、胸像を持ってきました。さあ、これです！」

彼はかばんを開け、わたしたちは一度ならず粉々になったものを見たことがある、例の胸像の完全な形がテーブルの上に置かれるのをついに見た。

ホームズはポケットから一枚の紙を取り出し、テーブルの上に十ポンド紙幣《しへい》を置いた。

「サンドフォードさん、おそれいりますが、この証人たちの前で、この紙に署名してくださいませんか。胸像に関して所有していたあらゆる権利をわたしにゆずり渡す、というものにすぎません。わたしは几帳面《きちょうめん》な人間で、状況があとでどうなるかわかりませんからね。ありがとうございます、サンドフォードさん。こちらが代金です。それでは、ごきげんよう」

客の姿が見えなくなるや、シャーロック・ホームズのとった行動に、わたしたちの目は釘《くぎ》づけになってしまった。彼はまず引き出しからきれいな白い布を取り出すと、テーブルの上に広げた。そしてかれが新たに手に入れた胸像を布の中心に置いたのである。その後で、狩猟用の乗馬むちを手にとり、ナポレオン像の頭上に鋭い一撃を加えた。像は粉々に砕けた。ホームズは砕けた破片の上に身をかがめて熱心に見ていた。その次の瞬間、勝ち誇ったように大きな叫び声をあげると、ホームズはかけらの一つを取り上げてみせた。その中にまるでプディングのなかのプラムのように、丸くて、黒いものが付いていた。

「みなさん」彼が叫んだ。「これがボルジア家の有名な黒真珠《くろしんじゅ》(187)です！」

レストレイドとわたしはしばらく黙ってすわっていた。そして、自然の衝動で、わたしたちはよく書けた芝居の山場にするように、拍手をしていた。ホームズの青白いほほにサッと赤みがさし、観客の賞賛を受ける大劇作家のように、わたしたちに挨拶《あいさつ》した。彼がほんの短い間でも論理的な機械人間であることをやめ、賞賛や拍手を好む、人間らしさをうっかり表わすのはこういう瞬間だった。通俗的な評判を軽蔑《けいべつ》して、そこから顔をそむける、非常に誇り高く、控え目な性格の人間でも、友人の自然な驚きや賞賛によって深く心を動かされることがあるのだ。

「そうなのです、みなさん」彼は言った、「世界に現存する最も有名な真珠(188)です。ぼくは幸運にも、一連の帰納的《きのうてき》推理によって、その真珠が盗まれたデイカ・ホテルのコロナ公[189]の寝室から、ステップニーのゲルダー商会で造られたナポレオンの六つの胸像の最後の一つの中へ入るまでの道すじをたどることができたのです。レストレイド、覚えているでしょう、この高価な宝石が紛失した時の大騒ぎと、ロンドン警察がそれを取り戻そうとして失敗したことを。わたしもこの件で相談されましたが、解決の手がかりを与えることができなかった。公妃のイタリア人メイドに疑いがかかり、メイドにはロンドンに兄がいるということがわかったけれど、二人の間のつながりを何もつかむことができなかった。メイドの名前はリュクリーシア・ヴェヌッチ。二日前の夜殺された、あのピエトロがその兄に違いないと思っています。新聞の古いファイルで日付を調べ、真珠がなくなったのはベッポがある暴行事件でつかまるちょうど二日前だったことがわかりました。つかまったのはゲルダー商会の工場の中で、ちょうどその時これらの胸像が造られているところだったのです。さて、事件のつながりがはっきりおわかりでしょう。もちろん、わたしの目に明らかになっていったのとは逆の順序ですけれどね。ベッポが真珠を持っていたのです。ピエトロから盗んだのかもしれないし、彼はピエトロの共犯者だったのかもしれないし、ピエトロと妹の連絡係だったのかもしれない。どれが正しい答えかはわたしたちには関係ありません。

　大事な事実は、彼が真珠を持っていたということです。そして、彼が真珠を身につけていたちょうどその時に、彼は警察に追われたのでした。彼は自分が働いている工場に逃げ込みました。この非常に高価な獲物を隠すのにほんの二、三分しかないことを彼は知っていました。隠さなければ、身体検査された時にみつかってしまう。ちょうど、六個のナポレオンの石膏像が廊下で乾かされているところでした。ひとつはまだ柔らかかった。腕のいい職人だったベッポはとっさにまだ乾いていない石膏に小さな穴をあけ、真珠を落とした。そしてちょっとおさえて開いていた穴をかくした。立派な隠し場所でした。誰にも見つけられないでしょう。しかし、ベッポは一年の禁固《きんこ》刑《けい》になり、その間に、彼の六個の胸像はロンドン中に散らばってしまいました。どれに、彼の宝が入っているのかわからなかった。こわさなくてはわからない。像を振ってみても何も分からないでしょう。石膏がまだ乾いていなかったから真珠は像にくっついてしまうかもしれないのですし、事実そうなっていましたが。ベッポは諦めずに、かなり巧妙《こうみょう》に、忍耐強く、探し続けた。ゲルダーで働いている従兄弟《いとこ》を通して、彼は胸像を買った小売店をつきとめた。そこで、何とかモース・ハドスンに雇ってもらい、そして三個の持ち主を探し出した。真珠はそこにはなかった。そしてイタリア人の従業員の助けで残りの三個の行き先も見つけ出すことができた。最初のはハーカのところにあった。そこでは、真珠の紛失はかれの仕業だと思っていた共犯者に尾行され、その後の取っ組み合いで共犯者を刺したのです」

「もし、彼が共犯者だったら、どうして彼の写真を持っていなくてはならなかったのだろうか」わたしは尋ねた。

「第三者に尋ねながら、彼を追いかける手段としてだね。それははっきりした理由からだよ。さて、殺人の後ベッポは、行動を遅らせるより、たぶん急ぐだろうと予測しました。彼は警察が自分の秘密をあばくのではないか、とおそれるだろう。警察に先を越されないために急いだのだろうね。もちろん、ハーカの胸像の中に真珠を見つけなかったとはぼくには言い切れなかった。物が真珠なのかどうかということもはっきりと決まったわけではなかった。けれども、彼が何かを探しているのは明らかだった。街灯の光がさす庭で壊すために、ほかの家を通り過ぎて、胸像を運んでいたからね。ハーカの胸像は三個のうちの一つだから、ちょうど、わたしが言ったとおり、真珠がその中にある可能性は二対一だった。あと二個残っていたが、彼がロンドンのものをまず狙うのは明らかだった。そこで、わたしは第二の悲劇を避けるために、その家の住人に前もって知らせておき、わたしたちが出かけて行って、最高の結果になったというわけです。もちろん、その頃にはわたしたちが追いかけているのはボルジアの真珠であることははっきりわかっていました。殺された男の名前が二つの事件を結びつけたのです。あと、たった一つしか胸像は残っていない――レディングのものです。真珠はその中にあるに違いない。そこで、あなたがたのいる前で、わたしは所有者からそれを買い取りました。そして、そこにあるのがそれです」

しばらくわれわれは黙ったまま座っていた。

「さて」と、レストレイドは言った。「ホームズさん、あなたがたくさんの事件を扱うのを見てきましたが、これほどの名人芸にはお目にかかったことがありません。スコットランド・ヤードでも嫉妬《しっと》するようなことはありません。いや、わたしたちはあなたを誇りに思っています。もし、明日、お出でになれば、最年長の警部から最も若い巡査まで、あなたと喜んで握手しようとしない者は一人もいないでしょうな」

「ありがとう！」ホームズは言った。「ありがとう！」そして彼は顔をそむけた。彼はこれまでにない、やさしい、人間的感情に動かされそうになったようだ。一瞬ののち、彼はまた冷静で、実際的な思索家に戻っていた。「ワトスン、真珠を金庫に入れておいてくれたまえ」彼は言った。「そして、コンク・シングルトンの偽造《ぎぞう》(190)事件の書類を出してくれたまえ。では、ごきげんよう、レストレイド。もし、何か小さな問題が起きて、わたしにできることなら、喜んで解決のためのヒントを一つ、二つ、お教えしますよ」

三人の学生

一八九五年は、あらためてここに書く必要もないだろうが、いろいろなできごとが重なったため、シャーロック・ホームズ氏とわたしは有名な大学町の一つ[191]で数週間を過ごすことになった。今から語ろうと思う、ささやかだが教訓に満ちた事件に出会ったのは、この時であった。それがどこの大学で犯人が誰なのか、読者にはっきりわかるように細かく書くのは、軽率《けいそつ》でもあるし、礼儀知らずということにもなろう。あのような痛ましいスキャンダルは、人々の記憶から消え去ったほうがいいのだ。しかし、ホームズが卓越《たくえつ》したその能力をかいまみせた事件でもあるので、細心の注意さえ払えば、事件そのものについて述べてもかまわないだろう。これから語る話の中では、事件が起きた場所を特定したり、関係した人々を知る手がかりとなりそうな言葉を使わないようにするつもりである。

わたしたちは、当時、図書館[192]に近い家具調度付きの下宿に滞在していた。シャーロック・ホームズがそこで、イングランド初期の勅許状《ちょっきょじょう》[193]に関する面倒な研究を進めていたからである——この研究は将来、わたしの物語の主題になるような、たいへん素晴らしい成果を生んだ。そういうある夜、わたしたちはある知人の訪問を受けた。聖ルカ・カレッジ(194)の個人指導教授兼講師、ヒルトン・ソウムズ氏である。ソウムズ氏はやせて背が高く、神経質で、激しやすい性格だった。以前から落ちつきのない人物だとは思っていたが、特にこの時はどうにも動揺が抑えられないというようすで、明らかに何かただならぬ事態が起きたようであった。

「ホームズさん、数時間でけっこうですから、貴重なお時間を割いていただけませんか。聖ルカ・カレッジでたいへん難しい事件が起きまして、さいわいにも、あなたが町にいらっしゃったからよかったものの、さもなければどうすればいいか、ほとほと困り果てたところです」

「今は少々忙しいので、他のことで気を散らしたくないのです」と、ホームズは答えた。「警察の手を借りてはいかがですか」

「いえ、いえ、それはダメです。警察の手を借りるようなことは、絶対にできません。いったん警察沙《ざ》汰《た》にしたら、もう止めようがありません。大学の信用にかけても、絶対スキャンダルにはしたくない事件なのです。あなたはその才能だけでなく、慎重なことでも有名な方です。世界中であなたしか、わたしを助けることはできないのです。お願いです、ホームズさん、力を貸してください」

ベイカー街の住み慣れた環境を離れて以来ホームズの機嫌はあまり良くなかった。

あのスクラップブックや、化学実験道具や、心地のよい乱雑さがないと、落ちつかないのだ。彼がいかにも仕方がないというふうに、肩をすくめると、相手はここぞとばかりにひどく興奮《こうふん》した身ぶりで、早口に、話し始めた。

「ホームズさん、ご説明しないといけないでしょうが、明日はフォーテスキュー奨学《しょうがく》金《きん》[195]試験の初日で、わたしも試験官の一人になっています。わたしの担当科目はギリシャ語で、試験の一枚目は志願者が見たことのないギリシャ語の長文を英語に翻訳するのです。この長文は試験用紙に印刷されていて、もし志願者が事前に何が出るか知っていれば、当然、非常に有利になるでしょう。そのため、試験用紙は細心の注意を払って極秘に保管されています。

今日の三時頃のことです、印刷屋からこの試験の校正刷《こうせいず》りが届きました。この問題はツキディデス[196]のある章の半分です。原文には絶対に誤りがあってはならないので、わたしは入念に読み返さねばなりません。四時三十分になっても、その仕事はまだ終わりませんでした。しかし、友人の部屋でお茶を飲む約束をしていたので、校正刷りを机の上に置いたまま部屋を出て、一時間以上部屋を空けました。ホームズさん、カレッジのドアが二重になっていることはご存知ですね——内側のドアは緑色のあらいラシャ張りで、外側は重いオーク材です。外側のドアに近づくと、鍵《かぎ》がさしてあるのでびっくりしました。一瞬、自分の鍵を差しっぱなしにしたのかと思いまししたが、ポケットを探ると、自分のはちゃんとあったのです。私が知る限り、一つしかない合い鍵を持っているのは、使用人のバニスターですが、彼は十年も私の部屋の世話をしている男で、誠実であることはまったく疑う余地もありません。事実、鍵は彼のもので、わたしがお茶を飲むかどうか聞きに部屋に入って、出るときうっかりドアから鍵を抜き忘れたことがわかりました。彼が部屋に入ったのは、わたしが出てからほんの数分後のことだったに違いありません。他の場合だったら、鍵を忘れてもたいした問題にはならなかったでしょうが、この日だけは悔やんでも悔やみきれない結果となったのでした。

　テーブルを見たとたん、わたしは誰かが試験用紙をいじったことに気づきました。校正刷りは細長い紙で三枚あって、三枚そろえてテーブルの上に置いておきました。それが、一枚は床に落ちており、一枚は窓際のサイド・テーブルに、もう一枚は元の場所にあったのです」

　ホームズは初めて体を動かした。

「一枚めは床に、二枚めは窓際に、そして三枚めは元の場所にあったのですね」と、彼は言った。

「そのとおりです、ホームズさん。驚きですね。どうしてそれを記憶できたのですか」

「どうぞ、その面白い話を続けてください」

「一瞬、わたしはバニスターがけしからんことに試験問題を見たのかと思いました。しかし、彼はそのようなことはしていないと真剣に言いますし、わたしもそれは嘘《うそ》ではないと思いました。他に考えられるのは、誰か部屋の前を通りがかった者が、ドアに鍵をさしてあるのを見て、わたしがいないのを知り、入って試験問題を見たということです。奨学金はとても多額で、大金が係わっているのですから、恥知らずな男が、仲間を出し抜こうと、危険を冒《おか》したとしても不思議ではありません。

バニスターは、今度のことではひどく動転してしまって、試験用紙が確かに誰かにいじられたことがわかった時など、失神《しっしん》しかけたほどです。私は彼にブランディーを少しやり、椅子《いす》に倒れ込んだままにさせておいて、部屋をくまなく調べました。すぐに、試験用紙がくしゃくしゃになっている他にも、侵入者が残した痕跡《こんせき》が見つかりました。窓際のテーブルに、鉛筆を削ったときの削りかすがいくつか見つかったのです。折れた芯《しん》も一緒にありました。明らかに犯人は大急ぎで試験問題を写していて、鉛筆が折れて、削らざるを得なかったのです」

「すばらしい」と、ホームズは、事件に引き込まれるにつれて機嫌が直って言った。「幸運の女神はあなたの味方ですね」

「これだけではないのです。表面に赤い革をきれいに張った新品の書き物机があるのですが、誓《ちか》って言います、バニスターも同じように言うでしょうが、表面は滑らかで、シミ一つありませんでした。そこに三インチ（七・五センチ）ほどの――それも単なる引っかき傷ではない――はっきりとした切り傷があるのです。それだけではなく、テーブルには小さな黒い粘土の塊《かたまり》のようなものもあり、中に細かいおがくずのようなものが混じっていました。これらの痕跡は、試験を写し取った犯人が残したものだと思います。足跡や、犯人の正体を示すような証拠はありませんでした。ほとほと困り果てていたとき、幸いにも突然、あなたがこの町にいらっしゃることに気づき、事件の捜査をお願いしようと、まっすぐここへ来たというわけです。ホームズさん、どうか手をお貸しください！　わたしが難しい立場にいることはおわかりいただけたと思います。犯人を見つけるか、あるいは新たな問題を用意するまで試験を延期するしかないのですが、それには説明が必要でしょうから、恐ろしいスキャンダルになってしまいます。これはカレッジにとどまらず、大学全体に暗雲を投げかけることになるでしょう。まず第一に、事件を人目に触れず、慎重に処理していただきたいのです」

「喜んで調査して、できる限り助言しましょう」と言って、ホームズは立ち上がって外套《がいとう》を羽織《はお》った。「この事件は、まったく面白味に欠ける、というわけではありません。試験問題の校正刷りが届いてから、あなたの部屋へ入った人はいますか」

「はい、同じ階にいるインド人学生のダウラット・ラスという若者が来て、試験について細かいことを聞いていきました」

「その学生も試験を受けるのですか？」

「そうです」

「その時、試験用紙はテーブルの上にありましたか」

「記憶している限りでは、丸めておきました」

「しかし、試験の校正刷りだということに気づいたかもしれませんね」

「そうかもしれません」

「他に部屋に入った人はいませんでしたか」

「いません」

「その校正刷りがそこにあるのを知っていた人はいますか」

「印刷屋以外にはありません」

「バニスターという人物はどうでしょうか」

「いえ、きっと知らなかったでしょう。誰も知らなかったと思います」

「バニスターは今どこにいますか」

「かわいそうに、ひどく具合が悪かったようです。椅子に倒れ込んだので、そのままにしてきました。大急ぎでこちらへ来たものですから」

「ドアは開けたままですか」

「まず、試験用紙だけはしまって、鍵をかけてきました」

「それではこういうことになりますね、ソウムズさん。インド人学生が、丸めてあった紙が試験の校正刷りだということに気づいたのではない限り、それを写した人物は、そこにあるとは知らずに、偶然見つけたということになりますね」

「わたしもそう思います」

ホームズは謎に満ちた微笑を浮かべた。

「そう、では行ってみましょう」と、彼は言った。「ワトスン、君向きの事件ではないようだね――体ではなく、心の問題のようだ。でもいいさ、よかったら一緒に来ないかね。さてと、ソウムズさん、ご一緒しましょう」


依頼人の居間には、長く背の低い格子窓があって、古いカレッジのコケむした中庭に面していた。ゴシック風のアーチ型をしたドアを入ると、すり減った石の階段に出た。一階が個人指導教授の部屋で、二階から四階には、各階に一人ずつ、合計三人の学生が住んでいた。わたしたちが事件の現場に着いた頃には、すでに日も暮れかけていた。ホームズは立ち止まって、熱心に窓を眺めていたが、やがて窓に近づくと、爪先立ちで首を伸ばし、部屋の中をのぞき込んだ。

「犯人はドアから入ったはずです。窓は一枚しか開かないのです」と、博識《はくしき》な案内人は言った。

「それはそれは!」と言うと、ホームズは彼の方を見て、奇妙な微笑を浮かべた。

「まあ、ここに学ぶべきことがないとしたら、中に入ったほうがいいでしょうね」

講師は外側のドアの鍵を開け、わたしたちを部屋に入れた。ホームズがじゅうたんを調べている間、わたしたちは入り口に立っていた。

「残念ですが、足跡はありません」と、彼は言った。「こんなに乾《かん》燥《そう》している日では仕方ない。使用人のほうはすっかり元気になったようですが。椅子に残しておいたといわれましたが、どの椅子でしょう」
「あそこの窓際の椅子です」
「ああ、この小さなテーブルの側ですね。もうお入りになっていいですよ。じゅうたんの調べはすみました。この小さなテーブルから調べてみます。もちろん、何があったかは明らかです。犯人は部屋に侵入し、中央のテーブルから試験用紙を一枚ずつ取って、窓際のテーブルへと運んだ。そこからなら、中庭を歩いてくるあなたの姿が見えて、すぐ逃げられるからです」

「ところが実際には、そううまくはできなかった」と、ソウムズは言った。「わたしは脇の戸口から入ったのです」

「ああ、それはよかった！　まあとにかく、犯人はそう考えたのでしょう。三枚の試験用紙を見せてください。指紋《しもん》はない――一つもない。さて、犯人はまずこれを一枚持ち出して写した。できるだけ略字を使ったとして、写すのにどのくらいかかるかということだが、十五分はかかるでしょう。写し終えた紙は床に落として、次のを手にした。そうしている最中に、あなたが戻ったことに気づき、大あわてで逃げ出した。相当あわてていたのだろう、試験用紙を元に戻す時間がなくて、部屋に入ったという証拠を残していったくらいだからね。外側のドアを入ったとき、階段を駆《か》け上がる足音に気づきませんでしたか」

「いいえ、そんなことはありませんでした」

「さて、犯人はとても乱暴に書き写したので、鉛筆の芯が折れて、ご覧のように、もう一度削らなければならなかった。ここが面白いところだね、ワトスン。犯人が使ったのは、普通の鉛筆ではない。太さは普通のものより太く、軟らかな芯のもので、外側の木の色はダーク・ブルーで、銀文字で製造会社の名前が印刷されている。鉛筆の残りの長さは一・五インチ（約四センチ）ほどしかないでしょう。ソウムズさん、こういう鉛筆を探せば、犯人がわかりますよ。それにもう一つ、犯人は切れ味の悪い大きなナイフを持っていますから、これも手助けになるでしょう」

ソウムズ氏は、次から次へと出てくる情報に少々とまどい気味だった。「他の点はよくわかりますが、その長さに関してだけはちょっと――」

ホームズはNNという文字の後ろに少し木の部分が残った、小さな削りかすを手に取った。

「わかりますか」

「いや、今もって、ちょっと――」

「ワトスン、ぼくはいつも君に、そんなこともわからないのかと言ってきたが、ここにも君のお仲間がいるようだ。このNNというのは何だろうか。そう、ある文字の最後のアルファベットだ。ヨハン・ファーバー(Johann Faber)というのが一番ありふれた鉛筆メーカーの名前[197]だってことは、知ってるね。だから、鉛筆にはヨハン(Johann)という文字のつづき部分しか残っていないってことは、はっきりしているじゃないか」ホームズは小さなテーブルを電灯の方に傾けた。「犯人が写すのに使った紙が薄《うす》かったら、テーブルの滑らかな表面に跡がつくのではないかと思っていたのだけれど、跡はないね。ここには、これ以上の手がかりはないようです。中央のテーブルに移ることにしましょう。この小さなかたまりがおっしゃっていた、黒い粘土状の物体ですね。形はほぼピラミッド状で、中はくり貫かれています。おっしゃるように、中におがくずが混じっている。なるほど、これは面白い。それにこの傷は、はっきりした切り傷だ。かすかな引っかき傷から始まって、ぎざぎざの穴で終わっている。ソウムズさん、わたしをこの事件に引き込んでいただいて恩に着ます。このドアはどこに通じていますか」

「わたしの寝室へです」

「この事件があってから、行きましたか」

「いいえ、わたしはまっすぐにホームズさんをお訪ねしましたから」

「ちょっと拝見したいですね。これは、なんと魅力的《みりょくてき》で古風《こふう》な部屋でしょう。床を調べ終わるまで、しばらくお待ちいただけるとありがたい。ない、なにも見あたらない。このカーテンはどうかな？　カーテンの後ろに洋服を掛《か》けているのですね。この部屋に隠れなければならないとしたら、ここしかない。ベッドは低すぎるし、洋服ダンスは浅すぎますからね。まさか、誰もいないとは思いますが」

　ホームズがカーテンを引いたとき、ちょっと警戒して身構えたのを見て、わたしは彼が万一の場合に備えたのがわかった。実際には、カーテンの裏にはなにもなく、スーツが三、四着、一列に並んだ釘《くぎ》にかかっているだけであった。振り向いたホームズは、突然床にかがみ込んだ。

「ほう！　これは何でしょう」と、彼は言った。

それは小さなピラミッド形をした、黒いパテのようなもので、書斎《しょさい》のテーブルにあったものとそっくりであった。ホームズはそれを開いた手のひらに載《の》せ、電灯の光に持っていった。

「あなたのお客様は、居間だけではなく寝室にも跡を残していったようですね、ソウムズさん」

「彼はここで何をしてたんでしょうか」

「それははっきりしています。思いもかけない方向からあなたが戻ってきたので、犯人はあなたがドアに手をかけるまで気づかなかった。そんな時どうすればいいでしょう？　身元がばれそうなものをとりまとめて、寝室に隠れたというわけです」

「何ですって、ホームズさん、私が居間でバニスターと話していた間中、気がつかないうちに、わたしは犯人を閉じこめていたって言うんですか」

「わたしの見解では、そういうことになります」

「けれども、ホームズさん、他のことは考えられませんかね。寝室の窓はごらんになりましたか」

「窓枠が鉛製《なまりせい》の格子窓が三枚あって、そのうち一枚が蝶番《ちょうつがい》で、人一人通れるくらい開くようになっています」

「そのとおりです。中庭に面していますが、角度の関係から一部しか見えないようになっています。犯人はそこからうまく入って、寝室を通るときに跡を残し、最後にドアが開いているのを見て、そこから逃げたのではないでしょうか」

ホームズはいらだたしげに首を振った。

「もっと現実的に考えましょう」と、彼は言った。「この階段を使う学生は三人いて、いつもあなたの部屋のドアの前を通ることになる、とおっしゃいましたね」

「そうです」

「その学生は全員、今回の試験を受けるのですか？」

「はい」

「その中で特に怪しいと思われる者はいますか」

ソウムズは口ごもった。

「それは、たいへん微妙な質問です」と、彼は言った。「証拠もないのに、疑いたくはありません」

「疑わしい点を聞かせてください。そうすれば証拠はわたしが見つけましょう」

「それでは、上の階に住む(198)三人の学生の性格について、手短かにお話しします。二階に住むのはギルクリストと言って、学生としても運動選手としても優秀な人物です。カレッジのラグビーとクリケットのチームに属し、ハードルと幅跳《はばと》びで大学代表選手

『ブルー』[199]に選ばれました。男らしく、いい男です。父親は競馬で破産した、あの有名なサー・ジェイベズ・ギルクリストです。父親が死んで貧乏にはなりましたが、彼は勤勉《きんべん》で熱心な学生ですから、きっと成功するでしょう。

三階に住んでいるのは、ダウラット・ラスというインド人です。おおかたのインド人と同様に物静かで謎めいた雰囲気の人物です。成績はいいのですが、ギリシャ語は不得意のようです。まじめで、きちんとしています。

最上階にいるのはマイルズ・マクラレン[200]です。やる気にさえなれば、極めて良くできて、大学でも有数の優秀な学生なのですが、気まぐれで、遊び好きで、節操《せっそう》がないときています。一年生の時には、カードのスキャンダルであやうく放校されるところでした。今学期は怠《なま》けてばかりいましたから、今度の試験も不安に違いありません」

「では、彼を疑っているのですね?」

「そこまでは言えませんが、三人のうちで、たぶん一番疑わしくないとは言えない人物です」

「そうですか。では、ソウムズさん、今度は使用人のバニスターに会ってみましょう」

バニスターは小がらで、顔色は青白く、ひげをきれいに剃《そ》った、白髪混じりの五十男であった。彼は、何事もなく日々繰り返してきた日常生活を突然乱されたことで、いまだに調子がおかしかった。丸い顔は神経質にひきつり、指の震《ふる》えも止まっていなかった。

「バニスター、わたしたちはこんどの不幸な事件を調べているのだ」と、主人のソウムズが言った。

「はい、わかりました」

「あなたは鍵をドアに差したままにしたようですね」と、ホームズが言った。

「はい、そうです」

「よりによって部屋に試験用紙があるその日に限って、そのようなことをするとは、非常におかしなことではありませんか」

「本当に運が悪かったのでございます。でも、以前にも、ときどき鍵を忘れることはございました」

「いつ部屋に入りましたか」

「およそ四時半でございます。それがソウムズ様がお茶をお飲みになる時間ですから」

「どのくらい部屋の中にいましたか」

「部屋にいらっしゃらないのがわかりましたので、すぐに出ました」

「テーブルの上の試験用紙は見ましたか」

「いいえ、まったく見たりはいたしませんでした」

「どうしてドアに鍵を忘れたりしたのですか」

「お茶のお盆を持っていました。後で鍵を取りに戻ろうと思って、忘れてしまったのです」

「外側のドアにはバネ錠《じょう》がついているのですか」

「いいえ、ちがいます」

「それでは、いつでも開いているのですね」

「はい、そうです」

「部屋に人がいれば、出られるわけですね」

「はい、そうです」

「ソウムズさんが部屋に戻って、

あなたを呼んだとき、あなたはずいぶん取り乱していたそうですね」

「はい。ここには長いことおりますが、このようなことは初めてでしたから。もう少しで気を失うところでした」

「気持ちはよくわかります。どこにいるときに気分が悪くなったのですか」

「どこでですって。ここです、ドアの近くでした」

「それはおかしいですね。あちらの隅《すみ》のほうにある、あの椅子に座ったのでしたね。どうして、ここにある椅子を通り過ぎたのですか」

「わかりません。どこに座ってもよかったのです」

「ホームズさん、彼はあまり覚えていないと思いますよ。ひどく気分が悪そうで、真っ青な顔をしていましたから」

「ソウムズさんが出かけてからも、ここにいましたか？」

「一、二分だけです。それからドアに鍵をかけて、自分の部屋へ戻りました」

「あなたは誰が怪しいと思いますか」

「まさか、わたしにはそのようなことは申し上げられませんです。このようなことをして、よい目にあおうと考えるような紳士がこの大学にいらっしゃるとは、まったく信じられません。本当に、そんなことは信じたくもありません」

「ありがとう。どうぞお引きとり下さい」と、ホームズは言った。「ああ、もう一つだけ。試験問題が写されたことを、あなたが世話をしている学生三人の誰かに話しましたか?」

「いいえ、一言も言いません」

「誰にも会いませんでしたか」

「はい、そうです」

「それはよかった。さて、ソウムズさん、よろしければ中庭を散歩しましょう」

頭上には、暗さを増す夕闇の中に、灯《あか》りのともった四角い窓が三つ、黄色く輝いていた。

「あなたの三羽の鳥は、みんな巣の中にいますよ」と、ホームズは上を見上げて言った。「ほう! あれは何だろう。そのうち一羽はひどく落ちつかないようすだ」

それはインド人学生で、突然、ブラインドに黒い影が見えた。彼は部屋の中をせかせかと歩き回っていた。

「それぞれの部屋をのぞいてみたいのですが、できるでしょうか」とホームズは尋ねた。

「簡単なことですよ」と、ソウムズが答えた。「ここの部屋はカレッジでも非常に古いので、外から見学者が来るのも、そう珍しいことではありません。ついて来てくだされば、わたしがご案内します」

「名前は言わないでください」と、ギルクリストの部屋のドアをノックするとき、ホームズが言った。アマ色の髪の、背の高いやせた若者がドアを開け、私たちが見学者だと知ると、快《こころよ》く招き入れてくれた。部屋の中には、非常に珍しい中世の室内建築様式が見られた。ホームズはそのうちの一つがたいへん気に入り、手帳にスケッチすると言ったが、自分の鉛筆の芯を折ってしまい、部屋の主から鉛筆を一本借りて、最後には自分の鉛筆を削るために、ナイフまで借りることになった。この奇妙なできごとは、インド人の部屋でも繰り返された。もの静かな、小がらでかぎ鼻のインド人学生は、横目でこちらを見ていたが、ホームズが建築のスケッチを終えると、明らかにうれしそうな様子を見せた。どちらの部屋に関しても、ホームズが探していた手がかりを見つけたかどうかは、わたしにはわからなかった。三番目の部屋だけは、訪ねてはみたものの、入ることができなかった。ノックしたのだが、外側のドアは開かず、室内からは口汚くののしる声が聞こえてくるだけだった。「誰だか知らないが、地獄へ行け！」と、怒り狂った怒鳴り声がした。「明日は試験だ。誰にもじゃまはさせないぞ」

「失礼なやつですな」階段を下りるとき、案内役のソウムズ氏は怒りで顔を真っ赤にして言った。「もちろん、彼はノックしているのがわたしだとは思わなかったのでしょうが、それにしても大変に無礼な態度だし、時が時だけに、疑わしくなりますね」

ホームズの反応は奇妙なものだった。
「彼の背丈がどのくらいか正確にわかりますか」と彼は尋ねた。
「さあ、ホームズさん、はっきりとはわかりませんが、インド人学生よりは高いが、ギルクリストほど高くはありません。五フィート六インチ（約一六五センチ）くらいではないでしょうか」
「それが非常に重要な点なのです」と、ホームズは言った。「それでは、ソウムズさん、お休みなさい」

わたしたちを案内していたソウムズ氏は驚くと同時に落胆《らくたん》して、大声を上げた。

「何ということです、ホームズさん、まさかいきなり私を見捨ててお帰りになるというのではないでしょうね。事情がよくおわかりじゃないらしい。試験は明日なのですよ。今夜中に、きちんとした措置《そち》をとらなくてはいけないのです。一枚でも、試験用紙がいじられたとしたら、このまま試験を実施するわけにはいきません。事態にきちんと対処しなくてはならないのです」

「この問題はそのままそっとしておいた方がいいのです。明日の朝早く来ますから、この件については、その時にお話しします。その時、どういう措置をとればいいか、お教えできると思います。それまではこのままでおくことです――何もしないのですよ」

「そうしましょう、ホームズさん」

「まったくご心配はいりません。この苦境を解決する方法は、きっと見つけてみせます。黒い粘土と鉛筆の削りかすは、お預かりします。では、ごきげんよう」

中庭の暗がりに出た私たちは、再び建物の窓を見上げた。インド人はまだ部屋を歩き回っている。他の二人の姿は見えなかった。

「ねえ、ワトスン、君はどう思う?」表通りに出ると、ホームズが尋ねてきた。「ちょっとした室内ゲーム――三枚カードのゲーム(201)みたいだね？　容疑者が三人いて、犯人はそのうちの一人にまちがいない。君が選ぶとしたら、誰にする」

「最上階の、口汚い男だ。経歴も最悪だ。けれども、あのインド人も油断がならないね。なんでしじゅう部屋を歩き回っているのだろうか」

「別に大した意味はないのさ。何か暗記しようとするとき、歩き回る人は多いよ」

「けれども、ぼくたちを変な目で見ていたよ」

「明日が試験で、一秒だって無駄にはできないっていう日に、見知らぬ人間が、どかどか入り込んできたら、君だってそうするさ。その点は、どうということもない。鉛筆もナイフも、どれも問題なかった。だが、あの男はどうも変だ」

「誰さ」

「いや、使用人のバニスターさ。この事件とどういう関係があるのだろうか」

「ぼくにはまったくの正直者のように見えたよ」

「ぼくもそう思った。そこがおかしいのさ。まったくの正直者が――やや、大きな文房具屋がある。ここから調べてみよう」

　町には、文房具屋といえるものは四軒しかなかったが、ホームズはそれぞれの店で、鉛筆の削りかすを出して、これとそっくり同じものがあれば高く買いたいのだが、と言った。どの店も、注文すれば手には入るが、普通サイズの鉛筆ではないので、在庫はめったにないという答えであった。わが友ホームズは、鉛筆が見つからなかったことで気落ちしたようすもなく、あきらめ顔で半ばふざけたように肩をすくめた。

「うまくいかないね、ワトスン。これが最良にして唯一、決定的な手がかりだったのだけれど、水の泡さ。しかし、まあ、これがなくても充分に推理は組立てられるさ。おや、ねえ君、もう九時近いよ。下宿のおかみさんは、七時半にグリーンピースが何とかって言っていたよね。(202)ワトスン、君はのべつまくなしタバコをふかすし、食事も不規則だ、これでは出ていけと言われそうだ。そうしたら、ぼくまで巻き添《ぞ》えを食うことになるよ。けれども、その前に、あの神経質な個人指導教官と、うっかりものの使用人、それに三人の意欲満々の学生の事件を解決しておかないとね」


遅くなった夕食の後、ホームズは長い間ずっと物思いに耽《ふけ》っていたが、その日はそれ以上、事件に触れることはなかった。次の日の朝八時に、わたしがちょうど身じたくを済ませた頃、ホームズは私の部屋に入って来た。

「さて、ワトスン」と、彼は言った。「そろそろ聖ルカ・カレッジへ出かけるとしようか。朝食は抜きでいいかな」

「もちろんさ」

「ぼくたちが何か明確なことを言ってきかせるまで、ソウムズはそれこそ気が気ではないだろうね」

「何か明確なことが言えるのかい」

「そう思う」

「結論を出したのかね？」

「そうさ、ワトスン、ぼくは、この謎を解いたのさ」

「それでは、何か新しい証拠でも手に入れたのかな？」

「そうさ！　六時などという早朝に起き出したのも、無駄ではなかった。二時間も懸《けん》命《めい》に働いて、少なくとも五マイル（約八キロメートル）は歩いたが[203]、それだけの成果はあったよ。これを見てみたまえ」

　彼は片手を開いて見せた。手のひらには、黒い粘土のようなものでできた小さなピラミッド[204]が、三つ載っていた。

「えっ、ホームズ、昨日は二つしかなかったよ」

「もう一つは、今朝、手に入れたのさ。三つめがどこから出たにせよ、最初の二つと出所は同じと考えるのが適当だ。そうだね、ワトスン？　まあ、一緒に来たまえ、友人ソウムズ君を苦痛から解き放してさしあげるとしよう」

　わたしたちが部屋を訪ねると、不運な個人指導教官は哀れなほど動揺していた。数時間後には試験が始まるというのに、彼はまだ事実を公《おおやけ》にしようか、それとも犯人に多額の奨学金をかけた試験を受けさせてしまおうかと、ジレンマに思い悩んでいたのである。立ってさえいられないほどに、精神的に動揺していたソウムズは、両腕を一杯に広げて、ホームズに走り寄った。

「ありがたいことに来てくださいましたね！　手に負えなくて、あきらめてしまわれるのではないかと、心配しましたよ。それで、どうすればいいでしょうか。試験はこのまま実施しますか」

「はい、ぜひとも実施してください」

「でも、そのならずものは――」

「受験はしないでしょう」

「犯人が誰だか、わかったのですね」

「そう、まあ。この件を公にはしないというのなら、わたしたちはそれぞれがある種の力を持ち、ちょっとした私設軍法会議を開く必要がありますね。ソウムズさんはこちらへ、ワトスン、君はここだ！　わたしは真ん中の肘《ひじ》掛《か》け椅子に座る。これで充分、犯人の心に恐怖の念を抱かせることができると思いますよ。どうぞベルを鳴らしてください！」

　バニスターが入ってきたが、裁判所のようなその場の雰囲気に、明らかに驚き、恐れをなして縮みあがった。

「ドアを閉めてもらえるかね」と、ホームズは言った。「さて、バニスター、昨日の事件について本当のことを話してはもらえないだろうか」

彼は髪の根元まで真っ青になった。

「何もかもお話ししました」

「何かつけ加えることは？」

「何もございません」

「それでは、わたしがちょっと思いついたことを言ってみる必要があるかな。昨日、あの椅子に座ったのは、部屋にいた人物が誰か、それを示すような物を隠すためだったのではないでしょうか」

バニスターの顔から血の気が引いた。

「いいえ、めっそうもございません」

「これはただの思いつきです」と、ホームズはやんわりと言った。「正直言って、証拠があるわけではありません。けれども、その可能性は充分にあり得る。ソウムズ氏が背を向けたその瞬間に、あなたは寝室に隠れていた男を逃がしたのですから」

バニスターは乾ききった唇をなめた。

「誰もいませんでした」

「おや、それは残念だね、バニスター。今まで言ったことは本当だったかもしれない

が、今度は嘘だっていうことがばれてしまったよ」

　彼は挑むような膨《ふく》れっ面をした。

「誰もいませんでしたよ」

「さあ、さあ、バニスター」

「ほんとです。誰もいなかった」

「ということは、もうこれ以上話すことはないということですね。それではこのまま部屋に残ってもらえるね？　寝室のドア近くの、そこいらに立っていてくれたまえ。それでは、ソウムズさん、たいへん恐れいりますが、ギルクリスト青年の部屋まで行って、あなたの部屋へおりてくるよう頼んでいただけませんか」

まもなく個人指導教官は学生を連れて戻ってきた。彼は、背が高く、軽快《けいかい》でしなやかな身のこなしの、美しい青年で、顔つきは屈託《くったく》がなく、素直そうで、足どりも軽かった。彼は不安そうな青い目でわたしたちを見ていたが、やがて、ハッとおびえたような表情で、部屋の隅にいるバニスターに視線を止めた。

「ドアを閉めてください」と、ホームズは言った。「それでは、ギルクリストさん、部屋にいるのはわたしたちだけですから、ここでの話は誰にも知られることはありません。お互いに何一つ隠すことはいりません。ところで、ギルクリストさん、あなたのような立派な人間が、なぜ昨日のような行動をとることになったのかね」

気の毒な青年はよろよろと後ずさりして、恐れと非難に満ちた視線をバニスターに向けた。

「いいえ、違いますよ、ギルクリスト様。わたしは何もしゃべっておりません――ほんとでございます！」使用人は叫んだ。

「そう、しかし、今しゃべってしまいましたね」と、ホームズは言った。「さてと、今のバニスターの言葉で、君の立場は絶望的だということはおわかりでしょう。この窮地《きゅうち》を逃れるには、正直に白状するしかありませんね」

一瞬、ギルクリストは、手を挙《あ》げて苦悶《くもん》の表情を抑えようとした。しかし、次の瞬間、両手で顔を覆《おお》うと、テーブルの脇にがっくりと膝《ひざ》をつき、わっと激しく泣きじゃくったのだ。

「さて、さて」と、ホームズは優しく声をかけた。「人間に過ちはつきものなのだから、少なくとも、冷酷《れいこく》な犯罪者だといって、君を責める人はいないはずだ。多分、わたしがソウムズさんに事件の経過をお話しして、間違っているところをあなたが訂正するほうが、話が早いでしょう。そうしようか？　まあ、まあ、答えなくてもいいよ。話を聞いていれば、わたしが悪いようにはしないということがわかるでしょう。

ソウムズさん、あなたの部屋に試験用紙があるということは、誰も、バニスターでさえも、知っているはずはない、という話を聞いたときから、わたしの頭の中では事件の全貌《ぜんぼう》がはっきりと見えてきたのです。もちろん、印刷屋は除外していいでしょう。自分の事務所でじっくり見ることができるんですからね。インド人学生も問題はないと思いました。試験の校正刷りが丸めてあったとしたら、多分それが何だかはわからなかったでしょう。一方、誰かが部屋に入ろうと企《くわだ》て、その日偶然に、試験の校正刷りがテーブルの上にあったというのも、あまりにできすぎた話ですから、これも考えに入れる必要はないでしょう。部屋へ入った人物は、そこに試験用紙があることを知っていたのです。それでは犯人はどうやって校正刷りが部屋にあることを知ったのでしょうか。

　あなたの部屋へ来たとき、窓を調べました。わたしが、真っ昼間、向かいの部屋から丸見えの状態で、窓から忍び込んだ人物がいるのではないかと考えていると思われたようですが、あれは面白かったですね。そのような考えは、理にかないません。通りすがりに、中央のテーブルにある紙が何かわかるには、背の高さがどのくらいあればいいかを測っていたのです。わたしは六フィート（約一八〇センチ）ありますから、背伸びをすれば見えます。けれども、わたしより低いと無理でしょう。ですから、そのときすでにおわかりでしょうが、三人の学生のうちに特別背の高い人物がいれば、当然、一番に目をつけるに値すると考える理由があったのです。

　部屋に入ると、サイドテーブルが示す手がかりについてのわたしの考えをお話ししました。中央のテーブルが何を示しているかについては、何もわからなかったのですが、あなたがギルクリストの性格を説明して、幅跳びの選手だと述べたその瞬間に、何もかもがわかったのです。あとは、裏付けになる証拠さえあればよかったのですが、それもすぐに手に入れました。

　ことの次第はこうです。この若者は午後を運動場で幅跳びの練習をして過ごし、幅跳び用のシューズを持って戻ってきたのですが、ご存じのように、靴にはスパイクがいくつかついています。あなたの部屋の窓の下を通るとき、背の高かった彼は、中央のテーブルの上の校正刷りを目にして、それが何だかわかったのでしょう。彼があなたの部屋のドアの前を通ったとき、バニスターがうっかり差しっぱなしにした鍵を目にしなかったら、事件は起きなかったでしょう。彼は突然、部屋に入って、あの紙が本当に試験の校正刷りかどうか見てみたいという衝動に駆《か》られたのです。部屋に入るのを見られても、質問があってのぞいただけと言えばいいのですから、別に危険はありませんでした。

さて、テーブルの上の紙は思ったとおり試験の校正刷りだったのですが、そのとき初めて、彼は誘惑《ゆうわく》に負けたのです。彼はテーブルの上に靴を置きました。窓際の椅子には、何を置いたのですか？」

「手袋です」と、若者は答えた。

ホームズは得意げにバニスターを見た。

「椅子に手袋を置き、校正刷りを一枚ずつとっては写しました。先生は表から帰ってくるにちがいないので、姿が見えるだろうと思っていたところ、ご存じのように、脇の門から帰ってきて、突然部屋のドアを開ける音が聞こえたのです。逃げようにも、もう逃げられない。手袋のことなど忘れて、靴をつかむと、寝室へ駆け込みました。中央のテーブルの引っかき傷を見れば、一方の端は浅いのに、寝室の方に向かって深くなっています。これだけで、靴がその方向に引きずられたこと、そして、犯人がそちらに隠れたことがわかります。スパイクの周りの泥がテーブルに残り、二つめの泥が靴から外れて寝室で落ちたのです。今朝、運動場まで行ってみると、幅跳び用のピットに粘《ねば》りけのある黒い土が使われていることがわかったので、その見本と、滑りどめにその上にまかれていた細かいおがくず(205)を、一緒に持ってきました。本当でしょう、ギルクリストさん」

ギルクリストは身じろぎ一つせずに立っていた。

「はい、そのとおりです」と、彼は直立不動の姿勢で言った。

「おや、何もつけ加えることはないというのかね？」と、ソウムズが叫んだ。

「はい、あります。しかし、このように恥をさらしてしまったショックで混乱してしまいました。ソウムズ先生、これは眠れぬ一夜を過ごして、明け方になって先生宛《あ》てに書いた手紙です。ですから、わたしの過ちが発覚する前に書いたものです(206)。先生、聞いてください。手紙の中には、『試験は受けないことにしました。ローデシアの警察(207)で仕事をしないかという話があったので、すぐに南アフリカに発とうと思います』と書いてあります」

「君が不正に得た情報を利用するつもりがなかったと聞いて、ほんとにうれしい」と、ソウムズは言った。「ところで、どうして将来の計画を変えたのかね？」

ギルクリストはバニスターを指さした。

「わたしを正しい道に連れ戻してくれた人物です」と、彼は言った。

「さてと、バニスター」と、ホームズが言った。「私がこれまで話したことからすると、この若者を逃がせたのはあなた以外にいないということはあなたにもおわかりでしょう。あなたは部屋に残っていて、部屋を出るとき鍵をかけたのでしょうからね。あの窓から逃げたという説は、とても信じられない。事件の最後の謎を解き明かすことになるが、そのようなことをした理由を話してくれないかな」

「その理由さえ知っていれば、それは簡単に解き明かせました。しかし、あなた様がどれほど賢いとしても、それをお知りになることはできなかったでしょう。昔、わたしはこの方のお父上である、サー・ジェイベズ・ギルクリスト様の執事をしておりました。お父上が破産されてからは、使用人としてカレッジに勤《つと》めるようになりましたが、落ちぶれられたからといって、昔のご主人様のことを決して忘れたりはいたしません。昔お世話になったご恩返しに、ご子息様のことは、できる限りお世話いたしました。それで、昨日急を告げられ、この部屋へ入って、最初に目に留まりましたのが、椅子に置いてあったギルクリスト様の茶色の手袋でした。その手袋には見覚えがありましたし、どういうことかもすぐにわかりました。ソウムズ先生に見つかれば、何もかも終わりです。わたしはさっと椅子に倒れこみ、ソウムズ先生があなた様に会いに出かけられるまで、何があってもそこから動かないつもりでした。子どもの頃に私が膝にのせてあやしていた、あのお気の毒なギルクリスト様がそこへ出てこられて、何もかも白状なさったのです。私があの方をお救いしたのも、亡くなったお父上さまのように語りかけて、あのようなことで自分が得するはずのないことをおわかりいただいたのも、ごく自然なことではないでしょうか？　これでも、わたしを非難なさいますか？」

「いや、とんでもない」と、ホームズは心からそう言って、勢いよく立ち上がった。「さて、ソウムズ先生、あなたの厄介ごとも解決したことだし、家では朝食が待っています。さあ、ワトスン！　ギルクリストさん、君については、ローデシアでの明るい未来を信じていますよ。一度は堕落《だらく》の道に落ちたが、これからはどこまで上昇できるか、見せてください」

金縁の鼻めがね

一八九四年のわたしたちの仕事を記録した、三冊の厚い手書きのノートを前にして、これほど豊富な素材から、事件そのものが面白いと同時に、わが友を有名にしたあの特殊《とくしゅ》な能力を最もよく伝えることのできる事件を選ぶとなると、かなりとまどいを感ぜざるを得ない。ページをくると、おぞましい赤ヒルと銀行家クロスビの悲惨《ひさん》な死(208)などの記録が目に入る。さらに、アドゥルトンの悲劇や英国古代の塚《つか》で見つかった奇妙な埋蔵品の話(209)も記録されている。あの有名なスミス－モーティマの相続事件(210)もこのころのことであり、並木大通り《ブールヴァール》の刺客《しかく》、ユレの追跡とその逮捕(211)もそうである。ユレの件では、ホームズはその功績《こうせき》により、フランス大統領(212)から感謝状と共にレジオン・ドヌール勲章《くんしょう》(213)を贈られている。どの事件も物語(214)には格好の素材だろうが、そのどれと比べても、ヨックスリ・オールド・プレイスの事件ほど、奇怪《きかい》で興味深い点が数多くあるものはほかにないと思う。この事件では、ウィラビ・スミス青年が悲惨な死を遂げただけでなく、一連の展開から、たいへん奇妙な形で犯罪の原因が明らかになったのである。

それは十一月も終わろうとする、激しい嵐の夜であった。ホームズとわたしはその日の夕方から、二人でおし黙ったまま座り込んでいた。彼は羊皮紙《ようひし》に一度書いて消された元の文字の跡を、強度のレンズで判読していたし、わたしのほうは外科に関する最近の論文に没頭していた。外では風がヒューヒューと音をたてて、ベイカー街に吹き荒れ、窓には雨が激しく吹きつけていた。四方十マイル（約十六キロ）を人造物に囲まれたこの町のど真ん中で、自然の猛威《もうい》をまざまざと感じ、偉大な自然の力の前ではロンドンという都市など野原に点在するモグラ塚に過ぎないと、今さらながら思うのは、奇妙なものであった。わたしは窓辺に近づき、誰もいない通りを見下ろした。ところどころに立てられた街灯の明りが、ぬかるんだ道路や濡《ぬ》れて光る歩道の上を照らしていた。一台の馬車が、オックスフォード街の方から、泥をはね上げながら走ってきた。

「ねえ、ワトスン、今夜は外出する用事がなくてよかったね」と、レンズを置いて羊皮紙を巻きながら、ホームズが言った。「今晩はこのくらいにしておこう。目にはきつい仕事だからね。今までに判読したところでは、十五世紀後半から書きつづられたウエストミンスター寺院の記録よりも面白いものはないね。おや、おや！　あれは何だろう?」

単調な風の音に混じって、パカパカという馬のひづめの音と、車輪が長く歩道の縁石をこする音が聞こえた。さっきわたしが見た馬車がこの家の前で止まったのだ。「何の用だろう?」馬車から一人の男が降りたのを見て、わたしは思わず声を上げた。「用があるのだ! ぼくたちにね。ワトスン、こちらも外套《がいとう》やらえり巻きやらオーバーシューズやら、人間が悪天候と戦うために発明した諸々の道具のごやっかいになるようだぞ。いや、ちょっと待て! 馬車が帰っていく! 助かったかもしれない。ぼくたちに来てほしいのなら、馬車を待たせておくはずだからね。君、おりてドアを開けてみてくれたまえ。まっとうな人間は皆、もうずっと前に寝てしまっている」

玄関のランプの明りが、真夜中の訪問者を照らし出すと、わたしにはすぐにそれが誰だかわかった。将来を約束された若き刑事、スタンリ・ホプキンズだった。彼の仕事には、ホームズも幾度か非常に深い関心を示していた。

「ご在宅ですか?」と、彼は真剣なようすで尋《たず》ねた。

「上がって来てください」と、上からホームズの声がした。「よりによってこんな晩に、何かさせようというのではないでしょうね」

刑事が階段を上がってきて、濡れたレインコートが部屋のランプの光に当たって光った。彼がレインコートを脱ぐのを手伝っている間に、ホームズは暖炉《だんろ》のまきをたたいて、炎をかき立てた。

「さあ、ホプキンズ、こちらへ来て、足を暖めるといい」と、彼は言った。「葉巻も

あるし、ワトスンがホット・レモンを処方してくれるでしょう。こういう夜にはあれが一番の薬だ。こんな嵐の中を来たのだから、よほど重要な用件でしょう」
「そのとおりです、ホームズさん。午後じゅう大忙しだったんです。最終版の夕刊でヨックスリ事件についてごらんになりましたか？」
「今日は、十五世紀以降のことは何も見てないね」
「まあ、小さな記事で、おまけに間違いだらけですから、見なくても同じことでしょう。わたしはすぐに捜査にかかりました。現場はケント州で、チャタムから七マイル（約一一・二キロメートル）、鉄道からは三マイル（約四・八キロメートル）という場所[215]です。三時十五分に電報で呼び出され、五時にヨックスリ・オールド・プレイスに着いて捜査を指揮し、それから最終列車でチャリング・クロスに戻って、その足で馬車を走らせてこちらへ伺ったという次第です」

「というと、君には事件の解決が難しいということですか」

「まったくお手上げです。わたしが見るところ、今まで扱ったどの事件より複雑なのです。最初は誰でも間違えそうもないくらい単純に見えたのですけどね。動機がないのです、ホームズさん。それで困っています――動機がつかめないのです。ある男が死んだ――これは否定しがたい事実なのですが――わたしが見る限りでは、誰かに危害を加えられるような理由がないのです」

ホームズは葉巻に火をつけると、椅子《いす》の背にもたれた。

「事件について聞かせてもらいましょうか」と、彼は言った。

「事件は大変はっきりしています」と、スタンリ・ホプキンズは言った。「わたしが知りたいのは、それらの事実にどういう意味があるかということなのです。わたしが調べた限りで[216]は、こうです。数年前、このヨックスリ・オールド・プレイスという屋敷を、コーラム教授と名乗る一人の年配者が買い取りました。教授は病弱で、半日は寝て暮らし、半日は足を引きずりながら杖をついて屋敷の周りを歩くか、庭師に車椅子を押してもらって庭をまわるかという生活です。屋敷を訪ねてくる数少ない隣人にはよく好かれていて、あの辺りでは非常に学のある人物という評判でした。はじめは、教授の他に年とった家政婦のマーカー夫人とメイドのスーザン・タールトンが屋敷に住んでいました。二人とも教授が屋敷に来たときからの使用人で、そろっていい性格の女性のようです。教授は学術書を執筆中で、一年前に秘書を雇《やと》う必要にせまられました。最初に雇った二人は役に立たなかったのですが、三人目のウィラビ・スミスは大学を出たての非常に若い青年で、教授の希望にぴったりの人物でした。仕事は午前中ずっと教授の口述筆記をすることで、夜はいつも、次の日の仕事に関係ある参考文献や文章を探して過ごしました。このウィラビ・スミスという人物はアピンガム校(217)での少年時代も、ケンブリッジ大学の学生の時も、悪い評判はありません。わたしも推《すい》薦状《せんじょう》を見ましたが、昔から物静かで礼儀正しく勤勉で、非の打ちどころのない人物です。それなのに、この青年が今朝教授の書斎《しょさい》で、殺人としか思えない状況で死んでいたのです」

　風がヒューヒュー吹きあれて窓をかき鳴らしていた。ホームズと私が暖炉の火に近づくと、若い刑部補は少しずつゆっくり、その奇妙な事件を話してくれた。

「イングランド中探したとしても」と、彼は言った。「あれほどに世間と没交渉《ぼっこうしょう》で、自己充足的な毎日を過ごしている家は他にないでしょう。何週間も、一人も庭から外へ出ないほどです。教授は著作に没頭していて、それが生活のすべてです。スミス青年は近所に知り合いもなく、雇い主と似たような生活をしていました。二人の女性も家の外には用がありません。車椅子を押す庭師のモーティマは、すばらしい性格のクリミア戦争帰りの老人(218)で、軍隊の恩給《おんきゅう》で暮らしをたてています。彼は住み込みではなく、庭の端に建つ三部屋ある小屋に住んでいます。ヨックスリ・オールド・プレイスの敷地内にいるのは、この人達だけです。ところで、庭の門はロンドンからチャタムへと続く街道から一〇〇ヤード（約九〇メートル）ほど入った地点にあります。門には掛《か》け金がついているだけなので、誰でも入ろうと思えば入れます。

　さて次は、スーザン・タールトンの証言をお聞かせします。事件について何か具体的なことが言えるのは、彼女だけなのです。昼前の十一時から十二時の間のことです。その時、彼女は二階の庭に面した寝室でカーテンをかけていました。コーラム教授はまだ寝ていました。天気の悪い日には、昼前に起きてくることはめったになかったそうです。家政婦は裏の方で何か仕事をしていました。ウィラビ・スミスは、居間兼用の自分の寝室にいたのですが、メイドはその時、彼が廊下を通って真下の書斎へとおりていく音を聞いています。姿を見たわけではないのですが、しっかりとした素早い足音は間違えようがないと言っています。メイドは書斎のドアが閉まる音を聞いていませんが、一、二分後に下の部屋から恐ろしい叫び声がしたのです。激しく、声がかすれたような、たいへん奇妙で異常な叫び声で、男性だか女性だかもわからなかったそうです。それと同時に、ドサッという重い音がして、家全体が揺れたのち、すべてがしんと静まり返ったのです。メイドは一瞬身を堅くしましたが、やがて勇気を出して階下に駆《か》けおりました。書斎のドアは閉まっていたので、それを開けると、部屋の床にウィラビ・スミス青年が倒れていました。最初は傷がないように見えたのですが、抱き起こそうとしたとき、首の下側から血がどくどくと流れているのが見えました。きわめて小さいもののたいへん深い刺し傷があって、頸動脈《けいどうみゃく》が切れていたのです。刺すのに用いた凶器は、近くのじゅうたんの上に落ちていました。古風な書き物テーブルの上などで見かける、象牙《ぞうげ》の柄《え》に固い刃の付いた封ろう用の小型(219)ナイフの一種で、教授自身の机にあった文具の一つでした。

　メイドは最初スミス青年がもう死んでいると思ったのですが、水差しの水を額《ひたい》にかけると、一瞬目を開け、『教授……あの女なのです』と、つぶやいたのです。誓《ちか》って、確かにこう言ったと、メイドは証言しています。青年はまだ必死に何か言おうとして、右手を空に突き上げました。そしてがっくりと後ろに倒れ、息絶えたのです。

　そうこうするうちに、家政婦も現場にきましたが、青年の最後の言葉には間に合いませんでした。スーザンを死体と共にその場に残し、彼女は教授の寝室へと急ぎました。教授は物音を聞きつけて、何か恐ろしいことが起きたに違いないと思ったのでしょう、ベッドに起きあがって、ひどく気をもんでいました。マーカー夫人の証言では、確かに教授はまだ寝巻姿だったし、実際、モーティマの助けなしに服を着替えることは不可能なのです。モーティマは十二時に来るように言われていたようです。教授は、遠くで叫び声が聞こえてきた以外、何もわからないと言っています。彼は、『教授……あの女なのです』というスミス青年の最後の言葉の意味は判断しかねるが、もうろうとした意識の中で出た言葉ではなかろうかと言っています。ウィラビ・スミスには敵などいなかったし、殺される理由などあるはずがないというのが、教授の考えです。教授はまず庭師のモーティマを使いに出して、地元の警察へ通報しました。しばらくして、巡査長がわたしに迎えをよこしたのです。現場はわたしが行くまでそのままの状態で保存され、家に通じる小道に誰も通ってはいけないという厳しい指示が出されていました。シャーロック・ホームズさん、これはあなたの推理法を実践する絶好の機会です。何もかもそろっているのですから」

「シャーロック・ホームズ氏を除いてはね！」と、わが友は少々苦笑いを浮かべながら言った。「まあ、話をきかせてもらおう。それで、君はどのようなことをしたのかね」

「ホームズさん、まずこの略図(220)を見てください。これを見れば、教授の書斎と事件に

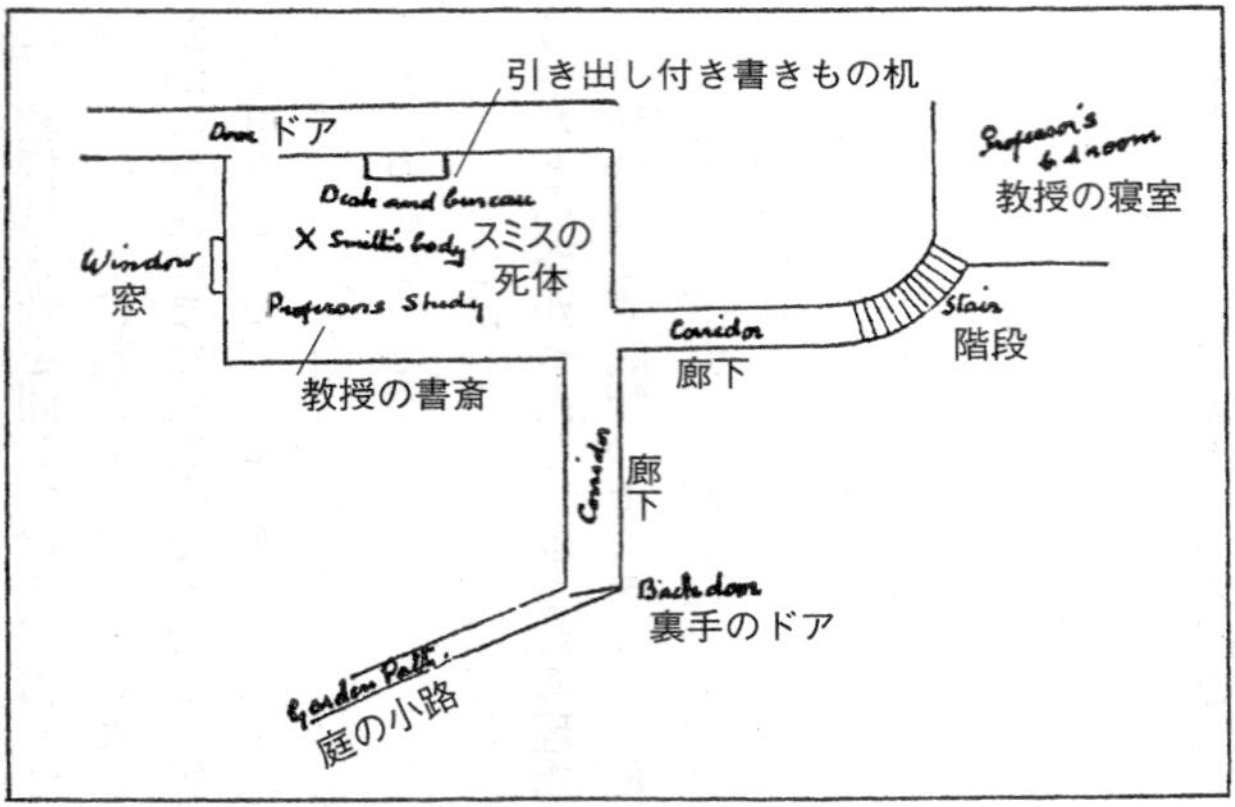

係わりある様々な場所の位置関係がつかめます。それでわたしの捜査の手順もよくおわかりになると思います」

彼は、わたしがここに書き写したその略図を開いて、ホームズの膝《ひざ》の上に広げた。わたしは立ち上がって、ホームズの後ろにまわり、肩越しにその図を眺めた。

「もちろんこれは略図で、わたしにとって重要だと思われる場所しか書いてありません。残りの場所はすべて、後ほどご自分でご覧ください。さて、まず殺人者が家に侵入したとすると、その男、または女はどうやって入ったのか。きっと庭の小道を通って、裏手のドアからでしょう。そこからは直接書斎へ行けます。それ以外の進路は非常に込み入っていますからね。逃げるときもその道をたどったに違いありません。書斎の残りの二つの出口のうち、一つから出れば、階下に走りおりたスーザンと鉢合《はちあ》わせしてしまいますし、もう一つは直接教授の寝室につながっているからです。ですからわたしはすぐに庭の小道に注目したわけです。道は最近の雨でぬかるんでいましたから、きっと足跡があるはずです。

調べてみたところ、犯人は用心深く、こういうことに慣れた人物だということがわかりました。小道に足跡は見つかりませんでしたが、誰か道の縁に生えた草の上を通ったものがいて、足跡を残さないようにそうしたことは間違いありません。はっきりと足跡だと言えそうなものは見つかりませんでしたが、草が踏まれていて、誰かがその上を歩いたことだけは確かです。その朝は庭師を初め、誰もそこを歩いてはいませんし、雨も夜になって降り始めたのですから、そこを歩いたのは犯人に違いありません」

「少し待ってください」と、ホームズは言った。「その小道はどこへ通じているのですか？」

「街道へです」

「長さはどのくらいですか？」

「一〇〇ヤード（約九〇メートル）ぐらいでしょう」

「門のあたりの小道に、確かに足跡が見つかったのですね」

「残念ですが、そこには化粧《けしょう》れんがが敷いてあるのです」

「それでは、街道に出てからは？」

「だめでした、街道はぬかるんでいて、足跡だらけでした」

「いや、いや、そうか。それでは、草の上の足跡は家へ向かうものでしたか、それとも街道へ向かっていましたか」

「どちらとも言えませんね。輪郭《りんかく》がはっきりしないのです」

「大きな足でしたか、それとも小さな足ですか？」

「はっきりとはわかりません」

ホームズはいらついて大声を出した。「あれからずっと大雨が降って、嵐が吹き荒れているのですよ」と、彼は言った。「それではあの羊皮紙を判読するより難しくなる。けれども、まあしかたがないでしょう。確かな証拠が見つからないということが、はっきりしてからは、ホプキンズ、あなたはどうしたのですか」

「ホームズさん、わたしはずいぶんといろいろなことを確かめました。外部から慎重に家へ侵入したものがいるのはわかっています。次に廊下も調べてみました。廊下にはココヤシのマットが敷き詰めてあるので、足跡は付いていません。廊下を進むと書斎に出ます。書斎の家具調度は貧弱で、主なものと言えば、引き出し付きの大きな書きもの机[221]でしょうか。この机の中央は小さな戸棚になっていて、その両側が引き出しになっていました。引き出しは開いていましたが、戸棚には鍵《かぎ》がかかっていました。引き出しはいつも開いていたようなのですが、大切なものは入っていません。戸棚には重要な書類が入っていましたが、それに触れられた形跡はありませんでした。教授もなくなったものはないと言っています。何も盗まれなかったことははっきりしているのです。

次に青年の死体についてお話ししましょう。死体は、この図にあるように、書き物机のすぐ左手で見つかりました。刺されたのは首の右側で、後ろから前に向かって刺されていますから、自殺ではないことはほぼ明らかです」

「自分からナイフの上に倒れたのでなければね」と、ホームズが言った。

「そのとおりです。そういうことも考えてはみましたが、ナイフが死体から数フィート離れた場所で見つかっているので、そういうことはないでしょう。それに、もちろん死に際の言葉もありますからね。それから最後になりましたが、一ついたいへん重要な証拠があるのです。死んだ青年が右手に握っていたものです」

スタンリ・ホプキンズはポケットから小さな紙包みを取り出した。彼がその包みを開けると、出てきたのは黒い絹《きぬ》の紐《ひも》が二本下がった金縁の鼻めがねであった。

「ウィラビ・スミスの視力はよいのです」と、彼は言い足した。「ですから、このめがねは刺殺を企てた人物がかけていたか持っていたかして、それをスミスがもぎ取っ

たのに違いありません」
シャーロック・ホームズはその鼻めがねを手に取ると、非常に注意深く興味深げに調べた。自分の鼻にかけて、それで何かを読んでみたり、窓へ行って通りを眺めたり、ランプの光を当てて細かい部分まで見たりしたあげく、くすくすと笑いながらテーブルにつくと、紙に何やら二、三行書いて、スタンリ・ホプキンズにそれを投げてよこした。
「わたしにできるのはこれくらいです」と、彼は言った。「何かの役には立つでしょう」
驚いた刑事はそのメモを声を出して読んだ。内容は次のようなものだった。

尋ね人——貴婦人のような上等な装いをした上品な女性。鼻の肉付きがよく、両目の幅が狭く、額にしわを寄せて、ものを凝視《ぎょうし》するような表情をし、おそらく猫背。

ここ数ヶ月に少なくとも二回めがね屋に行った形跡がある。彼女のめがねは非常に度が強く、めがね屋の数も多くないことから、彼女を探し出すのは容易であろう。

ホプキンズが驚いたのを見て、ホームズはにやりとした。私もホプキンズと同じような表情をしていたに違いない。

「そう、ぼくの推理は単純そのものです」と、彼は言った。「めがねくらい推測の対象として好都合なものはないでしょう。特にこれほどに珍しいものに関してはね。きゃしゃな造りから、持ち主は女性だと思われる。また、もちろん、死んだ青年の言葉もありますからね。女性が上品で身なりがよいということについては、お気づきのように、この見事なめがねの縁は純金製《じゅんきんせい》で、こういうめがねをかけた女性が他の個所がだらしないとは考えられないでしょう。鼻当ての部分が君の鼻には広すぎることから、その女性の鼻の付け根が広いことがわかる。その種の鼻は普通短く下品なのだけれども、例外も多いことなので、この点に関してこだわるのをよして、メモには含めなかった。ぼくの顔も細いほうだが、そのぼくの目でもレンズの中心、あるいは中心近くにはこない。だから、その女性の目は鼻のすぐわきについているということになる。ワトスン、このめがねが近眼用で、非常に度が強いことがわかるね。ずっと極度の近眼だった女性には、さきほど言ったような肉体的な特徴があるはずだ。それは額や瞼《まぶた》や、肩に現われるのだ」

「そうだね」と、わたしは言った。「君の言うことはどれも納得できるよ。しかし、どうしてめがね屋に二度行ったという結論に達したのかはわからないのだけれど」

ホームズはめがねを手に取った。

「それは、鼻への当たりを柔らかくするように、鼻当ての裏に小さなコルクが貼られている。片方は色あせて、ちょっとすり切れているのに、もう片方は新しい。明らかに、片方が取れたので貼り直したのだ。古いほうでもつけてから数ヶ月とたっていない。二つとも同じものだから、その女性は新しいのをつけに、前と同じめがね屋へ行ったというわけだ」

「まったくもって、お見事！」ホプキンズは感嘆《かんたん》の念に酔《よ》いしれて大声を出した。「それだけの証拠がすべて手にありながら、気がつかなかったとは！　けれども、ロンドンのめがね屋をまわってみようと思っていたのです」

「もちろんそうでしょう。ところで、事件についてつけ加えることはありませんか」

「ありませんよ、ホームズさん。あなたはわたしの知ってることなら何でもご存じだし、おそらく、わたし以上に知ってらっしゃるようだ。現場辺りの道や鉄道の駅で、見慣れぬ人物が目撃されていないか調べてみましたが、見たという人はいませんでした。わたしが参っているのは、殺人の動機がまったくわからないということなのです。動機についてはこれっぽっちも、想像できる人さえいないのですから」

「ああ！　その点ではわたしもお役に立てそうにありません。明日、現場に行ってほしいと望んでおられますね」

「ご迷惑でなければお願いします、ホームズさん。チャリング・クロス駅からチャタム行き、朝六時発の列車があります。それだとヨックスリ・オールド・プレイスには八時から九時の間に着けるでしょう」

「ではその列車で行きましょう。この事件には確かに非常に興味深い特徴があります。調べてみるのが楽しみです。さて、もう一時近いから、少し寝たほうがよさそうだ。暖炉の前のソファーで何とか寝てください。出発する前に、わたしのアルコール・ランプでコーヒーを入れて上げましょう」


　次の日には強風もおさまっていたが、わたしたちが家を出た朝は、身を切るような寒さだった。長くうねる暗いテムズ河と、荒涼《こうりょう》とした湿地《しっち》帯《たい》の上に冷たい冬の日が昇り、わたしたちが一緒に暮らし始めた頃、アンダマン島の住人を追跡したこと(222)が思い出された。うんざりするほど長い列車旅の末に、私たちはチャタムから数マイルの小さな駅(223)で降りた。地元の宿屋で馬車に馬をつけてもらっている間に、わたしたちは朝食をかき込み、仕事にかかれるよう準備万端《ばんたん》ととのえて、ようやくヨックスリ・オールド・プレイスに到着した。屋敷の門のところで巡査が一人待っていた。

「やあ、ウィルスン、変わったことはないかね」

「はい、ありません」

「見知らぬ者を見かけたという知らせはないかね」

「いいえ。駅でも、昨日は見知らぬ乗客が乗り降りしたことはなかったと言っています」

「宿屋や下宿屋でも聞き込みをしたのかね」

「はい、不審な人物は一人もおりませんでした」

「そう、チャタムまでは歩いても大したことはないから、その辺りにいることもできるし、人目を避けて列車に乗ることもできよう。ホームズさん、これがお話しした庭の小道ですよ。昨日ここに足跡がなかったことは確かです」

「草を踏んだあとがあったのはどちら側ですか?」

「こちら側です。小道と花壇《かだん》の境目のこの狭い部分ですよ。今はもう見えませんが、昨日ははっきりとついていました」

「そうですか。誰かが通ったのですね」ホームズは境目の草の上にかがみ込んで言った。「問題のご婦人は、足を下ろす場所を慎重に選んだのでしょうな。片側は道で足跡が残るし、もう片側は柔らかい花壇の上で、もっとはっきり足跡が付いてしまいますからねえ」

「そうですね、相当冷静な人物なのでしょう」

ホームズの顔に真剣な表情が見えた。

「彼女は逃げるときもこの道を通ったと言うのですね」

「はい、他に道はありませんから」

「この細い草の上を？」

「そうです、ホームズさん」

「ふむ！　それは見事な離れ業だ――本当にお見事だ。さあ、小道はもう充分に調べたから、先に行こう。庭園のここの戸はいつも開いていたのでしたね。そうすると、そのご婦人はいとも簡単に中に入れたわけだ。殺す気などなかったのだろうね。殺すつもりなら、何か凶器を持って来ただろうからね。書き物机からこのナイフを取ったりはしなかったはずです。彼女はこの廊下を進んだが、ココヤシのマットには足跡を残さなかった。それからこの書斎に入った。そこにどのくらいいたのだろうか。判断する手がない」

「ほんの二、三分というところでしょう。言い忘れていましたが、家政婦のマーカー夫人がその少し前までここを片づけていたのです――十五分ほど前だと言っています」

「ほう、それで時刻を限定できますね。ご婦人はこの部屋に入って、何をしたのか。書き物机の方へ行った。何のためでしょうか。引き出しの中のものを取ろうとしたわけではない。もし取られるようなものが入っていたら、きっと鍵がかかっていたでしょうからね。狙《ねら》いはあの木製の机の上部にある戸棚に入っていた物ですよ。おや！表面にあるこの引っかき傷は何だろう。ワトスン、マッチを擦《す》ってくれたまえ。ホプキンズ、なんでこの傷のことを言わなかったのかね」

ホームズが調べていた傷は、鍵穴の右手の真鍮《しんちゅう》部分から始まり四インチ（約六センチ）ばかりの長さで表面のニス塗《ぬ》り部分を引っかいていた。

「わたしも気づいていました、ホームズさん。しかし、鍵穴のまわりには必ず引っかき傷がありますからね」

「この傷は新しい――ごく最近ついたものです。見たまえ、真鍮を引っかいたところが光ってる。古いものなら表面と同じ色になっているはずです。このルーペでのぞいてみたまえ。畑の畝《うね》の両側のように、ニスも盛り上がっている。マーカー夫人はおいですか？」

暗い顔をした年配の女性が部屋に入ってきた。

「昨日の朝、この引き出し付き書き物机のほこりをはらいましたか？」

「はい」

「この傷に気づきましたか」

「いいえ、気づきませんでした」

「そうでしょうね。はたきをかけたら、このニスのくずは残っていないでしょうからね。この引き出し付き書き物机の鍵は誰が持っていますか？」

「教授が懐中《かいちゅう》時計の鎖《くさり》に付けていらっしゃいます」

「単純な造りの鍵ですか？」

「いいえ、チャブズ鍵(224)でございます」

「ご苦労さま、マーカー夫人、もういいですよ。これで少し前進しました。犯人のご婦人は部屋に入ってきて、引き出し付き書き物机へと向かい、戸棚を開けたか開けようとした。そこへウィラビ・スミス青年が入ってきた。彼女が慌てて鍵を抜いたときに、扉にこの引っかき傷ができた。スミス青年が彼女を捕まえたため、彼女は手近にあったものをつかんだ。それがたまたまこのナイフだったわけで、彼の手を振りほどこうと、彼女はナイフで切りかかった。その一撃が致命傷で、青年は倒れ、彼女は逃げた。目的の物を持って逃げたかどうかは不明です。メイドのスーザンはいますか？　スーザン、あなたが悲鳴を聞いてからここに駆けつける前に、誰かがあのドアから逃げられる余裕はあったと思いますか？」

「いいえ、そのようなことはできないでしょう。誰か廊下にいれば、階段をおりる前に見えたでしょうし、ドアは開きませんでした。ドアが開けば音が聞こえたはずです」

「それではこの出口は解決したわけだ。そうすると、ご婦人は来た道を引き返したに違いない。こっちのほうの廊下は教授の部屋へしか行けないのでしたね。そちらには出口がないのでしょう」

「そうです」

「こちらの廊下を行って、教授にお目にかかろう。おや！　ホプキンズ、これは重要だ——極めて重要ですよ。教授の部屋への廊下もココヤシのマットが敷かれている」

「そうですが、それが何か？」

「何か事件と関係があると思わないのかい。まあ、まあ、これにこだわるのはよしましょう。おそらく、わたしが間違っているのでしょう。それにしても、何か臭《にお》うのです。一緒に行って、教授に紹介してください」

わたしたちは廊下を進んだが、ここも庭に通じる廊下と同じくらいの長さだった。

突き当たりの階段を数段上ったところに、ドアがあった。ホプキンズはドアをノックしてから、わたしたちを教授の寝室へ通した。

　部屋はたいへん広く、おびただしい数の本が並んでいた。本棚からあふれ出た本は隅《すみ》のほうに山積みされたり、本棚の下に所狭しと積み重ねられている。部屋の中央にはベッドが置かれ、そこにこの家の主がクッションに支えられて体をおこしていた。めったにお目にかかれない異様な風貌《ふうぼう》の人物だった。こちらを振り向いた顔は、やせこけたワシのようで、暗い射《い》るような目が、長くふさふさとした眉毛《まゆげ》の下の深いくぼみに潜《ひそ》んでいた。髪の毛もあごひげも真っ白だったが、口の周りのひげだけが妙に黄色く染まっていた。絡み合った白い毛の間に、タバコの火が赤く見え、部屋の空気はタバコの煙でむせかえるようだった。ホームズにさしのべられた手を見ると、手もニコチンで黄色く染まっていた。

「タバコを吸われますね、ホームズさん？」と、彼はちょっと取りすました奇妙なアクセントながら、正しい英語で言った。「タバコをお取りください。あなたもいかがですか？　これはアレキサンドリアのイオニデス[225]に特別作らせたものですから、なかなかですよ。一度に一〇〇〇本送ってきますが、悲しいことに二週間ごとに新しいのを頼まなくてはならない。体に悪いですよ、ほんとに。ですが年寄りにはあまり楽しみがありませんからね。タバコと仕事——これだけがわたしに残された楽しみです」

ホームズはタバコに火をつけて、部屋中にくまなく鋭い視線を放っていた。

「タバコと仕事と申しましたが、今はタバコだけです」と、彼は嘆いて言った。「ああ！　なんと取り返しのつかない邪魔が入ったことだろうか。このように恐ろしい災難に見舞われるなど、誰が予想しましょう。あれほど立派な青年がですよ！　二、三ヶ月の訓練で、素晴らしい助手になっていたでしょうに。ホームズさん、あなたはこの事件をどう思われますか？」

「まだなんとも考えは決まっておりません」

「何一つわからず、闇の中ですので、あなたが光を投げかけてくだされば、本当にありがたいところです。わたしのように情けない寝たきりの本の虫が、こんな打撃を受けては、もうなすすべもありません。考える力が失せてしまったような感じです。だが、あなたは活動家で、事件に慣れていらっしゃる。こんなこともあなたには日常茶飯事でしょう。あなたはどういう非常時にも平静でいられるお方だ。そんなお方がついていてくださるとは、本当に幸運です」

教授がしゃべっている間、ホームズは部屋の片側を行ったり来たりしていた。わたしには、彼が驚くべき速さでタバコを吸っているのがわかった。この家の主同様、アレキサンドリア製の新鮮なタバコが気に入ったのは明らかだった。

「本当に大打撃ですよ」と、教授は言った。「あそこのサイドテーブルの上の紙の山ですが、あれはわたしの代表作なのです。シリアとエジプトのコプト派僧院で発見された文書[226]の分析で、啓示《けいじ》宗教[227]の根本を深く掘り下げた著作なんです。体が弱っているので、助手を奪われた今となっては、完成できるかどうかは定かではありません。おやまあ、ホームズさん、このわたしより速くお吸いになりますね」

ホームズは微笑《ほほえ》んだ。

「わたしはタバコ通ですからね」と言うと、彼は箱からもう一本、四本目のタバコを取り出し、吸い終わったタバコから火を移した。「コーラム教授、あなたは殺人があったときベッドで寝てらして、何もご存じないということですから、長々と質問してご迷惑をかけるつもりはありません。ただこれだけはお聞きしたいのです——殺された青年が死に際に言った『教授、あの女なのです』という言葉ですが、これは何を意味しているとお考えですか？」

教授は首を振った。

「スーザンはいなか出の娘でして」と、教授は言った。「ああいう育ちの子の信じがたい愚かさは、あなたもご存じでしょう。スミスが何か支離滅裂《しりめつれつ》なうわごとを口走って、それをスーザンがねじ曲げて、あのような意味不明な伝言にしたのでしょう」

「そうですか。あなたご自身も、今度の事件がどうして起きたかおわかりにならないのですね？」

「おそらく事故です。おそらく、ここだけの話ですが、自殺ではないでしょうか。若い者には隠された悩み、心の悩みのようなものがあるものです。わたしらにはわからないようなね。殺人などより、ずっとありそうなことです」

「けれども、めがねのことはどうなりますか」

「ああ！　わたしは一介の学者に過ぎず、夢見る人間なのです。この世の実際問題などまったくわかりません。それでもなお、愛の証品が奇妙な形をとりうることは、わたしたち皆が知っています。どうぞ、もう一本いかがですか。このタバコをそんなに味わってくださる方がいらっしゃるとは、うれしいですね。扇《おうぎ》、手袋、めがね——一人の人間が自分の命を絶つとき、どのような物を形見あるいは大切な想い出として持つか、そんなことは誰にもわからないでしょう？　この刑事さんは草の上の足跡のことをおっしゃるが、そういう点は見間違えやすいものです。ナイフについて言えば、スミスが倒れたとき遠くへ飛んだんでしょう。子どもみたいなことを言っているのかもしれないが、わたしには、ウィラビ・スミスが自分の手によって最期を遂げたというように思えるのですがね」

　ホームズは教授の説に感じるところがあったらしく、じっと考え込んで、タバコをぷかぷか吹かしながら、しばらく部屋の中を行ったり来たりしていた。

「コーラム教授」と、やがて彼は尋ねた。「引き出し付き書き物机の戸棚には何が入

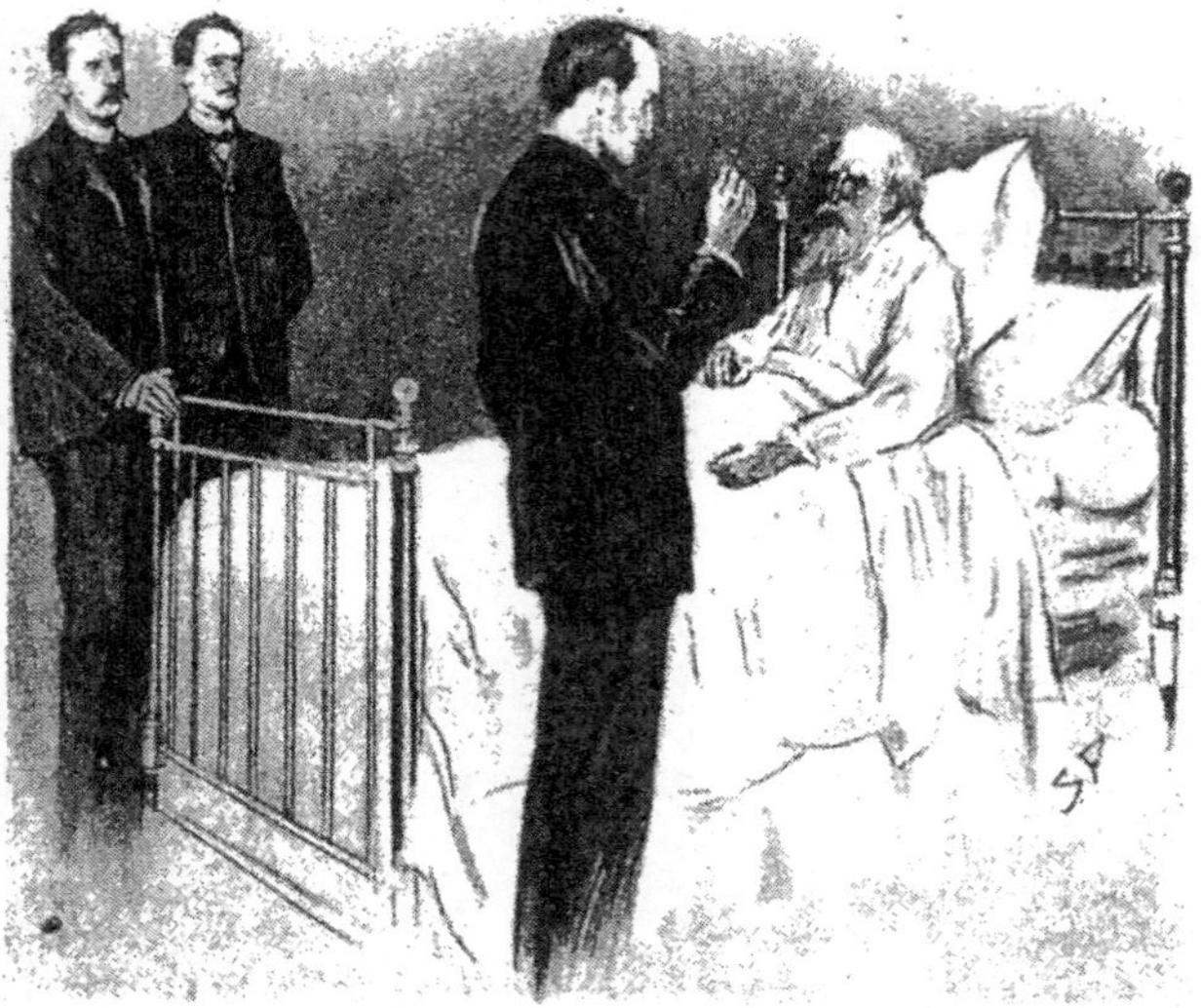

っているのですか？」

「泥棒《どろぼう》がほしがるようなものは何も入っていません。家族に関する書類や、死んだ妻からの手紙や、いろいろな大学から授与された名誉学位証書などです。これが鍵ですから、ご自分でご覧ください」

ホームズは鍵を取ると、ちらりと見ただけで、すぐに返した。

「いや、拝見しても無駄でしょう」と、彼は言った。「それより静かにお宅の庭でも散歩して、事件全体をじっくりと考えてみますよ。あなたがおっしゃった自殺説も考える余地がありそうです。コーラム教授、おじゃまして申しわけありませんでした。昼食が済むまでは、もうおじゃまいたしません。二時にまた戻って来て、その間に何かおきていたことをご報告しましょう」

ホームズは妙にぼんやりしていたが、わたしたちはしばらく黙って庭を歩き回った。

「手がかりはつかめたのかね」と、やがてわたしが尋ねた。

「ぼくの吸ったタバコ次第だ」と、彼は言った。「ぼくが大間違いをしているのかもしれない。が、タバコが教えてくれるだろう」

「ねえ、ホームズ」と、わたしは大声を出した。「いったいどうして……」

「まあ、まあ、今にわかるさ。わからなくたって、困りはしない。もちろん、いつだってめがね屋という手がかりには戻れるのだからね。けれども、できることなら近道をしたい。おや、マーカー夫人だ！　五分ばかり彼女とためになる話でもしようではないか」

前にも言ったかもしれないが、ホームズは、その気になれば、女性に取り入るのが大変うまく、すぐに相手との信頼関係を築けるのだった。自分で言った半分の時間で、彼は家政婦の心を捉え、長年の知り合いのように彼女と話していた。

「そうなんです、ホームズ様、おっしゃるとおりでございますよ。先生はそりゃもう恐ろしいほどタバコをお吸いになるんですよ。一日中、時には一晩中です。朝あの部屋へまいりますと、もうロンドンの霧《きり》のようだったこともございますよ。お亡くなりになったスミスさんも吸われましたが、先生ほどではありませんでした。おからだに――さあ、タバコがいいかどうかわたくしにはわかりませんが」

「まあ、食欲はなくなるだろうね」と、ホームズは言った。

「さあ、わたくしにはわかりかねます」

「教授はほとんど食べないんじゃないかな」

「そう、むらがございますね。それは確かです」

「賭《か》けてもいいが、今朝教授は朝食を食べなかったろうし、あんなにタバコを吸った後じゃ、昼食も食べないだろうね」

「いえいえ、あいにくそれははずれです。今朝は大変よく召《め》し上がりましたよ。あれほどよく召し上がったことはありませんし、昼食には大盛りのカツレツをご注文です。ほんとに驚きですわ。わたくしなんぞ、昨日あの部屋でスミスさんが床に倒れている姿を見てから、食べ物を見るだけでたまりませんもの。でも、人それぞれなんでしょう。教授はあんなことで食欲をなくされる方じゃなかったのですね」

わたしたちは午前中庭をぶらぶらして過ごした。スタンリ・ホプキンズは村まで出かけ、前日の朝、チャタム街道で子どもたちが見かけたという見知らぬ女性の噂《うわさ》を調べていた。ホームズはというと、いつもの活力がまったくなくなってしまったようだった。これほど気が乗らないようすで事件を捜査するホームズは見たことがなかった。

ホプキンズが戻ってきて、探していた子どもたちが見つかり、確かにホームズが言っていたとおりの、めがねだか鼻めがねだかをかけた女性を見たと言っていると伝えても、大して興味をもったようには見えなかった。それより、昼食の給仕をしてくれたスーザンが、自分から、スミス青年は昨日の朝散歩に出かけ、悲劇が起きる三十分ほど前に帰ってきたと思うと話したときのほうが、よほど熱心に耳を傾けていた。わたしにはそれが事件とどんな関係があるのかわからなかったが、すでにホームズの頭の中に出来上っている事件の全体像に、それを組み入れていることは、はっきりとわかった。突然、彼は立ち上がって時計を見た。「二時です。皆さん」と、彼は言った。「われらが友人、教授のところへ行き、決着をつけなくては」

教授は昼食を終えたところだったが、空になった皿を見れば、家政婦の言葉どおり、確かに大変な食欲だったことがわかる。白いあごひげをなびかせて、ぎらぎらと光る目でこちらを振り返った教授の姿は、本当に異様《いよう》だった。始終口元にあるタバコからは、もうもうと煙がくすぶっている。彼は着替えを済ませ、暖炉の側の肘《ひじ》掛《か》け椅子に腰を下ろしていた。

「さて、ホームズさん、事件の謎はもう解けましたかな」教授はそばのテーブルにあった大きなタバコの缶を、ホームズの方に押し出した。ホームズもそれと同時に手を伸ばしたが、二人の間で、缶はテーブルの縁から下に落ちてしまった。一、二分の間、わたしたちは皆ひざをついて、途方もない場所に迷い込んだタバコを拾ってまわった。再び立ち上がったとき、わたしはホームズの目がきらきらと輝き、頰に赤みがさしているのに気づいた。こういう戦闘開始の旗《はた》は、いざという場面でしかひるがえらないものだ。

「はい、解けましたよ」と、彼は言った。

スタンリ・ホプキンズと私は驚いて目を見張った。やせこけた老教授の顔に、あざ笑うような表情が揺れた。

「それはそれは！　庭でですか」

「いえ、ここでです」

「ここでですって！　いつですか？」

「今です」

「ご冗談でしょう、シャーロック・ホームズさん。そんなふうに冗談をおっしゃるとは、これは深刻な事件なのです」

「コーラム教授、わたしは推理の環《わ》を一つずつ、充分吟味《ぎんみ》しながらつくり上げてきましたから間違いないと確信しています。あなたの動機や、この奇妙な事件で果たした正確な役回りについては、まだはっきりとは言えません。おそらく、それについてはすぐにあなたの口から聞けるでしょう。しかし、その前に、ご参考までに、事件の経過を再現してみましょう。そうすれば、わたしがまだ知らない情報が何かということもおわかりになるでしょう。

昨日、一人のご婦人があなたの書斎へ入ってきました。彼女は引き出し付き書き物机の中にあった、ある書類を手に入れるつもりでした。鍵は自分用のものを持っていました。わたしはあなたの鍵を調べる機会がありましたが、ニスを引っかけば色がつくのですが、その跡は少しもありませんでした。ですから、あなたは共犯ではなく、証拠を見る限り、彼女が盗みに来たことを、あなたはまったく知らなかったのです」

教授は唇の間から煙を吹きだした。

「ずいぶんと面白く、ためになる説ですな」と、彼は言った。「話はそれだけですか？　そのご婦人のことをそこまで突き止めたのだから、それからどうしたかもご存じなのでしょうね」

「努力してみましょう。まず、彼女はあなたの秘書に捕まって、逃げようとして彼を刺した。この悲劇的な結末は不幸な事故と考えたいですね。婦人はそれほどひどい怪我を負わすつもりはなかったと思います。殺すつもりなら、凶器を持って来るはずです。彼女は自分のしたことが怖くなり、気が狂ったように慌てて事件の現場から逃げ出しました。不幸にも、彼女は乱闘のときにめがねをなくしてしまい、極度の近眼のために、めがねなしには何も見えなかったのです。彼女は廊下を走りました。来たとき通ってきた廊下だと思っていたのですが――どちらの廊下もココヤシのマットが敷き詰められていましたからね――違う廊下で後戻りはできないと気づいたときには、もう手遅れでした。さあどうすべきか。後戻りはできない。そこにいることもできない。先に進むしかありませんでした。階段を上り、ドアを押し開けると、そこがあなたの部屋だったのです」

教授は座ったまま口を開け、荒々しくじろりとホームズを見つめた。表情豊かなその顔には、驚きと恐れが刻まれていた。やがてやっとのことで、彼は肩をすくめて、わざとらしく笑い出した。

「とてもよくできてますな、ホームズさん」と、彼は言った。「だが、その素晴らしい説にも一つだけ欠点がありますぞ。私はずっとこの部屋にいて、一日中ここを出ませんでした」

「それは知っていますよ、コーラム教授」

「それでは、わたしがこのベッドに寝ていたのに、その婦人が部屋に入ってきたのに気づかなかったとおっしゃるのかな」

「そうは言ってません。あなたは実際気づいていたのです。彼女とも話をした。彼女を知っていたのです。そして彼女が逃げるのを助けた」

また教授は甲高《かんだか》い声で笑い出した。彼は立ち上がり、その目は残り火のようにぎらぎらと輝いていた。

「気でも違ったか！」と、彼は叫んだ。「正気の沙汰《さた》とは思えん。このわたしが逃げる手助けをしたと？　その婦人は今どこにいるというのだ？」

「そこです」とホームズは言って、部屋の隅の背の高い本棚を指さした。

教授は両腕を振り上げたが、険《けわ》しい顔が激しくけいれんしたかと思うと、がっくりと椅子に倒れ込んだ。それと同時に、ホームズが指さした本棚がちょうつがいでくるりと開いて、女性が一人、部屋へ走り込んできた。

「そのとおり」彼女は奇妙な外国なまりで叫んだ。「そのとおり！　わたしはここ」

彼女は隠れていた場所の壁のほこりで茶色に汚れ、クモの巣だらけだった。顔にもほこりの筋がつき、どう見ても美人とは言えなかった。ホームズが推理したとおりの体つきで、おまけに長く頑固《がんこ》そうなあごの持ち主だった。もともと目が悪いことや、急に暗いところから明るいところへ出たこともあって、彼女はぼうっと突っ立ったまま、ここがどこで、誰がいるのかを確かめようと、瞬《まばた》きしながら辺りを眺めていた。しかし、このような不利があるにもかかわらず、婦人のふるまいにはある種の気高さが感じられた。勇ましく、挑むようにあごを突き出し、きっと頭をもたげたその姿は、尊敬と賞賛の念を感じさせずにはいなかった。スタンリ・ホプキンズは彼女の腕をつかんで、逮捕する旨《むね》を伝えたが、彼女は優しく、しかし有無を言わせぬ圧倒的な威厳《いげん》

をもって、その手をはらった。教授は顔面をピクピクさせながら、椅子にもたれ、じっと考え込むような眼差《まなざ》しで彼女を眺めていた。
「はい、わたしが犯人です」と、彼女は言った。「隠れていた場所で何もかも聞こえましたし、あなた方が真実をご存じだということもわかりました。すべて白状いたしましょう。青年を殺したのはこのわたしです。けれど、あれは事故だとどなたかがお

っしゃったのは、その通りです。自分がつかんだのがナイフだってことも知りませんでした。もう無我夢中で、テーブルにあったものをつかみ、彼を振りほどこうと振り下ろしたのです。本当です」

「マダム」と、ホームズは言った。「確かにおっしゃるとおりだと思います。けれども、ひどくお具合が悪いようですね」

顔色がひどく悪く、顔に付いた黒いほこりのせいで、なおさら死人のようだった。彼女はベッドの脇に腰をかけ、再び話し始めた。

「あまり時間がありませんので」と、彼女は言った。「本当のことをすべて知っていただきたいのです。わたしはこの人の妻です。この人はイングランド人ではありません。ロシア人です。名前は言えません」

教授は初めて動揺を見せた。「何だって、アンナ！」と、彼は叫んだ。「なんということだ！」

彼女は軽蔑《けいべつ》しきった眼差しで教授をみた。「セルギウス、(228)あなたはなぜあなたのそんな惨《みじ》めな命にしがみついているの？」と、彼女は言った。「皆に害を及ぼすだけで何もいいことはなかったわ――あなた自身にとってもよ。でも、あなたの寿命が尽きる前に、その生命の細い糸を切るのは、わたしの役目ではありません。わたしはこの呪《のろ》われた家の敷居をまたいで以来、充分に苦しんできました。でも、今のうちに話さなくては、手遅れになってしまいます。

皆さん、わたしは、さきほどこの人の妻だと言いました。結婚した時は、この人は五十歳、わたしは二十歳の愚かな娘でした。ロシアのある都市の大学ででしたが――場所は言えません」

「なんということを、アンナ！」教授はまたつぶやいた。

「わたしたちは改革派で――革命派で――虚無主義者《ニヒリスト》[229]だった、と言うことにしておきましょう。わたしたちは他にも大勢仲間がいました。そして困難な時が訪れたのです[230]。警察の高官が一人殺されて[231]、大勢が逮捕されましたが、証拠が不充分でした。そこで、自分の命を救うと同時に、高額の報酬《ほうしゅう》を得るために、夫は自分の妻と同志を裏切ったのです。そう、わたしたちは皆、彼の自白を元に捕らえられ、絞首刑《こうしゅけい》になった者も、シベリア送りになった者もいます。わたしもシベリア送りになった一人でしたが、終身刑ではありませんでした。夫は裏切りで得た金を手に、イングランドへ渡り、ずっと平穏な暮らしをしてきましたが、同志に居所を知られたら、一週間としないうちに正義の刃が下ることは、充分に承知していたはずです」

教授は震《ふる》える手を伸ばして、タバコを取った。「アンナ、わしの命はおまえのものだ」と、彼は言った。「おまえはいつもよくしてくれた」

「この人の最大の悪事をお話しするのはこれからです！」と、彼女は言った。「結社

の同志の中に、わたしの心の友だった人がいました。自分を無にして他人を考える、気高く、愛情に満ちた、夫とはまさに正反対の人でした。彼は暴力を嫌っていました。あれが罪だというなら、わたしたちは全員有罪でしょうが、彼は違います。彼は手紙で、あのような殺人行動をとってはいけないと言っていました。その手紙とわたしの日記があれば、彼を救えたでしょう。わたしは日記に、毎日、彼に対する気持ちと互いの意見を書いていたのですから。でも、夫はその日記と手紙を見つけ

て、両方とも隠してしまったのです。そして、何としても彼の命を葬《ほうむ》り去ろうと、盛んに証言してまわりました。それでも、死刑にすることはできませんでしたが、アレクシスはシベリアに流刑となり、(232)今、この瞬間も、塩鉱で働かされているのです。それを考えてもご覧なさい。この悪党、あなたは悪党よ。今、今、この瞬間、あなたなどはその名前を口にする価値さえないアレクシスは、奴隷のように働いて生きているのに、わたしはあなたの命をこの手に握りながら、手もかけずにいるのよ！」

「アンナ、おまえはいつも素晴らしい女性だった」とタバコの煙を吐きながら教授が言った。

彼女は立ち上がったが、小さく苦痛の叫びを上げて、また倒れ込んでしまった。

「最後までお話ししなくてはなりません」と、彼女は言った。「私は刑期を終えると、日記と手紙を取り戻そうと固く決意しました。それさえロシア政府に送れば、友人は自由の身となるでしょう。夫がイングランドへ渡ったことは知っていましたので、何ヶ月もの調査の末に、居場所も見つけました。夫がまだその日記を持っていることも知っていました。シベリアにいたとき、一度、日記の一節を引用して、私を責める手紙を受け取っていたからです。ですが、夫は執念深《しゅうねんぶか》いたちなので、自分から返してはくれないだろうと思っていました。自分で取り返すしかありません。そうする目的で、わたしは私立探偵事務所から、秘書として夫の家に入ってスパイの役をしてくれる人を雇いました。すぐに辞めた二番目の秘書がそうだったのよ、セルギウス。彼は手紙類が戸棚に保管されているのを見つけて、鍵形を取ってくれました。それ以上のことはしてくれませんでしたが、この家の見取り図をくれて、午前中はいつも秘書は教授の寝室で仕事をしているから、書斎には誰もいないと教えてくれました。そこで、とうとうわたしは意を決して、自分で日記と手紙を取りにきたのです。それは手に入りましたが、何という犠牲《ぎせい》を払ったことでしょう！

日記と手紙を手に入れ、戸棚に鍵をかけているとき、あの青年につかまってしまったのです。あの日の朝、すでに青年とは会っていました。道で出会って、コーラム教授の家がどこか尋ねたのです。その時は彼が教授の秘書だということを知りませんでした」

「そうです！　そのとおりです！」と、ホームズは言った。「秘書は帰って、教授に自分が出会った女性のことを話した。それで、死ぬ間際《まぎわ》に犯人が彼女であることを――さきほど話したばかりの女性であることを――伝えようとしたのでしょう」

「話を続けさせてください」と、アンナは強い口調で声で言ったが、その顔は苦痛にゆがんでいた。「彼が倒れて、わたしは部屋から飛び出したのですが、その時、間違ったドアを出てしまい、夫の寝室へ来てしまいました。夫はわたしを警察に引き渡すと言います。わたしは、あなたの命を握っているのはこのわたしなのだから、そのようなことをしたらどうなるかわかるでしょう、と言いました。夫がわたしを法の手に委《ゆだ》ねるなら、わたしは夫を同志に引き渡せるのです。自分のために生きながらえたいと思ったからではなく、目的を達したかったからです。わたしが本気だということ——互いの運命が切り離せないものであることは、夫にもわかっていました。そのために、ただそのことだけのために、夫はわたしをかくまったのです。彼はわたしを昔に造られた、夫以外誰も知らない、あの暗い隠れ場所に押し込めました。夫は自室に食事を運ばせていましたから、その一部を私に回してくれました。警察が屋敷を去ったら、夜陰《やいん》に紛《まぎ》れて逃れ、二度と戻らないという約束でした。ですが、どうしてだか、わたしたちの計画はあなたに見破られてしまったのです」彼女はドレスの胸元から小さな包みを引き出すと、こう言った。「これが最後のことばです。この包みがあれば、アレクシスが助けられます。あなた方の名誉と正義感を信じて、これを託します。どうぞ、持って行って！　ロシア大使館(233)へお送りください。これでわたしは義務を果たしました——」

「待ちたまえ！」と、ホームズは叫んだ。彼ははじかれたように部屋を横切り、彼女の手からガラスの小瓶をもぎ取った。

「手遅れですわ！」と言って、彼女はベッドにどっと倒れ込んだ。「手遅れです！　隠れ場所を出る前に毒を飲んだんです。目が回るわ！　もうだめです！　包みのこと、お願いしましたよ」

「単純だったけれども、ある意味では教えられることが多い事件だったね」ロンドンへ戻る道中、ホームズが言った。「最初からあの鼻めがねにすべてがかかっていたのです。瀕死の青年があれをつかむという幸運がなければ、解決できたかどうかわかりません。度の強さから見て、持ち主はめがねがなければほとんど何も見えず、何もできないことははっきりしていました。彼女が狭い草むらを一度も踏みはずすことなく歩いた、と信じるようにあなたがわたしに求めたとき、それは大した芸当だと言ったのを覚えていますね。わたし自身は心の中では、彼女が予備のめがねを持つというありそうもないケースを除いては、そんなことはできないはずだと確信しました。だから、彼女はまだ家の中にいるという仮説を、真剣に考えざるを得なくなったのです。二つの廊下がよく似ていることを知って、廊下を間違える可能性が高いことがはっきりしました。間違えた場合、彼女が教授の部屋へ入ったことは明らかです。だから、何かこの仮説を裏付けるものはないかと、目を凝《こ》らし、隠れ場所のようなものはないだろうかと、部屋を隅から隅まで調べてみました。じゅうたんには切れ目もなく、しっかり留められているように見えたので、隠し戸という考えは捨てましたが、本棚の裏にくぼみがあるかもしれない。あなたも知っているでしょうが、昔の書棚にはそういう仕掛けがよくありましたからね。わたしは、他の場所には床に本が山積みなのに、一つの書棚の前だけはそうでないのに気づきました。そうなると、それが扉なのだろう。扉であることを示すものは何もなかったが、じゅうたんの色が焦げ茶色だったのは、調べるには好都合だった。そこで、わたしはあの素晴らしいタバコを大量に吸って、書棚の前一面に灰をまき散らしておいた。仕掛けは簡単ですが、効果はてきめんでした。それからわたしは下へ行って、コーラム教授の食事の量が前より増えたということを確かめた。ワトスン、君はあの場にいたのに、ぼくの質問の意味がまったくわからないようだったが、教授以外にもう一人いれば、そうなるだろうからね。それから、また上の部屋へ行き、わざとタバコの箱をひっくり返して、床をよく見てみたら、タバコの灰の跡から、わたしたちがいない間に、隠れていた人物が外へ出たことがはっきりとわかったのです。さてと、ホプキンズ、チャリング・クロスに着いたようですね。事件が見事に解決しておめでとう。あなたは警察本部へ戻るのでしょうね。ワトスン、ぼくたちは一緒にロシア大使館へ行こうか」

スリー・クォーターの失踪

わたしたちは、ベイカー街で奇妙な電報を受け取ることにはかなり慣れていたが、七、八年前のある二月の陰気《いんき》な朝に、わたしたちが受け取って、シャーロック・ホームズを十五分も不思議がらせた電報のことは、特に記憶に残っている。宛先《あてさき》はホームズで、次のような内容だった。

私の到着をお待ち願う。大変な災難。右ウィングのスリー・クォーター失踪《しっそう》。明日絶対に必要。オウヴァトン

「消印《けしいん》はストランド局で十時三十六分の発信だ」と、ホームズは文面を繰り返し読みながら言った。「オウヴァトン氏はこれを送るとき、どうやらかなり興奮《こうふん》していたようだね。そのため何やら文面が支離滅裂《しりめつれつ》だ。まあ、いいよ、『タイムズ』を読み終える頃までには、ここにくるだろうから、そうすれば何もかもわかる。こんなに変化の少ない時期には、どんなに些細《ささい》な事件でも歓迎だね」

実際、わたしたちの周りではたいしたできごともなく、わたしにはこういう無活動な時間が恐ろしくなっていた。というのは、ホームズの頭脳が異常に活動的なので、それを活かす材料なしで放っておくのが危険なことを、経験上知っていたからである。(234)一度など彼の輝かしい経歴を危うくしかけたあの薬物好みを、わたしはここ何年もかけて徐々にやめさせてきた。普通の状況では、彼がもうこの人工的刺激物《しげきぶつ》を求めないのを知ってはいるが、この好みは単に眠っているだけで完全に断ち切れてはいないことも充分承知している。そして無駄に時間を過ごしているときなど、ホームズの禁欲的な顔にやつれた表情が浮かび、その深くくぼんだ、不可解な眼差しが物思わしげに見えると、その好みの眠りが浅くて、目覚めに近いことがわかった。そのため、オウヴァトン氏が何者であろうと、わが友の波乱多き人生に吹き荒れる、どんな嵐よりも危険な、この危うい静けさを破ってくれる謎めいた電文をよこした、この人物がありがたかった。

わたしたちが思ったとおり、電報が届いてほどなく、その送り主であるケンブリッジのトリニティ・カレッジのシリル・オウヴァトン氏の名刺が届けられ、それに次いで現れたのは、十六ストーン(235)(約一〇〇キログラム)はあろうかという、筋骨《きんこつ》たくましい大柄《おおがら》の青年だった。その広い肩幅で戸口をふさぎ、心労《しんろう》でやつれた端正《たんせい》な顔で、彼は私たちを代わる代わる眺めた。

「シャーロック・ホームズさんですね？」

ホームズは会釈《えしやく》をした。

「ホームズさん、わたしはスコットランド・ヤードまで行ってきました。スタンリ・ホプキンズ警部補にお目にかかりました。そして、彼からあなたの所へ行くよう勧められたのです。彼は、自分が見る限り、この事件は正規の警察よりあなた向きだと言われました」

「どうぞおかけになって、どのような事件なのかお話しください」

「ひどい話なのですよ、ホームズさん、まったくひどい話です！　髪の毛が白くなりそうです。ゴッドフリ・ストーントン——彼の名はもちろんご存じでしょうね。彼はチーム全体を支える中心人物なのです。前衛《ぜんえい》が二人欠けたとしても、スリー・クォーター[236]にゴッドフリがいればだいじょうぶ。パスにしても、タックルにしても、ドリブルにしても、彼に並ぶ者はいません。それに頭が良くて、チームをまとめる力があるのです。わたしはどうしたらいいのでしょうか。ホームズさん、教えてください。第一補欠のムアハウス[237]がいるにはいますが、彼は練習ではハーフでしたから、スクラムに割り込むのは得意でも、タッチラインを独走ということはできません。プレイス・キック[238]がうまいのはほんとうですが、判断力に乏しく、走るのはまったくダメです。まあ、モートンとかジョンスンといったオックスフォードの快足たちにはすぐ捕まってしまいます。スティーヴンスンは足が速いが、二十五ヤード・ラインからのドロップ・キックができません(239)。パント(240)もドロップ・キックもできないスリー・クォーターでは、足が速いだけでは役に立ちません。ホームズさん、あなたに助けていただいてゴッドフリ・ストーントンを見つけなくては、わたしたちはもう終わりです」

わが友は少し驚いたようだが、面白そうにこの長い演説を聞いていた。要所要所ではそのがっちりした手で膝《ひざ》を打つ、並外れて力強く、熱のこもった話しぶりだった。訪問者の長い話が終わると、ホームズは手をのばして自分で作った備忘録《びぼうろく》の「S」の部をおろした。多種多様な情報の宝庫も、この時ばかりは役に立たなかったようだ。

「ここにアーサー・H・ストーントン(241)、があるが、今をときめく若い偽金造《にせがねづく》りとある」と彼は言った。「そしてと、これはヘンリー・ストーントン、縛《しば》り首にするのに一役買った男だ。しかし、ゴッドフリ・ストーントンという名前は初登場だ」

今度は訪問者が驚く番だった。

「なんですって、ホームズさん、あなたは物知りだとばかり思っていたのですが」と、彼は言った。「ゴッドフリ・ストーントンの名を聞いたことがないというなら、シリル・オウヴァトンもご存じないでしょうね」

ホームズは上機嫌でうなずいた。

「驚きだ」と、運動選手は大声で言った。「ところで、わたしは対ウェールズ戦のと

きのイングランドの第一補欠で、今年はずっと大学チームで主将を務めてきました。けれども、それは大したことではありません。ケンブリッジとブラックヒースのチームで活躍《かつやく》して、五回も国際試合に出た、名スリー・クォーターのゴッドフリ・ストーントンを知らないイングランド人がいるとは思わなかった。びっくりです！　ホームズさん、いったいどちらに住んでいらしたのですか」

　ホームズは若い大男が素直に驚くのを見て、声を立てて笑った。

「オウヴァトンさん、あなたみたいに快活《かいかつ》で健康な人は、わたしにとって別世界の人間です。わたしは社会の様々な分野を扱っていますが、幸いといいますか、イングランド一健全で健康的なアマチュア・スポーツの世界は専門外なのです。けれども、思いがけず、このように朝早く訪ねていらしたところを見ると、新鮮な外気の下、フェア・プレーを旨《むね》とするその世界にも、わたしの出番があるということですかね。さあ、どうぞおかけになって、ゆっくり落ちついて、何がおきて、わたしにどういう助けをしてほしいのかを、詳しくお聞かせください」

　オウヴァトン青年は頭より筋肉を使うのに慣れた人間らしく、その顔には困ったような表情が浮かんだが、数多くの繰り返しや曖昧《あいまい》な点はここでは省《はぶ》くとして、少しずつだが奇妙な話を語りだした。

「話はこうなのです、ホームズさん。先ほども言いましたが、わたしはケンブリッジ大学ラグビー・チームの主将で、ゴッドフリ・ストーントンはチームの要《かなめ》です。明日はオックスフォードとの試合があるのです。昨日、わたしたちのチームはロンドンに入って、ベントリズ・プライヴェト・ホテル[242]に落ちつきました。十時に部屋を見てまわって、みんなねぐらへ行ったことを見とどけました。チームの好調子を保つのは、厳しい練習とたっぷりの睡眠《すいみん》です。ゴッドフリが寝に行く前に、二言三言、言葉を交わしました。彼は顔色が悪く、何か悩んでいたように見えました。わたしがどうしたのだと尋ねますと、だいじょうぶ、ちょっと頭痛がするだけだという答えが返ってきました。わたしはお休みと言って、別れました。それから半時間して、ポーターが来て、ひげ面の荒っぽい男が手紙を持ってゴッドフリに会いたいと言っていると言うのです。ゴッドフリはまだベッドには入っていなかったので、手紙を彼の部屋へ持って行かせました。ゴッドフリはそれを読むと、殴られでもしたように椅子《いす》に倒れ込んだのです。ポーターはびっくりして、わたしを呼ぼうとしましたが、ゴッドフリはそれを止め、水を飲んで、落ちつきを取り戻しました。それから、彼は階下におりると、ホールで待っていた男と二、三語交わしたあと、二人してでかけていきました。ポーターが二人を最後に見たとき、二人はストランドの方へと、ほとんど走るようにして行ったといいます。今朝、ゴッドフリの部屋はもぬけの殻《から》で、ベッドにも寝た形跡がありませんでしたが、持ち物はすべて前の晩に見たそのままでした。彼はあっという間に見知らぬ人物と共に姿を消し、それからなんの連絡もないのです。もう二度と帰ってこないような気がしてなりません。ゴッドフリはもう骨の髄《ずい》までスポーツマンですから、自分では手に負えないよほどの理由でもない限り、練習を止めたり、主将の期待を裏切るようなことはしないはずです。ですから、彼はもう永久に帰ってこなくて、二度と会えないのではないかという気がするのです」

シャーロック・ホームズはこの奇妙な話に注意深く耳を傾けていた。

「それでどうなさったのですか？」と、彼は尋ねた。

「ケンブリッジに電報を打って、そちらで彼について何か知らないかと尋ねてみました。返事は来ましたが、彼を見た人はいないそうです」

「ケンブリッジに戻ることはできたのですか？」

「はい、終列車は十一時十五分発ですから」

「しかし、あなたが確かめた限りでは、乗らなかったのですね？」

「はい、彼の姿を見た者はいません」

「次にどうなさいました」

「マウント・ジェイムズ卿(243)に電報を打ちました」

「どうしてまた、マウント・ジェイムズ卿にですか」

「ゴッドフリは両親を失くしていて、マウント・ジェイムズ卿が一番近い親戚に当たるのです――伯父《おじ》だと思います」

「そうですか。それは事件の新たな手がかりですね。マウント・ジェイムズ卿はイングランドでも指折りの金持ちですからね」

「ゴッドフリもそう言ってました」

「それであなたのご友人は彼と近い親戚関係にあるのですね」

「はい、ゴッドフリは彼の相続人なのですよ。卿は八十近くなっていて、そのうえ全身の痛風《つうふう》持《も》ちです。関節痛のために、げんこつの指のつけ根にはさまないとビリヤードのキューにチョークを付けられないなどと噂《うわさ》されているくらいです。なにしろひどいしまり屋でして、ゴッドフリにはただの一シリングも与えたことはないそうですが、まあいずれはたっぷりとちょうだいできるわけです」

「マウント・ジェイムズ卿からは返事がありましたか」

「いいえ」

「ご友人にはマウント・ジェイムズ卿の所へ行く理由があったのでしょうか」

「はい、昨夜は何か心配事があったようですから、金銭に関することだったとしたら、金持ちの最も近い親戚を頼って行った可能性もあるでしょう。しかし、これまでの話から考えて、金が貰《もら》える可能性があるとは思えません。ゴッドフリはこの年寄りを嫌ってました。自分でどうにかできることなら、訪ねたりはしないでしょう」

「まあ、それはいずれはっきりするでしょう。もしご友人が親戚のマウント・ジェイムズ卿のところへ行くつもりだったのなら、夜遅く荒くれた男が訪ねてきたことや、その男が来たことでなぜゴッドフリが動揺したのか、説明いただかなくてはね」

シリル・オウヴァトンは両手で頭を抱えた。「わたしにはまったくわかりません！」と、彼は言った。

「さてと、まあ、今日は一日ほかにすることもありませんから、よろこんでこの事件を調べさせてもらいましょう」と、ホームズは言った。「あなたは、この青年のことは伏せたまま、今日は試合に向けて準備してください。おっしゃるように、彼がこういうふうに姿を消したのには、何か差し迫った必要があったのでしょうし、同じ理由から身動きがとれないのかもしれません。一緒にそのホテルへ行って、ポーターから何か事件の新しい手がかりが得られないか、調べてみましょう」

シャーロック・ホームズは、地位の低い証人を楽な気持ちにさせる術にかけては名人であり、裁判官も顔負けで、すぐにゴッドフリ・ストーントンがいなくなった部屋で、ポーターが知っていることすべてを聞き出した。その前夜の訪問者は、紳士でも、労働者でもなかった。ポーターの描写によればまったく「その中間の外見の男」だということだった。白髪混じりのひげを生やした五十くらいの男で、顔色が悪く、服装は地味《じみ》だった。男自身も動揺していたように見えた。手紙を手渡す手が震《ふる》えていたのを、ポーターが見ていた。ゴッドフリ・ストーントンはその手紙をポケットにねじ込んだ。ストーントンはホールでその男と握手はしなかったという。二人は二言、三言、言葉を交わしたが、ポーターに聞こえたのは「時間」という言葉だけだった。それから二人は前にも述べたように、急いで出かけていった。ホールの時計がちょうど十時半を指していたという。

「そうか」と言って、ホームズはストーントンのベッドに腰をかけた。「君は昼間の係りだったたね」「はい、勤務は十一時までです」

「夜の係りも何も見ていないだろうね」

「はい、劇場帰りの一団が夜遅く戻られましたが、そのほかには」

「昨日は一日中勤務についていたのかい」

「はい、そうです」

「ストーントンさんに何か伝言はなかったかね」

「そう、電報が一通届きました」

「ああ！　それはいい。それは何時だったかい」

「六時頃です」

「ストーントンさんはどこで電報を受け取ったのかな」

「このお部屋でです」

「電報を開けたとき、君もそばにいたのかい」

「はい、ご返事があるかもし

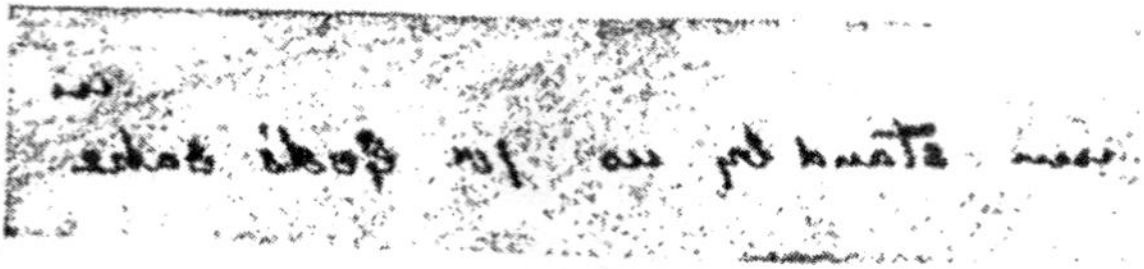

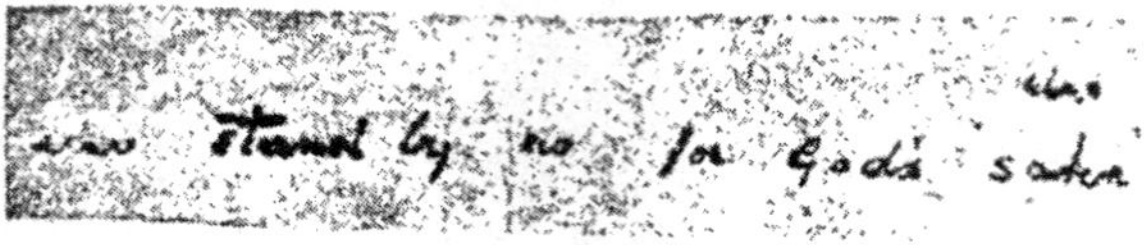

れないので、待っていました」

「それで、あったのかね」

「はい、返事を書いておられました」

「それを受け取ったのかい」

「いいえ、ご自分でお持ちになりました」

「でも、君の目の前で返事を書いたのだろう?」

「はい、わたしは戸口に立っていて、あの方はあそこのテーブルで、こちらには背を向けておられました。書き終わったら、『君、いいよ、自分で持って行くから』とおっしゃったのです」

「何を使って書いていたのかな」

「ペンです」

「電報用紙はテーブルにあるこれだね」

「そうです。その一番上のです」

ホームズは立ち上がって、用紙を取ると、それを窓辺に持っていき、一番上の紙を注意深く調べた。

「残念ながら、鉛筆書きじゃない」と言って、彼は失望したように肩をすくめ、用紙を投げ出した。「ワトスン、きっとこれまでにもよく見ただろうが、鉛筆なら跡が写る――実際、それでたくさんの幸せな結婚がご破算《はさん》になったものだ。けれども、これには写っていない。しかし、うれしいことに、彼は太い羽ペンを使って書いていることがわかる。この吸い取り紙に跡が付いているに違いない。ほら、見たまえ、確かにこれだ」

彼は吸い取り紙を一枚破って、次の符号《ふごう》のような文字(244)をわたしたちの方に見せた。シリル・オウヴァトンはひどく興奮していた。「鏡に映してみましょう」と、彼は大声で言った。

「その必要はないでしょう」と、ホームズは言った。「紙が薄いから、裏から書いてあることがすけて見えます。ほら」彼が紙をひっくり返すと、こう読めた。

「ゴッドフリ・ストーントンが失踪する前、数時間以内に打った電文の末尾がこれです。少なくとも六つの言葉は残っていないわけだが、残りの『Stand by us by God's sake!(我らをお助けください、お願いです!)』という言葉からは、青年に恐ろしい危険が迫っていて、誰かそれから守ってくれる人がいることがわかる。『Us(我らを)』という言葉が要注意だ! もう一人別の人間が関係している。顔色の悪いひげ面の男でなければ、いったい誰だろう? 彼もずいぶん動揺していたらしいが。それでは、ゴッドフリ・ストーントンとそのひげ面の男はどういう関係なのだろう。そして、差し迫った危険を避けようと二人が救いを求めた、第三の人物とは何者だろうか。ぼくたちの捜査は、すでにそこまで的が絞《しぼ》られたわけだ」

「電報の宛先が誰かさえわかればいいのだねえ」と、わたしは言った。

「そのとおり、ワトスン。なかなかいい着想だが、そのくらいはぼくも考えていた。けれども、電報局へ行って、他人が打った電文の控《ひか》えを見せてほしいと言っても、局員としてはそう簡単に見せられないことくらい、君も知っているだろうね。こういうことでは役所は融通《ゆうずう》がきかないのさ。それでも、用意周到にうまくやれば、きっと目的を達することができるよ。ところでオウヴァトンさん、あなたの立ち会いの下《もと》で、このテーブルに残された書類に目を通したいのですが」

テーブルの上には、手紙、請求書、それにノートの類がたくさんあったが、ホームズはそれらをひっくり返し、神経質そうな指で素早くめくっては、射るような鋭い目つきで調べていった。「ここには何もない」と、最後に彼は言った。「ところで、あなたのご友人は丈夫《じょうぶ》だったようですが――どこか具合の悪いところはありましたか」

「まったくの健康体です」

「病気だったことはないですか」

「一日たりともありません。向こうずねを蹴《け》られた傷で寝込んだのと、一度膝蓋骨《しつがいこつ》を脱臼《だっきゅう》しましたが、大したことではありませんでした」

「おそらく、彼はあなたが思うほど丈夫ではなかったのでしょう。何か人に言えない病気にかかっていたのかもしれない。あなたさえよければ、今後の調査と関係があるかもしれないので、ここの書類から一つ二つ預からせてください」

「ちょっと、ちょっとお待ちを！」という気難しそうな大声がして、わたしたちが目を上げると、妙な格好をした小がらな高齢の男が戸口で体をよじるように震わしている。彼は古ぼけた黒い服に、たいそうつばの広いシルクハットをかぶり、白いネクタイをだらしなく結《むす》んでいた——全体として、飾り気のない牧師か、葬儀《そうぎ》屋《や》の供人《ともびと》(245)といった感じである。それでも、みすぼらしさを通り越してこっけいとさえ言えるような外見にもかかわらず、声に

は鋭い張りがあり、人の注意を引きつける、機敏《きびん》で熱のこもった態度であった。

「あんたは誰だね、なんの権利があって、こちらの紳士の書類に手をつけておるのだ」と、彼は尋ねた。

「わたしは私立探偵で、こちらの方が失踪した理由を知ろうとしているのです」

「ああ、そういうことか。で、誰に頼まれたのかな」

「このストーントンさんのご友人が、スコットランド・ヤードから私を紹介されたのです」

「あなたの名前は」

「シリル・オウヴァトンといいます」

「では、わしに電報をよこしたのは、君かね。わしはマウント・ジェイムズ卿という者だ。ベイズウォーターの乗合馬車(246)で、急ぎに急いで来た。では、君が探偵を雇《やと》ったのだな」

「そうです」

「とすると、その費用は君が持つということかな?」

「友人のゴッドフリが見つかれば、彼が払ってくれるはずだと思いますが」

「だが、見つからなんだらどうする? 答えなされ!」

「その場合は、きっと彼の家族が……」

「とんでもない！」と、小がらな老人は声を張り上げた。「わしは一銭も払わんぞ――一銭たりともだ！　それを覚えておきなされ、探偵さん！　この青年の家族といえば、わしだけだが、わしには責任はない。あいつが遺産を期待できるのも、このわしが無駄金を使わなかったからだし、これからだって使うつもりはないのだ。あんたが勝手にひっかきまわしとるその書類も、中に大事なものが入っていたら、やったことについては後でちゃんと責任をとってもらいますからな」

「よろしいでしょう」と、シャーロック・ホームズは言った。「ところで、この青年の失踪について、何かお心当たりはありませんか」

「ないですな。自分の面倒はちゃんと見れるくらい大きいし、年もとっている。行方不明になるほどのまぬけだとしても、探し出す責任を負うのはまっぴら、お断りです」

「お立場はよくわかります」と言うホームズの目は、いたずらっぽく輝いていた。「けれども、おそらく、私の立場をご理解いただけてないようですね。ゴッドフリ・ストーントンさんは貧しかったようですから、彼が誘拐《ゆうかい》されたのだとしたら、彼自身の持ち物が目当てであるはずはありません。マウント・ジェイムズ卿、あなたが富豪《ふごう》だということは、海外にも知れ渡っているのですから、強盗の一味があなたの甥《おい》ごさんをつかまえて、あなたの屋敷、日頃の習慣、財産などに関する情報を得ようとした可能性も高いでしょう」

つっけんどんなこの小がらな訪問者の顔は、ネクタイと同じように蒼白《そうはく》になった。

「やれやれ、なんということだ！　そんな悪事があるとは考えもつかなかった！　世の中にはなんという人でなしがおるものだ！　だが、ゴッドフリは立派な、しっかりした青年だ。おいぼれたこの伯父を売ったりはせんだろう。今晩にでも、金目の食器類を銀行に預けるとしよう。探偵さん、あんたのほうは労を惜しまんでくださいよ。八方《はっぽう》手を尽くして、甥を無事連れ戻してくだされ。金なら、そう、五ポンド（約一二万円）、いや十ポンドでも、わしが払うとしよう」

心のよろいはとれたものの、彼は甥の私生活をほとんど知らなかった、このりっぱな守銭奴《しゅせんど》からは、役に立ちそうな情報は何も得られなかった。手がかりはただ一つ、電文の切れはしだけということになり、ホームズはその写しを手に、鎖《くさり》の第二の環《わ》を探しに出かけた。わたしたちはマウント・ジェイムズ卿をその場に残し、オウヴァトンはチームに降りかかった災難について、チームメイトと相談しに帰った。電報局はホテルのすぐ近くにあった。わたしたちはその外で足を止めた。

「ワトスン、試してみる価値はあるよ」と、ホームズは言った。「もし令状があれば、写しを見せろと要求できるのだが、まだその段どりができていない。忙しい場所だから、顔は覚えてないだろう。一か八か、やってみるか」

「恐れ入りますが」と、彼はこれ以上ないといった柔らかな物腰で、格子窓の向こうの若い女性に話しかけた。「昨日打った電報にちょっとした間違いがありまして。返事がこないのですが、末尾に自分の名前を書き忘れたのではないかと思うのです。ちょっと確かめてもらえませんでしょうかね」

若い女性は写しの束をめくった。

「何時でした？」

「六時ちょっと過ぎです」

「どなた宛てですか？」

ホームズは唇に指を当てて、私のほうをちらっと見た。「最後が『for God's sake（お願いです）』で終わっているものです」と、彼はないしょめかしてささやいた。「返事がなくて、心配でしかたがないんです」

若い女性は一枚の電文用紙を引き抜いた。

「これですわ。お名前がありませんね」と言うと、彼女はそれをカウンターの上で、平らにのばした。

「これでは返事が来ないのも当り前ですね」と、ホームズは言った。「なんとまぬけなことをしたのだろう、本当に！　ありがとう、お嬢さん、これで胸が軽くなりましたよ、ごきげんよう」再び通りへ出ると、彼はくすくす笑いながら両手をこすり合わせた。

「それで？」と、わたしは尋ねた。

「一歩前進だ、ワトスン、一歩前進だ。あの電報をチラッとみるのに、七つほど策《さく》を練《ね》っておいたのだが、最初の手で成功するとは思わなかった」

「それで何がわかったのかい」

「捜査の出発点さ」彼は辻馬車を止め、「キングズ・クロス駅まで」と言った。

「それでは、旅行というわけかい」

「そう。ぼくたちは一緒にケンブリッジまで行かねばなるまいね。手がかりのすべてがその方向を指している」

「ねえ」と、グレイズ・イン・ロードをガタガタ走りながら、わたしは聞いた。「失跡の理由について、もう、何か気づいているのかい。これまでも事件はたくさんあったけれども、これほど動機のはっきりしないものは初めてだね。金もちの伯父さんの財産目当てで、情報を引きだそうと誘拐されたなどと、本当にそう思っているわけではないだろうね」

「ワトスン、ぼくにしたって、そういうことで説明できそうだとは思わないよ。けれども、あの異常なほどつっけんどんなお年寄の気を引くには、最高の説明だと思ったのさ」

「確かに、効果はあったね。だが、それに代わる君の説はどうなのかい」

「それならいくつかあるよ。この事件が大事な試合の前日に起きて、一方のチームの勝利に欠かせない人物一人だけが巻き込まれたということは、奇妙だし暗示的でもあると思う。もちろん、偶然の一致ということもあるけれど、興味深いことは確かだ。アマチュア・スポーツは賭《かけ》の対象にはならないが、大衆の間じゃ場外賭博《とばく》が盛んだから、競馬場のごろつきどもが競馬馬を買収するように、選手を買収する者がいてもおかしくはない。これが第一の説明。二番めはもっとわかりやすい。この青年は現在どれほど質素《しっそ》に暮らしていても、実際には莫大《ばくだい》な財産の相続人だから、身代金《みのしろきん》目あてに誘拐したという筋書きも考えられなくはない」

「そういう説だと電報の件が説明できないね」

「そのとおりさ、ワトスン。電報は唯一、ぼくたちに残された確かな証拠で、それをもとに捜査する必要があるし、そこから注意をそらせてはいけない。今、ケンブリッジに向かっているのも、この電報の目的についての手がかりを得ようというわけさ。捜査の方向は今はまだ不明確だが、夜までにははっきりしないか、あるいはこの線でかなり進んでいなければ、そのほうが驚きさ」

　わたしたちが由緒《ゆいしょ》ある大学の町に着いた頃には、すっかり日も暮れていた。ホームズは駅で馬車を雇うと、馭者《ぎょしゃ》にレズリ・アームストロング先生の家まで行くように命じた。数分後、馬車は往来の激しい表通り(247)に面した大きな邸宅《ていたく》の前で止まった。わたしたちは中へ招き入れられ、長く待ってから診察室に通されると、テーブルの後ろに医者が座っていた。

　レズリ・アームストロングという名を知らなかったこと自体、いかにわたしが医業から遠ざかっていたかを示している。今では、彼がケンブリッジ大学医学部の指導者の一人であるばかりか、複数の科学分野でヨーロッパに名をはせる思想家でもあることを承知している。彼の輝かしい経歴を知らなくても、ひと目その姿を見ただけで、心を動かさずにはいられない人物であった。大きな四角い顔、長い眉《まゆ》の下の思索的《しさくてき》な眼差し、頑固《がんこ》そうなしっかりとしたあご、洞察力《どうさつりょく》に優れ、鋭い頭脳を持ち、毅然《きぜん》とした、苦行者のごとき、畏敬《いけい》の念を抱かせる人物、レズリ・アームストロング先生はそういう人であった。彼はわが友の名刺を手に取って見ていたが、目を上げると、気難しそうなその顔には、いかにも不快そうな表情が見てとれた。

「お名前はうかがっています、シャーロック・ホームズさん。お仕事も存じていますが、わたしには認めがたい類のものですな」

「その点では、先生、先生はこの国の犯罪者全員と同じ意見のようですね」と、ホームズは穏やかに言った。

「あなたの努力が犯罪の抑制《よくせい》に向けられている限りでは、社会の良識《りょうしき》ある人の支持を

受けるに違いないが、それが目的なら、公的機関が十二分な役割を果たしているのではないでしょうか。あなたの職業が批判にさらされる点は、個人の秘密をほじくり出したり、隠しておいたほうがいい家族の問題を暴いたり、それにともなって、あなたより忙しい人間の時間を浪費《ろうひ》することですね。例えば、今なども、わたしはあなたとこうして話

しているより、論文を書いていたいのです」

「おっしゃるとおりです、先生。ですが、この会話が論文より重要かもしれませんよ。ついでながら言わせていただくと、わたしたちは、先生が当然ながら非難されたことと反対のことをしようとしてるのです。事件がすっかり警察の手に委《ゆだ》ねられたら、私事が公《おおやけ》にならざるを得ないのを、何とかくい止めようと努力しているのです。わたしを国の正規軍の前面に出ていく、非正規軍の工兵なみにお考えください。わたしはゴッドフリ・ストーントンのことについてうかがいたいと参ったのです」

「どんなことをですか」

「彼のことはご存じですね」

「親しい友人です」

「彼がいなくなったことはご存じですね」

「えっ、まさか！」医師のしかつめらしい表情にはなんの変化もなかった。

「彼は昨夜ホテルを出て、それ以来なんの連絡もないのです」

「きっと帰ってくるでしょう」

「明日は大学対抗のフットボールの試合があるのですよ」

「あんな子どもじみたゲームはわたしは嫌いです。けれども、この青年の運命には大変関心があります。彼とは知り合いだし、彼には好感を持っていますからね。フットボールの試合など、まったくわたしの関心外だ」

「それでは、ストーントンの運命に関するわたしの捜査には、関心がおありでしょうね。どこにいるかご存じですか」

「もちろん知りません」

「昨日からですが、姿を見かけませんでしたか」

「いや、見かけない」

「ストーントンさんは健康でしたか」

「それはもう」

「具合が悪かったことはないですか」

「ないね」

ホームズは医師の目の前に一枚の紙を差し出した。「それでは、ゴッドフリ・ストーントンさんがケンブリッジのレズリ・アームストロング医師に先月支払った十三ギニー（約三二万七六〇〇円）のこの受領書について、ご説明いただきましょう。彼の机の上にあった書類の中から持ってきました」

医師は怒りで真っ赤になった。

「あなたに説明しなければいけない理由はないと思います、ホームズさん」

ホームズはその受領書を手帳にはさんだ。

「公に説明なさりたいなら、いずれその機会は来るでしょう」と、ホームズは言った。「さきほども申し上げましたが、他の人間の場合なら公にする義務があることでも、わたしなら内密《ないみつ》にできるのですから、わたしを完全に信用なさることが賢明だと思います」

「わたしは何も知りませんよ」

「ストーントンさんがロンドンから何か言ってきませんでしたか」

「もちろん知りません」

「おや、まあ！　また電報局に戻りますか！」ホームズはうんざりしたようにため息をついた。「昨夜六時十五分に、ゴッドフリ・ストーントンはロンドンからあなた宛てに至急電報を打っているのです。間違いなく今度の失踪と関係のある電報をです。それをあなたは受け取っていないとおっしゃる。まことにけしからんことです。わたしが、この局に出向いて行って、文句を言いましょう」

レズリ・アームストロング先生は机の後ろから飛び出してきたが、浅黒い顔は怒りで真っ赤になっていた。

「悪いがこの家から出ていってもらいます」と、彼は言った。「あなたを雇ったマウント・ジェイムズ卿に伝えたまえ。卿ともその代理人とも係わりを持ちたくないとね。いや、もう話すことはない！」彼は荒々しくベルを鳴らした。「ジョン、この方たちをお送りして」もったいぶった執事がうむを言わせずわたしたちを戸口まで送り、わたしたちは通りへ出た。ホームズは大笑いしだした。

「レズリ・アームストロング先生というのはほんとうに精力的で、面白い人だね」と、彼は言った。「彼がその才能を違う方向に使ったらの話だが、あの著名なモリアーティが亡くなって空いた穴を埋めるのに、彼以上の人間はいないね。さてと、ワトスン、残念だがぼくたちはこの無愛想《ぶあいそう》な町で、友もなく立ち往生《おうじょう》だ。けれども、ここを去れば事件は解決できない。アームストロングの家の真向いのこの小さな宿屋が、ぼくたちの仕事にはおあつらえむきだ。君が道に面した部屋を取って、今夜の必需品《ひつじゆひん》を買ってきてくれたら、ぼくはもう二、三、調査をする時間がとれるのだが」

しかし、この調査はホームズが思った以上に長引いたようで、彼がやっと戻ってきたのはもう九時になろうとする頃だった。ホームズは顔色も悪く、落胆《らくたん》し、ほこりでよごれ、飢《う》えと疲労で消耗《しょうもう》しきっていた。冷たくなった夕食がテーブルに用意されていたので、飢えを満たし、パイプに火をつけた。そして仕事が巧《うま》くいきそうにないときの常で、彼は例の半ばちゃかしながらも、達観《たっかん》しきった見方に傾きそうな気配だった。すると、馬車の車輪の音がして、彼は立ち上がって窓から外を見た。ガス灯の光に照らされ、二頭の葦毛《あしげ》の馬が引くブルーム型馬車(248)が、医師の家の戸口に止まっていた。

「三時間も出ていたことになる」と、ホームズは言った。「六時半に出て、また戻ってきた。ということは、半径十マイルから十二マイル（約一六〜一九キロメートル）の範囲だが、先生は日に一度、時には二度出かけるのだ」

「開業医ならおかしくはないさ」

「しかし、アームストロングは実際には開業医ではないよ。彼は講師兼顧問《こもん》医師で、一般の診療《しんりょう》は好まない。書き物ができなくなると言ってね。それなのに、なぜこのような遠出をするのだろう。さぞかし面倒だろうに、それに誰を訪ねるのだろうか」

「馭者に聞いたらどうだろうか」

「ねえ、ワトスン、ぼくがまず馭者に当たらなかったとでも思うのかい。馭者が生まれつきがらが悪いのか、主人に言われてかはわからないが、失礼にも犬をけしかけてきた。しかし、犬も人もぼくの杖《つえ》は嫌いとみえ、大事には至らなかったよ。そんなこともあって関係が悪くなって、それ以上の質問は問題外さ。この宿の裏庭にいた地元の親切な人から聞いた話が、収穫《しゅうかく》のすべてだ。医者の習慣や毎日の遠出のことを教えてくれたのも、この人なのだ。その時さ、彼の言葉を証明するように、馬車が戸口へやってきた」

「馬車を尾行できなかったのかい」

「すばらしいよ、ワトスン！　今夜は冴《さ》えてるねえ。そのことはぼくも考えた。君も気づいたかもしれないが、宿の隣は自転車屋だ。だから、そこに走り込んで、自転車を一台借りて、馬車が見えなくなる前に出発することができた。急いで追いついて、それからは慎重に一〇〇ヤード（約九〇メートル）くらいの距離を保って、馬車の明りを追っていくと、町から完全に出てしまった。田舎道をたっぷり走った頃、ちょっと残念なことが起きたのだ。馬車が止まると、先生が降りてきて、ぼくも止まっていたのだけれど、そこまで大急ぎで戻ってきて、皮肉たっぷりにこう言うのさ。道が狭いので心配なのだが、馬車が自転車の通行をじゃましてないでしょうかってね。あの言い方はお見事というしかなかったね。ぼくはすぐに馬車を抜いて、本街道を二、三マイル走り続け、馬車が通り過ぎるのを見つけやすい場所で止まった。けれども、馬車はやって来る気配もない。何本か横道があったことは、ぼくも気づいていたが、きっとそのどれかを曲がったのだろうね。ぼくは来た道を引き返したが、それでも馬車の姿はなかった。そして、君も知っているように、馬車はぼくより後に帰ってきたわけだ。もちろん、最初はこの遠出とゴッドフリ・ストーントンの失踪を結びつけるような、特別な根拠があったわけではない。今は、アームストロング医師に関することなら何にでも関心があるという、漠然《ばくぜん》とした理由から調べてみる気になっただけだよ。けれども、彼が馬車での遠出を尾行する人間に目を光らせていることがわかったからには、この件はずっと重要味を帯びてくるね。ぼくとしても、はっきりさせないことには、満足できない」

「明日も一緒に尾行できるよ」

「そうかな? 君が思うほど簡単ではないのだ。君はケンブリッジの風景を知らないね。隠れるところがないのだ。今晩通ったところも、どこもかしこも君の手のひらのように平らで、遮《さえぎ》るものがない。それに今夜はっきりしたように、ぼくたちが追っている相手は決しておろかではない。オウヴァトンに電報を打って、ロンドンで新しい動きがあったら、ここへ知らせてくれるように頼んでおいたから、その間、こっちはアームストロング先生に密着しているしかないね。電報局のあの女性が協力してくれたおかげで、至急電報の写しを見ることができたのだが、そこに彼の名があったのだ。彼はあの青年の居場所を知っている——これは断言できる——彼が知っているのに、ぼくたちにはわからないとすると、それはこちらの失態《しったい》だ。今のところ、彼のほうが役者が一枚上と認めざるを得ないが、ワトスン、君が知っているように、ぼくはこのゲームをそういう状態のまま放っておく性分《しょうぶん》ではないよ」

しかし、次の日になっても、事件解決のめどはたたなかった。朝食後、一通の手紙が届けられると、ホームズは笑みを浮かべて、それを私に手渡した。

拝啓《はいけい》、私のあとをつけても時間の無駄というものです。昨夜おわかりのように、馬車の後部には窓が付いています。ぐるっとまわって出発地点に戻る、二十マイル（約三二キロメートル）の旅がお望みであれば、私のあとをつけるがいいでしょう。しかし、私をどれほど監視しても、ゴッドフリ・ストーントン氏の助けにはなりません。その紳士のためにあなたができる最良の仕事は、即刻ロンドンへ戻り、彼を見つけだすのは不可能だと、雇い主に報告することです。ケンブリッジに残られても、時間の無駄というものです。敬具《けいぐ》

「この先生は敵ながら率直で正直だ」と、ホームズは言った。「そう、ますます興味をかき立てる。ここを離れる前にもっと知っておく必要があるね」

「今、先生の家の戸口に馬車が来たよ」と、わたしが言った。「ほら、乗り込むところだ。乗り込みながら、こちらの窓を見上げたよ。運を天にまかせて、ぼくが自転車でつけてみようか」

「いや、だめだ、ワトスン！　君の生来の洞察力には敬服《けいふく》するけれども、あのご立派な先生が相手では勝負にならないと思う。ぼくが独自に調べれば、目的は達せるだろう。残念だけれど君は君で勝手にしてもらうしかない。のどかな田園を見知らぬ人間が二人して嗅《か》ぎ廻《まわ》ったのでは、いらぬ噂になる可能性があるからね。きっとこの由緒ある町には、君が楽しめる場所もあるだろう。夕方までには、もっといい知らせを持

って戻ってくるよ」

しかし、今回もホームズは失望する羽目になった。彼は、夜になって、成果もなく疲れはてて帰ってきた。

「まったく無駄な一日だった、ワトスン。先生が大体どちらへ向かったかはわかってたから、一日かけてケンブリッジのその方角にある村々を訪ね歩いて、パブの主人や土地の情報通に話を聞いてまわった。チェスタートン、ヒストン、ウォータービーチ、それにオウキングトン[249]と、それぞれに当たってみたけれど、収穫はなかった。あの静かな田園[250]に、毎日二頭立ての馬車が現れれば、目にした人がいないわけがない。今回も先生の勝ちだ。ぼく宛ての電報は来てるかい？」

「来てるよ。ぼくが開けてみたが、これだ。『トリニティ・カレッジ、ジェレミー・ディクスンにポンピを頼め[251]』これは何のことかねえ」

「ああ、それははっきりしているよ。ぼくたちの友人のオウヴァトンからで、ぼくの質問に対する答えなのさ。ジェレミー・ディクスンさんに手紙を出しさえすれば、きっとぼくたちに運が戻ってくるよ。ところで、試合に関するニュースはあるかい」

「そう、土地の夕刊の最終版に詳細な記事が載《の》ってる。オックスフォード大がワン・ゴール、ツー・トライ[252]の差で勝ったそうだ。記事の最後にこう書いてある――『ケンブリッジのライトブルーの敗因はすべて、国際試合級のゴッドフリ・ストーントンの不運な欠場にあり、絶えず彼さえいればと痛感させられた。スリー・クォーターのチームワーク不足と攻守のあやうさのため、重量級前衛の懸命の努力も及ばなかった』」

「それでは、オウヴァトンの予感は当たったね」と、ホームズは言った。「個人的には、ぼくもアームストロング先生と同意見で、フットボールには関心が持てない。ワトスン、今日は早く寝るよ。明日は波乱《はらん》に豊んだ一日になりそうだからね」


翌朝、起きてすぐに見たホームズの姿に、私は唖然《あぜん》とした。彼は皮下注射器を手に火のそばに座っていたのだ。わたしはそれを彼の性格上の唯一の欠点と結びつけてしまい、彼の手に例の注射器が光っているのを見て、最悪の事態を考えてしまった。うろたえるわたしの顔を見て、彼は笑って注射器をテーブルに置いた。

「いや、いや、君、何も驚くことはないよ。今度は、これは悪魔の道具ではなく、事件の謎を解く鍵になるのだから。すべての希望はこの注射器頼みだ。ちょっとした偵《てい》察《さつ》から帰ったところなのだが、万事順調だ。しっかり朝食をとっておいてくれたまえ、ワトスン。今日はアームストロング先生を追跡することになる。いったん追跡が始まったら、敵を穴に追い込むまで、休みも食事もなしだからね」

「それなら」と、わたしは言った。「朝食を持っていったほうがよくないかな。先生は早く出そうだ。もう馬車が来てる」

「心配はいらないよ。先に行かせればいい。ぼくが追いつけない場所まで行けたら、そうとうなものだ。食事を終えたら一緒に下へ来てくれたまえ。これからする作業に、素晴らしい専門的腕前を発揮する探偵を一人、紹介しよう」

　階段を下りると、わたしはホームズの後ろについて馬屋のある中庭へ入った。そこで、彼はルース・ボックス(253)の扉を開け、ずんぐりして、耳の垂れた、白と黄褐色《おうかっしょく》のぶちの犬を一頭引き出したが、それはビーグル犬とフォックスハウンドの中間のような犬だった。

「これがポンピだよ」と、ホームズが言った。「ポンピは地元が誇る臭跡猟の猟犬(254)なんだ。体型を見れば、それほど俊足《しゅんそく》ではないとわかるが、臭いの追跡にかけたら筋金入《すじがねい》りだ。さあ、ポンピ、おまえの足が速くないといっても、ぼくたちロンドン育ちの中年よりはずっと速いだろうから、首にこの革ひもを付けさせてもらうよ。さあ、おいで、おまえの働きぶりを見せておくれ」ホームズは犬を連れて、医師の家の玄関口へと向かった。犬はしばらく臭いを嗅《か》いでいたが、やがて興奮気味に甲高《かんだか》い鳴き声を上げ、通りを走り出したが、しきりに革ひもを引っ張っては、先を急ぎたがった。半時間ほどで、私たちは町を出て、田園の道を急いでいた。

「ホームズ、いったい何をしたのだい？」と、わたしは尋ねた。

「古くさい陳腐《ちんぷ》な仕掛だけどね、役に立つこともある。今朝、医師の家の庭に侵入し

て、馬車の後輪に注射器一本分のアニス油をふりかけたのさ。臭跡用の猟犬なら、ここからジョン・オ・グロウツ[255]までだって、アニス油の臭いを追って行くよ。アームストロングがポンピの追跡を振り切るには、カム川[256]の水の中でも走らなければならないだろうね。ああ、こざかしい悪党め！　このあいだの晩はその手でまかれてしまったのだ」

　犬は突然本道をはずれて、草の生えた小道へと入った。半マイル（約八〇〇メートル）ほど進むと、また前とは違う広い道に出たが、臭跡はここで急に右に曲がって、さきほど出てきた町の方角へと戻っていった。道は大きく曲がりながら町の南側へ出て、出発したときとは反対の方向へと延《の》びていた。

「この迂回《うかい》は、ぼくたちを完全にまくためだったのだな」と、ホームズが言った。「どうりで、あの村々を調べても何も出なかったわけだ。確かに博士は必死で駆《か》け引きをしているが、なんでこんなに手の込んだ策略《さくりゃく》を使うのかを、知りたいものだね。右手に見えるのはトラムピントン村[257]のはずだ。なんてことだ！　馬車が角を曲がってくるぞ！　急げ、ワトスン、急がないと見つかる！」

　ホームズはいやがるポンピを引きずって、畑の入口へと飛び込んだ。わたしたちが生け垣《がき》の陰に潜《もぐ》りこんだとたん、馬車が音を立てて過ぎていった。中にちらりとアームストロング先生の姿が見えたが、肩を丸め、両手で頭を抱えて、何かひどく悩んでいるようだった。ホームズの深刻そうな顔から、彼もその姿を見たことがわかった。
「捜査はなにやら暗い幕切れになりそうだね」と、彼は言った。「それはまもなくわかるだろう。いくぞ、ポンピ！　おや、畑の中に小屋があるぞ」

　捜査の旅が終点に来たのは、間違いなかった。ポンピは、馬車の轍《わだち》が残る門の外側を走り回っては、しきりに鼻を鳴らした。ぽつんと建つ小屋へと小道が続いている。ホームズは生け垣に犬を繋《つな》ぎ、二人して先を急いだ。ホームズが丸太造りの小さなドアを二度ほどノックしたが、返事はなかった。しかし小屋には誰か人がいた。低い音が聞こえるのだ――どことなくやるせなく、苦悩に満ちた、絶望的なうめき声のようだった。ホームズは意を決しかねて立ち止まっていたが、やがてさきほど通ってきた道の方を振り返った。馬車が一台来たが、間違いなくあの葦毛が引いていた。
「なんということだ、医者が戻ってきた！」ホームズが叫んだ。「これで決まりだ。彼が来る前に、どういうことなのか見に行こう」

　彼がドアを開け、わたしたちは玄関ホールへと入った。うめき声はだんだん大きくなり、やがて長く尾を引く悲《ひ》嘆《たん》の嘆き声となった。声は二階から聞こえてきた。ホームズが階段をかけ上り、私もその後を追った。彼が半開きのドアを開けたが、わたしたちは二人とも目の前の光景にぎょっとして立ち尽くしてしまった。

　若く美しい女性が一人、ベッドに横たわって死んでいたのだ。ぼんやりと大きく見

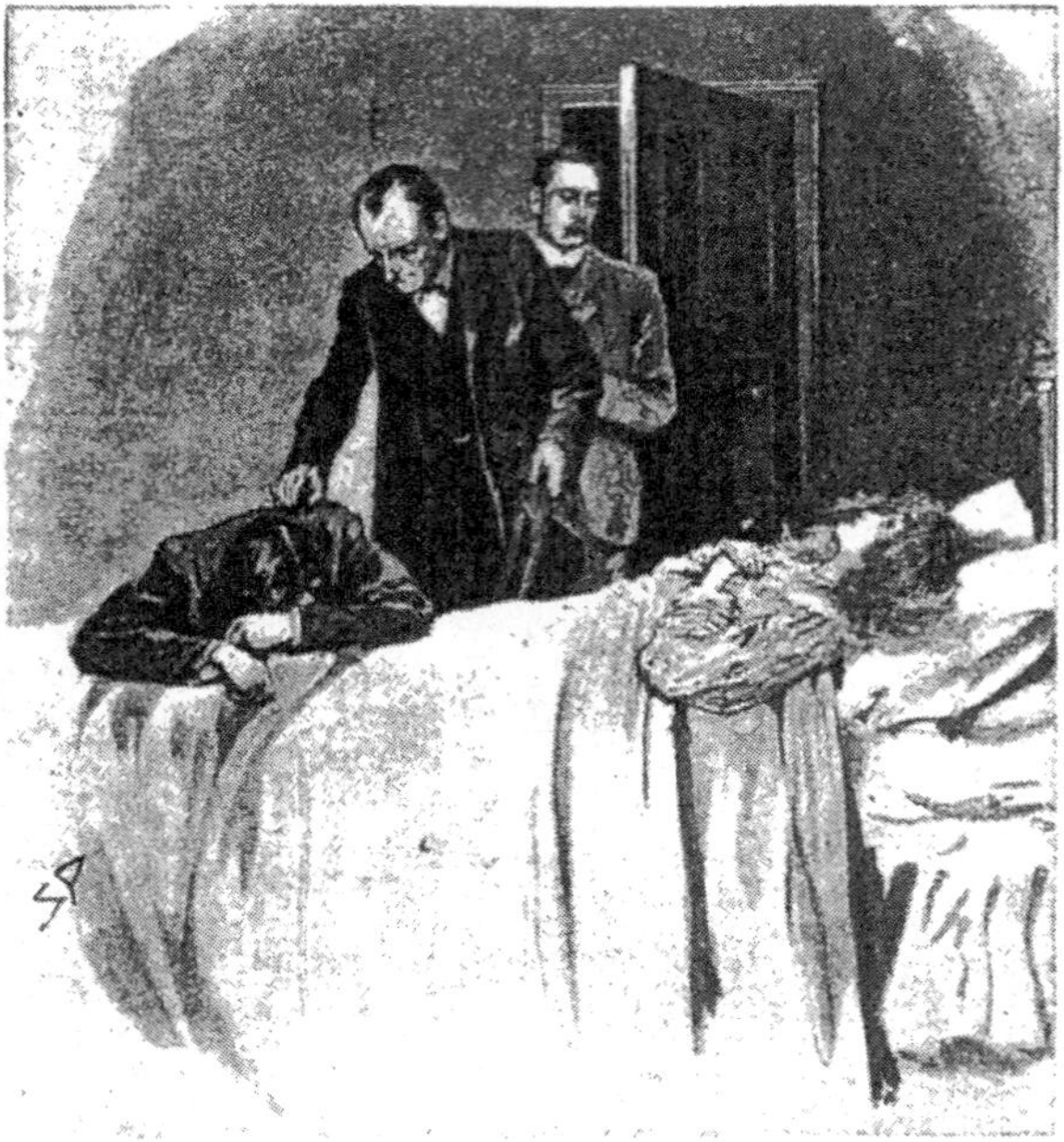

開かれた青い目をした、穏やかな青白い顔は、もつれた豊かな金髪に縁取られ、まっすぐ上を向いていた。ベッドの足元には、半ば座り、半ばひざまずくような格好で、シーツに顔を埋めた青年が一人いて、体を絞《しぼ》るように泣いていた。青年はひどく悲嘆にくれたようすで、ホームズがその肩に手を置くまで、その顔を上げなかった。

「ゴッドフリ・ストーントンさんですね」

「はい、そうですが――手遅れです。彼女は亡くなりました」

男は頭が混乱しているのか、わたしたちは彼が助けを求めて呼びにやった医者ではないと言っても、理解できないようだった。ホームズは短いお悔やみの言葉をかけ、あなたが突然いなくなって、ご友人たちが心配したのですよと、説明しかけたところで、階段を上る足音が聞こえ、戸口にアームストロング医師の重厚で、厳しい、いぶかしげな顔が現れた。

「これは、皆さん」と、彼は言った。「目的を遂《と》げたわけですね。それも実に絶妙なタイミングで踏み込まれたわけだ。死者の前で口論したくはないが、わたしがもう少し若かったら、このようなひどいしうちには、ただでは済まさなかったでしょう」

「失礼ですが、アームストロング先生、ちょっとした誤解があるようですね」と、ホームズは重々しく言った。「一緒に下までおりてくだされば、この悲しい事件について、少しは互いに理解し合えると思いますが」

一分後、厳しい表情の医師と私たちは階下の居間にいた。

「さて、どういうことですかな」と彼は言った。

「まず、わたしの雇い主がマウント・ジェイムズ卿ではないということと、この件に関するわたしの気持ちは卿の立場と対立することを、ご理解いただきたい。一人の人間が失踪したとなると、その生死を確かめるのがわたしの仕事ですが、それが確かめられたのですから、わたしに関する限り、事件は解決したと言えましょう。それに犯罪行為はなかったのですから、個人のスキャンダルは公にせず、内密に済ませたいと思っています。わたしの想像通り、今回の事件で違法行為がないとしたら、事件が新聞種にならないように万事取り計らって、協力いたしましょう！」

アームストロング先生はさっと歩み出ると、ホームズの手をぎゅっと握りしめた。

「あなたは良い方だ」と、彼は言った。「誤解していましたよ。哀《あわ》れなストーントンをあんな状況に一人で残してきたのが気になって、馬車でとって返したのですが、本当によかった。こうしてあなたとお知り合いになれたのですから。いろいろとご存じのようだから、状況の説明は簡単に済むでしょう。一年前、ゴッドフリ・ストーントンはしばらくロンドンの下宿にいたのですが、女家主の娘と激しい恋に落ちて、結婚したのです。[258]彼女は優しく、美しいうえに、聡明《そうめい》な人でした。こういう妻を恥じる男はいないでしょう。しかし、ゴッドフリ・ストーントンはあの頑固な老貴族の相続人で、結婚したことが知れたら、間違いなく相続はだめになったことでしょう。わたしはこの青年をよく知っており、たくさんの美点を備えたこの青年が好きでした。ですから、わたしはことがうまく運ぶよう、できる限り尽力《じんりょく》しました。ちょっとでも噂が立てば、すぐに知れ渡ってしまうため、結婚が誰にも知られぬよう、最善の努力を払ったのです。人里離れたこの小屋とゴッドフリ自身の用心のおかげで、これまではうまくいきました。二人の秘密はこのわたしと、今はトラムピントンへ助けを求めに出かけている、忠実な使用人しか知りません。しかし、とうとう彼の妻が重病に倒れるという、最悪の事態が起きてしまったんです。最も悪性の肺結核《はいけっかく》でした。かわいそうに、彼は悲しみで気も違わんばかりでしたが、試合でロンドンに行かなくてはならない。チームから抜けるには理由がいるし、それを話せば秘密がばれてしまう。わたしが励《はげ》ましの電報を送ると、返事をよこして、できる限り手を尽くしてほしいと頼んできました。どういう方法でか知らないが、この電報をあなたは目にされたらしい。彼女の容態《ようだい》がどれほど危険かは知らせませんでした。彼がここにいても、できることはないからです。だが、娘さんの父親には本当のことを伝えました。愚《おろ》かなことに、その父親がゴッドフリにそのことを知らせてしまったのです。その結果、ゴッドフリは正気をほとんど失った状態でここへ飛んできて、そのままの状態でベッドの端にひざまずいたまま、動こうとしないのです。そして今朝、とうとう死によって彼女の苦痛が終わりをとげたというわけです。ホームズさん、これですべてです。あなたとあなたのご友人のご配慮《はいりょ》を信頼しますよ」

ホームズは医師の手を握った。

「行こう、ワトスン」という彼の声とともに、わたしたちはその悲しみの家を後にして、冬の薄日の中へと出た。

アビ農園

　一八九七年冬の、ひどく寒い、霜《しも》の降りた朝のこと、誰かが肩を激しく揺するので、目を覚ました。すると、それはホームズだった。手に持ったろうそくが照らし出す、うつむいたその真剣な顔を見て、わたしには一目で何かあったことがわかった。
「さあ、ワトスン、起きてくれたまえ！」と、ホームズは大声で言った。「事件の始まりだ[259]。何も言わないで！　さあ、着替えて、来てくれたまえ！」

十分後には、わたしたち二人は辻馬車に乗り込み、静まり返った通りを抜けて、チャリング・クロス駅へと馬車を走らせていた。冬の弱々しい朝日が射《さ》し始め、乳白《にゅうはく》色《しょく》にけむるロンドンの霧の中を、時折り通り過ぎる朝早い労働者の姿が、ぼんやりとおぼろに、かすんで見えた。ホームズは厚手のコートにくるまって、黙りこくっていた。空気は肌を刺《さ》すように冷たく、二人とも朝食も食べずにいたのだから、わたしも同様だった。駅で温かい紅茶を飲んでから、ケント州行きの列車に乗り込んだが、そこでようやく体も暖まり、ホームズは話をする気になり、わたしもその話に耳を傾けたのである。ホームズはポケットから一通の手紙を取り出すと、声を出して読み始めた。

ケント州、マーシャム、アビ農園[260]にて、午前三時三十分

親愛なるホームズ様――すぐにも手を貸していただけたらと存じます。まれにみる事件に発展しそうですから、きっとご満足いただけるでしょう。夫人を解放しただけで、現場はすべて発見当時のまま保存してありますが、サー・ユースタスをこのまま放っておくのは困難なため、一刻も早くお出で願いたく存じます。

スタンリ・ホプキンズ

「ホプキンズからは、これまでにも七回お呼びがかかったけれども、毎回、呼ばれるだけの理由があった」と、ホームズは言った。「彼の事件は全部、君のコレクションに入っているのではなかったかな。ワトスン、君の書き方には嘆《なげ》かわしい点も多いが、それを補う選択眼があることは認めるよ。君の悪い癖《くせ》は、すべてを科学的な修練としてではなく、物語の観点から見ることだが、それが、有益で古典的でさえある一連の論証を、台無しにしてしまうのだよ。読者は興奮《こうふん》するだろうけれども、たぶん教訓にはならないような、センセーショナルな細部にこだわるから、ぼくの仕事のこのうえなく繊細《せんさい》で微妙《びみょう》な部分を見逃してしまうというわけさ」

「それじゃ、自分で書いてみたらどうかね」わたしはいくらか皮肉を込めて言った。

「書くよ、ワトスン、書くつもりさ。君も知っての通り、今はひどく忙しいが、晩年になったら、探偵術のすべてを一冊にまとめた、教科書のようなものを書くことに専念するよ。(261)ところで、今回の研究対象は殺人事件らしいよ」

「このサー・ユースタスというのが死んだというのかい」

「まあ、そういうことだ。ホプキンズは手紙ではだいぶ興奮している様子だったけれども、彼は元来感情的な男ではない。きっと暴力沙汰《ざた》があって、ぼくたちに見せるために死体をそのままにしてあるのだろうね。ただの自殺だとしたら、ホプキンズがぼくたちを呼び出すこともあるまい。夫人を解放したというからには、彼女は惨劇《さんげき》があったとき、部屋に閉じこめられていたのだろう。これから行くのは上流社会だよ、ワトスン——このパリッとした上質の便《びん》せん、『EB』というモノグラム（図案化した組み合わせ文字）、それに家紋《かもん》や、美しい景色を思わせる宛先《あてさき》をみてみたまえ。ホプキンズも名声に恥じない働きをするだろうし、面白い朝になることまちがいなしさ。犯行時間は昨夜の零時前だ」

「どうしてそうだとわかるのかね」

「列車の時刻表を調べて時刻を推測すると、そうなる。地元の警察が呼ばれて、スコットランド・ヤードと連絡を取ることになり、ホプキンズが出向いて、今度は彼がぼくに来るように頼む。これだけでたっぷり一晩はかかるからね。さてと、チズルハースト駅に着いたようだ。疑問点ももうじき解決するだろう」

　馬車で狭い田舎道を数マイル（一マイルは約一・六キロメートル）行くと、大庭園の門に着き、年とった門番が門を開けてくれた。やつれた門番の顔を見ても、何か大きな災難がおきたことがわかった。上品な庭園のなかの道を、ニレの古木を縫《ぬ》って進むと、正面にパラディオ様式(262)の柱のある、低く横に広がった建物に着いた。建物の中央部は、明らかにかなりの年月を経ており、ツタに覆《おお》われていたが、大きな窓からは近代風に手を加えたことがうかがえ、建物の一翼《いちよく》はまったく新築のように見えた。鋭く、真剣な顔つきをした、若々しい体つきのスタンリ・ホプキンズ警部が、開け放たれた玄関口でわたしたちを迎えた。

「よくお出でくださいました、ホームズさん。それにワトスン先生も！　ですが、本当のところ、時間が戻せるならですが、わざわざお出でいただく必要はなかったのですよ。というのは、夫人が意識を回復され、事件についてはっきりと説明してくださったので、われわれが調べることはほとんどなくなってしまったんですよ。ルイシャムの強盗団のことを覚えてらっしゃいますか？」

「そう、あのランドゥル(263)の三人組ですか」

「そう、それです。父親と息子二人の。今回も彼らの仕業《しわざ》なのですよ。疑う余地はありません。二週間前にシドナムで一仕事したのを目撃されて、人相も割れています。それからすぐに、それもこういう近場でまたやるとは、ずいぶんな恥知らずだ。だが、間違いなく彼らですよ。それに、今度こそ縛《しば》り首です」

「それでは、サー・ユースタスは殺されたのですね」

「そう、自宅にあった火かき棒で頭を割られてます」

「馭者《ぎょしゃ》が『サー・ユースタス・ブラックンストール』だと言っていました」

「そのとおり――ケント州でも指おりの金持ちです。レイディ・ブラックンストールは居間におられますが、気の毒に、本当に恐ろしい目にあわれたのです。最初お会いしたときは、半分死んだようになっておられました。まずお会いになって、ことの次第をお聞きになった方がいいでしょう。それから一緒に食堂を調べましょう」

レイディ・ブラックンストールは並みの女性ではなかった。あれほど姿形が優美で女らしく、美しい顔立ちの女性はめったに見たことがない。色白で、金髪《ブロンド》、目は青く、昨夜の事件で疲れはててやつれてはいたが、そうでなければ、顔の色つやも、髪の毛や目の色によく合う完璧なものだったろう。彼女は心だけでなく、肉体的にも打撃を受けていた。片目の上に恐ろしい紫色のこぶができて、背の高い、生真面目そうなメイドが、水で薄めた酢《す》で絶え間なく冷やしていた。夫人は長椅子《いす》にぐったりと背をもたせていたが、私たちが部屋に入っていくと、こちらにさっと鋭い視線を向けた。その美しい顔に警戒の表情を浮かべたところを見ると、理性も勇気も、ゆうべの恐ろしい経験によってもくじかれてはいないらしい。夫人は青と銀のゆるやかな化粧着に身を包んでいたが、そばの長椅子には、黒いスパンコールをちりばめたディナー・ドレスが掛《か》かっていた。

「ホプキンズさん、わたしは事件については、もうすべてお話ししました」と、彼女はもううんざりというように言った。「わたしに代わってお話しくださいますかしら。まあ、必要だとおっしゃるのでしたら、こちらの方々にもことの次第はお話ししますが、食堂のほうはもうごらんになりましたでしょうか」

「まずは奥様の話をお聞きしたほうがいいかと思いまして」

「早く片づけていただけるとうれしいのですけれど。あそこにまだ夫の遺体があると思うと、恐ろしくて」彼女は身を震《ふる》わすと、しばらく手で顔を覆った。その時、ゆるやかなガウンの袖《そで》が上がって、前腕があらわになり、ホームズが驚いたような声を出した。

「おや、他にも怪我をしてらっしゃいますね！　それはどうなさったのですか」白いふくよかな腕に、鮮やかな赤い斑点《はんてん》が二つある。彼女は慌ててそれを隠した。

「何でもありませんわ。ゆうべの恐ろしい事件とは関係ございません。皆さんがおかけくださったら、なにもかもお話しいたします。

わたしはサー・ユースタス・ブラックンストールの妻です。結婚して一年ほどになります。わたしどもの結婚が幸福なものでなかったことを隠しても、どうにもならないでしょう。わたしが否定しても、ご近所の皆さんがそうおっしゃるでしょうから。おそらく、わたしのほうにも落ち度があるのでしょう。わたしは南オーストラリアの、もっと自由で、習慣に縛られない環境で育ちましたので、このような儀礼的で取り澄《す》ましたイングランド風の生活は性《しょう》に合いません。ですが、うまくいかなかった主な理由は、どなたもご存知だったように、サー・ユースタスが手のつけられない大酒飲みだったからなのです。そのような人とは一時《ひととき》たりと一緒にいるのも不愉快でございます。感じやすい、困難にめげない女性にとって、昼も夜もこのような夫に縛られるのがどのようなものか、ご想像いただけましょうか。こういう結婚に拘束力があるなど、それこそ罰《ばち》あたりで、犯罪で、悪事です。あなたがたのこのひどい法律は、災いの種をまくことになるでしょう(264)――天はこのような邪悪をお許しにはならないでしょうから」夫人は頬を紅潮《こうちょう》させ、大きく腫《は》れた額《ひたい》の傷の下から目を輝かせて、一瞬身を起こした。すぐに生真面目そうなメイドが、しっかりしたその手で、なだめるように彼女の頭をクッションの上にもたせかけると、荒々しい怒りは激しいすすり泣きに変わった。やがて彼女は話の先を続けた。

「昨晩のことについてお話ししましょう。おそらくお気づきでしょうが、この家の使用人たちは全員新しい棟《むね》で寝ています。この建物の中央部分には居間がいくつかあり、後ろが台所で、二階がわたしどもの寝室になっております。わたし付きのメイドのティリーザだけは、わたしの部屋の真上で休むことになっています。この中央部分には他に誰もおりませんから、音がしたとしても、離れた棟にいる者が目覚めるようなことはありません。泥棒《どろぼう》はこのことを知っていたに違いありません。そうでなければ、あのようなことをするはずはありませんわ。

サー・ユースタスは十時半頃床につきました。使用人たちはもう自分たちの部屋にさがっていました。起きていたのはわたし付きのメイドだけで、わたしの用事があるのを待って三階の部屋に控《ひか》えていました。わたしは、十一時過ぎまで、この部屋で読

書に耽《ふけ》っていました。それから、二階に上がる前に、何か異常はないか部屋を見てまわりました。自分自身で見て回るのが習慣なのです。と申しますのも、先ほどお話ししましたように、サー・ユースタスはいつも当てにできるわけではありませんから。台所、配膳室《はいぜんしつ》、銃器室《じゅうきしつ》、ビリヤード室、客間、そして最後に食堂という順で見て回りました。窓に近づきますと、厚いカーテンがかかっていましたが、突然顔に風が当たるのを感じて、開いているなと思いました。さっとカーテンを開けますと、目の前に肩幅の広い年配の男がいて、部屋に押し入ってきたところでした。

窓といってもたて長のフランス窓ですから、実際はドアのような造りで、そこからすぐに芝生に下りられます。わたしは寝室用のろうそくを手にしていましたので、その明りで、男の後ろにもう二人いて、部屋に入ろうとしているのが目に入りました。わたしは後ずさりしましたが、年配の男はあっという間にわたしに襲いかかりました。手首をつかんでおいて、次に喉《のど》につかみかかったのです。叫ぼうと口を開けましたが、げんこつで目の上をしたたか殴られ、床に倒れてしまいました。数分は気を失っていたのでしょう。気がつくと、男たちが引きちぎった呼びりんのひもで、わたしは食堂のテーブルの上座にあるオーク材の椅子に、きつく縛りつけられていました。身動きもできないほどしっかり縛られていたうえ、ハンカチで猿ぐつわをかまされていましたので、声を出すこともできません。その時でした。不幸にも夫が部屋に入ってきたのです。きっとあやしげな物音を聞いて、こんなこともあるのではないかと思って用意して来たのでしょう。ワイシャツにズボン姿で、愛用のリンボクの棍棒《こんぼう》を手にしていました。夫は泥棒の一人に向かっていきましたが、もう一人の年配の男のほうが身をかがめて、炉格子から火かき棒を取り上げ、その横を走っていた夫に激しく打ちかかったのです。夫はうめき声一つ上げずに倒れたまま、身動き一つしませんでした。わたしはまた気を失ってしまったのですが、それもかなり短い間だったようです。目を開けると、男たちが食器棚から銀器を集め終え、そこにあったワインを一本抜いていました。三人ともグラスを手にしていました。先ほどお話ししたと思いますが、それともまだでしたかしら、一人はあごひげを生やした年寄りで、後の二人はひげのない若者でした。父親と二人の息子だったのかもしれません。三人は小声で話をしていました。やがてこちらに来て、わたしがまだしっかり縛られているか確かめました。そして、後ろ手に窓を閉めて、出ていったのです。たっぷり十五分はかかって、やっとのことで猿ぐつわをはずし、叫び声を上げたので、わたし付きのメイドが飛んできました。他の使用人もすぐに知らせを受けて、地元の警察に人を呼びにやりました。警察もすぐにロンドンに連絡を取ったのでしょう。わたしが知っているのは、本当にこれだけです。こんなにつらい話は、もう二度とする必要はないでしょうね」

「ホームズさん、何か質問は」と、ホプキンズが言った。

「レイディ・ブラックンストールに、これ以上時間を割《さ》いて、ご辛抱《しんぼう》いただくことはないでしょう」と、ホームズは言った。「食堂へ行く前に、あなたにもお話が聞けるとありがたいのですが」かれはメイドを見て言った。

「男たちが家に入ってくる前にも、姿を見ました」と彼女は言った。「寝室の窓辺に座っていますと、月明りの中、向こうの門のそばに、三人の男の姿が見えましたが、その時は気にもとめませんでした。奥様の悲鳴を耳にしたのは、それから一時間以上たってからで、わたくしが急いで下りていくと、奥様はお気の毒に、おっしゃったような姿で、だんな様のほうは床の上に倒れ、部屋中に血や脳が飛び散っていました。縛られて、お召《め》し物にはご主人の血が飛び散って、女ならこれだけで正気を失ってしまうでしょうに、奥様は気丈《きじょう》でらっしゃいました。さすがに、アデレイドのメアリ・フレイザ嬢です。アビ農園のレイディ・ブラックンストールになられても、それはお変わりになりません。皆さん、もうご質問はよろしいでしょう。さあ、奥様はむかしからお仕えしているティリーザとお部屋に参りましょう。今はお休みになるのが一番です」

やせたメイドは、母親のように優しく夫人を抱いて、部屋から出ていった。

「あのメイドは夫人が生まれてからずっと一緒なのですよ」と、ホプキンズが言った。「夫人が赤ん坊の頃から面倒を見て、一年半前にオーストラリアからイングランドへ、夫人についてきたのです。名前はティリーザ・ライト[265]というのですが、近頃では、ああいうメイドはめったにいませんよ。こちらです、ホームズさん、どうぞ!」

ホームズの表情豊かな顔から強い興味が消え失せているのを見て、わたしは、この事件の魅力《みりょく》はすべて謎と共に消え去ったのだと思った。まだ犯人逮捕という問題は残っているものの、こんなありきたりの悪人たちの逮捕に、ホームズの手をわずらわすことが必要だろうか。深遠《しんえん》な学識のある専門医が、風疹《ふうしん》などというつまらぬ病気で呼ばれたことを知ったら、さぞかしがっかりするだろうが、ホームズの目にはそんな気持ちが見て取れた。けれども、アビ農園の食堂の光景は、彼の注意を引き、何かありそうだと興味を呼び起こすに充分なほど、奇妙なものであった。

食堂は、天井の高い、かなり大きな部屋で、オーク材に彫刻《ちょうこく》を施した天井に、オーク材の羽目板《はめいた》、まわりの壁には素晴らしい鹿の頭と古代の武器が飾ってあった。ドアの反対側に背の高いフランス窓があったが、これが夫人の話に出てきたあの窓だった。左右手の三つの小さな窓から差し込む、冷たい冬の日差しが、室内を満たしていた。左手には奥行きのある大きな暖炉《だんろ》があって、どっしりしたオーク材のマントルピースがその上に張り出していた。暖炉の脇には、肘掛《ひじか》けと下の横棒のついた、どっしりとしたオーク材の椅子があった。椅子のむき出しの木の部分には赤い紐《ひも》が絡《から》まり、その両端は下の横木にくくられていた。紐から体を引き抜くようにして夫人を解放したらしく、結び目はそのままになっていた。けれども、わたしたちがこうした細部に気づいたのは、後になってからのことだった。というのも、暖炉の前の虎皮の敷物に横たわる、身の毛もよだつものを見て、わたしたちの頭は完全に麻痺《まひ》してしまったからである。

それは、四十代の、均整《きんせい》の取れた、背の高い男の死体だった。仰向《あおむ》けに倒れて、顔を上に向け、黒く短いあごひげの間に白い歯がのぞいている。両手の拳《こぶし》を頭の上に上げ、両手の上には重たいリンボクの棍棒が転がっていた。浅黒く美しい、鷲《わし》のような顔立ちは激しい憎しみにゆがみ、恐ろしい鬼のような死に顔だった。きっと寝ているところを物音で目を覚ましたのだろう。刺繡《ししゅう》をほどこしたしゃれた寝間着姿で、ズボンの裾《すそ》からは素足がのぞいていた。頭部の損傷《そんしょう》はひどく、彼を襲った打撃がいかに残忍で凶暴だったかを物語る証拠が、部屋中に飛び散っていた。死体のそばには重そうな火かき棒が落ちていたが、衝撃でぐにゃりと曲がっていた。ホームズは、その火かき棒と、それでしたたかに割られた頭部の両方を調べた。

「年がいったほうのランドゥルは、ひどく力の強い男に違いありませんね」と、彼が言った。

「そう」とホプキンズは言った。「その男なら記録がありますが、乱暴なやつです」

「彼をつかまえるのは簡単でしょう」

「それはもう簡単です。ずっと警戒《けいかい》してはいたのですが、アメリカへ高飛びしたという見方もありまして。でも、国内にいることがわかったからには、逃がしはしません。すでに各港で情報を集めていますし、晩までには懸賞金《けんしょうきん》も出されるでしょう。ただ驚いたのは、夫人に人相を見られていて、それを聞けば警察が間違いなく犯人を割り出せるというのに、なんであんな無謀《むぼう》な犯行におよんだかということです」

「そのとおり。普通なら、レイディ・ブラックンストールも一緒に黙らせることを考えるでしょうからね」

「彼らは、夫人の意識が戻ったのに、気づかなかったのかもしれないよ」と、わたしは言ってみた。

「それは充分あり得ることだ。気を失っているようなら、殺すこともないわけだからね。ホプキンズ、殺された男について何かありますか。彼については奇妙な話を耳にしたように思うのですが」

「しらふの時はいい男なのですが、酔っぱらうと、いや、めったにぐでんぐでんになるほどは飲まないから、ほろ酔い加減でというほうがいいでしょうが、まったく人が変わったようになるのです。そういうときには悪魔が乗り移ったようになって、どんなことでもしたようです。聞くところによれば、富も身分もある身なのに、一度か二度、警察沙汰になりかけたこともあるらしい。一度などは、犬に石油をかけて火をつけたことがあって、それが悪いことに夫人の犬だったのです。このスキャンダルをもみ消すのは大変だったようですね。それからメイドのティリーザ・ライトにデカンターを投げつけたこともあって、これは面倒なことになったようです。要するに、ここだけの話ですが、彼がいないほうが家は明るくなるでしょうね。今度は何を調べているのですか」

ホームズは床にひざをついて、夫人を縛っていた赤い紐の結び目を注意深く調べていた。次に彼は、泥棒が引っ張ったときにちぎれた紐の端の、ほつれ具合を入念に調べた。

「このひもが切れたときに、台所の呼びりんが大きな音を立てたはずだが」と、彼は言った。

「それは誰にも聞こえないでしょう。台所は家の裏手になるのです」

「誰にも聞こえないことが、なぜ泥棒にわかったんだろうか。なぜ呼びりんの紐を、これほど大胆に引っ張ったりしたのだろう」

「そうなのですよ、ホームズさん、そのことです、わたしがずっと考えていたのは。犯人はこの家の内部のようすと習慣とを知っていたに違いありません。使用人が皆、比較的早い時間に寝てしまうことや、台所の呼びりんの音が、誰にも聞こえないことを充分承知していたに違いないですよ。そういうことになると、使用人の一人と通じていたに違いありません。きっとそうです。ですが、八人いる使用人はどれも人の良い者ばかりです」

「他の条件が同じなら」と、ホームズは言った。「頭にデカンターを投げつけられたメイドが疑われるだろうが、それだと、このメイドが献身的《けんしんてき》に仕えていた夫人に対する裏切りということになる。まあ、これは大したことではないから、君が、ランドゥルさえつかまえれば、おそらく共犯者も簡単に捕まるでしょう。夫人の話も、事実を確かめる必要があればですが、ここにある現場の細かい証拠から見て、確かにそのとおりのようです」彼はフランス窓のところへ行って、窓を開け放った。「ここには何の跡もないが、地面がかちかちだから、足跡を見つけるのは無理でしょう。マントルピースの上のこのろうそくは、ずっと灯っていたようですね」

「はい、このろうそくと、夫人の部屋のろうそくの明りを頼りに、泥棒は物色したのです」

「それで、何を取っていきましたか」

「それが大して盗まれてないのです。盗まれたのは食器棚から食器が五、六点だけです。レイディ・ブラックンストールの考えでは、いつもは家中荒らすのだろうが、サー・ユースタスの死で、気が動転したのだろうということでした」

「きっとそうでしょう。けれども、いくらかワインを飲んでいるのでしたね」

「気を鎮《しず》めるためでしょう」

「そうですね。食器棚の上にある、この三つのグラスには、手を触れていないでしょうね」

「はい、ビンもそのままにしてあります」

「見てみよう。おや、おや！　これは何だ」

　グラスは三つまとめて(266)置かれ、どれもワインの色がついていたが、中の一つにはすこしばかりワインのおりが残っていた。グラスの近くには、三分の二ほどワインの残

ったビンがあって、そばにはワインの色が濃く染みた長いコルク栓《せん》が転がっていた。外見から見ても、ほこりをかぶっている点から見ても、殺人者たちが飲んだワインは並みの品ではなかったことがわかった。

ホームズの態度に変化が見えた。気乗り薄な表情が消え、鋭く奥深い目にさっと興味の色が走った。彼はコルクを持ち上げ、細かく調べた。

「彼らはどうやってこれを抜いたのだろうか」と、彼は尋ねた。

ホプキンズは、半開きになった引き出しを指さした。中には食卓用のリネン類と大きなコルク抜きがあった。

「レイディ・ブラックンストールは、このコルク抜きが使われたと言われたのですか」

「いいえ。ビンが開けられたときには、夫人は気を失っておられました」

「そうでしょう。事実、このコルク抜きは使われていません。このビンは小型の栓抜きで開けられている。たぶんナイフと組み合わされている一インチか一インチ半（約三～四センチ）ほどの長さのものでしょう。コルクの頭を調べれば、コルクを抜くまでに三度ほどねじ込んだことがわかります。穴は下まで通っていません。こちらの大きいほうなら、コルクの下まで貫通して、一回引っ張れば抜けるでしょう。犯人をつかまえたらわかるでしょうが、きっとたくさん道具のついた七徳ナイフを持っていま

すよ」

「お見事です！」と、ホプキンズが言った。

「だが、正直言って、このグラスがわからないのです。レイディ・ブラックンストールは、本当に三人がワインを飲んでいるのを見たと言われたのですね」

「はい、夫人は確かにそうおっしゃっています」

「では、この件については終りだ。これ以上何も言えないね。けれども、ホプキンズ、この三つのグラスは注目すべき証拠です。なんですって、注目すべき点がわからないですって。まあ、いいでしょう。おそらく、わたしのように特別な知識や能力を持っていると、簡単に説明できる場合にも複雑な説明を求めてしまうのでしょう。きっと、このグラスのことも、単なる偶然でしょう。では、ホプキンズ、失礼します。お役に立てそうにもないし、事件もすっかり解決なさったようですからね。ランドゥルがつかまったり、事件に何か進展があったら、知らせてください。事件の解決を祝う日も近いでしょう。さあ、ワトスン、ぼくたちは家へ帰ったほうが時間を有効に使えそうだよ」

帰りの道中、ホームズの表情からは、自分で見てきたことにたいへん頭を悩ませていることがわかった。ときどき、無理して迷いを振り切り、問題は解決されたというように話してはみるものの、やがてまた疑念が舞い戻ってくるのだった。眉《まゆ》をひそめて、どこか遠くを眺めるようなその目を見れば、彼がまた昨夜の悲劇の現場であるアビ農園の大食堂に思いをはせていることがわかった。そしてとうとう、突然、衝動的に動いて、列車がどこか郊外の駅を発車したとたん、ホームズはプラットフォームに飛び降りて、わたしまで列車から引きずり下ろしてしまった。

「すまない、ワトスン」と、列車の最後部がカーブに消えていくのを見ながら、彼が言った。「単なる思いつきに過ぎないかもしれないのに、君まで付き合わせてしまって申しわけない。けれども、ワトスン、ただどうしてもこの事件をこのままにしてはおけないのだ。ぼくの本能がこぞって違うと叫ぶのだよ。間違ってる、何もかも間違っているってね。絶対に違う。けれども、夫人の話は完璧だし、メイドの充分な証言もあって、細かい点もかなり正確だ。なんでこれに異論があるかということなのだが、三つのワイングラス、あれがすべてだ。物事を当然だと思わずに、そして、払うべき注意を払ってすべてを調べていたら、先入観《せんにゅうかん》にとらわれずに事件に近づき、あらかじめ用意されていた話に惑わされるようなことがなかったら、もっと確かな、捜査のよりどころになるような証拠を見つけられなかっただろうか？　きっと見つかったと思うのだ。ワトスン、このベンチに掛けたまえ。いずれチズルハースト行きの列車が来るだろう。それまで、君の前に証拠を並べさせてくれたまえ。まず、メイドや夫人が何か言ったことは必ず正しいという考えは捨ててほしい。夫人の魅力的な人柄のせいで、判断を誤ってはならない。

確かに、冷静に聞けば夫人の話には、細かい点で、おかしいところがある。あの三人組は、二週間前にシドナムで相当稼《かせ》いでいる。新聞には彼らの記事も人相書きも載《の》ったから、あの三人組を登場人物にして作り話を編み出そうとした人間がいても、おかしくはないだろう。実際、一仕事し終えた泥棒は、普通、儲《もう》けた金でおとなしく楽しむもので、またすぐ危険な仕事に手を出したりはしないものだ。それに、叫び声を上げさせないように、女性を殴るという泥棒も珍しい。殴ったりしたら、ますます叫ぶということぐらい想像できるだろう。三人もいたのだから、男の一人ぐらい充分押えつけられそうなのに、殺してしまうのも変だし、手近に盗めるものがもっとあるのに、限られたもので満足するのもおかしい。それに、泥棒が半分開けたワインのビンを置いていくっていうのも、まったく普通ではないね。おかしなことばかりだが、君はどう思う、ワトスン？」

「それだけ重なると、確かにちょっと変だとは思うけれども、一つ一つ取り出してみれば、充分あり得ることだね。ただいちばん腑《ふ》に落ちないのは、夫人が椅子に縛りつけられたということだ」

「さあ、ぼくはそうは思わないね、ワトスン。彼らにしてみれば、夫人を殺すか、あのように縛りつけて、逃げたことをすぐ通報したりできなくする必要があったのだからね。だが、とにかく、夫人の話にはどこかしら信じられないところがあることは、はっきりさせられたと思うよ。そうじゃないかね。それに加えて、例のワイングラスだ」

「ワイングラスがどうかしたのかね」

「あのワイングラスのことを、思い出せるかい」

「はっきり覚えているよ」

「三人の泥棒があのワイングラスを使ったと聞いている。おかしいとは思わないかい」

「どうしてかな。グラスにはどれもワインがついていたよ」

「そのとおりだ。ところが、おりがたまっていたのは、一つだけだ。君もこのことには気づいていたね。このことから何がわかる」

「ワインを最後に注いだグラスに、おりが入ったのだろう」

「そんなことはない。ビンにはたくさんおりがあったのだから、最初の二つのグラスはきれいで、最後のにだけたくさん入ったなどということは考えられない。考えられる説明は二つ、この二つだけだ。一つは、二番目のグラスにワインを注いでからビンを乱暴に振ったので、そのために三番目のグラスにおりが入った。だが、こんなことはちょっとありそうにない。そうだ、きっとぼくの考えが正しいのだ」

「それでは、君はどう思うのかい」

「使われたグラスは二つだけで、両方に残ったおりが、三番目のグラスに注がれたのだ。三人の人間がいたように見せかけるためにね。こうしておりが全部最後のグラスにたまった、そうではないかな。そう、ぼくはそう信じる。けれども、これでこの些《さ》細《さい》な現象を正しく説明できたとすると、この平凡な事件は一転して、極めて重大な事件だってことになるね。なぜなら、レイディ・ブラックンストールと彼女のメイドがわざと嘘《うそ》をついたということになり、二人の話は一言も信用できないことにもなる。さらに、なんらかの重大な理由で、真犯人をかばっているってことになり、ぼくたちはあの二人の助けを借りずに、独自の立場で事件を考えていく必要があることになるからだ。これが今ぼくたちに与えられた使命ということだ。さあ、ワトスン、チズルハースト行きの列車が来たようだよ」

アビ農園の人々は、わたしたちが戻ってきたのに驚いたが、スタンリ・ホプキンズが本署へ報告に出かけたことを知ったシャーロック・ホームズは、食堂を占領して中から鍵《かぎ》をかけ、二時間もの間、細かく骨の折れる捜査に没頭した。それが強固な苗床《なえどこ》となって、その上に彼の輝かしい推理体系が育つのである。わたしは部屋の片隅に腰を下ろして、教授の実地授業を興味深く見学する生徒のように、その驚くべき捜査の一部始終を見守っていた。窓、カーテン、カーペット、椅子、そして紐——それらが次々に細かく調べられ、充分な時間をかけ、じっくりと考察されていく。不幸な准男爵の死体はすでに片づけられていたが、その他はすべて今朝見たままになっていた。それから、驚いたことに、ホームズはどっしりとしたマントルピースによじ登ったのである。頭のずっと上には、赤い紐が二、三インチ（約五〜八センチ）針金についたまま残っていた。ホームズは長いあいだその紐を見上げていたかと思うと、今度は紐に近づこうとして、壁に出ている木の腕木に片膝《かたひざ》を乗せた。こうして、片手は紐の切れ端から二、三インチのところまで届くようになったが、彼の注意を引いたのは、紐ではなく横木そのものだったらしい。彼はとうとう満足げな声を上げて、飛び降りた。

「いいぞ、ワトスン」と、彼は言った。「事件解決だ——ぼくたちの事件簿の中でも、とびきりの事件だよ。けれども、ぼくはまあ何と愚《おろ》かだったのだろうか。もう少しでまたとないへまをするところだったよ！　さて、あと二、三、鎖《くさり》の欠けた環《わ》が見つかれば、完璧だ」

「犯人たちがわかったのだね？」

「犯人は複数ではなくて一人だよ、ワトスン、犯人はたった一人だが、実に手強《てごわ》い人物だ。ライオンのように強い——あの火かき棒を曲げてしまうほどの怪力だからね。背の高さは六フィート三インチ（約一八七・五センチ）、リスのようにすばしこく、手先が器用だ。それにこれほど巧妙な筋書きを作り上げられるのだから、頭の回転も極めて速い。そう、ワトスン、ぼくたちはとんでもない人間の巧妙な手細工に出くわしたのだ。しかし、それでも、呼びりんの紐という手がかりを与えてくれた。これでもう疑う余地はない」

「手掛かりはどこにあったのかね」

「それはだね、ワトスン、呼びりんの紐を引っ張ったら、どこで切れると思う。きっと針金とのつなぎ目のはずだ。ところが、この紐が上から三インチ（約八センチ）のところでちぎれているのはなぜだろうか」

「そこですり切れていたからかな」

「そのとおりだ。この端の部分は、見てわかるように、すり切れている。ずるがしこい犯人がナイフでこのようにしたのだ。ところが、上の紐の端のほうはすり切れてはいない。ここからは見えないけれども、マントルピースの上に乗れば、すり切れたようすもなくスパッと切ってあるのがわかる。何があったか再現してみよう。犯人にはこの紐が必要だったが、呼びりんが鳴るのを恐れて引きちぎることはしなかった。どうしたのか？　彼はマントルピースに上ったが、まだ手が届かなかったので、横木に片膝を乗せたのだ——ほこりの上に跡が残っている——そして紐にナイフを押し当てた。ぼ

くは少なくとも三インチ（約八センチ）足りなくて、あそこには手が届かなかったことから考えると、少なくとも犯人はぼくよりそれだけ大きい人物だろう。オーク材の椅子のシートの上に何か跡がついている。あれは何だろう」

「血痕《けっこん》だ」

「確かに血痕だ。これだけでも夫人の話が問題外だということがわかる。犯行時に彼女が椅子に座っていたのなら、どうして血の跡が付くだろうか。付くはずがない。夫人が椅子に座らされたのは、ご主人が死んでからだ。賭《か》けてもいいが、夫人の着ていた黒いドレスには、座った部分に同じシミが付いているに違いないよ。ワトスン、ぼくたちはまだウォータールーの大勝利をかちとったとまではいかないにしても、マレンゴでの打破《だは》(267)くらいのところにいる。打破に始まり、大勝利に終わるというわけさ。こうなると夫人の乳母だったティリーザと話がしたいね。知りたいことを聞き出すには、しばらく慎重にことを運ぶ必要がある」

　このオーストラリア人の厳格な乳母は、面白い人物だった。無口で、疑り深く、無《ぶ》愛想《あいそう》な女性で、ホームズが愛想よく接して、彼女の話を素直に聞いてやるうちに、だんだんうちとけるようになったが、それにはずいぶん時間がかかった。彼女は死んだサー・ユースタスに対する憎しみを隠そうともしなかった。

「はい、だんな様がわたしにデカンターを投げたのは本当です。奥様のことを悪くおっしゃられるんで、奥様のご兄弟がここにいらしたら、そんな口のきき方はなさらないでしょうと申し上げたのです。そうしたらデカンターをぶつけられました。だんな様が奥様に手出しさえなさらなきゃ、デカンターなんぞ一ダース投げられたってかまいません。だんな様は奥様にいつもひどくなさいましたが、奥様には自尊心《じそんしん》がおありなので何もおっしゃいませんでした。だんな様の仕打ちについては、わたくしにだって全部は話されないでしょう。今朝ごらんになった腕の傷のことだって、何もおっしゃいませんでしたが、わたくしにはわかりますよ。あれは帽子の留めピンで刺されたのです。ずるがしこい悪魔ですよ――神様、死んでしまった人をこう言うことをお許しください。ですが、この世に悪魔がいるのなら、あの人こそそれです。初めてお会いしたときには、本当にやさしい方でございました。つい十八ヶ月前のことですが、わたくしどもにとっては十八年も昔のことのように思えます。奥様はロンドンにお着きになったばかりで、はい、初めての船旅でした――それまで一度もお国を出られたことはありませんでした。だんな様は肩書きとお金とロンドン仕込みの手練手管《てれんてくだ》で、奥様をからめ取ったのです。奥様の間違いだったとしても、女性としてこれ以上はないほどに払うべき代償は支払っています。だんな様にお会いになった月でございますか。そう、こちらに着いてすぐのことです。着いたのが六月でしたから、七月でしたか。結婚されたのは去年の一月でした。はい、奥様は居間に下りていらっしゃいますから、きっと皆様にお会いになるでしょう。でも質問責めにはなさらないでくださいね。奥様は、身も心もくたくたに疲れていらっしゃるのですから」

レイディ・ブラックンストールは今朝と同じソファにもたれていたが、前より元気そうだった。メイドはわたしたちと一緒に部屋に入ると、また夫人の額の打ち身に湿布をし始めた。

「また、わたしに尋問《じんもん》しに来られたのではないとよいのですが」と、夫人は言った。

「いいえ」と、ホームズは優しい声で答えた。「よけいなお手数はおかけしたくありません、レイディ・ブラックンストール。わたしはただただあなたに安心していただきたいのです。ずいぶんご苦労が多いようにおみうけします。わたしを味方だと思って信用してくだされば、きっとそのご信頼にお応えします」

「どうしろとおっしゃるのですか」

「本当のことをお話しください」

「ホームズさん！」

「いいえ、いいえ、レイディ・ブラックンストール、それは無駄です。わたしの評判は多少なりともお聞きおよびでしょう。その評判に賭けてもいい、あなたがお話しになったことは、まったくの作り話です」

夫人とメイドは共に青ざめ、目には恐怖の色を浮かべて、ホームズを見つめた。

やるのですか」

「失礼な方ですね」と、ティリーザが叫んだ。「奥様が嘘をついているとでもおっし

ホームズは椅子から立ち上がった。

「何かお話しになることはありませんか」

「すべてをお話し申し上げました」

「レイディ・ブラックンストール、もう一度お考えになってください。素直になられたほうがいいのではありませんか」

一瞬、夫人の美しい顔に戸惑いの色が浮かんだが、すぐに何か強く考えるところがあってか、仮面をかぶったような表情に戻った。

「知っていることは、すべてお話しいたしました」

ホームズは自分の帽子を手にとり、肩をすくめて、「残念です」と言うと、そのまわたしと共に部屋を出て、屋敷を去った。広い庭には池があったが、ホームズはその池の方へと向かった。池は凍《こお》っていたが、一羽いる白鳥のために一ヶ所穴が開いていた。ホームズはそれをじっと眺めてから、屋敷の門へと向かった。彼はそこでスタンリ・ホプキンズに宛てて短い手紙を走り書きして、門番に託《たく》した。

「当たりかもしれないし、はずれかもしれないが、こうして戻ってきたことを正当化するためにも、ホプキンズにはこのくらいのことはしておくべきだろう」彼は言った。

「まだすっかり打ち明けるつもりはないがね。次の活動地点はアデレイド・サウサンプトン航路の船会社だが、あれは確かペル・メルの端にあった[268]と思う。南オーストラリアとイングランドを結ぶ船会社はもう一つあるが、大きいほうから調べてみることにしよう[269]」

　船会社では、ホームズの名刺が支配人に届けられると、すぐに応対してくれて、ほどなく知りたい情報が手に入った。問題の航路で一八九五年六月に母港に入った船は一隻しかなかった。この会社で最大の優良船、ロック・オブ・ジブラルタル号[270]である。乗船者名簿を見ると、アデレイドのフレイザ嬢がメイドと共に乗船したことがわかった。船は現在オーストラリアへ向けて航行中で、スエズ運河の南側のどこかにいる。乗組員は、一人だけを除いて、一八九五年と同じである。一等航海士のジャック・クロウカ氏[271]が船長に昇進し、新たに造船されたバス・ロック号の船長として、二日後にサウサンプトンを出航する。クロウカ氏はシドナムに住んでいるが、お待ち願えれば、今朝指示を受けにここへ来るはずだ、ということだった。

　ここでホームズは、会うつもりはないが、彼の経歴や性格についてもう少し聞けたらうれしいのだが、と言った。

　彼は立派な経歴の持ち主だった。この会社のどの船にも、彼ほどの乗組員はいない。性格について言えば、仕事上では頼りがいがあるが、船を下りると粗野《そや》で、向こう見ずになる。短気で、すぐにカッとするが、義理堅く、正直で、優しい人物だ。これがアデレイド・サウサンプトン・カンパニーの事務所で、ホームズが入手できた情報のあらましであった。それから、彼は馬車でスコットランド・ヤードへ向かったが、警視庁の建物の中には入らず、馬車の中に座ったまま、眉根を寄せてじっと考え込んでいた。やがて、彼はチャリング・クロス電報局へ馬車をまわして、電報を一本打つと、やっと再びベイカー街へと戻ったのであった。

「ぼくにはできなかったよ、ワトスン」と、部屋に戻るなりホームズは言った。「いったん逮捕状が出てしまえば、助けるわけにはいかない。これまで一、二度だが、ぼくが真犯人を見つけたために、犯人が犯した犯罪よりもっと大きな被害を出してしまったと感じたことがある。今度は用心して、自分の良心より、イギリスの法律のほうをないがしろにしようと思うのだ。行動をおこす前に、まずはもう少し知る必要があるね」

夕暮前にスタンリ・ホプキンズ警部が訪ねてきた。捜査はあまりうまくいっていないようであった。

「ホームズさん、あなたは天才ですね。ときどき、本当に人間離れした能力の持ち主だと思うことがありますよ。ところで、盗まれた銀器が池の底にあることがどうしてわかったのですか」

「わかっていたわけではありません」

「でも、池を調べるようにと書いてありましたよ」

「それでは、あったのですね」

「はい、そうです」

「お役に立てたならうれしいですよ」

「役に立ったわけではありませんよ。おかげで、事件の解決がますます困難になってしまいました。銀器を盗んで、すぐ近くの池に捨ててしまうなんて、一体どういう泥棒だっていうのですか」

「確かにかなり変わった行動ですが、わたしは単にこう考えたのですよ。銀器などほしくないのに、いわば単に人目をあざむく策略《さくりやく》として盗んだとしたら、当然一刻も早く手放したいと思うのではないかと」

「しかし、何でそんなことを思いつかれたのですか」

「まあ、そんなこともあるかと思ったのです。犯人がフランス窓から出たら、そこに池があって、すぐ目の前の氷に、ほらここだよと言わんばかりに小さな穴が開いている。これほど絶好の隠し場所はないでしょう」

「ああ、隠し場所ですか――それはいい！」と、スタンリー・ホプキンズは大声をあげた。「そうか、そうか、それでわかりましたよ！　まだ宵《よい》のうちで、通りには人もいるし、銀器を持っているのを目撃されたくなかった。だから、池に沈めて、ほとぼりが冷めてから取りに戻ろうと思ったのですね。これはいい、ホームズさん――あなたの策略説より説得力がありますね」

「そのようですね。あなたの説は実にお見事だ。確かにぼくの考えはかなり突飛《とっぴ》だったかもしれないが、そのおかげで銀器を見つけることができたことは認めてほしいですね」

「それはもちろん認めますよ。何もかもホームズさんのおかげです。けれども、ちょっとまずいことになったのですよ」

「まずいことですって?」

「そうです、ホームズさん。ランドゥル一味が今朝、ニューヨークで捕まったのです」

「おや、おや、ホプキンズ。それでは、連中が昨日の晩、ケント州で殺人をおかしたというあなたの説とは、だいぶくい違うことになりますね」

「そうなのです、ホームズさん、まったく決定的な違いです。けれども、ランドゥル一味以外にも、三人組の泥棒がいるかもしれないし、警察も聞いたことがないような新顔の仕業かもしれません」

「それはそうだ、そういうことだって充分にあり得る。おや、もうお帰りですか」

「そう、ホームズさん、この事件が解決するまで、わたしは休むわけにはいきませんのでね。何もヒントはお持ちじゃないでしょうね」

「一つ差し上げましたよ」

「え?」

「ほら、策略だって言ったでしょう?」

「でも、理由は、ホームズさん、どうして策略なのですか？」

「ああ、それは確かに問題ですね。だが、この説は心にとめておいてください。そこから何か見つかるかもしれませんからね。夕食をご一緒にどうですか。そうですか、では、ごきげんよう。捜査の進み具合を知らせてください」

夕食が済んで、テーブルの片づけが終わると、ホームズはまたさきほどのことを話し出した。彼はパイプに火をつけ、スリッパを履《は》いた足を、ぱちぱちと燃える暖炉の火に向けていたが、自分の時計を見て言った。

「ワトスン、事件は進展するよ」

「いつかね」

「今、ここ数分の間にだ。先刻は、スタンリ・ホプキンズにずいぶん冷たくしたと思ったろうね」

「君の判断を信じるよ」

「よくできた答えだね、ワトスン。こう考えてみてくれたまえ。ぼくが知っていても公《おおやけ》ごとにはならないが、彼が知っているとなると公ごとだからね。ぼくには個人的な判断を下す権利があるが、彼にはない。彼はすべてを公開する義務があって、そうしなければ公務違反になる。不確かな事件で彼を難しい立場に置きたくないから、事件についてはっきりと確信が持てるまで、こちらの情報は明かさないのさ」

「けれども、それはいつになるのかい」
「今がその時だ。君は少々風変わりなドラマの終幕に立ち会うことになるだろうね」
階段を上る足音が聞こえたかと思うと、部屋のドアが開いて、これぞ男の中の男といった立派な人物が入ってきた。金色の口ひげを生やした、青い目の背の高い青年で、皮膚《ひふ》は熱帯の太陽で焼かれて浅黒く、軽快な歩きぶりからは、大がらで頑強《がんきょう》なだけでなく、快活であることがわかった。青年は後ろ手にドアを閉めると、両手の拳を握り、高ぶる感情を抑えるように、胸を波うたせて立っていた。

「おかけください、クロウカ船長。電報を受け取られたのですね」

訪問客は肘掛け椅子に沈み込むと、いぶかしげにわたしたちを見比べた。

「電報を受け取ったから、こうして指定された時間に来たのです。事務所のほうへもお出でになったと聞きました。あなたからは逃げられません。覚悟はできています。どうなさるおつもりですか。どうぞ、おっしゃってください！　そんなところに座って、ネズミをもてあそぶ猫みたいに、わたしをあつかうおつもりですか」

「彼に葉巻を差し上げて」と、ホームズは言った。「クロウカ船長、葉巻でも吸って、気を落ちつかせてください。あなたが普通の犯罪者だと思ったら、ここで一緒に葉巻など吸ったりしません。そうでしょう。正直にお話しくだされば、悪いようにはしませんが、わたしをだましたりしたら、容赦《ようしゃ》しませんよ」

「どうしろとおっしゃるのですか」

「きのうの夜、アビ農園で起きたことを正直に話すのです。よけいなことをつけ加えたり、話を省《はぶ》いたりしないで、本当のことを話してください。わたしにはもう大体のことはわかっているのですから、ちょっとでも本筋をはずれたら、窓からこの警察の呼び子を吹きますよ。そうしたら、この事件は永久に私の手を離れることになります」

船長はしばらく考えていたが、やがて日に焼けた大きな手で膝を叩いた。

「一か八かやってみましょう」と、彼は大声で言った。「あなたを約束を守る、公正な方だと信じて、すべてお話ししましょう。だが、まず言っておくことがあります。自分のことでは、何一つ後悔したり恐れたりはしません。何度でも同じ事をするだろうし、やったことを誇りに思っています。人でなしのあいつめ——あいつが猫のように何度でも生きかえるというのなら、何回だって命をわたしが奪ってやろうではないか。しかし、問題はメアリ、メアリ・フレイザなのです。わたしは彼女をあの忌まわしい名で呼んだりはしない。あの人を面倒に巻き込むかと思うと、あの愛《いと》しい顔に笑顔が戻るのなら、死んでもいいと思っているこのわたしにとっては、身も凍るような思いです。でも、それでも、ああするしかなかったのです。お二人には本当のことをお話ししますが、そのうえで、ああするしかなかったということを、おわかりいただきたいのです。

話を少し戻しましょう。すべてご存じのようですから、わたしが一等航海士として勤務していたロック・オブ・ジブラルタル号に、彼女が乗客として乗り合わせて、互いに知り合ったということもご存じでしょう。初めて会ったときから、わたしにとって彼女はただ一人の女性となったのです。航海の間中、彼女に対する思いは日増しにつのり、夜の当直の際、暗がりにひざまずいて、愛しい彼女の足が踏んだ甲板だと知って、幾度口づけをしたことか。彼女は結婚の約束をしてくれたわけではありませんでしたが、一人の男性に対する態度としては、この上なく大切にしてくれました。それには不満はありません。わたし一人の片思いで、彼女にとってわたしは仲の良い友人だったのです。別れたとき、彼女は自由でしたが、彼女にとらわれたわたしにはもう自由はありませんでした。

次に航海から戻ったとき、彼女が結婚したことを知りました。それは、好きな人がいれば結婚したっていいでしょう。肩書きとお金――彼女ほどそれにふさわしい人はいません。彼女は美しく優美であるために生まれてきたような人です。ですから、彼女の結婚を嘆《なげ》いたりはしませんでした。わたしはそれほど利己的な人間ではありません。彼女が一文無しの船員に身を任せたりせず、幸運に恵まれたことを喜びました。それほどメアリ・フレイザを愛していたのです。

そして二度と会うこともないだろうと思っていたのですが、わたしは前回の航海で昇進をして、新しい船がまだ進水していないため、シドナムで船員たちと数ヶ月待機することになりました。そんなある日のこと、いなか道で彼女が連れてきた昔からのメイドのティリーザ・ライトと出会ったのです。彼女は、わたしにメアリのことも、だんなのことも、何もかも話してくれました。お二人ともきいてください、わたしは本当に気も違わんばかりでした。あの酔っぱらい野郎、彼女の靴だってなめる資格もないような男が、彼女に手を上げるとは！　ティリーザにもう一回会って、それからメアリ本人とも二回ほど会いました。その後、彼女は会おうとはしなくなったのです。ですが先日、一週間もしないうちに航海に出るという通知を受けたため、その前に一回彼女と会う決心をしたのです。ティリーザはずっとわたしの味方でした。彼女はメアリを愛していましたし、わたしと同じくらいあの悪党を憎んでいましたからね。彼女から家のようすは聞いていました。メアリは一階の小さな自室で、遅くまで本を読んでいるということでした。昨夜、建物をまわってそこまで忍び込み、窓を軽く叩きました。最初は開けてくれませんでしたが、今では内心わたしを愛してくれているのですから、凍るように寒い夜にわたしを放っておくわけはないと知っていました。彼女は小声で正面の大きな窓へまわるように言い、行ってみると、食堂に入れるように錠《じょう》を外してありました。彼女自身の話を聞いて、またぼくの血は煮えたぎり、自分が愛した女性に手をあげる、あの人でなしを呪《のろ》いました。ところで、わたしは彼女と二人で窓辺に立っていたのですが——神かけてやましいことはしていません——そこへあいつが気が違ったように走り込んできて、聞くのも恥ずかしいような汚らわしい言葉で彼女をののしり、手にした杖《つえ》で顔をしたたか打ったのです。わたしはさっと火かき棒を取って、両者正々堂々の戦いになりました。腕のここを見てください。奴に最初に打たれたところです。次はわたしの番で、腐《くさ》ったかぼちゃのようにめちゃくちゃにしましたよ。わたしが後悔したとでもお思いですか。しませんとも！　やるか、やられるかの戦いだったのです。いや、そんなに生やさしいことではなかった。奴をやるか、彼女がやられるかだったと言ったほうがいい。こういう正気でない人間のもとに彼女を残しておけるでしょうか。それで殺してしまったわけです。わたしは間違っていたのでしょうか。もし、お二人がわたしの立場だったら、どうされたでしょうか。

彼女が奴に打たれたとき上げた悲鳴を聞いて、ティリーザが上の部屋からおりてきました。サイドボードにワインのビンがあったので、ぼくはその栓を抜いて、メアリの唇の間に少し注ぎました。彼女はショックでほとんど死んだようになっていたからです。それからわたし自身も少し飲みました。ティリーザは非常に冷静で、話の筋づくりには、わたしと同じくらい彼女も知恵を働かせました。泥棒の仕業のように見せかける必要があったので、メアリにはティリーザが繰り返し筋書きを話して聞かせました。一方、わたしの方はよじ登って、呼びりんの紐を切りました。それからメアリを椅子に縛りつけ、紐の端をほぐして、自然にちぎれたように見せかけたのです。そうでなければ、泥棒がわざわざあそこまで登って紐を切るなど、変だと思われるでしょう。次に泥棒の仕業にするため、銀の皿とポットを二、三点集め、十五分たったら騒《さわ》ぎ立てるようにという指示を残して、その場を去りました。そして銀器は池に投げ捨てて、シドナムへ向かったのです。一生に一度、今夜だけは、本当にいい仕事をしたという気分でした。何もかも包み隠さずお話ししました、嘘でしたら、この首を上げますよ。ホームズさん」

ホームズはしばらく無言のままパイプをふかしていたが、やがて部屋を横切っていき、彼と握手を交わした。

「思ったとおりです」と、彼は言った。「真実をお話しになったということはわかります。わたしが知らなかったことは、ほとんど一つもなかったですからね。軽業師《かるわざし》か船乗りでなければ、壁の横木に乗って呼びりんの紐を切るのは無理だし、船乗りでなければ、夫人を紐で椅子に縛る際、あのような結び方ができるはずはない。夫人が船乗りと知り合う機会は一度しかなく、それは船旅の時だ。また、彼女がその人物をかばおうとしていて、そこに愛情が見えることから、彼は彼女と同じ階級の人物だ。これで、正しい手がかりから始めれば、あなたをつかまえることは容易なことがおわかりでしょう」

「警察には、わたしたちの細工は見抜けないだろうと思っていました」

「警察は見抜いていないし、わたしの信じる限り、見抜くことはないでしょう。いいですか、クロウカ船長、これは非常に重大な事態です。あなたが、誰にとっても我慢の限界となるほどの挑発を受けて事件を起こしたことは認めます。しかし、あなたの行為が、正当防衛であるとして、法的に認められるかどうかはわかりませんが、裁くのはこの国の陪審《ばいしん》です。わたしとしてはあなたにたいへん同情しますよ。だから今後二十四時間以内に姿を消すというなら、誰にも手を出させないつもりです」

「その後で、すべて明らかにされるのですか」

「もちろんそうです」

クロウカ船長は怒りで顔を真っ赤にした。

「それが一人前の男に対する提案ですか。法律でメアリが共犯者として逮捕されることくらいは知っています。わたしが彼女だけに責任をとらせて逃げるなどとお思いですか。そのようなことはしません。わたしに最悪の裁きがあっても、ホームズさん、お願いです、何としてでもメアリが罪を問われないようにしてください」

ホームズは再び船長の手を握った。

「あなたを試しただけです。あなたの言うことはすべて正しいようです。さて、これはわたしにとって大きな責任だが、ホプキンズには素晴らしいヒントをあげたのだから、彼自身がそれを利用できなければ、わたしにはもうどうしようもない。いいですか、クロウカ船長、ここは法律上で当然取るべき形にしましょう。あなたは被告で、ワトスン、君は英国の陪審だ。君ほど陪審に打ってつけの人物はいないよ。そしてぼくは判事だ。さて、陪審員諸君、諸君は証言を聞いたわけです。被告は有罪ですか、それとも無罪ですか？」

「裁判長、無罪です」と、わたしは言った。

「民《たみ》の声は神の声なり[272]。クロウカ船長、あなたは無罪放免です。法によって別の犠牲者が見つからない限り、わたしがあなたをとらえることはありません。一年[273]たったら、あのご婦人のところへ戻りなさい。あなた方二人の将来から、今夜下した判決が正しかったことが証明されますように」

第二の汚点

《アビ農園》事件の物語を最後に、わが友シャーロック・ホームズ氏の事件記録を発表するのを、わたしは中止するつもりだった。こう決心したのは材料が不足したというわけではない。わたしの手元には、まだ発表したことがない何百件もの事件記録があるのだ。また、世にもまれな特殊な個性と、ホームズ流の独特な事件解決に、読者が飽《あ》きたからというわけでもない。実を言うと、ホームズ自身が、自分の体験がこれ以上公表されるのを好まないのだ。ホームズが探偵として実際に活動している時ならば、成功した事件の記録も、なにかしら実際に役に立つこともあるだろう。しかし、ロンドンからすっかり身を引いて、サセックスの丘陵《きゆうりよう》で、[274]もっぱら研究とミツバチの飼育にいそしんでいるホームズには、名声もじゃまになるだけなのである。それでホームズは、この点について、彼自身の意思をしっかり守ってほしいと、きっぱりとわたしに要求してきた。しかし、《第二の汚点》の事件については、機が熟したら、公表する、と読者に約束してあった。[275]わたしは今まで発表してきたホームズの事件記録の最後を、ホームズが依頼されたうちでは最も大がかりな国際的事件で、しめくくる

のがふさわしいだろうと思い、この事件を発表することを主張したのだった。すると、表現に細かい注意を払うのなら、公表してもよいという許しが、やっと得られた。この事件記録は、特定の細かい点に多少はっきりしないところがあるのも、それなりの理由があるからだ、ということを読者の方々にもご理解いただきたいと思う。

そういうわけで、この事件についてはは何年のできごとということはもちろん、何十年代かということすら明らかにできないが、とにかく、ある年の秋のある火曜日の朝のことで[276]あった。ベイカー街のわたしたちの質素な部屋に、ヨーロッパ中にその名をとどろかせている人物二人が訪ねて来ていた。ひとりは、威厳《いげん》があり、鼻が高く、ワシのように鋭い目をしたいかめしい人物で、英国の首相を二度まで務めた、かの有名なベリンジャー卿[277]であった。あとのひとりは、浅黒く、整《ととの》った、品のある顔立ちで、中年にはまだ手の届いていない、心身ともに優美そのものという印象を受ける人物で、この国で一番の前途《ぜんと》有望なやり手政治家、ヨーロッパ問題大臣のトリローニ・ホープ閣下[278]だった。新聞が散らかっている長椅子《いす》に、ふたりは並んで腰を下ろしていたが、彼らの疲れ切った心配そうな顔を見ると、よほど差し迫《せま》った重要な用件でやって来たことは、すぐにわかった。首相は、青い血管を浮かべたやせた手で、象牙《ぞうげ》でできた雨傘の柄《え》をしっかりと握りしめ、やせこけた苦行者のような顔つきで、憂《ゆう》うつげにホームズとわたしを、代る代る見つめていた。ヨーロッパ問題大臣は神経質そうに口ひげを引っ張って、時計の鎖《くさり》についている、印章《いんしょう》をもてあそんでいた。

「ホームズさん、手紙が失くなったことに気づいたのは、今朝の八時です。ただちにわたしは首相にご報告申し上げました。そして、首相のご提案で、こちらへ二人で伺った次第です」

「警察へは報告されましたか?」

「していない」と首相は、いつも見せるきっぱりとした態度で、素早く答えた。「報告もしていないし、するつもりもない。警察に知らせるということは、つまりは世間にも公表するということになる。われわれはできるかぎり、それを避けたいと思っているのだ」

「と、おっしゃいますと？」

「いま問題にしている手紙というのは、非常に重要で、もしもこれが世間に知れわたれば、ヨーロッパに決定的な争いもおこりかねないのだ——いや、おそらくはおきてしまうだろう。これには、戦争か平和かという問題がかかっているのだ、と申してもいいくらいだ。秘密のまま取り戻せないということであるなら、むしろ取り戻せないほうがましかもしれない。あの手紙を奪った者たちが狙《ねら》っているのは、あの内容が世間に公表されることにあるのだ」

「よくわかりました。それでは、トリローニ・ホープさん、その手紙を失くされた時の状況を、正確にお話しいただけるとさいわいです」

「話は極めて簡単なのだ、ホームズさん。手紙を受け取ったのは、六日前のこと。手紙というのは、さる外国の君主からのもので[279]、これが極めて重要なものなのだ。金庫に入れたままにはせず、夜にはホワイトホール・テラス[280]の自宅に持ち帰り、寝室に置いてある、鍵《かぎ》付き文書箱に入れていた。昨夜は確かに、その中にあったのだ。これは、確かなことだ。夕食のために着替えをした時にも、箱を開けて、中に手紙があるのを確かめている。ところが、今朝になってみると、失くなっていたのだ。文書箱は、夜は化粧台の鏡の傍《かたわら》に置いてあったし、わたしは眠りの浅いほうで、妻も同じだ。だから、夜中に寝室に入ってきた者は誰もいないことは、二人とも証明できる。それなのに、書類は失くなっていたのだ」

「お夕食は何時でしたか？」

「七時半だった」

「その後、どのくらい経ってから、お睡《やす》みになられましたか？」

「妻は芝居を見にいった。妻が帰るのを、わたしは寝ないで待っていて、二人で十一時半には寝室へ引きあげた」

「としますと、文書箱は四時間ほど、誰も監視していなかったことになりますが？」

「寝室に誰でもかってに出入りできるわけではない。例外は、朝のうちハウス・メイドが掃除に入り、その後は、わたしの世話係か、妻付きのメイドが出入りするだけなのだ。三人とも、古くから働いている信用のおける使用人だ。それに、文書箱に役所関係の文書より重要なものが入っていることは、使用人にわかるはずはない」

「その手紙があることを知っていらしたのは、どなたですか？」

「家の者は誰も知らない――」

「しかし、奥さまはご存じだったのではありませんか？」

「いや、知らない。今朝手紙が失くなったことに気づく前には、何も話してはいない」

首相は満足そうにうなずいた。

「君の公務への責任感がいかに立派であるかは、わたしも前まえからよく知っていた。このような重大な機密《きみつ》を扱う場合は、親密な家庭の絆《きずな》よりも、公務が優先すべきだと思っておる」

ヨーロッパ大臣は頭を下げた。

「ご信頼にそえるようにいたしたまでです。今朝になるまでは、この件につきまして、わたしは、ひとことなりとも妻には漏《も》らしておりません」

「奥さまは、推測なさることができなかったでしょうか？」

「いや、ホームズさん、妻が手紙について推測できたとは考えられない――いや、誰にも推測できたはずはないのだ」

「今までに、何か書類を紛失《ふんしつ》なさったことはありましたか？」

「いや、ない」

「イングランドの中で、この手紙の存在を知っていたのはどなたですか？」

「閣僚《かくりょう》全員に、昨日知らせた。しかし、閣議の内容は、常に秘密にする決まりになっている。昨日は首相から、さらに厳しく注意があった。それなのに、なんということなのだ。このわたしが、それを数時間もたたないうちに、失くしてしまったのだ！」

ホープ氏は、整った顔を絶望感にゆがめ、両手で髪をかきむしった。一瞬だが、衝動的で熱っぽく、極めて感受性の強い、彼の本当の性格をかいまみたようだった。しかし、もう次の瞬間には、彼は再び貴族らしい顔つきで、穏やかな声になっていた。

「閣僚以外にも、その手紙のことを知っている役人は二人、いや三人はいる。しかし、ホームズさん、それ以外、国内にはひとりもいない」

「では、外国では？」

「外国では、その手紙を書いた本人の他には、それを見た者はいないはずだ。その国の大臣たちでさえ、見てはいないだろう。これはいわゆる、公式の経路による文書ではないのだから」

　しばらくの間、ホームズは考え込んでいた。

「ところで、もう少々、詳しくうかがいたいのですが、いったい、その手紙というのは、何なのですか？　その手紙が失くなると、なぜそんなに大変な事がおこるのでしょうか？」

　二人の政治家はすばやく目くばせをし、首相は気難しそうに太い眉《まゆ》をしかめた。

「ホームズさん、封筒は細長い水色の薄いものだ。赤い封ろうで封じ、その上にうずくまったライオンの印を押してある。(281)大きな太い字で宛名《あてな》が書いてあって――」

「そういう細かい点についても興味がありますし、必要ではありますが、どうしても、わたしがお聞きしたいのは、もっと根本的なことなのです。その手紙の内容は、いったい何だったのですか？」

「それは、極めて重要な国家機密で、残念ながら、お話しするわけにはいかない。それに、その必要はなかろう。君が持っているという優れた能力で、いま話したような封筒を、中身ともども発見してもらえれば、それが国家への功労《こうろう》ということになるのだ。われわれも、できうる限りの報酬《ほうしゅう》を用意するつもりでいる」

シャーロック・ホームズは微笑を浮かべて、立ち上がった。

「あなた方お二人も、この国では最もお忙しい方々と存じますが、わたしもわたしなりに、依頼が多く、忙しい身でございます。はなはだ残念ではございますが、この件に関しましてはご協力いたしかねます。これ以上お話をうかがうことは、時間の無駄になるだけかと存じます」

首相はすっと立ちあがり、全閣僚を震《ふる》え上がらせるといわれている、深く落ち窪《くぼ》んだ目を光らせた。「こういうことは、初めてだ」と、彼は言いかけたが、怒りをおさえて、再び腰を掛《か》け直した。一、二分の間、誰もが口を開かなかったが、やがて首相が肩をすくめながら言った。

「ホームズさん、われわれは君の条件を受け入れなければなるまい。君の言うことは

もっともだ。君に完全な信頼を寄せずに、協力を求めようとしたのは、虫がよすぎた」
「わたくしも、そう考えます」と、若いほうの政治家が言った。
「それでは、君と、君の友人ワトスン先生を全面的に信頼して、すべてを打ち明けることにする。この一件の秘密が漏れれば、この国にとって、これにまさる不幸はないという結果にもなるのだから、あなたがたの愛国心にすがりたいのだ」
「わたしたちをご信頼いた

だきたいです。だいじょうぶです」

「その手紙というのは、この国の最近の植民地発展に腹を立てた、さる外国の君主からのものだ。その君主が全くの独断で、急いで書いた手紙なのだ。調べてみたが、先方の大臣たちでさえ、何も知らないとわかった。しかし、その手紙の言葉づかいは極めて不適当なもので、われわれを挑発するような言葉が、いくつもあるのだ。もしこれが公表されるようなことになれば、わが国の国民感情は、最悪の状態になることは目に見えている。国をあげて上を下への大騒《おおさわ》ぎとなり、手紙が公表されれば、一週間のうちには戦争に巻き込まれるといってもいいくらいだ」

ホームズは、ある人名をメモ用紙に書いて、首相に渡した。

「まさにそのとおり。この人物だ。そして、その手紙は十億の出費と十万の人命に値するほどのものなのだ。それを、このようなわけのわからない状態で紛失してしまった」

「手紙の差し出し人には、お知らせになりましたか」

「暗号電報で急信した[282]」

「あちらは手紙が公表されるのを、望んでおられるのでしょうね」

「いや、あちらも感情にかられて分別のないことをしたと、すでに後悔していることに間違いはなかろう。というのは、この手紙が世間に知れれば、あの国の君主と国家はわれわれ以上に大きな打撃を受けるはずだからだ」

「と申しますと、その手紙が世間に公表されれば、誰が利益を得るのですか。手紙を盗みだしたり、公表したりしようとしているのは、なぜでしょうか」

「ホームズさん、その点は高度な国際政治にかかわる問題なのだ。今のヨーロッパ情勢を考えると、その動機を理解するのは、何も難しいことではない。ヨーロッパ全体がみな、武装された陣営となっているからだ。そこに対立する二つの同盟があるが、今の軍事力は、つり合っている。大英帝国が二つの同盟のバランスをとる役割りを果たしているのだ。だから、もし英国がいずれか一方の同盟と戦わねばならないとすると、もう一方の同盟はその戦争に加わっても加わらなくても、優位に立つのは確実なのだ。おわかりいただけたかな」

「よくわかりました。つまり、その手紙を手に入れて公表し、その国とわたしたちの国とを仲たがいさせると、その国に対する敵対国側に利益があるということですね」

「そのとおり」

「では、手紙が敵の手に入っているとすると、誰に送られているでしょうか?」

「いくつかのヨーロッパ主要国の首相のいずれかに宛ててだ。おそらくは、今この瞬間にも、あちらへ全速力で送られていることであろう」

トリローニ・ホープ氏は頭を下げて、大きな呻《うめ》き声をあげた。首相は優しく、その肩に手をやって言った。

「君は運が悪かっただけだ。誰も、君を咎《とが》めたりはしない。君は万全の警戒《けいかい》をしていたのだから。ところで、ホームズさん、事実はこれですべて話したわけだが、どうしたらいいだろうかな？」

ホームズは、悲しそうに首を振った。

「その手紙が発見されなければ、戦争になるとお考えでしょうか？」

「その可能性は、充分にあると思う」

「それでは、戦争の準備をなさることです」

「ホームズさん、それは厳しいお言葉だ」

「しかし、事実をよくお考えになってください。夜の十一時半以後に盗まれたとは考えられません。その時刻から、朝、手紙が失くなったことに気づかれるまで、ホープご夫妻はおふたりとも、部屋におられたというのですから。とすれば、昨夜の七時三十分と十一時三十分のあいだ、おそらくは七時三十分近くに盗まれたのでしょう。誰が盗みだしたかはわかりませんが、手紙がその部屋にあることを知っていたわけです。そして、当然、できるだけ早く、手に入れようとするはずです。さて、このような重要な手紙が、その時刻に盗まれたならば、今どこにあるでしょうか。犯人がそれを抱《かか》えこんだままでいるとは、とうてい考えられません。もちろん、それを必要とする人いかんともなしがたいことです」

でも突き止められるという見込みも立ちません。これはもう、わたしたちの力では、

の手へと、素早く渡しているでしょう。今は、それを取り戻すことも、その行方だけ

首相は、長椅子から立ち上った。

「ホームズさん、君の言うことは、全くすじが通っている。この問題はわれわれの手には負えないところに、来てしまっているような気がする」

「議論を進めるために、手紙を盗みだしたのは、メイドか世話係だと仮定してみましょうか――」

「ふたりとも古くからの、信頼のおける使用人だ」

「そうおっしゃいますが、あなたの部屋は三階で、家の外からは侵入できません。家の中を通って上がれば、必ず人の目にふれるということでしたね。とすれば、盗みだしたのは家の中の者に間違いないでしょう。犯人は、それを誰の所へ持って行くのでしょうか。国際的なスパイ、または秘密組織の一人へでしょうが、そういう連中の名前については、わたしもかなりよく知っております。この種の職業のリーダー格の者が、三人います。まず、その三人の身辺について当たってみることから、捜査を始めましょう。もしそのうちのひとりが、行方でもくらましていれば――特に、昨夜から姿を消しているということなら――手紙の行方について、手がかりを何かつかめるは

ずです」

「どうして、姿を消したりするのだね?」と、ヨーロッパ大臣は尋ねた。「手紙を、ロンドンの大使館へ持ち込めばよいではないか」

「いえ、わたしはそうは考えません。こういう秘密組織は、独自の活動をするものですから、おそらく大使館とは冷たい関係になっているのでしょう」

首相は頷《うなず》きながら、ホームズに同意した。

「ホームズさん、君の言うとおりだ。あれほど重大な獲物を手に入れれば、自分の手で本部へ持ち込むだろう。君の捜査方針は全くすばらしい。さて、ホープ、この災難のために、われわれは他の任務をおろそかにするわけにはいかない。今日中に、われわれのほうに新しい情報が入れば、すぐに連絡することにする。君も、捜査結果を必ず知らせて貰《もら》いたい」

二人の政治家は一礼して、重い足取りで部屋から出ていった。

高名な訪問者が立ち去ると、ホームズは何も言わずにパイプに火をつけ、しばらく深々と考え込んでいた。わたしが朝刊を拡《ひろ》げて、昨夜ロンドンで起きて大騒ぎになっている、犯罪事件の記事を読み耽《ふけ》っていると、ホームズは突然叫び声を上げ、ぱっと立ち上がると、パイプをマントルピースの上に置いた。

「そうだ」と、彼は言った。「これにまさる方法はない。事態はほとんど絶望的と思えるが、完全に望みなしとも言えない。今からでも、盗みだしたのが、連中のうちの誰かということさえ突き止めれば、手紙はまだ、彼の手中にあるという可能性だってある。要は、あの連中にとって、これは金の問題だ。ぼくには英国大蔵省がついている。売りに出されているとなれば、買い戻そう――もし、それでぼくたちの所得税が一ペニー（約一〇〇円）増えたとしたって、仕方がない。犯人が先方へ売り込む前に、こちらがどんな買い値を言ってくるか、ようすを見ようと、手元に置いておくことも考えられる。そういう大胆な真似をする男といえば、あの三人だ。オウバシュタイン[283]、ラ・ローティエール[284]、それにエドアルド・リューカス[285]だ。ひとりひとり、調べてみることにしよう」

わたしは、朝刊にちらっと目をやった。

「そのエドアルド・リューカスっていうのは、ゴドルフィン街[286]にいる男かい」

「そう」

「そうなると、行っても会えないね」

「なぜだね」

「昨日の夜、彼は自宅で殺された」

いままで事件捜査のたびに、わが友には何回となく驚かされてきたので、今回は、彼のほうが非常に驚いたのを見て、わたしは大喜びだった。彼は、驚きのあまり目を見張ったが、すぐにわたしがもっていた新聞をひったくった。ホームズが椅子から立ち上がった時に、わたしが一心に読んでいた記事というのは、次のようなものであった。

ウェストミンスターで殺人

昨夜、ゴドルフィン街十六番で、奇怪《きかい》な犯罪がおきた。現場はテムズ河とウェストミンスター寺院の中間に位置し、国会議事堂の巨大な塔(287)の陰になっている場所で、十八世紀に建てられた家が並んでいる、古風で静かな通りの一軒である。この小さいが高級な邸宅に数年前からエドアルド・リューカス氏は住んでいた。彼は魅力的《みりょくてき》な人柄で、この国での第一級のアマチュア・テノール歌手のひとりという評判も得ていて、社交界では有名な人物であった。リューカス氏は三十四歳の独身で、家には中年の家政婦のプリングル夫人と、世話係のミトン(288)がいるだけであった。家政婦は最上階の部屋に、いつも早く引き上げて寝てしまうし、世話係も昨夜は外出して、ハマースミスの友人を訪ねていた。十時以降に邸内で起きていたのは、リューカス氏だけであった。その間に何がおこったのかは、未だに明らかにはなっていないが、十一時四十五分、ゴドルフィン街を巡回していたバレット巡査が、十六番のドアが半開きになっているのを発見した。巡査はドアをノックしたが返事がなく、通りに面している部屋の明りが見えたので、入り口から入り、明りのついている部屋のドアを再びノックしたが、返事はやはりなかった。そこで巡査はドアを開け、室内へ入ると、室内は非常に乱れていて、家具はみな片側に寄せられ、中央に椅子が一つ逆さになって倒れていた。椅子の傍には、椅子の足の一つをつかんだ、不幸な主人が横たわっていた。心臓をひと突きにされていたので、即死に間違いないだろう。犯行に使われたナイフは壁に飾られていた東洋の武器の記念品の中から抜き取った、そり返ったインド製の短剣である。犯行の動機は物盗りではないようで、室内の貴重品を盗もうとした跡は全く見られなかった。エドアルド・リューカス氏は極めて有名で、評判のいい人物であるので、この奇怪で非業な最期は、あらゆる方面の友人たちの間に、深い悲しみと、多くの同情を呼びおこすであろう。

「ねえ、ワトスン、これをどう思う?」長い沈黙の後に、ホームズは尋ねた。

「これは、驚くべき、偶然の一致だね」

「偶然の一致だっていうのかい！　このドラマを演じていると思われる人物を三人あげたら、そのうちのひとりが、そのドラマの上演中に、無惨《むざん》な死に方をしてしまったのだよ。偶然の一致だなんて、考えないほうがいいのではないかな。まあ、無理だな。ねえ、ワトスン、この二つの事件には繋《つな》がりがある。繋がりがなくてはならないのだ。

その繋がりを見つけだすのが、ぼくたちの役割りということになる」
「しかし、警察では、今ごろはすべて、調べがついているだろうね」
「そんなことはないだろう。ゴドルフィン街でのことは、調べがついただろうがね、ホワイトホール・テラスの事件は全く知らないだろうし、知ることはできない。両方の事件を知っていて、しかもその間の繋がりを突き止められるのは、ぼくたちだけなのだ。どちらにしても、ぼくはリューカスを怪しいと睨《にら》んだだろうがね。はっきりした一つの理由があるのだ。ウェストミンスターのゴドルフィン街といえば、ホワイトホール・テラスから歩いてほんの二、三分だ。さっき名前をあげた残りのふたりの秘密組織員は、ウェスト・エンドのずっと端に住んでいる。だから、ヨーロッパ大臣の屋敷の者とかかわりを持つにしても、情報を受け取るにも、リューカスのほうが、他の二人よりもずっとたやすい立場なのだ。まあこれは、ささいなことだけれどもね。しかし、いろいろなことが、わずか二、三時間のうちに、次々におこっているとなれば、重要なことになるかもしれない。おや、なんだろう」

　ハドスン夫人が女性の名刺を盆に載《の》せて現われた。ホームズは名刺をちらっと見て、眉をつりあげてわたしに渡した。

「レイディ・ヒルダ・トリローニ・ホープに、よろしかったらお上がりいただくように」と彼は言った。

　その朝はすでに、あのように著名な方々をこの質素な下宿の部屋にお迎えするという栄誉《えいよ》に恵まれたが、今度は、さらに光栄にも、ロンドンで最も美しいといわれる女性の訪問まで受けたのだ。ベルミンスター公爵[289]の末娘が美人であるという噂《うわさ》はわたしもよく耳にしていたが、言葉でのどんな説明やぱっとしない写真をいくら眺めていたところで、あのこの上ない優美な顔やデリケートな魅力や、優雅な顔の美しい色あいが伝わってくるわけではなかった。しかし、その秋の朝に、彼女に会った途端に見る者の目をとらえたのは、その美しさではなかった。頬は愛らしさを漂わせていたが、激しい動揺に青ざめていた。目は輝いていたが、熱に浮かされたような光を放ち、感受性に富んでいそうな唇は、自分の感情を抑えつけようとしているように、固く結び、歪《ゆが》んでしまっていた。開いているドアのところに、この訪問者が、しばし立ち止まった時にわたしの目が受けた印象――それは美ではなく、恐怖であった。

「ホームズ様、わたくしの夫は、こちらへお伺いいたしましたでしょうか」

「はい、奥様、おいでになられました」

「ホームズ様、わたくしがこちらへ伺いましたことを、どうぞ夫にはないしょにお願いいいたします」

ホームズは冷ややかにお辞儀をして、夫人に椅子をすすめた。

「そのお申し出は、わたしの立場を難しいものにいたします。とにかく、お掛けくださって、ご希望をお話しください。しかし、無条件でのお約束はいたしかねます」

夫人は静かに部屋の奥へ進むと、窓を背に腰を下ろした。背は高く、優雅で、いかにも女性らしく、女王を思わせる風格《ふうかく》が漂っていた。

「ホームズ様」白い手袋をはめた手を、握ったり開いたりしながら、夫人は話し始めた。「わたくしは率直にお話しいたします。そうすれば、きっとあなた様にも、率直にお答えいただけるかと思うからでございます。夫とわたくしの間にはただ一つのことを除き、秘密は何もございません。その、ただ一つと申しますのは政治のことでございます。政治のことになりますと、夫は固く口を閉じてしまい、わたくしには何一つ話さないのでございます。昨晩、屋敷内で、実に残念な事態がおこりましたことは、わたくしも知っております。書類が紛失いたしましたのも、存じております。しかし、ことが政治に関しますので、夫はわたくしには何も打ち明けてはくれないのでございます。わたくしといたしましては、そのことをすべて知ることが、何がどうあっても必要なのでございます。――はい、どうしても必要なのです。この事実関係を知っておられますのは、政治家の方々を除きますと、あなた様方だけでございます。ホームズ様、どうぞ、いったい何がおきてそれがどうなるのかを、はっきりお教えいただきたいのでございます。なにもかもお話ししてくださいませ、ホームズ様。依頼人のためを思い、沈黙なさることはございません。わたくしにすべてをお打ち明けくださるのが、夫にとりましても最良の方法なのでございますから。このことは夫もわかってくれるはずです。盗まれた書類はいったいどのようなものだったのでございましょうか」

「奥様、その質問には、どうしてもお答えはいたしかねます」

彼女は呻くような声をもらし、両手で顔を覆《おお》った。

「奥様、これはおわかりいただかなければなりません。ご主人さまが、この件については、あなたにはないしょにしておくのが、よしとされたことですし、わたしは職業上の秘密を厳守《げんしゅ》すると誓《ちか》ったうえで、真相を知らせていただきました。ご主人さまが秘密になさっていることを、わたしがお話しすることができましょうか。わたしにそれをお尋ねになるのは、筋違いです。お尋ねになるお相手は、ご主人さまかと存じます」

「夫にはすでに尋ねました。こちらへは、最後の頼みと思い、お伺いしたのでございます。ホームズ様、はっきりした内容は、お話しいただけないにしても、一つだけお教えいただくだけでも、大変ありがたいのでございます」

「どんなことでしょうか、奥様」

「この事件によって、夫の政治家としての経歴に傷がつきますでしょうか」

「はい、奥様、この一件がうまく解決いたしませんと、極めて不幸な結果になることでしょう」

「まあ！」彼女は、疑問に思っていたことが現実になったというかのように、鋭く息を吸い込んだ。

「ホームズ様、もう一つお尋ねいたします。この災難を知った直後に、ショックを受けた夫がもらした、言葉の端々から察《さっ》しますと、文書紛失が社会に重大な影響を及ぼすということでしたが」
「ご主人さまがそうおっしゃったのなら、わたしは否定いたしません」
「それは、どういう性質のものでございますでしょうか」

「ああ、奥様、わたしにはお答えできないことを、お尋ねになっておられます」

「では、もうこれで、おいとまいたします。ホームズ様、あなた様がもう少し、率直にお話ししてくだされればよいのにと責めはいたしません。でも、夫の意志に背《そむ》いてまでも、夫の心配事を分かち合いたいと考えましたわたくしを悪くお思いにならないでくださいませ。もう一度、お願いしておきます。どうぞ、わたくしがここへ伺いましたことをないしょにしておいてくださいませ」彼女は戸口で振り返り、わたしたちを見つめた。その美しく不安に満ちた顔、おびえた目、歪んだ口元をわたしは心に刻み込んだ。そして彼女は帰っていった。

「さて、ワトスン、女性は君の担当分野だ[290]」スカートの裾《すそ》を引摺《ひきず》る、さらさら《フルフル》という衣《きぬ》ずれ[291]の音が次第に遠ざかり、玄関のドアが閉まる音がすると、ホームズは笑いながら言った。「あの美しいご婦人は、何を考えていたのだろうかね。彼女の狙いは、何なのだろうか」

「そうだね、彼女の言い分ははっきりしているし、彼女が心配するのも、極めて当然のことじゃないかね」

「ねえ！　ワトスン、彼女のようすを思いだしてみたまえ、あの態度、動揺を必死に押し殺している、落ち着きのないようす、しつこい質問の仕方を。彼女は、めったに感情を表に出さない階級の出身なのだよ」

「しかし、だいぶ動揺していたことはたしかだね」

「それに、彼女がすべてを知ったほうが、夫のために最善の方法だと言った時の、あの異様な真剣さも見逃せないね。あれはどういう意味だったのかな。それから、ワトスン、君も気がついたと思うけれど、彼女は光をうしろから受けるような位置をきちんと選んで座っている。感情を僕たちに読まれたくなかったからだ」

「そう、それで、この部屋の中の窓際の椅子を選んだのだね」

「それにしても、女性の動機というのは実にわかりにくいね。同じ理由でぼくが怪しいと睨んだ、マーゲイトの女性を憶《おぼ》えているかい。鼻の頭に白粉をつけていなかった――それが結局は、事件解決へのきっかけになった。砂上に家は建てられないと言うしね。女性のさりげない行動に、非常に大きな意味が込められているかもしれないし、逆に、とんでもなく異常な行動も、元をただせば動機は単純だったりするのさ。ヘアピン一本のためだったり、巻き毛用の鏝《こて》(292)のためだということだってあるのさ。それではワトスン、ちょっと失礼」

「出かけるのかね？」

「そう、朝のうちにゴドルフィン街に行って、警視庁の仲間と時間をつぶしてくるよ。この事件の解決の糸口は、エドアルド・リューカスにある。もっとも、その糸口がどういう形になるのかは、全く見当もついていないことは認めなくてはいけないがね。

とにかく、事実に先がけて理論を組み立てようとするのは、大きな間違いさ。それでは、ワトスン、新しい客があったら用件を聞いておいてくれたまえ。留守を頼むよ。うまくすれば、昼食は一緒にとれるだろう」

その日も、次の日も、また次の日も、わたしが見たところ、ホームズはあまり、口をききたくない気分のようだった。他人にいわせれば、不きげんということになるだろう。急いで飛び出しては、また、駈《か》け込んで来たり、絶え間なくタバコを喫《す》ったり、バイオリンをちょっといじってみたかと思うと、次はじっと物思いに耽り、変な時刻にサンドイッチを食べたりしていた。わたしがちょっと声をかけてみても、返事もろくにしてくれない。捜査がうまく進んでいないことは、わたしにもはっきりわかった。事件に関してホームズは何も言わなかったが、詳しい検死の結果や、殺されたリューカスの世話係のジョン・ミトンが逮捕された後に、すぐに釈放されたことなどを新聞で知った。検死陪審《ばいしん》は、あきらかに「故意殺人」(293)であるという決定をくだしたが、犯人は今もまだ判《わか》らないままだった。殺人の動機も見当がつかなかった。部屋には貴重品がいくらでもあったのに、盗まれた物は何一つなかった。殺された男の書類も荒らされた跡がない。また、書類を細かく調べていくと、リューカスは国際政治の熱心な研究家で、更には、他に比べるものがないほどのゴシップ好き、優れた言語学者、根気のよい文通家であったこともわかった。彼は、数ヶ国の第一線の政治家たちと、緊《きん》密《みつ》な間柄だったようだが、引き出し一杯の書類の中からは、世間を騒がせるような物は発見されなかった。女性関係のほうは、相手を選ばず手当たりしだいだったが、うわべだけの関係だった。知り合いは多いが友人というのはほとんどなく、深く愛していた女性はひとりもいなかった。日常生活は規則正しく、目立った行動はなかった。そんな男が殺されたというのは、全くふしぎという他なく、その謎は未解決のままになりそうだった。

世話係の男ジョン・ミトンを逮捕したのは、何もしないままでいるわけにはいかないと、当局が苦しまぎれにとった手段だった。したがって、彼が不利な立場になるような証拠は、挙《あ》げられなかった。事件当夜、彼はハマースミスに住む友人を訪ねており、アリバイはしっかりしていた。彼が友人の家を出た時刻から考えれば、犯罪が発見された時刻より前に、ウェストミンスターの家に帰りついていたはずだが、途中歩いたので帰宅が遅くなったという本人の説明も、あの夜のすばらしい天気を考えれば、そう考えられないことでもなかった。彼が実際に帰ってきたのは十二時だったが、思いもかけない惨状《さんじょう》に出あい、全く気も動転してしまったようだ。彼は、主人といつも良い関係であった。殺害された男の持ち物がいくつか――小さなケース入りひげ剃《そ》りが、ジョン・ミトンの荷物から発見されたが、本人は主人から贈られた物だと主張し、この件は、家政婦の証言でも裏付けられた。ミトンは三年前からリューカスに雇《やと》われていた。リューカスが彼をヨーロッパ大陸へ連れて行ったことがないというのは、注目すべきことだった。リューカスは時折、パリへ行き、三ヶ月も続けて滞在していたが、その間ミトンは、ゴドルフィン街の家の留守を仰せつかったのだった。家政婦は事件当夜はなんの物音も聞いていなかった。主人のところへ客があったなら、主人が自分で応接したのだろうということだった。

ということで、わたしが新聞記事を読んだ限りは、三日たっても、事件は謎に包まれたままであった。もし、ホームズが何かもう少し知っていたとしても、彼は胸に秘めて、それを打ち明けることはしなかっただろう。しかし、ホームズはレストレイド警部から、この事件の報告を受けているので、捜査の展開についてもすべてを知っているはずであった。事件から四日め、パリ発の長い電文が記事として新聞に掲載《けいさい》され、問題はこれですべて解決するかのように思えた。

――「デイリー・テレグラフ」紙による報道より

パリ警察の発見により、今週の月曜日夜に、ウェストミンスターのゴドルフィン街で惨殺《ざんさつ》された、エドアルド・リューカス氏の悲劇的運命を包む謎のベールが、今、上げられた。読者も記憶しているだろうが、被害者は自室で刺し殺されているのを発見された。世話係に、一度は疑いがかかったものの、アリバイがあり、この容疑は晴れた。ところが昨日、オーステルリッツ街の小さな住宅に住むマダム・アンリ・フールネイという女性が精神に異常をきたしたと、彼女の使用人たちから当局に届け出があった。そして、確かに、精神の安定を欠き、それは危険で永続的な状態であると医者に診断された。

更に、警察の調査によると、マダム・アンリ・フールネイは、火曜日にロンドンから旅行して帰ったばかりで、彼女とウェストミンスターの事件を結ぶ証拠もある。数枚の写真を比較したところ、ムッシュ・アンリ・フールネイとエドアルド・リューカスとが、全く同一の人物であること、故人は何かわけがあって、ロンドンとパリで二重生活を送っていたことが、はっきり証明されたのである。クレオール人の流れをくむ(294)マダム・フールネイは非常に激しい性格で、これまでにも嫉妬《しっと》のあまり、狂乱状態に陥《おちい》った事もあった。ロンドンで大騒ぎとなっている、あの恐ろしい犯行も、彼女のこのような発作の結果と考えられる。月曜日の夜の彼女の行動は、調べがついていないが、火曜日の朝に、チャリング・クロス駅で、彼女と同一と思える女性が、乱れた姿で乱暴に振る舞い、人目についていたのは疑いのないことである。そこで、犯行は精神異常のうちに行なわれたか、あるいは犯行のショックで、気の毒にも異常をきたしたものとも考えられる。今のところ、彼女は過去のできごとを順序立てて説明できる状態ではないし、彼女が正気を取り戻す見込みもないだろうと医師は語っている。月曜日夜に、マダム・フールネイだったと思われる女性がゴドルフィン街の家を数時間も眺めていたという、目撃者の証言もある。

「ねえ、ホームズ、これをどう考えるかい」彼が朝食を取り終わるまで、私はこの記事を彼に読み聞かせていた。

「いいかね、ワトスン」ホームズはテーブルから立ちあがって、部屋を歩きながら言った。「君はずいぶん、辛抱《しんぼう》強く待っているようだけれど、ぼくがここ三日間、何も話さないのは、話すことがなかったからなのさ。このパリからのニュースだって、あまり役にはたたないよ」

「しかし、あの男の死亡については、これで完全に解決したようだが」

「あの男の死は、ぼくたちの本来の仕事、つまり書類の行方を突き止めて、ヨーロッパを破滅《はめつ》の危機から救うという使命に比べれば、ほんのおまけの事件だよ。取るに足りない話だね。この三日間におこったことで、重要なのはただ一つ。それは、何もおこらなかったということなのさ。ぼくのところへは、一時間おきに、政府から報告が届いているけれども、ヨーロッパのどこにも、紛争がおこる気配が見られないのは確かだ。さて、もし、あの手紙が犯人の手を離れているなら――いや、それは絶対あり得ない、しかし離れていないなら、一体どこにあるのだろうか。そして、誰が持っているかだ。なぜ、持ったままにしているのかだ。ぼくの頭を、この質問がハンマーで叩くように襲っている。そう、これが問題なのだ。手紙が紛失した夜にリューカスが殺されたのは、全くの偶然だったのだろうか。手紙は彼の手に渡っていたのだろうか。手に入れていたのなら、なぜ、彼の書類の山から発見されなかったのか。精神に異常をきたしたという、あの女が持ち帰ったのだろうか。とすれば、パリの彼女の家にあるのだろうか。フランス警察に疑われずに、その手紙を探すには、どうやったらいいのだろうか。ねえ、ワトスン、この事件ではね、ぼくたちにとって、法律は犯罪者と同じくらい危険なものになるのだよ。あらゆる人間が、ぼくたちの敵にまわっている。しかし、この賭《か》けはひどく大きい。もし、この事件をうまく解決できれば、ぼくの経歴に最高の栄誉が与えられるというものさ。おや、前線からの最新情報だ！」ホームズは、渡されたメモを急いで読んだ。「ほう！　レストレイドが面白いものを発見したようだ。帽子を被って、ワトスン。ウェストミンスターまで、一緒にぶらっと出かけてみようか」

この犯行現場へわたしは初めて出むいた。高く、黒ずんだ、間口が狭い家だった。建築された時代を表わしているように、いかめしく形式ばって、固苦しい感じがした。レストレイドはブルドッグのような顔つきで、表側の窓からわたしたちを見ていた。

大がらな警官がドアを開けてくれると、レストレイド警部は、わたしたちをあたたかく迎え入れた。われわれが通されたのは、犯罪があった部屋だったのだが、今はカーペットの上に、気持ちの悪い、むらのあるしみが一つあるだけで、それらしい跡は、何も残っていなかった。このカーペットは、部屋の中央に敷かれていた。小さな四角い、インド産の織物だった。そのまわりには、美しく古風で、きれいに磨き上げられている、正方形の寄せ木の床が拡がっていた。暖炉《だんろ》の上の壁には、すばらしい戦利品の武器が飾られていたが、この中の一つが、あの夜の凶器となったのだ。豪華《ごうか》な書きもの机が窓際にあり、絵画、カーペット、壁掛けと、部屋にあるすべての品物は、贅《ぜい》沢《たく》の限りを尽くしているといってもいいほどであった。

「パリのニュースは、ご存じですね」と、レストレイドが尋ねた。

ホームズは、うなずいた。

「このたびは、フランスの仲間に一本やられましたよ。連中の言うことは、確かでしょう。女がやって来て、この家のドアをノックした――おそらく、不意打ちだったのでしょう。男は全く、密室の中で生活をしていたのですからね。男は女を中へ入れた――外に立たせておくわけにはいかなかった。女はどうやって男の行方を突き止めたのかを話し、男を責めた。そして、事態はどんどん悪い方へ進んで、あの手近にあった短剣でやってしまった。けれども、一瞬ですべてが終わったわけではなかった。椅子が全部、向こう側によせられていて、男は女の攻撃をかわそうとしたかのように、椅子の一つを手でつかんでいたのですからね。この目で見たかのように、はっきりわかりますよ」

ホームズは、驚いて眉をつり上げた。

「それでも、わたしを呼び出したというのはどうしてですか」

「そこなのです。ちょっと他の問題がありましてね。たいしたことではありませんが、きっとあなたなら興味を持たれると思いました。ほら、ちょっと変なのですよ。あなたなら、奇妙だとおっしゃるでしょう。事件の本筋には、何も関係はありませんがね――あるはずはありませんよ、見たところでは」

「一体、どうしたというのですか」

「ご存じだとは思いますがね、こういう犯罪の後では、現場はそのまま保存することに、我々は非常に気を遣うのです。何一つ動かしませんでした。昼も夜も係官が見張っていました。今朝、被害者も埋葬《まいそう》されたことですし、調査も完了した、まあ、この部屋についてはですがね。少し片付けてもいいと思ったわけです。

それで、このカーペットです。これはご覧のように鋲《びょう》で留めないで、床に置くだけのものです。これをちょっと、めくり上げてみたのです。そしてみつけたのです――」

「ほう、すると」

ホームズの顔は、緊張のあまりに不安で引きつった。

「まあ、何を見たかは、百年考えたって見当がつかないでしょうね。カーペットには血のしみがついているでしょう。それなら、かなりの量が、下にしみ通っていていいはずではありませんか」

「むろん、そのとおり」

「ところが、驚くじゃありませんか。このしみの真下に当たる白い木製の床には、少しも血がついていないのですよ」

「しみがついていない！　しかし、そんなことがあるはずはない――」

「そうです、そういわれてごもっともです。しかし、ほんとうに付いていないのです」

彼はカーペットの端をつかんで、裏返して見せてくれたが、全く彼の言ったとおりであった。

「けれども、カーペットの裏には、表と同じようにしみがついている。ということは、床にしみが付かなかったはずはない」

レストレイドは、有名なこの道の専門家を困らせたのがうれしくて、くすっと笑った。

「それではご説明しましょう。床の上に第二のしみがあるのですよ。カーペットのしみの位置とは、ずれているのです。ご自分で確かめてください」
　レストレイドはそう言って、カーペットの別の部分をめくった。するとそこの床には、古風な正方形の白い寄せ木板の上に、大きな赤いしみが付いていた。
「ホームズさん、これについて、どうお考えになりますか」
「いや、これは実にかん

たんなことです。二つのしみはきちんと合っているのに、カーペットの向きが変わっているだけなのです。カーペットは正方形で、床に留めてあるわけではないのですから、簡単です」

「ホームズさん、カーペットの向きが変わってることを教えていただくために、警察がわざわざ、あなたにおいでいただいたりはしませんよ。そんな事はわかりきっていることです。二つのしみは、ぴったりと重なりますからね。ええ、それをこちら側へ重ねればいいのです。わたしが知りたいのは、誰が、なぜ、このカーペットを置き換えたかですよ」

ホームズの引き締まった顔つきを見て、彼が興奮《こうふん》のあまりに身震《みぶる》いしているのが、わたしにはわかった。

「いいかね、レストレイド」と、彼は言った。「そこの廊下にいる警官は、ずっとここを見張っていたのだったね」

「そうです」

「では、わたしの言うとおりにしてください。あの警官に慎重に質問をしてみなさい。わたしたちの前でやってはいけない。ここで待っているから、奥の部屋へ連れて行って、他に誰もいないところで、そのほうが白状しやすいだろうからね。どうやって人をこの屋敷に入れて、この部屋で一人きりにしておいたりしたのだと問い詰めてごらんなさい。そうしたのではないか、というような質問の仕方では駄目です。やったに決まっているだろう、という調子で問い詰めるのです。誰かがここへ入ったことは、もうはっきりわかっているのだと言えばいい。責めたてるように。なにもかも白状しないと、赦《ゆる》してもらえなくなると言ってみてください。さあ、わたしの言ったとおりに、やってごらんなさい」

「こいつは驚きだ。ほんとに知っているのなら、答えさせてみせるぞ！」レストレイドは叫びながら、玄関ホールへ飛んで行った。しばらくすると奥の部屋から、脅《おど》しつけるような、彼の大声が響きわたってきた。

「今だよ、ワトスン、今だ！」とつぜん、ものすごい勢いで、ホームズは叫んだ。あのものうげな態度の裏にかくれていた、ホームズの魔力が、すさまじい勢いでとつぜん激発したようだった。彼はすばやく敷物《ドラッゲット》を剝《は》ぎ取ると、あっというまに四つん這《ば》いになり、四角な床板の一枚一枚に、爪をかけてはがそうとした。すると、中の一枚が彼の爪にかかって持ち上がった。ちょうつがいのついた箱の蓋《ふた》のように、床板が裏返しに開くのだった。そして、その下は小さな暗い穴になっていた。ホームズはさっと片手を入れたが、怒りとも失望ともとれるような唸《うな》り声をあげ、その手を抜き出した。穴の中には既に、何も無かったのだ。

「急ぐのだ、ワトスン、急いで。元の通りにしておくのだ！」

床板の蓋を戻し、敷物《ドラッゲット》を敷き終わったとたんに、レストレイドの声が廊下から聞こえてきた。警部が入ってきた時には、ホームズは退屈そうにマントルピースに寄りかかり、もうすっかり諦めてしまっているとでもいいたげに、あくびをしたくても我慢しているような振りをしてみせた。

「お待たせしてすみませんでしたね。この事件には、どうやらずいぶん退屈なさってるようですね。ところで、彼はみな白状しましたよ。マクファースン。入ってきなさい。さあ、この方たちにも、お前のどうしようもない行動を話しなさい」

大男の警官は、顔を赤らめて、いかにも後悔しているというように、おどおどと部屋に入ってきた。

「わたしゃ悪気は全くなかったんですがね。昨日の夕方のことです。若い女が玄関へやってきまして――家を間違えたとか言ってましたよ。それからちょっと話がはずんじまって。一日中、こんなところで見張り番なんて、さみしいもんですよ」

「ほう、それからどうしたのかね?」

「そしたら彼女は、犯罪現場が見たいって、言いだすんですよ。事件のことは新聞で見たといってました。とても上品な雰囲気で、言葉づかいもていねいな若い女でした。それで少しくらい見せてやっても、いいんじゃあないかって思ったんです。それが、彼女ときたら、あのカーペットのしみを見るなり、床に倒れちまって、それっきり死んだように伸びちまったんです。奥へ急いで飛んで行って、水を持ってきてやったんですが、気がつかないんですよ。

それで、仕方なく、そこの角を曲った『アイヴィ・プラント』(295)という店まで行って、ブランデーをちょっと分けてもらったんですが、戻って来たら、女は気がついたんでしょうか、姿がないんです。きまりが悪くて、顔など合わせたくなかったんでしょう」

「あのカーペットを動かしたふうはなかったかね？」

「そういわれれば、わたしが戻った時に、なんだかちょっとしわになっていましたよ。なにしろ、その上に女が倒れたことだし、よく磨《みが》かれた床に、何も留めないで敷いてあったんですから。すぐに、きちんと真っ直ぐにしておきましたよ」

「マクファースン巡査、わたしをごまかせないってことが、これでよくわかったろうね」と、レストレイドはもったいぶったように言った。「これくらいなら、職務をおろそかにしても見つからないなどと思ったろうが、カーペットをひと目見ただけで、部屋に誰かを入れたことなんて、すぐにわかるんだ。まあ、何にもなくなっていないからよかったようなものだ。さもなけりゃ、身の破滅だったろうね。ホームズさん、つまらない事で呼びだして、どうもすみませんでした。しかし、二つのしみの位置が合わないということに、きっとあなたが興味を持たれると思いましたものでね」

「確かに、極めて興味深いことです。ところで、巡査さん、その女性というのは、一度ここへやって来ただけですか？」

「はい、たった一回です」

「なんという人だったかい？」

「いえ、名前は聞いてません。なんでも、タイプの仕事の広告に応募したけれど、番地を間違えてしまったとか言ってました。感じがとてもよくて、上品で若い女でしたよ」

「背は高くて、美人だった？」

「そうです。いい体格の若い女で、まあ美人といってもいいでしょう。極めつきの美人だという人もいるでしょうな。『ねえ、おまわりさん、少しだけ見せていただけませんかしら』と言ったんですが、その言い方が、じつに愛敬《あいきよう》たっぷりで、甘えるような感じだったもんで、こっちもつい、ちょっとくらいなら戸口から覗《のぞ》かせてやったって、かまわないって気になったんです」

「どんな服装をしていましたか？」

「地味でしたね……足元までの長いコートを着ていました」

「それは何時頃だったのかな？」

「ちょうど暗くなりはじめたころでしたね。ブランデーをもって帰るときに、明りがつきはじめたんですから」

「ありがとう」と、ホームズは言った。「さあ、行こう、ワトスン。他にもう少し、重要な仕事ができたようだ」

わたしたちがこの屋敷を引き上げる時、レストレイドはそのまま表側の部屋にいたが、反省した巡査がドアを開け、わたしたちを見送ってくれた。ホームズは階段のところで振り返り、手に持ったものを見せた。すると巡査は目を丸くして、見入っていた。

「あれ、それはどうしたんですか？」彼は、驚きを顔一杯に現わして叫んだ。ホームズは人差し指を唇に当てて、手に持っていたものを内ポケットに戻した。そして、わたしたちが通りへ出ると、急に大声で笑い出した。「すばらしいね！　さあ、ワトスン、最後の舞台の開演ベルが鳴りだしたよ。これでもう、戦争の心配はいらないと聞けば、君も安心するだろう。トリローニ・ホープ大臣閣下のすばらしいご経歴にも、傷はつかない。分別のない国王も、軽はずみな行動をとったことにたいする、咎めを受けずに済むわけだ。首相だって、ヨーロッパの紛争に悩まないですむ。つまり、ぼくたちがちょっと気づかいさえすれば、きわめて不愉快な事件に発展するかもしれなかった今回の問題は、誰も傷つかないですむのだ」

わたしの心は、この非凡な才能に恵まれたホームズへの称賛《しょうさん》で、一杯になった。

「解決したのかい！」と、わたしは叫んだ。

「あと一歩だ、ワトスン。まだいくつか判っていないことがある。しかし、ここまで判っているのだから、残りが判らなければ、それはぼくたちの失敗ということになる。これからすぐにホワイトホール・テラスに行って、片をつけてしまおう」

ヨーロッパ大臣の屋敷に着くと、シャーロック・ホームズが会いたいといった相手は、レイディ・ヒルダ・トリローニ・ホープのほうだった。わたしたちは居間《モーニング・ルーム》(296)に通された。

「まあ、ホームズ様！」と、夫人は激しい怒りに顔を染めて言った。

「これはまた、誠意のない、ひどい仕打ちではございませんか。先日も申し上げましたが、わたくしは夫に出すぎた真似をしたと思われないよう、あなたさまのところへお伺いしたことは、ないしょにしておきたかったのです。それなのに、このようにお訪ねくださいましては、わたくしが依頼に伺ったことがわかってしまって、わたくしの立場がございません」

「残念ながら奥様、この方法以外には手だてがございませんでしたので。わたしは、あの極めて重要な書類を取り戻すことを依頼されております。ですから、奥様、どうぞそれを、わたしの手にお渡しくださいと申し上げに参ったのです」

夫人は、いきなり立ち上がった。彼女の美しい顔から、たちまち血の気が引いた。

目がすわって、ふらついている。わたしは、彼女が気絶するだろうと思った。しかし、彼女は、必死の努力でショックから立ち直ると、この上ない驚きと怒りの表情だけを、顔一杯に表わして言った。

「ホームズ様、あなたはわたくしを侮辱《ぶじょく》なさるおつもりですか」

「まあ、まあ、奥様、そんなことをおっしゃっても無駄です。手紙をお渡しください」

彼女は、呼びりんへ駆《か》け寄った。

「執事に、あなたがたをお見送りさせましょう」

「ベルを鳴らしてはいけません、奥様。もしそうなされば、スキャンダルが表沙汰《おもてざた》にならないようにという、わたしの必死の努力が、水の泡となります。お手紙をお渡しくだされば、わたしがすべてをうまく取り計らいましょう。もしわたしの言うようにさえなされば、すべてがうまくいきます。さもなければ、事実を明るみに出さなければならないでしょう」

彼女は女王のようにいかめしく、堂々と挑戦するかのように立ちはだかった。しかし、目はホームズの真意を探ろうとするかのように、じっと彼の瞳《ひとみ》を見つめていた。片方の手は呼びりんの上に置いていたが、鳴らすのは思いとどまっていた。

「脅そうとなさるのですか、ホームズ様。ここまでいらして、女を脅すなどとは、男

らしい方法とは思えませんせん。何かをご存じのようなお話し振りですね。どんなことでしょうか」
「どうぞ、奥様、お掛けください。倒れた時にお怪我をなさいます。お座りいただけるまで、わたしはお話しいたしません。ありがとうございます」
「ホームズ様、五分間差し上げますわ」
「一分で充分です。レイディ・ヒルダ。

わたしにわかっていますことは、あなたがエドアルド・リューカスを訪ねたことと、あの手紙を彼に渡されたこと、そして、昨夜はうまい口実をつくり、あの部屋へ再びいらっしゃって、カーペットの下の隠し場所から手紙を取り戻された、ということです」

彼女は、青ざめた顔でじっとホームズを見つめながら、二回ほどつばを飲み込むと、やっとのことで口を開いた。

「ホームズ様、あなたは頭がどうかなさいましたのね！　あなたは変ですわ」と、ついに彼女は叫びだした。

ホームズは、小さい厚紙を切り取ったものをポケットから取り出した。女性の肖像《しょうぞう》写真を、顔の部分だけ切りとったものだった。

「何かの役に立つかと思い、持ち歩いておりました」と彼は言った。「あなたが会った警官が、そうだと認めています」

夫人は息を呑み込むと、頭を椅子の背にがっくりとのせた。

「さあ、レイディ・ヒルダ。あなたはあの手紙を持っておられる。事は、今ならうまく収まるのです。あなたを困らせるつもりは、全くありません。紛失した手紙を、あなたのご主人様に戻すことで、わたしの務めは終わります。わたしの忠告どおりに、何もかもお打ち明けください。これがあなたの最後のチャンスになるでしょう」

彼女の勇気は立派だった。今になってもまだ、彼女は自分が負けたことを認めようとはしなかった。

「ホームズ様、もう一度申し上げます。あなたは何か、とんでもない思い違いをなさっておいでです」

ホームズは、椅子から腰を上げた。

「お気の毒です、レイディ・ヒルダ。あなたのために全力を尽くしました。しかし、それも無駄なようでした」

彼は呼びりんを鳴らした。そして、執事が入って来た。

「トリローニ・ホープさんはご在宅ですか」

「一時十五分前にはお帰りになるご予定です」

ホームズは、時計に目をやった。

「まだ十五分ある」と、彼は言った。「それでは、待たせていただきます」

執事が部屋を出てドアをしめたとたんに、レイディ・ヒルダはホームズの足元にひざまずき、両手を差し出して、涙に濡《ぬ》れた美しい顔で見上げた。

「どうぞお許しくださいませ、ホームズ様！　許してくださいませ！」

レイディ・ヒルダは取り乱して哀願《あいがん》したのだった。「どうぞ、お願いです。夫には決してお話しなさいませんように！　わたくしは、彼を非常に愛しております！　彼の人生に、暗い影を一つでも落としたくございません。このような事が彼に知れれば、あの清らかな心は、張り裂《さ》けてしまうことでございましょう」

ホームズは夫人を助け起こした。「奥様、この最後の瞬間に考えをあらためてくださったのは、さいわいです。もう、少しの猶予《ゆうよ》もできません。手紙はどこにありますか?」

彼女は書きもの机のところへ走っていくと、鍵を開けて細長い水色の封筒を取り出した。

「これでございます、ホームズ様。ああ、このようなものを目にしたばかりに!」

「どうやって、これを戻すとしようか?」ホームズはつぶやき、さらに言った。「さあ、急いで、なんとか方法を考えださなくてはいけない。あの文書箱はどこにありますか?」

「寝室にまだおいてございます」

「それは、実に幸運です! 奥様、急いで、それをここへお持ちください!」

ほどなく彼女は赤い平らな箱を持って戻って来た。

「この前は、どのようにしてお開けになりましたか? そう、合い鍵をお持ちですね。もちろん、お持ちのはずです。お開けください!」

レイディ・ヒルダは、胸元から小さな鍵を取り出した。箱はすぐに開いた。中には書類がぎっしりと詰まっていた。ホームズは水色の封筒を、奥深く、他の文書の間に差し込んだ。箱をしめると、鍵をかけて寝室へと戻させた。

「さあ、これでご主人様を迎える用意はできました。時間はまだ十分間あります。奥様、わたしはあなたをかばおうとしてずいぶん無理をしました。ですから、今のうちに、この異常な事件の真相を包みかくさずにお打ち明けください」

「ホームズ様、なにもかもお話しいたします。まあ、ホームズ様、わたくしは夫がひとときの間でも悲しい思いをするのなら、いっそ、この右手を切り落としたほうがよいとさえ、思っているのでございます！　ロンドン広しといいましても、わたくしのように夫を愛している女性はございませんでしょう。しかし、わたくしがどんなことをしたか――それが仕方なかったことにしましても、何をしたかを夫が知りましたら、わたくしを決して許してはくれないでしょう。夫は自分の名誉を非常に大切にする人なのです。他人の失敗でも忘れたり許したりできないのです。助けてくださいませ、ホームズ様！　わたくしのしあわせ、夫のしあわせ、わたくしたちの生活そのものが、破滅してしまうのです！」

「奥様、早くお話しください。時間がありません！」

「事のおこりは、わたくしの手紙です、ホームズ様。わたくしが結婚する前に、軽率に書きました手紙が原因でございます。恋に焦《こ》がれる少女が一時期の感情に流されて書いた、実に取るに足りない手紙でございます。わたくしとしましては、別に悪いことをしたとは思っておりませんが、夫にとりましては、とんでもないものと思えるでしょう。もし万が一、夫がその手紙を読みましたら、わたくしへの信頼は永久に失われることでございましょう。手紙を書きましたのは、もう何年も前のことでございます。すべてもう、忘れられてしまったとばかり思っていました。ところが、今頃になりまして、リューカスという男から、その手紙を手に入れたので夫に見せる、と手紙で連絡してまいったのです。わたくしはそのようなことは、決してなさらないようにと頼みました。そうしますと、夫の文書箱の中にある手紙を渡せば、わたくしの手紙を返すと言ってきました。彼は、役所にもスパイを置いていて、あの手紙があることを聞いていたのです。手紙を渡しても、夫に迷惑がかからないことを、あの男は保証しました。ホームズ様、どうぞわたくしの気持ちをお察しくださいませ！　一体、どうしたらよかったのでございましょう？」

「ご主人にすべて、お打ち明けになることでしたね」

「それはできませんでした、ホームズ様。それはできなかったのです！　わたくしの手紙のことが夫に知れれば、わたくしたちの間は、必ず破滅してしまうと思えました。しかし、夫の手紙を盗み出すことは、恐ろしいことには思えましたが、政治の問題は、その結果がどのようなことになるかは、わたくしにはわかりませんでした。ですが、わたくしたちの間の愛情と信頼のことは、わかり過ぎるほどでございます。ホームズ様、ですからわたくしは、リューカスの申し出を実行することにしたのです！　夫の文書箱の鍵の型をとりますと、リューカスが合い鍵を作ってまいりました。わたくしは夫の文書箱を開け、その手紙を抜き出すと、ゴドルフィン街へ持ってまいりました」

「そこで、どのようなことがおこったのですか」

「打ち合わせておきましたようにドアをノックいたしますと、リューカスがすぐに通してくれました。彼に続いて部屋へ入りましたが、あの男と二人だけになるのがいやでしたので、玄関のドアを、少し開けたままにしておきました。わたくしが中に入ったときに、外に女性がひとりいたのを憶えています。わたくしたちの取り引きはすぐ終わりました。わたくしの手紙は机の上に出してありました。わたくしは夫の書類を渡しました。彼もわたくしの手紙を返して寄こしました。ちょうどそのとき、玄関の方で物音がして足音が廊下から聞こえてきました。リューカスはすばやく床のカーペットをめくると、その下にある秘密の場所に手紙を押し込み、再びカーペットを敷きました。

その後におこりました事と申しますのは、ほんとうに悪夢のようなできごとでございました。浅黒く怒りに燃えた顔が目に浮かびます。フランス語で『待っていて無駄じゃあなかったよ！　ついに、女と一緒にいるとこを見つけてやった！』と叫ぶ喚《わめ》き声は、今でも耳に残っています。そして、たちまち、すさまじいばかりの取っ組み合いになったのでございます。男は椅子をつかみ、女はナイフを握っていました。わたくしはこの恐ろしいところから逃げだし、彼の屋敷を飛び出しました。次の日の朝刊を見て、その恐ろしい結末を知ったのです。わたくしの手紙は取り戻しましたので、その夜はとてもしあわせな気分でした。そしてわたくしには、これから何がおこるのか想像もつかなかったのです。

次の朝、わたくしのしましたことは、一つの悩みを、別の悩みにすり変えただけなのだ、ということに気がついたのでございます。書類紛失を知りました夫の苦しみで、わたくしの胸は張り裂けそうでございました。すぐにでも夫の足元にひざまずき、自分の過ちを告白しなくてはならないという気持ちを、やっとのことで押しとどめました。そうすることは、わたくしの過去を告白することにもなるからです。あの朝、わたくしがあなたさまのところへお伺いしましたのは、自分の犯した罪の大きさを知りたかったからなのでございます。それがわかりました時から、わたくしは一心に夫の書類を取り戻すことを考えておりました。書類はリューカスが隠したところに、そのままあるに違いありませんでした。隠しましたのは、あの恐ろしい女性が部屋に入る前のことですから、もし女性が来なければ、リューカスの秘密の隠し場所を知ることはできなかったでしょう。どのようにして、あの部屋に入ることができますでしょうか？　二日間ずっと、わたくしはあの屋敷のようすを窺《うかが》ってみましたが、ドアが開いたままのことは一度もございませんでした。そして昨夜、わたくしは最後の試みを致しました。わたくしが何をどのようにして成功したかにつきましては、あなたさまはもうすでにご存じのはずです。わたくしは夫の書類を持ち帰り、いっそ焼き捨ててしまおうかとも思いました。というのも、わたくしの犯した罪を告白しないで、夫にあの手紙を返す方法は見つからないからでございます。ああ、どうしましょう。階段から夫の足音が聞こえます！」

　ヨーロッパ大臣は興奮しながら部屋に飛び込んで来た。

「何かニュースでもありましたか、ホームズさん。何かニュースでも？」と、彼は叫んだ。

「少々、望みが出てまいりました」

「それは、ありがたいことだ！」大臣の顔が輝いた。「首相が昼食にみえているが、首相にも、望みありとお話ししていいだろうか。首相は鉄のような神経を持っておられるが、それでも今回の恐ろしい事件の後は、ほとんど眠っておられないようだ。ジェイコブズ[297]、首相をこちらへお通しして。それから、政治の話をするのでね。二、三分したら食堂へ行くのでそこで待っていておくれ」

首相の態度は穏やかなように見えたが、目の輝きと、ごつごつした手のけいれんとで、彼も若い大臣と同じように興奮しているのがよくわかった。

「ホームズさん、何か報告がおありだそうだが？」

「今のところ、極めて消極的ではありますが、手紙がありそうな所は、くまなく捜査いたしました」とわが友は答えた。「どこにも、心配するような危険がないということは、確かなのです」

「だがね、ホームズさん、それでは充分ではないのだ。噴火口《ふんかこう》の上に、いつまでもいるような事はできない。何か、しっかりした証拠をつかまなくてはいけないのだ」

「それはつかめるかと存じます。そのためにわたくしは、こちらへお伺いしたのです。この事件につきましては、考えれば考えるほど、手紙はこのお屋敷の外へは持ち出されていないと確信するのです」

「ホームズさん！」

「もし外へ出ているのでしたら、今頃は当然公表されているはずです」

「この屋敷に保管しておくために盗みだすような者がいるだろうか？」

「盗んだ者は、誰もいないと確信しております」

「それなら、どうして文書箱から紛失したのだ」

「文書箱から紛失したということはありえないと確信いたします」

「ホームズさん、そのような冗談を言っている場合ではない。文書箱から紛失したと、わたしがはっきり言ったではないか」

「お言葉ですが、火曜日の朝からあと、文書箱をお調べになられましたか」

「いや、その必要を感じなかった」

「見落としということも、あるかもしれません」

「そのようなことは、断じてあり得ない」

「しかし、わたしは納得できません。こういうことは以前にもありました。文書箱には、他の書類も入っていることでしょう。それなら、紛れてしまっている事もあるかもしれません」

「それを一番上にのせておいたのだ」

「誰かが箱を振って、位置が変わっているかもしれないでしょう」

「いや、いや、全部外に出して調べた」

「ホープ、それは簡単に確かめられるではないか」と、首相は言った。「文書箱を持って来させよう」

大臣は呼びりんを鳴らした。

「ジェイコブズ、文書箱を持って来なさい。これは、まったく時間の無駄というものだ。しかし、こうしなければ納得しないといわれるのなら、やってみましょう。ありがとう、ジェイコブズ、ここへ置きなさい。鍵はいつでも、時計の鎖につけて持ち歩いています。ほら、ご覧ください。書類が入っています。メロウ卿からの手紙、サー・チャールズ・ハーディからの報告書、ベオグラードからの覚書、ロシア・ドイツ穀物税の通達文書、マドリッドからの手紙、フラワーズ卿(298)の覚書――おお、なんとしたことだ。これはなんだ。ベリンジャー卿！　ベリンジャー卿！」

首相は、彼の手から、水色の封筒をさっと取って言った。

「そうだ、これに間違いない――中

身もそのままだ。ホープ、おめでとう」

「ありがとうございます。ありがとうございます！　ほんとうにほっといたしました！　それにしても、思いもよらないことがあるものです。とても考えられない。ホームズさん、あなたは魔法使いか、魔術師ですな！　ここにあることが、なぜわかったのですか」

「他のどこにもない、ということがわかったからです」

「わたしは、自分の目が信じられない！」彼は、ドアへ荒々しく飛んで行った。「妻はどこにいるだろうか？　すべてがうまくいったと、知らせてやらねばならない。ヒルダ！　ヒルダ！」階段から、彼の声が聞こえた。

首相は目を輝かせて、ホームズを見つめた。

「さて、君、これには何か、仕掛けがあったようだが。どのようにして、手紙は文書箱に戻ったのかな？」

驚きながらも、鋭く疑う首相の視線を、ホームズは笑いながらかわした。

「わたしたちにも、外交上の秘密があります」と、彼はそう言うなり、帽子を手に取ると、ドアの方へと向かった。

注・解説

リチャード・ランセリン・グリーン（高田寛訳）

『シャーロック・ホームズの帰還』注

↓本文該当ページを示す

略語について

原稿――〔アーサー・コナン・ドイルの自筆原稿のこと〕「当初」という用語は、原稿執筆時、一度書かれた後に筆者自身によって削除・訂正された単語や一節を指す。

「コリアーズ・ウィークリー」誌――正式には「週刊絵入りコリアーズ」誌（Collier's Weekly Magazine. An Illustrated Journal）である。ニューヨークのP・F・コリアーズ・アンド・サン社より出版されていた。（一八八八年から八九年までは、雑誌名は"Collier's Once a Week"、一八八九年から九五年まで"Once a Week：An Illustrated Weekly Newspaper"で、一八九五年から一九〇四年までは"Collier's Weekly：An Illustrated Journal"、一九〇四年から五七年までは"Collier's National Weekly"だった）。一九〇二年から一二年までの編集長は、ノーマン・ハプグッドだった。

「ストランド・マガジン」誌――正式には「月刊絵入りストランド・マガジン」誌

(Strand Magazine：An Illustrated Monthly）であり、ロンドンのジョージ・ニューンズ社から出版されていた（一八九一年創刊、一九五〇年廃刊）。一八九一年から一九三〇年までの編集長は、ハーバート・グリーンハウ・スミスだった。

ニューンズ社版（一九〇五年）——著者A・コナン・ドイル、挿絵シドニー・パジェットの『シャーロック・ホームズの帰還』（ロンドン、ジョージ・ニューンズ社、一九〇五年刊）の初版本。

マレイ版（一九二八年）——「シャーロック・ホームズ—冒険・思い出・帰還・最後の挨拶・事件簿、短編小説全集（Sherlock Holmes. His Adventures. Memoirs. Return. His Last Bow & The Case-Book. The Complete Short Stories)」著者アーサー・コナン・ドイル（ロンドン、ジョン・マレイ社、一九二八年刊)。

連載について

後に『シャーロック・ホームズの帰還』として纏められた諸短編は、英国では「ストランド・マガジン」誌一九〇三年十月号から、一九〇四年十二月号まで（挿絵はシドニー・パジェット）掲載された。一方米国では、「コリアーズ・ウィークリー」誌一九〇三年九月二十六日号から、一九〇五年一月二十八日号まで（挿絵はフレデリック・ドア・スティール）掲載された。

《空き家の冒険》注

初出は、「ストランド・マガジン」誌第二十六巻（一九〇三年十月号）三六三〜三七五頁で、シドニー・パジェットによる七点の挿絵付きであった。米国での初出は、「コリアーズ・ウィークリー」誌第三十一巻（一九〇三年九月二十六日号）十二〜十四、十六頁でフレデリック・ドア・スティールによる七点の挿絵付き（カラー版の扉絵を含む）だった。

原稿：《空き家の冒険》の原稿は、マッグス・ブラザーズ社のカタログ第四三六号（一九二三年）で売りに出され、ウィリアム・Ｋ・ビクスレイに売却された。現在は、ペンシルヴァニア州フィラデルフィアのローゼンバッシュ博物・蔵書館に所蔵されている。

《空き家の冒険》は、「死んだと思われていたホームズが、実は生存していたことを上手に説明するという困難な課題に取り組み、同時にセバスチャン・モラン大佐という悪漢を、読者に紹介した」物語である。アーサー・コナン・ドイルはこの作品を、自選十二作のリスト中第六位に据えている（「いかにして自選作を選んだか」、「ストランド・マガジン」誌第七十三巻――一九二七年六月号――六一一～六一二頁）。また、この物語は「グランド・マガジン」誌第五十二巻（一九二七年十二月号）四四四～四五五頁に再録された。

1　一人または数名の正体不明の人物（some person or persons unknown）

原稿では、“or persons”という句は後から加えられている。「正体不明の人物達（Some Persons Unknown）」（一八九九年）は、アーサー・コナン・ドイルの義弟のE・W・ホーナングの短編集の題名だった。

⇩18

2　ロナルド・アデア

当初は「ロバート・アデア」であったが、原稿の段階で「ロナルド」に訂正され、「ストランド・マガジン」誌掲載時、「コリアーズ・ウィークリー」誌掲載時にはロナルドであった。しかしニューンズ社版の初版本（一九〇五年）、並びにマレイ社版（一九二八年）ではロバートのままだった。

⇩19

3　オーストラリア植民地

一九〇一年に、オーストラリア連邦が成立するまでは、オーストラリアは六つの独立した英国植民州からなっていた。　⇩19

4　メイヌース伯爵（the Earl of Maynooth）

この名前はおそらく、メンティース伯爵（the Earl of Menteith）の名前を踏まえたものか（「アンセスター」誌一九〇三年一月号に、この件に関する記事が掲載されている）。　⇩19

5　パーク・レイン

ハイド・パークの東側を走る、上流社会的に洗練された（四十四軒の家が並ぶ）通りである。　⇩19

6　カーステアーズのイーディス・ウッドリ嬢

おそらくは、二つの鉄道の接続駅名を踏まえたものであろう。即ち、チェシャー州ストックポート近郊のウッドリー・ジャンクション、並びにラナーク近郊のカーステアーズ・ジャンクションの二つである。　⇩19

7　ボールドウィン、キャヴェンディッシュ、バガテルの三つのカード・クラブ

ボールドウィンはペル・メル七十九番aにあったカード・クラブだった。一八八〇年代、キャヴェンディッシュ・クラブは、オックスフォード街の近く、リージェント街三〇七番にあった。その後、パーク・レインとダウン街の間、ピカデリーの通りの北側に移転した。(撞球の一種である) バガテルのためのクラブは、実在していたにもかかわらず、この名前を持つクラブはなかった。

↓19

8　マリ氏、サー・ジョン・ハーディー、モラン大佐

最初の人物の名前は、マイワンドの戦いでワトスンの命を助けた、伝令兵マリ (《緋色の習作》) を想起させる。二人目の名前は、ネルソンが戦死した際に、その傍らに居たサー・トーマス・ハーディー (一七六九～一八三九) の名を連想させる。最後の名前は、ストーニーハースト・カレッジの同期生だったノーバート・ルイス・モランか、パトリック・モラン枢機卿 (一八三〇～一九一一) の名前を踏まえたものであろう。

↓20

9　ゴッドフリ・ミルナーとバルモラル卿

最初の人物の名前は、ボーア戦争当時の南アフリカで高等弁務官を務めていた人物の名前 (アルフレッド・ミルナー) を踏まえたものであろう。後者の名前 (『シャーロック・ホームズの冒険』所収の《花嫁失踪事件》、『シャーロック・ホームズの思い出』所収の《白銀号事

件》でも使われている）は、当時の英国皇太子（のちのエドワード七世）を暗に示すものと思われる。 ↓20

10　「樹木崇拝の起源」

この本の書名は、「カラバス文庫」の第六巻『ガイウス・ヴァレリウス・カトゥルス作の「アテュス」英訳詩――アテュス伝説及び樹木崇拝の起源、並びにガリアンブス格韻律に関する論文付き』前オックスフォード大学マートン・カレッジ給費生グラント・アレン文学士著（一八九二年、デイヴィッド・ナット社刊）を踏まえたものであろう。 ↓22

11　チャーチ街

ここで言うチャーチ街とは、ケンジントン・チャーチ街のことである。 ↓24

12　『英国の鳥類』

本の題名（ないし略標題）としては、ごく普通のものであり、書名の元となったと考えられる当時の本は幾つかある。W・H・ハドスン（一八四一～一九二二）の『英国の鳥類』（一八九五年）も、そのひとつである。或いはフレデリック・オーフェン・モリス牧師著の『英国の鳥類の歴史』（六巻本、一八五七年）のうちの一冊、またはヘンリー・シーボン著の『英国の鳥類の歴史』（一八八三～八五年）だったかもしれない。 ↓25

13　『神聖戦争』

ジョン・バニヤンに同題の本（一六八二年）がある。もしくは十字軍の歴史を扱ったトーマス・フラーの『神聖戦争』（一六三九年）であるかもしれない。しかし、前者の廉価版の可能性が最も高いだろう。　⇩25

14　日本の格闘技であるバリツ（baritsu）

柔術〔原文は"ju-jitsu"〕の一形態で、正しくは"bartitsu"である。この"bartitsu"は、E・W・バートン‐ウィリアムズが、「日本の格闘術を基にして」考案し、名前を付けたものである。この格闘術は、「身体のバランスと、人間の身体への、てこの原理の応用に関する正しい知識」に基づき、「およそ考え得る手段で襲撃された際においても、身の十全な安全を確保することを目的として」考案されたものだった（「新しい護身術」、「ピアソンズ・マガジン」誌一八九九年三～四月号）。　⇩28

15　モリアーティ一味の裁判で、……ぼく自身の最大の敵でもある男が、二人釈放されてしまった

この説明については、《最後の事件》での、モリアーティ教授の「一味については、いかに徹底的にその組織が暴露され（中略）いかに厳しい鉄槌がくだされたか、まだ世の記

憶に新しいところ」というワトスンの記述と矛盾していると、以前から指摘され、批判されている。⇩32

16　シゲルソンという名のノルウェー人が書いた素晴らしい探検記

スウェーデン人探検家のスヴェン・アンダース・ヘディン（一八六五～一九五二）を踏まえたものであろう。またシゲルソンという名前は、ジョージ・シゲルソン博士（一八三六～一九二五）を連想させる。⇩32

17　ペルシャ

ペルシャとは、現代のイランをいう。一八九三年当時は、コレラの大流行から立ち直りつつある時期だった。しかし一九〇三年当時は、この地への影響力を広げようとする野望を抱く英国・ロシア両政府の陰謀の舞台となっていた。⇩32

18　カーツームのカリフ

カーツーム（スーダンの首都）は一八八五年、マフディ主義者達によって徹底的に破壊され、カリフのアブドゥーラ（シェイド・アブドゥーラ・イブン＝シェイド・マホメット）はオムダーマンにいた。のち、彼は一八九八年九月、キッチナー将軍に追放された。ベイカー街二二一Bの部屋の壁には、額縁入りのチャールズ・ジョージ・ゴードン将軍（「ハルトゥームのゴードン」一八八三～八五）の肖像画が飾られていた（《ボール箱》、『シャーロック・ホームズの思い出』所収）。 ⇩33

19　モンペリエにある研究所で、コールタールの誘導体に関する研究をして　モンペリエは中世、自然科学部と薬学部で知られた大学の所在地であった。コールタールは黒い、ねばねばした液状もしくは半固形状の物質で、炭化水素、石炭酸、硫黄と窒素の化合物から構成されている。その誘導体にはアンモニア、クレオソート、ベンゼンがある。 ⇩33

20　四月　当初原稿では、「三月」となっていた。 ⇩33

21　わたしに不幸があったこと　即ちワトスンの妻、メアリ（《四つのサイン》に登場する、メアリ・モースタン）との死別を指す。 ⇩33

22　「ワトスン、悲しみには仕事が一番の薬だよ」　「仕事とは、人間を襲う全ての病や苦悩に対する、大いなる癒しなのであります」という

トーマス・カーライルの言葉を踏まえたものである。 ↓33

23 九時半まで

当初、「十時半まで」となっていた。 ↓34

24 二輪馬車（hansom）

“hansom”は一頭立ての二輪馬車で、馭者は客用座席の後方の高くなった馭者席に乗る。馬車の名前は、この型の馬車を考案し、特許を取ったＪ・Ａ・ハンサム（一八〇三～八二）に由来する。 ↓34

25 キャヴェンディッシュ・スクエア

キャヴェンディッシュ・スクエアは、ウィグモア街の端に位置する。 ↓34

26 カムデン・ハウスにいる。ぼくたちの昔の下宿の向かいの建物だ（We are in Camden House, which stands opposite to our own old quarters）

原稿では“opposite”は当初“exactly opposite”となっていた。このカムデン・ハウスは実在した。ヨーク・プレイス十三番（一九二一年以降はベイカー街一一八番）には、一八八五年から一九三一年までカムデン・ハウス・スクールがあった。 ↓35

27　オスカル・ムニエ
この名前は、彫刻家・彫版家にして画家でもあったコンスタンティン・エミール・ムニエ（一八三一～一九〇五）の名前を踏まえたものである。 ↓38

28　ユダヤ・ハープの名手
ユダヤ・ハープは琴の形をした小さい楽器で、枠の部分を上下の歯でくわえて、金属製の舌を弾いて音を出す。「名手」とあるのは、チャーリー・ピース（チャールズ・フレデリック・ピース、一八三二～七九）を想起させる。 ↓38

29　モウルジー
サリー州のキングストン・アポン・テームズ近郊に、東・西モウルジーという地名があり、この名前を採ったのだろう。 ↓44

30　「旅の終わりは恋するものの巡り逢い」
（出典はシェイクスピアの『十二夜』第二幕第三場四十四行）ニューヨークのベイカー・ストリート・イレギュラーズ（一九三四年に創立された、世界で最初のシャーロッキアンの団体）が、一月六日をホームズの「公式誕生日」としたのは、ホームズがこの科白を二度に

わたって引用していることを理由としている（この《空き家の冒険》と、『最後の挨拶』所収の《赤い輪》）。⇩45

31　セバスチャン・モラン大佐
当初は「アロイシャス・モラン大佐」であった。⇩45

32　猟師《シカリ》（shikari）
原稿では“shikaree”または“shikarri”となっている。元はヒンドゥー語でスポーツマンや狩猟家の意である。⇩45

33　強力な空気銃
細身のステッキ状の空気銃である。「杖の端の部分は、空気を溜める部分である。直径の小さい空気ポンプを使って、およそ六十ポンドの圧力を得ることが可能である。空気溜めの部分には、鉄芯が突き出ていて、バネで調整されるパペット栓が付いている」とヒュー・ポラード少佐は、ロンドンで開催されたシャーロック・ホームズ展覧会（一九五一年）のカタログで記している。⇩47

34　フォン・ヘルダー

ドイツの哲学者ヨハン・ゴッドフリード・ヘルダー（一七四四～一八〇三）、並びに一八八二年に遭難した同名の船の名前から採ったものである。 ↓47

35　**ハドスン夫人**

当初は「ターナー夫人」となっていた（『シャーロック・ホームズの冒険』所収の《ボヘミアの醜聞》に登場する、下宿の女将の名前である）。 ↓48

36　**ネズミ色のガウン**

ホームズのガウンの色（『シャーロック・ホームズの冒険』所収の《唇の捩れた男》では、ホームズの着ているガウンは青とされている。これはセントクレア氏の家で、借りたものだろう）は、シャーロッキアン達の間で熱心な議論の対象となっている。 ↓50

37　**毒殺魔のモルガン**

この名前を持つ毒殺者はいない。しかし、一八八七年にいんちき作家同盟を作った詐欺師がいた。 ↓51

38　**ローダー**

ベリックシァ州にあり、エディンバラの南東に位置する。 ↓53

39　スコットランド・ヤード博物館
通称「ブラック・ミュージアム」（一八七四年創立）のことである。アーサー・コナン・ドイルは、一八九二年十二月十日にこの博物館を訪れている。
↓56

《ノーウッドの建築士》注

初出は「ストランド・マガジン」誌第二十六巻（一九〇三年十一月号）四八三〜四九六頁で、シドニー・パジェットによる七枚の挿絵付きであった。米国における初出は、「コリアーズ・ウィークリー」誌第三十二巻（一九〇三年十月三十一日号）十六〜十八、二十八〜三十一頁で、フレデリック・ドア・スティールによる七枚の挿絵（カラー版の扉絵を含む）付きだった。

原稿：作者自身によって、ロンドンの赤十字のチャリティ・セール（一九一八年四月二十二日）に寄贈され、十二ポンドでデイヴィッド・G・ジョイスが落札した。現在は、ニューヨーク公共図書館のバーグ・コレクションの有するところとなっている。

40 ヴァーナーという名の若い医者 ⇩60

当初原稿ではこの医者の名前は、クロッカーだった。《ギリシャ語通訳》（『シャーロック・ホームズの思い出』所収）によると、ホームズの祖母はフランスの画家オラス・ヴェルネの妹だったという。シャーロッキアン達は、ここで言及されている「遠縁」とはホームズの祖母の出た家と同じ血族を指し、「ヴァーナー」という名前は「ヴェルネ」の英国風の呼び名であると推測している。

41 前大統領ムリリョ（ex-President Murillo） ⇩60

《ウィステリア荘》（『最後の挨拶』所収）に登場する、サン・ペドロの虎ことドン・ファン・ムリリョのことと思われる。

42 オランダ汽船フリースランド号 ⇩60

この名前を持つ船が、レッド・スター・ライン社所属の船で実在した。

43 あの不幸なジョン・ヘクター・マクファーレン（the unhappy John Hector

McFarlane)

“the unhappy”は後から原稿に書き加えられている。この名前は、レディスミスの包囲戦での功績で勲章を貰い、一八九八年から一九〇二年までピーター・マリッツバークの市長を務めた、ジョージ・ジェイムズ・マクファーレン（George James Macfarlane）の名前を踏まえたものであろう。或いは、「ストランド・マガジン」誌にクリケットに関する記事（一九〇三年五月号に掲載された「大当り」をはじめとする）を幾つか書いていた、ハロルド・マクファーレン（Harold MacFarlane）の名前を踏まえたものかもしれない。 ⇩62

44 ロウアー・ノーウッド

現在は「ウェスト・ノーウッド」として知られている。ランベス区内の住宅地で、同名の墓地と駅がある。 ⇩63

45 ジョナス・オールデイカー

元来は「ジョナス・クーパー」という名前だった。また独身（bachelor）ではなく男やもめ（widower）の設定だったようである。 ⇩63

46 ロンドン・ブリッジ駅

ロンドン・ブリッジ駅は、サウス・イースタン鉄道とロンドン・ブライトン・アンド・サウスコースト鉄道の終着駅だった。どちらの鉄道の列車も、ロウアー・ノーウッドを通っていた。

⇩64

47 **ロンドンE・C区、グレシャム・ビルディングズ四二六番**

オールド・ブロード街にある、グレシャム・ハウス（グレシャムの名前は、エリザベス一世時代の財政家サー・トーマス・グレシャムにちなんだものである）を踏まえたものであろう。この建物は、事務室や子部屋が二六五室ある大きな建物である。

⇩66

48 **事務所の書記が証人になりました**

この一節は、あとから原稿に書き加えられている（遺言書には、二人の署名が求められるのが通例である）。

⇩70

49 **「アナリー・アームズ」という宿**

この宿屋の名前は、シデナムからは南西に一マイルに位置する、エナリー通りとクロイドン通りの角にあるロビン・フッド・パブリック・ハウスを元にしていると思われる。エナリー駅（一八三九年開業）は、かつてこの地にあった家の名前をとったものである。

⇩72

50　四輪馬車（four-wheeler）

"four-wheeler"はグラウラー（growler）とも呼ばれる屋根付きの四輪馬車を指す。四人乗りで、馭者の席は車体の前の部分にあった。

↓73

51　ハイアムズ

当時のロンドンには、この名前を持つ仕立て屋が何軒かあった。モンタギュー・アンド・ヘンリー・ハイアム（フリート街、ハイ・ホウボーン、ラドゲイト・ヒル）、ルーベン・ハイアムズ（ニュー・ブロード街）、そしてハイアム株式会社（オックスフォード街一三八〜一四〇）。この時期のアーサー・コナン・ドイルの帳簿を見ると、ハイアムズへの支払いという項目がある。おそらく、彼自身の仕立て屋の名前と思われる。

↓83

52　どこの誰より礼儀正しい、日曜学校タイプの青年

おそらく、ギルバートとサリヴァンの有名なオペラ『ペイシェンス』（一八八一年）の中の、バンソンとガヴァナーの二重唱を踏まえたものであろう。

↓86

53　コーニーリアス

シェイクスピアの『シンベリン』に登場する、医者の名前である。この芝居で彼は、死

んだと人に思わせるような工夫を考案する。また、スコットの『最後の吟遊楽人の死』の中で、フィッツトラバーの歌に登場する魔術師の名前でもある。即ち、この名前は策略の暗喩として用いられている。

⇩87

《孤独な自転車乗り》注

初出は「ストランド・マガジン」誌第二十七巻（一九〇四年一月号）三〜十四頁で、シドニー・パジェットによる七枚の挿絵付きだった。米国での初出は、「コリアーズ・ウィークリー」誌第三十二巻（一九〇三年十二月二十六日号）十六〜十七頁、二十〜二十一頁でフレデリック・ドア・スティールによる（カラー版の扉絵を含む）五枚の挿絵付きだった。

原稿：最初の部分（この作品の大半に当たる）は、ニューヨークのアメリカン・アート・ギャラリーでのオークションにかけられ（一九二二年一月二十七日）、一二〇ドルで落札された。

この物語は『シャーロック・ホームズの帰還』所収の短編中、執筆順では三番目に書き上げられた作品である。このオックスフォード版全集で、初めて本来の順に戻されて収録されたのである。この物語より後に書かれた《踊る人形》が、「ストランド・マガジン」のクリスマス号に掲載する作品とされたため、前後が逆転し、初版本でも雑誌の発表順がそのまま踏襲されたのだった。

アーサー・コナン・ドイル自身は、国中がサイクリング・ブームに沸き立つ時期より十年前から、サイクリング愛好家であり、熱心な自転車乗りでもあった。

54 八年間 ↓109

この部分は、当初の原稿と「コリアーズ・ウィークリー」誌では(誤って)「七年間」となっていた。

55 四月二十三日の土曜日 ↓110

一八九五年四月二十三日は、実際には火曜日だった。

56 ジョン・ヴィンセント・ハーデン

この名前はバッファロー・ビル・ショーに登場する、ジョン・ウェスレー・ハーディンの名前を想起させる。ハーディンという名は、フレッチャー・ロビンソンの『アディントン・ピース年代記』(一九〇五年)中の「極地のアマロフの物語」で、ハーディン・プレイスという形で登場している。

⇩110

57　サリー州のはずれにあるファーナム
ファーナムはウェイ河沿いの市《いち》の立つ町で、オルダーショットからは南西三マイル、ロンドンからは南西三十八マイルに位置する。ロンドン・アンド・サウス・ウェスタン鉄道が通じている。

⇩112

58　旧帝国劇場
この劇場はウェストミンスター・アベイの向い、トットヒル街にあった。一八七六年にロイヤル・アクアリウム劇場として建てられたのち、一八七九年から八九年までの間は、帝国劇場として知られていた。一八九八年に新帝国劇場として、再び劇場として使われるようになったが、一九〇七年にメソジスト教会の中央会館を建設するため、取り壊された。一九〇六年三月六日、アーサー・コナン・ドイル作の戯曲『ジェラール准将』は、この劇場で初演された。

⇩112

59　カラザースさんとウッドリさん
カラザースという名前は、「ウェストミンスター・ガゼット」紙の漫画家で、「ストランド・マガジン」誌（一九〇三年一月号）掲載の「絵入りインタビュー」で採り上げられたフランシス・カラザース・グールド（一八四四～一九二五）を想起させる。ウッドリという名前は《空き家の冒険》でも使われているが）、当初はマーフィという名前だった（これはストーニーハースト時代、アーサー・コナン・ドイルがひどく嫌っていたイエズス会派の神父の名前でもあった）。 ⇩113

60 シリル・モートン
アーサー・コナン・ドイルの義理の弟は、シリル・エインジェル（一八七三～一九三七）といった。 ⇩114

61 チルターン農場
架空の名である。 ⇩114

62 片側がチャーリントン・ヒースで、もう片側が、チャーリントン屋敷を囲む森
このチャーリントン・ヒースとは、即ちファーナム近郊のクルックスベリー・ヒースのことである。 ⇩116

63 クルックスベリー・ヒル

サリー州の西の境に位置する、樹々に覆われた丘陵でファーナムからは東へ三マイルに位置する。クルックスベリー・ヒースの一部でもある。 ⇩116

64 コヴェントリーのミッドランド電力会社 (Midland Electric Company, at Coventry)

実在した会社である。ただし本社はレミントンのワイズ街にあり、正しくは"Midland Electric Light and Power Company Limited"といった。 ⇩119

65 ボクシングならお手のものさ

アーサー・コナン・ドイル自身もそうだった。彼は、捕鯨船へ乗り組んでグリーンランドまで遠征したことや、一八八二年にサウスシーにやって来た頃の断片的な回想を誇らしげに記している。 ⇩127

66 聖職者協会で少し調べてみたら

聖職者に就いて、簡潔に纏められている『クロックフォード英国国教会聖職者名簿』では、必要な情報が得られなかったのだろう。 ⇩128

67 タップ・ルーム

〔パブは通常スペースが二分されていて、粗末で労働者が楽しむほうをこう呼んだ。飲み

物の樽についている栓を「タップ」といったことからこの名がついた〉 ⇩128

68 短い法衣（a short surplice）
袖丈の短い、白いリネン製の衣であるコッタのこと〈レースのパターンで飾られている場合が多い〉。この結婚はごまかしだった。聖職者は結婚式の司祭を務め、結婚した二人を祝福する。しかし結婚式には当事者同士の合意が必要で、また立ち合い人が存在し神の御前で挙げるものだからである。 ⇩136

69 キンバリーからヨハネスブルグまでを恐怖の底におとしいれるやっかい者
「心の底からの恐怖の源」を意味する、俗語的な表現である。 ⇩140

70 国際電報（the cable）
"cable"とは国際電報を指す。 ⇩141

71 お払い箱になった牧師（cast padre）
"cast padre"とは、資格を剝奪された聖職者を指す。「免職された」「解雇された」の意で"cast soldier"というように用いる。 ⇩144

《踊る人形》注

初出は「ストランド・マガジン」誌第二十六巻（一九〇三年十二月号）六〇三～六一七頁で、シドニー・パジェットによる七枚の挿絵付き、及び「コリアーズ・ウィークリー」誌第三十二巻（一九〇三年十二月五日号）十一～十四頁で、フレデリック・ドア・スティールによる六枚の挿絵付きだった。

原稿：作者自身によって、ロンドンで赤十字のチャリティ・オークションに寄贈され（一九一八年四月二十二日）、デイヴィッド・G・ジョイスが十ポンド十シリングで落札した。現在の所在は不明である。

執筆順では四番目のこの物語は、発表順では三番目に当たる。また、コナン・ドイルがハピスバラ（ノーフォークの海岸地帯）のヒル・ハウス・ホテルに滞在中に着想を得、また物語の一部はここで執筆されたと考えられている。

アーサー・コナン・ドイルの没後に書かれた記事（「コナン・ドイルの手紙」、「ストランド・マガジン」一九三〇年十月号）で、スミスは「子供が描き散らした落書きを見て、彼はこれを暗号に使うという着想を得た」と記している。

《踊る人形》で使われた暗号は、「セント・ニコラス・マガジン」誌（一八七四年五～六月号）に掲載された「じっとしていない腕白小僧達の言葉（The Language of the Restless Imps）」に類似している。

雑誌掲載時、並びに初期に出版された単行本では、踊る人形の図柄を複製したために生じた図柄の誤りが幾つかある（六五六～六五七ページ図I参照）。

暗号の間違いの中でも、「ブックマン」（ニューヨーク）一九〇三年八月号に掲載された、奇妙な暗号文の写しに匹敵するほどのものは、ほとんどないだろう。これは図II（六五六ページ）のようなものだった。

《踊る人形》での暗号文を解読する方法は、エドガー・アラン・ポーの「黄金虫」（この物語自体の基盤を提供してもいる）を基にしている。この作品では（「黄金虫」での）ウィリアム・ルグランの分析を簡略化したものを、ホームズは物語中で語っている。

ポー（ルグラン）：

「さて、英語でもっともしばしば出てくる文字はeだ。（中略）どんな長さの文章であっても、一つの文章にeが一番数多く登場しない、ということはまずあり得ないのだ」

「人間の知恵を適切に働かしても解けないような謎を、人間の知恵が組み立てられるかどうかは、大いに疑わしいところだね」

アーサー・コナン・ドイル（ホームズ）：

「知ってのとおり、英語のアルファベット中一番ありふれているのがEという文字で、ひときわ目立つ存在だから、どんな短い文章中にも何度も出てくると見当をつけてよい」

「人間が発明したものなら必ず人間に解けるものだ」

この作品は、作者自身によるシャーロック・ホームズ譚ベスト十二選で、「構成の独創性」から第三位に挙げられている（「いかにして自選作を選んだか」、「ストランド・マガジン」一九二七年六月号）。

72　南アフリカの資産（地所）
もしくは「南アフリカに鉱山を持つ」金鉱山会社の株を指す。

⇩151

73　サーストン以外の人間とはビリヤードをしない
サーストン会社をほのめかしたものであろう。この会社はビリヤード台の製造会社で、

4．'NEVER'（決して……ない）

「ストランド・マガジン」

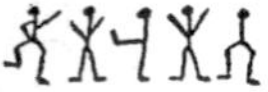

「コリアーズ・ウィークリー」

5．'ELSIE PREPARE TO MEET THY GOD'
（エルシ，神さまに会う覚悟をしておけ）

「ストランド・マガジン」

「コリアーズ・ウィークリー」

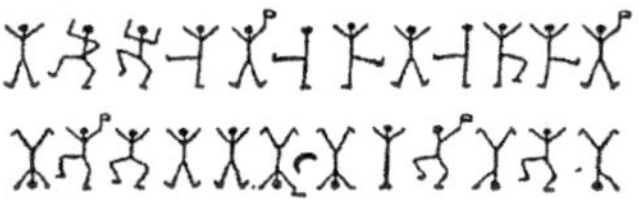

6．'COME HERE AT ONCE'（すぐ来い）

「ストランド・マガジン」

「コリアーズ・ウィークリー」

図II）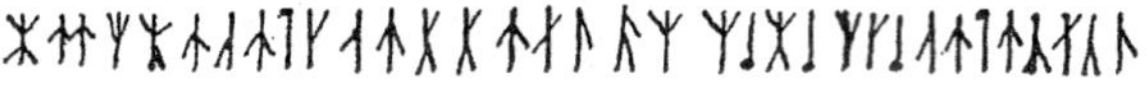

図Ｉ）

1．'AM HERE ABE SLANEY'（来たぞエイブ・スレイニ）

「ストランド・マガジン」

「コリアーズ・ウィークリー」

2．'AT ELRIGES'（エルリッジ方にて）

「ストランド・マガジン」

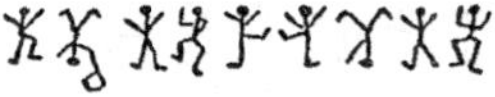

「コリアーズ・ウィークリー」

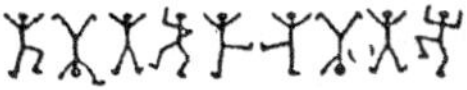

3．'COME ELSIE'（エルシ，来い）

「ストランド・マガジン」

「コリアーズ・ウィークリー」

ストランド近くのキャサリン街十六番にショー・ルームを構えていた。

⇩153

74 リドリング・ソープ館《マナー》（Riding Thorpe Manor）

「ストランド・マガジン」誌の初出時には、この箇所がライディング・ソープ館（Riding Thorpe Manor）となっているが、これは誤植である。というのは、他の箇所ではリドリング・ソープ・マナーとなっているからである（米国版では全てライディング・ソープ・マナーとなっている）。この名前はノース・ウォルシャム近郊の二つの村の名前を組み合わせたものである。即ち、一つはノース・ウォルシャムの東四マイルに位置し、海岸近くにあるリドリントン、もう一つはノース・ウォルシャムの北東三・五マイルに位置するエディンソープである。

⇩153

75 ヒルトン・キュービット

キュービットという姓は、ヒル・ハウス・ホテルの所有者の姓であり、同時にアシュコム卿の子息であったオナラブル・ヘンリー・キュービットの姓でもある。ヒルトンという、ファースト・ネームとしては珍しい名前（《三人の学生》でも使われているが）は、ホテルの名前であるヒル・ハウスから来たものかもしれない。

⇩153

76 昨年の女王即位記念式（the jubilee）

ヴィクトリア女王の即位六十年祭（Diamond Jubilee）は、公式には一八九七年六月二十一日に挙行された。この日女王は、ウィンザーからロンドンへ出て、バッキンガム宮殿まで公式馬車で行幸された。

⇩156

77　エルシ・パトリック

この姓は、エディンバラのW&R・チェンバース社で文芸担当部門の責任者だったデイヴィッド・パトリックと同じである（「チェインバース・ジャーナル」誌一八七九年九月六日号に掲載された、アーサー・コナン・ドイルの処女作を認めたのは、おそらくこの人物だったと思われる）。〔この作品は「ササッサ谷の怪」で、邦訳は『コナン・ドイル未紹介作品集』第一巻（中央公論社刊）所収〕

⇩156

78　一時二十分にリヴァプール・ストリート駅に着いたはずだから

この物語にこうした列車の時間が書き込まれているところからすると、アーサー・コナン・ドイルはブラッドショー鉄道案内を参照したか、自分自身がノーフォークへ出かけた際の時間を参照にしたものと思われる（ただしこの場合、列車がリヴァプール・ストリート駅に着くのは午後二時二十分である）。

⇩162

79　ノース・ウォルシャム行き列車

ノース・ウォルシャムはハピスバラからは東に六マイル、ノーウィッチからは北に十六マイルのところに位置する、市《いち》の立つ町である。ここにはグレイト・イースタン鉄道（並びにグレイト・ノーザン・ジョイント鉄道）の駅がある。当時、リヴァプール・ストリート駅発の始発列車は午前五時十分発であった。乗客はソープ駅でクローマー支線の列車に乗り換え、ノース・ウォルシャム着は午前九時四十四分であった。

⇩169

80 ドイツ海（the German Ocean）
北海（the North Sea）のことである。この"the German Ocean"という別名が、ドイツとの戦争が勃発する一九一四年まで使われていた。

⇩172

81 エルリッジ（Elrige's）
この名前はキューービット・アンド・ウォーカーが所有していた、ノース・ウォルシャムのエブリッジ・ミルズか、南アフリカのブロムフォンテインのランガム病院で用務員を務めていたエルリッジ（Elridge）、或いはサセックス州のエリッジ（Eridge）のいずれかを踏まえたものであろう。

⇩183

82 イースト・ラストン
イースト・ラストンは、ノース・ウォルシャムの南東五マイル半に位置する村である。

E・W・ホーナングはこの地（同村内のアンダー・スターラム）に田舎家を構えていた。

↓183

83 エイブ・スレイニ

「エイブ」は「アブラハム」のアメリカ風の短縮形（「エイブ・リンカーン」というように）である。オーウェン・ダドリー・エドワーズが示唆するところによると、スレイニという姓は「アイルランドでアーサー・コナン・ドイルの先祖が住んでいた辺りから、さほど遠くない所にあるスレイニ川の名前を採り、それに、マーク・トウェインが『荒ら拵え』（一八七二年）で賞賛をおくった無法者のジョセフ・アルフレッド・スレイド（一八二四～六四）を組み合わせたものであるかもしれない」。

↓184

84 文字が使われる頻度はT、A、O、I、N、S、H、R、D、Lの順です

この序列はポーの序列（E、A、O、I、D、H、N、R、S、T）を基にした、というよりも植字工が使う序列である。『大英百科事典』によると（暗号法の項）、アルファベットの頻度順の序列はE、T、A、O、I、N、R、S、H、D、Lの順になる。

↓186

85 三時四十分発の列車

この列車は、アーサー・コナン・ドイルがクローマーからロンドンまで戻る際に、実際

に乗った列車であった。この列車はノース・ウォルシャムに午後三時五十五分に着き、リヴァプール・ストリート駅着は午後七時だった。

⇩198

《プライオリ学校》注

初出は「ストランド・マガジン」誌第二十七巻（一九〇四年二月号）一二三〜一四一頁で、シドニー・パジェットによる九枚の挿絵付き、及び「コリアーズ・ウィークリー」誌第三十二巻（一九〇四年一月三十日号）十八〜二十、二十五、二十七〜三十頁で、フレデリック・ドア・スティールによる（カラー版の扉絵を含む）六枚の挿絵付きだった。

原稿：ニューヨークで（一九二二年一月二十六日に）オークションにかけられ、一五五ドルで落札された。現在はカリフォルニア州サンフランシスコ在のグレン・S・ミランカーの所蔵するところとなっている。

この物語の題名は、フローレンス・クームの「プライオリ・スクールの少年達」（一八九九年）から示唆を受けたものかもしれない。一方、公爵の行動は、「ラテン語教師の物語」（「ストランド・マガジン」一八九九年四月号）に登場する、校長の行動と共通するものがある。

《プライオリ学校》には、英国陸地測量部製の地図が登場する。おそらくこの作品を執筆する際に、アーサー・コナン・ドイルもこの地図を参考にしたのだろう。しかしこのことは同時に、彼が地理の用語についての知識がないことも露呈した。彼は地図に「沼地の分水界（Watershed across the moor）」と書き込み、また本文でもこれに言及したのだった。分水界とは、一つの川の水系の源流から、別の川の水系と区切るために高い場所に理論的に引かれた境界線で、沼地に存在するものでも、また肉眼で確認できるものでもないのである。

この作品は、作者の選んだ自選十二作中第十位に置かれている。「ホームズが公爵を指さした劇的瞬間の故に」（「いかにして自選作を選んだか」、「ストランド・マガジン」一九二七六月号）。〔実際の作品の中ではホームズは、公爵を指さす事はせずに肩に手を置いた、と描写されている。この記述の食い違いは恐らくコナン・ドイルの記憶違いと思われる〕

86　ソーニクロフト・ハクスタブル博士（Dr. Thorneycroft Huxtable）

ダービーシァ州にはソーニー・クロフト（Thorny Croft）という地名もある。しかしこの名前は、おそらくソーニークロフト大佐（ボーア戦争当時、山岳歩兵連隊を指揮した）か、サー・ウィリアム・ハモ・ソーニークロフト（アーサー・コナン・ドイルは、彼が製作しウィンチェスターに建てられたアルフレッド大王の像に、財政的援助を行なっている）の名前を採ったものであろう。 ↓201

87　北イングランドのマックルトン

この架空の名前は、マックルズフィールドとキャッスルトンを組み合わせて作られた名前である。 ↓202

88　アバガヴェニー殺人事件

モンマスシャー州の町の名前を採ったものか、一七一一年に自分の子供を撲殺したアバゲニー夫人をほのめかしているか、いずれかであろう。 ↓203

89　ホウルダネス公爵（the Duke of Holdernesse）

架空の称号である。しかし、ホウルダネス伯爵（Earls of Holdernesse、Holderness）という爵位は、三回創設されている。まずジョン・ラムジイに与えられたが、彼は跡継ぎを残さずに没した。次にルパート王子に与えられたが、彼は未婚のまま世を去った。そしてダーシイ家にこの爵位が与えられたのであった。一七七八年に四代目ホウルダネス伯爵が亡くなったことで、伯爵家は断絶した。ホウルダネスはヨークシァ州にある自治区の名前でもあり、同時に下院の選挙州の名前でもある。 ⇩204

90　彼の百科事典のような索引帳

ホームズの索引帳は、ケリーの『称号・所領・公職名便覧』のような、通常の参考図書の方式を採用していたものと思われる。 ⇩204

91　ホウルダネス。六代目公爵。

アーサー・コナン・ドイルは貴族階級を正確に描写することに関して、無頓着なたちであった。公爵の称号は「六代目公爵」と呼ぶよりは、「六代目ホウルダネス公爵」と呼ぶほうが正しい。また父親と息子は、同じ称号を用いるはずである。

ホウルダネス公爵の人物像は、ソールズベリー侯爵（総理大臣兼外務大臣、一九〇三年八月二十二日没）と、デヴォンシァ公爵（彼の居城は、ダービーシァ州のチャッツワースにあった）を組み合わせて描かれたもの、と考えられよう。 ⇩204

92　五〇〇〇ポンド

当初、原稿では「一万ポンド」となっていた。 ⇩205

93 『ホラチウスに関するハクスタブルによる付随的解明』(Huxtable's Sidelights on Horace)
この著書の題名は、アーサー・コナン・ドイルの講演「歴史への側光(Sidelights on History)」を踏まえたものだった。ローマの詩人クイントゥス・ホラチウス・フラカス(前六十五〜前八)は、《緋色の習作》で引用されている。また、《花婿失踪事件》(『シャーロック・ホームズの冒険』所収)では、ハフィズと比較されてもいる。 ⇩205

94 レヴァーストーク卿、ブラックウォーター伯、サー・カスカート・ソウムズ
いずれも架空の名前である。 ⇩206

95 黒のイートン・ジャケット
ウエスト部分までしか丈のない、短いジャケット類の一般的名称。イートン・カレッジでこのジャケットが着用されていたことに名前は由来する。 ⇩207

96 ハイデッガー
名前の由来はスイス人冒険家ヨハン・ヤコブ・ハイデッガー(一六六〇〜一七四九)か、ナサニエル・ホーソンの「ハイデッガー博士の実験」(『トワイス・トールド・テールズ』一八五一年、所収)か、いずれかであろう。 ⇩207

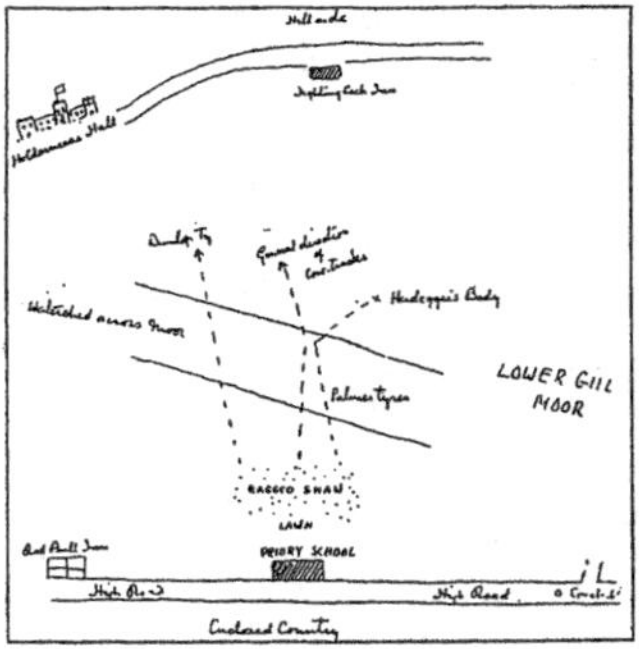

「コリアーズ・ウィークリー」

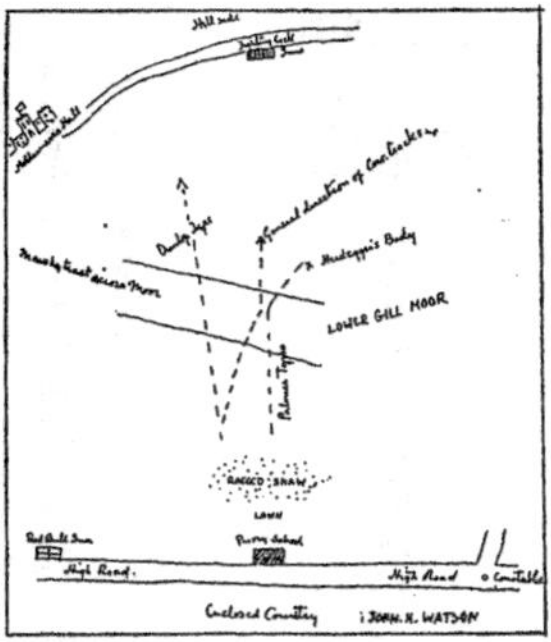

「ストランド・マガジン」

97　この地図

「コリアーズ・ウィークリー」誌に掲載された、「ホームズの学校周辺の地図」は、「ストランド・マガジン」誌に掲載された地図を、アーサー・コナン・ドイルがもう一枚描いたものであって、描き写されたものではない。

↓221

98　赤い雄牛亭（the Red Bull）

おそらく“The Red Lion”並びに“The Flying Bull”という、ハインドヘッド近郊の有名な宿屋を踏まえたものであろう。

↓223

99　てっぺんに白の山形紋《シエヴロン》がついた、青のクリケット帽

山形紋とはVの字を逆さまにしたもので、紋章として、また軍服の腕の部分に階級章として使われる。しかし「帽子のてっぺん」に紋章が付いている、と

いうのは異例であろう。なぜなら、紋章は帽子の正面に付けられるのが普通だからである。↓224

100 これはダンロップ・タイヤで、外側につぎがあててある

ダンロップ製のタイヤは、ダンロップ・タイヤ製造会社の創業者であったジョン・ボイド・ダンロップ（一八四〇〜一九二一）の名前を採って付けられた。この会社はバーミンガムのアストンに工場を持ち、「空気入りタイヤの発明者にして、世界最大の製造業者」であった。一九〇三年当時、この会社は「タイヤの端に針金が入ったタイヤと、針金の入っていないタイヤ」の二種類のタイヤを製造しており、タイヤの外側とタイヤの中のチューブに、ダンロップの頭像のトレード・マークが刻印されているので、簡単に見分けることができた。この物語で触れられているタイヤのつぎは、パンクを修繕した時のもののようである（普通こうしたつぎは、中のチューブにあてられるもので、外から見えるものではない）。↓227

101 泥炭《ピート》

［湿原植物などが枯れて堆積し、部分的に炭化作用が進んで土塊状になったもの。燃料として使う］↓233

102　闘鶏の看板（the sign of a game-cock）

これはチェスターフィールドから四マイルの所にある、オールド・ホイッティントンのコック・アンド・ピノー亭（Cock and Pynot）の変名であろう。 ↓237

103　ルービン・ヘイズ（Reuben Hayes）

ルービンという名は、聖書に由来する（旧約聖書創世記。ルベン（Reuben）はヤコブの長男で、弟のヨセフを殺さずに、ドタンの穴の中へ落とす手配をした）。ヘイズのほうは、サー・ジョージ・ヘイズ（一八〇五～六九）に由来するものと思われる。 ↓237

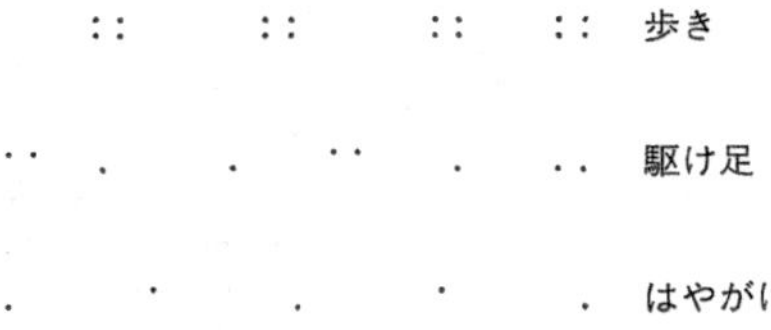

104　雑穀商（corn-chandler）

"corn-chandler"とは、トウモロコシと穀物を扱う商人を指す。 ↓239

105　彼はたくさんのパンくずをこのように並べてみせた

原稿と、「ストランド・マガジン」誌の初出時に掲載された、点で示された図形は実際の馬の歩き方とは無関係である。また最後の二つは、同じであった。正しい図形は、上図のようになろう。 ↓241

106 わたしの取引銀行は、キャピタル・アンド・カウンティーズ銀行、オックスフォード街支店です

キャピタル・アンド・カウンティーズ銀行のオックスフォード街支店は、オックスフォード街一二五番にあり、アーサー・コナン・ドイル自身の取引銀行でもあった。同銀行は、一九一八年ロイズ銀行と合併した。

↓ 250

107 小馬（a led pony）

"a led pony"とは、「乗り換え用の小馬・予備の小馬」の意である。

↓ 257

《黒ピータ》注

初出は「ストランド・マガジン」誌第二十七巻（一九〇四年三月号）二四三〜二五五頁で、シドニー・パジェットによる七枚の挿絵付きであった。米国に於ける初出は、「コリアーズ・ウィークリー」誌第三十二巻（一九〇四年二月二十七日号）十八〜二十、二十二〜

二十五頁で、フレデリック・ドア・スティールによる六枚の挿絵付き（カラー版の扉絵を含む）だった。

原稿：作者よりロバート・J・コリアー（出版人であるP・F・コリアーの息子）に贈られ、一九七二年までは彼の家系に伝えられていた。現在はニュージャージー州ミドルタウンの、ノーマン・S・ノランの有するところとなっている。

この物語の背景としては、アーサー・コナン・ドイル自身がジョン・グレイ船長の極地捕鯨船「ホープ号」に乗り組み、一八八〇年に北極圏を航海した経験を有していたことが思い起こされよう。

108　トスカ枢機卿の急死

ヴィクトリエン・サルドゥーの芝居『トスカ』をふまえてのものであろう（プッチーニもこの戯曲を原作として、有名なオペラを作曲している）。一九〇三年六月、この芝居はアデルフィ劇場でサラ・ベルナールを主役として、三回上演された〔この芝居はもともと彼女のために書かれた芝居だった〕。

109　悪名高いカナリヤ調教師ウィルスン

⇩267

おそらく「ストランド・マガジン」誌（一九〇三年八月号）に掲載された「鸚鵡のための蓄音機学校」が着想の源となっているかもしれない。これは鳥を喋らせるために蓄音機を使うオウムの調教師を採り上げた記事だった。

⇩268

110　ウッドマンズ・リー（Woodman's Lee）

おそらくE・W・ホーナングの兄弟の家があった、ホーシャムのコンプトンズ・リー（Compton's Lea）か、アーサー・コナン・ドイルのサウスシー時代の友人だったウッドマン家から採ったものであろう。

⇩268

111　ピータ・ケアリ船長（Captain Peter Carey）

この名前はおそらく、ホープ号での航海中、アーサー・コナン・ドイルがその船室を使っていたクロード・カリー（Claude Currie）か、ウィリアム・クラーク・ラッセルの小説「ブローカーズ湾」に登場する、ケアリ船長の名前を採ったものであろう。或いは「マージの逸話集」（一九〇三年）に登場するケアリ夫人とジム・ケアリ、もしくは小説家ローザ・N・ケアリ（一八四〇〜一九〇九）の名前を採ったものか、更には魚雷の専門家だった実在のケアリ大佐（Captain Carey）ことウォルター・ケアリ大佐（一九三二年没）の名前を採ったものか、いずれかであろう。

⇩268

112　ベイジル船長

この名前はおそらく英国海軍の士官で、旅行家でもあったバジル・ホール大佐（一七八八～一八四四）から採ったものかもしれない。或いは劇作家でもあったバジル・フッド大佐（バジル・チャールズ・ウィレット・フッド大佐、一八六四～一九一七）の名前を採ったものかもしれない。

↓268

113　彼は、……小さな隠れ家を持っていて、そこで変装を変えることができたのである

アーサー・コナン・ドイルの念頭には、キングス・ロードに「芸術家のスタジオ」を持っていたラッフルズのことがあったものと思われる。「山高帽を被った男が入って行き、シルクハットを被った男が出て来た。この二人にわずかでも注意を寄せた者は、誰もいなかった」（「一揃いの衣裳」、『強盗紳士』一八九九年、所収）

↓268

114　逆とげのついた大きな槍

この「先端に逆とげのついた大きな槍」は、（アーサー・コナン・ドイルが、自らの航海の記念品として持っていたような）捕鯨用の銛《もり》のことである。

↓268

115　アラダイスの店

この名前は「剥き出しの胸」（『緑の旗』一九〇〇年）に登場する、二等航海士の名前で

ある。或いはサザック街一三六番にあった、文房具の卸商アラダイス株式会社から採ったものかもしれない。 ⇩269

116 スタンリ・ホプキンズ

この名前はリー・ホプキンズ(一八九四年刊『赤き灯火を巡りて』所収の「ホイランドの医者」に登場する)と似ている。 ⇩270

117 ダンディー港のシー・ユニコーンというアザラシ捕獲蒸気船(the steam sealer 'Sea Unicorn', of Dandee)

シー・ユニコーンは、イッカク(narwhal)のありふれた呼び名である(その牙は、伝説上の存在である一角獣の角に似ている)。 ⇩272

118 サセックスのフォレスト・ロウ

フォレスト・ロウは、イースト・グリムステッドの南東三マイルに位置する村で、ロンドン・ブライトン・アンド・サウスコースト鉄道の駅がある。 ⇩272

119 ピューリタン

元々は、エリザベス一世時代からの英国のプロテスタントの一派で、聖書に依らない堕落した儀式を廃止することを求める人々を指した。それゆえ信仰や道徳に対して非常に厳格に対応し、また第三者（特に家族）に対しても同じことを求める人を指す。陰気な人物の意。 ⇩272

120　スレイタという名の石工

この名前（一八九八年に発表された「消えた臨急」で機関士の名前として使われている）は、石工という職業から思いついたものか、或いはスレイター探偵社から採られたものであろう。この物語が執筆されたのは、アーサー・コナン・ドイルがオスカー・スレイター事件に関わり合いをもつようになる九年前のことだった。 ⇩274

121　酒ビン台《タンタラス》（a tantalus）

原稿ならびに「コリアーズ・ウィークリー」誌では、“a Tantalus”となっていた。酒の入った二、三本のデカンターを立てておく棚、もしくは台で、てっぺんの部分に折り畳み式の鍵のかかる腕がある。 ⇩277

122　強いシップスのタバコ（strong ship's tabacco）

“ship's tabacco”とは、船員が好む強くて粗末な煙草の総称で、「ワイルド謹製シップタバコ（Wilde's Ship Tabacco）といった使われ方をした。 ⇩278

123 サン・パウロ（San Paulo）
"San Paulo"は、ブラジルのサンパウロ——ポルトガル語での綴りは"São Paulo"——の慣習的な綴り方である。
↓278

124 カナディアン・パシフィック・レイルウェイ
即ちカナダ太平洋鉄道では、一八七八年から八六年にかけて路線の建設工事が行なわれた。その株式は、上場した証券取引所で最優良株の扱いを受けていた。

↓278

125 さや付きナイフ（a sheath-knife）
後出では"clasp knife"とある〔これはパトリック・ケアンズの話の中で登場する〕。"sheath-knife"とはさやに入ったナイフを言う。一方"clasp knife"は、刃が柄の部分に折り畳めるナイフ。
↓281

126 "森林地帯"
アシュダウン・フォレストを指す（のちに「ナイジェル卿の冒険」の舞台となった）。
↓282

127　ノーフォーク・ジャケット
腰のあたりにベルトの付いた、ゆったりしたジャケットである。
↓287

128　ジョン・ホプリ・ネリガン
この名前は、一九〇三年七月に自分の妻との離婚手続を始めた、ジョセフ・ウィリアム・ネリガンか、エシャーのクリケット選手だったC・E・ネリガンの名前を採ったものであろう。「ホプリ」というミドル・ネームのほうは、ハーロウのクリケット選手だったF・J・V・ホプリーか、画家のエドワード・ウィリアム・ジョン・ホプリー（一八一六〜六九）の名前を採ったものであろう。或いは（一九〇〇年刊『緑の旗』所収の）シャーキー船長ものに登場する、コプリー・バンクスを変形させたものかもしれない。

↓289

129　ドースン・アンド・ネリガン
「一〇〇万ポンドの穴を開けた、西部地方の銀行」である。倒産した銀行や、商取引上での詐欺行為の例は枚挙に暇がない。レミントン・スティーヴンソン商会の社長は、七万ポンドを横領しブリストル海峡を無甲板船で渡ったのち、サヴァンナへと高飛びした。クリスタル・パレス商会のウィリアム・ロブソンは、一八五六年デンマークへ高飛びし、のちにヘルシンキで捕まった。ジェイベズ・スペンサー・バルフォアは、身柄をアルゼンチンから引き渡されている。アーサー・コナン・ドイルの血縁に近い例では、E・W・ホーナ

ングの父親は事業に失敗し、その子供達は残された負債を返済するのにかかりきりになっている。⇩289

130　ブランブルタイ・ホテル

イースト・グリンステッドの南一マイルに位置する、ジェームズ王朝時代の建物の廃墟であるブランブルタイ・ハウスから採ったものである。フォレスト・ロウのスクェアにあるブランブルタイ・ホテルは、一八六六年創業である。⇩293

131　ラトクリフ・ハイウェーのサムナー海運代理店

ラトクリフ・ハイウェーは（のちにセント・ジョージ街と改名された）、かつてロンドン・ドックとシャドウェルを結んでいた通りの名前で、十九世紀の初めには評判の悪い地域であった。⇩294

132　ロード街

ロード街はロンドンには存在しないが、リヴァプールとバーミンガムに実在する街の名前である。⇩294

133　リブストン・ピピン種のリンゴ

リブストン・ピピン種（Ribston-pippin）は冬リンゴの一種であり、ノルマンディー原産である。赤い皮で芯まで柔らかい。名前は、最初に栽培されたヨークシァのリブストン・ホールの名前を採ったものである。 ⇩297

134　ジェイムズ・ランカスター

おそらくは、一六〇〇年に東インド会社のために最初に貿易のための探検旅行を指揮した同じ名の英国の海洋探検家をほのめかしているのであろう。 ⇩297

135　ヒュー・パティンズ

この名前は、ノーリッジの検疫官を務めていたヘンリー・パティンから採ったものであろう。 ⇩297

136　予備のモリ打ち（spare harpooner）

正しくは"loose harpooner"である。捕鯨船に積んである予備のボート（spare boat）に由来する。 ⇩302

137　シェットランドの灯台

シェットランド諸島にある灯台を指す。ノース・アンスト、アウト・スケリーズ、ブラ

ッサリー、サンバーグ・ヘッドに灯台が設けられている。 ↓302

138 首つりロープ（hempen rope）
"hempen rope"とは、絞首刑用のロープを指す。 ↓305

139 わたしとワトスンはノルウェーのどこかにいますから
アーサー・コナン・ドイルは一八九二年八月に、ジェローム・K・ジェローム（一八五九〜一九二七）と共に、ノルウェーを訪れている。 ↓307

《犯人は二人》注

初出は「ストランド・マガジン」誌第二十七巻（一九〇四年四月号）三七三〜三八三頁で、シドニー・パジェットによる六枚の挿絵付きだった。米国における初出は、「コリアーズ・ウィークリー」誌第三十二巻（一九〇四年三月二十六日号）十三〜十五、十九〜二十頁で、フレデリック・ドア・スティールによる六枚の挿絵付き（カラー版の扉絵を含む）だった。

原稿：ニューヨークのアメリカン・アート・ギャラリーズで売りに出され（一九二三年一月三十一日）、七十ドルでウィリアム・ランドルフ・ハーストが購入した。現在はアメリカ合衆国のスタンフィールド・D・ヒルの所有となっている。

この作品の当初の題名は、《ロンドン一の悪党（The Worst Man in London）》だった。しかしこれでは、一九〇三年三月七日にアデルフィ劇場で復活上演された、ウォルター・メルヴィルの「ロンドン一の悪女（The Worst Woman in London）」に由来することが、余りにあからさまに過ぎるので、《チャールズ・オーガスタス・ミルヴァートン》〔この作品の原題である〕という、面白味に欠ける題名になったのだった。

この物語の構想は、E・W・ホーナングの作品である「故意の殺人」（『強盗紳士』一八九九年、所収）に影響を受けた（おそらくは、そのパロディと意識されて書かれた）ものである。「故意の殺人」では、ラッフルズは自分の使っていた盗品売買屋から恐喝の脅迫を受けて、この盗品売買屋を殺すことを決心する。ラッフルズが建物の中に押し込むと彼は、恐喝者が既に殺されているのを発見する。ラッフルズも知っていた殺人者は、未だ建物内に居て国外に逃亡するよう説得される。

140　アップルドー・タワーズ／ハムステッド

こうした屋敷としては、ハムステッド・ヒーズのハイゲート側にあったカーン・ウッド・タワーズが挙げられる。他にはウェル通りの角にあった、ネオ・ゴシック様式の大きな建物だったザ・ロッグスがある。

⇩312

141　動物園（the Zoo）

ロンドン動物園（Zoological Gardens）は、一八二六年にリージェント・パークの北側に開園した。動物園を意味する。"Zoo"という単語は、この"Zoological Gardens"から採られた。この動物園には三〇〇〇種類の動物がいて、そのうち爬虫類は四五九種類が集められている。サッカレーは以下のように書いている。「私は気になる心配事があると、動物園に出かけることにしている。心配事もここまでは追いかけて来ないからだ。たくさんの動物達の檻の中に、私は自分の友人達や敵の姿を見るのである」

⇩312

142　トランプの勝負はケチなものではなかった

ここでは一つの言葉に二つの意味が持たされている。まず切り札を入手する際に、ミルヴァートンが惜しげもなく使ったカードとは即ちイングランド銀行の紙幣（Notes from Bank of England）の力だった。そして貴族階級の人々からたっぷりとしぼり取れるまで、じっくりと寝かせておいた切り札は、彼らの書類（notes from members of aristocracy）だった。

↓313

143 レイディ・エヴァ・ブラックウェル（Lady Eva Brackwell）

この名前はおそらく（オスカー・ワイドルの「真面目が肝心」の登場人物の一人である）レディ・ブラックネルに由来するものであろう。彼女は「さる有名人（illustrious client）」と紹介されているが、これはのちの作品の題名の基になったのかもしれない〔『シャーロック・ホームズの事件簿』所収の《高名な依頼人（The Illustrious Client）》を指す〕。

↓314

144 ドーヴァーコート伯爵

架空の名前である。ハーウィッチ近郊のドーヴァーコートから、名前を採ったものであろう。

↓314

145 立派な二頭立て馬車

ロンドンを走っていた馬車で、ヴィクトリア型馬車か、もしくは（貴族階級に好まれた）ランドー型馬車であろう。

↓315

146 アストラカンの外套

毛皮に似た、若い羊の毛で作られた外套で、カスピ海沿岸の都市アストラカンの名前を採って付けられた。 ↓315

147 ピックウィック氏

「サミュエル・ピックウィック氏、GCMPC（General Chairman——Member of the Pickwick Club、即ちピックウィック・クラブ会長）、同氏の禿げ上がった額の中には『偉大なる頭脳』が鎮座し、丸い眼鏡の奥にきらきら輝く眼の持ち主である」（ディケンズ『ピックウィック・クラブ』一八三七年刊）。《バスカヴィル家の犬》に登場するモーティマー博士は、「金縁眼鏡の奥に、鋭く光る灰色の眼」を持ち、「全体として温厚な印象」を与えている。 ↓316

148 封筒に紋章がついた

即ち、（《プライオリ学校》の）ホウルダネス公爵以外の人物ではありえない。 ↓319

149 ドーキング

ドーキングという名は、サリー州のボックス・ヒル近郊にある同名の町から採ったものである。 ↓319

150　山羊ひげ
山羊のひげのようにあごの下にたくわえられたひげを指す。《最後の挨拶》でホームズは、同じ変装を用いている。「六十がらみの、背の高い、やせた男で、彫りは深いが、小さな山羊ひげをたくわえているために、何やらお人好しのアンクル・サムの戯画といった風貌になっているのだった」。むろん、《最後の挨拶》での山羊ひげは（アンクル・サムと同様）自前のもので、灰色であったろう。

⇩322

151　エスコット（Escott）
この名前は、「フォートナイトリー・レビュー」誌の編集者で、『エドワード七世と宮中』（一九〇三年）の著者でもあるトーマス・ヘイ・スイート・エスコット（Thomas Hay Sweet Escott、一八四四〜一九二四）と同じである。

⇩323

152　これは一流の、最新泥棒道具一式だ
「泥棒がハンマーやバール、のみ、幾つかの合鍵といった道具で押し込みをかける、という時代は過ぎ去った。鍵の構造が複雑になったので、今やドリル、テルミット、小型発炎装置、空気ポンプといったものに取って替わられたのである」と、「ティット・ビッツ」誌の記事にある（「科学的泥棒は、いかに仕事に臨むか」、一九〇三年五月二日号）。

⇩327

153　ダーク・ランタン

〔がんどう（強盗）提灯。銅またはブリキで釣り鐘型の外枠を作り、中のろうそく立てが自由に回転するように作ってある提灯で、前方だけを照らし、自分の方へは光がささない仕組みのものをいう〕 ↓327

154　チャーチ・ロウ

十八世紀当時の建物が損なわれずに残っている、ハムステッドの中心にある街で、この地区の教区教会であるセント・ジョン教会に通じている。 ↓327

155　オックスフォード街で辻馬車に乗り

オックスフォード街はベイカー街の南に位置し、一方ハムステッドはベイカー街の北になる。しかしこれは、空いているハンサム型の二輪馬車を拾うのに、オックスフォード街のほうが簡単に見つけられるから、という理由であったかもしれない。 ↓328

156　彼は多血質で熟睡型だ（he is plethoric sleeper）

文字通りには、血液中の赤血球の数が過多（貧血の逆）の眠る人、の意であるが、ここでは単に「熟睡する人（heavy sleeper）」の意である。 ↓328

157　ホームズは丸くガラスを切り取ると、内側に手を入れて鍵を開けた

アーサー・コナン・ドイルは、ホームズとワトスンがミルヴァートンの屋敷に侵入する方法については、ホーナングの作品に書かれているやり方を借用しているが、切り取ったガラスをいかに外したかについては、説明を省いている。ラッフルズは「ダイヤモンド、ポット一杯分の糖蜜、そして茶色の紙一枚を使って、ガラスを外す作業を進めた」（「故意の殺人」）。この方法は「泥棒業界において、たちまちのうちに流行の手法として認識されるに至った」（P・G・ウッドハウス『ジーヴス、オムレツを作る』）。

⇩329

158　アテナ（Athene）の胸像

アテナはイオニア、または古代ギリシャ（ドーリス語では"Athena"）の知恵の女神である。

⇩330

159　ダアルベール伯爵夫人（the Countess d'Albert）

おそらくは、フランスの女優で「パリのアイドル」として名をはせた、アルバート夫人（一八六四年没）から採ったものであろう。或いは、ヴィクトリア女王の王女達の誰かを婉曲に表現したものかもしれない。

⇩337

160　窓に当代の有名人や美人の写真がいっぱいに飾ってある店

オックスフォード街二六三番にあった、肖像写真のバラード・スタジオを指しているのであろう。「サーカスからほんの二、三軒西」にあり、創業者はウィリアム・バラード（一八一〇年生）だった。この人物は、当時の著名人の肖像写真を集めた『当代の紳士・淑女』（一八九九年）という写真集を出版している。↓346

161 宮廷用ドレス（Court dress）
"Court dress"とは、宮中へ初めて参内する上流階級の女性が着用する宮廷服を言う。「宮廷服とは、一般には最上の栄誉を担う際に、ただ一度だけ着られる礼服である。この服は画家の描く多くの傑作以上に、熟考を重ね時間と労力を費やしてはじめて出来上がるものなのである。（「国王から写真家迄の御座」、「ピアソンズ・マガジン」誌一九〇四年二月号）↓346

《六つのナポレオン》注

初出は「ストランド・マガジン」誌第二十七巻（一九〇四年五月号）四八三〜四九五頁

で、シドニー・パジェットによる七枚の挿絵付きだった。米国における初出は、「コリアーズ・ウィークリー」誌第三十三巻（一九〇四年四月三十日号）十四～十五、二十八～三十一頁で、フレデリック・ドア・スティールによる六枚の挿絵付きだった。

原稿：現在はカリフォルニア州サンマリノのヘンリー・E・ハンティントン図書・美術館の所有となっている。

真珠を隠すという物語の構成は、E・W・ホーナングの「皇帝の贈り物」（『素人強盗』一八九九年）に似ている。この物語では、人食い島の王に贈られるはずだった「比類のない値段の真珠」「ヘーゼル・ナッツほどの大きさで、微かにピンク色を帯びた真珠」を、ラッフルズが盗み出すのである。更にフレッチャー・ロビンソンの「ポーランド人アマロフ」（この物語が出版されたのは、《六つのナポレオン》が発表された後である）とも共通点がある、と言えるかもしれない。この物語では、ローマ皇帝ネロの胸像の中に、爆弾が仕込まれるのである。

162 **警察本部**（police headquarters）

即ち首都圏警察（Metropolitan Police）の本部、ニュー・スコットランド・ヤードのことを指す。

⇩349

163　ナポレオン一世

フランス皇帝ナポレオン・ボナパルト（一七六九〜一八二一）を指す。彼の息子のローマ王ナポレオン二世（一八一一〜三二）、甥でルイ・ボナパルトの息子だったナポレオン三世（一八〇八〜七三）とは区別しておく必要があろう。

↓350

164　モース・ハドスン

この名前は一九〇三年末の「ストランド・マガジン」誌に、「謎の消失」という記事を書いたモース大佐か、モールス式電信符号を考案した、サミュエル・モース（一七九一〜一八四〇）の名前に由来するものであろう。一方ハドスンのほうは、当時有名な石鹸製造会社（製品について盛んに広告がされていた）の名前だった。

↓351

165　無分別なフーリガンたちの行動の一つ（one of those senseless acts of hooliganism）

"hooliganism"とは、理由のない野蛮な行為を指す。この言葉が使われた最初の記録は、一八九八年である（『オックスフォード英語大辞典』）。

↓352

166　ロウアー・ブリクストン・ロード

ブリクストン・ロードは、ケニントンとブリクストン・ライズの南を走る道である。ロウアー・ブリクストン・ロードという名前の通りは実在しない。 ⇩352

167　フランスの彫刻家ドゥヴィーヌ（Devine）
おそらくベルギーの彫刻家パウル・ド・ヴィーヌ（Paul de Vigne　一八四三〜一九〇一）から採ったのであろう。彼は一八八二年まで、パリに住んでいた。 ⇩352

168　偶像破壊主義者（iconoclast）
"iconoclast"はギリシャ語に由来する言葉である。元来は八世紀から九世紀に、宗教において偶像を使うことに対し反対運動をする人々を指した。のちにアーサー・コナン・ドイルは、この言葉を自作の題名として用いている（「偶像破壊者」、『最後のガレー船』一九一一年、所収）。 ⇩354

169　固定観念（idée fixe）
文字通りには、「固定した考え」「妄想・妄念」といった意味である。英国、或いは米国の心理学者が最初にこの言葉を使い始めたのは、一八三〇年代のことでその後広く使われるようになった。 ⇩354

170 ピット街
ケンジントンのピット街は十八軒の家が立ち並び、ロンドンでも「一番賑々しい」通りの一つであるケンジントン・ハイ街と並行に走っている街である。

⇩356

171 セントラル・プレス・シンディケート（the Central Press Syndicate）
正しくはニュー・ブリッジ街五番にあった、セントラル・ニュース社（Central News Ltd.）である。この会社は「電信で伝えられたニュースを新聞社やクラブ、新聞閲覧室に配信する」ことを業務としていた。

⇩357

172 ホレス・ハーカ
おそらくはジョン・ベイカー（ケンジントン・ハイ街にあった百貨店の名前）を採ったものであろう。

⇩357

173 ハイ・ストリート駅から二軒目のハーディング・ブラザーズの店
即ちポンディング・ブラザーズ商会のことである。この店はメトロポリタン・ディストリクト鉄道の駅のすぐ隣、ケンジントン・ハイ街一二三〜一二七番にあった。「ハーディング美術便覧」が、この架空の名前の元となったのかもしれない。

⇩359

174　ドンカスターで観客席がくずれた時のこと
「タイムズ」週刊紙版は、少し前に起きた事件を以下のように要約している。「数百人の観客が座っていたパース・クリケット競技場の観客席が、パーツシァ対フォーファーの試合中、突然落下した。多数の負傷者が出、うち二十六人は手当てのため移送しなければならなかった」（一九〇三年八月七日号）。事故の起きた場所をヨークシァ州のドンカスターとしたのは、セント・レジャー・ステークスが開催される、有名な競馬場で起きたものと見せかけるためのものであろう。

⇩361

175　彼の赤いランプ
米国版の『赤き灯火を巡りて』（一八九四年）の前書きの跋文には、次のように書かれている。「赤い灯とは何のことか、とお尋ねになる方もありましょう。これは英国では、普通全科開業医を示すサインなのです」

⇩363

176　チャーチ街
ケンジントンの同名の街の名を採ったものである。チャーチ街はワッピングにも存在する。

⇩367

177　ゲルダー商会

架空の名前である。十七世紀のオランダの芸術家、アアート・デ・ゲルダーを連想させる。

↓367

178 ベッポ

ベッポはジュゼッペの愛称である。ゆえに、一九〇三年八月四日にローマ法王ピウス十世となったサルト枢機卿（本名、ジュゼッペ・サルト）の名前として、知られていた名前でもあった。（「T・P・ウィークリー」誌一九〇三年九月十一日号掲載「ベッポ法王」参照のこと）。

↓367

179 ファッションのロンドン、ホテルのロンドン、……そして最後に海運のロンドンの街

これは、G・R・シムズ編「現代のロンドン」（一九〇二〜〇三年）全三巻の見出しを転用したものである。この本の見出しには、「流行と娯楽のロンドン」、「ホテルのロンドン」、「芸術のロンドン」、「金融のロンドン」、「水辺のロンドン」、そして「無頼漢のロンドン」（この項の筆者は、「無頼漢の夜」（一八九九年）の作者クラレンス・ロックだった）があった。

↓368

180 チズウィック、ラバーナム・ヴェイル、ラバーナム・ロッジ

架空の住所である。

↓372

181 サフロン・ヒルやイタリア人地区
「イタリア人が経営する銅像製造業者は、主にサフロン・ヒルやレザー・レーンに見られ、ペカム・パーク・ロード界隈のイタリア人地区には数軒を数えるのみである」（シムズ編「現代のロンドン」）

↓374

182 カトリックのおメダイ
十字架か円額肖像彫刻（聖母マリアか、聖クリストファー或いは聖ペテロといった男性の守護聖人を刻んだ）であろう。

↓374

183 マフィアとつながっていて
マフィアはシチリアの秘密組織で、その拠点はパレルモに置かれている。明文化されていない掟、或いはオメルタと呼ばれる決まりがあり、法律による罰則の代わりに交互復讐が規定されている。登場人物はナポリ出身という設定であるので、マフィアよりもむしろカモラの構成員である可能性のほうが高いだろう。

↓374

184 至急便
至急便は一マイルあたり三ペンス（現行の通貨制度で換算すると一・二五ペンス）の料金

全額前払い、もしくは一部前払いで、託された手紙をじかに、或いは集配所経由で届ける特別便であった。至急便の取り扱いを郵便局が始めたのは、一八九一年のことだった。⇓ 375

185 狩猟用の乗馬むち (the loaded hunting-crop)

即ち、鉛をおもりに仕込んだ狩猟用鞭《むち》のことである。⇓ 376

186 ハマースミス・ブリッジの反対側のある場所

チズウィックはハマースミスと同じく、テムズ河の北側に位置している。おそらく一行はハマースミス橋を渡って、テムズ河南岸のバーンズ辺りまで馬車を走らせ、それから再び河を渡ってチズウィックに至ったのであろう。⇓ 376

187 ボルジア家の有名な黒真珠

「黒真珠」はヴィクトリオ・サルドゥーの小説の題名でもある。ボルジア家は権勢を誇り、数々の策謀を巡らした自堕落な一族だった。この家は、ロドリーゴ・ボルジア（一四三一〜一五〇三。一四九二年よりローマ教皇アレキサンドロ六世）、その息子のチェーザレ・ボルジア（一四七六〜一五〇七）、娘のルクレツィア・ボルジア（一四八〇〜一五二三）が輩出している（「リュクリーシア・ヴェヌッチ」は、彼女の名前を採ったものであろう）。

↓385

188　デイカ・ホテル
これは、ヴィクトリア・エンバンクメントの東の端にあったデ・カイザー・ホテルの変名であろう。このホテルは海外からの旅行者に人気のある宿泊施設だった。

↓385

189　コロナ公
おそらくは、ヴィクトリオ・サルドゥーとエミール・モローの合作による芝居『ダンテ』に登場する、コロンナ枢機卿がアーサー・コナン・ドイルの頭の中にあったのだろう。

↓386

190　コンク・シングルトンの偽造事件
おそらくは、シングルトン・ファビアン商会の名前をほのめかしたものであろう。この会社は、塑像製作組合の会計監査を担当した勅許会計監査法人だった。

↓389

《三人の学生》注

初出は「ストランド・マガジン」誌第二十七巻（一九〇四年六月号）六〇三〜六一三頁で、シドニー・パジェットによる七枚の挿絵付きだった。米国における初出は、「コリアーズ・ウィークリー」誌第三十四巻（一九〇四年九月二十四日号）十四〜十五、二十七〜二十九頁で、フレデリック・ドア・スティールによる九枚の挿絵付き（カラー版の扉絵を含む）だった。最初の扉絵は、オックスフォードの風景を背にして立つホームズの絵柄だったが、これは使われなかった。

原稿：デイヴィッド・G・ジョイスが所有していたが、ニューヨークのアンダーソン・ギャラリーのオークションに出品され、ノートン・パーキンスが落札した。現在はハーヴァード大学のホートン図書館の所蔵になる。

アーサー・コナン・ドイルは、この物語に登場する大学がどこなのか、曖昧にしたままである。試験の準備や不正が明らかになった学生の取り扱いは、大学の事件とするよりも、むしろ大学より下に位置する学校での出来事のようである。

エディンバラ大学在学中、アーサー・コナン・ドイルは自宅から通っていたから、オックスフォードやケンブリッジでのようなカレッジでの生活の経験はなかった。しかし、ストーニーハースト・カレッジやフェルドケルヒでの生活経験は、こうしたカレッジでの生活と共通する部分があった。

試験の問題として、ありそうにないツキディデスが選ばれたのにも、コナン・ドイルの学校時代の思い出が反映されている。ツキディデスの未完の『ペロポネソス戦争史』は、大学ではなく、高校あるいは中学といった学校の上級生の教材として使われるのが普通であり、そのうちの一巻だけが使われる。

191　有名な大学町の一つ

オックスフォードかケンブリッジのいずれかであろう（どちらにしても、読者の心にすぐ浮かぶ場所ではない）が、この作品で描かれている大学町は、オックスフォードやケンブリッジをモデルにした架空の町として描かれている。 ⇩393

192　図書館

オックスフォードのボドレイ図書館か、ケンブリッジのユニヴァーシティ図書館、或い

は幾つかのカレッジ付属の図書館であろう。 ⇩393

193　イングランド初期の勅許状

不動産の売買や権利、特権を確認し保持するために書かれた証書、契約書、協定書を指す。勅許状は王室、教会、国家が自治区、ギルド、宗教団体、或いは個人に下賜するものである。初期英国の勅許状に関する研究並びに出版はオックスフォードにおいて活発に行なわれていた。 ⇩393

194　聖ルカ・カレッジ

セント・ジョン・カレッジ（この名前のカレッジは、どちらの大学にもある）から採ったものであろう。アーサー・コナン・ドイルの義理の弟のシリル・エインジェルは、ケンブリッジのセント・ジョン・カレッジの卒業生だった。また、一九二三年に製作された《三人の学生》の映画は、このカレッジで撮影された。しかし、ケンブリッジのセント・ジョン・カレッジではなくオックスフォードのセント・ジョン・カレッジだとする根強い意見、またオックスフォードその他のカレッジであるとする所説も存在する。 ⇩394

195　フォーテスキュー奨学金

架空の奨学金の名前である。おそらく大英博物館の印刷本部門担当で、この部門の『項目別索引一八八〇～一九一〇年』を作成した、ジョージ・ノッテーフォード・フォーテスキュー（一八四七～一九一二）の名前を採ったものであろう。 ⇩395

196　ツキディデス

ギリシャの武将・歴史家（紀元前四七一頃～前四〇一）で、『ペロポネソス戦争史』の作者である。アーサー・コナン・ドイルが崇拝していたT・B・マコーレイ（一八〇〇～五九）は、ツキディデスを最も偉大な歴史家と考えていた。 ⇩395

197　ヨハン・ファーバーというのが一番ありふれた鉛筆メーカーの名前

ドイツのヨハン・ロタール・フォン・ファーバー（一八一七～九六）は、鉛筆製造会社の創立者のひ孫であった。彼は鉛筆の製造工程を機械化し、シベリアで産出する黒鉛の特許を取り、ヨーロッパと北米に工場を作った。彼の未亡人が一九〇三年に亡くなった後、事業は孫娘のファーバー・カステルに受け継がれた。 ⇩404

198　ギルクリスト

世間の出来事に疎かった判事が「コニー・ギルクリストとは、誰のことだ」と尋ねたことについての冗談が、一九〇三年の後半に流行した。しかし、ギルクリストはスコットランドではありふれた名前であり、出所としては他に幾らでも考えられよう。これから八年後、アーサー・コナン・ドイルが関心を寄せたオスカー・スレイター事件で殺害された犠牲者の名前もギルクリストだった。

⇩407

199 ハードルと幅跳びで大学代表選手「ブルー」に

オックスフォードでもケンブリッジでも、大学の代表選手は普通「ブルー」と呼ばれていた。

⇩408

200 マイルズ・マクラレン

おそらくはアーチー・マクラレンの名前を踏まえたものであろう。彼は一九〇一年から二年にかけてのイングランド対オーストラリアの国際試合でイングランド・チームの主将を務めた、アーサー・コナン・ドイルと同じマリルボン・クリケット・チームに所属するクリケット選手だった。

⇩408

201 三枚カードのゲーム

図柄の面を伏せた三枚のカードを用意する。そのうち一枚をほんの一瞬だけ相手に示して、素早く三枚のカードを動かす。騙されやすい見物人は、サクラが勝つのを見て自分も賭けに加わるが、必ず賭けには負けるのである。

⇩416

202　下宿のおかみさんは、七時半にグリーンピースが何とかって言っていたよね（the landlady babbled of green peas at seven-thirty）

「ヘンリー五世」での、サー・ジョン・フォルスタッフの臨終の模様を伝えるクイックリー夫人の言葉を踏まえたものであろう。「『緑の野がどうのこうの』と申しておりました (he 'babbled of green fields')」（「ヘンリー五世」第二幕第三場）

⇩417

203　五マイルは歩いたが

オックスフォードのイフレイ通りにある運動場は、中心からは一マイルの距離に位置していた。また、ケンブリッジの「フェナーズ」はもっと至近距離にあった。アーサー・コナン・ドイルの脳裏には、エディンバラの陸上競技場のことがあったのかもしれない。

⇩418

204　黒い粘土のようなものでできた小さなピラミッド

フェナーズのグラウンド整備員が考案した特殊な粘土は、ケンブリッジやオックスフォードで従来使われていた柔らかい土やおがくずに代わって使われるようになった。しかし、小さなピラミッド型の粘土の塊は、スパイクの付いた陸上競技用の靴によって出来たものとするよりも、クリケット用の靴によって出来る可能性が高い。

⇩418

205 細かいおがくず (the fine tan)

“the fine tan”とはおがくずと砂の混合物を指す(名前はその色合いに由来する)。かつては床や曲馬場、乗馬学校を意味する俗語として使われていた。

⇩426

206 わたしの過ちが発覚する前に書いたものです

「あなたがたの罪の罰があることを思い知りなさい」(旧約聖書「民数記」第三十三章第二十三節)

⇩426

207 ローデシアの警察

正しくは英領南アフリカ警察の南ローデシア地方警察になる。この警察は四十人の幹部警察官、四〇〇人の巡査部長ならびに巡査、五五〇人の現地人警官から構成されていた。ローデシア(この名前は一八九五年から使われるようになった)は、一九〇三年に統治機構が再編された。

⇩426

《金縁の鼻めがね》注

初出は「ストランド・マガジン」誌第二十八巻（一九〇四年七月号）三〜十六頁で、シドニー・パジェットによる八枚の挿絵付きだった。米国における初出は、「コリアーズ・ウィークリー」誌第三十四巻（一九〇四年十月二十九日号）十五、十八〜十九、二十七〜三十頁で、フレデリック・ドア・スティールによる六枚の挿絵付きだった。

原稿：作者自身からハーバート・グリーンハウ・スミス宛て（一九一六年二月八日付）に寄贈された。「二十年間にわたる共同作業を記念して」との献呈の辞が書き込まれている。その後サザビーズでオークションにかけられ（一九三二年四月十八日）、八十八ポンドでスザン伯爵が落札した。現在はテキサス州オースティンのテキサス大学人文学研究センターの所蔵になる。

物語の構想は、ハーバート・グリーンハウ・スミスの助言あるいは存在に示唆されたものかもしれない。アーサー・コナン・ドイルがこの作品の原稿を、スミスに寄贈したのはそのためであろう。彼は実際に金縁の鼻眼鏡をかけていた。

この物語の筋立ては、フレッチャー・ロビンソンの「消えた百万長者」（一九〇四年十二月発表）に似ている、と言えるかもしれない。ロビンソンの作品では、アディントン・ピースは床に小麦粉を撒いて、司祭の隠れ部屋の入口を発見する（『アディントン・ピース年代記』一九〇五年）。

208 おぞましい赤ヒルと銀行家クロスビの悲惨な死

蛭《ひる》がここで登場したのは、B・フレッチャー・ロビンソンとJ・マルコム・フレイザーの合作である「死の手がかり」（一九〇四年）に登場する毛虫に着想を得たものかもしれない。作品中でこの毛虫は、マーナック教授の競争相手を殺害している。一方クロスビーという名前は、ランカシァ州の町の名前か、「ティット・ビッツ」誌（一九〇三年十二月十二日号）に掲載された、「アルフ・クロスビーの妻」という物語の題名を採ったものであろう。蛭の色は普通黄緑色か茶色であるが、血を吸うことから赤と結びつけて考えられている。

⇩433

209 アドゥルトンの悲劇（The Addleton tragedy）や英国古代の塚（ancient British barrow）で見つかった奇妙な埋蔵品の話

アドゥルトンという名前は、サリー州のアドルストン（Addlestone）に類似している。また塚（barrow）は、人を埋葬した（長さ四〇〇フィートまでの）古墳を指す。 ⇩433

210 あの有名なスミス－モーティマの相続事件（The famous Smith-Mortimer succession case）

これはスミスとモーティマの間での、或いはスミス－モーティマ家の人々の間の（称号かもしくは不動産をめぐる）相続争いを示しているのであろう。 ⇩433

211 並木大通り《ブールヴァール》の刺客、ユレの追跡とその逮捕

これはフランスの作家ジュール・ユレ（一八六四～一九一五、英国では、サラ・ベルナールに就いての本の作者として知られていた）、サン・ジェルマン・ブールヴァールの暗殺者ゲオメイ（彼の逮捕については、パリ警察のM・ゴロンの回想録の中に記述がある）に由来するものである。 ⇩433

212 フランス大統領

この事件が起きたとされる時点での、フランスの大統領はジャン－ピエール・ペリエだった。 ⇩433

213
レジオン・ドヌール勲章
レジオン・ドヌール勲章は一八〇二年、ナポレオンによって制定された。その後、大統領が（グランド・マスターとして）授ける勲位となって今日に至っている。
↓433

214
ヨックスリ・オールド・プレイス
この名前はバリー・セント・エドマンズのヨックスリー・オールド・ホールか、サフォーク州のヤックスリー・ホールの名前を採ったものであろう。
↓433

215
ケント州で、チャタムから七マイル、鉄道からは三マイルという場所
即ち、メドウェイの河口にある海軍工廠からは七マイル、チャリング・クロスからは三十四マイル、サウス・イースタン・アンド・チャタム鉄道からは三マイル、ということになる。
↓437

216
コーラム
フレッチャー・ロビンソンの作品「コーラン氏の手紙」（『アディントン・ピース年代記』一九〇五年、所収）の登場人物、コーランに似た名前である。
↓437

217
アピンガム校

アピンガムはラトランドにあるパブリック・スクール（一五八四年創立）で、E・W・ホーナングはこの学校に在学していた（一八八〇〜八三年）。また、彼の作品『男達の父親』（一九一二年）の舞台にもなっている。

↓438

218　車椅子を押す庭師のモーティマは、すばらしい性格のクリミア戦争帰りの老人

(Mortimer, the gardener, who wheels the bath-chair, is an Army pensioner —— an old Crimean man of excellent character)

モーティマという名前は、《バスカヴィル家の犬》やその他の作品でも使われている。しかしおそらくは、J・R・モーティマの名前に由来するものと思われる。“Crimean man”とは、クリミア戦争（一八五四〜五六年）の従軍経験者を指している。“bath-chair”とは、幌付きの車椅子のことで、バース（Bath）のジェイムズ・ヒースにちなんでこう呼ばれている。

↓439

219　封ろう用の小型ナイフ

机の上に置かれているナイフは、ペーパーナイフとして使われるものだった。しかしそうしたナイフの中には、未だ熱い封蠟に押しつけて封緘をするために、柄の部分に凝ったデザインの施されたものもあった。

↓440

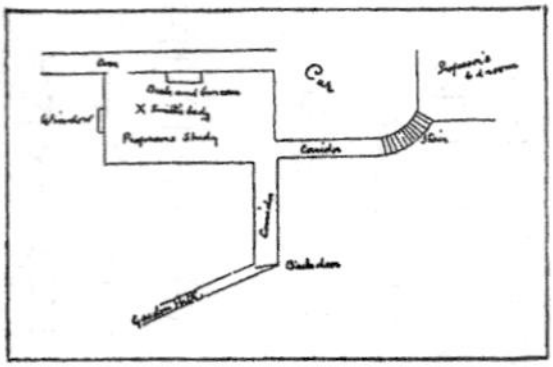

「ストランド・マガジン」

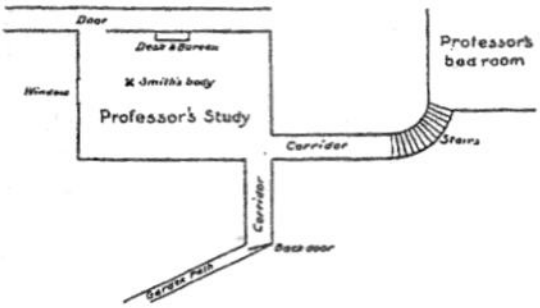

「コリアーズ・ウィークリー」

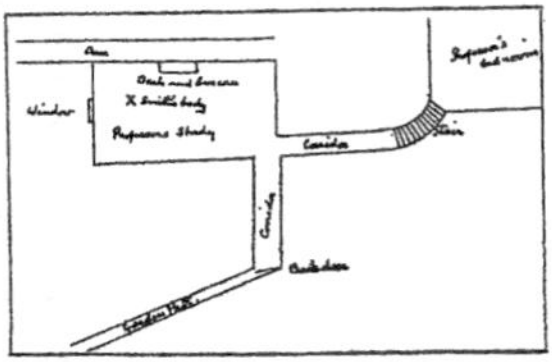

ニューンズ社版

220 略図

「ストランド・マガジン」誌に掲載された際の、アーサー・コナン・ドイルが描いた略図には、「馬車」という言葉があった。「コリアーズ・ウィークリー」誌に掲載された略図では、手書きの文字が活字体に書き直されている。更に初版本（ニューンズ社、一九〇五年）では、「ストランド・マガジン」で使われた略図が再度使われている。 ⇩441

221 書きもの机 (bureau)

〔"bureau"とは、開閉式の木製の棚が付いている大きな書きもの机をいう〕 ⇩444

222 アンダマン島の住人を追跡したこと

トンガ（《四つのサイン》に登場する）を指す。ジョナサン・スモールとアグラの大財宝を巡る追跡劇のことである。 ⇩450

223　チャタムから数マイルの小さな駅
これはストロードのことを示すと考えられてきたが、ハイアムである可能性のほうが高い。

⇩450

224　チャブズ鍵
有名な錠前製造会社のチャブ・アンド・サンズ（一八一八年創立）が作った鍵を言う。

⇩454

225　イオニデス
スワロー街三番（リージェント街とピカデリーの間に位置する）には、葉巻製造業者だったイオニデス商会が実在した。

⇩456

226　シリアとエジプトのコプト派僧院で発見された文書
一八九六年にアーサー・コナン・ドイルは、カイロから奥に入ったところにあったコプト派の僧院を訪れている。

⇩458

227　啓示宗教

啓示宗教とは「霊感や超自然的啓示を根拠とする宗教」（『オックスフォード英語辞典』）である。

⇩458

228 セルギウス

セルギウスは「セルゲイ」の英語流の呼び方である。

⇩469

229 改革派で――革命派で――虚無主義者《ニヒリスト》

これらの集団は（無政府主義者達と共に）革命前のロシアで、反政府勢力を形成していた。彼らは改革を信じ、革命を訴える人々であった。彼らが社会の規範を軽蔑していたことから、ツルゲーネフは彼らに「虚無主義者」の名前を与えた。一八七八年から八一年にかけては、爆弾やダイナマイトを使ってのテロ行為によって、彼らの活動が絶頂を迎えていた時期だった。彼らのテロ行為による犠牲者の中には、トレポフ（Trepov）将軍、（これが、『シャーロック・ホームズの冒険』所収の《ボヘミアの醜聞》で言及のある「トレポフ殺人事件（Trepoff Murder）」の着想の基になったのだろう）、皇帝アレクサンドル二世がいた。その悪評と、当時のロンドンにはロシアからの亡命者が多数存在していたことが相まって、彼らを題材にした扇情的な読み物が氾濫していた。

⇩470

230 そして困難な時が訪れたのです

聖書の言葉である（旧約聖書『ヨブ記』第三十八章第二十三節、『詩篇』第二十七章第五節、『エレミア書』第二章第二十七節参照）。 ↓470

231　**警察の高官が一人殺されて**

おそらくは、秘密警察の長官だったメゼンツォフ将軍を指しているのだろう。彼は白昼、サンクト・ペテルブルクの路上で虚無主義者達に暗殺された。或いは、彼の後継者となり、間一髪のところで前任者と同じ運命をたどらずにすんだ、ドレンテルン将軍のことかもしれない。 ↓470

232　**アレクシスはシベリアに流刑となり**

アレクシスはアレキセイの英語流の呼び方である。一八八一年から八八年にかけて、七〇〇〇人の政治犯がシベリアへ送られた。 ↓472

233　**ロシア大使館**

当時のロシア大使館は、ベルグレイヴ・スクェアとチェシャム・プレイスの角にあった、チェシャム・ハウスにあった。 ↓474

《スリー・クォーターの失踪》注

初出は「ストランド・マガジン」誌第二十八巻（一九〇四年八月号）一二三〜一三五頁で、シドニー・パジェットによる七枚の挿絵付きだった。米国における初出は、「コリアーズ・ウィークリー」誌第三十四巻（一九〇四年十一月二十六日号）十五、十八、二十七〜三十頁で、フレデリック・ドア・スティールによる六枚の挿絵付き（カラー版の扉絵を含む）だった。

原稿：アメリカン・アート・ギャラリーでオークションにかけられ（一九二三年一月二十三日）、一三〇ポンドでウィリアム・ランドルフ・ハーストが落札した。現在はロンドンの大英図書館の所蔵となっている。

この物語は、アーサー・コナン・ドイル自身のエディンバラ大学在学時代の、ラグビー選手として試合に出た経験、或いは試合を観戦した思い出に着想を得て書かれた作品であると考えられよう。

作品中で語られている、ゴッドフリ・ストーントンのラグビー選手としての優れた技量は、ジョージ・ターナヴィン・バッドの兄アーサー・バッド（一八五三〜九九）の影響を受けたものであろう。彼は「イングランドの、薔薇の刺繡の施されたジャージに袖を通した、最も技量の優れたフォーワードだったと有識者からも認められていた」（『わが思い出と冒険』）。彼はまた、フラックヒース・チームの主将を務めたこともあり、後にはラグビー・ユニオンの会長にもなった。

バートラム・フレッチャー・ロビンソンは、ケンブリッジ大学のジーザス・カレッジ出身で、アーサー・バッドとは友達だった。また、ロビンソン自身もケンブリッジのブルー〔対抗戦の選手の意〕（一八九一〜九三年）だった。こうしたことも、アーサー・コナン・ドイルにこの物語を執筆させる要因だったかもしれない。

234　彼の輝かしい経歴を危うくしかけたあの薬物好み
ホームズが「七パーセント溶液」（《四つのサイン》でホームズが使用した、コカインの注射液を指す）に依存することは、当時の読者にとってもはや容認し得るものではなくなっていた。薬物の使用はホームズに悪影響を及ぼし、当初原稿に書かれていたように「彼の素晴らしい特徴を損ないかねない」ものであることを、指摘する人々もあった。しかしホームズが、アームストロング博士の馬車の車輪に、アニシードを振りかけるために使っ

た「皮下注射器」は、当初原稿では「皮下注射針」となっていた。 ⇩480

235 ストーン
〔特に体重を表わす単位で、一ストーンは十四ポンド、六・三五〇キログラム〕 ⇩480

236 スリー・クォーター
ラグビーはふつう十五人の選手が出場し、「フォワード」が八人〔彼らはスクラムを組む〕、「ハーフバックス」が二人、「スリー・クォーターバックス」が四人〔彼らはグラウンド横方向にラインを形成する〕、「フルバック」が一人という構成である。 ⇩481

237 ムアハウス
おそらくはマンチェスターの主教で堂々たる体格をしていた、ムアハウス博士の名前を採ったものであろう。 ⇩481

238 プレイス・キック
ボールを地面に置いて蹴り、ゴールを狙うことを言う。 ⇩481

239 二十五ヤード・ラインからのドロップ・キックができません

ラグビー・グラウンド上の、二十五ヤード・ラインでボールを地面に弾ませ、バウンドして上がってきたボールを蹴り込んで得点を挙げることができないことを言う。

⇩482

240　パント
ボールを手から離し、地面に落ちる前に蹴ることを指す。

⇩482

241　アーサー・H・ストーントン
おそらくはルイス・ストーントンの名前を採ったものであろう。彼は自分の妻を放って置いて餓死させた廉《かど》で、一八七七年に死刑の判決を下された。或いはホウボーンのセント・アルバンス教会の上級副牧師を務めていた、アーサー・H・ストーントンから採ったものかもしれない。彼は雑誌「V・C」誌一九〇三年六月十八日号で、「イングランド最良の人物」と評されている。

⇩482

242　ベントリズ・プライヴェト・ホテル
即ち、トラファルガー・スクェアにあったモーリー・ホテルのことである（アーサー・コナン・ドイルはしばしばこのホテルに滞在した）。

⇩484

243　マウント・ジェイムズ卿

実在の貴族の名前（マウント・チャールズ卿）を踏まえたものである。

↓486

244　符号のような文字

この筆跡はアーサー・コナン・ドイル自身のものである。彼は二枚の吸取紙に、普通に文字を書いたものと逆版に書いたものを用意し、封蠟で原稿に貼りつけている。

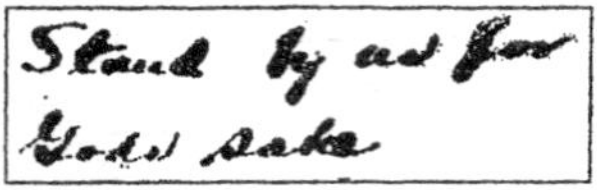

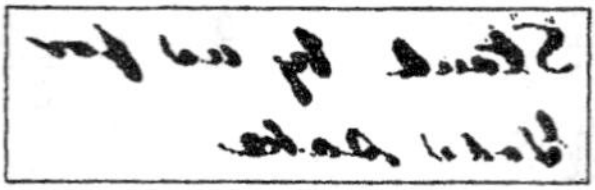

↓491

245　葬儀屋の供人《ともびと》（an undertaker's mute）

“mute”とは、雇われて葬式に連なる供人・泣き男のことである。

↓493

246　ベイズウォーターの乗合馬車

ロンドン・アンド・ジェネラル乗合馬車会社が走らせていた、ベイズウォーターからの馬車は車体が緑色に塗られていた。この乗合馬車は、ノッティング・ヒル・ゲイトからベイズウォーター通り、オックスフォード街、ホウボーン、チープサイドを経由してイングランド銀行までの間を走っていた。

↓494

247　往来の激しい表通り

この目抜き通りとは、トラピントン通りかセント・アンドリュー街のいずれかであろう。↓500

248　ブルーム型馬車
ブルーム卿の名前をとって名付けられた、密閉型の馬車。この馬車は、医師が好んで使った。↓505

249　チェスタートン、ヒストン、ウォータービーチ、それにオウキングトン
いずれもケンブリッジの北にある村々である。チェスタートンは、ケンブリッジのすぐ北に位置する。ウォータービーチはケンブリッジの北東五マイル、ヒストンは北西四マイル半、オウキングトンは北東六マイルに位置している。↓510

250　静かな田園（sleepy hollow）
"sleepy hollow"とは、外界から遮断された静かな場所を言う。↓510

251　ポンピを頼め
「犬小屋へお行き、ポンピ、行くんだよ」（『尺には尺を』第三幕第二場八十六行）。ポンピはオウヴァダン夫人の召使いである（オウヴァトンの名前の起源は、このオウヴァダンであろ

うか)。 ↓510

252 ライトブルー (the Light Blues)

“the Light Blues”は、対抗戦でケンブリッジ大学を指す呼び名である。これに対して、オックスフォード大学のチームは“the Dark Blues”と呼ばれる。 ↓510

253 ルース・ボックス

中で動物が自由に動き回れる小屋、または廏舎を指す。 ↓512

254 臭跡猟の猟犬 (draghounds)

“drag”とは狐の臭跡の代わりに使われる、強い臭いの擬臭跡である。“draghounds”は、スポーツとしてこうした擬臭跡を犬に追わせるクラブを指す。 ↓512

255 ジョン・オ・グロウツ

スコットランドの最北の地を指す。ランズ・エンド(コンウォールの最西端の地)からジョン・オウ・グロウツまでが、グレイト・ブリテンでは最も距離がある。 ↓514

256 カム川

またの名をグランタ川とも言う。ケンブリッジの地名は、この川の名前に由来する。 ⇩514

257 トラムピントン村
トラムピントンは、ケンブリッジから南二マイルに位置する村である。この村の南にある牧師館の農場が、物語に登場する農場であるとされている。 ⇩514

258 ゴッドフリ・ストーントンは……女家主の娘と激しい恋に落ちて、結婚したのです
アーサー・コナン・ドイルの両親も、下宿人と下宿の女主人の娘という間柄だった。 ⇩518

《アビ農園》注

初出は「ストランド・マガジン」誌第二十八巻（一九〇四年九月号）二四三～二五六頁

で、シドニー・パジェットによる八枚の挿絵付きだった。米国での初出は、「コリアーズ・ウィークリー」誌第三十四巻（一九〇四年十二月三十一日号）十～十二、二十三、二十五～二十六頁で、フレデリック・ドア・スティールによる六枚の挿絵付き（カラー版の扉絵を含む）だった。

原稿：最初はデイヴィッド・G・ジョイスの所蔵するところとなっていた。現在は、マーティン・ボドマー／ビブリオマニア・ボドマリアナ財団（ケルン並びにジュネーヴ）の所蔵になる。

この物語は、部分的には一八一〇年五月三十日、チズルハースト近くのカムデン・プレイスで起きた、トーマス・ボナーと彼の妻が殺害された事件にある程度の着想を得たものと思われる。夫の頭は火掻き棒で打ち砕かれ、妻は暴行された後すぐに殺害されていた。召使いたちは何の叫び声も聞いていなかった。

犯罪行為を暴力行為を働く者達の仕業に見せかける例は、ポーの『マリー・ロジェーの謎』（一八四二～四三年）にも見出し得る。この作品では、新聞社が何通かの手紙を受け取り、それらの手紙が「かの不運なマリー・ロジェーが、日曜日に市の近郊を横行する、数多くのごろつきどもの集団の一人の犠牲者となったことを」決定づけるものである、とされている。

また、犯罪行為を強盗の仕業に偽装する、という方法はガボリオの『ルルージュ事件』（一八六六年）でも用いられている。この作品でタバレ爺さんは、三人の男に川底を浚《さら》わせている。これは窃盗が真の動機ではないと、正しく推理してのことであった。

259　事件の始まりだ（The game is afoot）

ハーフルアを前にした、ヘンリー五世の台詞「獲物が出たぞ（The game's afoot）」から来ている（「ヘンリー五世」第三幕第一場三十二行、「ヘンリー四世」第一部第一幕第三場二七六行）。

⇩523

260　ケント州、マーシャム、アビ農園

チズルハースト近郊、ロンドンから十一マイルの所に位置するアベイ・ウッドという小村落の名前に由来するものだろう。マーシャムというのは架空の地名である。「アビ農園」は、アビ・ロッジに名前の着想を得たものかもしれない。或いはバーモンジーのアビ街、並びにグレインジ・ウォークが名前の出所かもしれない。

⇩524

261　晩年になったら、探偵術の……、教科書のようなものを書くことに専念するよ

一八九三年、ホームズが言及したような教科書をハンス・グロス博士（一八四七～一九一五）が著わしている。そしてのちにこの本は、『犯罪捜査』という書名で知られるよう

になった。アーサー・コナン・ドイルは、「デイリー・メイル」紙（一九〇四年十月八日付）のインタビューで、ホームズの未来の計画について次のように述べている。「ご記憶のことと思いますが、ホームズは自らの経験における、科学的側面に関する著作のための時間を常に求めていました。引退したことで、彼は自分の望んでいたことに没頭することができるかもしれません」

⇩ 525

262　パラディオ様式

アントニオ・パラディオ（一五一八〜八〇）は、イタリアの建築家である。彼の著作『十五世紀の建築物』（一五七〇年）は、新古典主義様式に大きな影響を与え、同時に着想の源ともなった。

⇩ 526

263　ランドゥル

ランドゥルという名前は、チズルハースト殺人事件では馭者の名前であり、またジャック・ランダル（一七九四〜一八二八）というボクサーもいた。また、R・L・スティーブンソンの小説、『フォルサの浜』の登場人物の名前（ランダル船長）でもあった。

⇩ 527

264　あなたがたのこのひどい法律は、災いの種をまくことになるでしょう

ここでアーサー・コナン・ドイルは、自らの見解を披露している。彼は遺言検認・離

婚・海軍局の局長を務めていた（一八九一〜一九〇五年）サー・フランシス・ジューン（一八四三〜一九〇五）の友人だった。コナン・ドイル自身のジーン・レッキーとの恋愛、アルコール依存症の男の妻という汚名を着せられた自分の母親、これらのことが彼が離婚に関して関心を抱いていた理由であるかもしれない。彼は十年間にわたって（一九〇九〜一九一九年）離婚法改革同盟の会長職を務めていた。反離婚法改革派の宣伝活動は神学をことさらに強調してみせたものだったので、アーサー・コナン・ドイルはブラックンストール夫人の口を通して、神を自分の側につけている。 ⇩530

265 ティリーザ・ライト
苗字はトーマス・ライト（一八一〇〜七七）から採ったのであろう。 ⇩534

266 ワインのおり（beeswing）
"beeswing"とは、年代物のポート・ワインに出来た薄皮もしくは薄膜を指す。澱《おり》がわずかである場合は単数所有格の"bee's-wing"に、多い場合は複数所有格の"bees'-wing"となる。 ⇩539

267 ウォータールーの大勝利……とまではいかないにしても、マレンゴでの打破くらいのところにいる

「誰でも最後には、自らのウォータールーに遭遇するものである」（ウェンデル・フィリップス、一八五九年）。ウォータールーを使う言い回しは普通に見られるが、このホームズの言葉は、一八〇〇年六月十四日にナポレオンがイタリアで、オーストリア軍を破った戦いまで含めたものである。

⇩ 550

268

アデレイド・サウサンプトン航路の船会社だが、あれは確かペル・メルの端にあったおそらくはオリエント・ラインを示しているものと思われる。この会社はジブラルタル、マルセイユ、ナポリ、エジプト、コロンボ経由でオーストラリア・ニュージーランド・タスマニア行きの郵便船の運行を担当していた。この会社の営業所はペル・メルの端、コックルパー街十六番にあったが、船はサウサンプトンではなくティルバリーから出港していた。ペル・メルに営業所を構えていた船会社には、他にオーシャニック・スティームシップ会社、ニュージーランドのユニオン・スティームシップ会社、キュナード・スティームシップ会社、及び幾つかの小さな船会社の旅客代理店があった。

⇩ 554

269

大きいほうから調べてみることにしよう（We will draw the larger cover first）狩猟の際に使われる比喩で、狐の巣穴あるいは一時的に潜り込んだ穴から狩りたてることを言う。獲物が隠れていた場所から飛び出すと狩りが始まるのである。

⇩ 554

270　ロック・オブ・ジブラルタル号

アーサー・コナン・ドイルがこの作品で、「岩」の名前の付く船を所有する会社を考案したのは、ドナルド・カリー社の習慣に従ったものであろう。この会社は自社の所有する船舶に城の名前を付けることにしていた（キャッスル・ラインと呼ばれていた）。ロイズ船舶名簿には、「ロック・オブ・ジブラルタル」という名前の船はないが、（「ジブラルタル」という名前の船は何隻かあった）、「バス・ロック」という名前の船は二隻存在していた。

⇩555

271　一等航海士のジャック・クロウカ氏（Mr. Jack Croker）

実在のクローカー大尉は、一八九三年のシカゴ万国博の際に事故死している。この一等航海士の名前の出所としては、小説家だったB・M・クローカー夫人（一八六一～一九二〇）、ボズウェルの『ジョンソン博士伝』の編集者だったジョン・ウィルソン・クローカー（一七八〇～一八五七）、トーマス・ムアの友人でアイルランドにおける妖精譚の収集家でもあったトーマス・クロフトン・クローカー（一七九八～一八五四）、「タマニー・ホールのクローカー親方」と呼ばれた、リチャード・M・クローカー（一八四一～一九二二）が挙げられよう。のちの海賊版では、彼の名前が“Crocker”となっているものもある。

⇩555

272　民の声は神の声なり（Vox populi, vox Dei）

この言葉は、アルクイン（七三五〜八〇四）が、シャルルマーニュ帝に宛てた書簡の中で使ったものである。F・アンスティ（トーマス・アンスティ・ガスリー）が、「パンチ」誌上での自作の連載時（一八九〇〜九二年）に、「人々の声（Voces Populi）」と題したことから一般に知られるようになった。

↓568

273　今夜下した判決

物語の終幕でベロウン、ロンガヴィル、デュマイン、そしてフェルディナンド王に下された、彼らの愛する女性を捜す前に一年間は出かけているように、という命令をふまえたものである（シェイクスピアの『恋の骨折り損』参照）。

↓568

《第二の汚点》注

初出は「ストランド・マガジン」誌第二十八巻（一九〇四年十二月号）六〇三〜六一七

頁で、シドニー・パジェットによる八枚の挿絵付きだった。米国での初出は、「コリアーズ・ウィークリー」誌第三十四巻（一九〇五年一月二十八日号）十三〜十五、二十八〜三十頁で、フレデリック・ドア・スティールによる六枚の挿絵付き（カラー版の挿絵を含む）だった。

原稿：ニューヨークでオークションにかけられ（一九二二年一月二十六日）、ウィリアム・ランドルフ・ハーストが一七〇ドルで落札した。現在はペンシルヴァニア州ハーヴァフォードの、ハーヴァフォード・カレッジ図書館自筆原稿収蔵室の所蔵となっている。

この物語は、《黄色い顔》（『シャーロック・ホームズの思い出』所収）で言及されている、ホームズが誤りをおかしたが真相は明らかになった事件の一つとして挙げられているものと同一の事件名が付けられている。同じ題名の事件は、《海軍条約文書事件》（『シャーロック・ホームズの思い出』所収）にも言及がある。

アーサー・コナン・ドイルはこの物語を気に入っていた。この物語は彼がゴールデン・クロス・ホテル滞在中に、後に彼の妻となったジーン・レッキーの手助けを得て書き上げられた作品だった。シャーロック・ホームズ譚自選十二編を選んだ際、彼が《海軍条約文書事件》の代わりに《第二の汚点》を第八位に挙げたのは、「高度な外交問題を題材に採り上げ、かつ物語が読者の興味をそそる」からであるとしている（「いかにして自選作を選んだか」、「ストランド・マガジン」一九二七年六月号）。

274 サセックスの丘陵

『最後の挨拶』（一九一七年）の序文には、ホームズの農場は「イーストボーンから五マイル」の所にあると明かされている。また、《ライオンのたてがみ》では「私の家は、南イングランドの丘陵の南斜面上にあって、そこからは英仏海峡が一望のもとに見わたせる」と書かれている。

⇩571

275 《第二の汚点》の事件については、機が熟したら、公表する、と読者に約束してあった

《海軍条約文書事件》（『シャーロック・ホームズの思い出』所収）での記述を指す。

⇩571

276 ある年の秋のある火曜日の朝のこと

原稿では「ある年の秋のこと」となっていた。この「秋」という記述は、《海軍条約文書事件》（『シャーロック・ホームズの思い出』所収）での、《第二の汚点》が七月に起きた事件だとする記述と食い違う。また物語の記述も、読者にこの事件は《第二の汚点》と題する三つの事件の一つである、という結論を与えるものである。

⇩573

277　英国の首相を二度まで務めた、かの有名なベリンジャー卿
マーティン・デイキンが（『詳注シャーロック・ホームズ』で）指摘しているように、ベリンジャー卿の人物像はウィリアム・エヴァート・グラッドストーン（一八〇九～九八）を踏まえたものだった。シドニー・パジェットも、挿絵を描く際にはグラッドストーンの風貌を基にしている。実際にはグラッドストーンは、大英帝国の首相を四回務めている（一八六八～七四年、八〇～八五年、八六年、九二～九四年）。 ⇩573

278　トリローニ・ホープ閣下（the Right Honourable Trelawney Hope）
トリローニという名前は、『ウェルズのトリローニ』（A・W・ピネロ作の芝居）、或いは『宝島』に登場する郷士トリローニを想起させる。 ⇩573

279　手紙というのは、さる外国の君主からのもの
この「さる外国の君主」とは、一八八八年にドイツ皇帝に即位したヴィルヘルム二世（一八五九～一九四二）のことであろう。この事件で、大英帝国とドイツとの間に不和の種をまくことに関心を抱いていたヨーロッパの大国と言えば、フランスかロシアであっただろう。 ⇩574

280　ホワイトホール・テラス

おそらくホワイトホールのリッチモンド・テラスのことだろう。リッチモンド・テラスはダウニング街ならびに外務省の向かいに位置している。 ↓574

281 赤い封ろうで封じ、その上にうずくまったライオンの印を押してある

この書簡がドイツ皇帝からのものだったとすると、印章は双頭の鷲だったはずである。しかしこの封筒は内容を隠すために使われたものだったのかもしれない。また封蠟は英国政府のものだったとも考えられる。しかしこの手紙は、架空の物語における架空の手紙であって、差出し人の詳細を特定し得るような記述は省かれている。 ↓577

282 暗号電報で急信した

外交に関する通信は、暗号表に基づいて変換された「五つ数字」の数列で送信される。重要な内容については、全てが単なる数字の羅列と化すのである。（「いかにして外交上の通信文が送られるか」、「ティット・ビッツ」誌一九〇四年四月二日号掲載） ↓580

283 オウバシュタイン

架空の人名である。この人名は、《ブルース・パーティントン設計書》（『最後の挨拶』所収）でも使われている。この時はケンジントンのコールフィールド・ガーデンズ十三番が住所で、フーゴ・オウバシュタインというフル・ネームでの登場だった。 ↓585

284　ラ・ローティエール
この人名も《ブルース・パーティントン設計書》で再登場している。ルイ・ラ・ローティエールというのがフル・ネームで、住所はノッティング・ヒルのキャムデン・マンションズだった。この名前は、一八三五年に匿名の手紙を出し続け、若い女性に対する傷害のかどで裁判にかけられたラ・ルンシエールを想起させる。

⇩585

285　エドアルド・リューカス（Eduardo Lucas）
当初原稿では、"Edward Lucas" となっていた。おそらくはエドワード（E・V）リューカス（一八六八～一九三八）をふまえたものであろう。彼の『待つ間の知恵』（一九〇三年、C・L・グレイヴスとの共著）には、シャーロック・ホームズに関するユーモラスな言及が幾つかある。

⇩585

286　ゴドルフィン街
架空の街の名前である。おそらく初代ゴドルフィン伯だったシドニー・ゴドルフィン（一六四五～一七一二）の名前をふまえたものであろう。

⇩585

287　国会議事堂の巨大な塔

ここで言う塔とは、時計塔（ビッグ・ベンを蔵する）よりもヴィクトリア・タワーを指すものと考えられる。

⇩586

288　ミトン
この名前は、サー・ウォルター・ベザントが出版した『ロンドンの魅力』シリーズ（ハマースミス、フルハム、ピトニーを採り上げた巻は、一九〇三年に出版された）のうち、幾つかの巻の執筆を担当したレディ・ジェラルディン・エディス・ミトンの名前を踏まえたものであろう。

⇩586

289　ベルミンスター公爵
ベルグレイヴとウェストミンスターの二語を組み合せた造語である。

⇩589

290　「さて、ワトスン、女性は君の担当分野だ」
この有名な言葉は原稿の段階で「ところでワトスン、これは一体どういうことだろうね」という、ごく平凡な言葉と差し替えられたものであった。《四つのサイン》でワトスンは、自分自身で「わたしはこれまで、三大大陸の数多くの国々で、様々な女性を見てきた」と語っている。

⇩594

291　さらさら《フルフル》という衣《きぬ》ずれの音　(the dwindling frou-frou of skirts)
“frou-frou”とは、裾の長いスカートがたてる衣ずれの音の擬音語である。また、一九〇三年六月十六日にアデルフィ劇場で初演された、ヘンリ・マイラックとルドヴィック・ホルヴェイの合作になる音楽劇の題名でもある。

↓594

292　鏝《こて》
〔整髪用のアイロン〕
↓595

293　故意殺人　(Wilful murder)
“Wilful murder”とは、計画的な殺人の意である。この言葉はE・W・ホーナングのラッフルズを主人公とした短編集『素人強盗』所収の、五番目の物語の題名として使われている。
↓596

294　クレオール人の流れをくむ　(of Creole origin)
“Creole”とは、西インド諸島やモーリシャスに渡った白人や黒人の植民者達の子孫を指す。

↓599

295　「アイヴィ・プラント」

おそらくは、マイル・エンド通りにあったヴァイン・タヴァーンをふまえたものであろう。

↓609

296 居間《モーニング・ルーム》（morning room）
〔大きな家で午前中に用いる居間のこと〕
↓612

297 ジェイコブズ
この名前はおそらく、当時「ストランド・マガジン」誌にその作品が掲載されていた著述家W・W・ジェイコブズ（一八六三〜一九四三）の名前をふまえたものであろう。

↓622

298 メロウ卿……サー・チャールズ・ハーディ……フラワーズ卿
メロウ卿という名前は、ギルドフォード近郊の村の名前を採ったものであろう。フラワーズ卿のほうは、自然史博物館の館長だったサー・ウィリアム・ヘンリー・フラワーズ（彼は一八九九年に没している）の名前を想起させる。更にサー・チャールズ・ハーディは同名の、英仏海峡艦隊の司令長官だった人物（一七一六〜八〇）の名前から採ったものであろう。

↓625

解説

I

「シャーロック・ホームズ死すの知らせは、かつてないほどの広い哀悼の意をもって受けとめられました。読者諸氏は我々の持つ影響力を行使して、コナン・ドイル氏が悲劇を完結させるのを何とかして防ぐよう、懇願されてきました」と、「ティット・ビッツ」誌一八九四年一月六日号は、「G、並びにその他大勢」に対し同誌の「読者への返答」の中で、このように述べている。「多くの投書の主同様、我々も自らの力が及ばなかったために、旧友を失ってしまったような気持ちであります。ドイル氏はシャーロックが長居をし過ぎて歓迎されなくなることを望んでおらず、人々は充分に彼の活躍を堪能してきた、と感じているのです。これは我々の見解ではなく、また一般の人々の見解でもないのですが、残念なことにドイル氏の見解ではそうなのです」

「シャーロック・ホームズの死」は、《最後の事件》の口絵に付けられた題名であり、また「ストランド・マガジン」誌一八九三年クリスマス号でのお知らせの中でも使われている。これはシャーロック・ホームズの死亡を確認するために使われた言葉であった。ジョージ・ニューンズ（一八五一～一九一〇）は株主に対して、「とんでもない出来事」と述べ、「スケッチ」誌（一八九三年十二月二十日号）は「悲劇的な死」と評した。しかしその他に、彼が健在であることが明らかになるかもしれないという希望を、尚も感じている人たちも存在していた。「偉大なる素人探偵の死亡の事実を、非の打ちどころのないものとする、目撃者の証言といった積極的な証拠は存在していない」と「パンチ」誌は述べている（一八九三年十二月三十日号）。

当初コナン・ドイルの意志は非常に固かった。一八九六年六月二十九日の月曜日に、作家クラブで行なったスピーチで彼は次のように語っている。「これは只の人殺しではなく、自己防衛のための正当な殺人だったのであります。と申しますのは、もし私が彼を殺さなかったら、彼のほうが私を殺したであろうことは、疑いのないところなのです。さほど鋭くはない人間にとって、謎を考案し帰納的推理の連鎖を作っていくことに自分の時間を消費するのは、つらい作業なのです。読者の辛抱に委ねるべきではないのは当然のこととしましても、一人の人物を主人公とする物語を二十六編も書いてきたのですから、更なる禁を犯してまでもこの人物を削除すべき時である、と感じるようになったのです」（「クイーン」誌一八九六年七月四日号）。また、デイヴィッド・クリスティ・マレイ（一八四七～一九〇七）に対しては、以下のように述べている。「哀れなホームズの奴は死んでくれてやれやれです。そのつもりになっても（少なくともこの先何年間は、その気にはならないでしょうが）、彼を蘇らせることはできません。というのは、世間から私は彼をあまりに求められたがために、彼に対しては、フォアグラのパイに対して感ずるものと同様の気分になります。私はかつてフォアグラのパイを食べ過ぎたことがあって、今ではその名前を聞いただけで胸が悪くなる思いがするのです」（デイヴィッド・クリスティ・マレイ著「追憶」一九〇八年刊、引用されている手紙の日付けは一八九六年五月八日）。

ホームズが復活する可能性は、実際には全く断ち切られていたわけではなかった。出版社は「ティット・ビッツ」を代弁者に仕立てて、ドイルが「将来のいつの日にか、機会に恵まれるようなことがあれば、偉大なる探偵の没後も、未公表の物語を書くことがあるかもしれない」と約束したことを伝えている（一八九四年一月六日号）。また一八九四年十二月、アメリカ合衆国を訪れた際にドイルは「ホームズが死亡したのは、まず間違いのないところでしょう」としながらも、「しかし実際には彼は難を逃れ、健在であるのかもしれません」と認めている（一八九四年十一月十三日付「ニューヨーク・デイリー・トリビューン」紙）。

彼の決意が揺らぎ出した最初の兆しは、一八九六年に現われた。この年彼は、エディンバラの「ステューデント」誌（一八九六年十一月二十日号）のバザー特別号に、「競技場バザー」という題の短いシャーロック・ホームズのパスティッシュを執筆している。この後一八九七年の暮れに、彼はシャーロック・ホームズに関する芝居の台本を書いていることが明らかにされている。「私はホームズを劇化することに関しては、深い疑念を抱いています。これは私のよりよい仕事への評価を不当に曇らせるものでしかない、私のつまらぬ仕事に世間の関心を引くことにしかなりません。しかし私の創造したホームズ像とは異なるホームズを作る方向で書き直しをするなら、もとあった引き出しの中にしまい込んだほうがましです。そうすることには、何も心が痛んだりはしません」と彼は自分の母親に述べている（エイドリアン・M・コナン・ドイル「シャーロック・ホームズ展覧会」カタログ、一九五二年）。しかしホームズを舞台の登場人物にするという考えは一年後、ウィリアム・ジレット（一八五三〜一九三七）がドイルの前に、芝居の台本を書き直し、偉大なる探偵を実体化するのにまさに理想的な人物として現われた時に、再び浮上してきた。ドイルはジレットに対し、劇化に関する自由裁量権を与えた。そして一八九九年、シャーロック・ホームズは舞台に登場したのである。

ドイル自身はホームズ物語に対して、「つまらぬ仕事」という評価を下していたが、これは「ストランド・マガジン」の編集長だった、ハーバート・グリーンハウ・スミス（一八五五〜一九三五）の見解とは異なっていた。スミスはシャーロック・ホームズ譚には、他の全てのドイルの作品とは一線を画す特質が備わっていると見なしていた。新しいホームズ譚を手にすることができなくとも、少なくとも彼は連載がなくなった穴を埋め、ホームズ譚が収めた成功を再現させる方法が見つかることを望んでいた。一八九八年の初め、ドイルが犯罪と謎を扱った連載物語を執筆中であると告げた際には、スミスの希望が実現するかに思われた。しかしドイルはすぐにこれらの作品はシャーロック・ホームズが別の名前で登場する、スミスが考えたような探偵小説ではないことを明らかにした。『炉辺物語』所収の短編には、新聞に掲載されたと推測される手紙が、作品中で紹介されている作品も二つある。一つは「名ある犯罪研究家の署名入りの手紙」（「時計だらけの男」、「ストランド・マガジン」一八九八年七月号）であり、もう一つは「当時有名だった町の推理家の署名のあるもの」（「消えた臨急」、「ストランド・マガジン」一八九八年八月号）である（いずれの作品も邦訳は『ドイル傑作集I』（新潮文庫）所収）。そしてこの二作品は、この手紙のゆえにシャーロック・ホームズ譚の「外典」と呼ばれている（こうした見解を最初に述べたのはクリストファー・モーリイで、彼の主張は「サタデイ・レビュー」紙（ニューヨーク）一九三四年三月三日付紙上に掲載された）。この二つの作品は、作者自身がホームズをからかっただけのものかもしれない。しかし、この名無しの推理家の展開した理論は誤っており、またそのスタイルもわずかにホームズ的であるというのにすぎない。

グリーンハウ・スミスは一九〇〇年に、ドイルが『人生より得たる奇妙な研究』と題する連載物を執筆する意向を知らせた際、彼の関心を再び犯罪物語に向けさせようと再度試みた。しかしその結果は芳しくなかった。執筆予定の十二編のうち、三編を書き上げたところで彼は一時中止を告げ、その後書き継ぐことをしなかった。

ドイルが自選集版『シャーロック・ホームズの冒険』の前書きの中で、一九〇一年の

「後悔の後にありがちなぶり返し」と評した事態は、この年の三月に起きていた。この月、バートラム・フレッチャー・ロビンソン（一八七二～一九〇七）による「バスカヴィル家の犬」の着想が、彼の意欲をそそったのである。ホームズがあの世から甦ったわけではなかったが、彼は復活を果たしたのだった。この作品の出来栄えと洗練された物語の構成に、批評家は沈黙するのみだった。ホームズは駄目になってしまったのでは、との懸念は杞憂に終わり、後は遺体を発掘するだけなのは明らかだった。

II

ドイル自らの手で創造した探偵への、並びに探偵小説一般に対する姿勢は、「ティット・ビッツ」一〇〇〇号に掲載されたインタビュー記事（一九〇〇年十二月十五日号「コナン・ドイルが語るシャーロック・ホームズの真実」）、並びに自選集に寄せた前書きの中で明らかにされている。後者の中で彼は、探偵小説を「旧式で因習的な」型にはまった、小説としては「幼稚なもの」と評している。しかし同時に、それでも探偵小説が自らの恥であると思ったことはないとも述べている。「たとえつまらぬものであったとしても、作者として自分の持てる力を全て注ぎ込んだものであれば、如何なる形式も文学であっても正しい、というのが私の気持ちである」

彼自身が「探偵小説の父」と呼んでいた、エドガー・アラン・ポー（一八〇九～四九）

から受けた恩義に対して、彼は感謝の意を表していた。「ポーは探偵小説の限界を完膚なきまでに極めてしまったので、その後継者たちが自信を持って、これこそが自らの力で探偵小説の分野で開拓した領域である、と宣言することはできないのではないか、と思う。探偵小説は重い物語ではないが、読者に対しては強烈な存在である、という秘密があるので、作者に残されている唯一の手段は、自らの主人公に知的鋭敏さを与えるだけなのである。これ以外のことは全て描写の範疇外であり、また効果を弱めるだけでしかない。問題とその解決が物語の主題でなければならず、登場人物の性格描写は限定され従属的なものでしかない。探偵小説の作者はこうした細い道を歩まねばならず、またその前方には常にポーの辿った足跡が存在しているのである」

コナン・ドイルがポーに多くのものを負っていることは、広く認められているところだった。一八九七年に書かれた『シャーロック・ホームズの進化』の中で、ロバート・ブレッチフォード（一八五一〜一九四三）はドイルとポー（そしてガボリオ（一八三二〜七三）とも）を比較している。「コナン・ドイルの作品に見出せるのは、ポーの作品、或いはガボリオの作品と同じものである。即ち同じ探偵、その友人、そして警察である。彼の理論の導入部には、目新しいものは何もない。単に俗受けする段階にまで水増しされた、デュパンでしかないのである」（「クラリオン」誌一八九七年七月二十四日号）。ブレッチフォードの所説は誇張されたものではあるが、当時の率直な反応でもある。またドイル自身も自分の作品が、時として「知らず知らずのうちに、模倣となる」ことを認識していた。

ドイル自身の自作に対する評価は、以下に述べる二点に関しては修正を求められるべきであろう。第一点は、彼はシャーロック・ホームズを典型的な探偵と考えていたことである。「こうした人物を描き出す、或いは創造する際に、大いなる独創性が求められるわけではない。もし作者が物語に登場する探偵に独創性を与えられるとすると、それは物語の展開並びに解決すべき問題に限定される。というのは探偵役の人物には、事実と共に矛盾する錯綜した関係を把握し得るだけの、鋭く抜け目のない理性が不可欠だからである」(「ティット・ビッツ」一九〇〇年十二月十五日号)。この見解は、一般の探偵に対するものとしては妥当なものであり、ホームズがデュパンの直系の後継者であるのも事実である。しかしドイルの業績は探偵を物語の核に据え、物語のプロット以上に探偵自身を興味ある存在に仕立てたことにある。即ちホームズ譚は、偉大な探偵小説というよりは偉大なる探偵についての物語なのである。

第二点は第一点に繋がっているのであるが、シャーロック・ホームズは実際には、ドイルがときどき言明したような、理性だけの人間でも無性格な推理機械でもない、という点である。ドイルはホームズが、非人間的な推理機械的存在であることを言明するのに、逡巡することはなかった。ドイルはジョウゼフ・ベル(一八三七〜一九一一)に宛てた、一八九二年六月十六日付の手紙の中で「ホームズはバヴェッジの発明した計算機械の如き、非人間的存在であり、彼が恋に落ちるという可能性も、計算機械のそれとほとんど同一なのです」と述べている(『シャーロック・ホームズ未収録文集』所収)。しかし彼の奇癖や知識の限界は、ホームズが既にありそうもない世界の存在となり、可能性という枠で縛られている人物たちとは一線を画しているのである。ポーが喜劇的な色彩を帯びた作品をほとんど残さなかったのに対して、シャーロック・ホームズ譚には喜劇的要素が横溢している。これはある部分意識的な、そしてある部分は無意識的なものであった。「演繹的推理、帰納的推理、そして観察を核に据えた思考法について、先生が諄々と説かれた講義を私は聴講していました。私は先生の方法を、可能な限り——時として極限まで——推し進める人物を創造してみようとしたのです」とドイルはベル宛ての手紙の中で述べている（一八九二年五月四日付、『シャーロック・ホームズ未収録文集』所収）。ドイルが書き残したもの、または彼の示した推理の大部分を見ると、ドイル自身も演繹的推理や帰納的推理、或いは観察を可能な限り推し進めた人物だったように思われる。それゆえ読者は自ら進んでワトスン博士の共犯者となり、時折り見られる不合理性や非現実性といったものですら、基本的な前提条件が読者に受け入れられた後になってはじめて、明らかになるのだった。

シャーロック・ホームズ譚を、自らの作品の中では「力のない作品」であるとしたドイルの防衛的態度は、今日の読者にとっては奇妙なものと感じられるかもしれない。しかしドイルがこうした態度をとったのは、シャーロック・ホームズ譚が執筆された当時、この分野に対する世間の評価が低かったからである。著名な信奉者達を得ていたポーの作品は例外だった。しかしガボリオの際物小説は、夥しい数の「ペニー・ドレッドフル」や「シリング・ショッカーズ」と呼ばれていた、通俗小説の筆頭に位置するものだった。それゆえドイルは、自分の作品には犯罪性が欠如していることを強調する道を選んだ。「犯罪を扱った作品を執筆する際には、犯罪が作品の背景となるのは当然のことです。しかしながらシャーロック・ホームズ譚のおよそ半数は、厳密に法律的な意味では何の犯罪も起きていないのです。犯罪や犯罪的なものについて、読者は多くのことを聞かされてはいるのですが、実際にはすっかり騙されているのです。無論常に読者を欺くわけにはいかないので、時には犯罪を、時として極めて恐ろしい犯罪を描かなければならないのです」とドイルは語っている（「ティット・ビッツ」一九〇〇年十二月十五日号）。別のところでは、彼は次のように述べている。「探偵小説に対しては、以下のような強い反対意見が言われ続けている。即ち、探偵小説は必ず犯罪を扱っていること、また犯罪に関する知識は若い読者層にとっては不適切である、というものである。このような主張には、一理あることは認めざるを得ない。探偵小説において何の犯罪も描かれていなければ、読者は悪ふざけに一杯喰わされたと感じるだろう。しかしながら実際には（私が記憶する限りでは、この事を指摘した評論家はいないのだが）、どんな犯罪が起きたかではなくいかなる犯罪が起きたのかという予想によって大きな効果を挙げている作品が、そして実際には法律的な意味においては、何の犯罪も存在していないという作品が、探偵小説の中には少なからず存在しているのである」（自選集版前書き）

III

《バスカヴィル家の犬》の成功は、二つの目的を達成した。即ち、まず作者に死亡したと思われていた状況の説明をさせずに、ホームズを公衆の面前に再登場させたこと、そして偉大なる探偵の腕前がいささかも鈍っていないことを証明すること、この二つであった。この結果、今や『シャーロック・ホームズの帰還』はホームズの復活の結果として、当然執筆されることになったのである。彼は依然として編集者からの懇願を拒絶し続けており、また今後もそうするつもりでいた。しかしこの時ほど、編集者側からの金銭的報酬の額が大きくなったことはなかっただろう。それは後に「ナショナル・ウィークリー」誌を出版する、ニューヨークのコリアーズ社からの申し出だった。一九〇三年の早春、文芸代理人経由でドイルの許にこの会社の、太っ腹な申し込みに関する内々の知らせが届いた。彼らは作品の長さに関わらず、一作につき四〇〇〇ドル（風評を聞きつけた新聞各紙が報じたことを信じるならば、九〇〇〇ドルだったという説もある）という提案をしたのだった。書いてもらう作品の数については、当初は未定のままだった。また彼らはドイルに対して、強く主張することはしなかったものの、アメリカを舞台にした物語かアメリカに関わりのある物語を幾つか書いて欲しいという希望を抱いていた。彼らの申し出は受け入れられ、八編の物語に関する契約（場合によっては、執筆される物語は十二編になる、ということで）が結ばれた。

新たに執筆される作品の出来が、以前に書かれた作品より劣るのではないか、という懸念を持つ向きもあった。そうした人の中に、ドイル自身の母親もいた。しかし新作の執筆にとりかかってから、彼は母親に対して次のように述べている。「私は、御母上がシャーロックのことを案じられる必要は何もないと思います。私は自分の力が衰えたと感じることはなく、また以前のものと同程度に良心的であると考えています（中略）この七、八年の間私はシャーロック・ホームズの短編を書いていませんでしたが、新しい作品を書くべきではないとする理由は見つかりませんでした。新作の第一作目である《空き家の冒険》が仕上がったことも、付け加えておきましょう。ところで、この作品の着想を与えてくれたのはジーンなのですが、素晴らしい出来栄えです。御母上はホームズが決して死んではおらず、ぴんぴんしているのをご覧いただけることと思います」（エイドリアン・M・コナン・ドイル「シャーロック・ホームズ展覧会」カタログ、一九五二年）

《最後の事件》の結末で、シャーロック・ホームズの遺体がライヘンバッハの滝壺から発見されていたとしたら、或いはワトスンが、偉大なる探偵と彼の宿敵が滝壺へ墜落死を遂げるのを戦慄を覚えつつ目撃していたとしたら、ホームズをいかにして甦らせるかという問題は、その解答を出すためには今日我々が知る以上の、非常な工夫が必要だったろう。しかし後にドイルが述べているように、「遺体に対する検視が行なわれたわけではなかったから、長い休止期間の後に（中略）私自身の無分別な行動を説明するのは、難しいことではなかった」(「シャーロック・ホームズ氏より読者へ」、「ストランド・マガジン」一九二七年三月号)。

「素晴らしい出来栄え」とドイルが述べた物語の筋立ては、ロナルド・アデアの殺人についての少しばかりの説明、ホームズの劇的再登場、失踪の説明、彼を亡き者としようとする陰謀、そして暗殺犯の逮捕という構成である。彼が母親宛ての手紙の中で言及している「ジーン」とは、ジーン・レッキーを指していた。彼女との出会いは一八九七年のことで、二人は恋仲になった。《空き家の冒険》でドイルは、「空気銃」について言及のある《最後の事件》(『シャーロック・ホームズの思い出』所収)に立ち返っている。またラッフルズが死地を脱した方法にも、影響を受けていると考えられる。

新しい物語が書き進められていくのを注意深く見守っていたのは、「ストランド・マガジン」の編集長だった。彼は物語の評判を守りたいと感じていた。ドイルの彼宛ての返信が示すところからすると、スミスは二作目と三作目に対する自らの批判を、ドイルに率直に伝えたことを示唆している。或いは彼は、物語の特質が変わったと感じていたのかもしれない。《空き家の冒険》は、所定の目的を十二分に達成したが、これに続く二作は初期の短編の特質であった推理に代わって、劇的な要素が用いられている。

ドイルは(一九〇三年五月十四日付の手紙の中で)《孤独な自転車乗り》の、作品としての出来栄えが芳しくないことを認めていた。「私はこの作品をそれほど好んではおらず、また出来栄えにも満足はしておりません。しかしながら私には、これ以上のことはできなかったのです。出来の良いところもありますが、全体としては水準には到達していません」（トロント・メトロポリタン図書館所蔵自筆文書）。彼は手紙を以下のように締め括っている。

私がいかに、これらの物語を書き続けたくなかったかが、より充分にご理解いただけるものと思います。ですから私は長年にわたってあらゆる続編執筆の依頼を断り続けてきたのです。ある種の同一性を避けつつ、新しさを追求していくのは不可能なのです。作者として為し得る最善のことは、物語の順序がどのようになっても、同様に新鮮で面白い物語を書こうと努めることなのです。これが私の希望するところであり、これまでのところこの方針を大きく逸脱しているとは考えていません。いずれにせよ私は最善を尽くし、これ以上のことができる者はいないでしょう。アメリカ側は十二編の連載を打診してきていますが、貴兄からの手紙を考えに入れて、私は八編に止《とど》めようと思います。

この手紙は（ノーフォークの）ハピスバークのヒル・ハウス・ホテルから出されたものだった。彼が四番目の物語の着想を得た、「踊る人形」と出会ったのはこのホテルだった。もし新作の連載が八編のままならば、この物語は折り返しとなるはずだった。「私は三つ当たりをとりましたが、一つは外しました」と彼は母親に書き送っている。しかし物語にふさわしいプロットを得ることは、依然として最も大きな問題だった。「書くことは難しくありません。私を虐殺するのは、プロットなのです。私は誰かとプロットについて話し

合わなければなりません」と彼は母親に述べている。(日付なし［原注：一九〇三年五月］。カー『コナン・ドイル』より)

プロットに関して、彼が頼りにできる人物は二人いた。そのうちの一人は、義弟のE・W・ホーナング(一八六六～一九二一)だった。ドイルはラッフルズ譚を注意深く研究し、ホーナングとプロットについて話し合い、アイディアを交換することで得をした。ホームズを生還させた方法はその一例である。また《六つのナポレオン》のプロットは、別の例である。これはラッフルズが真珠を弾丸の中に隠した、「皇帝の贈り物」と対をなしている。また自転車の登場する《プライオリ学校》は「誤った家」を連想させ、さらに《犯人は二人》でのホームズとワトスンの行動は、ラッフルズとバニーの行動と似ている。

ドイルが作品のプロットについて論じたことのある人物――そしてそのことが最もよく知られている人物――は、バートラム・フレッチャー・ロビンソン(一八七一～一九〇七)だった。彼は、《バスカヴィル家の犬》の着想を与えた人物だった。ロビンソンとドイルが、類似するプロットの推理小説の続きものを執筆したこと、そしてその連載ものがそれぞれ『シャーロック・ホームズの帰還』と『アディントン・ピース年代記』として、一九〇五年に短編集として出版されたことは、単なる偶然の一致ではあり得ない。

ロビンソンの作品が連載され始めたのは、ドイルの連載よりも後のことであり(『アディントン・ピース年代記』の連載が始まったのは、「レディィズ・ホーム・マガジン」誌一九〇四年八月号からだった)、おそらく執筆されたのも後であろう。しかしながら作品のアイディアが共同で練られ、二人がそれぞれ自分自身の方法でアイディアを展開させていったのだ、とする可能性を完全に否定することはできないのである。ホームズ譚と、アーサー・モリソンによるマーティン・ヒューイット譚の間に類似する点はない。であるにも関わらずドイルとロビンソンの作品には、少なからぬ類似点がある。

ドイルとホーナングの、或いはドイルとロビンソンとの密接な関係は、事実上の「グループ」を形成していた。そしてその共通要素としては、クリケットが存在した。クリケットはホーナングにとって、非常に重要なものであったが、この時期のドイルにとっては主たる気晴らしでもあった。彼はこの時期、マリルボン・クリケット・クラブ（MCC）で定期的に試合に出場していた。また一九〇三年の五月から八月にかけては、二十六日間を試合に費やしてもいた。自分の作品の中で、クリケット選手の名前を使ってもいるし、またクリケット選手席は仲間の作家達と会ったり、作品のアイディアの交換をする場でもあった。ドイルの一番下の妹の「ドードー」（ブライアン・メアリー・ジュリア・ジョセフィン・エンジェル、一八七七〜一九二七）もこのグループの一員だったかもしれない。兄の助力を得て、彼女の『マージの逸話集』は「H・リプレイ・クローマッシュ」という筆名で、一九〇三年七月に出版されている。P・G・ウッドハウス（一八八一〜一九七五）も、ドイルやホーナングと共にこの作家仲間の集りに加わっていた。彼は「ワールド」誌一九〇七年一月一日号掲載の「進歩主義者の進歩」という作品を、ロビンソンと合作している。また一九〇三年の夏には、「V・C」という雑誌用にドイルへのインタビューを行なっている（このインタビューは、ドイルのスポーツの腕前を主題にしたものだった）。更に彼は、『シャーロック・ホームズの帰還』の出版に刺激を受けて、シャーロッキアン的パロディを二作執筆している。「パンチ」一九〇三年九月二十三日号掲載の「道楽者」、そして「ヴァニティ・フェア」誌（この雑誌の編集長は、フレッチャー・ロビンソンだった）一九〇四年十二月一日号に掲載された、「失踪した蜜蜂の冒険」の二つである。そして彼が創造した喜劇的人物であるジーヴスとウースターは、ホームズとワトスンの流れをくんでいる。

ドイルは「コリアーズ・ウィークリー」の編集部から、アメリカを舞台とした物語を執筆するよう乞われていた。また、アメリカ合衆国で幾らかの時間を過ごすことも考えていた。一九〇三年六月六日、ロング・アイランドのモントークに派遣されていた「ニューヨーク・デイリー・トリビューン」の通信員は、以下のように報じてきた。

シャーロック・ホームズの創造者である、ロンドンのA・コナン・ドイル博士からの手紙によると、同博士はこの国に向けて出発するところであり、この夏をこの地で過ごす予定とのことである。作者は探偵を復活させる物語の執筆契約を結び、所定の目的を果たすためにこのモントークを訪れる予定。その主たる理由は、幾つかの新しい物語の中でホームズは、アメリカで起きる事件を扱うことになっているからである。モントークの砂丘や湿原は、作品に地方色を与えるものとなろう。新作は近々「コリアーズ・ウィークリー」に掲載される予定であるが、作者自身の原稿は完成からは程遠いという。

ドイル博士は執筆の際に、外界とのやり取りを一切断つかもしれないので、ホテル一棟を丸ごと借り切る意向かもしれない。即ち、こうした彼の特別な意向に適うのは、歴史的なサード・ハウスだけである。ここは冬場は、ニューヨークのスポーツマン達のための狩猟小屋として使われているが、夏の間は閉鎖されている。

一九〇三年九月までには、八編の物語が書き上げられていた。各雑誌社は連載を開始する時期に来ていた。「コリアーズ・ウィークリー」は、一九〇三年九月十九日号に以下のような告知を掲載した。

シャーロック・ホームズ復活！

コリアーズ誌の来週号、十月家庭号より本年最も話題となる短編小説の新連載が始まります。そう、サー・A・コナン・ドイルによる『シャーロック・ホームズの帰還』であります。この著名なる探偵の、かつての冒険談に親しんでいた方なら（親しんだことがないという人々が存在するでしょうか？）御記憶されておられましょうが、ホームズ氏に関する最後の知らせは、彼が断崖絶壁から真っ逆様に転落した、というものでありました。現実の世界にせよ或いは小説の世界にせよ、このような事故から無事に生還することができる人間が存在する、とは到底信じられません。そしてかの探偵の最良の友人たちですら（彼らはホームズが自らを世間からは死んだものと見なされるよう望んでいたことは充分に強く認識していたとしても）、再び彼の素晴らしい天分を聞くことや、誤ることのほとんどない腕前を目の当たりにする機会は、もうあり得ないことだと考えはじめていたのです。しかし、ホームズは死んではいなかったのです。彼は絶体絶命の危機を辛くも脱したのでした。この顚末やその後に続く冒険については、サー・コナン・ドイルが『シャーロック・ホームズの帰還』と名付けた表題の許、素晴らしき連載において物語るのであります。

「ストランド・マガジン」もまた、チラシや広告で新連載の開始を公表し、一九〇三年九月号の最後の頁に以下のような告知を載せた。

シャーロック・ホームズの帰還

我が「ストランド・マガジン」の読者諸氏は、シャーロック・ホームズが公衆の面前に初めてその姿を現わした時のことを、そしてその数々の冒険譚によってその名が世界中の誰にでも知られるようになったことを、今なお鮮やかに記憶に止めておられることでしょう。彼の死亡の知らせは、あたかも親しき友人を亡くしたがごとく人々に受け止められたのでした。当時の状況証拠に基づき決定的である、と考えられていたこの知らせは、誠に幸運なことに誤りだったことが明らかになりました。いかにして彼が、ライヘンバッハの滝でのモリアーティとの格闘から逃れたのか。なにゆえ彼は親友であるワトスンにまで、自らが健在であることを伏せたままにしていたのか。いかにして彼は再登場を果たしたか。そして、数々の功績の中でも最も輝かしいものの一つで、自らの生還を知らしめた方法については、十月号より連載の始まる新シリーズの第一作で明らかにされましょう。

この時点に至っても、ドイルが八作品以上の物語を書き進めるか、或いは「コリアーズ・ウィークリー」側が八作品で完結する連載ものという、最初の案を引っ込めるかは明確になっていなかった。同誌一九〇三年九月二十六日号の、編集後記である「獅子の口からの二言三言」には「連載は全部で八作品」とあり、また最初の六作品の題名を列挙することも可能だった。「最後の二作品の題名については、今のところまだ申し上げる段階ではありません」と書かれている。また新聞広告でも、八作品と書かれていた。

ドイルのこの先に関する計画について、最初に知らせを受けた一人にA・S・ワット（文芸代理人のA・P・ワットの息子）がいた。父に宛てた一九〇三年九月二十二日付の手紙で、彼は次のように記している。

ドイルは今朝、「シャーロック・ホームズ」の新作について、自らこんなふうに書いてきています。

「新作についての決定を急ぐべき必要は、何もないと思います。決めるのがクリスマスの時期になっても、まだ時間は充分にあるでしょう。続編を書き継ぐとしても、私は四編の執筆を約束したわけではありませんが、一度に一つずつ仕上げていけば、緊張感も幾らかは緩くなるでしょう」

　私が思うに、彼は続編として四作執筆するつもりでいるのは確実です。二ヶ月か三ヶ月以内に、彼はこの件で手紙を寄越してくるでしょう。


これこそ正しく、ドイルの意図するところであった。一九〇三年の秋は、政治活動に充てられた。というのは、彼がボーター選挙区での推薦を受け、町々で演説を行なうことに同意したからだった。しかし年が変わると、彼は再び自らの課題に取り組む時間を得、残りの四編は一ヶ月ごとに書き上げられていった。最後の《アビ農園》が脱稿したのは、一九〇四年四月二十六日のことだった。彼は直ちに「ストランド・マガジン」の編集長に、そのことを告げた。「一筆啓上、親愛なるスミス君。物語が全て脱稿しました。ちょうど一ダースの物語です。思うに彼は、絶頂期に身を引くのです。彼が安らかならんことを」

(ヴァージニア大学図書館所蔵自筆文書)

　コリアーズ社からの依頼分とは別に、一八九一年以降仕事の上で非常に緊密な関係にあった、サミュエル・シドニー・マックルーア（一八五七～一九四九）に執筆を約束していた一編があった。彼は最初のシャーロック・ホームズの短編の版権を取得し、アメリカ合衆国国内の新聞各紙に配信したのであった。その後彼は、その他のドイルの作品の版権も取得した。二人の間柄は、ドイルが一八九四年末にアメリカ合衆国を訪れ、講演旅行で得た報酬の中から五〇〇〇ドルをマックルーアへ支払って以降、更に緊密なものになった。その後も仕事上の関係は継続し、マックルーアはドイルの長編小説や短編小説を新聞・雑誌に配信し、また自身が出版することもあった。『バスカヴィル家の犬』や『シャーロック・ホームズの帰還』では、彼は両方の役を果たしている（『シャーロック・ホームズの帰還』については、彼は二番目の連載権を持っていた）。

マックルーアは一九〇三年十一月十八日、ロンドンでの昼食の際に新連載が執筆される可能性を、より強固なものとした。彼は十二編の新連載シリーズに対して七万五〇〇〇ドル、もしくは彼の雑誌三～四号にわたって掲載し得る「シャーロック・ホームズ的な中編小説」に二万五〇〇〇ドルの支払いを提示した。これに対してドイルは、最初の提案は拒絶した。というのは、彼は使えるプロットは全て使い果たしてしまったと感じていたからだった。しかし彼は《最後の事件》のような、ホームズ物語全体に終止符を打つような物語を書く準備はしていた。ただ、どのくらいの長さにするかは考えていなかったし、また「コリアーズ・ウィークリー」に掲載用の物語を書き上げるまでは、執筆にとりかかることもなかっただろう。

A・P・ワットはマックルーアに宛てた一九〇四年五月二十日付の手紙で、「『シャーロック・ホームズ』特別編」に対しての、マックルーアの申し出を思い出させ、ドイルはまだ執筆にとりかかったわけでも構想を練り始めたわけでもないが、彼がこうした物語を書く意向であることを伝えている。物語を公にする時期は、早くても一九〇五年一月以降でなければならなかった。というのはコリアーズ社と交わした契約上、「コリアーズ・ウィークリー」誌上での連載が終わるまでは、新しいシャーロック・ホームズ譚を発表することはできなかったのである。またコリアーズ社は、後から追加された最後の四編の執筆契約も結んでいた。彼らは十月号、十一月号、十二月号にそれらの物語を掲載する予定でいたのである。ワットの手紙は、以下のように続けられている。

そこで貴兄の雑誌に掲載するならば一月、もしくは次の月の何日が御都合がよろしいのか、お知らせ願えませんでしょうか。サー・アーサーは小生に、貴兄の提案はアメリカにおける連載の版権として、一編の物語につき一〇〇〇ポンドであったと語りました。物語付け加えさせていただきますと、つい今しがた受け取った彼からの手紙によれば、物語の長さについては今の段階では請け合うことはできないものの、この物語は彼の手になる最後の「ホームズ物語」になるのは間違いない、とのことであります。

（S・S・マックルーア手稿文書、インディアナ州リリー図書館所蔵）

しかしこの申し出は、受け入れられなかった。というのはマックルーアの共同経営者だったジョン・S・フィリップスが、読者の「予約購読喚起の呼び水」にはならない一編の短編小説に対する支払いが、妥当であるとしなかったからだった。

最後の物語の題名は《第二の汚点》となった。この事件の名前は、これより前に書かれた二つの物語で言及されていた。この事件名はまた、アメリカ版の「ブックマン」誌の副編集長を務めていたアーサー・バーレット・モーリスの心を大いにそそった。一九〇三年の夏、ドイルと会った際に彼はこのことを告げたのだった。しかしいかにドイルが物語を劇的なものに仕上げようとも、物語の目的、即ちホームズを引退させるということは、ホームズの死ほどの関心を引き起こさなかった。また、ドイルとワットが出版社に示すことで合意した原稿料の高さも、出版社側からすると腰が引ける要因となった。「ストランド・マガジン」ですら、この原稿料の要求には二の足を踏んだ。結局ドイルは原稿料の要求金額を引き下げたのだった。一九〇四年九月十四日付のグリーンハウ・スミス宛ての手紙の中で、彼は作品の売り込みはある種の投機だったとしている。「私はどこか別のところで、自分の主張する原稿料を得ることもできたでしょう。私としては、自分の作品はいつも同じ場所に掲載されるべきであるとは思います。しかしそのために、財政的損失を被らなければならぬというのでは、公正であるとは言い難いでしょう」。彼は以下のように続けている。

新しい物語に対する具体的な御質問に対しては、規模が大きくきちんと整った、また最後の、そしてクリスマス号用の物語であると申し上げましょう。こうした特色が、物語の価値を高めています。しかし一度ワットに委ねたことについて干渉するのは、具合が悪いのですが、貴兄は私が彼に貴兄からの手紙を見せて、これまでの経緯からして私がこの作品に対して多くを求めないと彼に話しても、お気にはされぬことと思います。

「コリアーズ・ウィークリー」にとって、番外の物語は予期せぬ拾い物であった。もはや初めに八編の物語の連載と読者に告げたことは、問題ではなかった。読者は毎月「今回の新しいシャーロック・ホームズ物語の連載は、十二編であります」と知らされることになった。そして物語の連載が十二回まで進んだときに、彼らは次のように述べた。「今回の連載における最後の物語である《第二の汚点》は、サー・コナン・ドイルの決意するところによりますと、彼の手になる最後のシャーロック・ホームズ物語であります。この物語は一月二十八日付の二月家庭号に掲載されます」。彼らは「最後のシャーロック・ホームズ物語」を大いに宣伝し、まず同誌の表紙にはこの文字を入れた。また見出しには「A・コナン・ドイルの手になる、最後のシャーロック・ホームズ物語」と謳っている。その一方で、下のほうに書かれている注記には、「新シャーロック・ホームズ・シリーズの第十三番目にして最後の物語」とある。

ホームズは近々引退して、サセックスの丘陵地帯に移住するという話は、《第二の汚点》が発表される数ヶ月前から活字となって流布していた。「デイリー・メイル」紙の取材に対し、ドイルは以下のように述べている。「私の知る限りでは、彼が再び犯罪捜査の仕事をてがけるということは、金輪際有り得ません。シャーロック・ホームズの引退に関して私が知るところでは、これでおしまいということです。彼は二度と現われないでしょう」（一九〇四年十月八日付）。しかし、彼の言葉を信じようとする向きは少なかった。シャーロック・ホームズが引退したと伝えられていた間、彼の生活の手助けをしようという手紙――一つは専門の養蜂業者から、もう一つは彼の家政婦になることを希望する者からだった――も何通かはあった。しかしほとんどの者は、ホームズがまた犯罪捜査の世界に戻って来ることを期待していた。彼らの期待は裏切られなかった。《第二の汚点》の発表から三年を経ぬうちに、次のような広告が掲載されたのである。「シャーロック・ホームズ氏は読者に対してよろしくとの挨拶をし、『ストランド・マガジン』一九〇八年九月号の誌上において、長きに亘る皆様方との御交誼を再度温めたい、との意向であります」

IV

ドイルは公衆の反応を気にかけ、ホームズを再登場させたところで、彼らが受け入れないのではないかと懸念を抱いていた。彼の懸念は、最初は杞憂であったと思われた。「ティット・ビッツ」一九〇三年九月二十六日号には、次のように記されている。「この紳士に対して寄せられた関心は、実に驚くべきものである。十月号の予約のために読者から支払われた前払金は、我々の資産に課せられた税金の支払いを、求められた際にいつでも支払うことができるほどである」。しかしながら、このとき読者が寄せた関心は、《バスカヴィル家の犬》ほどは大きくなかった。一般読者は、シャーロック・ホームズの方法に慣れっこになってしまったので、シャーロック・ホームズ譚の持つ目新しさは幾らか色褪せたのだ、と考えたドイルは正しかったと言えよう。かつてのホームズは唯一の存在だったが、今や彼には数多くのライヴァル達が存在していた。生還後のホームズに対する「最も辛辣な批評」として、後にドイルが冗談で採り上げていたのは、コーンウォール出身の船頭の言葉だった。それは以下のようなものだったとされている。「滝から落っこちた時に、ホームズさんは死にはしなかったんでしょうが、どこかに怪我をしたのは確かですね。なぜってその後は、人が変わっちまいましたからね」（「シャーロック・ホームズ君についての少しばかりの人物論」、「ストランド・マガジン」一九一七年十二月号）。アメリカ版の雑誌「ブックマン」の編集者は、《第二の汚点》について評価すると同時に批判もしている。即ち、出来は良い物語ではあるが、「しかし『シャーロック・ホームズの冒険』や『シャーロック・ホームズの思い出』に収められた物語とは違い、ホームズの優れた分析的推理力が読者を納得させてくれない。そこが批判の対象となろう。以前の物語では、読者は明かされる真相に虜にされた。この物語では、読者は明らかになった真相は常に正しいものだ、と決めてかかる必要があろう」（「ブックマン」ニューヨーク、一九〇五年二月号）。

批評家の中には、分析的推理の存在こそが、初期のシャーロック・ホームズ譚の存在価値であるとみなす向きもあった。ジョウゼフ・ベル博士が「ブックマン」一八九二年十二月号に寄稿した、『シャーロック・ホームズの冒険』に対する批評（後にこれは、《緋色の習作》の前書きに転用された)、サー・ロバート・アンダーソン(一八四一〜一九一八。前警察副本部長、常習犯登録官を務め、また多年にわたり犯罪捜査部の部長を務めた人物である)の記した、「T・P・ウィークリー」誌一九〇三年十月二日号掲載の「スコットランド・ヤードから見たシャーロック・ホームズ」も、この点を指摘している。

ホームズに対する批評の多くには、風刺的な側面が存在する。それは偉大なる探偵の性格を冷やかすパロディの形をとったり、ホームズをあたかも実在の人物のように扱い、コナン・ドイルではなくワトスン博士を対象にした、真剣さを装った記事であったりした。フランク・シグウィックは、「ケンブリッジ・レヴュー」誌一九〇二年一月二十三日号掲載の「ワトスン博士への公開状」で、《バスカヴィル家の犬》における日付けの矛盾について不満を述べた。アンドリュー・ラングは、「ロングマンズ・マガジン」誌一九〇四年七月号のコラム「船の印」の中で、ホームズは自らのうぬぼれの犠牲者であると示唆している。「私はワトスン博士は、彼の友人にして英雄であるシャーロック・ホームズの鋭敏さを、過大評価していると時々考えることがある。幾つかの事件でシャーロックは、ひどいへまを仕出かし、まんまと騙されているが彼はそのことについて、全く気づいていないのである。『ストランド・マガジン』六月号では、彼は大学の個人指導教師と学生の犠牲者にされている。彼らは世界的名声を誇る探偵を、相当卑劣な手段を用いて出し抜いているのである」

風刺的色合いの濃厚な、そして後世に絶大なる影響を与えた批評は、ロナルド・ノックス（一八八八〜一九五七）の「シャーロック・ホームズ譚の文学的研究」（「ブルー・ブック」誌一九一二年七月号。『風刺随想』一九二八年、所収）だった（邦訳は「ホームズ物語についての文学的研究」の表題で『シャーロック・ホームズ十七の楽しみ』所収）。これは同時に聖書や古典研究家の「高等批評」を風刺したものでもあった。彼はホームズ譚を、あたかも古典文学と聖書が結合した文学であるかのごとく扱い、ソウウォッシュやM・ピフーポウフといった実在しない権威者の言葉を引用し、物語の性質や構成を説明している。この過程で彼は、『シャーロック・ホームズの帰還』所収の物語の弱点を指摘し（同時に以前に書かれた一つ、または二つの物語の弱点も指摘している）、これらの作品は贋物であるとの結論を引き出し、ワトスン博士が作り出したものか、「第二のワトスン博士」が以前の作品を焼き直したものであるとした。

ドイル自身、ノックスが自分の物語に対してこうした関心を寄せたことに、満更でもなかった。一九一二年七月五日付の手紙の中で、彼はこれらの物語は「以前にどんなことを書いたかを参照することなしに、ばらばらに（そして注意を払うことなしに）書いた」ことを認めている。彼は物語を書き進んでいく過程で、ホームズの性格が変わっていったことに同意してもいる。「最初の物語である《緋色の習作》では、彼は単なる計算機械に過ぎませんでした。しかし彼と歩みを共にする過程で、私は彼をより教育のある人間にしていく必要があったのです」。更に彼は、次のように続けている。「私自身は満足を感じていながら、まだ誰も言及したことのない幾つかの点のうちの一つに、ワトスンは自らの分を決して越えることのない、称賛者にして伝記作者であることが挙げられます。機知の閃きや知恵の輝きが、彼から発せられたことは一度たりともないのです。全ての点で薄情なほどの制限を加えられているからこそ、彼はワトスンたり得ているのかもしれません」（ペネロープ・フィッツジェラルド『ノックス兄弟』、一九七七年、一〇六頁）。しかし彼は、後に書いた物語も以前に書いた物語と同等の効果を持っている、と確信し続けていた。「ストランド・マガジン」誌上でのコンテストのため（ここでは『シャーロック・ホームズの事件簿』所収の短編は対象から外された）に自選十二作を選んだ際に、彼は『シャーロック・ホームズの帰還』からは四つの作品を選んでいる。まず三位には、「プロットの独自性を考えに入れて」《踊る人形》を挙げている。第六位には《空き家の冒険》を挙げている。その理由としてシャーロック・ホームズの「死亡説」を一蹴し、「セバスチャン・モラン大佐のような悪党を登場させた」ことを挙げている。第八位に《第二の汚点》を挙げたのは、「外交と陰謀を扱い」見事に成功を収めたからであり、《プライオリ学校》は「ホームズが伯爵を指さした劇的な場面のゆえに」十位に挙げられている（「いかにして自選作を選んだか」、「ストランド・マガジン」第七十三巻、一九二七年六月号、六一一～六一二頁）

『シャーロック・ホームズの帰還』に収められたどの物語であっても、手放してしまいたいと思う向きはないだろう。いかなる批評であろうと、これらの物語の前では色を失う。そこにこれらの物語の偉大さがある。ホームズは物語の中での存在だが、物語の世界を越えて生きているかのようである。彼の時代のロンドン、ベイカー街の下宿、ロンドンの近郊地帯、及びロンドンから遠く離れた田舎、続々と登場する悪漢や依頼人、こうした要素が舞台での宝石のようにきらきらと煌めいている。その手腕は芸術の域に達しているのである。

本文について

『シャーロック・ホームズの帰還』に収められた短編の原稿（そのうち十二編の原稿については、活字になったものと参照することができた）には、いろいろな句読記号の欠落や、綴りの不一致が存在する。欠落した句読記号の充塡（登場人物の会話部分におけるコンマの追加、ダッシュに代わってのコンマやセミ・コロンの使用）や、単語の綴りの訂正はタイピスト（ニール嬢）によって為されている。タイプ原稿は三部（タイプライターで直接印字されたもの、およびカーボン紙を挟んで同時に作られる二枚の写し）作成されたが、今日まで現存してはいない。しかし、「コリアーズ・ウィークリー」誌および「ストランド・マガジン」誌に共通する句読記号の使い方が存在することから、タイプ原稿の複製があったことは明らかである。タイピストの打ち間違いによる唯一の綴りの誤り（もしくは見直しの際に洩れてしまった唯一の誤り）は、'h'を'b'と読み間違えたものである。《六つのナポレオン》で、'hustled'とする代わりに'bustled'とされている）。タイピストは名前の綴りの間違いや、物語中の記述の不一致について訂正を施していない。また、長いパラグラフを短い段落に区切ることもしていない。「コリアーズ・ウィークリー」の編集者も、訂正を加えておらず（米語の綴りの訂正を除いては）、同誌の本文はタイプ原稿をそのまま使用したもので、手書きの原稿の間違い（《金縁の鼻めがね》における「凸レンズ」と「凹レンズ」の間違いや、《アビ農園》でのマントルピースが場面によって「木製」と描写されたり、「大理石製」となっていたりする）は、そのまま残っている。

「ストランド・マガジン」に掲載された際の本文は、「コリアーズ・ウィークリー」掲載の本文と比較して、より大きく編集者の校閲が加えられた。また作者の同意のもと、変更が加えられてもいる。小さな間違いは修正され、長いパラグラフには区切りが入れられ、曖昧な表現は取り除かれた。それゆえ「ストランド・マガジン」の本文のほうが、底本としての順位は上に位置づけられる。しかし判断がこれより難しい変更個所もある。社主のジョージ・ニューンズは、非常に厳しい方針を抱いていた。それは可能な限り間投詞の使用、ことに神や悪魔に関する表現を避けるというものだった。このオックスフォード版の本文は、作者自身の最初の表現（「コリアーズ・ウィークリー」の本文に残されているような）に復元している。それゆえブラック・ピーターは、「あの世の責め苦にあっている亡者（a lost soul in torment）」よりも「地獄の責め苦にあっている亡者（a lost soul in hell）」のような表情を浮かべて死んでおり、またパトリック・ケアンズが二度目に彼のもとを訪れた際には、「ひどく荒れていた（in a vile temper）」のではなく、「悪魔のようになっていた（full of the devil）」のである。またチャールズ・オーガスタス・ミルヴァートンは、「悪党のように狡猾（as cunning as the Evil Ome）」ではなくて「悪魔のように狡猾（as cunning as the Devil）」である。'By God' や 'Damn the beast' といった元来の表現は、より柔らかい 'Good Heavens' や 'Curse the beast' という表現と差し替えてある。この他の「ストランド・マガジン」における表現で落ちているものとしては、フランス語のイタリック体での表記、作者が 'Hullo' と綴っている単語を 'Halloa' としている点が挙げられる。

一九〇五年にジョージ・ニューンズ社から出版された初版本は、「ストランド・マガジン」に掲載された紙型を転用したものであった。幾つかの小さな変更が施されていて、今回の本文にも採り入れられている。本文はジョン・マレイ社から一九二八年に出版された、『短編小説全集』とも校合している。

付録一　競技場バザー

最初にこの作品が掲載されたのは、「ステューデント」誌（エディンバラ）のバザー増刊、第一九七巻第十一号（一八九六年十一月二十日号）三十五〜六頁で、その際の題名は「シャーロック・ホームズの思い出『競技場バザー』」となっていた。最初に単独で出版されたのは、アシニアム・プレス（一九三四年刊）からで二頁の冊子（A・G・マクダネルによる一〇〇部限定の私家版）だった。米国における初版は、パンフレット・ハウス（エドガー・W・スミス、ニュージャージー州サミット、一九四七年刊）からで、十五頁の冊子（限定二五〇部）だった。原稿の現在の所在は不明である。

アーサー・コナン・ドイル自身の手になる、シャーロック・ホームズのパロディはエディンバラ大学の校友誌のバザー増刊号に掲載されたものだった。この増刊号は、新しい競技場の観客席建設資金を集めるために、一八九六年十一月十九日から二十一日にかけて大学の音楽ホールで開催されたバザーに合わせ、出版されたものだった。発行された日は一八九六年十一月十四日（ただし雑誌自体には、十一月二十日の発行と印刷されている）で、ドイル以外にはロバート・バー、J・M・バリー、ウォルター・ベザント、ジョン・ステュワート・ブラッキー教授、S・R・クリケット、エディンバラ大学学長サー・ウィリアム・ミューア、セインツベリー教授、ジェシー・M・E・サクスビィ（ジョウゼフ・ベル伝の執筆者）、そしてイズラエル・ザングウィルが寄稿していた。このバザー増刊号の前の号（一八九六年十一月十二日）では、特にこのシャーロック・ホームズのパロディについての言及がある。「コナン・ドイル博士は……『シャーロック・ホームズ』様式の、書き下ろしの作品を寄稿して下さいました。この畏怖するに足る探偵の死によって我々が感じた憤りは、今も記憶に新しいところであります。この物語は、彼の死の後に発表される唯一の『シャーロック・ホームズ物語』であり、我々並びにバザーに対して示してくれた作者の御厚意に対し、厚く御礼を申し上げなければなりますまい」

この作品は「ステューデント」に対して、アーサー・コナン・ドイルが初めて寄稿したものだった。しかしこれより以前、一八九二年二月十日号（新シリーズ第六巻第十五号、二三三～四頁）には彼に関する記事が、また一八九三年六月二十九日号（新シリーズ第七巻第二十号、三二二～六頁）には、〝C〟作の「スポット・ボールの謎」という「非公認シャーロック・ホームズの冒険」が掲載されている。ドイル自身のこの雑誌への寄稿は、一九一五年七月八日号（新シリーズ第十一巻、十二～三頁）に掲載された書簡と、一九二〇年五月号（第十六巻、二十頁）に再録された「夜警」という詩があるだけである。

「競技場バザー」は、当時ちょっとした話題を呼んだ。というのはこの作品は、アーサー・コナン・ドイルがシャーロック・ホームズを復活させた、と噂になったからだった。しかしその後急速に世間からは忘れられ、またアーサー・コナン・ドイル自身もこの小品については、何の言及も残さなかった。この小品が再発見されたのは、ロンドンのシャーロック・ホームズ協会創立後のことだった。この再発見については、ジョージ・J・P・カラザースに謝意を表すべきであろう。彼はA・G・マクドネル（一八九五～一九四一年、協会名誉書記）宛て一九三四年八月二十七日付の書簡とともに、この小品の写しを送ったのである。「同封致しましたのは、『ステューデント』一八九六年十一月二十日号（これはエディンバラ大学の校友誌であります）です。これにはコナン・ドイルの手になる、シャーロック・ホームズの登場する小品が掲載されております。もし貴協会の会員が御興味をお持ちでしたら、喜んで差し上げたいと存じます。（原文改行）お気づきになられることと思いますが、この号は大学の運動場のためのバザーに関連して出されたものです。ですから大学当局と話し合う必要がある、と考えることはなかろうと思います」

マクドネル（彼は『英国、彼らの英国』――一九三三年――の著者として有名だった）は、このパロディの復刻版を一〇〇部印刷し、一九三四年十二月七日に催されたベイカー・ストリート・イレギュラーズの第一回夕食会の際に、また一九三五年六月五日にベイカー街のカヌート・レストランで開催されたシャーロック・ホームズ協会の第二回夕食会の際に配布した。印刷されたロンドン協会の手になるレポートによると、名誉書記は会報の冒頭で自分の行為について説明している。「カラザース氏《孤独な自転車乗り》における、同名の人物のとった怪しげな行動は、思い出す際にいささか面白くないものがありましたが）から送られてきた文書によって、ワトスンの学歴に関する新しくかつ価値ある光が投げかけられました。この文書の復刻版はあまねく会員諸氏に配布されましたが、元々は一八九六年十一月に、エディンバラ大学の校友誌である『ステューデント』に掲載されたものです。これは贋作であるとの立場である［原注：H・W・］ベル氏には僭越ではありますが、この文書はワトスン（ホームズではなく）がエディンバラ大学で学んだこと、そして同大学のクリケット部に在籍していたことを証明するものであろうと思います」（シャーロック・ホームズ協会第二回会合レポート、一九三五年。筆者はR・アイヴァ・ガン）

ハードバック版は番号入りの二五〇部（番号なしが二十五部）限定版として、一九四七年七月一日に出版された。出版人はベイカー・ストリート・イレギュラーズのエドガー・W・スミスで、「パンフレット・ハウス」刊と銘打たれていた。

「僕ならきっとそうするだろうね」とシャーロック・ホームズは言った。

急に話しかけられたので、私は驚いた。というのは、私の友人はコーヒー・ポットに立てかけた新聞に読み耽りながら、朝食を食べていたのである。彼の顔を見ていると、彼の視線は私にじっと注がれていた。彼の表情には、自分の鋭敏さを示したと感じている時によく見せる、半ば面白がっているような、半ば問いかけているような様子が浮かんでいた。

「何をするんだって？」と私は尋ねた。

彼は笑みを浮かべ、朝食を終える際には必ずそうするのだが、マントルピースからスリッパをとり、シャグ煙草をたっぷり取って古い陶製のパイプに詰めた。

「実に君らしい質問だね、ワトスン君。こんなことを言っても君が感情を害することはない、と僕は信じているんだが、僕が世間から得ているらしい頭の切れる人物という評判だって、全て君が申し分のない引き立て役に徹することがあってのことだからね。社交界にデビューする若い令嬢が、介添え役の年配の婦人の無器量さにこだわる、という話を聞かないかね？　それと似たようなものだよ」

ベイカー街の下宿で長年生活を共にしてきた結果、我々はほとんど気がねなく何でも言い合える、お互いに気の置けぬ間柄となっていた。それでもこのホームズの批評には、むっとさせられたことを認めなければならない。

「それは僕は、至って鈍い人間かもしれない。しかし正直に言うが、君にどうして解ったのか、僕にはさっぱり解らんよ。そう、その、僕が……」

「エディンバラ大学のバザーに協力してほしいと頼まれたことが、かい？」

「そう、その通りだ。その手紙はたった今来たばかりだし、手紙を受け取ってからは君とは何も話していないのだからね」

「にも関わらず」とホームズは、椅子に自分の身体をもたせかけ、指先を合わせながら続けた。「僕は大胆にも、そのバザーの趣旨が大学のクリケット場の拡張のためだ、ということも指摘できると思うよ」

私のあまりに困惑しきった表情を見てか、彼は声を出さずに笑って身体を震えさせた。

「いやいや、ワトスン君、本当のところ君は素晴らしい研究対象なのだよ。君は無感動になることは決してない。どんな外部からの刺激に対しても、すぐに反応する。君の心の動きはゆっくりかもしれないが、理解しがたいものでは決してないから、朝食の間に君の考えを読むことは、僕の目の前にある『タイムズ』紙の見出しを読む以上に簡単なことを知ったのだよ」

「どうやって君がそうした結論に達したのか、教えてもらえれば有難いね」と私は言った。

「僕はお人好しで、つい説明をしてしまうから僕の評判は非常に危ういものとなっているんではないかな」とホームズは答えた。「でも今回の場合は、推理の過程はとてもはっきりとした事実に基づいたものだし、これが僕の誉れになるということもありえないしね。さて、君が部屋に入ってきた時、君は何か考えごとのあるような顔付きをしていた。何か心の中で、あれやこれやと考えている男の顔だった。手には一通の手紙があった。ところで夕べ床に着く時は、君は非常に機嫌がよかったのだから、気分の変化をもたらしたものは手に持っている手紙であることは明らかだ」

「それははっきりしている」

「君に説明すると、何でもはっきりしたことになるのさ。そこで僕は当然のことながら、君にそれほどの変化を与えた手紙の中身は、一体どんなものなのか考えてみることにした。君は封筒の垂れ蓋を、僕の方に向けて部屋に入ってきた。そこには君の学生時代のクリケット・クラブの帽子に付いている、同じ楯型の紋章があるのが見てとれた。ならば、手紙はエディンバラ大学からか、大学に何らかの関係のあるクラブから来たものであるのは確かだ。テーブルまで来ると、君は宛て名の書かれたほうを上にして、その手紙を自分のお皿の脇に置いた。それからマントルピースの左手にある、古い額入りの写真の所へ行って、写真をながめていた」

　私の行動に関する、彼の観察があまりに正確なことに私は驚き、「それから先は？」と尋ねた。

「僕は手紙の宛て先をちらっと見てみようとした。そして六フィートの距離があっても、手紙が公式のものではないことが見てとれた。どこからそんなことを推測したか。それは宛て名に『博士』の文字があったからだ。君は内科医学士なのだから、法律上『博士』の肩書きを使う権利はない。僕の知る限りでは、大学の職員は肩書を正しく使うことに関して、非常にやかましいものだ。それゆえ僕は、この手紙は非公式なものと判断しても、間違いではないと確信した。君はやがてテーブルまで戻ってくると、手紙を引っ繰り返した。

そこで僕にも、中身が印刷物であることが解ったのだよ。その時最初に頭に浮かんだのは、バザーというものだった。無論それが何かの政治がらみの手紙かもしれない、という可能性も考えてはみた。しかし現在の不活発な政治的状況を考慮してみるに、どうもそうではなさそうだ、と思ったね。

テーブルに戻ってきてからも、君の表情は最前と変わってはいなかった。どうも写真を眺めたことでも、君の考え事は変わらなかったのだ。となると、写真そのものも、君の抱えている問題に関わりがあるに違いない。そこで僕は写真をよく観察してみることにしたのさ。すぐにこの写真が、エディンバラ大学イレブンの一員である君を写したものであることが解った。そして写真の背景には、クリケット場と観客席が写っていた。僕自身のささやかなる経験からしても、クリケット・クラブは教会や騎兵少尉に次いで、この世でひどい借金苦にあえいでいるものだ。テーブルに戻ってくると、君は鉛筆を取り出し封筒に何本も線を引き出したね。これはバザーまでに仕上げることになっている課題を君は抱えていて、それをはっきりと確かめておこうとしているな、と僕は納得したのだよ。君の表情には、依然としてためらいの色が浮かんでいたから、僕はそういう良い目的のためなら、君はすすんで協力すべきだよという助言をして、君のためらいを取り除くことができたのさ」

彼の説明を聞くとあまりに単純なので、私は笑わずにはいられなかった。

「実際、こんなに単純なことはなかったね」

私の評に、彼はむっとした様子だった。

「付け加えさせてもらうなら、君が求められたその特別な力添えなるものは、何かアルバムに寄稿してほしい、ということのようだね。そして君は、力添えをしようと決心しているのだから、今のこの出来事が恰好の材料になるだろうさ」と彼は言った。

「一体全体、どうして！」と私は声を上げた。

「こんなに単純なことはないよ」と彼は言った。「だから解明は、君自身の創意にゆだねることにしようか。さて、僕としては」と彼は、新聞を掲げながらこう付け加えた。「差し支えがなければ、この非常に興味深い記事に戻らせてもらおうかな。これはクレモナに生えている樹木と、それがなぜヴァイオリン製作に特に適《かな》っているのはなぜか、ということについての記事なんだ。これは僕自身、ときどき僕の関心を惹いて止まらない、本業以外の小さな問題でもあるのさ」

付録二　ワトスンの推理法修業

初出はE・V・ルーカス編の『女王の人形の家の図書室の本』（ロンドン・メシュエン社刊、一九二四年）九十二～四頁（七枚目の原稿の複写版付き）だった。再出は「ニューヨーク・タイムズ」紙（一九二四年八月二十四日付）第八欄第三段だった。単行本としての初出は、五頁のカムデン・ハウス社刊（一九四七年刊）のものだった（これはA・J・ベイヤーとヴィンセント・スターレットの手になるもので、六〇部限定の私家版）。原稿の所在はウィンザー城内の女王の人形の家にあり、女王陛下の所蔵になる。

女王の人形の家（Queen's Dolls' House）の着想は、一九二〇年に立案された。この人形の家を設計したのは、サー・エドウィン・リュテンスだった。完成は一九二四年のことで、ウェンブリーで開催された大英帝国博覧会に出展された。

この人形の家の蔵書は、同時代の作者達の自筆原稿を広く収集したものとして注目に値するものである。寄稿した作家達は、図書室の名誉室長だったマリー・ルイーズ王女（一八七二〜一九五六）の依頼を応諾した作家達だった。彼女はセント・ジェームズ宮のアンバサダー・コートからアーサー・コナン・ドイル宛ての一九二二年八月二十九日付の手紙で、以下のように記している。

親愛なるサー・アーサー

貴兄は何人もの芸術家や作家、職人やその他の人々が女王への贈り物として、人形の家（原文"a doll's House"ママ）を製作中であるのは、お聞き及びでしょう。この家は、現在の王宮を正確に模型にしたもので、将来歴史的価値のあるものとなりましょう。

この家の図書室には作家直筆の、特別な装丁を施した小さな本が納められる手筈になっております。

貴兄は寄稿家の一員になられる御意向をお持ちではありませんでしょうか？すでに公になっているものでしたらその写しを、あるいはできますことならば何か書き下ろした作品をお寄せ戴くわけには参りませんでしょうか？　そのための小さな白い本を同封させて戴きます。

そこで書かれたのが「ワトスンの推理法修業」だった。この作品は二十六年前に執筆された、「競技場バザー」と対をなすものとなった。王室文書館には、これに関する二つの文書が所蔵されている。一つは日付のない献呈の辞(心をこめて謹呈申し上げます/アーサー・コナン・ドイル/より/未発表作品)、もう一つはA・H・ウッド(ドイルの個人秘書)からの一九二三年五月二十八日付の手紙で、将来的なこの作品の公表に関するものである。「サー・アーサー・コナン・ドイルに宛てられましたお手紙に対しまして、お返事申し上げます。現在彼は米国滞在中でありまして、サー・アーサーの代理を務めますことは私にとりまして名誉なことでありま す。彼の小冊子が公表される暁には、お言葉を頂戴できることが彼の喜ぶところであることを、私は確信するものであります」


朝食の席についてからというもの、ワトスンは友人をじっと見つめていた。ホームズはたまたま顔をあげ、友人の視線に気がついた。

「やあ、ワトスン君、いったい何を考えているんだね?」と彼は尋ねた。

「君のことさ」

「僕のことを、かい?」

「そうだよ、ホームズ君。僕は君の推理法が、いかに皮相的なものかを考えていたんだよ。なおかつ世間が今なお、君の方法に関心を示しているのは実に不思議だ、ともね」

「全くそのとおりだね」とホームズは言った。「実際僕自身も、これまで同様のことを言ってきた記憶があるよ」

「君の方法はだね、本当は誰にでも身につけられるものなのさ」とワトスンは手厳しく言い放った。

「全くその通りだよ」とホームズは笑みを浮かべて答えた。「きっと君自身も、この推理法の見本を示してくれるのだろうね」

「もちろん喜んで」とワトスンは答えた。「君は今朝、起きた時から何かに非常に気をとられていたのだ、と言えるだろう」

「素晴らしいね！」とホームズは言った。「どうやってそのことが解ったのかな？」

「それはね、君は普段はとても身だしなみがいいのに、今朝は髭を剃ることを忘れているからさ」

「いや、これはこれは！　実に鋭いね！　いやあ、ワトスン君、君がこれほど才能に恵まれた生徒だったとは、ちっとも思っていなかったよ。君のその鋭い鷹のような目が見つけたことが他にあるかい？」

「あるとも、ホームズ君。君はバーロウという名の依頼人の事件を手がけているが、まだその事件の解決にたどり着いてはいないね」

「おやおや、どうして君にそれが解ったのだろう？」

「封筒に名前が書いてあったからね。封筒をあけると君は唸り声をあげ、渋い顔付きで封筒をポケットに突っ込んだからね」

「いや、これはすごいね。全く実によく気がつくね。他にはまだあるのかな？」

「ホームズ君、君は投機に入れ込んでいるのではないかな？」

「一体全体、どうしてそんなことまで言えるのだね、ワトスン君？」

「それはね、君が新聞を開いて金融面を見るなり、興味を惹かれたような大きな声をあげたからさ」

「なるほど、全く凄い鋭さだね、ワトスン君。他にもあるのかな？」

「あるとも。ホームズ君、普段着ている部屋着の代わりに黒い上着を着ているところからすると、誰か大事なお客がすぐにやって来るはずだと考えている証拠だろう」

「まだなにかあるのかな？」

「まだ他にもあるのは確かだよ、ホームズ君。でもこんなところでいいだろう。だって僕はただ単に、君と同じくらいの鋭さを持つ人間は世間には他にも存在している、ということを示すためだけにやっているのだからさ」

「そしてそれほど鋭くない人間もいるのさ」とホームズは言った。「大していないことは確かだろうが、どうやらワトスン君、僕は君はそちらの側の人間であると考えなければならないようだね」

「それは一体、どういう意味だい？」

「つまりだね、ワトスン君、残念なことに君の推理は僕が予想していたほど優れたものではなかった、ということなんだよ」

「僕の推理は間違っていた、というのかい？」

「ほんの少しだけなんだけれども、そうなんだよ。順番に見ていくことにしようか。まず、僕が髭を剃らなかったのは、剃刀《かみそり》を研ぎ屋に出しているからなんだよ。きちんとした上着を着ているのはだね、不幸にして早い時間に歯医者の予約を入れているからなのさ。歯医者の名前はバーロウでね、手紙は予約を確認するためのものだったんだよ。金融面の隣にはクリケットの頁があってね、そこを見てみるとサリーがケントに対して、引けを取らぬ試合をした、とあったんだよ。でも続けることだよ、ワトスン君、続けることだ。これはとても皮相的なものでしかないから、君だってすぐに身につけられるのは間違いないよ」

訳者あとがき

「解説」にあるとおり、この巻に収めてある十三の短編は、一九〇三年十月から翌年十二月までの十五ヶ月にわたって「ストランド・マガジン」誌に発表された。ドイル四十四歳から四十五歳の働き盛りに書かれた作品群である。

《最後の事件》（一八九三年十二月発表）で一度死んでしまったことにしたホームズをドイルは読者・出版社の要望や経済的理由もあって生きていたことにしたのであるから、《空き家の冒険》には当然かなりの無理がある。そこをどう切り抜けるのかは作者の腕の見せどころでもあり、読者としては楽しみが大きい。

それまでの九年十ヶ月にわたるホームズもの連続短編小説休筆期間には、実は長編《バスカヴィル家の犬》（一九〇一年八月〜二年四月発表）が書かれており、その成功を見て、一年半後に「帰還」の連載をスタートしているから、ドイルとしては永い休筆の後というよりも、「ほんの昨日まで書いていたホームズものの続きをまた書き始める」という感じであったろう。

しかし、作品上のホームズ自身にとっては、一八九一年五月四日にライヘンバッハ滝で転落死したと見せかけてから、一八九四年四月五日に《空き家の冒険》で復活するまでには、ほぼ丸三年の間の「死んでいた期間」がある。その間にホームズは、「イタリアのフィレンツェ、チベットのラサ、ペルシャ、メッカ、エジプトのカーツーム、フランスのモンペリエを旅していた」と《空き家の冒険》に記されている。シャーロッキアンはこの期間を「大空白期間(グレイト・ヒアトゥス)」と呼んで、その間のホームズに何がおきたのかが、これまた興味の対象になっている。例えば、その前にはホームズがコカインを使っていたのに、その後では使っていないから、仏教とか修行とかによって性格が変わったのだろう、というような推測もある。

もう一つの興味ある点は、ドイルのひそかな恋の苦しい期間にこの『帰還』が執筆されたことである。一八九七年、ドイルが三十八歳のときに、あるパーティーでメアリーズ・ジーン・レッキーという美女に出会い、彼は一目で恋に落ちた。しかし、ドイルの妻ルイーザ(愛称トゥイー)は一八九三年末から重症の肺結核で病床にあったため、ヴィクトリア朝の性に対する厳しいモラルを強いられた当時にあっては、この恋を極秘に保たねばならなかった。ルイーザが一九〇六年七月に亡くなり、一九〇七年九月にドイルがジーンと再婚するまでのドイルの悩みが『シャーロック・ホームズの帰還』にはくっきりと影を落としている。その詳細については『シャーロック・ホームズの深層心理』(晶文社、一九八五)に収めた「コナン・ドイルの無意識」に記したので、要点だけを書いておこう。

ジーンに出会う前の作品群（『緋色の習作』『四つのサイン』『シャーロック・ホームズの冒険』『シャーロック・ホームズの思い出』）を第一期とし、ジーンに出会ってから再婚するまでの作品群（『バスカヴィル家の犬』『シャーロック・ホームズの帰還』）を第二期、再婚以後の作品群を第三期とすると、第二期にはかなりはっきりした特徴がある。

第二期のドイルの精神状態がやや不安定だったことは、子どもたちの思い出にも述べられている。いつもイライラして子どもたちは恐る恐る一緒に暮らしていた。いつ爆発するかわからない火山の上に座っているようなもので、ご機嫌がどう変わるかわからなかった。自分は歴史小説を書きたいのに、大衆の要求によってホームズものを書き続けねばならぬという不満と、妻ルイーザが病床にあるための生活上の不便と、ジーンに会えないいらだちと、性欲のうっせきと……、など多くの要因が重なったための不機嫌が続いたのであろう。これが第二期のホームズ物語にどう反映しているだろうか。

第二期には殺人が著しく多い（表1参照）。イライラした八つ当たりで、かたはしから殺してしまったように見える。

父子家庭、恋人の片方が死ぬ、浮気、再婚、が第二期だけに顕著に少ないのは、浮気したい、再婚したい、いっそのこと恋人が死んでくれればこんなに苦しまなくても済むのに、といった願望が起きてくるのを隠そうとして必死に抑えた結果ではなかろうか。

配偶者の死亡が漸増しているのは、第一期で既に「ルイーザが早く死んでくれればいい」と思っており、第二期には「死んだも同然」と考えていて、第三期には「いよいよ本

表1　時期による内容の変動

	殺人を主題にした作品	父子家庭を扱った作品	恋人の片方が死ぬ作品	浮気が出てくる作品	再婚が出てくる作品	配偶者を亡くした人が出る作品
第1期	9／26 (34.61%)	13／26 (50%)	5／26 (19.23%)	2／26 (7.69%)	3／26 (11.54%)	6／26 (23.08%)
第2期	9／14 (64.29%)	3／14 (21.43%)	0／14 (0%)	0／14 (0%)	1／14 (7.14%)	5／14 (35.71%)
第3期	8／20 (40%)	6／20 (30%)	8／20 (40%)	4／20 (20%)	3／20 (15%)	8／20 (40%)

表2　時期による結婚悲哀症候群

	相手が他人と結婚する	結婚できない	夫婦の間に秘密あり	別居中
第1期	1／26 (3.85%)	5／26 (19.23%)	4／26 (15.38%)	0／26 (0%)
第2期	1／14 (7.14%)	3／14 (21.43%)	2／14 (14.29%)	2／14 (14.29%)
第3期	0／20 (0%)	3／20 (15%)	2／20 (10%)	1／20 (5%)

小林司・東山あかね「シャーロック・ホームズの深層心理」
晶文社，1985，の p.177 より転載

当に妻が亡くなってしまった」と感じていたことの反映であろう（表1参照）。

さらに、「恋愛中の相手（ジーン）が他人と結婚するのではないか」、「自分は結婚できないのではないか」、という不安や、夫婦間に秘密があり、別居中などが第二期に高く、ドイルの生活をあからさまに反映しているように見えるのも興味深い（表2参照）。

米国のシャーロッキアンであるサミュエ

ル・ローゼンバーグは、性に関する記述が出た後に必ず殺人が記されることを発見して、それを「コナン・ドイル症候群」と名付けた。性に関することがどこに表われるかを検討してみよう。まず、《空き家の冒険》には、ローゼンバーグによれば、性に関する事が二つ出てくる。第一は、古本屋が売りこもうとした『カタラス詩集』であって、これは、知る人ぞ知る、露骨な性愛の技巧をうたった詩集である。第二は、モラン大佐を捕らえたときにホームズが言う「旅の終わりは恋するものの巡り逢い」というせりふである。これはシェイクスピアの「十二夜」にある。『金枝篇』を書いた民俗学者フレイザーによれば、十二夜はクリスマスの後の十二日間を意味しており、性的乱行パーティーが許されている夜を指している。この後に出てくるはずの殺人は、モラン大佐の空気銃によるホームズ射殺である。

性に関することは、《孤独な自転車乗り》にも出てくる。ヴァイオレット嬢がボブ・カラザースとウッドリという悪漢たちにさらわれて、ホームズとワトスンが救援に駆けつけるとき「彼らは結婚してしまったのだ」と叫ぶ場面がある。野外で遠くから見た瞬間にどうしてそんな事がわかったのか。本当はレイプ・シーンを見たのだが、当時の事情でそうは書けなかったために、ドイルは象徴的にこう書かざるをえなかったのだろう。これがウソであることは、「祈禱書をポケットに収めるのが見えた」という見えるはずがないウソを記して、読者に「ここから後は全部ウソですよ」という信号を発してある。この後の殺人は、言うまでもなくボブ・カラザースによるウッドリ射撃である。

この物語の中で結婚しようといろいろ努力を重ねるカラザースとウッドリは、やもめ暮らし同然のドイルの象徴であり、スミス嬢はジーン・レッキーの置き換えだと見《メトニミー》ることもできようが、むしろ、シリル・モートンこそドイルであって、ジーンに言い寄ってくる多くの男たちをジーンがはねつけてくれればいいというドイルの願望がこんな形で表われたものと考えたい。無論、モートンとスミス嬢の結婚は、自分とジーンの結婚を待ち望むドイルの気持ちに他なるまい。現実のドイルと同じようなカラザースの父子家庭が描かれているのも、この作品の特異な点だが、そこの主人公カラザースを善玉に仕立ててあるのはほほえましい。ドイル自身も善人にみられたかったのであろう。

このほかに、各物語がドイルの家庭状況をどう反映しているかを探ってみよう。

《ノーウッドの建築士》《踊る人形》は失恋の敵討ち、《プライオリ学校》はホウルダネス公爵の若かったときの秘密結婚がもたらした事件、《犯人は二人》《第二の汚点》は女性が若気の過ちで書いたラヴ・レターが事件を引き起こす、《スリー・クォーターの失踪》はゴッドフリ・ストーントンの秘密結婚、《アビ農園》はレイディ・ブラックンストールとジャック・クロウカ船長の道ならぬ恋、が主題になっている。

秘密結婚、道ならぬ恋となれば、ドイルの母メアリ・ドイルが、夫の長期入院中に十五歳年下の医師ブライアン・チャールズ・ウォーラーと恋仲となってウォーラーの故郷へ移り住んだという秘められた事件を連想せざるをえない。《アビ農園》の女主人公の名前がドイルの母の名前と同じメアリであること、また、彼女の夫サー・ユースタスがドイルの父チャールズ・アルタモント・ドイルと同じようにアルコール症（酒乱）であることも、ドイルの家庭の実情暴露小説だと思わせる。メアリ・ユースタスが帽子ピンで腕を刺されたり、飼い犬に石油をかけて火をつけられたり、メイドのティリーザが酒瓶を投げつけられたり、といった、サー・ユースタスの酒乱のリアルさは、父チャールズ・ドイルの酒乱の描写にほかならないであろう。さらに、女性の過ちは、母メアリのウォーラーとのあやまちととれないこともない。

ドイルが母に裏切られたと感じていたとすれば、「失恋の敵討ち」というのもドイルの感情そのものである。《踊る人形》《黒ピータ》《三人の学生》《金縁の鼻めがね》がすべて裏切りをテーマにしているのも、母に裏切られたというドイルの悔しさを物語っていると推定できよう。

《スリー・クォーターの失踪》（一九〇四年八月発表）にでてくるゴッドフリの隠し妻が悪性の肺結核に冒されて亡くなるというのも、わずか二年後にドイルの家庭で実際にルイーザが悪性の肺結核で一九〇六年七月に亡くなるのと機を一にしている。ドイルが一刻も早くジーンと再婚したいために、「ルイーザが早く死んでくれればいい」という願望充足を描いたと考えるのは酷であろうか。しかし、「最後の事件」の中でも、「イングランドの女性が重症の肺結核で死にかけているから診てくれ」といってワトスンを英国館に呼び戻したドイルの記述を思いおこしていただきたい。あれは妻ルイーザが「余命いくばくもない」と医師に宣告されてスイスのダヴォスへ転地療養に来たばかりの時期に書かれたのであった。一八八五年八月にルイーザ・ホーキンス嬢と結婚してから数年経って、夫婦仲があまりしっくりいっていなかったドイルには、「病気の妻が早く亡くなってくれればいい」という密かな願望があったのかもしれない。そのことを考慮すると、ライヘンバッハ滝でドイルが象徴的に殺したのは母メアリと妻ルイーザの両方だった可能性も否定できない。

《犯人は二人》の悪人の名前がチャールズにしてあるのは、母メアリの婚外恋愛の相手ブライアン・チャールズ・ウォーラーをあしざまに扱いたかったためであろう。ドイルがウォーラーを快く思っていなかったことは、以前にも書いたように、ドイルが「ボーイズ・オウン・ペイパーズ」誌に載せた「ベルナック叔父」に明白に表われている。

米国の批評家バーバラ・ジョンソンが『批評的差異』（一九八〇）の中で、メルヴィルの「ビリー・バッド」を脱構築的に読んで批評を書いている。これにならって《アビ農園》を脱構築的に見ると、次のようになる。

この物語は二つの仮説を巡って展開される。第一仮説は、「意味するもの」と「意味されるもの」とが連続する（外見が美しい人は幸福で、立派な行動をする）、もう一つは、両者はつながらない（外見が美しくても不幸だったり、悪いことをする）、という第二仮説だ。どちらの仮説が正しいのかと、読者をはらはらさせる。

美人で魅力のある人柄のメアリは、不幸な結婚をして、夫に虐待され、いじめられる生活を送っているうちに、夫以外の男性であるクロウカを愛してしまい、クロウカの殺人罪

をかばうためにウソをつかざるをえない羽目に陥ってしまう。（第二仮説）

メイドのティリーザは、素朴で献身的な女だ。「よくやってくれるね」とほめられても当然なのに、ユースタスに酒瓶を投げつけられたりしていじめられ、主人を憎むようになって、殺人に加担するような形になってしまう。（第二仮説）

サー・ユースタスは、富豪でスマート、高貴な身分なのに、口説いて結婚した妻をいじめたり、失神させたりする。身分も財産もある男が酒乱で暴力をふるい、その果てに殺されてしまう。（第二仮説）

クロウカも正直で親切、誠実で勇気があり、立派な人物だ。背が高くて、敏捷、頭もよい。この男の中の男ともいうべき人物がユースタス殺しの犯人になってしまう。（第二仮説）

「美しいメアリと立派なクロウカが、外見上の美しさとは逆に邪悪な密通をした」とユースタスは信じている。つまり第二仮説を信じたのだ。その上、この密通ののしりは間違いだったのだから、「立派なユースタスでも間違いを犯す」という第二仮説の実例にもなってしまった。ユースタスが信じた第二仮説を否定しようとしてとったクロウカの行動は、思惑とは逆に、「立派なクロウカでも殺人を犯す」という第二仮説を実証する羽目になってしまう。つまり、正しくないはずであったユースタスによる「クロウカは悪人だ」という非難が、実は正しいことを、クロウカ自身が証明する結果になった。

クロウカは第一仮説の信奉者だから、メアリの不幸に同情し、メアリを幸福にしようとして殺人までする。悪人殺しは正義の実践になるのだが、この正義は偶然に行なわれてしまった。つまり、存在と行為は必ずしも同居しておらず、「意味するもの」と「意味されるもの」は不連続で、クロウカは第二仮説を証明する羽目になる。二項対立とその優劣づけとを否定しようとする脱構築的見方が《アビ農園》には見事に示されている。こうした見方は《犯人は二人》や《踊る人形》その他にも当てはまるので、読者自ら検討なさると興味深いかと思う。

以上に簡単に述べたが、この『シャーロック・ホームズの帰還』も『冒険』や『思い出』などの他の単行本と同様に、個々の作品のストーリー・テリングの面白さもさることながら、全十三作品を通して共通項目を眺めていくと、問題点が浮かび上がってきて、一層関心を呼び起こされる、という気がする。

一九九九年六月

小林司／東山あかね

文庫版によせて

このたび念願の「オックスフォード大学出版社版の注・解説付　シャーロック・ホームズ全集」の文庫化が実現し非常に嬉しく思います。今回は中・高生の方々にも気軽に親しんでいただきたいと考えて、注釈部分は簡略化して、さらに解説につきまして若干短くまとめたものを再録することにしました。これを機会にさらにシャーロック・ホームズを深く読み込んでみたいと思われる読者の方には、親本となります全集の注釈をご参照いただくことをおすすめします。

文庫化にあたりまして、注釈部分を切り離して本文と並行して読めるようにページだてを工夫していただいてあります。河出書房新社編集部の揆木敏男さんと竹花進さんには大変お世話になり感謝しております。

二〇一四年五月

東山　あかね

＊非営利の趣味の団体の日本シャーロック・ホームズ・クラブに入会を希望されるかたは返信用の封筒と八二円切手を二枚同封のうえ会則をご請求下さい。
一七八－〇〇六二　東京都練馬区大泉町二－五五－八
日本シャーロック・ホームズ・クラブ　KB係
またホームページ　http://holmesjapan.jp からも入会申込書がダウンロードできます。

The Return of Sherlock Holmes, First Edition was originally published in English in 1993.
This is an abridged edition of the Japanese translation first published in 2014, by arrangement with Oxford University Press.

シャーロック・ホームズ全集《ぜんしゅう》⑥
シャーロック・ホームズの帰還《きかん》

二〇一四年 七 月二〇日 初版発行
二〇二五年 六 月三〇日 7刷発行

著者 アーサー・コナン・ドイル
注・解説 R・L・グリーン
訳者 小林司《こばやしつかさ》／東山《ひがしやま》あかね
発行者 小野寺優
発行所 株式会社河出書房新社
〒一六二-八五四四
東京都新宿区東五軒町二-一三
電話〇三-三四〇四-八六一一（編集）
〇三-三四〇四-一二〇一（営業）
https://www.kawade.co.jp/

ロゴ・表紙デザイン 粟津潔
本文フォーマット 佐々木暁
印刷・製本 大日本印刷株式会社

Printed in Japan ISBN978-4-309-46616-3

河出文庫

緋色の習作　シャーロック・ホームズ全集①
アーサー・コナン・ドイル　小林司／東山あかね〔訳〕　46611-8

ホームズとワトスンが初めて出会い、ベイカー街での共同生活をはじめる記念すべき作品。詳細な注釈・解説に加え、初版本のイラストを全点復刻収録した決定版の名訳全集が待望の文庫化！

四つのサイン　シャーロック・ホームズ全集②
アーサー・コナン・ドイル　小林司／東山あかね〔訳〕　46612-5

ある日ホームズのもとへブロンドの若い婦人が依頼に訪れる。父の失踪、毎年のように送られる真珠の謎、そして突然届いた招待状とは？　死体の傍らに残された四つのサインをめぐり、追跡劇が幕をあける。

シャーロック・ホームズの冒険　シャーロック・ホームズ全集③
アーサー・コナン・ドイル　小林司／東山あかね〔訳〕　46613-2

探偵小説史上の記念碑的作品《まだらの紐》をはじめ、《ボヘミアの醜聞》、《赤毛組合》など、名探偵ホームズの人気を確立した第一短篇集。夢、喜劇、幻想が入り混じる、ドイルの最高傑作。

シャーロック・ホームズの思い出　シャーロック・ホームズ全集④
アーサー・コナン・ドイル　小林司／東山あかね〔訳〕　46614-9

学生時代のホームズや探偵初期のエピソードなど、ホームズを知る上で欠かせない物語満載。宿敵モリアーティ教授との対決を描き「最高の出来」と言われた《最後の事件》を含む、必読の第二短篇集。

バスカヴィル家の犬　シャーロック・ホームズ全集⑤
アーサー・コナン・ドイル　小林司／東山あかね〔訳〕　46615-6

「悪霊のはびこる暗い夜更けに、ムアに、決して足を踏み入れるな」——魔犬の呪いに苛まれたバスカヴィル家当主、その不可解な死。湿地に響きわたる謎の咆哮。怪異に満ちた事件を描いた圧倒的代表作。

短篇集　シャーロック・ホームズのSF大冒険　上・下
マイク・レズニック／マーティン・H・グリーンバーグ編　日暮雅通〔監訳〕　46277-6／46278-3

ＳＦミステリを題材にした、世界初の書き下ろしホームズ・パロディ短篇集。現代ＳＦ界の有名作家二十六人による二十六篇の魅力的なアンソロジー。過去・現在・未来・死後の四つのパートで構成された名作。

著訳者名の後の数字はISBNコードです。頭に「978-4-309」を付け、お近くの書店にてご注文下さい。